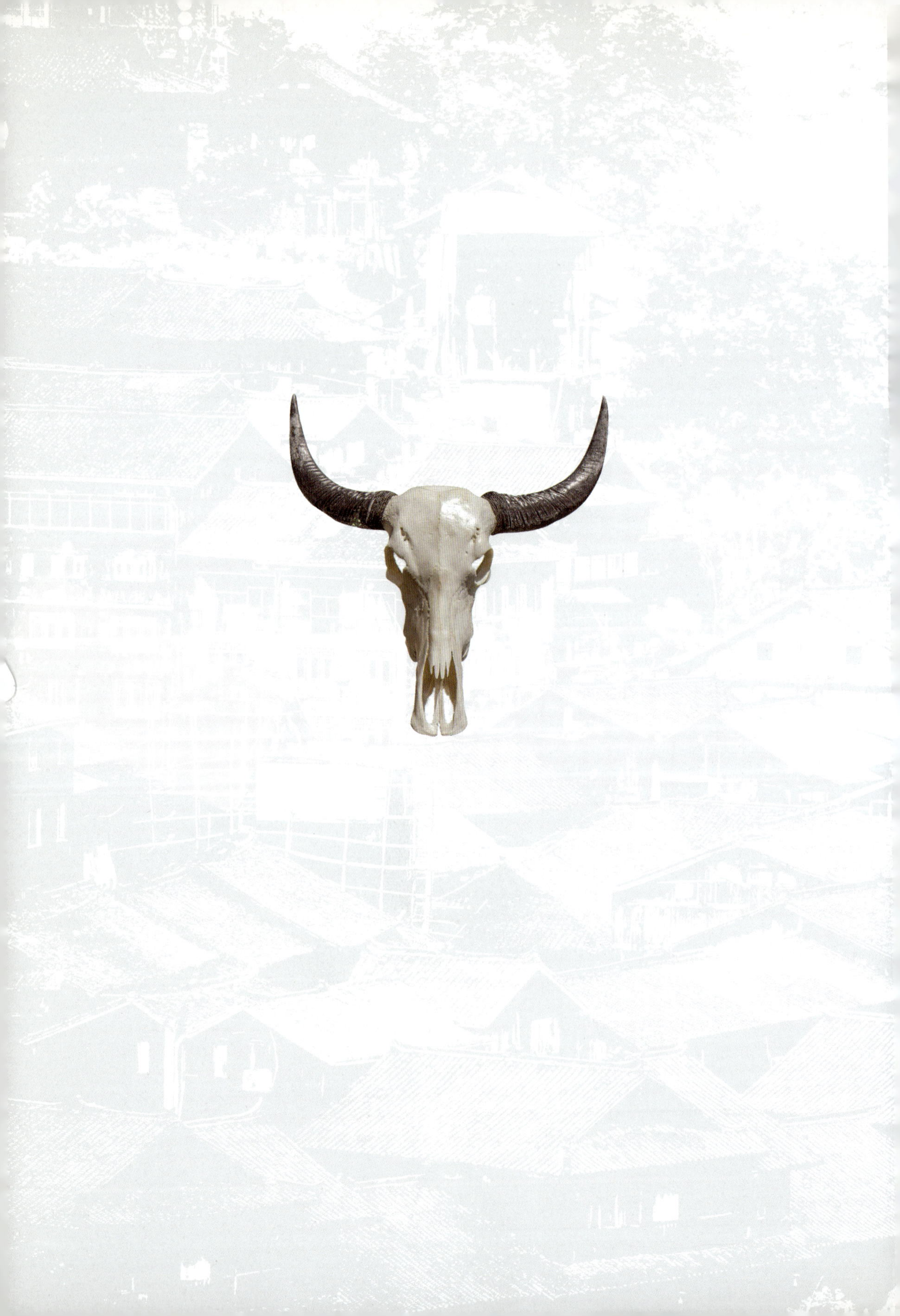

国家社会科学基金项目“亚鲁王的文学人类学研究”（批准号：13XZW024，证书号：20170147）结项成果

《亚鲁王》的文学人类学研究

蔡熙 著

图书在版编目（CIP）数据

《亚鲁王》的文学人类学研究 / 蔡熙著. -- 昆明：云南大学出版社, 2019
ISBN 978-7-5482-3755-6

Ⅰ. ①亚… Ⅱ. ①蔡… Ⅲ. ①苗族—英雄史诗—文学研究—中国 Ⅳ. ①I207.916

中国版本图书馆CIP数据核字(2019)第173797号

策划编辑：王翌沣
责任编辑：石　可
封面设计：王婳一

YALUWANG
DE WENXUERENLEIXUE YANJIU

《亚鲁王》的文学人类学研究

蔡熙 著

出版发行：云南大学出版社
印　　装：昆明理煋印务有限公司
开　　本：787mm×1092mm 1/16
印　　张：23.5
字　　数：460千
版　　次：2019年8月第1版
印　　次：2019年8月第1次印刷
书　　号：ISBN 978-7-5482-3755-6
定　　价：88.00元

社　　址：昆明市一二一大街182号（云南大学东陆校区英华园内）
邮　　编：650091
发行电话：0871-65033244 65031071
网　　址：http://www.ynup.com
E-mail：market@ynup.com

本书若有印装质量问题，请与印厂联系调换，联系电话：0871-64167045。

附录　研究相关图片

麻山地区的喀斯特地貌

东郎黄老金

东郎陈兴华

《亚鲁王》史诗的整理者杨正江

敲击木鼓

打糍粑送给亡灵

守灵仪式

“陌就”——亚鲁王的族徽

牵马走亲戚

客人赶丧

吊唁仪式

迎客仪式：孝子到路口迎接前来吊唁的亲友

请祖仪式（一）：歌师们、亡者的家人与亡者的灵魂一同享用圣餐

请祖仪式（二）

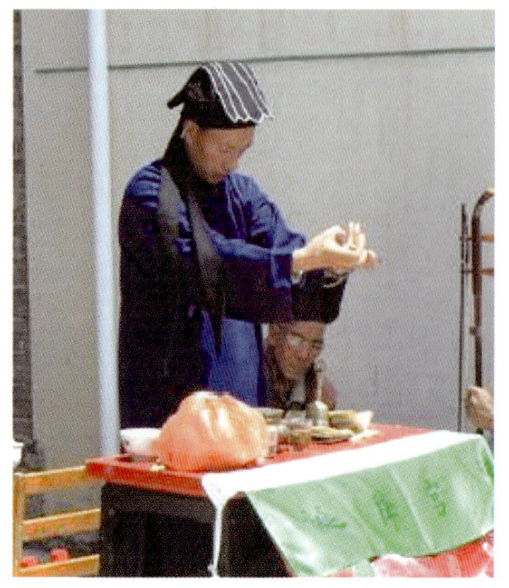

开路仪式：歌师唱诵《开路经》

竖砍马桩

砍马仪式（一）

砍马仪式（二）

砍马仪式（三）

出殡仪式

目　录

下篇　文学人类学视域的史诗文化阐释

绪　论

在苗族丧葬仪式上由东郎唱诵的史诗《亚鲁王》与宗教祭祀、巫术、音乐、舞蹈等活动紧密结合在一起，集唱、诵、仪式展演于一体，体现了艺术起源的活态性和原生态特征。《亚鲁王》史诗与仪式、神话、音乐、舞蹈、巫术、魔法、宗教等艺术形态融为一体，既是人生的浓缩，又是人生本身，几乎牵涉到原始社会生活的方方面面，具有文学、历史学、人类学、宗教学、神话学、艺术学、美学、语言学等多学科的研究价值。

文化人类学起源于对原始文化的研究，法国哲学家福柯提出了一个概念叫"知识考古学"。文学人类学是文学与人类学的交叉学科，是以文化人类学的视野研究文学的学问。运用文化人类学的视野、方法、成果与目标研究文学，知识考古，回到文化源点，是文学人类学一个重要目标。

绪论部分包括三节，第一节交待研究的目的、意义、研究对象、研究方法及其研究现状等。第二节"文学人类学与《亚鲁王》史诗"，首先梳理了西方学界的文学人类学研究、文学人类学在中国的本土化过程，提出了自己对文学人类学的理解和看法，探讨了运用文学人类学的理论与方法研究《亚鲁王》史诗的契合点。第三节探讨《亚鲁王》史诗传承的自然生境和人文生境。

第一节　研究的目的、意义及其研究现状等相关问题概述

一、研究的目的与意义

苗族是一个没有文字的民族，在漫长的历史过程中，《亚鲁王》起到了以诗表情、以诗记史、以诗育人的作用，但它作为苗族的史诗长期以来被忽略在田野。由于它是具有独特价值的文学人类学范本，对其进行深入的研究具有重要的理论和现实意义。

第一，《亚鲁王》以口耳相传的方式传承了苗族的历史和文化，在潜移默

化中熏陶了苗族人民的精神、情感和道德品质。深入挖掘被主流文化所遮蔽的苗族的历史和文化，并对其进行价值重估，让《亚鲁王》从封闭的麻山走向现代世界，有助于激发苗族人民的本土文化自觉和文化自信。

第二，在倡导文化间性、杂语共生与文化多元的今天，对《亚鲁王》的研究不但有助于我们深入理解苗族文学在中国文学格局中的地位和作用，而且为我们构建多民族文学史观提供了重要的问题框架，推动多元共生的文学生态理想得以实现。

第三，深入研究口传史诗《亚鲁王》，有助于强化大众对非物质文化遗产的自觉保护意识，对于传承濒临危机的口头文学，保存民族民间口头艺术的优秀基因，具有明显的现实意义。

二、主要研究内容

文学人类学是知识全球化时代在比较文学领域中催生出来的新兴交叉学科，是以文化人类学的视野和方法研究文学的学问，它致力于发掘被主流文化所遮蔽的无文字的、研究关注度较低族群的文学。因此，文学人类学的研究对象不可能是书写成文本的文学，而是依然活在民间的活态文学现象。

本书运用文学人类学的方法对《亚鲁王》史诗进行研究，其主要内容分为上下两篇。上篇“文学人类学视域的史诗田野考察”运用文学人类学田野作业的方法考察《亚鲁王》史诗的仪式叙事、唱诵史诗的东郎、仪式的治疗功能、仪式与遗产——《亚鲁王》史诗的传承与保护。下篇“文学人类学视域的史诗文化阐释”把《亚鲁王》史诗作为一个“文化文本”对其仪式展演呈现出来的文化意涵进行文学人类学解读，主要从《亚鲁王》史诗的神话叙事、迁徙叙事、诗性特质三个方面展开，最后从跨文化的视野将《亚鲁王》与欧洲的荷马史诗进行平行比较研究。

上篇主要探讨四个问题。

第一，仪式叙事。仪式叙事是文学人类学研究的一个重要领域。亚里士多德最早从模仿论出发来揭示酒神祭仪与艺术的原始发生学关系，提出戏剧是对酒神祭祀仪式的模仿，也就是说，戏剧发端于酒神祭祀仪式。弗雷泽的《金枝》揭示出西方文学肇端于巫术仪式，发现了西方文学中具有普遍意义的原型，如死而复活、替罪羊等，为神话原型批评提供了理论基础和方法论启迪。美国著名人类学家乔治·E. 马尔库斯和米开尔·M. J. 费彻尔在他们合著的《作为文化批评的人类学》中指出：“人类学家长期以来把仪式当成观察情绪、感情以及经验的意义灌输的适当工具。仪式具有公共性，它们常为解释仪式的神话所伴随，它们可以被比喻为文化创造的、民族志作者可以系统阅读的文本……

仪式是较为集体和公开地陈述的事件，因而具有经验的直观性。对于仪式的描述和分析早已成为民族志文本的主要工具。从迪尔凯姆到特纳，仪式已被作为一种社会的强制性标准转换为个人的愿望、创造社会化情绪、引起角色转换、提供治疗效应、制订社会行动的神话宪章、重新整合对立社群的工具来加以分析。仪式几乎被看作一个相对自在的戏剧框架。”① 这一概括可谓意味深长，我们至少可以分析出以下几个方面的意涵：仪式不仅具有意义，而且具有公共性；仪式与神话须臾不可分离；仪式可以当作一个文化文本来阅读；仪式是对事件的公开陈述，具有经验的直观性，因而是一种叙事；仪式叙事具有治疗整合功能，等等。叶舒宪认为：“文学人类学有关仪式与神话关系的研究视角，足以补充现代性的纯文学视角之缺失。”②《亚鲁王》是歌师在苗族的丧葬仪式上面对亡灵唱诵的活态史诗，是依然活在民间的文学人类学范本。仪式叙事要求研究者在田野考察的基础（研究相关图片见附录）上深描麻山苗族丧葬仪式的程序。苗族的丧葬仪式程序纷繁复杂，主要可分为停灵仪式、报丧仪式、迎客仪式、守灵仪式、做客仪式、请祖仪式、开路仪式、砍马（牛）仪式、出殡仪式、安葬仪式等，本书重点考察开路仪式和砍马（牛）仪式。

第二，史诗的唱诵者东郎。本书运用田野作业的方法考察东郎的身份与特征，同时深描东郎的习艺过程。在麻山苗族地区，主持葬礼、唱诵《亚鲁王》史诗的歌师被称为“东郎”。东郎是史诗的展演者，是苗族传统的携带者、传承者，是亡灵的引路人，既是巫师又是民间医生，还是民间艺术家。他们的唱诵向人们展示了一个智慧超群、能力超凡的苗族首领——亚鲁王成长、创业、征战、迁徙的系列故事，是《亚鲁王》史诗的活态载体。同时东郎以口耳相传的方式向族群成员传递了苗族的历史文化，承担着文化启蒙者的重要角色，是族群成员的精神导师。根据田野调查的资料，东郎的习艺过程大致可以分为三个阶段，即习听和消化吸收阶段、运用阶段、在葬礼上面对观众演唱阶段。

第三，仪式叙事的精神治疗功能。“仪式作为于疾病以及人们对仪式之于疾病的治疗工具性和效果的认识都是共同的，即相信通过仪式的举行、仪式的程序、仪式的程序交通等活动和行为不仅可以使疾病与造成‘疾病的因素’建立‘对话和交流关系’，人们通过仪式中的献祭、祈求、表演等行为方式或贿赂、或娱乐、或请求或宴请祖先和神灵，以最终达到对疾病的治愈。”③ 运用文学人

---

① ［美］乔治·E·马尔库斯、［美］米开尔·M·J. 费彻尔著，王铭铭、蓝达居译，《作为文化批评的人类学：一个人文学科的实验时代》，北京：生活·读书·新知三联书店，1998 年，第 92－93 页。

② 叶舒宪：《〈亚鲁王·砍马经〉与马祭仪式的比较神话学研究》，《民族艺术》，2013 年第 2 期，第 22－27 页。

③ 彭兆荣：《人类学仪式的理论与实践》，北京：民族出版社，2007 年，第 311 页。

类学的视野和方法对《亚鲁王》史诗及其仪式展演的治疗效力进行再发掘。歌师唱诵的《亚鲁王》史诗是文学想象与叙事治疗的统一体，在一代又一代的口头传承中发挥了文化整合与精神治疗功能。从歌师唱诵《亚鲁王》及其仪式展演的效力可知，口头叙事具有巨大的精神感召能量和认同作用。《亚鲁王》史诗的仪式叙事与精神治疗功能，一方面为我们审视苗族史诗《亚鲁王》的多元功能、多元价值提供了一扇特殊的视窗；另一方面亦为当代叙事治疗学的深化与拓展提供了鲜活的本土经验与地方性知识。

第四，仪式与遗产——《亚鲁王》史诗的传承与保护。文学人类学把仪式空间的东西看作一个活态传承的文化遗产，其背后是信仰，对神圣的信仰，而它的表层话语则是神话。仪式不仅可以产生权力和权威，而且具有看不见的控制力。首先，本书在仪式叙事的基础上探讨了《亚鲁王》史诗作为“非遗”的重要特征——活态性和原生态性。其次，分析了《亚鲁王》史诗目前面临的传承危机，探讨《亚鲁王》史诗传承与保护的对策。

下篇也探讨四个问题。

第一，《亚鲁王》史诗的文明探源。这主要从三个方面展开。

(1) 神话叙事。文学与人类学的重叠交叉之处首先表现在神话上。仪式和神话的关系是一而二，二而一的关系。一般认为，仪式是身体的展演，因而是实践的；而神话是对仪式的解释，因而是观念的。以弗雷泽为代表的神话—仪式学派从宗教仪式实践的角度来解释神话，认为神话是用语言的方式来叙述或说明仪式的内容，因此，先有仪式，后有神话。在西方文学批评史上，受到以弗雷泽为代表的文化人类学、荣格的分析心理学以及弗莱的原型批评、卡西尔的符号哲学、列维－斯特劳斯的结构人类学的影响而兴起的神话原型批评主要是对人类早期文化、原始思维以及人类共同心理结构的研究。加拿大学者诺思洛普·弗莱是神话原型批评的集大成者。弗莱认为，文学是“移位（变形）的神话”。神话批评指的是从仪式、神话、图腾崇拜等宗教现象入手解释文学现象，特别是文学之起源与流变的批评方法。中华人民共和国成立之前，我国的文学人类学研究主要是在神话研究领域，希望从古人的精神遗存中找到现代文明社会中存在的种种问题的钥匙。“神话”观念及研究方法极大地影响了传统的文史研究。王国维在《宋元戏曲考》中运用尼采的悲剧理论，将我国戏曲之起源归诸巫术仪式。20 世纪 80 年代及其以后，中国文学人类学的复兴最初也是神话—原型批评。神话—原型批评作为一种方法在百余年的中国文学人类学历史上是一脉相承的。神话既是一种叙事，也是一种思维。文学人类学通过原始神话与史前艺术品来透视原始先民们的心灵和情感世界，洞悉古人与今人相通的人性结构，彰显艺术与人类生命存在的必然联系。因此，神话与史前艺术便具有极高的文学人类学研究价值。《亚鲁王》史诗蕴含了很多有关宇宙起源、人类起源和文化起源的神话，如造山造地神话、造人神话、造日造月神话、鸡鸣日出神话、射日射月神话、公雷涨洪水神话、造乐器造铜鼓神话、萤火虫带来火种神话、蝴蝶找来谷种神话、龙心大战神话等。本书运用比较神话学的跨学科视野，结合田野调查的活态资料与考古新发现，对神话仪式、神话传说、神话叙事、神话思维、神话表象进行综合研究，从跨学科整合视野展开文明探源研究，将神话还原为文化编码的基因，从神话入手探寻人类思维和文化编码的真正源头。

（2）《亚鲁王》史诗的宇宙观。神话作为原始宗教、文学源头以及原始先民思维的表现形式，具有十分重要的哲理蕴涵和文化意蕴。神话虽然是幻想的产物，具有想象的性质，但其内容千真万确地涉及严肃的哲理问题，如宇宙的起源、人类的产生、万物之由来等。从哲学的角度对神话的蕴涵进行阐释，便产生了宇宙观。本书主要揭示《亚鲁王》史诗天圆地方的宇宙观、宇宙空间结构垂直三界、“阴阳相和”的宇宙观、十二生肖的时间观，揭示麻山苗族“不分种族、不分肤色、不分语言”的“天下大同”世界观和价值观。

（3）对史诗蕴含的笙鼓文化和绿色的生态文化等原始文化进行文学人类学解读。文学人类学关注的对象多为原始社会或无文字社会的活态文化现象。“原始与现代相联系、各民族文化相比较是文化人类学所追求的理论境界与思维方法。”① 文学人类学重点研究原始的、蛮荒的、野性的思维和现代文学的关联，它不但要研究书面文本，而且要研究从远古时代流传至今的活态的仪式展演，探讨仪式展演与文化之间的内在关联。文学人类学视域的活态史诗观念将研究视野从文学文本拓展到广阔的文化文本语境，要求研究者对其原始的文化密码进行破译和解码。《亚鲁王》史诗用口头传承的方式体现着苗族的文化传统、生活经验和审美趣味，彰显着苗族精神文化的源头，其中关于宇宙起源、人类起源和文化起源的神话，对宇宙的由来、人类的起源和文化的产生做了独特的诠释。对《亚鲁王》史诗形成和发展过程中的文化根源进行深度挖掘和研究，是文学人类学的题中应有之义。

在苗族的葬礼场合上，芦笙、铜鼓与木鼓这三大件是不可或缺的，苗族人称之为“打鼓吹笙”。苗族的笙鼓文化起源古老，活在当下，意义深远。在葬礼上，芦笙、铜鼓和木鼓既是乐器，又是神器，苗族人要用芦笙舞、铜鼓舞和木鼓舞来祭祀祖先，但从根本上来说，“笙鼓”是以乐舞的形式演绎自然崇拜、图腾崇拜、祖先崇拜以及灵魂不灭观念的一种独特的文化表达方式。

---

① 方克强：《文学人类学与鲁迅研究》，《文艺理论研究》，2010 年第 6 期，第 41 页。

仪式将自然与人文的多重因素囊括于其中，因此具有明显的生态性质。在麻山苗族丧葬仪式上唱诵的活态史诗《亚鲁王》蕴含着丰富的生态伦理思想。麻山苗族人认为，人与自然的关系就是“子”与“母”的关系，对动植物的崇拜成了他们亘古不变的宗教信仰。在万物有灵信仰的基础之上形成的动植物崇拜和图腾崇拜形塑了亲近自然的生态文明观，表征了苗族人敬畏、顺从自然，与自然融为一体、和谐共生的生态智慧。这种生态智慧在丧葬仪式中世代相传，化为族群成员出于信仰而约定俗成的一系列生态民俗和生态禁忌，从而创造了人与自然和谐相处的生境。《亚鲁王》蕴含的生态伦理思想，表征了远古山地苗族对人与自然、人与动物关系的朴素认识，可以说是一部活在苗族丧葬仪式中的“绿色史诗”。

第二，《亚鲁王》史诗的迁徙叙事。从史诗的内容看，《亚鲁王》虽然将一个民族的创世史、征战史和迁徙史融合成一部复合型史诗，但史诗着力再现的是苗族的迁徙，可以说《亚鲁王》主要是一部苗族人的迁徙史。迁徙叙事主要从三个方面展开。

（1）运用文学人类学的多重证据法——文本证据、田野材料、实物和图像证据，从史诗古歌文本中的迁徙叙事、身体展演中的迁徙叙事、实物和图像中的迁徙叙事三个方面对《亚鲁王》史诗的迁徙叙事进行探讨。《亚鲁王》史诗的迁徙叙事不但存在于《亚鲁王》史诗文本中，而且也存在于苗族的其他表意文化形态中，如口头唱诵的史诗、古歌，服饰图像，身体展演的舞蹈等，它们共同组成一个多维的、立体的叙事体系。这种多维的、立体的叙事体系彼此关联、相互呼应、互融共生，将苗族的迁徙史、征战史展演在舞姿上，镌刻在服饰上，贯穿于仪式活动的唱诵中，使得族群记忆的印象加深，传承力度加大，传承时间持久，传承效果更好。同时，这种多维的、立体的叙事体系相互之间的互动、互疏、互证又为文学人类学的方法论建构提供了契机。

（2）从仪式展演、文本叙事两个方面对《亚鲁王》史诗迁徙叙事的独特风格——沉郁悲壮做了深入的剖析，提出《亚鲁王》史诗用神话思维演绎了亚鲁王国神圣的迁徙历史，探讨了《亚鲁王》史诗迁徙叙事对研究苗族迁徙历史的独特价值。

（3）以集市为例探讨迁徙中的文化传播。苗族先民是居住于江淮平原的一个古老的氏族部落共同体，早在母系氏族社会时期就开始了以物易物的集市贸易交换。亚鲁王率领族人从富庶的鱼米之乡迁徙到辽阔平坦的疆土，最后迁到贫瘠陡峭的山地。亚鲁王率领族人在迁徙过程中，走到哪里就在哪里开拓集市，一路迁徙，一路传播商业理念。《亚鲁王》史诗对远古时期苗族商业集场制的贸易活动做了详细生动的叙述，十二生肖的原始集场制的交换形式纵贯整部史诗，体现出苗族人对集市贸易商品交换功能的高度重视。

第三，《亚鲁王》史诗的诗性特质。从程式化特征、独特的表述方式和人物形象诸方面探讨《亚鲁王》史诗的审美特质。活态史诗《亚鲁王》的程式包括语言程式和非语言程式。《亚鲁王》史诗中程式化句子和段落运用的频率非常高，这种高度程式化的形式结构基本上组成了史诗的结构框架，也是口头史诗特征的体现。语言程式和非语言程式二者都是东郎展演史诗不可或缺的内容。正是凭借它们，东郎们才能自由地展演，将古老传统艺术的魅力展示在观众面前。《亚鲁王》史诗来自民间，采用了多种独特的表述方式，如东郎在唱诵时对数字的表述大多离不开十二，喜欢用日常生活中耳闻目睹的动植物的名称作为表达方式。《亚鲁王》按照苗族先民的审美理想塑造了杰出的氏族首领亚鲁王形象。亚鲁王的形象可以概括为四个方面：足智多谋、英勇善战、关爱民生、精通巫术等。同时也塑造了美轮美奂的女性形象如未卜先知的女神、能征善战的女英雄、女性神力形象和管家型的妇女群像等。

第四，从跨文化的视野将《亚鲁王》与欧洲的荷马史诗进行平行比较研究，主要从史诗类型、英雄形象、战争文化等方面展开。

就史诗的类型而言，西方的史诗种类比较单一，只有英雄史诗，史诗被认为是描写英雄业绩的长篇叙事诗。西方的史诗观念是以荷马史诗为范例建构起来的。中国的史诗类型多种多样，除了北方的三大英雄史诗之外，在贵州麻山地区丧葬仪式上唱诵的苗族史诗《亚鲁王》，是一部“复合型史诗”。《亚鲁王》的发现丰富了世界史诗宝库，为史诗的类型学提供了当代的新案例。

以跨海远征作战、海上漂流冒险为主要内容的荷马史诗展示的是海洋文明的文化精神形态，属于海洋城邦类型的史诗。流传于贵州麻山地区的《亚鲁王》史诗表征的是山地文化形态，反映了苗族先民在高原山区创世、征战、迁徙的生活历程，属于典型的山地史诗。

《亚鲁王》史诗与荷马史诗虽然同为以氏族部落战争为题材的史诗，但是二者有着本质的不同：前者是兄弟相残，其目的是为了争夺生存空间；后者是跨海征战，其目的是为了掠夺财富。

古希腊联军跨海征战的主要目的是为了掠夺丰厚的战利品以及特洛伊的土地、人口和成群的牛羊，被俘虏的年轻妇女则成了胜利者的肉欲牺牲品。19 世纪德国学者谢里曼在小亚细亚（位于今天的土耳其境内）的城墙下面，挖掘到了大量黄金制品，这就是铁证。《亚鲁王》史诗与荷马史诗的根本不同在于，亚鲁王是为生存而征战。亚鲁王及其族群不希望战争，不仅从不主动挑起战争，甚至回避战争，史诗以不少篇幅叙述了亚鲁王回避战争、裁军、凭借胆识和谋略开疆拓土等热爱和平的行为。

不同的战争目的呈现出迥异的战争风格。《亚鲁王》史诗反映的战争是为生存而征战，以寻找理想的生存空间为宗旨，这种手足相残再现了东方的防御型战争文化，呈现出温柔敦厚的战争风格。荷马史诗描写古希腊人跨海远征的劫掠战争，以大规模杀伤对方来显示自己超人的武艺，塑造了西方的进攻型战争文化，呈现嗜血好战的战争风格。

在荷马史诗中，荣誉至上，追求卓越，肯定自我和个性，为所欲为，是英雄伦理精神的核心，荷马史诗因而成为英雄史诗的典范。亚鲁王作为苗族的祖先虽然也英勇善战，但是亚鲁王是为整个族群的生存而征战，他的一言一行都是为了保证人们的衣、食、住、行，为了族人们能够过上安稳富足的日子，其伦理精神的核心是家国意识至上，保护疆土和臣民，关爱民生。

上述研究内容之间有着明晰的逻辑理路。上篇四章主要是“深描”田野作业的过程和结果。运用文学人类学的理论和方法对当今依然活在苗族葬礼上的《亚鲁王》史诗进行研究，仪式叙事是基础。仪式的展演过程涉及展演语境、唱诵史诗的东郎和在场的听众。艾布拉姆斯在其著作《镜与灯》中从世界、作者、作品、接受者四个维度来考察一部文学作品。对于活态史诗《亚鲁王》来说，其作者是在丧葬仪式上唱诵并配以舞蹈动作展演的东郎。另外，在麻山地区苗族的丧葬仪式上歌师唱诵的《亚鲁王》史诗是一个活的文化传统，因为它是用口传诵的、用身体展演的，因而史诗的接受者不是读者而是出席葬礼的听众或观众。听众与读者的不同之处在于，唱诵者随时可以感受到其对象的反应。史诗的仪式展演呈现为以活态史诗为纽带的个人与个人、个人与社会的多维度的交流、沟通和互动，这一具有生命活力、丰富多彩的互动过程远远超出对文学文本意义的单向度的阐释，文学人类学因此在史诗的仪式展演过程中获得了民间文学的实验田，活态的仪式展演在此构成了文学人类学的场域。仪式具有精神治疗功能，启蒙运动之后理性取代了神学，现代性的文学观遮蔽文学的治疗功能，对《亚鲁王》史诗及其仪式展演的治疗效力的发掘为当代叙事治疗学的深化与拓展提供了本土的鲜活经验与资源。从文学人类学的视野来看，仪式是一种遗产。《亚鲁王》史诗甫一问世便荣登第三批国家级非物质文化遗产名录（“民间文学”类）①，东郎是“非遗”的传承人，他们本身就是珍贵的非物质文化遗产，是保护的对象。田野作业只是文学人类学研究的基础。

下篇在田野作业的基础上把东郎在苗族丧葬仪式上唱诵的《亚鲁王》史诗当作一个活态的文化文本，运用文学人类学的多重证据法和跨文化比较法阐释其文化蕴涵。

---

① 《国务院关于公布第三批国家级非物质文化遗产名录的通知》（国发〔2011〕14号）。

史诗展示了文明的起源，是文明探源的极佳材料。文学与人类学的重叠交叉之处首先表现上神话上。仪式和神话的关系是一而二，二而一的关系。一般认为，仪式是身体的展演，因而是实践的；而神话是对仪式的解释，因而是观念的。神话既是一种叙事，也是一种思维。文学人类学通过原始神话与史前艺术品来透视原始先民们的心灵和情感世界，洞悉古人与今人相通的人性结构，彰显艺术与人类生命存在的必然联系。因此，神话与史前艺术便具有极高的文学人类学研究价值。神话虽然是幻想的产物，具有想象的性质，但其内容千真万确地涉及严肃的哲理问题，如宇宙的起源、人类的产生、万物之由来等。从哲学的角度对神话的蕴涵进行阐释，便产生了宇宙观。文学人类学视域的活态史诗观念将研究视野从文学文本拓展到广阔的文化文本语境，要求研究者对其原始的文化密码进行破译和解码。

从史诗的内容看，《亚鲁王》虽然将一个民族的创世史、征战史和迁徙史融合成一部复合型史诗，但史诗着力再现的是苗族的迁徙，可以说《亚鲁王》主要是一部苗族的迁徙史。《亚鲁王》的迁徙叙事不仅存在于史诗文本中，而且也存在于苗族的其他表意文化形态中，如口头唱诵的史诗、古歌，服饰图像，身体展演的舞蹈等，它们共同组成一个多维的、立体的叙事体系。这种多维的、立体的叙事体系彼此关联、相互呼应、互融共生，将苗族的迁徙史、征战史展演在舞姿上，镌刻在服饰上，贯穿于仪式活动的唱诵中，因此需要运用文学人类学的多重证据法——文本证据、田野材料、实物和图像证据，从史诗古歌文本中的迁徙叙事、身体展演中的迁徙叙事、实物和图像中的迁徙叙事等三个方面对《亚鲁王》史诗的迁徙叙事进行探讨。从文类上来看，《亚鲁王》史诗属于诗的范畴，它以诗的形式表现了苗族的创世史、征战史、迁徙史，是诗化的苗族历史。因而，诗性是《亚鲁王》史诗的形式特征，文学人类学研究不能忽略文学的诗性特质。因此，从迁徙叙事探讨了史诗的悲壮风格，从程式化特征、独特的表述方式和人物形象诸方面探讨《亚鲁王》史诗的审美特质。比较文学和比较文化均发源于19世纪后期，文化人类学有“比较文化”之称，而文化人类学是文学人类学的方法论基础。因此，“比较”是文学人类学的方法特色。本书从跨文化的视野将《亚鲁王》与欧洲的荷马史诗进行平行比较研究。

三、研究方法

我们对《亚鲁王》的研究方法主要是跨文化比较法和多重证据法。

第一，跨文化比较法。叶舒宪认为，“人类学本质上是比较和跨学科的。它几乎打破了过去学科的界限”[①]。比较文学和比较文化均发源于19世纪后期，文化人类学有“比较文化”之称，而文化人类学是文学人类学的方法论基础。文学人类学作为在比较文学基础上发展起来的跨学科研究，“比较”是方法论特色。本书运用跨文化的比较方法，从史诗类型、英雄形象、战争文化等方面将《亚鲁王》与欧洲的荷马史诗进行平行比较研究。

第二，多重证据法。众所周知，传统的国学研究是考据训诂，其依据是传世的文字文献，文学人类学称之为一重证据。20世纪初，王国维提出“二重证据法”的理念，特指地下出土的甲骨文和金文。20世纪90年代文学人类学研究者提出三重证据法，指的是田野作业得来的口传的与活态的民间文化材料。21世纪初，文学人类学研究者（主要是叶舒宪）发展出第四重证据。叶舒宪指出：“第四重证据指实物和图像。用叙事学术语，可将第四重证据的功效概括为物的叙事及图像叙事。”[②] 由于“二重证据法”特指地下出土的甲骨文和金文，因此，本书主要运用一、三、四重证据材料，即文字文本材料、田野作业的口传材料、实物和图像。

下面对第三重证据——田野材料和第四重证据——实物和图像做一点说明。

（1）第三重证据。第三重证据指的是田野调查得来的数据和材料，其中包括实地调查的材料、口传的材料、仪式上的表演等。为了获得实地体验和第一手资料，从2012年12月至2014年12月，笔者先后去了湖南凤凰县山江苗族地区、云南文山壮族苗族自治州砚山县苗族地区和贵州麻山地区进行实地田野作业。山江苗族地区位于湖南省凤凰县西北部，据全国第六次人口普查统计，共有苗族人口20460人。作者在那里住了一个星期，走村串寨，走访了不少老人。据笔者了解，20世纪60年代以前，这里的葬礼仪式由巴代熊主持，通过仪式将亡人的灵魂送回到东方故地。但是到了20世纪80年代以后，由于城镇化和现代化的快速发展，特别是受旅游业和汉文化的影响，山江苗族的丧葬仪式发生了根本变化，仪式改由道师主持，道师通过“打绕棺”仪式把亡魂送到西方极乐世界。这样，苗族的宗教信仰发生了根本性的变化，即丧葬仪式由以祖先崇拜为主的原始宗教信仰转向以道教、儒教和佛教相混合的多种宗教信仰。文山州砚山县位于云南省东南部，辖4个镇、7个乡（其中4个乡为民族乡），由于旅游业的发展，再加上年轻人绝大多数去沿海城市打工，这里的丧葬仪式掺杂了很多汉族葬礼中的程序，例如，在送灵上山的过程中，孝子沿路抛洒纸钱，而在传统的苗族丧葬仪式中，这是不允许的，这显然是受到了汉族丧葬文

① 叶舒宪：《学科相撞：开拓新视野》，《淮阴师范学院学报》，1998年第2期，第45页。

② 叶舒宪：《物的叙事：中华文明探源的四重证据法》，《兰州大学学报》（社会科学版），2010年第6期，第1页。

化的影响之后才出现的。况且，在这里的砍马（牛）仪式的现象早就消失了。

因此，笔者将田野调查的重点放在贵州的麻山地区。麻山地区位于贵州省安顺市紫云苗族布依族自治县，黔南布依族苗族自治州的惠水县、平塘县、长顺县、罗甸县以及黔西南布依族苗族自治州的望谟县等六县交界接壤处。麻山地区总面积近5000平方千米，人口约50万人，其中苗族占30万人，86个乡镇（撤并前）。紫云县有大营乡、宗地乡、坝羊乡、松山镇、猫营镇、猴场镇、水塘镇、板当镇、白石岩乡、火花乡、达帮乡、四大寨乡等12个乡镇，其中有猴场镇、水塘镇、大营乡、宗地乡以及四大寨乡五个乡镇位于麻山地区。经普查，唱诵《亚鲁王》史诗的东郎分布在这五个乡镇的63个村寨中，其中紫云县有57%的面积在麻山地区之内。只有在麻山地区的葬礼上还有东郎唱诵《亚鲁王》史诗。

由于麻山次方言土语众多①，演唱的语言艰涩难懂，通往唱诵《亚鲁王》地域的交通十分困难。同时在葬礼上亲见《亚鲁王》的演唱实景更是难以遇到，因此，获取第一手资料相当艰难。笔者到麻山地方进行田野调查，先后五次，每次半个月，为期80天左右。由于笔者多次去该地区，熟悉了当地群众和村干部，他们提供了不少信息。2014年10月22日紫云县宗地乡歪寨村绞帮寨91岁的罗英紫（女性）老人过世，村长打电话告知，笔者立即赶到葬礼现场，体验、感受并采录到了完整的葬礼仪式，特别值得一提的是，笔者目睹了一场震撼心灵的砍马仪式。另外，笔者通过问卷调查、追踪式访谈、深度访谈等方法，获得了大量的第一手资料。

（2）第四重证据。麻山苗族的葬礼上，关于实物和图像方面的证据很多，如，放置在棺材上的草鞋，这是供亡灵回归祖先的路上穿的；三个竹筒里分别装有蒜种、红稗种子、苞谷种子、黄豆种子，这是给亡人带到阴间去耕种的；一个装有米饭的箩筐和装满水的葫芦，这是亡人在回归老家路上的饮食。给亡者脸上盖上四方形的绣片“陌就”，“陌就”上有变异了的太阳花，四周的环境是谷穗和蝴蝶，这是苗族先民对东方故国的历史记忆。上述物品作为苗族迁徙的历史见证皆可以在史诗《亚鲁王》中找到根据。而苗族的服饰图案更是苗族迁徙的物证。事实上，作为第四重证据的实物和图像也是从田野作业中得来的。

本书的方法论特色在于将文字文本材料、田野作业的口传材料、实物和图像材料有机组合起来，突破了传统文学研究仅仅依据文字文献材料作为证据来源的单一性，特别是运用实物和图像等物化资料作为佐证，这是对传统文学方法论缺陷的一种弥补。本书运用文学人类学的多重证据法，在多维视野、多重

① 可分五个土语区，即中部土语、北部土语、南部土语、西部土语、东部土语。

价值、多元文化、多门学科、多种知识的基础上对新发现的《亚鲁王》史诗进行阐释。

四、研究现状

《亚鲁王》史诗的研究现状，包括搜集整理现状和研究现状。

（一）《亚鲁王》史诗的搜集、整理现状

自20世纪以来，苗族口头文学一直为学界所关注，且常有各种调查搜集成果问世。已经搜集记录并出版的苗族叙事诗作品主要有以下几部分。

1. 以创世、人类和万物起源为主要内容的古歌或史诗

石宗仁翻译整理的《苗族史诗》主要流传于黔东地区，韵文体，长2500余行，共分为四大部分。第一部分《创立天地》，为天地开辟神话，分《开天》《立地》《定时辰》《龙人》四节。第二部分《种植歌》为植物和神性英雄神话，分为《谷》《棉》《梭罗树》三节。第三部分《在中球水乡》为族源、图腾和祖先神话，分为《斢船》《奶略》《役牛》和《跳鼓舞》四节。第四部分《部族变迁》为迁徙和部落宗支传说，分《迁徙》和《十二个部落宗支》两节。

田兵主编的《苗族古歌》（贵州人民出版社，1979）主要流传于黔东南，韵文体，7000余行，共分四部分。第一部分《开天辟地歌》，包括《开天辟地》《运金运银》《打柱撑天》《铸日造月》四支歌，为天地开辟和日月变化神话。第二部分《枫木歌》，包括《枫香树种》《犁东耙西》《栽枫香树》《砍枫香树》《妹榜妹留》《十二个蛋》六支歌，为人类最初来源和图腾神话。第三部分《洪水滔天歌》，包括《洪水滔天》和《兄妹结婚》两支歌，为洪水和人类再繁衍神话。第四部分《跋山涉水歌》为迁徙史歌。

不同版本的古歌还有吴一文、今旦译注的《苗族史诗》（贵州民族出版社，2012），韵文体，长7200余行，全诗分七个部分。燕宝整理译注的《苗族古歌》（贵州民族出版社，1993），韵文体，以盘歌的形式进行问答，古歌分四个部分。《王安江版苗族古歌》（贵州大学出版社，2008）韵散结合文体，270余万字，该书分为上、下两集，上集为苗族古歌，下集为专家注释本，全书分为八个部分。另外还有黄平县民族事务委员会编写的《苗族古歌古词》等。

苗青主编的《西部民间文学作品选》（一、二册）（贵州民族出版社，1998）包括《开天辟地篇》《战争迁徙篇》《风俗习惯篇》《生产劳动篇》《爱情故事篇》五大篇。各篇有《开天辟地》《偶佛补天》《阳寅阳蚜射日月》《洪水滔天》《莱珑讴玛制人烟》；《战争与迁徙》《苦难岁月》《平定天下的人》《古博阳娄》；《祝酒歌》《鸡卦歌》《踩山歌》《说亲辞》《婚礼辞》《立房辞》《开路经》《指路经》《立坛芦笙辞》《寨老芦笙辞》《扫堂芦笙辞》；《打猎歌》

《月月歌》《犁铧歌》《丝绸歌》；《芦笙恋歌》《木叶恋歌》《洞箫恋歌》《口弦恋歌》；等等。

夏杨搜集整理的《苗族古歌》，从1948年就开始搜集，最初发表于《金沙江文艺》，1986年由德宏民族出版社出版。马学良、今旦译注的《苗族史诗》（中国民间文艺出版社，1983），罗鎏、蓝文书和吴正彪三人搜集整理的《苗族古歌（川黔滇方言落北河次方言）》，杨正宝、潘光华编的《苗族起义史诗》（1987）等。

流传于黔西北地区的西部苗族古歌主要有：杨照飞编译的《西部苗族古歌》（云南美术出版社，2012），毕节地区民族事务局编写的《西部苗族古歌》等。

潘定智、杨培德、张寒梅编写的《苗族古歌》（贵州人民出版社，1997）流传于苗族三大方言区，韵文体。共分三个部分：第一部分为中部苗族古歌，包括苗族古歌、焚巾曲、开亲歌和换亲歌；第二部分为西部苗族古歌，包括盘古、谷夫、杨亚射日歌、蚩尤与苗族迁徙歌、格炎爷老和格池爷老歌、根支耶劳、革缪耶劳和耶玖逼蒿之歌、居诗老歌、则嘎老歌；第三部分为东部苗族古歌，包括远古纪源、世界之始、除鳄斗皇等。

苗族史诗《中国苗族古歌》长达一万余行，由天津古籍出版社出版。《中国苗族古歌》在苗族不同土语区有不同的称谓，如《都果都让》《都果都约》《都荆豆纪那》等。《中国苗族古歌》分为《傩公傩母》①、《远古纪源》②、《除鳄斗皇》③、《部族变迁》④、《崇山祭祀》⑤。《中国苗族古歌》的内容涵盖了苗族五千年的历史和文化，反映“苗族的历史经历了伏羲女娲时代、神农时代、祝融蚩尤时代、驩兜三苗时代、荆蛮荆楚时代及秦灭楚后苗族的一支从荆楚荆湖地区迁入五溪大地。”⑥

流传于西部方言区的史诗主要有《苗族神话史诗选——苗汉对照》《蒙恰古歌》《亚鲁王》《蚩尤的传说》《杨鲁的传说》等，吴秋林、王金元、郎丽娜搜集整理的《蒙恰古歌》（西南交通大学出版社，2011）主要流传于六枝特区，韵文体。“蒙恰古歌”因唱诵这些古歌的苗族人自称为“蒙恰”而得名。《蒙恰古歌》包括25首歌，其内容分为三部分，即神话传说、爱情婚姻、丧葬礼仪习俗等。

---

① 苗族民间称为《都根却》《都奶傩巴傩》。

② 苗族民间称为《都涅》。

③ 苗族民间称为《都索》或《信索》。

④ 苗族民间称为《都岔埠岔兑》或《都岔巴岔玛》

⑤ 苗族民间称为《都盂》或《都纂涅》。

⑥ 石宗仁：《略述〈中国苗族古歌〉的历史和文化》，《民族文学研究》，1996年第1期，第47页。

通过上面的梳理，我们不难发现，以口头形式流传于贵州苗族民间的古歌或史诗非常丰富，其内容主要是关于创世、人类和万物起源以及族群迁徙，主要流传地在黔东南地区。“20世纪以来，我国在贵州的民族地区进行过多次民间文学调查，调查者们均未注意到在贵州麻山地区的亚鲁支系中流传着一部两万多诗行的《亚鲁王》史诗。”[①] 直到2009年贵州省紫云苗族布依族自治县在开展非物质文化遗产普查时，才意外发现苗族史诗《亚鲁王》。

2.《亚鲁王》史诗的异文

《西部民间文学作品选（1）》（贵州民族出版社，2008）收录了一篇与龙心大战有关的文本，名为《古博阳娄》，详细描绘了得到龙心的过程。阳娄家原来住在东部平原地区，后来迁徙到格勒格桑，在宅吉坝开荒种地，一头大野猪糟蹋庄稼，被射杀之后，得到黑龙心。此心异常神奇，它可以打退敌人，护卫疆域。其对手尤沙扮成货郎用计谋骗走阳娄的龙心，尤沙再次攻打阳娄，阳娄失败，大将祖狄龙也战死沙场。结果阳娄带领族人西迁。

《西部民间文学作品选（2）》（贵州民族出版社，1998）收录了两篇与龙心有关的叙事诗，即《直米利地战火起》和《龙心歌》。流传于贵州省赫章、威宁等地的《直米利地战火起》的英雄叫格娄爷老和格蚩爷老，他们在直米利地大平原开山种田，粮食满仓，生活富足，引起沙蹈爵氏敖的嫉恨，便一心挑起战争。格娄爷老和格蚩爷老因有龙心的护卫，沙蹈爵氏敖没能攻下直米利地，便使计骗取了龙心，杀死了格蚩爷老和格娄爷老，嘎骚卯碧率领族人离开了直米利地。《龙心歌》中的英雄祖先叫格诺爷老，故事情节与《直米利地战火起》基本一样，沙蹈爵氏敖经常向阿卯进攻，格诺爷老和爷觉毕考用龙心来辨别方向，打败敌人。沙蹈爵氏敖不甘心，派兵将龙心偷走，趁夜里攻打阿卯，没有龙心护卫的爷觉毕考和格诺爷老失去了战斗力，也失去了良田和城池。

杨兴斋、杨华献搜集整理的《苗族神话史诗选：苗汉对照》（贵州民族出版社，2000）流传于西部地区，主要分两个部分。第一部分是神话古歌，如《混沌初开》《盘古》《制风云雨露》《谷白埃和杜白欧》《谷夫》《祝流》《尤旺扇天扇地》《杨亚探天测地》《宏效定人间》《杨亚射日月》《太阳姑娘和月亮小伙》《古老人生活》《洪水淹世界》《伏羲兄妹》《洪水朝天》《撞去发明火链》《推算季节》《狗取粮种》《芝司磨硕司师仪》。第二部分是杨鲁史歌，包括《古博杨鲁》《戛董蒙丈》《杨鲁子孙迁徙》等。

亚鲁的传说在苗族西部方言区广泛流传，因为西部方言区范围较广，其内部有八个次方言，因此，同一故事主角亚鲁的名称呈现出诸多不同的称谓。吴

① 刘锡诚：《〈亚鲁王〉——活在口头的英雄史诗》，《中国文化报》，2012年3月5日。

晓东在《〈亚鲁王〉名称与形成时间考》一文中论证了杨娄、由鲁、由娄、杨陆、央洛、亚努、羊鲁、格诺爷老、格娄爷老、杨娄古仑、杨鲁、古杰仑阳娄等实为同一个人，即亚鲁。

流传在贵阳次方言区的苗族古歌《格罗格桑》中的苗族首领叫格波禄，率领苗家子孙，翻山越岭，落脚在格罗格桑，在此开田拓土，种庄稼。晚上母猪龙爬到庄稼地啃食庄稼，格波禄射死母猪龙，划开龙肚得到一颗红龙心，大家分享香喷喷的龙肉，可是人多龙肉少，分得不均匀，格波禄在嘉坝西开个花场，让亲友在此吹笙跳舞唱歌。格波禄王国甜蜜幸福的日子，引起了河都雾的头人胡丈郎的嫉恨，便派兵攻打格波禄。格波禄取出龙心丢进水缸里，顿时天昏地暗，下了七天七夜的冰凌，大败胡丈郎。胡丈郎不死心，装扮成卖丝线的货郎到格罗格桑，与格波禄的两个女儿妮娜和妮娥交朋友，胡丈郎用调包计，以棕包换取龙心。胡丈郎得到龙心后，再次领兵进攻格波禄。格波禄取出柜里的假龙心，丢在水缸里，不但没有下冰凌，反倒出了七天火辣辣的太阳。在格罗格桑激战中，由于胡丈郎的人马多，寡不敌众，格波禄命令族人撤退逃往坡坝沟，自己则战死在嘉坝西。苗族古歌《格罗格桑》中的苗族首领“格波禄”实质就是史诗《亚鲁王》中的“亚鲁”，贵阳次方言区的苗族主要分布在贵阳、安顺和黔南州的长顺县一带，这一次方言区的苗族古歌《格罗格桑》，无论从历史背景、故事内容和战争场面看，都可以说是《亚鲁王》史诗的异文。

3. 《亚鲁王》史诗的版本

亚鲁的故事在整个西部方言区的丧葬仪式活动中广泛流传着，只是各地的内容简繁程度、长短不同而已，过去的搜集整理一般将其归入“古歌”的名下，或者将其纳入丧葬祭祀辞中。而以《亚鲁王》命名的苗族史诗是历年来在贵州、云南、四川三个苗族聚居区搜集到的长篇叙事诗，在篇幅上比以往的“古歌”《亚鲁传说》《迁徙的传说》等要长得多，目前有好几个不同的版本。

（1）中国民间文艺家协会主编的《苗族英雄史诗——亚鲁王》（中华书局，2012）。

（2）贵州省文化厅、贵州省非物质文化遗产保护中心主编的《亚鲁王》（内部资料）。

（3）曹维琼、麻勇斌、卢现艺主编的《亚鲁王书系》（贵州人民出版社，2013），这一书系包括《史诗颂译》《歌师秘档》《苗疆解码》三部。《史诗颂译》是对歌师唱诵的《亚鲁王》史诗内容的记录；《歌师秘档》是对歌师访谈的纪实，展示了歌师的职业、家庭情况、生活状态、心理状态以及对史诗传承的责任担当；《苗疆解码》深描了史诗流传地麻山地区的生态环境以及与史诗相关的文化事象。《亚鲁王书系》的特征是图文并茂，全景式地呈现《亚鲁王》

史诗的传承人、传承方式、传承地的情况，为世人描绘出《亚鲁王》史诗产生、传承的苍凉而悲壮的历史画卷。

值得指出的是，《亚鲁王》的整理出版使得口头传承几千年的活态史诗有了可依的文本，功不可没。但在搜集整理译注中也还存在着诸多问题，如缺乏多元化的版本，缺乏展演语境，文本选择不完整等。

第一，缺乏多元化的版本。上述三个史诗版本有一些共同的特征，即搜集整理翻译的人员皆为以杨正江为代表的紫云苗族布依族自治县《亚鲁王》工作室；编委会成员皆为吴正彪、吴秋林、余未人、杨培德、杨正江、南瓯、南娜、麻勇斌等。《亚鲁王》文本便是上述学者搜集、翻译、整理的结果。由于搜集整理翻译者和编辑者皆为相同的人员，因此，三个版本在内容上大同小异。这就说明目前《亚鲁王》史诗的搜集整理还缺乏多元化的版本。

第二，文本选择不完整。一般而言，史诗整理文本应当以展演者本人的一次完整的唱述为主，但目前整理出版的《亚鲁王》史诗文本是一个综合版本，以杨正江为代表的搜集整理者没能采录到一个或两个东郎的完整的唱诵，而是综合了杨再华、杨光东、陈兴华、黄老金、陈小满等五位歌师的唱诵。执行主编余未人在中华书局出版的《苗族英雄史诗——亚鲁王》（2012）的序言《追念苗族英雄亚鲁王》中指出："这是一个综合版本。杨正江他们没能采录到一个或两个东郎的特别完整的唱诵，而是搜集了五位东郎的唱诵。当然，没有将其融合，而是互为补充。"① 这一综合版本由两个文本组成，"一是在演唱现场所作的苗文记音和汉语对译本；其二是汉文语体文本，即意译本。"② 全书分为"远古英雄争霸"（共17节）和"重建王国大业"（共4节）两章。可见，史诗的整理本既不是在一个东郎独自唱述的基础上整理而成的文本，也不是不同东郎在同一丧葬仪式中轮流唱述而成的文本，而是整理者将五位东郎在不同时空下唱述的不同文本的合成，这种"合成"是搜集整理者将五位东郎在不同时空下唱述的内容汇编、加工、修改、调序过的文本，这种综合本打破了文本的完整性，实际上是对原文本的二度创编。这种二度创编的文本不仅给人产生拼凑的嫌疑，也导致了唱述场域的失真，损害了文本的真实性与整体性，明显有悖于口头传统。

第三，唱述场域的失真性。综合本的缺陷在于对演唱的语境关注不够，由学者搜集、翻译、整理的《亚鲁王》文本也暴露了这一缺陷。东郎在苗族丧葬

① 余未人：《追念苗族英雄亚鲁王》//中国民间文艺家协会主编《苗族英雄史诗——亚鲁王》，北京：中华书局，2012 年，第 11 页。

② 刘锡诚：《〈亚鲁王〉：原始农耕文明时代的英雄史诗》，《西北民族研究》，2012 年第 3 期，第 67 页。

仪式上唱述的《亚鲁王》是一部活态史诗，一个流动不息的、富于生命的口头演述传统，这种口头传统不同于白纸黑字记录的传统文学，它具有易逝性、变异性、多样性。也就是说，每个东郎唱诵的内容不可能完全一样，同一个东郎在不同时间、不同场合唱诵的内容也不可能完全雷同，从而表现出一位东郎一种唱法、一场葬礼一种唱法的多样化形态。但令人遗憾的是，现有的整理本并没有对东郎唱诵语境的背景做出说明，没有交代东郎是在何时、何地、何种情况下唱诵的。由于没有录音、录像、照片作为相应的背景参照，这种综合文本使得史诗的真实性、原真性大打折扣。

《亚鲁王》史诗的汉译整理文本作为跨民族、跨语言、跨文字、跨文化的记录、翻译和整理，必须尊重史诗的口头传统，理所当然地要从具体的展演场域和展演事件出发，深描史诗的演述语境。要让读者真实地感受《亚鲁王》史诗的艺术魅力，离不开对演述语境的深描与还原。巴莫曲布嫫指出："对具体演述场域的'深描'，有助于对口头叙事这一语言民俗事象的表演情境作出分层描写，形成关于表演过程的民俗学报告。尤其是对体制宏大的叙事样式而言，对其演述场域的界定关系到对叙事行动本身及其过程的理解，从而对表演的深层含义作出清晰的理解与阐释，使学术研究更加接近民俗生活的"表情"，更能传达出口头表达文化或隐或显的本真与蕴涵。"[①] 因此，有必要运用影像、录音、图片等现代的信息手段来生动地呈现麻山苗族地区《亚鲁王》史诗的口头传统唱述。

（二）《亚鲁王》史诗的研究现状

从 2012 年《亚鲁王》史诗文本由中华书局公开出版之后，四年来有关《亚鲁王》的研究成果不断。经检索中国知网、谷歌等知名网站，其情况如下。

1. 硕士学位论文 2 篇

一是杨兰的《苗族史诗亚鲁王英雄母题研究》（贵州民族大学，2014），该文以比较研究视角为立足点，先从英雄特异诞生成长母题、婚姻母题、征战母题三个方面将《亚鲁王》史诗与《格萨尔王》《玛纳斯》《吱嘎阿鲁王》三部史诗进行对比，认为《亚鲁王》兼具文化英雄和征战英雄的双重特质，再将《亚鲁王》与其相关异文故事中的心脾禁忌母题进行比较，认为《亚鲁王》史诗中的心脾禁忌母题反映了古代苗族的原始崇拜信仰、农耕生活的社会特点。二是梁勇的《麻山苗族史诗亚鲁王音乐文化阐释》（陕西师范大学，2011），该文从民族音乐学的视角出发，立足于音乐本体，对于麻山苗族在丧葬仪式中演

① 巴莫曲布嫫：《叙事语境与演述场域：以诺苏彝族的口头论辩和史诗传统为例》，《文学评论》，2004 年第 1 期，第 54 页。

唱的《亚鲁王》史诗，从音声类型、音乐形态和演唱方法三个方面进行探讨，并对《亚鲁王》史诗的音乐文化内涵进行了分析。

2. 论文集1部

论文集即中国民间文艺家协会编辑的《亚鲁王文论集》。该论文集主要内容是8位东郎的口述史、4篇有关麻山苗族丧葬仪式的田野调查报告，另外还有3篇论文。东郎的口述史展示了东郎对苗族文化的独特理解，田野调查报告深描了麻山苗族丧葬仪式的程序。3篇论文分别是：吴正彪的《麻山次方言区苗族民间口传文化背景及其社会历史发展概观》以麻山次方言区苗族的口头文化传承为例，对这一区域的族际互动发展史及影响进行分析。李云兵在《关于〈亚鲁王〉收集整理问题的思考》一文中认为，收集整理《亚鲁王》时应注意语言学方法、民族、心理、版本、苗族历史、文化建设与开发利用、文本的数字化活态保护等方面的问题。吴晓东在《史诗〈亚鲁王〉搜集整理的两种文本》一文中对综合文本与现场录音的利弊进行了分析并提出应注意的问题。

3. 期刊论文105篇

在这些论文中，迄今为止虽然尚未发现以“文学人类学”冠名的文章，但从神话、仪式、叙事理论、史诗类型等文学人类学视角对《亚鲁王》史诗进行研究的论文还是有一些，主要情况如下：

①史诗类型视角。史诗类型是文学人类学研究的重要维度。在《亚鲁王》文本出版后不久，朝戈金发表的《媒体对〈亚鲁王〉报道不科学》（《中国社会科学报》，2012年3月23日）一文有针对性地指出了报道和研究中存在的问题，并亮出了自己的观点，这些观点大多是前瞻性的、指导性的。朝戈金认为，《亚鲁王》史诗呈现“混融性”叙事特征，包容了神话、传说、故事等口头遗产，“从史诗内容上看，《亚鲁王》具有在中国境内流布的创世史诗、迁徙史诗和英雄史诗三个亚类型的特征，其中‘创世纪’部分用大量篇幅讲述宇宙起源、日月星辰形成等内容，其后又生动叙述了亚鲁王为避免兄弟之间手足相残而率众远走他乡的筚路蓝缕，其间伴随着艰苦卓绝的战争杀伐，故而兼具迁徙史诗和英雄史诗的叙事特征。”[①] 朝戈金所指出的《亚鲁王》史诗呈现出来的三个亚类型是十分准确的。

朱伟华的《苗族史诗〈亚鲁王〉叙事特征及文化内涵初探》（《贵州社会科学》2014年第9期）运用叙事结构、叙事内容、叙事视角等叙事学理论对《亚鲁王》文本进行分析，认为“《亚鲁王》是典型的东方史诗，但在结构上具有

① 朝戈金：《媒体对〈亚鲁王〉报道不科学》，《中国社会科学报》，2012年3月23日。

兼容‘南’‘北’史诗的特点。”① 一方面，《亚鲁王》像北方史诗一样将主角亚鲁王一生非凡的业绩贯穿始终，呈现“树状结构”的特点；另一方面，《亚鲁王》明显具有南方史诗的特点，“有相对完整的创世谱系，用相当的篇幅描绘了日月形成、造人造物等创世程式，涉及人与自然界动、植物间的多重关系，在泾渭分明的南、北史诗类型中，形成自己综合性、兼容性的‘另类’史诗特点。”② 这一分析也是切合史诗文本的实际情况的。另外，朱伟华从叙事学的角度分析《亚鲁王》史诗的类型特征，将《亚鲁王》称为“苗族苦难史诗”，其理由是“亚鲁王一生没有争抢只有护卫，没有进攻只有退让；他始终在劣境中保持一种精神的高贵，始终不放弃自己的使命责任，在极度匮乏的物质条件下与万物维持一种生存平衡。称‘苦难史诗’，更能彰显亚鲁以柔克刚、以退为进、不以蛮勇称强的文明气息。”③

②神话批评视角。叶舒宪的《〈亚鲁王·砍马经〉与马祭仪式的比较神话学研究》（《民族艺术》2013 年第 2 期）从比较神话学的视角入手，对《亚鲁王·砍马经》及砍马仪式所关涉的民间活态文化现象进行深度解读。在解读葬礼砍马仪式的讲唱语境的基础上，追根溯源，认为苗族口传叙事诗《亚鲁王》不是现代意义上的文学艺术，因此“不宜仅从文学和审美的意义上去理解《亚鲁王》”，“《亚鲁王》文本所附带的《砍马经》，是贵州麻山苗族送丧礼仪组成部分即砍马仪式的伴生产物，其潜在的文化蕴涵，具有古老民间信仰活化石的性质”④。

王宪昭的《神话视域下的苗族史诗〈亚鲁王〉》（《贵州民族大学学报》2014 年第 2 期）对《亚鲁王》史诗的神话情节和母题、神话叙事及神话意蕴进行探讨，认为《亚鲁王》史诗保留了大量具有鲜明文化特征的神话情节和母题，一系列具有鲜明特征的神话意象建构了史诗的神圣叙事，并论述了《亚鲁王》神话叙事的两个特征。第一，史诗交代神性祖先创造世界万物的种种情形，反映出《亚鲁王》史诗将英雄的出生、成长与创业等情节放置在神性世界的大背景中。“首先是将文化英雄个体的塑造置身于世界产生、万物起源等神话叙事

① 朱伟华：《苗族史诗〈亚鲁王〉叙事特征及文化内涵初探》，《贵州社会科学》，2014 年第 9 期，第 63 页。

② 朱伟华：《苗族史诗〈亚鲁王〉叙事特征及文化内涵初探》，《贵州社会科学》，2014 年第 9 期，第 64 页。

③ 朱伟华：《苗族史诗〈亚鲁王〉叙事特征及文化内涵初探》，《贵州社会科学》，2014 年第 9 期，第 64 页。

④ 叶舒宪：《〈亚鲁王·砍马经〉与马祭仪式的比较神话学研究》，《民族艺术》，2013 年第 2 期，第 22 – 27 页。

的大背景中。”[①] 第二，神话与现实有机地融合在一起。“该史诗在代代口传中解释世界和万物产生时已经融入了极为丰富的地方性苗族文化，而在祖先根谱的表述中也把祖先与神非常紧密地联系起来，把神话与现实有机地融合在一起。”[②]

③仪式批评视角。朝戈金认为：“《亚鲁王》史诗演述是整个丧葬仪式活动的组成部分。而且，葬礼中往往有‘砍马’等活动，以象征当年亚鲁王率众征战与迁徙的艰难过程和血泪史。因而，史诗演述既是仪式化的，又是嵌入仪式的——仪式行为规范着史诗演述活动；仪式框架的大小、延续时间的长短决定了每次具体史诗演述的进程。”[③]

苗族学者徐新建的论文《生死两界“送魂歌”——〈亚鲁王〉研究的几个问题》（《民族文学研究》，2014 年第 1 期）从仪式叙事的功能角度强调《亚鲁王》史诗的性质是为亡灵诵唱的“送魂歌”，他认为：“该传唱的最突出部分应称为唱给亡灵的‘送魂歌’。所谓‘送魂’就是送死者魂灵回归。通过经师诵唱，让亡灵离别人世，返回先祖汇聚的地方，从而帮助逝者完成生死交替。在此过程中所唱的歌，听众并非在世的生者，而是将要离去的魂灵。因此它的基本功能是：起歌为死者，以唱送魂灵，所以叫作‘送魂歌’。”[④]

综观目前《亚鲁王》的研究状况，可以发现，学界开始从过去单纯的搜集整理过渡到对《亚鲁王》的研究，但这种过渡还处于起步阶段，或者说处于“起步阶段”，可以从三个方面来看。首先，从表层来看，目前还没有专著，也没有博士论文，甚至还没有在权威期刊上发表的论文。其次，从较深入的层次来看，对《亚鲁王》的研究视域还不够开阔，研究视角还比较单一，自从《亚鲁王》被发掘和整理、出版以来，相关研究众多，从文化的传承与保护、文化人类学角度切入的文章较多，这些研究又缺乏厚度的学理支撑，真正从文学角度切入的研究文章却不多。理论性系统性还不强，深入度不够，如缺乏对史诗文化内涵深入开掘的文章。

《亚鲁王》史诗是从远古时代流淌到今天的活态史诗，牵涉到苗族的宇宙观、民族信仰、历史文化和民俗，对它的研究不仅要深化，进行“立体”“多层次”的阐释和挖掘，而且要运用跨学科的视野在深掘《亚鲁王》史诗的丰富

① 王宪昭：《神话视域下的苗族史诗亚鲁王》，《贵州民族大学学报》，2014 年第 2 期，第 36 页。

② 王宪昭：《神话视域下的苗族史诗亚鲁王》，《贵州民族大学学报》，2014 年第 2 期，第 36 页。

③ 朝戈金：《媒体对〈亚鲁王〉报道不科学》，《中国社会科学报》，2012 年 3 月 23 日。

④ 徐新建：《生死两界“送魂歌”——亚鲁王研究的几个问题》，《民族文学研究》，2014 年第 1 期，第 74－90 页。

内涵及多元价值的基础上，构建跨学科、跨文化的“亚鲁学”。

第二节　文学人类学与《亚鲁王》史诗

一、文学人类学解诂

最早提出“人类学”这一概念的是德国人洪德，1501 年他将研究人体解剖和生理方面的书称为“人类学”。1839 年世界上第一个研究人类体质和文化的学会——法国“巴黎民族学会”正式成立，这是人类学诞生的标志。托皮那（Tapinard）于 1876 年出版的《人类学》是最早的一部人类学著作，他将人类学视为博物学的一个分支学科，称人类学为研究人及人种的学问。1863 年英国创立伦敦人类学会，把文化研究纳入人类学之中。1901 年美国学者何尔默（W. H. Holmos）把人类学分为体质与文化两个方面，创造出“文化人类学”这一概念。

随着西方国家对“非西方”国家的殖民活动而兴起的文化人类学，从诞生伊始就将与西方现代文明相对立的非西方的、原始的人类文化作为其研究对象，从“他者”的视角审视不同的文化传统，以各民族文化相互比较和田野调查作为方法论，将文、史、哲、政、经、法等学科都整合在文化里面，“成为 20 世影响最大的一门新兴学科，以至于几乎所有的现代人文学科都与人类学牵手联姻而形成跨学科的综合性学科”①，故而出现了文学人类学、历史人类学、哲学人类学、音乐人类学、艺术人类学、影视人类学、旅游人类学等一系列新兴学科。

文学人类学作为一门新兴的批评理论流派最初发端于西方。为了阐释方便，下面拟从三个方面展开，即西方的文学人类学研究、文学人类学在中国的本土化实践、什么是文学人类学。

（一）西方的文学人类学研究

在西方学界，文学人类学包括文学理论批评家提出的文学人类学和人类学家提出的文学人类学两个方面。

1. 文学批评家的文学人类学观

文学批评家的文学人类学研究最早源于神话原型批评。神话原型批评是 20 世纪西方文学批评史上研究文学与神话等原始关系的一种文学批评模式，它兴

---

① 廖明君、叶舒宪：《文学人类学：一门新兴交叉学科——叶舒宪教授访谈录》，《民族艺术》，2010 年第 4 期，第 36－42 页。

起于对人类早期文化、原始思维以及人类共同心理结构的研究。对神话原型批评产生直接影响的是以弗雷泽为代表的文化人类学、荣格的分析心理学及结构主义语言学，由此形成了神话原型批评的三个发展阶段，即剑桥学派、荣格学派及弗莱的原型批评。此外，德国哲学家卡西尔的符号哲学、法国哲学家列维-斯特劳斯的结构人类学等也对神话原型批评的发展起到了积极的推动作用。

弗雷泽的巨著《金枝》对巫术、神话、仪式、宗教以及与之相关的原始思维模式做了深入的解剖，并将世界各地不同民族、不同时代的不同文化汇集到一起进行比较研究，进而探讨文学原型的发生及其内在规律。1890 年《金枝》出版之后，在文学、人类学、宗教学等学科领域产生了广泛的影响，特别是原始的巫术仪式、神话传说等人类学研究材料进入了文学研究的视域，其神话—仪式批评理论和跨文化的比较研究方法影响了一个时代的文学批评，成为文学人类学的开山之作。弗莱指出："《金枝》本来是人类学著作，但它对文学批评的影响比它在自己的领域中还要大，因而也确实不妨把它视为一部文学批评著作。"[①] 受弗雷泽及其《金枝》的影响，西方文学批评史上出现了神话原型批评最早的一个学派即剑桥学派，其主要成员为剑桥大学教授简·赫丽生（1850—1928）和牛津大学教授吉·墨雷（1866—1957）。

瑞士著名心理学家荣格提出集体无意识理论，可以说是发展阶段的神话原型批评。荣格的集体无意识以及原型、"原始意象"理论主要建立在神话传说等原始文化以及随后产生的文学艺术的基础之上。他认为，伟大的艺术家是用原始意象说话的人，伟大的艺术作品中回荡着千万人的声音，因此伟大的艺术超越了个人的、偶然的、暂时的意义，进入了永恒的王国，它将个人的命运转化为整个族群的命运，它在我们身上唤起了仁慈的力量，从而保护族群人员摆脱危难、度过漫漫长夜。"艺术不停地致力于陶冶时代的灵魂，凭借魔力召唤出这个时代最缺乏的形式。艺术家得不到满足的渴望，一直追溯到无意识深处的原始意象，这些原始意象最好地补偿了我们今天的片面和匮乏。"[②]

加拿大学者诺思洛普·弗莱是神话原型批评的集大成者。弗莱认为，《金枝》让我们得以认识人类经验的基本模式和原型形象。文学源于神话，而神话又同仪式和宗教信仰密切相关。可见，神话和仪式是文学结构中原型的基础。弗莱把原型视为一种反复出现的意象，把神话传说中神的诞生、历险、受难、死亡、复活看作一个不断循环的故事，而神由生到死再复活的神话，包孕了所有的文学故事，甚至于整个西方文学史就是一种原始神话的往复循环。弗莱将

---

① ［加］诺斯罗普·弗莱：《批评的剖析》，普林斯顿大学出版社，1957 年，第 109 页。

② ［瑞士］荣格：《荣格文集》，冯川等编译，北京：生活·读书·新知三联书店，1987 年，第 122 页。

文学作品的题材、主题、情节、结构、体裁、意象等与远古的神话—仪式、集体无意识和民俗联系起来，挖掘寄予其中的文化内涵，揭示出文学与远古神话、宗教信仰、民间民俗之间的联系。弗莱的原型批评深入人类的远古文明去探析人类原始文明与现代文明之间的关联，超越了纯文学的研究，大大拓展了文学批评的视野。

弗莱之后，美国的原型批评家维克里相继出版了《〈金枝〉的文学影响》和《神话与文学：当代理论与实践》，继续沿着《金枝》的神话—仪式模式以及弗莱开拓的文学人类学研究思路，从人类学的角度进行文学批评实践。德国美学家沃尔夫冈·伊瑟尔在其专著《虚构与想象：文学人类学的疆界》中，明确提出"走向文学人类学"这一概念。伊瑟尔不但力图突破现实与虚构的二元对立，而且试图打破文本与非文本之间的界限，他从操演的新视角而非习惯上从模仿论出发对再现进行重新界定和再阐释。

2. 人类学家的文学人类学观

人类学家的文学人类学设想倾向于把文学现象当作文化现象来看待，侧重于从传播和符号作用等方面来理解文学的特性。

加拿大布伦斯威克大学的费尔南多·波亚托斯认为，应当从文学和人类学的结合部来寻找文学人类学的研究对象。他通过研究叙事作品中人物的非语言信息以及作者和读者之间如何依赖这些非语言活动而完成的转换过程，进而提出"文学人类学"的跨学科观念。在波亚托斯看来，文学中的非语言活动交流系统，指的是文学文本中具有较强人类学意义的现实因素，它们往往可以脱离文学文本，呈现出强烈的人类学特性，因此，非语言交流系统是文学人类学研究的基础。

20 世纪中后期人文科学领域表述危机的出现导致人类学从 19 世纪人的科学到 20 世纪向声势浩大的民族志转变，这一转向给文化人类学理论带来了巨大的变化，即人类学者不再提出放之四海而皆准的宏大理论，而是从全球的比较视野出发，转向对具体地域某一族群的文化阐释。美国人类学家乔治·马尔库斯和米开尔·费彻尔在两人合著的《作为文化批评的人类学——一个人文学科的实验时代》中将反映民族志实践和写作的话语称为"阐释人类学"。

美国当代著名文化人类学家克利福德·格尔兹的符号人类学与阐释人类学可以命名为"符号阐释学"。他认为人类文化的基本特点是符号性的和解释性的，"我主张的文化概念实质上是一个符号学的概念……所谓文化就是这样一些由人自己编织的意义之网。"① 在格尔兹那里，对文化的分析便是一种探求意义

① ［美］克利福德·格尔兹：《文化的解释》，韩莉译，南京：译林出版社，1999 年，第 5 页。

的解释科学，人类学者的工作就像文学批评家那样把文化视为文本，挖掘异文化中蕴含的象征、联想与意义，专注于文本的分析和意义的阐释。他的符号解释学强调“田野”与“文本”之间的互动、互疏、互证，将文学与人类学研究并置于同一范畴，将长久以来的文本与田野之间的张力转化为动力，为文学人类学的方法论建构提供了新的契机。格尔兹的符号解释学对后现代人类学甚至整个人文社会科学的研究取向产生了深远的影响，新历史主义的文学批评家所提出的“文化诗学”观念可以说是与符号解释学的对话与互动，后来兴起的“人类学诗学”倡导用文学的方法去表述田野作业的观察和体验，避免过度依赖理论概念和术语，也可见格尔兹的符号解释学的影响。

在职业的美国人类学家中出现的人类学诗学①是以文学方法进行民族志写作的表述方式，其出发点是文化的主体性，这是以参与、介入、体验的方式尽可能感性地、完整而丰富地呈现原汁原味的地方性知识，以便避免西方理性主义思维和科学范式对表述原住民文化的遮蔽作用。人类学者运用文学的形式来表述自己的人类学观念，形成了人类学新的表达方法和表述风格，使得文学人类学的阐释领域充满诗意和哲学魅力。

20 世纪中后期在美国的民俗学界催生出民族志诗学的理论和方法，主要代表人物有邓尼斯·泰得洛克、弗里、戴尔·海姆斯等。民族志诗学体现了口传文学的再发现对传统的文学文本概念的挑战，其挑战主要表现为五大“转向”，即从静态的文本研究转向对动态的展演和交流过程的研究；从关注历史民俗转向关注当代民俗；从文本中心的研究转向对语境的研究；从普遍性的研究转向地方性知识的研究；从对集体性的关注转向对富于创造性的个体的关注。概括而言，民族志诗学主要关注口传文学的交流，如用故事、吟诵、歌唱的方式呈现出来的谚语、谜语、咒语等各种口头叙事，其基本理念是把文本置于自身的文化语境中进行考察，它尊重不同文化中独特的诗歌特点，并致力于揭示和发掘这些诗歌的特质和文化蕴含。尤其重要的是，民族志诗学反对用作家文学的理念来看待口头传统，也反对用西方的标准来评价其他非西方的语言艺术。不仅要研究文本，更要关注情境性语境中的展演过程，通过展演过程来发掘诗歌的社会角色和审美价值。

总之，人类学视角下的文学人类学研究试图从人类起源和艺术发生的角度来探讨为什么只有人类能创造文学，穷究文学艺术发生的生理、心理机制和社会文化背景；重点研究原始的、蛮荒的、野性的思维和现代文学的关联；不但研究书面文本，而且要研究从远古时代流传至今的活态的仪式展演，探讨仪式

① 也称为“文学人类学”。

展演与文化之间的内在关联。

二、文学人类学在中国的本土化实践

文学人类学于20世纪初乘西学东渐之风登陆中国，至今已经走过百余年的历程。我国百余年的文学人类学研究大致可以分为两个时期，即中华人民共和国成立之前的文学人类学研究和中华人民共和国成立之后文学人类学研究的复兴。

（一）中华人民共和国成立之前：中国文学人类学研究的奠基期

20世纪初在西学东渐之风的影响下，西方的文学人类学理念，尤其是神话—仪式理论开始传入中国。民间文学研究者刘锡诚认为在20世纪上半叶中国民间文学学术史上存在一个“文学人类学派”[①]，主要成员有王国维、蒋观云、周作人、鲁迅、闻一多、郑振铎、茅盾、赵景深、谢六逸、钟敬文、郑德坤、凌纯声、郭沫若等。

20世纪初，我国的民间文学研究者[②]最早引进的文学人类学理论是以泰勒、安特路·朗和弗雷泽为代表的英国人类学派的神话学理论，主要研究对象是神话、传说和故事，其传入中国主要有两条路径，一条来自留学欧洲的知识分子，一条来自留学日本的知识分子。主要表现为两个方面，一是译介其理论，二是运用其理论与方法来研究中国的神话、故事和传说。

先看译介。1907年留学日本的周作人翻译了英国哈葛德和安德留·兰合作撰写的神怪冒险小说《红星轶史》，并在《前言》中对英国神话学家安德留·兰做了简要的介绍。他还翻译了英国哈里孙的《希腊神话引言》(1926)。周作人对神话学的译介起了发蒙的作用。赵景深先后翻译了哈德兰德的《神话与民间故事的混合》[③] 和《神话与民间故事》[④]，麦苟劳克的《民间故事的探讨》[⑤]、《季子系的童话》《友谊的兽的童话》《兽婚故事与图腾》等[⑥]。赵景深不仅翻译，还在自己的研究著述中，介绍并运用人类学的神话学理论与方法，体现出从故事中探讨古代的风俗礼仪和宗教这一民间文学观。郑振铎翻译了英国柯克士的《民俗学浅说》(1934)。杨成志翻译了英国该莱的《关于相同神话解释的学说》以及英国班恩的《民俗学概论》一书的附录部分《民俗学问题格》。汪

---

① 参见刘锡诚《中国民间文艺学史上的文学人类学派》，《湖北民族学院学报》(哲学社会科学版)，2004年第4期，第54页。

② 主要研究神话、传说和故事。

③ 原载《新民意报副刊》1923年第8期。

④ 原载《小说月报》1926年第17卷第8期。

⑤ 原载《文学周报》1927年第4期。

⑥ 原载《民众教育季刊》1933年第3卷第1期。

镬泉从日文翻译了小川琢治的《天地开辟与洪水传说》、青木正儿的《中国小说底渊源与神仙说》，江侠庵编译了小川琢治的《山海经考》，白桦翻译了松村武雄的《地域决定的习俗与民谭》，周学普翻译了《狗人国试论》，钟子岩翻译了《童话与儿童的研究》等。

周作人是北大歌谣研究会的始创者，他撰写了《金枝上的叶子》，介绍弗雷泽的《金枝》。他撰写的《欧洲文学史》运用19世纪安特路·朗的人类学理论来分析古希腊文学。其《中国新文学的源流》在论述文学的起源时将中国文学与印度和希腊之文学进行比较，认为文学起源于宗教祭祀。谢六逸曾在日本早稻田大学学习，先后著有《西洋小说发达史》和《神话学ABC》。其《神话学ABC》的前半部分根据日本早稻田大学人类学家西村真次的《神话学概论》，后半部分根据日本神话学家高木敏雄的《比较神话学》编译而成。他在介绍西方神话学理论时，对中外神话进行了比较研究，并将神话学视作一门独立的科学，认为神话学涵盖神话学史、神话基本理论和方法论三个方面，对中国神话学的建立，起了奠基的作用。

再看研究。20世纪初，蒋观云在梁启超创办的《新民丛报》上发表《神话历史养成之人物》（1903）一文，在汉语世界率先引入"神话"概念，这是中国神话研究的最早文献。他认为中国古典小说一部分脱胎于神话，如《封神传》《西游记》；一部分脱胎于历史，如《三国演义》《水浒传》等，这就明确了神话在中国文学史上的源头地位。茅盾从比较神话学的角度对古代汉族神话的梳理和发掘，取得了令人瞩目的研究成果。他先后撰著了《中国神话研究》①、《楚辞与中国神话》②、《神话杂论》（1929）、《北欧神话ABC》③ 等。茅盾的《中国神话研究ABC》运用文学人类学的观点来探讨各民族神话产生的时间及其生成原因，并比较研究各民族神话之异同及其原因。他的神话研究运用人类学的神话理论来解释中国古籍中的神话材料，体现了洋为中用、中西结合的学术旨趣。他撰写的《中国神话研究ABC》已经成为中国神话研究的经典之作，奠定了他作为中国神话学开拓者的学术地位。闻一多的著作《神话与诗》从神话和民俗的视角对古代诗歌经典进行重释。他的系列文章《伏羲考》《司命考》《姜螺履大人迹考》《龙风》《说鱼》等运用文化人类学的知识和视野，通过挖掘潜藏在文本背后的巫术信仰、神话典故、民俗事象等人类学层面的蕴涵，展示其"有意味的形式"的文学旨趣。闻一多的神话学研究特点是把神话学与诗学联系起来，注重意象的整体关联和系统联想。郑振铎的《汤祷篇》在

① 原载《小说月报》1925年第16卷第1期。

② 原载《文学周报，1928年第8期。

③ 世界书局，1930年出版。

神话研究中另辟蹊径，他借鉴《金枝》的巫术理论对汤祷传说的研究，对中国的“蛮性的遗留”做了一番历史清理。他认为，原始生活的古老的“遗存”常常不经意地侵入现代人的生活之中。鲁迅有关神话的著述颇多，其中包括《破恶声论》《神话与传说》《从神话到神仙传》《关于神话的通信——致傅筑夫、梁绳伟》等。在《破恶声论》中，鲁迅创造性地运用西方人类学派的神话理论对神话的起源和特点、神话与现实的关系以及神话演化为传说的路径等进行了探讨。钟敬文在20世纪二三十年代撰写的《楚辞中的神话和传说》（1928）《与爱伯哈特博士谈中国神话》（1933）《中国神话之文化史价值》（1933）以及《老獭稚型传说底发生地》（1934），其特点是将人类学派的学说与社会学派的观点结合起来。郭沫若从婚姻进化史的角度对甲骨文的解说，李玄伯、卫聚贤从图腾理论入手重述古代帝王系谱，凌纯声从民族学旁证出发破解古代礼制风俗，郑德坤在《山海经及其神话》一文中，运用万物有灵理论、心理共同说来探讨《山海经》中的神怪鸟兽。

王国维的《屈子文学之精神》以希腊神话为参照系重新发掘楚文化的浪漫特质。他在《宋元戏曲考》中运用尼采的悲剧理论，将我国戏曲之起源归诸巫文化——巫觋祭祀。“歌舞之兴，其始于古之巫乎？巫之兴也，盖在上古之世。”① 但是，王国维在我国文学人类学研究中最重要的贡献在于他的方法论开拓——“二重证据法”。众所周知，清朝以前，我国的国学研究传统主要是注经，有文字的儒家经典是唯一的证据材料，其他所有的材料都被拒之门外。20世纪初，王国维在《古史新证》中提出“吾辈生于今日，幸于纸上之材料外更得地下之新材料，由此种材料，我辈固得据以补正纸上之材料，亦得证明古书之某部分全为实录……此二重证据法。”② 20世纪后期出土的大量战国秦汉时代的竹简和帛书，这是古代学者所无法看到的珍稀文本，文学研究因此跳出故纸堆而走向考古发掘的新材料。王国维的“二重证据法”将地下出土的材料与纸上材料相互印证，直接启示了后来的三重证据法和四重证据法。

从上面的梳理，我们可以发现，中华人民共和国成立之前我国的文学人类学研究主要是古典文学研究者运用西方的神话学理论对我国的神话进行诠释。他们对于文学人类学知识的运用，开辟了文学研究的新视角，也为现代神话学理论的建构提供了宝贵的经验。但是，我国文学人类学研究的初创期，在方法和手段上也呈现出一些偏颇和不足，这主要表现在两个方面。首先，大多古典文学研究者都是书斋式的学者，他们停留在书斋研究上，很少开展田野作业搜集活态的口传资料。其次，古典文学研究者以进化论作为理论基础，把进化论

① 王国维：《王国维论著三种》，北京：商务印书馆，2010年，第47页。

② 王国维：《王国维学术经典集》（下），南昌：江西人民出版社，1997年，第126页。

的观点“套用到神话研究之中，认为各民族的神话都经历过从多神到一神，从兽形到半人半兽到人形的演变过程；而口头叙事从神话到传说到故事的发展，也是千篇一律的。”[①] 也就是说，他们专注于发现各民族中存在的风俗和神话的普遍性和共性，而忽略了对特殊性的考察，这实际上也与他们较少开展田野作业有关。

（二）20世纪80年代及其以后：中国文学人类学研究的复兴

20世纪80年代以来，在文学的现代性焦虑以及文学研究、比较文学窘境的双重挤压下，中国的文学人类学呈现复兴的局面，取得了有目共睹的成绩。概括而言，主要体现在神话—原型批评、经典重释、仪式研究、原始主义批评、文学治疗理论、方法论的拓展与突破等几个方面，下面分别展开探讨。

1. 神话—原型批评

中华人民共和国成立之前我国的文学人类学研究主要是在神话研究领域，希望从古人的精神遗存中来探寻现代文明社会中存在的种种问题的钥匙。“神话”观念及研究方法极大地影响了传统的文史研究。新时期我国文学人类学研究的复兴同样发生在神话研究领域。这一方面是因为我国的文学人类学研究是在西方的神话学理论的影响下发展起来的，另一方面是受到王国维、周作人、鲁迅、闻一多、郑振铎、茅盾、赵景深、谢六逸、钟敬文、郑德坤、凌纯声、郭沫若等前辈文学人类学研究传统的影响。

1987年《金枝》中文节译本（中国民间文艺出版社）及系统介绍弗雷泽、弗莱、威尔赖特等西方学者的神话学观点的译文集《神话—原型批评》相继出版，原型批评理论引入中国的文学研究界，在文学批评领域掀起了一股文学人类学热潮，用原型理论分析中国作品的论文相继出现，如方克强的《现代动物小说的神话原型》《我国古典小说中的原型意象》《神话和新时期小说的神话形态》《原型题旨：〈红楼梦〉的女神崇拜》《原型模式：〈西游记〉的成年礼》等，陈炳良的《神话·礼仪·文学》，叶舒宪的《水：生命的象征》，陈建宪的《神祇与英雄》，陈勤建的《文艺民俗学导论》，张建泽的《圆形原型的现代演变：初论新时期小说中的圆型人生轨迹》等。不仅如此，《中国比较文学》《文艺争鸣》《上海文论》《民族艺术》等学术期刊纷纷开辟文学人类学研究专栏。

虽然神话原型批评对于解读中国经典文献具有不可忽视的意义，但也存在不少问题，对此方克强一针见血地指出了其不足和失误：“一、跨文化研究的不彻底性，主要是西方中心主义的传统思想往往造成对东方文学包括中国文学的

---

① 刘锡诚：《中国民间文艺学史上的文学人类学派》，《湖北民族学院学报》（哲学社会科学版），2004年第4期，第55页。

忽视与隔膜；二、过于重视共性而轻视个性，强调连续性而疏忽阶段性；三、注重文化心理的价值标准，缺乏审美的价值标准。”[①] 为了使原型批评理论与本土的批评实践相结合，叶舒宪在《探索非理性世界——原型批评的理论与方法》（四川人民出版社，1988）一书中总结了原型模式的中国变体，重构中国上古神话宇宙观的时空体系，同时论述了具有人类学性质的方法是否适用于中国文学研究的问题。同时，叶舒宪与俞建章合著的《符号：语言与艺术》（上海人民出版社，1988）一书将原型作为人类神话思维时代的符号形态来考察，追溯了神话思维在向艺术思维转换过程中所发生的原型审美化过程。

2. 经典重释

20 世纪中期兴起的符号人类学与解释人类学，使得人类学经历了从“人的科学”向“文化阐释”的嬗变，文学人类学的研究范围逐渐扩大到文学文本之外的文化文本，传统的以考据为核心的文史研究方法由此发生了重要的范式转变，即从单纯的考据研究转向跨文化阐释。

20 世纪 90 年代开始，重新解读中国上古经典著作的“中国文化的人类学破译”系列丛书出版，其中包括萧兵的《〈楚辞〉的文化破译》、叶舒宪的《〈诗经〉的文化阐释》、《说文解字的文化说解》、萧兵和叶舒宪合著的《老子的文化解读》、臧克和的《说文解字的文化说解》、王子今的《史记的文化发掘》、叶舒宪的《庄子的文化解析》《〈史记〉的文化发掘》《〈中庸〉的文化阐释》和《〈山海经〉的文化寻踪》等 8 种著作[②]。它们的共同特点是运用文学人类学的视野和方法，对本土的经典传统文献重新进行解读，打破了过去仅用“小学”的方式对经典进行考据和训诂的惯例。同时，这些成果虽然是对中国古代经典的文化阐释，但却将传统的国学研究拓展到了世界文化的宏阔视野之中，进而促进了中国文学研究的文化转向，对国内的文学人类学研究产生了深远的影响。这套丛书及其对经典的重释，可以说是“新时期”我国文学人类学重建的标志。乐黛云指出：“作为中国文学人类学用现代的、世界的眼光重新诠释了中国原典，使其真正成为全球文化的一部分，成为人类共享的思想、文化资源，可以说他们已超越了东西方文化的二元对立的传统模式，努力从人类及其文化整体的高度去审视某一文化现象，在这样的研究和诠释中，很可能会逐渐产生既非传统西方话语，亦非传统东方话语的新的话语，从而人类能在共同

① 方克强：《文学人类学批评的兴起及原则》，《当代文艺探索》，1987 年第 3 期，第 29 页。

② 这 8 种著作由叶舒宪主编，湖北人民出版社于 1991—2003 年出版。

建造的思维基础上相互沟通。”①

3. 仪式研究

仪式研究是文学人类学的一个重要领域，新时期我国文学人类学研究的一大特色是对“文学与仪式”的整合性研究。在仪式研究方面彭兆荣的成果尤其突出，他有两部以仪式为主旨的论著，一部是《文学与仪式：文学人类学的一个文化视野》（北京大学出版社，2004），另一部是《人类学仪式的理论与实践》（民族出版社，2007）。在《文学与仪式：文学人类学的一个文化视野》中彭兆荣以西方的经典命题“酒神祭仪”为切入点，从仪式理论的知识谱系、文学人类学的解释谱系、人文自然的历史谱系、酒神祭仪的神话谱系、符号话语的美学谱系、文学叙事的原型谱系六个方面对文学与仪式的关系做了全面论述，以神话仪式为切入点向文学的文化方面拓展。该著作认为，仪式理论对文学叙事有着重要的影响，仪式与古代的诗学叙事，特别是古希腊的戏剧文学有着密不可分的联系。酒神祭祀仪式作为一种跨民族、跨区域的多元文明遗产，是西方戏剧起源的滥觞，也是西方文学叙事中不可或缺的原型。在《人类学仪式的理论与实践》（民族出版社，2007）中，彭兆荣对仪式与生态的关系、仪式的治疗功能进行了探讨。他认为，“仪式之于疾病以及人们对仪式之于疾病的治疗工具性和效果的认识都是共同的，即相信通过仪式的举行、仪式的程序、仪式的程序交通等活动和行为不仅可以使疾病与造成‘疾病的因素’建立‘对话和交流关系’，人们通过仪式中的献祭、祈求、表演等行为方式或贿赂、或娱乐、或请求，或宴请祖先和神灵，以最终达到对疾病的治愈。”②

萧兵从仪式的角度阐释了楚辞的文化内涵，他认为《九歌》是巫术性歌舞，其中隐喻了人神恋爱和杀人祭神的仪式。《天问》中的原始群团赛诗、对歌破谜的社会行为模式是一种社会性的仪式行为，而《离骚》则是光明崇拜的太阳鸟悲歌的反映。他将《诗经·大雅·生民》中叙述的后稷三弃三收情节阐释为图腾即位的考验仪式。另外，胡志毅的《神话与仪式：戏剧的原型阐释》（2001），容世诚的《戏曲人类学初探》（2003），叶舒宪的《河西走廊：西部神话与华夏源流》（2009）等著述，或者从古今文学叙事模式中发掘仪式原型，或者把神话观念与仪式结合起来研究，显示了文学人类学的仪式视角对于传统文学批评范式的变革作用。

4. 原始主义批评

1871年英国文化人类学家爱德华·泰勒的巨著《原始文化》出版，不仅是

---

① 乐黛云：《文化多元和人类话语寻求——兼论文学界人类学与中国文化破译》，《淮阴师专学报》，1999年第1期，第41页。

② 彭兆荣：《人类学仪式的理论与实践》，北京：民族出版社，2007年，第311页。

文化人类学这门学科诞生的起点，也是西方学界发现“原始”的标志。19 世纪后期，帝国主义的全球殖民扩张和对原始文化的发现催生了跨学科的文化人类学，要求以文化相对论的视野重新认识“原始人”及其原始文化。20 世纪以来，西方的文学艺术领域出现一股回归原始的倾向，以再发现、再认识原始价值为主题的文学创作直接推动了现代主义文学运动的兴起，催生了跨文化的人类学想象。叶舒宪认为，“人类学想象就是以异文化的他者为对象的一种文学艺术认知模式，也可以视为人类学知识观在 20 世纪文学艺术领域的某种派生现象。”① 可见，人类学想象即是对异族、异文化的全面关注与重新认识。

文学人类学研究着重于考察“异文化”的特质。在中国语境中，“原始主义”经历了从指称文学创作倾向（如 20 世纪 80 年代的寻根文学）到文学批评范式（如对寻根文学的批评）再到具有普遍性的文学人类学的研究方法这样一个嬗变过程。方克强在《文学人类学与鲁迅研究》一文中从文学人类学的研究视角发掘鲁迅前期思想与小说创作中的文化内涵。他认为，“在鲁迅研究中，社会学方法立足于传统与现代二元概念，人类学方法则主张原始与现代的二元视野。社会学方法一定程度上造成了对鲁迅前期思想真实的遮蔽。鲁迅前期思想中具有原始民族、原始文化和原始思维三类相关概念，其思想的彻底性与特色，在于将传统文化视为原始性或半原始性的文化。”② 进而提出，文学人类学则将对人类文化的考察推及原始，“文学人类学主张用原始与现代的二元概念来包容并代替传统与现代二元的社会学模式。”③

文学人类学与其他人文学科的差异，就在于探寻文化中经验的、直觉的、行为的、他者的、野蛮的元素，可以说文学人类学是一门关于“他者”的人类学。对他者文化中的异族特质、异国情调、异域风格甚至具有民族志色彩的内容进行发掘便是原始主义批评。原始主义批评将目光投向人类遥远的过去和民族文化传统，以此恢复传统记忆、民族身份，蕴含着深刻的伦理关怀，给予处于社会转型中的现代人以超越和逃避现实异化的乌托邦幻想，对现代文明进行深度反思。

5. 文学治疗：文学的精神功能再发掘

当今的文艺理论教科书大都把文学功能归纳为认识作用、教育作用和审美作用三个方面，却忽略了其最初的也是最重要的一面——文学的精神治疗功能。叶舒宪从文学人类学的视角大力倡导文学的精神医疗功能，并为此做了不少引路性的工作。首先，他翻译了美国精神病学家麦地娜 · 萨丽芭的论文《故事语

① 叶舒宪：《文学人类学教程》，北京：中国社会科学出版社，2010 年，第 10 页。
② 方克强：《文学人类学与鲁迅研究》，《文艺理论研究》，2010 年第 6 期，第 41 页。
③ 方克强：《文学人类学与鲁迅研究》，《文艺理论研究》，2010 年第 6 期，第 41 页。

言：一种神圣的治疗空间》，该文“以印度尼西亚的皮影戏和H太太疗病经历为例，说明故事语言可以为患病者创造一种神圣的治疗空间；当无序和混乱给人带来痛苦时，故事、歌谣和仪式不啻为一种用于重新组织和整合事物的药物”①。其次，主编了《文学与治疗》（社会科学文献出版社，1999）一书，该书既有当前国际学界十分重视的人类与生存环境息相关的文化生态问题，也有具体的个案研究。就前者而言，李亦园从文学人类学角度探讨民间文学的文化生态，鲁枢元的《艺术与Eupsychian》认为“健美的灵魂”与“强壮的体魄”一样不可或缺。就后者而言，孙绍先的《不可轻易翻转的“风月宝鉴”》以古代的性文学为题旨，高旭东提出，鲁迅既是“医生”，又是“患者”的新锐观点。再次，叶舒宪还撰写了《文学与治疗——关于文学功能的人类学研究》（原载《中国比较文学》，1998年第2期）、《诊治现代文明病》（原载《广东社会科学》，2003年第1期）。他提出：“文学是人类独有的符号创造的世界，它作为文化动物——人的精神生存的特殊家园，对于调节情感、意志和理性之间的冲突和张力，消解内心生活的障碍，维持身与心、个人与社会之间的健康均衡关系，培育和滋养健全完满的人性，均具有不可替代的作用。”② 最后，叶舒宪的专著《文学人类学教程》（中国社会科学出版社，2010）用大量的篇幅探讨文学的治疗功能，提出很多新颖的观点，如《格萨尔王传》具有“融合故事、唱诵、展演、信仰、仪式、道具、唐卡、图像、医疗、狂欢、礼俗等文化整合功能。”③“唱诵咒语治疗的疗效侧重在调动人类语言自身的仪式性和巫术性力量，以及灵性语词沟通神圣治疗的巨大潜力。”④

在叶舒宪的倡导下，有关叙事治疗、文学治疗的专著和论文不断涌现。专著方面，如李明、杨广学的《叙事心理治疗导论》（山东人民出版社，2005），张嘉真、杨广学的《作文教学与叙事治疗》（台北五南图书公司，2006）等。论文方面，如武淑莲的《文学治疗作用的理论探讨》（《宁夏社会科学》2007年第1期）和王立新、王旭峰的《传统叙事与文学治疗——以“文革”叙事和纳粹大屠杀后美国意识小说为中心》（《长江学术》2007年第2期）等，限于篇幅，在此不一一列举。武淑莲的论文《文学治疗作用的理论探讨》从“文学治疗的心理学依据、美学依据、文学是人类存在的精神家园的现实性、预见性以

① ［美］麦地娜·萨丽芭：《故事语言：一种神圣的治疗空间》，叶舒宪、黄悦译，《广西民族学院学报》（哲学社会科学版），2003年第5期，第27页。

② 叶舒宪：《文学与治疗——关于文学功能的人类学研究》，《中国比较文学》，1998年第2期，第88页。

③ 叶舒宪：《文学人类学教程》，北京：中国社会科学出版社，2010年，第79页。

④ 叶舒宪：《文学人类学教程》，北京：中国社会科学出版社，2010年，第266页。

及文学治疗实现途径”[1] 四个方面，论证文学的治疗作用是文学的第四功能，并呼吁进入文学理论教材。

彭兆荣从原始主义维度考察了酒神祭祀仪式，认为在酒神祭仪的原始宗教情结中包含病理志叙事。“狄奥尼索斯无论作为神性、神位和神格都具有明确的‘致病/治病’的双重性质、双重意象和双重隐喻。”[2] “古代的神话仪式、神秘思维当中有着明显的病理志[3]痕迹。”[4] 在远古时代，神话的病理志所叙述的神话具有幻想的、虚构的性质，即用虚幻的、神秘的叙事传达对疾病的感受，但这种感受却指向更深层的真实，神话叙事表达了族群性的理解和期待，这种对疾病的恐惧也是对超自然力的膜拜。神话仪式“病理志”的叙事方式表现为隐喻性，它既是神话思维，又是神话叙事。因此，狄奥尼索斯祭仪更具有“治疗”效果，“迷狂”“醉境”“怜悯”“恐惧”“宣泄”“排遣”“净化”等哲学美学概念可以在病理学、生理学和心理学范畴来理解。

6. 三重证据和四重证据法：文学人类学方法论的拓展与突破

新时期我国文学人类学的一个明显特征是方法论的拓展与突破，在王国维开创的二重证据法的基础上提出了“三重证据法”和“四重证据法”。

历史学家杨向奎在《宗周社会与礼乐文明》（修订本）序言中率先提出三重证据法，他指出：“文献不足则取决于考古材料，再不足则取决于民族学方面的研究。过去，研究中国古代史讲双重证据，即文献与考古相结合。鉴于中国各民族社会发展不平衡，民族学的材料，更可以补文献考古之不足，所以古史研究中三重证据代替了过去的双重证据。”[5] 杨向奎认识到了民族学材料对于解读古史古书的启示意义，并提出“三重证据”这一概念，但没有做出理论上的论证。20 世纪 80 年代初，香港学者饶宗颐认为甲骨文而不是民族学材料对于三重证据法的决定性意义，他指出：“在甲骨文中有许多关于商代先公先王的记载，在时间上应该属于夏代的范畴，可看作是商人对于夏代情况的实录，比起一般传世文献来要可靠和重要得多。……总之，我认为探索夏文化，必须将田野考古文献记载，和甲骨文的研究，三个方面结合起来。即用‘三重证据法’

---

① 武淑莲：《文学治疗作用的理论探讨》，《宁夏社会科学》，2007 年第 1 期，第 47 页。

② 彭兆荣：《文学与仪式：文学人类学的一个文化视野》，北京：北京大学出版社，2004 年，第 185 页。

③ 即对病理行为的描述。

④ 彭兆荣：《文学与仪式：文学人类学的一个文化视野》，北京：北京大学出版社，2004 年，第 186 页。

⑤ 杨向奎：《宗周社会与礼乐文明》（修订本序言），北京：人民出版社，1997 年，第 1 页。

进行研究，互相抉发和证明。”[①] 饶宗颐所谓的“三重证据”实质上是王国维的二重证据。杨向奎和饶宗颐对三重证据的看法各执一端，都没有进行系统的学术史梳理。叶舒宪在前辈学者的基础上对三重证据的内涵做了明确的界定，他认为，“三重证据指人类学的口传与非物质文化遗产，包括民俗学的民族学的大量参照材料。”[②] 换言之，所谓“三重证据”指的是人类学田野调查得来的数据和材料，其中包括非文字的活态文化传承，即口头传统和仪式展演等。因为三重证据是跨文化的，不是直接的，所以它无法追溯到上古时代。20 世纪 90 年代成熟起来的三重证据法使得文学研究跳出了故纸堆的狭窄领地，将一向被视为卑下的神话传说和民俗文化作为文学研究的重要材料，文学研究观念也因此发生了重要的范式转型，这是中国的文学人类学研究趋向独立的方法论基础。

21 世纪初，叶舒宪在顾颉刚、胡适、张光直等前辈学者的基础上，明确提出“四重证据法”。叶舒宪在《第四重证据：比较图象学的视觉说服力——以猫头鹰象征的跨文化解读为例》[③]、《四重证据：知识的整合与立体释古》[④]、《文学人类学的中国化过程与四重证据法》[⑤]、《论四重证据法的证据间性》[⑥]、《物的叙事：中华文明探源的四重证据法》[⑦] 等多篇论文中对四重证据法进行了详细的阐发，在《文学人类学教程》（中国社会科学出版社，2010）的第四编“研究方法”专门用两章的篇幅系统梳理和论证四重证据法。叶舒宪认为，大多数原住民、少数民族没有文字系统，他们的历史和文化的传承途径主要靠活态的文学、器物、仪式和图像。“第四重证据指实物和图像（文物典章制度源于宗教仪式的法器/道具，它也能叙事，叫物的叙事）。第四重证据就是直接研究物体的叙事，从物体中解读出文字文本没有记载的文化信息。”[⑧] “四重证据法”融汇了文化人类学的“物质文化”概念，将实物和图像作为文字、考古物和口传资料之外的第四重证据，通过实物和图像来揭示先民的神话世界观。从证明效力看，第四重证据比一二三重证据都要有力，叶舒宪指出：“即使是那些来自时空差距巨大的不同语境中的图像，为什么对我们研究本土的文学和古文化真相也还会有很大的帮助作用？在某种意义上，这种作用类似于现象学所主

---

① 饶宗颐：《谈三重证据法》//《饶宗颐二十世纪学术文集》（卷一），台北：新文丰出版公司，2003 年，第 16 页。

② 叶舒宪：《文学人类学教程》，北京：中国社会科学出版社，2010 年，第 67 页。

③ 原载《文学评论》2006 年第 5 期。

④ 原载《江苏行政学院学报》2010 年第 6 期。

⑤ 原载《社会科学战线》2010 年第 6 期。

⑥ 原载《陕西师范大学学报》2014 年第 5 期。

⑦ 原载《兰州大学学报》2014 年第 6 期。

⑧ 叶舒宪：《文学人类学教程》，北京：中国社会科学出版社，2010 年，第 67 页。

张的那种“直面事物本身”的现象学还原方法之认识效果。”①

四重证据的有机结合，便构成了中国文学人类学的系统的方法论。第一重证据指传世的文本文献；第二重证据特指地下出土的甲骨文献；第三重证据指非文字的活态文化传承；第四重证据指实物和图像。相应地，在叙事的概念上也可分成四个部分，即“文本叙事（包括口传的与书写的），图像的叙事、物的叙事和仪式的叙事。”② 叶舒宪对四重证据及其相应的叙事形态做了总结（见表1－1），不妨照录于下：

表1－1　考据学与证据法学的功能对照表③

考据学方法分类	证据学方法分类	文化—符号学的叙事分类
一重证据	书证（间接）	文字叙事
二重证据	书证（直接）	文字叙事
三重证据	证言（或旁证）	口传叙事、仪式叙事
四重证据	物证或图像证	物的叙事、图像叙事

综上所述，我国百余年的文学人类学研究有一条一以贯之的线索，那就是致力于文学人类学的本土化。所谓“本土化”，指的是用西方的人类学理论和方法来解释中国文学中的具体问题，并构建出自己的理论话语体系，体现了“中学为体，西学为用”的研究理路。

文学人类学作为一门从西方舶来的学说，如何使之同本土的学术传统相适应，进而构建真正多元对话基础上的文学人类学研究范式，是摆在中国文学人类学学者面前的重要课题。

在20世纪初“睁眼看世界”的时代潮流中，传播并运用欧洲神话理论的主要是一批游学域外的文学家，他们以文学家的眼光，从文学的角度去认识神话；他们以博大的世界眼光，运用以今证古、类型研究、比较研究的方法，主要在神话和歌谣领域进行文学人类学的最初尝试，形成了中国文学人类学的神话学。文学研究者如王国维、周作人、鲁迅、闻一多、郑振铎、茅盾、赵景深、谢六逸、钟敬文、郑德坤、凌纯声、郭沫若等，创造性地运用西方人类学、神话学、民俗学的理论和方法作为认识文学的新武器，并与中国本土文学研究相结合，

① 叶舒宪：《第四重证据：比较图像学的视觉说服力——以猫头鹰象征的跨文化解读为例》，《文学评论》，2006年5期，第173页。

② 叶舒宪：《文学人类学教程》，北京：中国社会科学出版社，2010年，第67页。

③ 叶舒宪：《文学人类学教程》，北京：中国社会科学出版社，2010年，第376页。

做出了开拓性的探索，出现了一批研究成果。以茅盾为例，他借鉴西方人类学的神话理论，目的是为了穷本溯源，探究中国古籍中的神话材料，正如他自己所说：“处处用人类学的神话解释法以权衡中国里的神话材料”①。因此，他在比较中探求神话演变的轨迹而形成了对神话的一些基本看法，如神话和原始人的信仰和心理状况相关联，神话是原始人生活和思想的反映等，无一不是结合中国神话的具体情况而得出来的结论。20 世纪 80 年代以后文学人类学在中国复兴，神话原型批评从文学中引出文化，从文学文本拓展到文化文本。学者们不仅研究古籍中的神话，还到民间搜集了大量口传神话，并研究活态神话。“从某种意义上看，神话学一百年来在中国的建立和发展实际上充当了文学人类学研究的奠基作用……人类学所提供的域外的、原始的、民族的、民俗的资料，成为我们反观本土文学的第三重证据。”②

严格说来，神话原型批评只是一种方法。回顾百余年来中国文学人类学的历史，文学人类学在方法论上是一脉相承的。除了神话原型批评之外，还有跨文化比较、原始主义批评、仪式批评等。故而，神话、图腾、原型、文化模式、原始意象、仪式等成了中国文学人类学的关键词汇。神话学及其原型批评在中国的广泛运用，催生出多重证据法和文化阐释学派的兴起。文学人类学作为现代以来的人文研究新范式，在方法论上经历了从 20 世纪初期的二重证据法，到 20 世纪 90 年代的三重证据法，再到 21 世纪初的四重证据法，人类学视野与方法的介入给文学人类学研究带来新的研究格局。“三重证据法”立足于中国传统与西学比较方法的现实汇通语境，而“四重证据法”则把本土的人文传统与西方的学术方法结合起来。中国的文学人类学作为一种研究理念和研究方法，强调三个“互动”，即活态文学与固态文学、多元族群互动的文学与汉语文学、口传文学与书面文学之间的互动。活态文学的观念将视野引向广阔的文化文本语境，同时也使得文学的治疗功能豁然开朗。

中国文学人类学的本土化实践有两方面的意义，首先，它动摇了我国文史研究以单纯的考据为核心的传统方法，使之发生了重要的范式转变——转向文学的文化阐释。中国首届文学人类学年会指出：“通过人类学的全人类视界（或泛文化比较）对世界文学的重建，以追寻世界或人性的本源。”③ 其次，它用西方的阐释学理论及方法来处理中国文化传统中的阐释问题，同时强调中国

① 茅盾：《中国神话研究 ABC》//马昌仪编《中国神话学文论选粹》（上编），北京：中国广播电视出版社，1994 年，第 124 页。

② 叶舒宪：《文学与人类学——知识全球化时代的文学研究》，北京：社会科学文献出版社，2003 年，第 243 页。

③ 章立明：《中国文学人类学研究概述》，《民族文学研究》，2010 年 3 期，第 62 页。

文化阐释的中国性，通过现代话语让中国某一特定历史时期的文化传统进入现代，从而质疑西方话语的中心地位，缓解中西学术话语逆差带来的焦灼。

经过几代学者百余年的努力，在我国已经形成“文学人类学研究”的中国学派。这一观点的提出，主要是基于以下几个方面的考虑：

第一，有专业的学会机构，1996 年“中国文学人类学研究会”作为中国比较文学学会的二级分会正式成立，从而结束了中国文学人类学学者“各自为政”的分散游离局面，有了相互讨论、彼此交流启迪的平台，标志着中国的文学人类学进入一个新的发展阶段。第二，有自己的专业教科书——《文学人类学教程》。第三，对文学人类学的性质、研究范围与方法论达成了共识。第四，中国的文学人类学取得了重要的研究实绩，如萧兵的《〈楚辞〉的文化破译》，陈炳良的《神话·礼仪·文学》，叶舒宪的《〈诗经〉的文化阐释》，方克强的《文学人类学批评》及《神话和新时期小说的神话形态》等。第五，诞生了一批有实力、有影响的研究队伍。中国的文学人类学研究者，在内地，早期有闻一多、郑振铎、孙作云等学者，20 世纪 80 年代之后有萧兵、徐新建、彭兆荣、程金城和方克强等学者。在台湾从事文学人类学研究的有李亦园、政治大学的高莉芬等。第六，也是最重要的一点，中国的文学人类学研究者经过百余年的探索，不仅产生了一批厚重的研究成果，而且总结出一套完整的方法论，这就是“四重证据法”。

文学人类学中国学派的研究实绩虽然有目共睹，在国际上的学术地位蒸蒸日上，但是，其不足之处也是明显的。首先，周泓、黄剑波将中国文学人类学研究的不足概括为三个“不够”，即“人类学界对文学人类学的关注不够”、“投入不够（指投入的研究时间和精力）”、“理论建构不够，本土的和西方理论介绍均着力不够。”[①] 很多在国际学坛享有盛名的人类学的经典文献大都未能译介过来，如弗雷泽的十多部著作，国内学者能看到的只有《金枝》，另外，艾利亚德、约瑟夫·坎贝尔、吉尔·德勒兹、玛丽·道格拉斯、维克多·特纳、吉泽·若海姆等西方学者的人类学著作，国内学者知之不多。其次，中国的文学人类学研究队伍“小”，目前中国文学人类学专业队伍，如萧兵、叶舒宪、彭兆荣、徐新建、方克强、邓启耀等主要来自比较文学界，其他学科加盟的人员极少。

（三）什么是文学人类学

通过上面的梳理，下面谈谈笔者对文学人类学的理解。

---

① 周泓、黄剑波：《人类学视野下的文学人类学》，《广西民族学院学报》（哲学社会科学版），2003 年第 5 期，第 53 页。

文学和人类学都是“人学”，文学人类学则是两支“人学”的结合。20世纪中后期，由于符号人类学和解释人类学的出现，人类学从探求一般规律的“人的科学”向“文化阐释”嬗变。关于文学人类学的概念，迄今为止，学界基本上还处于各持己见的阶段。

在英语世界，只有“文学的人类学（the Anthropology of Literature）”或者“文学和人类学（Anthropology and Literature），还没有明确的“文学人类学（Literary anthropology）”这一概念。加拿大学者波亚脱斯认为，文学人类学作为跨学科的新事物还处于草创阶段，哲学家、人类学家、文学批评家、符号学家、临床医学家、社会心理学家等都有各自独特的认知。加拿大学者萨加尼认为应当把“文学的人类学”（anthropology of literature）与“文学人类学”（literary anthropology）两个概念区别开来。在他看来，“文学人类学”着重于研究文学文本中的社会文化状况，而“文学的人类学”则关注作者和读者在符号活动中的功能。

在我国学界，不少学者对于什么是文学人类学从各自不同的角度提出了不同的看法。李亦园认为，“文学人类学是文学与人类学两个学科结合而扩展出来的一个新的学科领域”①。方克强认为，“文学人类学是文学与人类学的交叉学科，其要旨是借鉴与运用文化人类学的视野、方法、成果与目标研究文学。”②萧兵认为，“文学人类学包含‘文学’和‘人类学’两个义项，因而有两层意思：一是用人类学方法研究和‘讲述’文学，一是用文学来充实和‘诗化’人类学研究。”③ 叶舒宪的《文学人类学教程》在不同的场合有不同的界定。在第一章的第一节“从民族文学到比较文学”中，叶舒宪指出：“比较文学是文学学科中唯一以‘“比较’命名者。与之相应的文化人类学则素来享有‘比较文化’的学科别称。将这两个以‘比较”’冠名的学科之间界限打通，其交叉融合部分即可命名为‘文学人类学’；两个原有的学科互动后再生的新兴研究领域也将称为文学人类学。”④ 在这里，叶舒宪从方法论角度强调“比较”是比较文学与文学人类学的共通之处。在第一章的第四节“从比较文学到文学人类学”中，叶舒宪指出，“文学人类学，在文学专业方面通常理解为以文化人类学的视野思考和研究文学的学问。显而易见，这是文学研究者在人类学影响下探索出的一个跨学科领域。如果从人类学专业立场看，文学人类学又可称为‘人类学诗学’，是以文学方法展开民族志写作的创新性表述方式，目的是尽量

① 李亦园：《文学人类学的形成》，《中外文化与文论》，1998年第5辑，第91页。
② 方克强：《文学人类学与鲁迅研究》，《文艺理论研究》，2010年第6期，第41页。
③ 萧兵：《文学人类学：走向“人类”回归“文学”》，《文艺研究》，1997年第1期。
④ 叶舒宪：《文学人类学教程》，北京：中国社会科学出版社，2010年，第3－4页。

避免西方科学范式和术语在表述原住民文化的隔膜与遮蔽作用，尽可能带有感性、完整和丰富地呈现原汁原味的地方文化。”①

综合上面各家所述，可以明确以下几个问题：首先，各家都认同文学人类学是文学与人类学的交叉学科，强调两门学科之间的互动，二者的交叉关系存在着多种无限拓展的可能性。其次，文学人类学作为两大学科的交叉融合，涉及三个问题，即文学问题，人类学问题、文学与人类学问题，而将这三个领域打通融合就是文学人类学，既要通过人类学来认识文学，又要经由文学来反观人类学。再次，文学人类学以文化人类学作为理论基础，以跨文化比较作为方法论，跨学科性是其根本特征。

在上述理解的基础上，笔者认为可以这样定义文学人类学，即文学人类学是知识全球化时代在比较文学领域中催生出来的新兴交叉学科，包含着文学和人类学两个方面，一是文学视野下的文学人类学研究，一是人类学视野下的文学人类学研究，它以文化人类学和跨文化比较作为方法论基础，具有跨学科性、多元视角性、对话性和整体性等特征。

三、苗族史诗《亚鲁王》：文学人类学研究的范本

文学人类学的理论和方法能否用来研究史诗？答案是毋庸置疑的。叶舒宪认为，“如果文学人类学只能去研究山歌，那么这样的文学人类学，主流的学术是不会认可的。”② 西方学者用文学人类学的理论来解读荷马史诗，发现荷马史诗文本叙事的背后具有历史悠久的口传文化背景。据考古学家的发现，荷马史诗形诸文字之前，歌手的唱诵、仪式展演、拜神的传统，至少达十万年之久。而德国考古人类学家谢里曼和伊文思根据荷马史诗所暗示的线索，在土耳其的城墙下面挖掘出了震撼世界的特洛伊文化遗址，从墓穴中挖掘出来的器具（比如胄甲、酒具等）竟与荷马史诗中描述的神与半人半神（英雄）用过的器具毫无二致，这就用铁的事实证明文学的发生就是人类学的。早在 1925 年美国古希腊文学专家帕里就提出，荷马史诗规模浩瀚的叙述不是一个人创造的，这一体制恢弘的史诗是古希腊人集体的遗产，是历史悠久的故事讲述传统的结晶。帕里将荷马定位为口头的荷马，把荷马史诗定位为口头传统的结晶，显然来自文学人类学的学术视野。

在笔者看来，文学人类学的理论和方法是否能够运用于史诗研究，关键在于它是否契合于研究对象本身。从上面的分析我们不难发现，文学人类学以活

① 叶舒宪：《文学人类学教程》，北京：中国社会科学出版社，2010 年，第 22 页。

② 叶舒宪：《文学人类学：探寻文化表述的多重视野》，《西南民族大学学报》，2011 年第 1 期，第 52 页。

态文学和原始文化作为研究对象。而《亚鲁王》史诗恰好具有这两方面的特质。

下面先介绍《亚鲁王》史诗的主要内容，再从活态文学和原始文化两个方面分析《亚鲁王》史诗与文学人类学的契合点。

（一）《亚鲁王》史诗的主要内容

苗族有自己的民族语言但无本民族的文字，由于没有记忆本民族历史和文化的文字，苗族便运用口头文学来传承，导致苗族的民间口头文学异常发达，不但数量众多，而且文类丰富多样，神话、歌谣、叙事长诗、传说、故事、童话、寓言、谚语、笑话、谜语、戏曲、史诗或古歌等无所不有。史诗《亚鲁王》则是苗族口头传统的丰碑。

《亚鲁王》史诗是麻山地区的歌师用西部方言麻山次方言在丧葬仪式上为亡灵唱诵的古老史诗。史诗的内容浩瀚、复杂，据史诗的发现者、搜集整理者杨正江所提供的材料来看，《亚鲁王》预计汇编整理成五部，分别从创世纪、亚鲁王和自然万物的渊源、亚鲁王、亚鲁王的儿辈、亚鲁王的孙辈这五个方面来归类。

（1）创世纪。麻山苗族的社会价值、道德伦理规范均来源于《亚鲁王》的创世纪，创世纪的内容已经成为麻山苗族数千年如一日所坚守的“圣经”，已经融入麻山苗族的血脉之中。创世纪至少可分为三百多类，一千多种分支，这一部分是最贴近麻山苗族的现实生活的。

（2）亚鲁王和自然万物的关系。亚鲁王和自然万物的渊源关系表征了《亚鲁王》史诗对宇宙之本源的追寻，对原初社会和世界万物的认知，能够客观反映《亚鲁王》史诗的宇宙观和生命观，能够揭示出麻山苗族“不分种族、不分肤色、不分语言”的平等价值观。

（3）英雄祖先亚鲁王。亚鲁王是史诗《亚鲁王》的主角，也是史诗的灵魂和核心。这一部分主要唱述苗族首领亚鲁王率领臣民征战、迁徙，最终定居麻山的过程，其中包括创世、征战、迁徙、爱情、祖先、神灵、智慧、制盐、铸铁、农耕、商贸等内容，展示了古代麻山苗族自给自足的自然经济、生活习俗和民俗文化等诸方面的史料。

（4）亚鲁的儿辈。亚鲁的儿辈是亚鲁血脉的延续，是亚鲁精神和意志的传承，这一部分主要唱述亚鲁的第二代长期扎根麻山，继承、发扬亚鲁既定的事业和文化理念。

（5）亚鲁的孙辈。亚鲁的孙辈是《亚鲁王》文化的传播，这一部分主要唱述亚鲁王第三代及之后的若干代为坚守亚鲁信念所进行的艰苦卓绝的努力及其苗族文化价值观的渐进式固化过程，是《亚鲁王》活态留存至今的重要资料。

由中国民间文艺家协会主编的《亚鲁王》史诗文本仅仅是第一部，其余的四部还在搜集整理之中。从史诗文本看，它可分为四部分。第一部分“亚鲁祖源”，“以创世神话为基本内容，主要叙述天地、万物、人类的起源和发展。主要神话有造天造地造人，造日月，造唢呐铜鼓，箭射日月等。”① 这些有关人类起源和文化起源的神话，解释了天地万物的起源、人类的来源和演进，追寻了人类的精神之根。第二部分是“亚鲁王的故事”，主要叙述了亚鲁王的神奇出生、征战、迁徙、造福族群成员的一系列故事，按照苗族先民的审美理想塑造了一位足智多谋、英勇善战、关爱民生、精通巫术的杰出的氏族首领亚鲁王形象。第三部分是“谱系分支”，叙述亚鲁王的子孙后代迁徙进入麻山地区并在此安家创业的经历，这是口传家族谱系的历史。这三部分是在出丧前夕歌师为死者开路时所唱述的内容。第四部分是仪式展演时唱述的仪式歌，葬礼中的砍马要唱诵《砍马经》，砍牛则唱诵《砍牛经》，杀鸡开路时要唱诵《鸡经》，在唱述过程中一般配合着相应的动作，此为《亚鲁王》的附属部分。这些仪式歌极大地丰富了亚鲁故事。

（二）《亚鲁王》：原始文化的集大成

史诗《亚鲁王》作为苗族的根谱，作为苗族宗教、历史、文学的渊薮，包蕴了大量的原始文化，可以说是一部了解苗族古代社会的活态经典。下面略举二例。

其一，苗族人虔信巫术，蛊术可以说是苗族古代遗传下来的神秘巫术，一般认为，“蛊”的起源已难考，但是在《亚鲁王》史诗中却能找到它的源头。

赛鲁的女儿波尼月说：“我父王捕头怪兽像大山，我父王捕得怪物有坡高。”② “赛鲁七千兵士大嚼怪兽肉，赛鲁七千将领大啃怪兽骨。剩下的骨头倒在城门外。波尼月捡来装在竹篓里……波尼月用九耳锅熬骨头，波尼月将九柱铁架支九耳锅。熬啊熬，下一个猴天还不到，忽然一只短尾猫③从锅里跳出来，那骨头变成花猫由锅里往外跳。波尼月因此成药婆，波尼月就此变蛊婆。亚鲁时代的药来自波尼月的药，亚鲁时代的蛊来自波尼月的蛊。前世的药传后世，远古的蛊传今世。”④

“波尼月被媒婆引到外婆家，波尼月由媒婆说给母舅家，说媒给大表兄，大表兄说：‘波尼月得药了，我不娶她！’说媒给小表弟，小表弟说：‘波尼月得

① 蔡熙：《〈亚鲁王〉：“英雄史诗”还是“活态史诗”》，《贵州文史丛刊》，2014 年第 4 期，第 104 – 108 页。

② 中国民间文艺家协会主编：《亚鲁王》，北京：中华书局，2012 年，第 62 页。

③ 苗族认为，短尾猫与蛊婆形影不离。

④ 中国民间文艺家协会主编：《亚鲁王》，北京：中华书局，2012 年，第 62 页。

蛊了，我不娶她！’最后，波尼月在忧愁中死去。”[①]

一些苗族学者认为，苗族几乎全民族相信蛊，只是各地程度不同而已。苗族崇尚巫魂的习俗在活态史诗《亚鲁王》中可以探寻到其精神的源头。

其二，在苗族的丧葬仪式上歌师在唱诵亚鲁王的故事时，既要吹笙，又要击鼓。苗族的笙鼓文化起源古老、历史悠久，且至今仍然在苗族的生活中发挥作用。芦笙是苗族的图腾乐器，在苗族人的心目中具有崇高的地位。“芦笙是母亲的化身，发出的是母亲的声音。”[②] 芦笙起源于祭祀祖先的仪式活动。在丧葬仪式中，芦笙吹的是给亡灵指路的“经”，为死者的灵魂指引一条与祖先亚鲁相聚的道路。

不仅如此，史诗《亚鲁王》还展示了原始与传统、原始与现代之间的关联。

新发现的原始文化之所以能为现代文明社会所接纳，其根本原因在于粗糙质朴的原始文化与进化发展了的现代文化之间有着千丝万缕的联系。也就是说，现代文化是传统文化的延伸，原始文化虽然拙朴粗糙，但却更具生活气息、更具活力。塞德里克·惠特曼在《荷马与英雄传统》中指出：“荷马获得的成功并非超乎于传统之外，而恰恰是在传统之中。”[③] 麻山苗族歌师深深植根于千年不衰的口头唱诵传统之中，以出类拔萃的技巧去唱诵亚鲁王的故事，用个性化的展演去表现苗族的创业史、征战史、迁徙史，从而赋予史诗以丰赡深厚的文化蕴涵。但是，传统的活力存续于真实的情境之中，存在于真实人群的现实生活中。“对一个特定的社会成员而言，传统是古老的、亘古不变的；但从实证研究者的观察立场来看，则是当代事实，而且一直处于变化之中。”[④]

以研究原始民族与原始文化为发端的文学人类学，主张用原始与现代的二元概念来包容并代替传统与现代的二元对立模式。从文学人类学原始与现代的二元视野来看，人类把远古时代的民族文化特征沿袭下来并使它们融合于当下的文化之中，从而传承传统的历史和文化。麻山地区苗族具有原始野性和质朴特质的传统文化至今仍然悄无声息地活在当代人的生活中。

苗族是一个历史悠久具有强烈生态意识的民族，历来有崇敬树木的传统，把为自己提供庇佑的树木看成是与人类一样有生命的存在物。史诗《亚鲁王》中的砍马仪式，详细唱述了亚鲁王与树的相关故事，表明不是人要砍伐树的生

---

① 中国民间文艺家协会主编：《亚鲁王》，北京：中华书局，2012 年，第 62 页。

② 杨方刚：《芦笙乐谭》，贵阳：贵州人民出版社，2010 年，第 5 页。

③ ［美］约翰·迈尔斯·弗里：《口头诗学：帕里－洛德理论》，朝戈金译，北京：社会科学文献出版社，2000 年，第 147 页。

④ ［匈］格雷戈里·纳吉：《荷马诸问题》，巴莫曲布嫫译，桂林：广西师范大学出版社，2008 年，第 19 页。

命，而是按照当年与亚鲁王的约定，按照古代的礼制，树木应该担当重要的使命，发挥更大的作用。因此，麻山苗族在动工砍树时，都要唱诵史诗《亚鲁王》，由此，形成了世代爱林护林的传统和习俗。

苗族社会的婚姻习俗，如“花屋制度”“不落夫家制度”“游方制度”“抢亲制度”，以及用鸡或别的方式占卜决定婚姻的制度，积淀了久远的历史文化传统。麻山地区的苗族，由于长期与外界隔绝，传统的苗族婚礼直到现在还延续着。

麻山地区苗族的婚礼仪式有着严格的程序，如请厨师，接舅舅进家，迎亲队伍，看鸡卦，发亲，路上祭山神。其仪式有着鲜明的特点：第一，整个仪式无论持续几天，自始至终离不开史诗《亚鲁王》的唱诵。第二，歌师在整个仪式中不可或缺，极受欢迎。第三，在半路祭拜山神祈求大自然赐予苗族人风调雨顺的同时，新娘带的食品中少不了糯米饭和酒。

（三）《亚鲁王》史诗：文学人类学研究的范本

众所周知，Literature 或“文学”的含义有二，一是指书面文本，二是指“学术”的意思。因此，传统的文学研究侧重于文字书写的文本，其所运用的方法是所谓的“一重证据”，即文字训诂考据。国学界讨论最多的是历史文献和文字文本。这种传统的文学研究路子，是一种从文本到文本，从书本到书本的研究，其把书写成文字的文本作为建构的符号与意义系统，只注重文本本身的内容，如文本的文献训诂、意义阐释、版本流变、叙事技巧、语言特征、艺术风格等，至于文本之外的各种因素则不在其研究的范围之内。

与传统的文学研究相较，文学人类学研究者特别看中无文字社会的口传叙事，即活态文学。它以文化相对主义的眼光看待文化他者，尊重并宽容每一种文化中所特有的地方性知识，十分注重文本的田野过程以及文本与语境的互动关系，更多地关注作品形成的过程，这种形成过程就是仪式展演。李亦园指出：“文学人类学一般只研究非 writing 的口耳相传的文学。这样，今天人类学的多元意义会因文学人类学而拓展。”[①] 对于活态文学的范畴，李亦园有过清楚的界定，他认为，“人类学家研究的口语文学，包括神话、史诗、传说、故事，甚至咒语、歇后语、寓言、谚语、谜语、祷词、歌谣等口传的东西。”[②] 文学人类学强调现代意义上的民俗文学现象，但它与民间文学的研究取向不同。文学人类学不能满足于搜集整理民歌民谣和口传的神话史诗为能事，而是要“将比较文学理想中的总体文学观念，还原和落实到包括广大民俗文学在内的文学研究范

① 李亦园：《文学和人类学都因文学人类学而拓展》，《淮阴师范学院学报》，1998 年第 2 期，第 42 页。

② 李亦园：《文学人类学的形成》，《中外文化与文论》，1998 年第 5 辑，第 92 页。

式整合中去。注意从民俗文学与高雅文学、口头传承与作家写作之间的多声部对话式呈现，让被现代性的学院制度弄得褊狭化、僵硬化的文学观念重新丰满起来，得到立体的呈现。”①

《亚鲁王》是麻山地区的歌师用西部方言麻山次方言在丧葬仪式上为亡灵唱诵的，葬礼的仪式程序复杂多样，通常包括停灵仪式②、报丧仪式、迎客仪式、请祖仪式、开路仪式、点将砍马仪式、出殡仪式等。仪式展演呈现为以活态史诗为纽带的个人与个人、个人与社会的多维度的交流、沟通和互动，这一具有生命活力、丰富多彩的互动过程远远超出对文学文本意义的单向度的阐释。从特纳的仪式“社会剧”概念来看，苗族丧葬仪式中进行的一系列表演便是一出“社会剧”，文学人类学因此在史诗的仪式展演过程获得了民间文学的实验田，活态的仪式展演在此构成了文学人类学的场域。这就要求研究者在田野作业的基础上，运用文学人类学的展演理论，深描复杂多样的葬礼仪式程序，在采访歌师，了解歌师的成长经历、个人职业、习艺过程、性格特征、展演实践、当下的生活状态的基础上深描东郎的习艺过程。可见，《亚鲁王》是活在苗族丧葬仪式上的活态史诗。

综上所述，以西部苗语方言唱诵的史诗《亚鲁王》包容了大量的原始文化，将苗族的神话、历史、语言、宗教、哲学、习惯法、天文历法等囊括于其中，它既是苗族的百科全书，也是苗族的活态文化大典，可以说是一部具有多元文化价值、多元文化视角、跨学科的史诗。文学人类学是以文化人类学的视野研究文学的学问，它致力于发掘被主流文化所遮蔽的无文字的、边缘族群的文学。苗族是一个没有文字的民族，在漫长的历史过程中，《亚鲁王》起到了以诗表情、以诗记史、以诗育人的作用，但它作为边缘族群的史诗长期被忽略在田野。可见，《亚鲁王》是具有独特价值的文学人类学范本。

第三节 《亚鲁王》史诗的传承“生境”

一、《亚鲁王》的“问世”

苗族是华夏大地上最为古老的民族之一，也是一个分布广泛的跨国民族。在国外，苗族人口有近300万人，除了分布在越南、老挝、泰国、缅甸等东南亚国家外，在美国、法国、加拿大、澳大利亚、德国等国家中均有苗族人居住。

① 叶舒宪：《文学人类学教程》，北京：中国社会科学出版社，2010年，第20页。

② 即给亡者着装整仪、洗脸刮面、除净污垢、入棺，给亡者脸上盖上四方形的“陌就”。

在国内，据2010年全国第六次人口普查，苗族人口为942.7万人，主要分布在黔、滇、湘、川、桂、鄂、渝等地。其中贵州苗族人口为396.84万人，约占全国苗族人口的四成，贵州可以说是全球最大的苗族聚居地。其中以黔东南苗族侗族自治州最多，清水江流域和雷公山地区是苗族最大的聚居区，约占贵州全省苗族人口的一半。其余依次为毕节市、黔南布依族苗族自治州、安顺市、铜仁市、六盘水市、黔西布依族苗族自治州、贵阳市、遵义市等。

因为地处偏远的喀斯特地区，交通闭塞，历史上的麻山曾有相当长的一段时间处于“生界”之地。麻山苗族一直是外界忽略的对象。“自20世纪以来，对苗族的口头文学虽然进行过多次大规模的调查，并且不少调查成果被译成汉语出版，但在20世纪的历次民间文化和民间文学调查中，均与《亚鲁王》失之交臂。”①

1902年，曾到贵州黔西开展民族调查的日本人类学家鸟居龙藏撰写了一部汉译本长达505页的《苗族调查报告》（上下两册）。他认为，贵州省是苗族的主要聚居地，苗族支系多达82个，但他在书中并未提到在贵州的82个苗族支系中流传着《亚鲁王》史诗。20世纪40年代，芮逸夫、管东贵两位民族学者曾在川南叙永的“鸦雀苗”中进行民族调查，在他们合著的《川南鸦雀苗的婚丧礼》（内部资料）中，也没有提到《亚鲁王》史诗。

中华人民共和国成立后，在20世纪50年代初，国家民委和中国社会科学院根据党中央的指示，开展了大规模的少数民族社会历史调查工作，但是贵州的调查者没有涉足更为偏远也更为封闭的麻山地区。1958年开始编写各少数民族简史、简志和文学史，贵州省负责编写“苗族文学史”和“布依族文学史”。贵州开展了有组织、有目的、有计划、有针对性的民间文学调查、搜集和整理。1954年贵州省民间文艺家协会编辑印制的42集《民间文学资料》中没有提到紫云县的苗族流传着一部《亚鲁王》史诗。

从20世纪80年代开始，贵州省开始了大规模的“六山六水”② 调查运动，对贵州全省的民族文化进行全面调查研究。1983年，贵州省民间文艺家协会编辑印制了48集《民间文学资料》，加上1959年编印42集，共计90集。20世纪90年代末，贵州省政协民宗委和贵州省民委联合发起“两山”调查运动③，最终出版了《麻山调查专辑》。这些调查成果均未提到麻山地区流传着《亚鲁王》

① 刘锡诚：《亚鲁王：原始农耕文明时代的英雄史诗》，《西北民族研究》，2012年第3期，第62－67页。

② 刘锡诚：《亚鲁王：原始农耕文明时代的英雄史诗》，《西北民族研究》，2012年第2期，第62－67页。

③ 即麻山、瑶山。

史诗。1992年安顺地区民委少数民族古籍办曾内部印制过一本《杨鲁的传说》，虽然其中部分故事与亚鲁王相关，但影响甚微。

《亚鲁王》史诗的“问世”受益于国家非物质文化遗产保护工程，它的面世并非一蹴而就，大致经历了这样几个阶段：

（1）2009年4月，贵州省紫云县在非物质文化遗产普查中发现麻山地区一些歌师在丧葬仪式上唱诵“亚鲁”的故事。

（2）2009年5月，中国民间文艺家协会副主席余未人应邀到麻山地区的紫云县调研考察，初步认为这是一部口传的苗族史诗。

（3）2009年6月，天津大学冯骥才文学艺术研究院获悉此消息后，冯骥才、罗杨、向云驹等学者与贵州民间文艺家余未人在天津就《亚鲁王》的抢救和保护进行紧急磋商，“亚鲁王”开始进入学者的视野。

（4）2010年《亚鲁王》被文化部列入国家级民间文学类“非物质文化遗产”名录。

（5）2011年《亚鲁王》被列入第三批国家级非物质文化遗产名录。

（6）2011年11月《亚鲁王》由中华书局出版。

（7）2012年2月21日，由中国民间文艺家协会主办、中国文学艺术基金会协办的“中国英雄史诗的重大发现——苗族英雄史诗《亚鲁王》出版成果发布会”在北京人民大会堂重庆厅举行。会上，中宣部副部长翟卫华宣读了中共中央政治局委员、中央书记处书记、中宣部部长刘云山同志为《亚鲁王》的出版专门发来的贺信。在贺信中，刘云山同志盛赞《亚鲁王》的翻译、整理和出版是民间文化遗产抢救工程的一个重要成果，必将对我国优秀民族民间文化传承和发展产生重大而深远的影响，并要求“认真总结翻译整理《亚鲁王》的成功经验，切实加强对民族民间文化的传承和研究，加强对非物质文化遗产的保护和利用。”①

上述事实表明，苗族史诗《亚鲁王》的发现被认定为我国重大的文化事件，被认定为国家级“非物质文化遗产”，从国家层面赋予了至高荣誉，其价值和意义得到了国家的认可，引起了政界、学界的高度重视。其表征在于，《亚鲁王》史诗出版的新闻发布会在人民大会堂举行，《亚鲁王》史诗的问世作为重磅新闻被中央电视台、新华社、光明日报、人民日报、中国社会科学报等国内的权威媒体竞相报道。从此，苗族歌师们传唱了千年的史诗《亚鲁王》终于走出了深山大箐，吸引了世人的目光。2012年11月，在中国社科院承办的史诗国际峰会上，《亚鲁王》作为南方史诗传统的代表亮相，和北方三大民族史

① 黄莎莎：《从〈亚鲁王〉看如何繁荣少数民族文化》，《当代贵州》，2012年第3期，第78页。

诗“玛纳斯”“格萨尔”“江格尔”一起现场演述，引起40多个国家和地区专家学者的关注，苗族史诗“亚鲁王”首次进入国际史诗学界的视野。

地处僻壤的麻山地区因苗族史诗《亚鲁王》而受到世人的关注，不唯如此，《亚鲁王》问世之后，接连获得一系列奖项和荣誉。

(1)《亚鲁王》史诗荣获2012年贵州省政府文艺奖（民族民间文学）一等奖。

(2) 中国社会科学院将《亚鲁王》史诗整理出版与莫言荣获诺贝尔文学奖等并列为2012年中国的六大学术事件。

(3)《亚鲁王》还获得第11届中国民间文艺“山花奖”（民间文学奖）。

(4) 国际萨满文化研究会授予《亚鲁王》“萨满文化遗产传承奖”。

之后，《亚鲁王》被改编成歌剧，它沿袭了苗疆的舞蹈风格，借助舞蹈或者演唱的方式，通过人物的扮相、人物之间的对唱、对白、对舞，将300多个独立场面串联在一起，原汁原味地呈现亚鲁王的性格特征和精神风貌。安顺市以此为契机，把《亚鲁王》打造成地方民族歌舞剧，2013年10月在贵州省第五届少数民族文艺汇演中夺得金奖。

二、《亚鲁王》史诗的传承“生境”

史诗《亚鲁王》的发现被称为“横空出世”[①]、“文化奇迹”[②]。一部伟大的民族史诗，为什么直到21世纪才被学界发现？或者说，在21世纪城市化、工业化、现代化高度发达的今天，为什么在贵州省安顺市紫云县还流传这样一部大型的民族史诗？这就牵涉到史诗的传承“生境”。

所谓“生境”，指的是史诗得以存活和传承的文化生态环境。任何民族的生息繁衍都是在特定的空间中生存的，山地民族的“原生态”文化，是在山地的特殊环境中产生和流传的。要是麻山地区是坦荡如砥的平原，矗立着鳞次栉比的摩天大楼，这里的人们早就享受着现代化的工业文明，享受着卫星影视、网络等现代消费文化，在21世纪的今天还会发现具有“永久的魅力”的《亚鲁王》史诗吗？显然，麻山地区特定的“生境”为《亚鲁王》史诗的生存和传承提供了沃土。这里所说的“生境”包括“自然生境”，也包括“人文生境”。

（一）《亚鲁王》史诗传承的自然生境概述

苗族史诗《亚鲁王》是从麻山腹地的贵州省紫云县发掘出来的。但是史诗的流传地并不限于位于安顺、黔南和黔西南交界的麻山地区，更不是仅仅局限

① 冯骥才：《发现〈亚鲁王〉》，《人民日报》，2012年3月2日。

② 余未人：《21世纪新发现的古老史诗〈亚鲁王〉》，《中国艺术报》，2011年3月23日。

于紫云县。“亚鲁王故事流传的苗族区域，主要是西部方言苗族居住的地区和东部方言苗族居住的部分地区。其核心区域是史诗《亚鲁王》保存完好的麻山山区，重点区域是贵州省紫云县宗地乡和四大寨乡。”“传诵亚鲁王的重点区域，主要分布在贵阳、黔南、安顺、毕节、六盘水、黔西南、遵义、铜仁等地。”[①]

麻山地区这一概念不同于行政区域的地理区域划分。“麻山地区位于贵州省安顺市紫云苗族布依族自治县、黔南布依族苗族自治州的惠水县、平塘县、长顺县、罗甸县以及黔西南布依族苗族自治州的望谟县等六县交界接壤处。”[②] 清代流传关于麻山山脉的传说，其地貌是“头饮红河水[③]，身卧和宏州[④]，尾落大塘地[⑤]”，麻山地区总面积近5000平方千米，人口约50万人，其中苗族占30万人，86个乡镇（撤并前）。紫云县有大营乡、宗地乡、坝羊乡、松山镇、猫营镇、猴场镇、水塘镇、板当镇、白石岩乡、火花乡、达帮乡、四大寨乡等12个乡镇，其中有猴场镇、水塘镇、大营乡、宗地乡以及四大寨乡五个乡镇位于麻山地区。紫云县有57%的面积的在麻山地区之内。经普查，唱诵《亚鲁王》史诗的东郎分布在这五个乡镇中的63个村寨。

“麻山”名称的来源有二。其一，“因为居住在这里的苗族迁徙到来时带来了大量的苎麻种籽，经过长期的耕耘培育，把这片石山区变成了盛产苎麻、构皮麻的山区，‘麻山’之称由此而来”。其二，“这一区域以喀斯特地貌为主，岩石密密麻麻，故以‘麻山’称之”[⑥]。

麻山地区地势北高南低，是云贵高原向广西丘陵地带过渡的斜坡地带，系典型的喀斯特地貌。所谓喀斯特（Karst），说得通俗一点，就是岩溶、石头。麻山地区岩溶面积占71%，丘陵地占20%左右。麻山地区的喀斯特地貌有两个特点。一是岩山层峦叠嶂，沟壑纵横。麻山地区的山，其特色不在于巍峨挺拔，而在于绵延，大山连着大山，绵延不绝。麻山大石山区的山系，从望谟县的纳夜乡直到平塘县的大塘乡，中间除了惠水县的断杉河流入边阳地段，从石山表层截断过之外，大石山一直绵延没有被隔断过，大石山绵延长达200多千米，其最宽处从罗甸县的罗化乡直到长顺县的营盘乡也一直未被土坡隔断过。麻山地区的86个乡镇中，大石山占多数，纯系石山的有32个乡，半土坡半石山的有24个乡，纯土坡半石山的有20个乡，土坡山与石山兼有的达10个乡。由于

---

① 曹维琼等：《亚鲁王书系·苗疆解码》，贵阳：贵州人民出版社，2012年，第25页。
② 贵州省民族研究所：《麻山调查专辑》（内部资料），1996年，第79页。
③ 位于今望谟县一带。
④ 今紫云县宗地乡和罗甸县木引乡一带。
⑤ 今平塘县大塘镇和新塘乡带。
⑥ 吴正彪：《贵州麻山地区苗族社会历史文化变迁考述》//黔南州文联、民间文艺家协会：《守望精神的家园》，北京：作家出版社，2006年，第95页。

麻山地区是一个怪石嶙峋的石山区，地形破碎，土层瘠薄，石漠化程度很深，水土流失严重，自然环境十分恶劣。二是溶洞数量多、规模大，类型多样，结构复杂。溶洞既有单层水平结构的洞穴，也有多层复杂结构的洞穴。麻山是岩溶地貌充分发育的地区，众多的溶洞产生独特的现象——洞穴居。麻山多山，山中多洞，在远古时代，洞穴是人类的栖居之所，是人与自然融洽相处的一种生存方式。贵州石器时代的遗址大多分布在洞穴之中，如黔西的观音洞，盘县的大洞、硝灰洞、猫猫洞等。几十万年过去，到了21世纪的今天，现代人虽然不再将洞穴作为安身立命之处，但是贵州紫云格凸河畔的中洞苗寨里面至今仍然居住着200多名日出而作、日落而息的苗族人。“中洞”是一个独具特色的天然喀斯特溶洞，面积比两个足球场还大。据说当年他们的祖辈为躲避战乱而移居到山洞里，之后便在这个230米深的洞穴中定居下来，这些苗族人已在这里居住了150多年。如今，由于洞外人不断嫁到中洞，洞中人口不减反增，并形成了梁、罗、吴、王四个大姓。当地政府曾经在洞外为他们建筑了房屋，劝说他们搬到洞外，但中洞人世世代代居住在洞穴中，习以为常，不愿意搬迁。养殖是中洞人主要的收入来源。他们把山羊育肥了，再赶至山下出售，换回油盐酱醋等生活必需品。“在中国乃至亚洲有人居住的洞穴中，‘中洞’是现存面积最大、人口最多、保存最为完整的。这些久居在半山腰溶洞中的当地居民被外界称为‘亚洲最后的穴居部落’、现代‘山顶洞人’”①。尤其需要指出的是，中洞的洞穴居在贵州并非个例。在今天，麻山苗族一直延续真正意义上“洞穴居”的还有300多人，分散在紫云、罗甸、长顺、望谟四个县。“因为洞内生活贫瘠，其文化习俗、传统礼仪与洞外相比保存得更加完整。”② 苗族人不仅将天然溶洞用作仓库和婚恋场所，还将其当作“跳洞”的圣地。

麻山地区的自然生态环境孕育了史诗《亚鲁王》，同时又为《亚鲁王》的传承提供了天然的屏障。这里的高山大箐、山路弯弯、崎岖不平、村寨稀疏、自给自足的自然经济，与外界的封闭隔绝、交通不便，减缓了民族文化涵化的进程，客观上对古老文化起到保护作用，为民族传统文化的生存和传承提供了沃土，使麻山地区成为一个“文化孤岛”。关于这一点，在《亚鲁王》史诗的唱词中也间接地得到了反映：“这是一片狭窄的地域，这是贫瘠陡峭的山地。这里能躲避追杀，见不到战地的烽火。这里水源稀缺，不产丰盛的粮草。这里抚育不了我儿女，这里不能养活我族人。”③

总之，石头深入麻山文化的各个方面，从而深深地影响到了麻山的社会发

① 唐红丽：《探访贵州紫云现代“山顶洞人”》，《中国社会科学报》，2012年8月3日。

② 唐红丽：《探访贵州紫云现代“山顶洞人”》，《中国社会科学报》，2012年8月3日。

③ 中国民间文艺家协会主编：《亚鲁王》，北京：中华书局，2012年，第218页。

展，其建筑文化、聚落文化、生计文化、资源文化、旅游文化等无不打上石头文化的烙印，使得麻山文化在中华文化多元一体的大家庭中，呈现出独特、深邃、粗犷、古朴、绚丽多彩的文化特质。麻山浓郁的石头文化特征，正是喀斯特环境以及在这种环境中生活的麻山人民在世代的传承和积淀中生成并发展起来的。

险恶的自然生境，导致了麻山的贫穷和落后。麻山可以说是穷地方中的穷地方，麻山，是贵州省的六大山区之一，也是国家重点扶贫的地区之一。麻山绵延安顺、黔南、黔西南三个州市的六个县。六个县中当有三个是国家级贫困县，两个省级贫困县。当地流传的民谣："满山遍野尽石头，养牛不用人替牛，一年辛苦半年饭，从春到冬肚无油。"① 吴德祥在《关于组织调查研究加速麻山地区扶贫开发工作的建议》中指出：在花山、麻山、月亮山三大山系中，"麻山地区的贫瘠和落后更为突出，这是因为它的自然环境多属大岩山地貌，交通不便，文化极为落后和长期与世隔绝，不被外面的人了解，这与县以上党政领导都少顾及也有一定的关系。从现在看，麻山地区不但落后于与之毗邻的花山和月亮山地区，而且它的落后情况，……把它集中连片起来统计，可能属于全国之冠。"② 麻山地区，社会经济生产结构单一，生产力水平低，除农业外，工业、建筑业、运输业、商业等寥寥无几，产值极低。农业总产值中，又以种植业所占比重最高，其次是畜牧业，林业和副业的产值低，渔业更低。在种植业中以粮食作物为主，经济作物比重不大；在粮食作物中又以旱粮所占的比重大。③ "贫穷落后"已经成为麻山的代名词。

苗族关于亚鲁王的传说，广泛流传，但在其他地区大多以故事、传说和短诗的形式流传，唯有麻山地区以长篇史诗的形式唱诵。这些世代生活在"滴水贵如油"的贫瘠山区里的麻山苗族，是什么样的精神支撑着他们祖祖辈辈将亚鲁王唱诵下去？这就牵涉到麻山的人文生境。

（二）《亚鲁王》史诗传承的人文生境概述

苗族自称"牡""蒙""摸""毛"，有的地区自称"嘎脑""果雄""带叟""答儿"等。他称为"长裙苗""短裙苗""红苗""白苗""青苗""花苗"等等，中华人民共和国成立后统称为苗族。

麻山地区是一个多民族地区，总人口大约有 50 万。其中苗族人口最多，有 30 多万，大多散居于山顶或半山腰；其次为布依族与汉族，从已有史料及研究成果来看，苗族当为麻山地区最早的土著居民。在汉文典籍中，有关麻山苗族

① 贵州省民族研究所：《麻山调查专辑》（内部资料），1996 年，第 523 页。
② 贵州省民族研究所：《麻山调查专辑》（内部资料），1996 年，第 9 页。
③ 参见贵州省民族研究所：《麻山调查专辑》（内部资料），1996 年，第 22－23 页。

的最早记载见于《元史》，“（至元二十九年）庚午，斡罗思招附桑州[①]生苗。”[②]元代初年权臣斡罗思通过布依族和壮族的土司控制了桑州，以桑州为基地诏谕散居在麻山地区的苗族，将这部分苗族通称为“桑州生苗”，这说明苗族很早就在麻山一带定居。从《亚鲁王》史诗第一部的内容来看，可知麻山地区的苗族至少在秦汉时期就已经迁徙到这一带的山区。由于在这一区域居住的主要是麻山次方言和川黔滇次方言区的苗族，在支系分类上属黔中南支系麻山亚支系和川黔滇亚支系，习惯上，统称为“麻山苗族”。

“生苗”与“熟苗”是两个相对的称呼。“生苗者，乃深居在穷山峻岭之中，不同汉人交通，野性难驯，每日所食的尽是些硬生生而不煮熟的东西；熟苗者，居近山之旁，略能通汉话，已同汉人交通贸易，耕田种植，差不多和汉人一样。从前苗族在未开化的时代，就笼统地称作生苗，及经过许久时间之后，苗区中汉族的人口膨胀，汉苗的关系加深，一部分逐渐汉化者便称熟苗，至于那落后的一部分未趋向于汉化者仍旧叫生苗。”[③]《贵州通志·蛮传》记载“苗有土司者为熟苗，无管者为生苗”，这是根据苗族是否受土司管辖来划分的。

《苗蛮部落考》云：“所谓苗者……其近府县为熟苗，输租服役，稍与汉人同，不与是藉者为生苗，然生苗渐多而熟苗渐少。”之后，随着苗族社会经济文化的发展，熟苗渐多而生苗渐少。《黔书·苗蛮种类部落》云：“何谓生苗？定番之谷蔺，与隆清平偏桥之九股。都匀之紫姜，天坝九姓九名，镇远之黑苗，铜仁之红苗，黎平之阳洞罗汉苗族是也。”《黔南职方纪略》对下江县的生苗是这样记载的：“下江别有生苗一种，素称恭顺，懦弱易愚，向为楚南永风一带红苗所欺侮。生苗种近高坡，不谙文义。比诸台拱，清江尤为之朴野。当买田土用木刻居多。”[④]

贵州苗族支系繁多，多达一百多个。按支系分类，麻山地区的苗族属于黔中南支系麻山亚支系和川黔滇亚支系。

频繁的交流使语言趋同，而封闭则使语言趋向异化，形成方言和土语。可见，方言和土语是由封闭的自然环境造成的。苗族语言属汉藏语系苗瑶语族苗语支。数千年来，苗族各支系和部落的分居隔绝状态形成了众多的方言土语。

由于苗族各个次方言的语音十分复杂，所以学界对其认识有一个逐步深化的过程。20 世纪 50 年代，学界首次将西部方言区分成“滇东北方言”“西部方

① 即桑州，今望谟县桑郎。

② 宋濂等：《元史》卷十七·本纪第十七，中国古籍全录［http：//guji. artx. cn/］。

③ 杨万选、杨汉先、凌纯声：《贵州苗族考》，贵阳：贵州大学出版社，2009 年，第 213 页。

④ 杨万选、杨汉先、凌纯声：《贵州苗族考》，贵阳：贵州大学出版社，2009 年，第 214 页。

言”和“黔中南苗语”三大方言。20 世纪 80 年代，从事苗语研究的学者以 20 世纪 50 年代语言调查的成果为基础，进一步对一些地方的苗语语音和词汇开展补充调查，初步形成“川黔滇方言”的苗语方言划分定位，将其划分为“滇东北、川黔滇、贵阳、惠水、麻山、罗泊河、重安江七个次方言。”① 20 世纪末 21 世纪初，李云兵在其《苗语方言划分遗留问题研究》一文中将川黔滇方言进一步细分为“滇东北次方言、川黔滇次方言、贵阳次方言、惠水次方言、麻山次方言、罗泊河次方言、重安江次方言和平塘次方言八个次方言和 22 个土语。”②

麻山境内苗族语言属西部方言麻山次方言。麻山亚支系苗族通用苗语川黔滇方言麻山次方言，麻山次方言有六个土语区，即以长顺县的摆梭为代表的北部土语、以紫云县的宗地乡为代表的中部土语、以望谟县乐宽为代表的南部土语、以紫云县四大寨乡为代表的西部土语、以望谟县打狼乡岜奉寨为代表的西南土语、以罗甸县木引乡把坝寨为代表的东南土语等。其中罗甸的董王、纳坪、木引、平岩、栗木、罗苏、罗墓、逢亭、风亭等乡镇，长顺县的敦操、交麻、长寨、摆塘、代化等乡镇；惠水的打引、大龙、大坝等乡镇，平塘县的鼠场、谷硐、卡罗等乡镇，是苗族人口相对集中的地方，他们说的是苗语西部方言。

依据服饰的颜色及其图案来划分，主要传诵《亚鲁王》的西部方言苗族支系有白苗、黑苗、大花苗、小花苗、大印苗、歪梳苗、长角苗、大旗苗、高裙苗、红簪苗、海贝苗、长衫苗等。但是，根据服饰来划分苗族的支系与根据语言来划分苗族的支系有很多交叉之处，例如歪梳苗支系，即是根据服饰划分的“蒙沙”支系，总人口 50 多万，在贵州境内这个支系的服饰至少在五种以上，即“珠场式”“箐脚式”“老凹坝式”“陡箐式”“普底式”，另外，云南的歪梳苗与贵州的歪梳苗服饰种类不同，至少有七八种，以此为依据划分，西部方言苗族的内部支系至少有几十个。再如，川黔滇方言第一土语区——云南文山的苗族，按照服饰可以划分为七个支系：“蒙颛”“蒙诗”“蒙邶”“蒙逗”“蒙沙”“蒙巴”“蒙叟”，划分的依据是自称，其中的“蒙逗”是“白苗”，因为这个支系的服饰具有“尚白”的特点。

因不同的生存环境、文化传承以及受不同民族杂居的影响，西部方言苗族的服饰存在一些不同于其他方言区苗族服饰的特点：①色彩方面，西部方言区苗族的服饰色调相对浅淡，裙子多用蜡染绣花，花饰不多。②原料方面，女装上为麻布衣，下为蜡染麻布花裙。整体上给人简洁、朴素的感觉。因西部方言

① 参见王辅世主编《苗语简志》，北京：民族出版社，1985 年，第 103 页。

② 参见李云兵《苗语方言划分遗留问题研究》，北京：中央民族大学出版社，2000 年，第 237 页。

苗族多居住在高寒山区，自然条件相对恶劣，他们的服饰主要考虑保暖御寒和便于劳作。③头饰方面，西部方言苗族的银饰不多，头饰独特，喜欢用巨大的假发做装饰。④工艺制作方面，西部方言区的苗族更重视挑花和蜡染，且工艺精细，刺绣能起烘托作用。⑤图案纹样方面，西部方言区苗族的服饰大多是抽象变形的几何图案，象征田畴、城池和线路等。与其他方言区的苗族服饰重视写实的特点相比，西部方言区苗族的服饰，其图案纹样的最大特点在于象征性，这些图案纹样象征着先民因战败而不得不迁徙的历史。

《亚鲁王》至今仍在麻山地区活态传承，除了偏僻封闭的自然生境之外，从人文生境来说，苗族没有本民族的文字，根深蒂固的祖宗崇拜情结，是其传承千年不衰的重要原因。

1. 没有文字的苗族，用活态的表意文化形式传承本民族的历史和文化

苗族方言多种多样，服饰琳琅满目，但却没有本民族的文字。没有文字并不等于没有历史，没有文化。

苗族虽然没有本民族的文字，也不以文字作为主要的文化传播媒介，但是苗族是一个善于记忆的民族，他们创造并运用多形态的表意文化形式来记忆本民族历史，传承本民族的文化。这些表意文化形式包括口头神话传说、史诗古歌，音乐歌舞，服饰、节庆活动、葬礼祭仪等。他们用神话传说和史诗古歌言说历史，用服饰纹样纪事，用舞姿形体和祭仪礼俗叙事。苗族用不同的方式把历史信息和传统文化镌刻在服饰上，展演在舞姿上，贯穿在活动中，铭记在大脑中。

苗族没有本民族的文字，但是一些神话传说却说苗族远古是有文字的，用艺术的方法来表现苗族人对文字的渴望。如流传于黔西北地区的《安泰鸟和“六字经书”》说，苗汉的始祖原是兄弟，汉族是哥哥，苗族是弟弟。他们相约到慈[①]那里取经书，因弟弟去晚了，慈把经书全部给了哥哥。在返家的路上，哥哥拿一本经书给弟弟，弟弟没拿稳，经书掉在水里打湿了。弟弟捞起经书放到太阳下晒，又被狂风卷走，他跟着狂风追了八十一天，累得倒地不起。这时，从东方飞来两只彩色鸟，歇落在他身旁，从翅里抖落出被狂风卷走的经书，可惜经文全被水浸湿模糊，只留下世人难知的六个字，人们就称之为“六字经书”，苗家就这样没有文字了。弟弟累死了，彩色鸟带着“六字经书”的全部内容飞走了。它飞到哪里，就给哪里带来安泰，所以苗族人称它为“安泰鸟”[②]。安泰鸟是传播“六字经书”的神鸟，“六字经书”的内容只能从它的鸣叫声里才能表达出来，而它的鸣叫声又融入了芦笙的声音。这样，丰富的芦笙

① 慈，苗族传说中的玉帝。

② 安泰鸟即凤凰。

曲谱就成了苗家源远流长的史书。这里，既表现了苗族人对没有文字的无奈和惋惜，也表现了他们对文字的追求和热望。①

苗族用来传承本民族文化的多形态的表意文化形式具有多维性特质。史诗、服饰、歌舞、节庆、仪式是一个民族集体文化的集合。通过种种表意文化形式，民族的社会规范、道德规范、价值规范、伦理规范、文化传统，不但鲜活地呈现出来，而且在鲜活的呈现过程中民族的文化传统和精神特质得以传承下来。如举行节庆活动时必有祭祀仪式，而祭祀仪式必然伴随着轨仪的展演；聚会活动必有笙鼓歌舞表演，而笙鼓歌舞表演必然伴随着盛装服饰的展示；举行祭仪葬礼就必然唱诵史诗和古歌，而史诗和古歌的唱诵必然伴随着笙鼓歌舞的表演。

千百年来，一代代歌师在苗族的丧葬仪式上面对亡灵唱诵《亚鲁王》，这是以西部苗语方言为主体传承的复合型史诗，是一部活态的苗族史诗。"苗族是有本民族语言而无本民族文字。在民间，一直有口头文学、口头伦理、口头规范流布。史诗《亚鲁王》是由歌师口头讲述天地生成道理，让儿孙记住民族的历史，传递社会行为模式和道德规范等内容。从这个意义上说，史诗《亚鲁王》首先呈现给世人的是它的民间口头文学的基本属性。"②

对无文字的民族而言，民族的社会记忆大多是通过祭祀或者特定场合的演唱等叙述方式去传承自己民族的历史。苗族没有文字，苗族的老祖先是怎样把开路经和《亚鲁王》一代代地传下来的？这里有一个故事："在很古老的时候，苗族的祖先和汉族的祖先一起去读书，苗族的祖先学习比较认真。他们学完以后就要回来向皇帝报告情况，在回来的途中被河挡住了路，以前我们苗族的祖先又不太会游水，生怕游水的时候把书给弄湿了无法交差，就把书全部吞到肚子里，而汉族的祖先会游水，他把带的书全部拿过河去。他们向皇帝报告的时候，苗族的祖先就说他已经把书吞到肚子里，都记在心里面了，接着他念了好几段都没有错，皇帝也就没有责怪他。所以后来苗族人都是口念出来教后人，一辈人教一辈人，苗族的开路经和《亚鲁王》也就通过这种方式流传了下来。"③ 对于只有语言没有文字的苗族来说，《亚鲁王》的延续靠的是口传心授。

2. 根深蒂固的祖先崇拜情结

中华民族是由56个民族组成的大家庭，每个民族的祖先崇拜观念都十分发达，如汉族"嵩高淮岳，峻极于天，淮岳降神，生甫及申。"（《诗经·大雅》）

① 参见苏晓星：《苗族文学史》，成都：四川民族出版社，2003年，第119页。

② 曹维琼：《通往苗族古代神秘世界的密钥》//《亚鲁王书系·史诗颂译》，贵阳：贵州人民出版社，2012年，第3页。

③ 中国民间文艺家协会主编：《亚鲁王文论集》，北京：中国文史出版社，2011年，第266页。

“赫赫姜，其德不回，上帝是依……是生后稷。”（《诗经·大雅》）“天命玄鸟，降而生商”（《诗经·商颂》）。但是，相较于其他民族，苗族的祖先崇拜情结更浓，更加根深蒂固。

“祖先崇拜，为人类宗教的及伦理的一种本能。此种本能，在初民尤为显著。初民视万物有一切生命的，或非生命的，皆如自身之有知觉。见高山而诧异其凸兀，视长河而讶其汹涌，红日明月之东出西入，以及众星之明澈，皆视为不可思议之神秘，因而引起宗教心。”① 麻山苗族，信仰原始宗教，原始宗教崇拜源于“万物有灵”的观念。古代苗族人认为，凡是日常生活中常见的自然物与自然现象都是有灵魂的生命存在。不唯人有灵魂，动物、植物甚至无生物都是有灵之物。苗族人并不觉得人类可以完全主宰世界，苗族古歌说“山上的石头是大地之主，人只是梦境中的过客。”这就是说，人类和其他生物物种的生命一样，是自然环境中各种自然物互动运行的产物，没有高低贵贱之分。这些灵魂能够影响并控制客观世界中的事件、人的现世生活和来世生活。这就是古代苗族人万物有灵的信仰，它是一切原始宗教发生的基础。

在自然崇拜和图腾崇拜的基础上发展起来的祖先崇拜是原始宗教的更高发展阶段。鬼神的塑造，把观念上的万物有灵升华到宗教的境界，便产生了自然崇拜。万物有灵与自然崇拜虽然存在着有机联系，但不能混为一谈。首先，万物有灵只是观念性的，而自然崇拜是一种宗教行为，它伴随着种种祭祀、禁忌和巫术活动，在这里，自然物被拟人化，自然力被神圣化。尤其值得指出的是，崇拜的对象有着明显的功利性。自然崇拜的对象往往选取与人类的生活最贴近、最相关的事物，如山地民族崇拜山神，农业民族崇拜土地神和谷神就是如此。另外，相信万物有灵与崇拜某一自然物是两回事，被崇拜的对象一定是人类特别敬畏的，人们感恩其福泽，敬畏其无穷的威力，在敬与畏的复杂心理中对其顶礼膜拜。苗族人认为，奇山异石、岩洞、古树等无一不是神灵，它们能给人带来幸福或灾难，因此，对山林、巨石、岩洞、古树要祭祀，由此产生了“雷神”“风神”“古树神”“神山”“神石”等神灵。夫妇多年不生育要拜巨石、岩洞、古树，小孩身体虚弱要找岩妈或树爹拜祭。在自然崇拜中，苗族人特别崇拜枫树，牯藏节宰牛时，要用枫树压杠，祖先神灵的木鼓架要用枫树。

“图腾”一词最早源于北美印第安语 totem，意思是“亲属”和“标记”。图腾崇拜是自然崇拜的延伸，其崇拜的主要对象是与本氏族、部落生活最为密切的动植物等有生命的实体。因为这种动植物与本氏族、部落有极密切的关系，于是便把它当作自己的保护神，甚至当作本氏族、部落的名称和标志。岑家梧

① 杨万选、杨汉先、凌纯声：《贵州苗族考》，贵阳：贵州大学出版社，2009 年，第 23 页。

先生在《图腾艺术史》中论述了“图腾制”的四个显著特征：(1) 原始民族的社会集团，将某种动植物作为名称，又相信其为集团之祖先，或与血缘有关。(2) 作为图腾祖先的动植物，集团中的成员都加以崇敬，不敢损害毁伤或生杀，犯者接受一定的处罚。(3) 同一图腾集团的成员，皆可视为一个完整的群体，他们以图腾为共同信仰。身体装饰、日常用具，住所墓地之装饰，也采取同一的样式，表现同一的图腾信仰。(4) 男女达到规定的年龄，举行图腾入社仪式。同一图腾集团内的男女，禁止结婚，绝对的外婚制。[①] 苗族除了以枫树为图腾之外，也信仰竹图腾崇拜，祭祀竹王祠，供奉竹王像，家族祭祖时要手持竹卦祭祖，故一个家族称“一块竹片”。同“一块竹片”的苗族，有的系同一汉姓，有的有多个不同的汉姓。

祖先崇拜是在父系氏族社会的建立过程中由图腾崇拜演变而来的以祖先亡灵为崇拜对象的宗教形式。祖先崇拜的基础是血缘，它强调血统的继承，以及公有土地和财产的继承，以血统关系来维护家族公社的利益。因为苗族在历史上长期迁徙，长期处于分散状态，人们以血缘为纽带组合成社会组织，由氏族、部落和部落联盟扩大而为支系，因此，苗族的祖先崇拜观念尤为突出。民俗学家余未人在考察了麻山苗族丧葬仪式后认为，“苗族社会中对祖先灵魂和先祖世界的崇拜，已经成为一种深入其生活的信仰，而对亚鲁的信仰是西部方言区苗族社会的精神支柱。”[②] 紫云县大地坝村的歌师杨宝安说，在唱“开路经”的时候都要唱到“亚鲁”。“他是我们的老祖公，我们要唱到他。”“李家唱到他，张家、罗家、我们杨家也唱到他……”“要是开路的时候不从‘亚鲁’唱来，我们怎么知道我们是从哪点来的？”[③] 贵阳次方言苗族的“敲巴郎”，川黔滇次方言苗族的“解簸箕”，麻山苗族歌师（巫师）为失魂的病人进行祛病巫事活动等，都要唱诵《亚鲁王》。因为《亚鲁王》包含了大量的“祖先”叙事。在开路仪式上，东郎按照苗族的丧葬传统，歌颂祖先亚鲁的丰功伟绩，唱诵祖先亚鲁一生创业、征战、迁徙的历程，率领部族为远离战乱而背井离乡，经过千年征战和万里迁徙，历经磨难而重建家园。同时，沟通死者和祖先，最终护送亡灵沿着祖先迁徙的路线返回亚鲁故国。

苗族祖先崇拜的特点在于祭祀祖先的仪式行为融入日常生活，已经成为日常生活的一部分。如，每日早晚餐，须将少许酒食施于桌前或地下，谓之“掏

---

① 岑家梧：《图腾艺术史》，上海：学林出版社，1986 年，第 1 页。

② 余未人：《〈亚鲁王〉的民间信仰特色》，《贵州大学学报》，2014 年第 5 期，第 53－58 页。

③ 参见李志勇《马宗歌师杨宝安口述史》//中国民间文艺家协会主编《亚鲁王文论集》，北京：中国文史出版社，2011 年，第 173－187 页。

食祭祖”；娶亲时，须把从新娘家抬来的食物连同男方家的食物一道置于东方中柱下祭供，谓之“合亲祭祖”；携带酒礼走亲访友，主人须先在火坑边或堂屋中进行祭供，谓之“客礼祭祖”；逢年过节，须将酒食置于神龛下，念念有词，请祖先来领受，谓之“年节祭祖”；清明时节，后代须到祖宗坟墓前祭奠，谓之“挂清祭祖”；出山猎获野兽，须将兽头置于中堂祭祀，谓之“猎物祭祖”；若偶获一笔财物，须在神龛下设祭，谓之“进财祭祖”；最为隆重的莫过于13年一祭的“鼓社祭”，祭鼓时必杀水牯牛，专设鼓石窟，窟内供有木刻或石雕男女像一对，即央公、央婆。

正是由于这种根深蒂固的祖先崇拜观念，“亚鲁”作为一名深具威望的祖先和部落首领，历来备受麻山苗族崇敬，在年节祭祀活动中更是不可或缺的对象之一。在麻山苗族的传统文化中，族群成员最想弄清楚的是他们的祖先的来源；最愿意听的故事是祖先亚鲁王的迁徙史、征战史和创业史。因此，每逢老人去世，必请歌师主持仪式，唱诵史诗《亚鲁王》，以帮助亡灵回归故里与祖先团聚，这一葬礼民俗一直沿袭至今。

上篇　文学人类学视域的史诗田野考察

美国人类学家乔治·E. 马尔库斯和米开尔·M. J. 费彻尔在他们合著的《作为文化批评的人类学》中指出："人类学家长期以来把仪式当成观察情绪、感情以及经验的意义灌输的适当工具。仪式具有公共性，它们常为解释仪式的神话所伴随，它们可以被比喻为文化创造的、民族志作者可以系统阅读的文本。……仪式是较为集体和公开地陈述的事件，因而具有经验的直观性。对于仪式的描述和分析早已成为民族志文本的主要工具。从迪尔凯姆到特纳，仪式已被作为一种社会的强制性标准转换为个人的愿望、创造社会化情绪、引起角色转换、提供治疗效应、制订社会行动的神话宪章、重新整合对立社群的工具来加以分析。仪式几乎被看作一个相对自在的戏剧框架。"① 这一叙述可谓意味深长，我们至少可以概括出以下几个方面的意涵：仪式不仅具有意义，而且具有公共性；仪式与神话须臾不可分离；仪式可以当作一个文化文本来阅读；仪式是对事件的公开陈述，具有经验的直观性，因而是一种叙事；仪式叙事具有治疗整合功能；等等。

上篇运用文学人类学田野作业的方法考察《亚鲁王》史诗的仪式叙事，共分为四章。

① ［美］乔治·E. 马尔库斯、［美］米开尔·M. J. 费彻尔著：《作为文化批评的人类学：一个人文学科的实验时代》，王铭铭、蓝达居译，北京：生活·读书·新知三联书店，1998 年，第 92－93 页。

第一章 仪式叙事——史诗田野考察的一个向度

仪式研究是文学人类学的一个重要领域。亚里士多德最早从模仿论出发来揭示酒神祭仪与艺术的原始发生学关系，提出戏剧是对酒神祭祀仪式的模仿，也就是说，戏剧发端于酒神祭祀仪式。弗雷泽的《金枝》揭示出西方文学肇端于巫术仪式，发现了西方文学中具有普遍意义的原型，如死而复活、替罪羊等，为神话原型批评提供了理论基础和方法论启迪。

在西方，仪式研究最杰出者莫过于维克托·特纳（Victor Turner），他受到涂尔干的社会学的影响，侧重于从仪式的象征解释中去把握特定社会秩序的再生产，主要探讨了中非洲部落民族的典礼仪式生活，提出了仪式的"社会剧"概念。"社会剧"概念体现了特纳对仪式叙事的看法，它强调仪式的戏剧性质。特纳认为，仪式由众多的"符号"组成，这些符号不但构成了仪式的基本单位，而且贯穿于文化展演的整个过程，社会关系便在这些物质结构里面充满着意义。社会剧"源于许多文化展演类型的经验模型，它具有补偿性平衡和既定的规程，包括所有口传的和文字的叙事"。① 在格尔兹看来，宗教信仰在人类生活中的出现，是以具体的宗教仪式活动为背景的。仪式展演就是使行为神圣化，正是在仪式中，"宗教观念是真实的""宗教指令是合理的"等信念才得以生产出来。正是在仪式展演中，如背诵神话史诗、请教神谕等，宗教符号在人们中引发的情绪和动机与有关存在秩序的一般概念相遇并互相加强。"在仪式中，生存世界与想象世界借助一套单一的符号体系混合起来，变成相同的世界，从而在人的真实感中制造出独特的转化。"②

在我国，彭兆荣在《文学与仪式：文学人类学的一个文化视野》一书中梳理了仪式的知识谱系，将仪式的特点概括为八个方面："一，仪式具有表达性质

---

① Victor Turner, Dramas, Fields and Metaphors, *Cornell University Press*, 1974, *p*. 154.

② ［美］克利福德·格尔兹：《文化的解释》，韩莉译，南京：译林出版社，1999 年，第 138 页。

却不只限于表达。二，仪式具有形式特征却不仅仅为一种形式。三，仪式的效力体现于仪式性场合但远不只于那个场合。四，仪式具有操演性质但它并不只是一种操演。五，仪式操演的角色是个性化的却完全超出了某一个个体。六，仪式可以贮存“社会记忆”却具有明显的话语色彩。七，仪式具有凝聚功能但却真切地展示着社会变迁。八，仪式具有非凡的叙事能力但带有策略上的主导作用。”① 由于仪式具有上述特征，因此，它不仅在社会变迁中扮演着重要的作用，而且在诗性叙事中也具有重要的功能，于是，“将仪式研究引入文学展示出文学人类学研究的一个公共空间”。②

《亚鲁王》是麻山地区的歌师用西部方言麻山次方言在丧葬仪式上为亡灵唱诵的古老史诗。笔者在田野作业的基础上，根据文学人类学的展演理论，深描复杂多样的葬礼仪式程序：停灵仪式③、报丧仪式、迎客仪式、请祖仪式、开路仪式、点将砍马仪式、出殡仪式、安葬仪式等，重点考察开路仪式和砍马（牛）仪式。在采访歌师并了解歌师的成长经历、个人职业、习艺过程、性格特征、展演实践、当下的生活状态的基础上深描东郎的习艺过程。

史诗的仪式展演呈现为以活态史诗为纽带的个人与个人、个人与社会的多维度的交流、沟通和互动，这一具有生命活力、丰富多彩的互动过程远远超出对文学文本意义的单向度的阐释，文学人类学因此在史诗的仪式展演过程获得了民间文学的实验田，活态的仪式展演在此构成了文学人类学的场域。

第一节　《亚鲁王》史诗的仪式叙事

死亡乃人生之大事，世上的一切生物都逃不脱死亡的结局。从人类诞生伊始，死亡就是人类不断探索的重大课题。《荀子·礼论》曰：“生，人之始也；死，人之终也，终始俱善，人道毕矣，故君子敬始而慎终。”④ 庄子曰：“以生为丧，以死为反”，“死生皆有所一体”⑤，并认为，死是大自然向人宣布的无可逃遁的天刑。柏拉图说“哲学就是死亡的练习”⑥，叔本华认为，“死亡是给予哲学灵感的守护神和它的美神”，并断言，“如果没有死亡的问题，恐怕哲学也

---

① 彭兆荣：《人类学仪式的理论与实践》，北京：民族出版社，2007 年，第 63－64 页。

② 彭兆荣：《人类学仪式的理论与实践》，北京：民族出版社，2007 年，第 63－64 页。

③ 即给亡者着装整仪、洗脸刮面、除净污垢、入棺，给亡者脸上盖上四方形的“陌就”。

④ （清）王先谦：《荀子集解》卷十三，“诸子集成”本，上海：上海书店，1986 年，第 238 页。

⑤ 《庄子集释》卷五下，北京：中华书局，1978 年，第 278 页。

⑥ ［古希腊］柏拉图：《斐多篇》，载《柏拉图全集》（第 1 卷），王晓朝译，北京：人民出版社，2002 年，第 437 页。

就不成其为哲学了。”①

苗族是有着浓郁的祖先崇拜信仰的古老民族。在苗族的原始宗教观念中，人死留三魂，一魂守墓地、一魂进祖灵、一魂归祖界。亡灵回归“祖界”的路，充满荆棘坎坷，要经历平原大川、高山深谷，还要与神魔鬼怪搏斗。也就是说，亡灵唯有在歌师的引导下，才能越高山、跨河流、斗妖魔，一程一站地顺利返回到祖先故地。因此，在麻山苗族地区，每逢老人去世，都会邀请本家族或附近的歌师到家中主持丧葬仪式。

苗族人尤其看重葬礼，在麻山苗族地区，若有人去世，亡者家的大门上会帖上一副“对联”。上联“哀哀吾父鲁王门生”，下联“悠悠苍天而今逝矣”，横批“当大事”②。这一方面表示葬礼之重要，另一方面表明死者是亚鲁之后代，向苍天禀告，如今要返回祖灵之地，与亚鲁团聚了。生活在黔西北的长角苗把葬仪称为“打嘎”，意思是“老人成神”，即把老人送到祖先居住的地方去。丧葬是人生礼仪中的最后一站，也是展示苗族文化最为丰富的场域。

苗族通常把死者分为寿终、善终和夭殇三类。50 岁以上死者为寿终，18 ~ 49 岁死者为善终，18 岁以下的非正常死亡为夭殇。寿终者要为之举行隆重的葬礼，善终者葬礼从简，夭殇者一般不举办葬礼。

另外还有“凶死”与“正常死”之别，二者在仪式程序上没有区别，其区别在于，同一土语区的“凶死”，其丧葬仪式在室外举行，并且有“砍马”仪式；“正常死”则在室内举行，无“砍马”仪式。不同土语区的区别是，无论是“凶死”或“正常死，都有“砍马”仪式（如南部土语区）或“砍牛”仪式（如北部土语区）。

麻山苗族一般在四种场域唱诵《亚鲁王》史诗：

（1）在丧葬仪式中，以展演或巫事的形式唱诵。

（2）在消灾解难的小型巫事活动中，讴歌并迎请亚鲁王，为患者解除病痛。

（3）在苗族的“四月八节”“花山节”等节庆活动中，用歌舞的形式缅怀、追忆亚鲁王。

（4）在喜庆时节或平常的日子用讲故事、说唱散文的形式讴歌亚鲁王。

操川黔滇次方言的苗族在多种场合中唱述《亚鲁王》，操麻山次方言的苗族通常在丧葬仪式中唱述《亚鲁王》，操贵阳次方言的苗族一般在进行家族传

---

① ［德］叔本华：《爱与生的苦恼》，金铃译，北京：光明日报出版社，2006 年，第 214 页。

② 乐黛云：《飞越时空，穿透人神——〈亚鲁王书系〉序》，《中国比较文学》，2013 年第 3 期，第 67 页。

统教育时唱述《亚鲁王》，而操惠水次方言的苗族巫师则在驱邪仪式时唱述《亚鲁王》。由于麻山次方言存在很多的土语，不同土语区演唱《亚鲁王》的时间又各不相同，如中部土语区分两个时段演唱，即悼丧之日前一晚和悼丧之日演唱，而西部土语区则在悼丧之日演唱。

一、麻山苗族丧葬仪式的田野记录

时间：2014 年 10 月 22 日至 2014 年 10 月 28 日

地点：紫云县宗地乡歪寨村绞帮寨

逝者：罗英紫，91 岁，女性，2014 年 10 月 22 日过世。

丧葬仪式流程：

罗英紫老人临终，儿子、儿媳在身边聆听遗嘱。人死断气后，要杀断气鸡，并把死者生前睡的床铺草拿到寨子外面的三岔路口烧掉。

24 日给死者梳戴、沐浴，换上寿衣装殓入棺，儿子杨小岗将尸体抬入棺材中，停尸于堂屋，由歌师岑万伦主持丧葬仪式，亡者已出嫁的女儿杨小芳以及其他女性亲人回到家中，女儿杨小芳做饭供奉，盖棺并停放在靠堂屋西边的家中。

25 日上午 9 ~ 10 点，亡者的亲朋好友带着糯米饭、酒、豆腐、鱼等食品陆陆续续来到家中为逝者罗英紫送别，歌师唱诵《亚鲁王》史诗的指路经部分。

27 日晚，在歌师的主持下，家人及亲戚做最后的道别。

28 日出殡。

在麻山苗族的丧葬仪式上，吊唁者只在身上或者头上拴上一节麻绳即可，不穿孝服。妇女哭丧时用一块毛巾盖在脸上。这样的装扮，一是表示对他人的礼貌，二是为了掩盖不雅的哭相。身体不适的妇女只能在门外哭丧。

歌师岑万伦手持宝剑，头戴斗笠，一边敲响牛皮鼓（长形牛皮鼓），一边唱诵史诗《亚鲁王》，芦笙手奏芦笙曲《祭祀曲》，送亡者上路，回归东方老家。从头至尾把《亚鲁王》史诗唱诵完毕一般要持续 8 ~ 10 个小时。由于篇幅较长，消耗体力较大，歌师们轮流上场，唱诵不同的段落。

为死者守灵的家人和亲友坐在一旁听歌师们唱诵《亚鲁王》史诗。家人从正门取下一块门板，做成一张长桌，长桌上摆满糯米饭和小鱼虾，家人与死者一起聚餐，吃上最后一顿饭。座次的顺序是有讲究的，歌师们坐在桌子的左边，男孝子们坐在右边，女孝子则只能站着吃饭。凌晨时分，到事先选好的墓地做画穴仪式。然后，用朱砂调拌糯米饭。

下午四点左右开始蒸煮糯米饭，由女婿或者孙女婿将煮熟的糯米饭舂成糍粑，作为死者陪葬的礼物。同时为死者准备好一些干粮和随身携带的物品，如竹子做成的小水桶、红稗等植物种子、草鞋、旱烟、放了小鱼的糯米饭等。

“歌师穿上铁鞋，唱诵《亚鲁王》史诗的最后段落，把用来为亡人开路的鸡在地上摔死，然后用竹子纵穿鸡的身体，插在饭篓上送给亡人，用竹签刺死公鸡，为亡灵引路。”① 然后将亡灵抬到门外。“家里的女性亲属拉着白布做成的绳子走在前面，男性亲属抬着棺材走在后面。到达墓地后，将棺材放在一旁，等前来奔丧的亲友全部离开后才将亡者下葬。”②

二、葬礼程序

（一）停灵仪式

给亡者着装整仪、洗脸刮面、除净污垢，“入棺”即把尸体放入棺材。“入棺”仪式一般为30分钟，由歌师主持，其内容包括念祭词、奏木鼓、吹唢呐、敲铜鼓等，给亡者脸上盖上四方形的“陌就”。

（二）报丧仪式

亡人被视为即将出征的将相，孝子必须为亡人准备“出征”用的兵马粮草。儿女和亲戚们成为亡人统领出征前征集粮草的象征性对象。

如果丧家要举行砍马仪式的话，则要由歌师和孝子牵马走亲戚报丧。歌师和孝子牵着马前往各位亲戚家报丧时，亲友们要为出征的“将相”准备补给粮草，如糯米饭、鱼虾、黄豆、烟、酒等。

报丧队伍每到一处，当地亲戚要举行隆重的欢迎仪式，列队欢迎接待。因为出征的“将相”拥有千军万马，给予他（她）这样的礼遇，是鼓励他（她）去完成回征故土的遥远的旅途。当歌师登上点将台，为亡人封侯拜将之后，亡人晋升成为王侯将相，自此踏上回归东方故地的旅程。

（三）迎客仪式

闻讯赶来奔丧的亲友从四面八方到达后，亡者的儿媳妇要到路口迎接前来的亲戚朋友，来的女客用毛巾遮住脸，哭着进入灵堂，屋外鞭炮轰鸣，屋内的妇女掩面哭泣。前来奔丧的客人，要给亡人送一块糯米粑。“凡来吊唁的亲朋好友，一般自己带着唢呐队，唢呐手一曲接一曲地吹奏着乐曲，整个寨子荡漾在欢快的气氛之中，丧事活动基本上没有让人悲伤凄凉的感觉。”③

---

① 蔡熙：《史诗的仪式发生学新探——以苗族活态史诗〈亚鲁王〉为例》，《湖南科技学院学报》，2014年第4期，第67－70页。

② 左黔：《贵州紫云麻山地区苗族亚鲁王史诗活态文本考察》//《2010年中国艺术人类学论坛暨国际学术会议——非物质文化遗产保护与艺术人类学研究论文集》（2010）。

③ 麻勇斌：《亚鲁王唱颂仪式蕴含的苗族古代部族国家礼制信息解析》，《贵州社会科学》，2014第2期，第92－97页。

停殡迎客期间，要为死者举行与“旧情人”别离的仪式。由一位歌师到来客中为死者做“媒”，请得一位或几位女客，扮演情人与死者的代言人对歌，交接荷包，吃团圆饭。

（四）守灵仪式

守灵，也叫守夜，时间一般为3～9夜不等。在麻山，老人去世停丧期间，每到晚上，家属、亲朋要通宵达旦轮换守在灵柩旁陪伴亡灵，全寨不论男男女女都聚集在丧家，参加守灵。其间不断有寨中妇女前来哭丧。由于历时漫长，为消除疲劳，通常要举行一系列愉人、愉神、愉魂等的活动，守灵期间灵堂内常伴有吹唢呐、敲木鼓、猜谜语、玩牌等游戏活动。

在砍马的前一夜，所有前来吊唁的唢呐客，每人都要选择一帮对手聚集在一家，进行娱乐性吹奏比赛，这种比赛没有什么奖励，实际上是双方共同交流、切磋表演技艺的一种方式，年轻男女借此聚会的机会谈情说爱，寻找自己的终生伴侣。猜谜成为大家娱乐的话题，把一切忧伤都淹没了。

管乐和打击乐器产生欢悦的气氛，如敲击木鼓让人们热血沸腾，震撼人心，敲击铜鼓会让人们顿生庄严肃穆的意境，而唢呐、大锣、小锣、小木鼓则形成一支小乐队，吹奏击打协调一致，平时吹奏的音律时而婉转悠扬、时而激昂顿挫，呈现出一派祥和欢乐的氛围，而在丧葬仪式上的吹奏音调则显得忧伤、悲凉，尤其是吹奏砍马的一组乐曲，苗语称之为“drangx dongk”，意为“断魂曲”，更是震撼人心、催人泪下，让人们仿佛回到了远古时代的战场，亲身经历了生离死别的凄惨场景。这种追忆的形式是以乐曲为引子，用心灵共振为辅，完成了对回归东方故土的刻骨铭心的历史记忆。守灵最后一晚，所有家属需全部到齐，商议次日“做客”之大事。

（五）做客仪式

做客仪式也称吊唁仪式，于守灵结束后的第二天举行，死者所有的亲属好友及宾客前来悼丧，宾客有散客和主客之分。散客即不请自来者；主客即经通知而来的客人，往往一行几十人，自带唢呐队。孝子赤脚，腰间系一反搓的稻草绳，亲属穿麻戴孝。主客悼丧，须整队入场。主客头走在最前面，妇女跟后，且手撑毛巾罩脸哭唱，再次是唢呐队，走在最后的是年长者。无论是散客还是主客的到来，都要鸣枪放爆竹迎接。

在迎客仪式中，亲堂孝子要免冠，额靠地面，匍匐长跪于地，在门外迎接亲友的到来。由外寨男子组成的一支支唢呐队，鼓乐长鸣，徐徐进寨，而妇女们则蒙面哭泣着进寨。在整个亲友进寨的过程中，孝子们长跪不起。这些为《亚鲁王》史诗的唱诵营造了神圣庄重的气氛。

（六）请祖仪式

请祖，即孝家在门前摆设供桌，摆上各种祭品。桌旁放一根一米左右长的光滑竹子，桌子角用一根长竹竿绑着一把高出桌面的伞，迎请祖先。距离供桌两米左右，将待砍的马用绳子绑紧，并备齐马鞍、弓箭、刀剑、糯米饭、斗笠、布毯子等，恍惚出征一样的全副武装。围绕马的周围两米左右分别立四根 5 米左右高的梭镖做“点马杆”。

请祖仪式开始，歌师双手紧握最长的“点马杆”，逐一数出死者逝去祖先的名字，请他们回来享用供品，然后鸣枪、吹唢呐、吹牛角号。

在砍马的前夜，歌师们与亡人的灵魂一同享用圣餐。饭后，歌师们转移到屋外的砍马场，举行与砍马有关的仪式。砍马仪式结束之后，歌师们才重新回到遇丧人家，为出殡仪式作准备。

（七）开路仪式

（详见第二节）

（八）砍马仪式

（详见第三节）

（九）出殡仪式

砍马的次日凌晨（寅时或卯时），天还没有大亮的时候，丧家就要举行出殡仪式。出丧时，亡者的大女婿要抬棺木的“头杠”，出大门后其他人再轮换抬。出丧的程序和做法，各支系、家族大同小异。一般在出丧队伍前有枪手和弓箭手舞枪弄棒、吹牛角号在前面开道。孝子身穿长衫，肩披麻布系腰，背着木质弓箭，一手牵牛，一手持剑，口中念着“不要抢我父母的牛”，之后才是 6～8人抬着亡者的棺材。送葬队伍走在最后面，前面是唢呐、锣鼓队伍，后面是送葬的人群。在震天动地的唢呐、锣鼓、牛角和鞭炮声中，浩浩荡荡地把亡者送到丧场。出殡仪式十分神秘，在出殡之前，歌师用占卜的方式选定死者的一个儿媳。如果没有儿媳，则通过占卜的方式从其侄儿媳妇当中选取。出殡时，由儿媳哭着将一个装满干燥小米糠或稻谷糠的竹箩点燃，端着冒烟的竹箩在前面引路，直到将棺材送出寨门后，才将冒烟的竹箩放在寨门外。竹箩冒烟的方向十分重要。一般认为，烟飘荡的方向必须是向着东方或者是出棺的前方才是吉利的。

送亡人上山的时候，歌师不去，留在家里做两件事：第一，“扫家”，也叫“扫寨”，为在丧事中帮忙待客的人家清扫邪祟。清扫后，村民须立即关上大门。“扫寨”时，客人住在哪家，歌师就去哪家扫，最后集中在主人家扫，把不好的东西扫出去。第二，“开荤”，葬礼结束，歌师要举行解荤仪式，丧家方可结束素食。

（十）安葬仪式

各方亲戚带酒、糯米饭、鸡和猪肉等祭祀死者，填土、挂纸后大家在坟旁聚餐。杀鸡献牲之后，将亡人入土安葬。

一场完整的丧葬仪式，一般包括上面十个仪式程序。这些仪式，均是“亚鲁王”史诗发生的仪式场域。《亚鲁王》史诗核心内容的吟诵主要体现在“砍马”和“开路”两个仪式过程中。由于砍马（牛）仪式和开路仪式是苗族丧葬文化中突出的文化样式，且有着丰厚独特的文化蕴含，下面将设专节进行探讨。

根据田野调查的情况得知，由于山地阻隔，深处山地的苗族住地分散、支系众多，同为紫云自治县的苗族，其葬礼程序也有一定程度的差异，呈现“三里不同风，五里不同俗”的特点。

在紫云县大营乡巴茅村、宗地乡大地坝村，其丧葬仪式共有28道程序，依次是：净身装棺→停棺→牵马走亲戚→隔房家族的晚辈给亡人献牲→孝子给歌师倒洗脚水洗脚→歌师面对神龛唱念经词[①]→牵马到砍马场的喝酒仪式→牵马到砍马场→歌师开马路→众亲戚上祭→念唱砍马经→为亡人宣告恩怨了结→牵魂回家→请吹打班子进砍马场踩场→亡者的女儿和儿媳妇喂马→用鞭炮惊吓献牲→砍马师进入砍马场地→砍马抬杉树下塘→献牲→亡者的女儿送饭→歌师为亡人唱念开路的经词→为亡人指路→烧掉亡者的不洁之物→出殡上山→下塘→扫家和解簸箕。

宗地乡湾塘村苗族的丧葬仪式包括为亡人梳洗穿衣、入棺、择期、报丧、告祖、选圹、开路、上山、入圹、盖土包坟等程序。[②]

宗地乡戈岜村苗族丧葬仪式的程序：断气→迎请歌师[③]→沐浴更衣→报丧→入棺前的供饭→入棺→写挽联→打糯米粑粑[④]→丢糯米粑粑→开路[⑤]→做客仪式→上山→扫家解荤→复三。[⑥]

---

① 内容是给亡人开路，召唤灵魂。

② 李志勇：《一曲挽歌，一段艰辛的“回家”路——紫云县宗地乡湾塘村苗族丧葬文化调查报告》//中国民间文艺家协会主编《亚鲁王文论集》，北京：中国文史出版社，2011年，第120－134页。

③ 在苗族看来，亚鲁是他们的祖先，祖先迁徙的历史和生活经历只有歌师知道，因此，筹办丧礼的主人一定要亲自去迎接老歌师。

④ 开路的时候放在棺材上，供亡人在阴间享用。

⑤ 开路前，主人家要给亡人供饭。供饭时，主人家会抬来一头猪和一条狗，放在棺材的大头位置。其中一个歌师念词，然后杀猪。

⑥ 徐玉挺：《宗地乡戈岜村苗族丧葬习俗调查报告》//中国民间文艺家协会主编《亚鲁王文论集》，北京：中国文史出版社，2011年，第135页。

四大寨乡猛林村苗族丧葬仪式过程为：亡人落气后，先给亡人洗身，然后请先生根据死者的生辰八字，确定灵柩待葬的时间，再报丧，请歌师，赶丧，砍马，开路，上山，杀牛，复三等一系列仪式过程。其中最重要的是开路、砍马、指路。①

这里特别需要指出的是，虽然各地的丧葬仪式程序有一定的差异，但从根本上来看是大同小异的，即这部26000余行的史诗围绕核心人物亚鲁王而展开，唱诵史诗《亚鲁王》是葬礼的灵魂，它统领了所有的仪式程序。唱诵的内容，一般从亡者何时何地出生，再到亡者的父辈、祖辈，一直追溯到亚鲁王乃至最远古的祖先，重点唱诵苗族先民在亚鲁王的统领下创世、征战和迁徙的历史，历时8~10小时不等，企望通过这种反复唱诵的仪式过程，实现与祖先的对话，让死者能够回归祖先的身边。在种种仪式中，最重要的是开路仪式和砍马仪式。

三、仪式的文化含义解读

葬俗是民族传统文化的重要表现形态，同时作为现实生活的反映，也是我们了解和研究一个民族社会制度、经济状况、文化形态及思想意识的窗口。麻山苗族的葬礼程序复杂纷繁，每一仪式皆有其独特的程序和文化内涵，蕴含着丰富的地方性民俗文化知识。在外族人陌生的眼光中，麻山苗族的砍马仪式显得有些“血腥”，但如果要真正理解麻山苗族的丧葬文化，就要了解麻山苗族的民族心理、生活习俗和精神世界。无论哪个民族的丧葬都是一种重大的人生礼仪，相较于其他民族的葬礼，苗族的葬礼尤其充满了神圣与神秘。麻山苗族的葬俗为我们了解和研究麻山苗族的历史文化提供了珍贵的资料。

在麻山苗族的葬礼上为什么要打糍粑给亡灵呢？在麻山，若有人亡故，远方的亲戚朋友按照传统习俗带着糯米饭前来奔丧悼念。一般而言，前来吊丧的客人拿着糯米饭只能送到大门口，不能直接送到棺材前。丧家专门安排一个年龄较大的老人，拿一个盖子在门口迎接，将亲友带来的糯米饭夹一点放在盖子里面。送给亡灵的糯米饭实际上用不着这么多，为什么前来吊丧的客人要带这么多糯米饭来呢？“因为在以前，生活在山地中的苗族人很难吃到糯米饭和大米饭，举行葬礼的时候要到山外面的集市去买，这就要多买一点，煮一大箩糯米饭，除了夹一小坨给亡灵之外，剩下的就要捏成若干坨分给各位内亲，孝子孝女们排着队在那里跪拜的时候，要给他们每人送一坨。在葬礼上，大家可以吃到大米饭和糯米饭，可以吃到鱼、豆腐和豌豆，但不能吃玉米、包谷饭、小米和红稗饭。这是因为在苗族人的记忆中，他们的故土在东方的大平原，那里是

① 王金元：《四大寨乡猛林村苗族丧葬习俗调查报告》//中国民间文艺家协会主编《亚鲁王文论集》，北京：中国文史出版社，2011年，第148－166页。

盛产大米的鱼米之乡。”①

开路前，主人家要给亡灵供饭。但世人为亡人准备的饭菜，与生前不同。这些饭菜用特意编织的竹子饭箩所盛。在供饭时，其他帮忙的人会找来一根扁担，拿来3个竹筒、葫芦，竹筒里面装着酒、苞谷、水稻、红稗、大蒜等种子，葫芦里面装满水，用扁担担着。开路时准备的这些东西，歌师在唱诵《亚鲁王》史诗时都会唱到，在迁徙过程中亚鲁王带领族人跋山涉水，教导人们如何开垦荒地，如何用种子种菜种地，怎么过日子等。供饭时，歌师要唱诵“供饭词”：

（亡者名）：
你在你是人，
你逝去你是神。
现在你逝去了，
我要祭上一桌酒菜给你喝、给你吃，
你要喝够、喝醉，
吃饱、吃够，
吃去放在饥、放在饿②。
喝了后，
你要保护钱来保护米，
保佑儿来保佑孙，
去病、弃伤。
弃疲、弃疾。③

歌师按照从本支到外支、从近代到古代的顺序，逐一提及已经去世了的先祖先母的名字，邀请他们来与亡者一道喝酒吃饭。最后还要邀请三（五）代内“不知人、不知名”者前来与亡者一道喝酒吃饭，作为结束。

三（五）代婆，三（五）代公，
三（五）代子，三（五）代孙，
背上背的、怀中抱的，
不知人、不知名，
不知天、不知夜，

---

① 杨兰：《苗族史诗亚鲁王英雄母题研究》，贵州民族大学硕士论文（2014）。

② 意思是吃饱了不会饥饿。

③ 安顺西秀区苗学研究会：《安顺西秀区苗族志》，贵阳：贵州人民出版社，2012年，第276页。

子拉马、儿挑担，
一群一伙相约来与××（亡者）喝酒。
在远的用手接，
在近的用嘴接，
喝去放在饥，
吃去放在饿，
要喝够、喝醉，
吃饱、吃够，
喝了后，
要保护钱来保护米，
保佑儿来保佑孙，
去病、弃伤。
弃疫、弃疾。①

唱词的内容大致是，歌师通过唱诵把不同亲朋好友所送的饭菜区分开来，以便亡人知道自己所享用的饭食是哪个亲戚朋友赠送的，希望亡人在阴间要吃好喝好，保佑这家人幸福平安，亡人不要再牵挂活着的人，安心地离开。同时供饭词中祭祀的顺序、供奉的先后也体现了麻山地区的社会秩序。“唱诵时将不同供饭人区别开来，体现了麻山当地社会井然有序的社会秩序，一旦打破了这个秩序，世人认为亡人会因为不知饭菜的来源而不高兴，影响他在阴间的生活。”②

在麻山苗族葬礼上有很多重要的仪式物件，如盖在死者面部上或胸前的一块长方形的蓝色土布，上面或贴剪纸，或刺绣一组图案，类似于花鸟图形，妇女们将其称为“太阳开花”，或“太阳旗”，俗称“盖脸帕”或“陌就”，这是葬仪式上必不可少的物件。苗族文化人将其汉译为“族徽”。族徽是亲友们的礼信，一般由死者的女儿或女性亲属提供。中间的图案代表太阳，并有家禽、蝴蝶以及禾苗的图案。家禽和禾苗寓意这个民族在远古时期生活在一个物产富饶的鱼米之乡，生产资料极为丰富。关于蝴蝶，有一个民间传说。传说在远古时期，是蝴蝶帮助麻山苗族的祖先找回了失去的太阳。逝者之所以必须胸佩这一“族徽”，因为这是亚鲁王国的旗帜，是通往祖先故地的“通行证”。“陌就”可理解为亚鲁王的族徽，或是族旗上的标志符号，只有拥有“陌就”的亡人灵

① 安顺西秀区苗学研究会：《安顺西秀区苗族志》，贵阳：贵州人民出版社，2012年，第275页。

② 曾雪飞、马静、王君：《祭祀音乐中的权力文化与社会秩序——以麻山苗族地区丧葬仪式中〈亚鲁王〉演唱为例》，《贵州大学学报》，2012年第4期，第97页。

魂，才能得到亚鲁王的承认，得到祖先们的接纳。[①] 因为在麻山苗族心目中，死亡是回归到祖奶奶那里，因而死亡是生命在另一个天地的延续。在麻山，衡量丧事是否体面的标准不是看场面的宏大，而是看死者去世后收到的“陌就”的数量多少。老人去世时除了孝子孝女要送一张“陌就”之外，其他家族的兄弟姐妹也要根据自己的实力送一张“陌就”。亲友多的，在亡者胸前叠了厚厚的一摞。赠送“陌就”是麻山葬礼最高荣誉的陪葬品。

丧葬仪式活动中的木鼓、铜鼓和芦笙是古代战争中的重器，而长刀、弓箭、梭镖等器具是古代战争中用来与敌人拼杀的必不可少的战斗武器，将被砍杀的战马作为牺牲用来祭祀亡灵，这象征着马到了“阴间”不但可以作为“战马”使用，而且还能够充当运输工具。

在送亡灵上山的时候，亡灵的前方会有一个孝子手持弓箭向前方或左右方不断做出射箭的动作。“这是在射杀阻挡道路的野兽或者是其他的动物，其目的是方便亡灵回东方老家。……做射箭动作的孝子所扮演的就是带领亡灵回祖先故地的亚鲁，其射箭的行为就是模拟亚鲁从故乡迁徙而来时射杀敌人的行为，其目的是希望通过这一象征性行为来为亡灵回归扫清障碍。”[②] 这种类似射日月的“射”的行为，是史诗《亚鲁王》中射日、射月神话的遗痕，是以人的幻想物为对象的象征性的仪式，因而也是苗族先民的原始宗教仪式的象征。

第二节　开路仪式

开路是麻山苗族丧葬仪式中最重要的部分。这里仍然以笔者在紫云县宗地乡歪寨村绞帮寨采录到的田野作业实录为例。

一、开路仪式实录

时间：2014 年 10 月 27 日晚

地点：紫云自治县宗地乡歪寨村绞帮寨

逝者：罗英紫，91 岁，女性。

2014 年 10 月 22 日过世。

丧葬仪式程序：

现场器物：分为法器与器具。法器兼乐器的有铜鼓、牛皮鼓和木鼓；器具有宝剑、弓箭、斗篷、陪葬旗、草鞋、毛巾、大竹桌、灵牌桌、饭箩、钱袋、

---

① 曹维琼等：《亚鲁王书系·苗疆解码》，贵阳：贵州人民出版社，2012 年，第 351 页。

② 高森远、杨兰：《论〈亚鲁王〉射日射月母题——基于历史记忆的研究》，《贵州民族研究》，2014 年第 8 期，第 146 – 149 页。

锄头、簸箕、小酒坛、麻线、五谷种、竹筒、火镰草、打火石、烟叶、葫芦，以及黄豆、鱼、豆腐、水果、酒等祭品。

参与人员：参加本次仪式的有亡者的亲友、家人、本村寨的人、乡邻及歌师。歌师共有三位，岑万伦、岑万华两位是由主家邀请来的，而岑老虫则是由岑万伦邀请来的。三位歌师均身着苗族长衫。

现场布置：在房屋的前左侧搭一帐篷，用一副木制三脚架支撑灵柩，并将灵柩停放于帐篷内。灵柩正前方置一张木桌，木桌上摆放汉文书写的灵牌、装谷子的升斗（谷子上插香）和储着菜油的土碗。木鼓摆放于灵柩的侧面。灵柩上方放有宝剑、弓箭和一个筛子，筛子内摆放着酒、鱼、豆腐、水果等祭品。灵柩后面的墙壁上挂一只大竹箩，内放草鞋[①]、饭箩[②]和葫芦。

仪式过程：

10 月 27 日 17：50，三位歌师和家族所有男性老人一同在就餐桌前就座，歌师岑万伦坐在离灵柩最近的位置，他的面前摆放着为亡人准备的三个碗。

10 月 27 日 17：55，孝子在为亡人准备的碗中倒酒、放烟、盛饭，请亡人享用。然后自东向西按顺序为各位老人斟酒、放烟、盛饭，请大家用餐。敬酒共重复三次，每次先给亡人敬供，再给在场的老人和歌师敬献。酒过三巡之后，孝子杨小岗对歌师岑万伦、岑万华说："你们两位老人慢慢吃，用餐完毕后麻烦你们为我母亲指路，这就要辛苦你们了。"

10 月 27 日 18：30，晚餐完毕。

10 月 27 日 18：35，开路仪式正式开始。

二、开路仪式的基本内容

开路，意思是为死者指引返回东方老家的路线。开路仪式一般在"吊唁"仪式的当天傍晚时分开始进行。身着当地苗族传统服饰的三位歌师就餐完毕之后，其中一位歌师[③]敲响木鼓，唤醒亡灵，主家孝子燃放鞭炮。年长的歌师坐于亡者棺前，头戴斗笠，身披毡子，肩扛宝剑，手抱"开路鸡"，站立在死者身边，开始放声唱诵《开路词》。多数地方，男死者用公鸡，女死者用母鸡。但龙里县草原乡的苗族开路除鸡之外，男死者须有一头公猪，女死者须有一头母猪，猪的大小不论。同时子孙后代要给亡者赠送牛、猪、鸡等牲畜和衣裤、鞋帽等生活必需品，开路师要将众亲戚赠送的礼物向死者交代清楚，意即让死者把这些礼物带到阴间去享用，到了另一个世界之后依然要好好种庄稼，好好

① 意为亡灵回归祖先亚鲁王之地所穿的鞋。

② 意为亡灵回归祖先亚鲁王之地时用以盛装各种干粮。

③ 参加丧礼仪式的任何一位歌师都可以，没有固定哪一位。

过日子。唱诵《开路词》的时间长短不一，惠水县鸭寨苗族的《开路词》要念12 小时。

开路前，主人家要给亡人准备好五谷种子、包晌午饭等。供饭时，主人家会抬来一头猪和一条狗，放在棺材的大头位置，亲人、歌师与亡灵共用送行饭，其中一个歌师念词。

一切准备妥当之后，身着长袍、手持大刀、头戴斗笠的歌师上场唱诵《亚鲁王》，告知苗家的历史与祖先的故事。由于篇幅宏大，歌师按照史诗段落轮流唱诵。开路的场面庄重肃穆，开路之前要敲打牛皮鼓，孝子孝孙要给亡人点香烧纸，给亡人叩头。

开路时唱诵的内容大体分为五个部分：

（1）希望亡人保佑自己还在阳间的兄弟姐妹、子孙后代平平安安，上天之后不要回来骚扰自己的子女后代。

“在阳间时为土养，在阴间时为土埋，你走到阴间时，你吃阳酒能醉，现在你到老人跟前去，请你保佑儿子儿孙亲戚朋友。现在饭菜已经熟，趁热给你，要与你讲话，现在又包午饭给你，你在半路可以吃，现在又包另一碗给你，你过寨林的时候可以用来接待你的朋友。”①

（2）讲述亡人的父母从何而来，亡人在什么地方、什么时候出生，从小到大是如何走过来的，一直讲到亡人离开人世。

（3）讲述亡人在世时在寨子里拥有哪些东西，自家的土地在什么地方，从家里到地头怎么走的。

（4）讲述祖先的历史，开天辟地和人类万物的起源，自己的祖先是怎么来的，祖先迁徙来此定居的路线，怎么样回到祖宗的故地。这是开路最重要的部分。在这一部分必须唱诵麻山苗族的祖先亚鲁王。麻山苗族认为，亚鲁是他们的祖先，是亚鲁把苗族带到这个地方来定居的，亡人要走的路，就是沿着亚鲁迁徙的路线回到过去曾经生活过的东方老家。

为亡灵诵唱“祖先的事情”，其实质是唱诵“万物起源歌”，讲述祖先故事和万物起源，讲述生死由来的“创世纪”。其目的，一方面是为了让亡灵记住自己的来源，以方便回归；另一方面也是面对生者，以口耳相传的方式为在世之人集体传授万物起源的故事，从而承袭族群记忆。

（5）告诉亡人，要送他回东方老家了，不再在人间了，希望亡人一路走好。

“嘿……/你呀/你走……/你自己走了/跟随老祖宗/不要伤心/不怕孤独/有

① 杨万选、杨汉先、凌纯声：《贵州苗族考》，贵阳：贵州大学出版社，2009 年，第70 页。

老祖宗们寻着你/他们会陪你喝酒/陪你干活/放心地走/保佑我们/大富大贵/身强力壮。”①

开路最为重要的功能是为亡人回归祖先之地指路，并且务使歌师唱诵的内容能让死者听到。“坝苗以世外另有天地，该处虽不似人世痛苦者，然包含起居，族种分别，则与人世同，该地乃人死后居住之所，故开路者即是为死者引路，使之得入另一世界与祖人同住。坝苗相信，如果死者不能进入另一世界，则对尚在生存之亲属不利，故必为之开路使得归宿以免作祟也。”② 在麻山苗族丧葬仪式上唱诵史诗《亚鲁王》，意在指引亡灵返回祖先亚鲁王的时代，民间将这一仪式称为“开路”，学习唱诵史诗《亚鲁王》，也就是学习开路，这是麻山丧事活动最为重要的内容。

那么，为死者排除障碍，指引死者沿着祖先迁徙的路线一站一站地返回到东方老家的引路者是什么呢。这就是鸡。歌师这样唱道：

公鸡叫昂昂地走在你前，你要紧紧跟在它后面，
你要拿你的拐杖来试探，过那黄河去，
过完黄河你才丢掉你的拐杖。
老一辈人说：“没有过黄河不丢拐杖”，
这句话就是说这里，你要听准。
过完黄河，你要跟公鸡去爬完九道坎，
你才去拿你的寿像。

你看公鸡叫昂昂地走在你前头，
你要紧紧跟在它的后面，进阎王城去。
你看那跳花坡的人多热闹！声音多嘈杂！

公鸡要带你跳那热闹的花坡和嘈杂的场。
你是男的，你要去做人家的父，才得做买卖；
是女的，就要进人家的针线商店，买针和买线。
你会买齐、买全了，公鸡要带你调头向后转，
晚时晚刻，你不要晚天晚日，
怕天晚时晚找不到娘胎，找不到爷。

① 杨嵩：《贵州“麻山苗”歌舞音乐研究》，《民族民间音乐研究》，2011 年第 3 期，第 34 页。

② 杨万选、杨汉先、凌纯声：《贵州苗族考》，贵阳：贵州大学出版社，2009 年，第 69 页。

现在公鸡引你调头向后转了，
你看：上边那条路是做官的路，
下边这条路是牛马吃草的路，
公鸡带你走中间这条，才能得去同祖化祖太在。
你到那头，娘坐成群，爷坐成伙，
你找娘胎找爷要找上边的那一层。
你遇到娘胎、遇到爷，娘要带你去走遍地的伙房，
你才去做她的子，她才来做你的娘；
爷要带你遍地的房前房后，
你才能去掌管得了他的家当。[①]

“在苗族的葬礼上多处用到鸡。开路之前，歌师要给鸡喂食，请其为亡灵带路；在开路仪式上要用到鸡，在唱诵《亚鲁王》时，歌师用右手把鸡抱在怀中，左手执剑，为亡人指路，当唱完最后一部分，歌师把用来给亡人开路的鸡在地上摔死，然后用竹子纵穿鸡的身体，插在饭篓上给亡人，是谓杀鸡开路”[②]，整个仪式耗时三个小时；下葬的时候还要用到鸡。下葬前，死者家属备一只雄鸡，将鸡携至墓地，歌师念道：“雄鸡跳龙头，后来子孙做诸侯；雄鸡跳龙腰，后来子孙拖得蓝杉挂紫袍；雄鸡跳龙脚，后来子孙中登科。”[③] “你到丫口时，你见有梯路，即是天门之梯，公鸡走一步你走一步，公鸡跳两步你跳两步，跳三步你跳三步。”[④] 因此，鸡被称为带路鸡，在回归的路上能够帮助亡灵解除危险和障碍。

“在开路仪式中，对苗族祖先亚鲁王的唱诵贯穿了整个丧葬仪式的始终。因为苗族自古以来具有追本溯源、慎终追远、扬尚祖德的传统。他们认为，只有灵魂得到妥善的安置，才能回归到祖先的住地，与祖先的灵魂共同生活。麻山苗族浓郁的祖先崇拜意识表征了他们独特的民族信仰、坚定的民族传承性和强

① 安顺西秀区苗学研究会：《安顺西秀区苗族志》，贵阳：贵州人民出版社，2012 年，第 276 – 277 页。

② 蔡熙：《史诗的仪式发生学新探——以苗族活态史诗〈亚鲁王〉为例》，《湖南科技学院学报》，2014 年第 4 期，第 67 – 70 页。

③ 杨万选、杨汉先、凌纯声：《贵州苗族考》，贵阳：贵州大学出版社，2009 年，第 69 页。

④ 杨万选、杨汉先、凌纯声：《贵州苗族考》，贵阳：贵州大学出版社，2009 年，第 89 – 91 页。

烈的精神回归的生命意识。”①

三、开路仪式的历史文化意涵

歌师在麻山苗族的丧葬仪式上面对亡灵，用古老的苗语唱诵的《亚鲁王》史诗，具有指路经的意义，其中蕴含着大量的原始文化密码，具有重要的历史文化价值。

第一，远古历史的社会记忆，社会秩序的模拟建构。在麻山苗族看来，人死之后，其灵魂要回到“祖奶奶”居住的地方。通往祖先的归途历程充满坎坷艰辛，既有高山大川的阻隔，还有妖魔鬼怪阻挡。苗族祭祀的《指路经》记载：“你是真死了，你（指灵魂）起来，我要帮你洗脸、梳头、洗手、洗脚。我要帮你戴帕子、穿裤子、穿衣裳。我要拿火麻鞋、园麻鞋给你穿。你才能去和公婆、祖宗团聚。”“你要去西天积石山祖宗的发祥地。”“现在你要去爬积石山了。山高高，冰天雪地。有三条路，上面一条是汉人路。下面一条是彝人路。中间一条才是我们苗族的路。”② 牛角苗的开路词曰：“我们的祖先行经大山大雪地方，毛虫大如山羊，蚂蚁大如犬，祖先来到一处，地有大海，祖人经大海始到此地，才过这边来。”③ 因此，亡灵要背着沉重的行囊，身穿先辈的衣裳，携带回归途中所需的干粮，甚至还要佩戴祖先留下的刀剑、弓弩，在儿女们肝肠寸断的哭声中，在硝烟弥漫的气息中，壮烈地踏上一条回归东方故土的远征之路。在唱诵《亚鲁王》史诗时，歌师也要身穿靛蓝色长衫，头戴斗笠（象征头盔）、手持大刀，脚穿铁鞋，怀抱开路鸡，为亡灵送行。歌师身着亚鲁王征战时的装扮唱诵《亚鲁王》，是对远古时代兵戎相见的战场的模拟，这是麻山苗族对远古历史的社会记忆。

第二，强化历史文化认同。史诗的重要功能之一是“联结后代的人，由第一代传给第二代的诗歌和故事中，子孙可以认识他们祖宗的声音”④。即史诗是民族情感传承和维系的纽带。苗族历来具有慎终追远的祖先崇拜信仰，这一信仰历史久远，在母系氏族社会向父系氏族社会的过渡时期就产生了。特别值得注意的是，苗族的祖先崇拜与人们的日常生活密不可分，在生老病死、婚丧嫁娶、起房盖屋、乔迁新居、民族节庆、吉凶祸福、分支合族等场合都要祷告祖先，祭祀祖先，以期得到祖先的护佑。通过祭祀祖先来庇护后代，以确保子孙

---

① 蔡熙：《史诗的仪式发生学新探——以苗族活态史诗〈亚鲁王〉为例》，《湖南科技学院学报》，2014 年第 4 期，第 67 – 70 页。

② 贵州省仁怀市民宗局苗学研究会：《风情习俗 · 祭祀辞》（内部资料），2002 年。

③ 杨万选、杨汉先、凌纯声：《贵州苗族考》，贵阳：贵州大学出版社，2009 年，第 95 页。

④ ［德］格罗塞：《艺术的起源》，蔡慕辉译，北京：商务印书馆，1996 年，第 210 页。

昌盛，家族兴旺发达。《亚鲁王》的唱诵将祖先崇拜的信仰仪式化，表达的正是苗族人生死不离族人的族群意识。在苗族频繁的迁徙过程中，形成了无数家支，虽然同宗的家支遍布各地，但《亚鲁王》的唱诵把他们指引到同根同源之处，这样，回祖归宗，便以“回首往事”的方式确保自己处在一个悠久的历史空间和族群文化的网络之中。在集体的历史记忆时空网络之中，无论自己身置何处，都是这一传统中的一分子，凭借这一悠久的文化传统与民族历史的指认方式，苗族人所需要的文化认同得以强化。

苗族频繁迁徙，家支无数，但其对死后灵魂归属的普遍共识却是始终如一。那就是，死亡是与远古祖先血缘相接的努力，也是族群生命永恒连接的开始。因此，麻山苗族老人亡故之后一定要请东郎开路，唱诵《亚鲁王》史诗，以引领亡灵回归祖先的栖居之地。对于死者而言，隆重的丧礼是对个体人生的总结，关系其灵魂的归属；而对生者来说，这关系着现世家族成员未来的命运，其意义之重要可见一斑。通过歌师抑扬顿挫的唱诵，葬礼上悲郁的氛围，亡灵按照歌师指引的路线前行，这样就走出了一条回归苗族祖先的历史之路。

可以说，歌师每念诵一次《亚鲁王》，就开启了一段历史记忆，在这种不断重复的历史记忆中，苗族的祖先崇拜观念、父子联名谱系、血亲家支等无形的血脉，凝结为一个共同的精神空间，在开路仪式中寻求“本是同根生”的意义，使得苗族的历史传统不断延续，尽管这是一个曾经存在而今已经逐渐变得模糊的“根”。可见，借助一个生命的死，全体族群成员获得了一次解脱和升华，几千年辗转迁徙的历史正是通过一次次隆重的葬礼仪式来温习。麻山苗族在葬礼上唱诵史诗《亚鲁王》的神圣仪式，以仪式行为的方式记忆家族的历史，这是家族以集体记忆的形式保存的历史记忆，可以说是一个族群的寻根之旅，重温对祖宗的追忆和崇敬。《亚鲁王》史诗的内容作为一种历史记忆，深深地铭记在参加葬礼的苗族民众的心坎中，从而凝聚起稳固的族群认同。“从思想史的角度看，历史记忆不仅是回忆那些即将被遗忘的往事，或是遗忘那些总是会浮现的往事，而且是在诠释中悄悄地掌握着建构历史、改变现在以控制未来的资源，各种不同的文化、宗教、民族的共同体，都是在溯史寻根，也就是透过重组历史来界定传统，确定自我与周边的认同关系。”①

第三，人生意义的表达。丧葬习俗的追本溯源，从根本上来说，源于苗族的生命哲学，即人之逝世，不是生命的终结，亡者不是走向美丽的天堂；人之逝世，只不过是新的生命的延续，因而人间的悲欢离合仍将继续。人亡之后，灵魂需要得到妥善的安置，才能回归到“祖奶奶”的住地。“祖奶奶”的住地

① 葛兆光：《历史记忆、思想之源与重新诠释》，《中国哲学史》，2001 年第 1 期，第 76 页。

没有天堂和地狱之别。从人间穿越时空的隧道回到“祖奶奶”的住地，那里同人间一样，同样满目青山，鸡鸭成群，牛羊满山。这里依然是一个丰衣足食的富饶之地。彼岸和此岸，一样种田种地，饲养禽畜，辛勤劳作；同样娶妻生子，追求“其乐也融融”的大同世界。如果有人逝世，同样需要请歌师来到家中唱诵《亚鲁王》史诗。在世之时，如果不敬拜祖先神灵，或者触犯神灵，那就不得好死。不得好死者就回不到“祖奶奶”的住地，结果就沦为孤魂野鬼。《亚鲁王》史诗在共同的血缘关系、地缘背景、共同的家支文化和人生际遇的背景下，以“历史回忆”的方式来演绎家支历史的延续和不朽，彰显积极而真诚的人生意义，一方面让亡灵“欣然归去”，另一方面也向后人传达祖先的丰功伟绩。

第四，诗意的寻根。《亚鲁王》是歌师在苗族的葬礼上唱诵的，其宗支家谱具有明显的文化寻根意向。从其内容来看，它既表达了歌师的生活权威和宗教神圣，也是普通苗族的思维方式和日常生活经验的诗性传达，讲述着苗族百姓的生活理想和现实欲求，因此，既有宗教典籍的文学色彩，更有地道的民间史诗的叙述方式。

作为苗族历史记忆的《亚鲁王》，其内容繁复，融天文地理、族群迁徙、民族历史、文学艺术于一体。“在苗族人看来，人死之后就要回到祖奶奶生活过的地方，因此要给亡人在回归的路途中提供更多便利，其中包括为亡人供饭，给亡人开路，砍马送亡人。”①《亚鲁王》用诗的语言唱述亡灵回归的一站一地，这既是地理上的“寻根”，更是发思古之幽情，唱叙家支历史文化之情结。这里的“根”，既是民族历史传统之根，也是知识之根、文化之根。《开路经》以诗性的思维，构建先辈的历史，再续民族的“生命通道”。

《开路经》既有源流的唱述，也有对苗乡山水风物、葬俗仪式、民风民俗的形象描绘。如“凡锣鼓声闹地你勿去，那是汉人地，恐你变为汉人。凡是打鼓热闹地，你勿去，那是侬家仲家地，恐你变侬家仲家。你抬头你见打神钟吹芦笙的你就去，人赶场你赶场，人看牛马生意你去看，人做鸡鸭生意你去看，人玩你同玩，人笑你同笑，人吹唢呐你同吹，人吹笙你同吹。我记不齐的你要做齐，我说不到的你要做到，买到，买齐。雄鸡做齐你做齐，于是你就去找老祖人。找是如何找，你见祖人坐成堆，你看你的雄鸡这边叫，人堆中有鸡叫应的即是你祖人，你看你的鸡去挨近人堆何人的鸡，那人即是你祖人。现刻我引

---

① 蔡熙：《史诗的仪式发生学新探——以苗族活态史诗〈亚鲁王〉为例》，《湖南科技学院学报》，2014 年第 4 期，第 67 – 70 页。

你去见你祖人，某某！你快些同老祖人谈话了！”① 在这里，芦笙是苗族的独特的文化标志，具有鲜明的民族特色和地域特色，散发出一股真实质朴而又生气勃勃的“原生态”文化气息。

《开路经》也有对人生无奈的惋叹，如水西苗开路词：“病落到草上草就死，落到树上树就死，落到你身上来你难当，你痛你声如牛吼，你在你还是苦，你的魂要去亦不能留，喂你的饭也不能吃，人生一年二年算百岁，百岁也是算百岁，一年二年是一生，百岁也是算一生。所以死则死了，去则去了，你莫要恋在这里。你去就去了，莫想留恋回转来至此。”② 显然，这一表述是对生死由命、身不由己、生死无常的惋叹。

第三节　砍马（牛）仪式

在唱诵史诗《亚鲁王》的葬礼上，有一个令人惊心动魄的“砍马（牛）”习俗。这里仍然以笔者在紫云县宗地乡歪寨村绞帮寨采录到的田野作业实录为例。

一、砍马仪式实录

时间：2014 年 10 月 27 日下午 4 点

地点：紫云县宗地乡歪寨村绞帮寨

逝者：罗英紫，91 岁，女性。

2014 年 10 月 22 日过世。

丧葬仪式流程：

在房屋外附近一块较为平坦、宽敞的露天场地（面积至少达到 60 平方米）中央树立一棵直立的杉树，用以拴住马缰。砍马桩指示东西方向，竖桩要严实，否则后果不堪设想。

丧家将用以伴随亡灵同归的马装扮为战马，马身上配备有马鞍、脚蹬、弓箭、斗笠、水壶等器具。

死者的儿子杨小岗肩扛长矛，手牵马匹，哭着带领亲友们前往砍马场。东郎把悬挂在大门上方的糯米谷穗分发给主家的各女性，女性亲属手里拿着稻谷穗，走在队伍的前面，到达砍马场后用稻谷喂马，哭丧的时候用毛巾掩盖着头

---

① 杨万选、杨汉先、凌纯声：《贵州苗族考》，贵阳：贵州大学出版社，2009 年，第 75 页。

② 杨万选、杨汉先、凌纯声：《贵州苗族考》，贵阳：贵州大学出版社，2009 年，第 89 – 91 页。

和脸。“大孝子肩扛长梭镖去屋外牵马，从拴马的地方把马牵到大门，然后牵到拴马的地方，如此反复三次。”① 丧家子弟面向东方跪于地上②，手执兵器，模仿古代征战的场面。

“到了砍马场，马的头要朝向东方，分到糯米谷穗的女性聚集过来，一边哭泣一边把手中的稻穗敬献给马。先由主家的东郎供马，供马时要敬三碗酒，供完后直接泼洒到马的脖子上，东郎要唱念主家祖先三辈的名字。”③

丧家歌师与砍马方的歌师先后上场，歌师头顶稻谷穗，唱念“砍马经”④，并在马鬃上浇洒用树叶泡制后的酒水。

妇女们放声痛哭着将丧家的稻谷喂给即将上路的马吃，如同告别亲人。

葬礼主人家请来的歌师和女儿家请来的砍马的歌师之间有一个交接仪式。所谓交接仪式即是一方把帽子脱下，交给另一方，表示接下来是由另一位歌师主持葬礼仪式。另一方得到令牌之后即到棺材面前去巡礼，然后主家的歌师就要向女儿家请来的歌师行跪拜礼，因为砍马的任务要由女儿家请来的歌师承担。

砍马之前，孝家先举行祭马仪式⑤，然后再由“砍马客”中的一名歌师进行祭奠：手里端一碗白酒，一边唱诵“砍马经”，一边将酒倒在马的肩膀和头部。“砍马客”祭奠马之后，由孝家年长者带领所有孝子绕马转三圈。转毕，各自返回原来的位置。双方的歌师身穿长衫，头戴斗篷（象征头盔）、手持梭镖，按照程序喝酒、焚香、祭拜行礼之后，开始唱诵“砍马经”，边唱边用手中的梭镖赶着马绕砍马柱逆时针转圈。

乐手⑥轮番演奏，鞭炮齐鸣，场面隆重而热烈。马受惊后奔跑，逆时针跑圈，但受制于木桩。

砍马之前，砍马师在歌师的带领下，向众人行礼。分别对马和旁观的客人叩首三次，砍马师饮酒饯行，但以不扶酒瓶为佳。

下午四时左右，待前来吊唁的客人到齐后，开始“砍马”。在马跑动时砍马师必须准确砍中马的脖颈，这是象征性地砍一刀，据说是为了表示对孝家的尊敬，如此虚晃一刀之后，才真正开始砍马。

马将倒地时，丧家子弟将马头调转方向，使之朝向祖先所在的东方。砍马

---

① 蔡熙：《史诗的仪式发生学新探——以苗族活态史诗〈亚鲁王〉为例》，《湖南科技学院学报》，2014年第4期，第67－70页。

② 东方是亡灵即将归去的祖先家园。

③ 蔡熙：《史诗的仪式发生学新探——以苗族活态史诗〈亚鲁王〉为例》，《湖南科技学院学报》，2014年第4期，第67－70页。

④ 《亚鲁王》史诗中的组成部分。

⑤ 即孝子孝女在马背上哭泣。

⑥ 即唢呐手、鼓手、芦笙手。

一般由四个人组成，一人一刀，轮流进行，六七刀至十六七刀砍死最好。马被砍死后，帮忙的人要赶紧将杉树从地里拔出来搬走并插到亡灵的坟墓上。马头、四个马蹄和马尾也砍下，放到屋子里亡人的牌位前。砍马持续的时间为二十、三十、四十分钟不等。

各家族“砍马”的细节有一定的差异，但程序是基本一致的。家庭经济条件好的人家少不了砍马送亡人，另外，死得不好的（如上吊死的、吃药死的等）也要砍马，其意思是，砍马以后才能将亡人的鬼魂送走。经济条件好的，会在死者去世的时候砍马，被称为“砍热马”；经济条件差一点的，一般在死者去世很久之后，等家庭经济好转之后才砍，称之为“砍冷马”。

“砍马”仪式一般在“吊唁”仪式的当天举行。对“砍马客”的选择是有讲究的，如果亡者是男性，由死者的姐夫或妹夫家请砍马客；如果死者为女性，则由其舅家请砍马客。砍马者，要么是亡人的女婿，要么是亡人的舅舅。

马匹被砍死之后，头和四脚要剁下来，待出殡时与亡人一道下葬。马肉由砍马师来处理，丧者主人家、女婿家和同姓的族人不能分食。歌师可以得一点，表示礼信。砍马师必须是和亡者同辈的人，要是不同辈的话，主人家要给砍马师一定的利是钱；要是死不好的话，主人家至少要给砍马师 12 元的利是钱，以表示吉利。被砍的马必须是买来的，不能砍自己养的马。

值得注意的是，在麻山苗族的葬礼上，与砍马同时存在的习俗是砍牛。关于这一习俗，各家说法不一。大东郎黄老金说，“老人去世，要马便砍马，要牛便砍牛，随喜好带去阴间使用。”① 这就是说，虽然麻山地区不同土语区的丧俗略有差异，如北部土语位于紫云自治县和长顺县的宗地乡戈抢村和罗甸县木引乡部分东南土语为砍牛，而中部土语的紫云自治县宗地乡和西部土语四大寨乡则砍马。虽然砍马或砍牛是各地的喜好，但两者仪式的功能和意义是一致的：丧仪程序最终的目的是通过歌师的唱诵指引亡灵回归祖先之地。

二、砍马仪式的历史文化蕴含解读

（一）砍马仪式让观众回溯苗族神秘的远古世界

苗族不是一个野蛮的民族，不喜欢战争，更不喜欢血腥，为什么在麻山苗族的丧葬仪式上存在一个让外地陌生人感到震惊和困惑的血腥的砍马（牛）仪式呢？

砍马之前，歌师要唱诵“砍马经”，唱述马从哪里来，与亚鲁王有什么关

① 唐娜：《贵州麻山苗族英雄史诗〈亚鲁王〉考察报告》//中国民间文艺家协会《亚鲁王文论集》，北京：中国文史出版社，2011 年，第 44 页。

系，麻山苗族老人去世为什么要砍马等，指明马如何到达祖先之地。马背上驮着一系列带领亡人灵魂回归祖先之地的物件，其中包括酒瓶、葫芦壳做成的水壶、六个竹筒[①]、布袋[②]、饭箩[③]。“在苗族人看来，人死了之后就要回到祖先生活过的地方。因此，在亡人归家的路上生者要为之提供更多便利，其中包括为亡人供饭，给亡人开路，砍马送亡人等。虽然人已仙逝，但生者仍然要为亡人提供回归祖先途中所需的干粮，这是苗族灵魂不灭的伦理观念的仪式表述。”[④]

“仪式是通过一定的时间、地点、对象、形式再现社会习俗的过程”[⑤]，是由文化传统所规定的一整套行为方式。通过重复而形成程式化的仪式行为，对人的行为进行制度和文化的规范与象征性表达，它通常具有象征性、表演性特征。因此，仪式为文学人类学研究提供了一个观察和体验社会历史生活的不可多得的实践场域。通过叙述牺牲动物之起源和来历的方式以推卸血腥的仪式性杀戮行为的责任，让观众回溯苗族神秘的远古世界。同时，苗族先民在迁徙过程中历经千辛万苦，以砍马仪式为载体来活态再现和传承，让子孙后代永远牢记东方是亡灵即将归去的祖先家园。在砍马仪式上，枫木制成的砍马桩指示东西方向；丧家后代跪向东方；马倒地时，丧家后代要将马调转方向，使之朝向祖先所在的东方。

（二）砍马仪式是古代亚鲁王征战的战场模拟

在砍马仪式开始之前，歌师要将亡人生前的恩怨一笔勾销。歌师持刀站在方桌上说：“今天我们这个人，他要回去了，他之前欠下谁的债，这个仗还没有打完的，请你们今天统统来结算，来把账结算清楚，把这个恩怨全部化解，你觉得今天应该还和他斗一斗、战一战，你今天就过来。今天呢，我们所有的人都在现场啊，他的族中人、家中人都在场，欠下谁的债，你必须过来，你要讨债你就过来，如果过了今天，你明天来的话，今天我们怎么砍这个马？……开始让马驮我们的亡灵回家吧。”[⑥] 让亡人卸下生前的恩怨，其目的是为了亡人能够无牵无挂地回到“祖奶奶”所在的东方故土。在了结亡人的恩怨之后，砍马师才能砍马。

根据麻山苗族的习俗，马在静止不动的时候是不能砍杀的，必须待马奔跑

---

① 五个竹筒装水，一个竹筒装干鱼、豆腐和其他菜。

② 装有少许糯米饭、三个碗及打火石。

③ 装两斤左右蒸熟的糯米饭。

④ 蔡熙：《史诗的仪式发生学新探——以苗族活态史诗〈亚鲁王〉为例》，《湖南科技学院学报》，2014 年第 4 期，第 67－70 页。

⑤ 徐浩、周惠萍：《贵州苗族舞蹈与仪式》//《2012 年中国艺术人类学年会暨国际学术研讨会论文集（第四部分）》，2012 年 7 月 20 日。

⑥ 杨兰：《苗族史诗〈亚鲁王〉英雄母题研究》，贵州民族大学硕士论文（2014）。

的时候才能砍杀，这象征战马在沙场上纵横驰骋的时候被敌人砍杀。歌师站在方桌上为亡人化解恩怨的行为与远古时期亚鲁王出征时在点兵台上点兵的场景相吻合。

麻山苗族认为，人之逝世，不是生命的终结，而是新的生命的延续，亡灵必须接受封侯拜将的洗礼，亡者为将相，战马则是将相的坐骑。为亡人举行的仪式，如同将相出征或者巡视其所管辖的疆域之前的点将仪式。亡灵仿效将相，带着刀枪粮草、战马兵车、金鼓长号和浩浩荡荡的军队出征。因此，麻山苗族砍马仪式上的马、歌师和砍马师都是全副武装。歌师身穿亚鲁王的战服，肩扛砍刀，手持一把梭镖站在一张桌子上唱诵《砍马经》。大孝子肩扛长梭镖去屋外牵马，其他孝子扛着标枪紧随其后走向砍马场。在葬礼上给马的装备实际上就是一个战马的装备。歌师在唱诵《亚鲁王》时，多次提到要给献祭的马穿金戴银或绿松石、玉石等饰品，"……我要骑回家。拿银做头盔，用金镶鞍辔。亚鲁为它戴上银头盔……亚鲁为它套上金鞍辔。"[①]

金银、绿松石和玉石等饰品具有神性的特征，它们象征永生或不死。将人间最贵重的物品用来装饰马具，《砍马经》中的马已经不同于现实生活中的家马。现实生活中的家马出现在丧葬仪式上时，它已经超越现实的空间进入神话想象的空间，幻化为沟通天地神人的媒介，这里彰显了马的神圣性。

从砍马场的氛围来看，砍马过程始终伴随着鼓声（木鼓、铜鼓、牛皮鼓）、唢呐声和枪炮声[②]，铜鼓一直轰鸣着悲怆的鼓音，伴随战马升天，直到马被砍得鲜血淋漓轰然倒地；鞭炮雷霆般地震响，硝烟弥漫；吹奏唢呐和喂马是出征前的备战行为，用鞭炮惊吓马和砍马则是模拟战场上的厮杀行为，那残酷血腥的场面，让人刻骨铭心。其目的是为了让后辈铭记当年亚鲁王一次次征战都历经了生死存亡的考验，就像这匹战马一样。

"麻山苗族的砍马仪式实际上是古代亚鲁王征战中的战场模拟，是一部血雨腥风战争的模拟展演。它以这匹英雄而苦难的战马所经历的残酷血腥的场面让族人刻骨铭心地见证并铭记亚鲁王当年在征战和迁徙途中所经历的生死存亡的考验。"[③] "葬礼实际上是在模拟古代部族国家将相出征之礼。"[④] 由于苗族支系众多，山地阻隔，村落极为分散，联系极少，通过砍马仪式来进行族源追溯，加强历史记忆。所谓"历史记忆"，就是"在一社会的'集体记忆'中，有一

① 中国民间文艺家协会主编：《亚鲁王》，北京：中华书局，2012 年，第 79 页。

② 现在多用鞭炮代替。

③ 蔡熙：《史诗的仪式发生学新探——以苗族活态史诗〈亚鲁王〉为例》，《湖南科技学院学报》，2014 年第 4 期，第 67 – 70 页。

④ 麻勇斌：《亚鲁王唱颂仪式蕴含的苗族古代部族国家礼制信息解析》，《贵州社会科学》，2014 第 2 期，第 92 – 97 页。

部分以该社会所认定的‘历史’形态呈现与流传。人们藉此追溯社会群体的共同起源（起源记忆）及其历史流变，以诠释当前该社会人群各层次的认同与区分——如诠释‘我们’是什么样的一个民族……”①。历史记忆追寻的是民族起源以及本民族与他民族的区分和边界，因此，砍马仪式极大地强化了苗族的族源追溯和民族认同，“其潜在的文化蕴涵，具有古老民间信仰活化石的性质”。②

事实上，砍马仪式不是麻山苗族独有的文化现象。在“纳西族的《禳垛鬼大仪式·用十二种牲畜祭祀的来历》《超度死者·小规模做献冥马仪式》以及敦煌吐蕃文书《马匹仪轨作用的起源》”③ 等篇什中均记载着与苗族《砍马经》类似的砍马仪式神话，这表明马祭仪式在汉藏语系民族中是普遍存在的文化观念。只不过随着现代文明的推进，这一文化现象在其他地方已经销声匿迹了，但是在地处喀斯特腹地的麻山却还完整地传承着，因而具有“活化石”的典型意义。正如叶舒宪所言：“人类的各个社会，千百年来重复着仪式上的杀戮行为，但是此类杀戮行为自史前石器时代一直延续到今天的已经不多见了。云贵高原的麻山地区以高山峻岭之险要地形与外界文明社会处于相对隔绝状态，这样才能够将砍马仪式原汁原味保留到21世纪的今天，成为我们反观三千多年前古印度文明马祭大典和两千多年前荷马史诗唱诵的马祭牺牲性葬礼行为的活态文化参照，其珍贵的远古文化见证意义就于此得到凸显。”④

（三）砍马（牛）习俗源于麻山苗族对魂灵存在的信仰

麻山苗族，人死之后，只要不是凶死，都要砍牛或马以祭祀。在丧葬仪式上以牛或马进行祭祀，其历史甚为久远。在《亚鲁王》史诗中，远在亚鲁之前的创造大地山川的苗族神祖赛杜的父母去世后，神灵化成的山喳雀对赛杜说：“山喳雀说/赛杜哩赛杜/你造旷野是为养育后人吃鱼虾/你造大地是为养育后人吃糯米/你的父亲昨夜已经死了/你的母亲昨天已经过世/你父亲断气之前不见你/你母亲闭目之前不见你/我和大家一起杀牛为你父母送葬/我和大家一起砍马为你父母送行/血染红了我的手/血染红了我的脚/我和大家一起喝牛血/我和大家一起喝马血/血染红我的嘴/血染红我的舌头”⑤。从《亚鲁王》史诗可以看出，远在亚鲁之前的神明时期，砍牛或马以祭祀祖先的现象就已经客观地存在

① 王明珂：《历史事实、历史记忆与历史心性》，《历史研究》，2001年第5期，第76页。

② 叶舒宪：《亚鲁王·砍马经与马祭仪式的比较神话学研究》，《民族艺术》，2013年第2期，第22–27页。

③ 叶舒宪：《亚鲁王·砍马经与马祭仪式的比较神话学研究》，《民族艺术》，2013年第2期，第22–27页。

④ 叶舒宪：《亚鲁王·砍马经与马祭仪式的比较神话学研究》，《民族艺术》，2013年第2期，第22–27页。

⑤ 中国民间文艺家协会主编：《亚鲁王》，北京：中华书局，2012年，第42页。

了，并且远古时代的马（牛）祭祀仪式还包括饮马（牛）血的更加原始的文化现象。

1989 年安顺地区民委少数民族古籍整理办公室潘定衡和杨朝文编辑的口述史专辑《蚩尤的传说》（内部资料），其中《杀牛祭祖的来历》说的是杀死耕牛以替代战马的文化事项。古代苗族首领蚩尤在涿鹿之战牺牲后，大将军夸佛带领余部由北向南迁徙，死里逃生，途中夸佛又被乱箭射死，他们的战马也因此悲伤而死。没有了战马，为了给逝者蚩尤和夸佛超度亡灵，歌颂他们的功绩，巫师只有椎杀耕牛来代替战马，引导亡魂回到祖先居住的地方。后来，苗族祭祀时，杀牛替马便成为一种习俗。

麻山地区的罗甸苗族，凡有老人去世时，要举行砍牛仪式。在砍牛仪式上，歌师身着法衣，肩扛大刀，口唱“迁徙”歌。从盘古开天地，伏羲兄妹造人烟开始唱起，一直把本族本姓的始祖和祖先迁徙经历的路线全部唱完，并叮嘱死者带着牛到阴间去饲养，并与祖先共同享用。吹奏唢呐三遍，击鼓鸣炮，绕牛三圈，再用少量的酒饭喂牛。礼毕，由大女婿二人执刀砍牛，第一人对准牛肩先砍三刀，第二人将牛砍死为止。用头、脚、尾、蹄供奉死者后，牛马肉由女婿分给家族和前来吊唁的亲友，丧家忌食。苗族是一个农耕民族，牛为它们耕地，为什么还要砍牛呢？苗族最初生活在东部的平原地区，从事水稻种植，牛对于他们的生活与生产十分重要，因此，凡有人去世，要砍一头牛送给祖先到阴间去使用，砍牛祭祀的不是牛马本身。苗族十二年一祭的“鼓藏节”是一种隆重的祭祖大典，至今仍然流行。此外，黔东北的“剖果”（旧译“吃棒棒猪”）、黔西北的“解簸箕”等都是活态的祭祖活动。

在麻山地区的葬礼上，作为砍马（牛）的仪式环节，砍马时要唱《砍马经》，如果砍牛，则要唱《砍牛经》，其对象是将要作为牺牲的马（牛）。二者表象不同，但体现的内在信仰却是一致的，即人之死亡，并不是生命的结束，而是新的生命的开始，生而有魂，死有所归——返回到亚鲁王国，回到祖先的世界。

第二章　东郎——《亚鲁王》史诗的活态载体

维克托·特纳的“社会剧”（social drama）概念实质上强调了仪式的展演功能。李亦园认为，仪式展演是活态文学最重要也最为引人入胜的一面，他的展演理论包括以下几个方面：“（一）传诵讲述口语文学作品时的技艺与其所含意义，包括讲述时的音调、速度、韵律、语调、修辞、戏剧性与一般性表演技巧等等。（二）传诵过程中所有参加者，包括‘作者’、讲者、听众、助理人员，以至于研究者之间的各种互助、反应行为。（三）不同类型的口语作品的界定与意义有时不单靠口语的表达，其他各种非语言因素，包括姿态、表情、动作，甚至于音乐、舞蹈、服装、布景、非口语的声音、颜色等等，也有传递、表达的含义。（四）传诵者的个人特性、身份背景、角色以及其文化传统更是关键要素。（五）讲述传诵时的情境也是重要的项目。”[①] 李亦园的展演理论强调仪式的过程性和互动性。他指出：“展演这个词有展示其种种过程的意思……一切都是过程。讲和写和听都在互动。”[②] 在展演过程中，表演者与听众都身临其中，表演者不仅仅是在讲故事、诵神话史诗，最重要的是一种身体表演，将其内心的东西表达出来。而听众则以眼神、表情、掌声对表演者的行动做出回应，这是一个双向沟通的互动过程。以活态文学为研究对象的文学人类学更多地着重于仪式的展演过程、展演的语境以及展演的实践意义，重视对展演者、接受者的诠释。

艾布拉姆斯在其著作《镜与灯》中从世界、作者、作品、接受者四个维度来考察一部文学作品。对于活态史诗《亚鲁王》来说，其“作者”是在丧葬仪式上唱诵并配以舞蹈动作展演的东郎，“仪式之所以被认为有意义，是因为它们对于一系列其他仪式性行动以及整个社群的生活都是有意义的。仪式能够反映

---

① 李亦园：《民间文学的人类学研究》，《民族艺术》，1998 年第 3 期，第 164 – 176 页。

② 李亦园：《文学和人类学都因文学人类学而拓展》，《淮阴师范学院学报》，1998 年第 2 期，第 42 页。

价值和意义赋予那些操演者的全部生活。”① 从文学人类学的角度来看，主持葬礼、唱诵史诗的东郎是“非遗”的传承人，他们本身就是珍贵的非物质文化遗产，是保护的对象。另外，在麻山地区苗族的丧葬仪式上歌师唱诵的《亚鲁王》史诗是一个活的文化传统，因为它是用口传诵的、用身体展演的，因而史诗的接受者不是阅读书面文本的读者，而是出席葬礼的听众或观众。听众与读者的不同之处在于，唱诵者随时可以感受到其对象的反应。

麻山苗族凡有人去世，都要举行隆重的葬礼，在葬礼上要为亡人举行开路仪式和砍马仪式，唱诵史诗《亚鲁王》，而主持葬礼、唱诵史诗《亚鲁王》的主角便是“歌师”。“歌师”是“研究者对史诗《亚鲁王》唱诵者的称呼。”② 在麻山苗族地区，《亚鲁王》史诗的唱诵者被称为“东郎”。那么，“东郎”是谁？我们该如何界定“东郎”？如何认识“东郎”？

“东郎”是苗语“dongb lang”的音译，“Lang”在苗语里的意思是“教化”“引导”和“指引”，音译为“郎”，而“dongb”指的是一个有生命、有灵魂的个体，也是一种自嘲的自称，音译为“东”。

东郎有两个层次。在麻山苗族会唱诵史诗《亚鲁王》的除了“东郎”之外，还有“Bot muf”（中部土语的称呼）或“bloshmul”（北部土语的称呼），汉译为“宝目”。当地的汉族社区在汉译时借用了布依族对巫师的称谓，将“宝目”称之为“东郎”。

东郎与宝目的区别在哪里呢？笔者认为，其区别主要表现在三个方面。第一，从唱诵史诗的数量看，“东郎”能够完整地唱诵 20000 多行的《亚鲁王》史诗，从创世纪开始，直到亚鲁王立国、征战、迁徙，再到亚鲁的 12 个后代分支繁衍，在葬礼上能够唱 8 ~ 10 个小时；而宝目则只能唱诵与创世纪有关的《亚鲁王》史诗片段，如针对某一生灵，宝目只唱诵这个生灵产生的相关史诗，唱述这个生灵从哪里来、到哪里去。第二，东郎能够主持葬礼仪式，是主持葬礼、统率葬礼仪式的主角。在葬礼上如果有东郎在，那么宝目只能做些杂事。葬礼各个程序的转换，都由东郎指挥。而宝目只能主持一些小的仪式，如小孩子生病，可以请宝目来举行消灾祈福的仪式。宝目不能主持葬礼仪式，因为他所唱诵的只是《亚鲁王》的片段，不是《亚鲁王》的主干部分。可见，东郎与宝目虽然从事的都是与麻山苗族日常生活有关的祈福禳灾的神圣活动，但是与宝目相比，东郎的层次更高。第三，在麻山苗族的葬礼上，东郎是不收报酬的，

① ［美］保罗·康纳顿：《社会如何记忆》，纳日碧力戈译，上海：上海人民出版社，2000 年，第 50 页。

② 索晓霞：《守望苗族传统文化密钥的使者》//曹维琼等《亚鲁王书系·歌师秘档》，贵阳：贵州人民出版社，2012 年，第 1 页。

只是在葬礼结束后主人家出于感激之情赠送一两斤肉，或是主持砍马仪式后分得一些马肉。因此，麻山苗族对东郎怀有一种敬畏心，东郎拥有较高的社会地位。如果有苗族人去世，孝子请求东郎主持葬礼的时候，要给东郎行跪拜之礼。另外，在麻山苗族地区，夫妻吵架、寨邻纠纷，也由东郎出面主持解决。在《亚鲁王》中，祖先神造人的时候起初没有造成功，它们成为各种“惑”和“眉”（两种生灵名），对后人的生活造成了影响。人们便要请宝目去阻挡“惑”和“眉”的作祟，把主人家的供品拿到三岔路口[①]去供奉。这既是代劳，也是一种交换关系。宝目要收取一定的报酬，如 1 元 2 角、3 元 6 角或 12 元不等，因此主人家请宝目的时候没有隆重的仪式。

当然，东郎与宝目也有交叠之处。东郎能够唱诵完整的《亚鲁王》史诗，在日常生活中也担当宝目的角色，实施巫术，用鸡蛋卦、鸡卦等为人们看病解危、解鬼除惑。

在麻山苗族人眼中，东郎是会唱诵《亚鲁王》史诗的人，他们的唱诵向人们展示了一个智慧超群、能力超凡的苗族首领亚鲁王成长、征战、迁徙的系列故事。可见，东郎是苗族传统文化的承载者、传播者，是沟通先祖亚鲁与苗族后代的使者，也是民间医生和艺术家。

第一节　东郎的身份与特征

一、东郎是史诗的展演者，是苗族传统的携带者、传承者

史诗的展演是一种古老的文化现象。“史诗和史诗歌手的艺术起源于荒古难稽的人类童年时代。”[②] 早在人类的蒙昧时代，史诗歌手便是一个非常重要的群体，他们对人类精神和智慧的成长做出过巨大的贡献。以研究荷马史诗口承特质而著称的科克（G. S. Kirk）认为，“从根本上说，《伊利亚特》和《奥德赛》以其自身的特质，达到了超拔的、几乎是盖世无双的艺术珍品的极致。确切地说，它们是传统的集大成：是一种语言经过无数代歌手的传承，直接地并必然地日渐演进的结晶，是程式化的产物，是主题和描述的强烈复现。”[③] 所谓传统“包括社会仪则、风俗、技艺、知识、命令、教训、传说、神话等等的总和。”[④]

---

① 即当年的集市。

② 尹虎彬：《古代经典与口头传统》，北京：中国社会科学出版社，2002 年，第 9 页。

③ ［美］约翰·迈尔斯·弗里：《口头诗学：帕里－洛德理论》，朝戈金译，北京：社会科学文献出版社，2000 年，第 151 页。

④ ［英］马林诺夫斯基：《巫术科学宗教与神话》，李安宅译，北京：中国民间文艺出版社，1986 年，第 41 页。

在马林诺夫斯基看来，这些传统知识，一部分是宗教的，一部分是世俗的。传统是则律与文化成就的总和，兼有世俗与神圣两种领域。

我国有56个民族，很多民族没有文字，那么这些民族的历史和文化是怎么传承到今天的呢？全靠口耳相传。如果追溯各民族的文明进程便可以发现，很多情况下文字只是文明传承的一个渠道，“对于没有书面文字的民族而言，他们的生产知识和技能、文明进步史都在叙事诗、歌谣、谚语、神话传说等口头传统中。”[①] 苗族、瑶族、白族等南方少数民族都有过迁徙的经历，他们的自然崇拜、图腾崇拜和祖先崇拜，以及生活知识全在口头传统中。很多民族在没有文字的情况下发展出了自然科学知识，如苗族的天文历算、工艺加工技艺等。可见，知识就在生活中。笔者在采访东郎梁正才时，寨里的小孩子一下子哭闹起来，不知生什么病了。这时梁正才的爱人到门外摘了一把草，拿回来捣碎给孩子敷上，然后梁正才唱诵一段《亚鲁王》有关生灵的片断，孩子就好了。麻山地处喀斯特山地环境中，拥有丰富的药材资源，如天麻、灵芝、岩三七、杜仲、银杏等名贵药材200余种，其中岩三七为紫云所独有。苗族在频繁的迁徙过程中面对诸多生死存亡的考验，苗族先民尝遍百草，以小聚大的点滴积累，形成了自成体系、源远流长、博大精深的苗药知识，苗族因而有“千年苗医、万年苗药”的说法。但是这些苗医、苗药知识不是用文字写在书本上，而是铭记在大脑中，以口传的形式流传的，如“药物无贵贱，效者是良方；萝卜上了街，药铺不用开”，“小小一味青藤香，消除肚痛功夫强。中西草药有它在，内服之后效果良”，“生烂头的药最多，识透好药生满坡；叉婆马桑共三家，采摘之后打成粉，九子疾病兑酒擦”，“猫儿骨头泥猪油，可治烂胞取弹头；天泡果叶嗝食药，大人小孩均适合，既可只吞它的果，又可挖根煎水喝。”苗医苗药之配方因无文字记载，全靠口耳相传。

“语言和文字是人类发明的两个伟大的东西，文字是依附于语言的，语言是更为广阔、更为基础性的。一部《亚鲁王》史诗将苗族的族谱、神话、传说、故事、历史事件、哲学玄思、宗教精神、人伦情怀、天文地理、动物植物等都囊括在里面。没有文字记录，东郎能够连续唱诵好几个晚上，他们是怎么记住的？西方学者从帕里到洛德等几代学者经过深入研究，认为民间艺人的演唱并不是靠逐字逐句背诵的，而是掌握了演唱的规则，于是发展出口头程式理论。”[②] 朝戈金认为，民间故事可分出三个层次。“第一个层次是故事范型，要么是娶亲故事，要么是征战过程，要么是复仇故事，要么是回家故事，类型不是很多。第二个层次是主题，或者叫故事的题旨，这就进入一些比较小的单元，

① 朝戈金：《非遗保护视野下的口头传统文化》，《人民政协报》，2014年7月14日。
② 朝戈金：《非遗保护视野下的口头传统文化》，《人民政协报》，2014年7月14日。

比如‘英雄待客’就是一个小的主题，讲英雄怎么接待客人，还有如要出征了怎样准备，包括给马备鞍子，武器铠甲的主题等。第三个层次是语词句法层次，即史诗中大量出现‘套语’（或者叫‘程式’）。‘欲知后事如何，请听下回分解’，就是一个程式。”①

人类在使用语言的漫长过程中，发展出一门技巧日渐成熟的口头艺术，史诗便是口语艺术之一。作为没有文字的民族，史诗《亚鲁王》是苗族悠久的口头传统的结晶。东郎在学习唱诵史诗时，先要掌握一些固定表达，习得一些描写、形容技巧，掌握推动故事的技巧，掌握了这些东西才能现场创编。东郎的唱诵不是每次都一字不差地复述师父教过的内容，而是每次都讲述一个内容大体一样、结构框架基本一致的故事。这些故事都深嵌在苗族源远流长的民间知识传统之中。正如洛德所说，史诗歌“本身来自于口头文化的世界，它们在民众中很普及，民众创造了它们。尽管它们被记录下来，可以阅读，但它们属于口头文化的世界……口头文化的世界对文字文化的世界之影响，这是一个重要的课题。”②

程式来自于传统，是传统的结晶，是经过一代代史诗歌手反复锤炼的结果。“传统不仅是指与史诗相关的基本情节、母题、人物的外貌和性格特征、每一个大小事件的顺序、战斗的起因和结果、特定事物的展示以及人物的对话、心理活动等诸多因素相关的程式化表达方式，而且还包括史诗表演的韵律、音调、旋律，诗句的组合方式，歌手表演时的身体动作、手势、眼神以及与表演相关的其他多种因素。”③ 这些传统知识会在史诗唱诵者的表演中呈现出来。对于东郎来说，这些传统的成分是必不可少的。大东郎韦老王说“《亚鲁王》的唱诵是非常严谨和严肃的，不能随意改动和增删细节。”④ 东郎往往强调他们的唱诵内容是从师父那里学来的，认为他们能够一字不差地重复演唱刚刚听过的歌，能够一模一样地演唱同一首歌，这些表述强调了东郎对传统的虔敬态度，他们不想标新立异，只是以传统的携带者、保存者而自居。东郎的唱诵不是追求完美，而是倾力追求传统的诗行；他们努力在保持传统，而不是背离传统。可见，东郎的唱诵根源于传统，是传统不可分割的一部分。

东郎以超人的才智和灵性，腹藏着《亚鲁王》史诗的文化传统，掌握着精湛的演唱技艺。东郎是传统知识的载体，越是有名的大东郎，其传统的印记就越深。他们是史诗的重要承载者和传递者，在非物质文化遗产的传承、保护、

① 朝戈金：《非遗保护视野下的口头传统文化》，《人民政协报》，2014 年 7 月 14 日。
② ［美］洛德：《故事的歌手》，尹虎彬译，北京：中华书局，2004 年，第 19 页。
③ 包迪：《〈玛纳斯〉版本及研究概况》，《帕米尔》，2005 年第 2 期，第 57 页。
④ 曹维琼等：《亚鲁王书系·歌师秘档》，贵阳：贵州人民出版社，2012 年，第 144 页。

延续、发展中，起着超乎常人的重大作用，受到一方民众的尊重。只有将东郎置于史诗的口头传统内部，我们才能深刻地认识他们的唱诵读机制。东郎并非传统的局外人，作为一个实践性的口头诗人，他们就是传统本身。对听众来说，他们毋庸置疑地是那个传统中最具天才的一个组成部分。

东郎以口头演唱、仪式展演的方式，向族群成员传递了苗族的生存智慧、文化道德、宗族文化、宗教信仰等知识和信息。麻山苗族的历史，无史书可稽；麻山苗族文化的源头，没有文字记录。麻山苗族的族谱、根谱正是通过一代代东郎口传心授《亚鲁王》才得以传承下来。东郎通过学习、唱诵《亚鲁王》而习得传统文化知识，同样，听众通过听东郎们唱诵《亚鲁王》而习得传统文化知识。

语言的产生使得文化的传播方式从象形图画、肢体语言、器物符号等传播媒介迅速拓展到便于交流和表达的口头传播方式，神话、史诗、传说、民歌、日常生活经验、民间知识和信仰等能够以口头形式得以保存和延续。东郎作为口头传统的承载者，在丧葬仪式等公开场域唱诵史诗以满足人们的精神文化需求，甚至定义世间万物、诊断社会生活的各种症候，为人治病解难，占卜并预测未来。他们以自己的智慧而赢得族群人员的崇敬，更为重要的是，他们是民族历史、民间传统知识的保存者和传播者。

二、东郎是亡灵的引路人

在葬礼上唱诵《亚鲁王》史诗的东郎，不仅是史诗的展演者，苗族传统的携带者、传承者，苗族历史的叙述者，还是亡灵的指路者。

东郎在苗族丧葬仪式中扮演着极其重要的执行者的角色，他们主宰着亡人灵魂的去向，在一定程度上也影响着操办丧礼主人家的一些行为。在砍马时，东郎手持长矛站立在象征三个时空层面的“熊伽”旁唱诵《亚鲁王》史诗，在开路仪式上，东郎告知亡灵关于本族群的一切，并杀鸡祭祀亡灵，送亡灵上路。在送亡灵上路的时候，东郎合击铜鼓和木鼓，告知天地、祖先和众乡亲。为亡灵打点行囊前，用鸡蛋、猪肉、米、酒举行仪式告知亡灵：“我们要送你上回家的路了，现在你的内亲某某拿米来给你准备饭了，你要保佑他们……”东郎为死者唱诵“开路经”，不仅是为死者“指明”返回祖先故地的路线，而且还有为其“带路”的义务，陪同亡灵一道踏上回归的路。这时候的东郎就不同于普通的人，他的唱诵能够穿越时空，连接过去、现在和将来，也能与天、地、神、人沟通，能与祖先交流，能与鬼神对话。这时候唱诵《亚鲁王》史诗的东郎，便成了沟通亚鲁先祖与苗族后代的神圣使者，成了一个经过长期修炼的神职人员。这时候唱诵《亚鲁王》史诗的东郎，便成了“巫师”“祭司”或“鬼师”。

作为人神之间的中介，他们承担起生死沟通之责任。“《亚鲁王》唱诵是民间信仰的集大成。东郎与宝目是沟通先祖亚鲁与苗族后代的使者。”[①] “东郎的存在对于理解《亚鲁王》至关重要。从生命视角看，他们体现的是对生死两界的信仰和沟通；从文学层面看，则代表与‘世俗书写’极为不同的另一种类型，即不但诵唱万物起源、祖先历史，而且能连接生死、指引亡灵，乃至促进教化、实现传承的神圣表述。”[②]

麻山苗族认为，葬礼中如果出现纰漏，不仅给孝家，也会给东郎本人带来不幸和灾难。为了避免亡灵在带路途中因出现意外而不能安全返回，为了防止其因日后容易生病无法医治而过早回到祖先故地，东郎们运用了有助于阴阳相隔的道具来武装自己，并辅以具有驱邪保命功能的法术。譬如，开路时，东郎头戴草编的“斗篷”[③]，身着藏蓝色家织麻布长衫，肩扛砍刀，脚穿铁鞋，头帕里插着稻谷。东郎身着的亚鲁王的装扮正是亚鲁王出征时的装扮，东郎之所以全副武装，因为东郎原本就是将军将帅，只有将帅身份的人才能唱诵史诗。东郎在开路时口衔银币，手提一只公鸡，大声直呼死者的名字三声，正式开路。演唱之前，东郎将长剑高举三次，绕身三周。东郎头戴的“斗篷”和黑色头巾、身穿的深颜色的长袍以及所佩的大刀等饰物都具有神圣性，使得东郎能够穿越历史的隧道，超越凡人与祖先、亡人、神灵之间的界线进行对话，并能够向凡人传递上天的指令。此时的东郎就成了凡人与天界、神界沟通的中介。

在葬礼上，虽然东郎使用了有助于阴阳相隔的道具和驱邪保命的法术，但在开路过程中的意外状况是不可避免的。一般有两种情况，一是东郎出现恍惚状态，记不起史诗的内容，甚至连亡者的名字也想不起来，在开路过程中东郎甚至发现棺材一端的油灯变得越来越远，越来越暗，随之大脑一片空白。二是东郎在唱诵史诗的时候漏掉重要的内容，或者把顺序颠倒，如果在唱诵开路经的指路部分发生意外情况，将不可补救，这会让东郎和孝家都承担巨大的心理压力，有的东郎甚至因之而精神崩溃。意外的情况一旦出现时，其他东郎不得替代，仅靠主持仪式的东郎凭着自己的胆量和信心稳住阵脚，坚持到最后一刻。事后还要做法事为孝家或自己化解。

在葬礼上为亡灵引路的东郎扮演的是“巫师”或“鬼师”的角色。作为苗族最为重要的精神文化遗产之一，巫术是苗族文化和民俗形态的母源，是苗族

① 余未人：《〈亚鲁王〉的民间信仰特色》，《贵州大学学报》，2014 年第 5 期，第 53 - 58 页。

② 徐新建：《文学：世俗虚拟还是神圣启迪》，《文艺理论研究》，2011 年第 3 期，第 69 页。

③ 象征古时的钢盔。

民间文化得以生存和发展的土壤。

苗族的巫文化可谓源远流长。由于没有文字，汉文历史文献对苗族的文明记载甚少，但就是在这不多的记载中，对苗族人的魂灵信仰及鬼神崇拜的叙述却占了不少篇幅。《尚书·吕刑》曰："昔三苗……相当听于神。"《国语·楚语下》记载："九黎乱德，民神杂糅，不可方物。夫人作享，家为巫史。……其后，三苗复九黎之德。"《左传》曰："楚人信巫"。可见，早在"九黎""三苗"时期苗族就信巫祀鬼了。明清时期，苗族"信鬼畏誓"之风日盛。乾隆年间的《楚南苗志》记载说："苗俗为鬼，祭名匪一。"乾隆《贵州通志》卷七《苗蛮》记苗族"病不服药，惟祷于鬼，宰牲磔鸡，往往破家，终不悔悟"。可见，原始宗教祭祀习俗在苗族的社会生活中极为普遍。近代不少民族学家深入黔中一带实地考察，了解到当地苗族之鬼神信仰依然"甚为虔诚"，"举凡日常一切活动，农事、交易、疾病、婚姻、丧葬之类，莫不均受鬼神信仰所支配。"① 本土学者石启贵说："苗乡鬼神类多，有谓三十六神、七十二鬼"。

苗族尚鬼之习俗早在亚鲁时代就已经存在了。在《亚鲁王》史诗中，亚鲁王的母亲去世后，亚鲁的祭祀行为就淋漓尽致地表现了苗族的尚鬼习俗。

亚鲁的母亲"博布嫩荡赛姑"已经死去七天七夜，
数不清的红虫从母亲的坟墓一路爬来亚鲁的家，
长长的红虫队伍密密麻麻，
亚鲁心想我母亲死去已经七天七夜了，
恐怕是什么鬼为难了我母亲，
这究竟是什么样的一个鬼呢，
亚鲁猜不到，
亚鲁不放心，
亚鲁去求助巫神"跃仁"，
亚鲁去求助巫神"跃绾"。
神"跃仁"告诉亚鲁，
神"跃绾"告诉亚鲁，
你的母亲是遇到了鬼魂，
这是个很可怜的鬼魂，
它要你做一付（副）棺材给它，
为它做一个灵房，

① 陈国钧：《贵州安顺苗夷族的宗教信仰》，《边政公论》第七、八期，1942年3月；吴泽霖，陈国钧等：《贵州苗夷社会研究》，北京：民族出版社，2004年，第198－205页。

这灵房要用木来做，
杀鸡供它，
杀猪供它，
砍牛供它，
杀猪要杀大猪，
拿鱼供它，
有鱼供它它才走，
要带亲朋好友来供饭它才走，
还要给它送葬它才走，
要吹奏唢呐送它才会走，
要敲锣打鼓给它才会走。①

在祖先崇拜极其虔诚的苗族，亡灵在麻山苗族丧葬仪式中的地位十分重要。麻山苗族对于魂灵存在及其相关的仪式纷繁多样，不仅有“隔魂”仪式，还有“牵魂”仪式。所谓“隔魂”指的是，当棺材的一端在门外而另一端在门内时，东郎用刀将置于棺木上的鸡蛋砍为两半，意在把阴魂、阳魂分开，“阴的上山，阳的回家”，以此切断亡人与家人之间的牵连。所谓“牵魂”仪式，即是通过东郎的引导和诵唱，把亡魂牵到神坛，使其不再在人间游离。② 东郎唱诵开路经时，一边唱诵祭辞，一边将一根白线拴在杉树上，然后将白线从杉树上牵到灵堂的神龛上，其意为亡人牵魂。

东郎即巫师，作为苗族巫文化的继承者、实践者，东郎是苗族巫文化的活态符号，是苗族神秘巫文化的解码人。苗族是一个历史久远的民族，有着“信鬼好巫”的传统，巫文化是苗族文化的重要组成部分，至今仍在苗族社会发生重要的影响。关于巫师兼史诗唱诵者的现象，在我国南方民族史诗演唱者中并非苗族所独有。云南阿昌族史诗演唱者、彝族史诗演唱者、纳西族史诗演唱者、哈尼族史诗演唱者基本上都是本民族的祭司——“毕摩”“东巴”和“贝玛”，他们既是巫师，又是演唱史诗的歌手。只不过，巫师兼史诗唱诵者的现象在今天的麻山地区至今仍然鲜活地存在，并且氛围正浓。

三、作为史诗吟诵者的东郎是艺术家

苗族是一个善于思考，用诗思维的民族，对一切事物都要刨根问底，索其

① 杨正江，吴正彪：《苗族英雄史诗〈亚鲁王〉》（节选1），《苗学研究》，2009年第2期，第23页。

② 参见中国民间文艺家协会主编《（亚鲁王）文论集》，北京：中国文史出版社，2011年，第130－131页。

渊源，究其来历。在葬礼上面对亡灵，用古老的苗语唱诵史诗《亚鲁王》的东郎们可以说是苗族诗性思维的集中表征。东郎们虽然不识字，更不懂得如何写作，但是，从他们口中流淌出来的却是诗的篇章。董冬穹造天造地造人，耶炯造日月，赛扬攀上马桑树射太阳、月亮等揭示天地万物的起源演变发展的苗族创世神话，亚鲁王与波尼桑的婚恋故事，惊心动魄的龙心大战，血染大江的盐井大战，亚鲁王与荷布朵争夺山林的诡计多端，亚鲁王造钢锅、铸铁锅、打柴刀、制斧头的生产劳动场景，以及西部苗族不屈不挠的迁徙故事等，一经东郎们唱诵，无一不是妙趣横生。东郎们用程式或程式化的表达手段来建构一部气势恢弘的叙事诗，让在场的听众无不为之感动。这时候的东郎就是一个地地道道的民族诗人，他们以口耳相传的方式叙述苗族的起源、迁徙、繁衍的历史，叙述苗族民风民俗的流变。

然而，史诗的唱诵不单是语言信息的传递，不单是说出词语（故事），唱出唱词，而是一个立体的艺术展演过程，一种复杂的艺术展演形式。“史诗表演包含着体态、语音曲折、面部表情以及通常与日常生活中应用的口语词相伴随着的整个人文场景。”① 在此意义上，唱诵史诗的东郎是一个表演艺术家。东郎水平之高低不仅表现在对史诗内容掌握的熟练程度，更重要的是在听众面前如何用高度艺术化的符号以一种艺术化的、立体的方式把史诗的内容传达给听众。听众不但能通过东郎唱诵的唱词，而且能够通过他的表情、手势、面部表情、声调、唱腔、节奏等体会史诗中人物的行为举止，能够听到他们在怒吼、狂叫、搏杀、痛哭、欢呼，有一种身临其境的感觉。尤其重要的是，东郎要通过自己的展演行为告诉听众，他在用某种特定的方式引导听众理解他的表演。显然，这是一种境界，非经冰冻三尺之寒的磨砺，是难以企及的。

对于东郎来说，面对观众进行展演，意味着要调动自己长期积累的、储存在大脑中的程式化表述方式和史诗传统的情节、母题，在传统的框架内讲述史诗的故事，并配以生动的方言、传神的眼神、丰富的面部表情、手势和肢体动作、起伏变化的声调，把史诗的内容生动地表达出来。虽然东郎对于个人的创编持否定的态度，认为自己的唱诵与师傅唱的完全一样，认为自己是按照祖先传下来的文本一模一样地唱诵的。事实上，他们唱诵的个人风格是不可避免的。可以说，每个东郎在秉承史诗主干不变的前提下，都有自己的唱述风格。哪怕是同一个史诗片断，不同的东郎因其阅历的不同，他所唱出来的文本和音乐唱腔都会呈现出不同的艺术个性。东郎陈兴华说：“有的人全部都会唱，但是他不会省略，他不敢做开路的。不灵活的不清楚的人只有照本来的唱，一晚上都念

① ［美］瓦尔特·翁、张海洋：《基于口传的思维和表述特点》，《民族文学研究》，2000 年 S1 期，第 21－22 页。

不完。时间跟不上，到发丧的时候还没唱完，对孝家不好，对东郎也不好。这样就麻烦了。深入掌握的人才会灵活应变地缩短，对于掌握不全面、经验不太丰富的东郎，他不知道如何缩小缩短，他就不敢这样去处理。所以现在有些人为什么他会唱不去唱，就是这个道理。"①

东郎是苗族口头语言艺术家中的一个特殊群体。他们在史诗的唱诵过程中，能够根据新的社会历史发展的需要，丰富史诗的内容，对史诗的流传和保存做出自己的贡献，对于自己从不同途径所获得的传统史诗文本、信息和材料进行加工取舍优化。在他们"表演中的创编"中，个人的创编特色和史诗的传统特色都得到显现，并且二者紧密结合。与其他的史诗相比，苗族史诗《亚鲁王》的唱诵特别强调传统。就是与苗语中部方言区的《苗族古歌》相比，流传于西部苗语区的《亚鲁王》也有很大的不同。《苗族古歌》有不变的"歌骨"和可以自由发挥的"歌花"。"歌花"为歌师展示作为唱诵者的创造性和杰出才能提供了空间。但是，唱诵《亚鲁王》的东郎不是因为创编了新的史诗文本而受到听众的认可和赞誉，而是因为将自古以来广泛流传的史诗内容按照传统的方式，在广泛借鉴并融合众多前辈东郎的成果的基础上进行唱诵，最终唱诵出具有自己特色的唱本，彰显自己的艺术水平。有名的大东郎大都具有即兴创编的才能，他们见多识广，具有丰厚的民间艺术功底，同时他们上知天文、下知地理，对于本民族的历史、文化、民风民俗等烂熟于心，他们常在原有的史诗框架内增添新的内容，从而具有自己的特色。

可见，史诗展演者的即兴创编只能以传统为基础，在传统的约束下唱诵。因为东郎与听众都是传统的携带者，任何一种创新和内容的增添都要经过东郎和听众的筛选才能融会到传统之中，成为史诗的一部分。史诗传统的结构框架、情节脉络、人物形象和传统的程式等因素将东郎的每一次唱诵与传统紧紧地联系在一起。任何天马行空、随意增加情节和内容的唱诵都要受到传统的审视和约束。那些与传统的内容相悖、不为听众所接受的内容很快就会被遗弃。东郎在唱诵史诗时，不仅要调动他所掌握的全部苗族的历史、文化方面的知识储备，充分运用自己长期积累的程式化语言和叙事模式，还要发挥自己的想象，运用自己杰出的语言表述技巧，并用特定而多变的韵律、音调，再加上手势、动作等身体语言，把史诗表演发挥到极致，展现苗族口头史诗唱诵的独特魅力。

四、作为史诗吟诵者的东郎是族群成员的精神导师

东郎在葬礼上唱诵《亚鲁王》史诗，面对两个客体。一个客体是面对亡

① 唐娜：《谈〈亚鲁王〉演述人东郎的传承机制与生态》，《民间文化论坛》，2012年第4期，第48－56页。

灵，为亡灵开路、砍马，并护送亡人的灵魂回到“祖奶奶”的住地，回到东方老家。东郎唱诵史诗《亚鲁王》是要告诉亡灵：我们是谁？我们从哪里来？我们为什么来这里？我们是怎样来到这里的？但这还不是最终目的。东郎唱诵史诗《亚鲁王》最主要的目的是要告诉亡灵：死后我们到哪里去？我们如何回到祖先故土？从而为亡灵指引一条通往祖先故地的路。在葬礼上，一系列仪式是为亡者回归故里而准备的：亡者头部要盖上一块麻山苗族特有的盖脸帕“陌就”，这是苗族人的认祖符号，没有“陌就”，亡者便难于与祖先相认；砍马是为了带领亡灵回归东方古国；杀鸡是为了给亡灵回归故里带路；穿上古老的传统服饰，带着糯米饭、水壶、火石、谷种等物品是为了在回归东方故里的路途上使用。另一个客体就是面对族群成员。也就是说，东郎的唱诵是在已故祖先们的见证下，希望族人牢记祖先的故事、族群的历史，并传播本族群历史以及社会发展的知识，理顺亡者与生者、生者与生者的家族关系，强化亚鲁的信仰地位。其实质是对在场人员进行训示与教化，从而凝聚族群认同的精神力量，捍卫自己的精神家园。在此意义上，东郎起到了族群认同的凝结剂的重要作用。

作为百科全书式的口头史诗，《亚鲁王》史诗将苗族的历史、宗教、哲学、民间传统知识等无一例外地囊括其中，从而保存了苗族传统文化的精神。史诗涉及的内容包罗万象，开天辟地，人类的起源，天地万物的形成，亡人的生平事迹，亚鲁王的丰功伟绩，亚鲁王及后代在麻山地区的智慧生存等对后世族人具有文化教育功能。如，第一章“亚鲁族源”家族谱系式的人名记录便是麻山苗族人对祖源的一种历史追溯。

《亚鲁王》史诗讲述了亚鲁王在农耕、狩猎、制盐、铸铁、商贸、制定风俗、解释自然现象等生产生活方面的成就，这是告诉后人如何耕种和做生意等生产生活方面的知识。《亚鲁王》解释了日常生活中的种种现象，例如，牛为什么会耕地、老鹰为什么会吃鸡、鸡为什么吃米、蚯蚓为什么会松土、青蛙为什么会吃稻田里的虫子等。

《亚鲁王》史诗详述了麻山苗族丧葬习俗的由来。麻山苗族人将亚鲁视为自己的祖先，承认自己为亚鲁的后代。“既然是亚鲁子孙，就要行亚鲁礼规”，这是麻山苗族持守亚鲁王制订的风俗的根源之所在。歌师在唱诵《亚鲁王》时，这样讲述亚鲁母亲殁后的情形：

亚鲁回来到门前
亚鲁回来到家
亚鲁来制棺材给它
亚鲁来制棺木给它
亚鲁来做灵房给它

亚鲁来做木马给它
杀鸡供它
杀猪给它
砍牛给它
杀猪供它
亚鲁带信他的七个女儿吹七队唢呐从七个地方来到
亚鲁带信他的七个女儿做了七队礼仪来到
七队唢呐送来了七碗白米饭
拿来给那些制棺材的木匠吃
拿来给那些东郎吃。①

苗家人认为，这是麻山苗族丧葬习俗的由来。亚鲁是这样做的，自己也应当这样做，这是苗族崇祖信仰的鲜明体现。亚鲁在麻山歌师心中既是祖先又是神灵世界的王者，可以说，亚鲁信仰是麻山苗族独特的文化核心之所在。

《亚鲁王》史诗蕴含了麻山苗族的宇宙观、世界观、人生观，苗族的巫文化知识等。这些巫文化知识对巫事的指导是纲领性的，通过一代代东郎的传承广泛而深刻地影响着麻山苗族人的生产和生活。

五、巫师兼医生的身份是大多数东郎的共同特点

在麻山苗族地区，大多数东郎既是歌师，同时又唱诵《亚鲁王》史诗，举行祛病仪式为病人治病，巫师兼医生的身份是大多数东郎的共同特点。关于这一点，将在第三章“《亚鲁王》史诗的仪式叙事与精神治疗功能”进行专门探讨，此不赘述。

在茫茫苍苍的麻山大地，东郎们以口耳相传的方式向族群成员传递着苗族的历史文化，是苗族悠久历史与厚重文化的传播者，是苗族历史寻根和文化寻根的引路人，是苗族精神文化家园的守望者。在此意义上，东郎承担了文化启蒙者的重要角色，是族群成员的精神导师。“东郎们依靠各自的身体功能——习得、体认、记忆、诵唱、感染、传播乃至联想和即兴创作等，完成着民族群体的文化储存和认同凝聚，不仅堪称族群中的文学家、史学家和精神领袖，而且是民族传统的图书馆、信息库，远古生活的纪念碑。”②

作为史诗吟诵者的东郎是史诗传承的重要载体，是亡灵的引路人，既是巫

① 《亚鲁王》史诗搜集整理者杨正江采录、提供。

② 徐新建：《生死两界“送魂歌”——亚鲁王研究的几个问题》，《民族文学研究》，2014 年第 1 期，第 74－90 页。

师又是医生，既是民间艺术家，又是族群成员的精神导师。巫师、歌师、巫医、诗人只是强调的侧面不同而已，实际上指的是同一个人。对于没有文字的苗族而言，可以说，没有东郎就没有《亚鲁王》史诗的存在。

虽然东郎们的物质生活并不丰裕，但是却有着富足的精神世界。东郎韦老六从事歌师职业 40 多年，在举行祛病仪式和送灵唱诵中，他没有收过一分钱。到了晚年他仍然是家徒四壁，物质生活欠缺的他却有着丰富的精神世界。在葬礼上向村民们奉献自己的知识与热情，为村民举行祛病仪式，他以病人身体康复为乐事，以告知亡灵祖先的故事、战争、迁徙、返回东方故土的历史作为精神源泉。正如东郎杨光文所说："按照古老的规矩唱诵《亚鲁王》，一是让让亡灵理解苗族的历史，沿着迁徙来路，回到先祖故地，与先祖生产生活，建功立业；二是使现实中的苗族，能从葬礼唱诵的《亚鲁王》中得到陶冶，获得精神的支柱。"[①]《亚鲁王》是为送灵而唱诵，也是为观众而唱诵，苗族是以送灵唱诵的方式来教化其后代的。

第二节　东郎的习艺过程

麻山苗族的歌师由于将自己的全部智慧倾注到《亚鲁王》史诗的表演中而荣获"东郎"的头衔。成为一个杰出的东郎，自身的努力是不可缺少的，这就牵涉到习艺的动机和过程。

一、习艺的动机

东郎外出主持葬礼，唱诵史诗《亚鲁王》，举行祛病仪式为人治病，只是象征性地收取一点物品，他们不要工资，报酬微乎其微，却经常耽搁自家的生产劳动，以致家徒四壁。是什么力量激发他们无偿的付出，却又无怨无悔？一般而言，东郎学习《亚鲁王》史诗的动机有以下四种情况。

（一）习得一种实用的生活技能

东郎出于实用的生活技能而学习《亚鲁王》有两种情况。

1. 开路为每家之必需

生老病死是人人都逃脱不了的自然规律。在麻山，凡老人去世，都要举行葬礼，唱诵《亚鲁王》史诗。在对东郎的采访中，不少东郎说如果本家族没有东郎，那么在老人去世时就要到其他的家族请东郎来主持仪式，唱诵《亚鲁王》史诗。在麻山苗族人看来，这样的仪式是不完整的。因为各个家族都有自

---

① 曹维琼等：《亚鲁王书系·歌师秘档》，贵阳：贵州人民出版社，2012 年，第 401 页。

己的祖籍，如果请其他家族的东郎来唱诵《亚鲁王》史诗，就会缺失亚鲁之后的内容。

东郎杨老送说："按照苗族的习惯，连祭祀时都要去请人，那办丧事的时候要请东郎来为亡人开路就很难了。当时家族中没有人会做东郎这一套，要是家族中有白喜事了，只有请其他姓的东郎来为自己家属中亡人做事情，因为每个姓氏开路时候唱的内容不一样，老爹认为要是家族有个人会开路的话，对自己家族做事都会比较方便。"[①] 东郎杨再华说："意识到了家族中已经没有人会唱《亚鲁王》，葬礼上总是请其他家族的东郎来唱诵，这很有损于本家族的尊严，于是自己开始拜师学习唱诵《亚鲁王》。"[②] 东郎梁大荣说："我去学开路，并不是为了挣钱，主要是想自己家族人办事情[③]的时候能够找到根生（根源）。我们苗族特别注重根源，如果去请其他老东郎来做事情，他们就不懂得我们家族亡人指路的一些程序，因为他们不熟悉我们家族的根源。"[④]

从上述东郎的表述可以看出，邀请东郎主持葬礼要虔敬地跪拜，需要一定的仪式过程，开路为家族实用的一项技能，虽然不能养家糊口，但是需要时不用求他人，他们愿意成为一名东郎，以便为家族服务，为族人的亡灵回归故土与祖先团聚提供保障。

2. 为小孩治病

在麻山地区，高大的石山一座连着一座，绵延几百公里，道路阡陌如细小的山藤，外出极不方便，万一小孩生病也没有医院可寻，都要请东郎或宝目来家中唱诵《亚鲁王》史诗的相关片断，做祛病仪式，再找些民间草药服用。

东郎陈小满学习唱诵《亚鲁王》是为了给自己的孩子治病。其长子出生后经常生病，便经常去找廖长华、廖友生两位东郎来为自己的孩子做治病仪式，唱诵《亚鲁王》。次数多了，廖长华、廖友生便主要动要求培养陈小满为徒弟。他们说："你的爷爷曾经是村里最有声望的东郎，你爸爸没有做你爷爷的传人，你爷爷就传给了我们。如果你现在不学习唱诵《亚鲁王》，以后我们过世了，陈家家族的葬礼就没有人主持了。"[⑤] 于是，陈小满就决定拜他们为师，学习唱诵《亚鲁王》。

杨老天有七个儿女，其长女杨妹妞、长子杨老保小时候常生病，经常要请东郎来家里为孩子举行祛病仪式。每次请东郎来家里举行祛病仪式时，杨老天

---

① 曹维琼等：《亚鲁王书系·歌师秘档》，贵阳：贵州人民出版社，2012 年，第 37 页。

② 中国民间文艺家协会主编：《亚鲁王》，北京：中华书局，2012 年，第 14 页。

③ 方言，指丧葬仪式中给亡人超度灵魂。

④ 中国民间文艺家协会主编：《〈亚鲁王〉文论集》，北京：中国文史出版社，2011 年，第 264 页。

⑤ 中国民间文艺家协会主编：《亚鲁王》，北京：中华书局，2012 年，第 23 页。

就偷偷地学习举行祛病仪式的方法，由此对举行祛病仪式产生了浓厚的兴趣。由于他的记性好，仪式中用到的道具、举行祛病仪式唱诵的短诗，只要他参加一次他就记住了。随着积累的祛病仪式的经验越来越多，孩子生病时他就不用再去找别的东郎，而是用自己学会的祛病仪式为孩子治病。

（二）出于兴趣

不少东郎在年少的时候，喜欢听老人唱诵《亚鲁王》，被其中精彩的故事吸引，产生了浓厚的兴趣。

东郎杨光顺出生于东郎世家，爷爷杨老金是个大东郎，外出主持唱诵《亚鲁王》的仪式时总是带着他，耳濡目染爷爷主持葬礼的过程，自小对葬礼的程序非常了解，对《亚鲁王》的内容非常熟悉，对《亚鲁王》产生了浓厚的兴趣。东郎韦国兴12岁还在鸡公山读小学时就跟随父亲学习唱诵史诗《亚鲁王》，16岁就开始进入实习阶段，一有葬礼他就与父亲和大哥一道前往主持唱诵《亚鲁王》。出于对民族文化的热爱，韦国兴成了出色的《亚鲁王》传承人，他不仅会唱诵《亚鲁王》史诗，而且还是东偌和宝目。“韦国兴的唱腔非常悦耳，富有磁性的音色，往往会在唱诵场合将其他人感动。”① 东郎岑天伦的父亲是个宝目，平时他跟父亲一起去参加一些简单的祭祀仪式，耳濡目染，渐渐地喜欢上了本民族的文化。8岁时他就喜欢听东郎唱诵《亚鲁王》史诗，甚至在山上放牛的时候他都缠着老东郎讲述《亚鲁王》的故事。还不到12岁他就要求父亲去找家住打告的杨老宝来家里传授《亚鲁王》，开始学习一些祭祀仪式和唱诵《亚鲁王》的片断，同时也向杨老宝学习一些草药知识。1984年拜本寨的杨老送为师，跟随杨老送学习了两个正月，他发现仅拜一个东郎为师，唱诵《亚鲁王》的内容仅是一个家族的，内容不丰富，之后他又拜大营乡芭茅村的黄老妞和黄老华为师，再次认真学习《亚鲁王》《马经》《鸡经》等。

（三）对于祖先亚鲁王的信仰与家园的归属感

麻山苗族对亚鲁王的崇拜，以鬼神信仰和巫术祭祀为核心，以口传史诗为载体，已经成为麻山苗族的原始宗教和族群成员的“集体无意识”。

东郎陈兴华说：“从小的时候，老人就讲一定要继承亚鲁王，一直到现在都没有丢这个本。做哪样大事小事，一定不能违背亚鲁王的精神，一定要遵循。办丧事也好，红喜事也好，样样都要来祭奠亚鲁王，就形成了规律。‘文革’的时候，把东郎拉去斗也好，批评也好，都不能放弃。要他承认错误他可以承认，但是要他承认背叛亚鲁王，在我们东郎当中他宁死也不会背叛，就有这么个原则。他是祖先，他是皇帝，所以不能背叛。可以适当承认错误，说我错了，

① 曹维琼等：《亚鲁王书系·歌师秘档》，贵阳：贵州人民出版社，2012年，第55页。

可是让他彻底放弃亚鲁，他不敢讲。”[①] 杨正江说：“年老的东郎告诉他，在解放前，会唱《亚鲁王》的苗族，是麻山苗族中的‘明星’，通过《亚鲁王》的习得，在族群内部获得个人、家族的声望，收获尊敬的目光。”[②]

亚鲁之于苗族，是祖先、古苗王、部落英雄，也是行业神。学习演唱《亚鲁王》史诗而成为一名东郎，这是一种让苗族人骄傲和自豪的行为。虽然学习唱诵的过程十分艰难，出师尤难。但是，一旦学成出师，相较于其他族人，东郎更有资格追随和继承亚鲁的追求和使命。

（四）学会唱诵《亚鲁王》，以之作为礼物献给自己最心爱的恋人

在20岁那年，陈杨宝恋上了宗地乡打老寨的姑娘班小花，由于陈杨宝家里穷，这门婚事遭到班小花父母的坚决反对。班小花的父母要把班小花另嫁他人，不满包办婚姻的班小花在家服药自尽。由于班小花的父母没有给班小花办丧礼，所以也没有人给班小花唱诵《亚鲁王》。悲痛欲绝的陈杨宝想到要给班小花唱诵《亚鲁王》，用《亚鲁王》将班小花送回东方故国，与先祖团聚。只要遇到葬礼，他就赶到那里通宵达旦地听东郎唱诵《亚鲁王》，后来又拜伯伯为师，经过半年的勤学苦练，他就能独立主持各种葬礼仪式，成了一名东郎。出师之后，他第一次唱诵《亚鲁王》是一天夜里在班小花的坟前为班小花而唱，陈杨宝学习唱诵《亚鲁王》，是为了把《亚鲁王》献给自己最心爱的恋人。

二、学习史诗的民俗约束与禁忌

麻山苗族对《亚鲁王》史诗的习诵和传承有着严苛的时空限制，随时随地随意演唱史诗《亚鲁王》被认为犯了禁忌，这种行为是对先祖的亵渎。其禁忌包括时间禁忌、空间禁忌和性别禁忌三个方面。

1. 时间禁忌

学习唱诵《亚鲁王》，除了在葬礼现场进行之外，只能选择在活路不多的正月和七月，其他时间是不能学的。据东郎讲，每年农历正月和七月这两个月可以学习唱诵《亚鲁王》。大东郎陈兴华说：“老人传下来说，平时如果乱唱，庄稼不成熟，人们不安宁，所以就只能在正月间。正月间把老祖公都请来家，才可以讲，在我们那个地方七月都不让。所以平时都很少念这些东西。因为忌讳太多。为哪样现在的人逐步懂得少哩，就是有这么个忌讳，不得一定的场合

① 唐娜：《谈亚鲁王演述人东郎的传承机制与生态》，《民间文化论坛》，2012年第4期，第48－56页。

② 杨正江访谈，2014年11月7日。

不允许到处乱唱。”①

在麻山地区，为什么只有正月（年节）和七月（鬼节）才可以学习唱诵《亚鲁王》呢？其原因有二。首先，正月（年节）和七月（鬼节）两个传承时段有一个共同的特点，即都有请祖先神的仪式，唱诵《亚鲁王》史诗，不仅是凝聚生者文化认同的场域，更是营造一个亚鲁王国子民共享的神圣时空。麻山苗族的苗年与操东部方言的苗族之苗年不同。“操东部方言苗族的苗年一般是在农历十月份过，而麻山苗族的苗年在农历的腊月下旬过。麻山苗族过年（节），须请祖先神灵回来一起过年，并以各种祭品进行祭祀，祖先神一日三餐与家人一同就餐。因为正月的年节和七月的鬼节期间又恰恰是麻山苗族祭拜和纪念先祖亚鲁王的时间，选择这两个时间段学习史诗《亚鲁王》，祖先神灵在场，在祖灵的见证下学习唱诵《亚鲁王》，习艺者心怀尊重与虔诚之心，全神贯注地演唱。其次，麻山苗族的传统经济主要是种植玉米、黄豆和油菜等农作物。玉米与黄豆的种植一般是在农历的二月至六月，八月至九月为秋收季节，秋收后种植油菜，到第二年二月收获。可见，在麻山地区，相对其他月份，农历正月和七月是农闲期，闲暇时间较多，可以用来习唱史诗《亚鲁王》。”②

2. 空间禁忌

所谓空间禁忌，即一般只能在葬礼现场唱诵《亚鲁王》。“在麻山苗族的葬礼中，东郎向族人反复强调，亚鲁是其祖先，麻山苗族要继续把亚鲁的村庄田园给发展下去，把亚鲁的血脉给繁衍下去。”③“山到山是亚鲁王的山／河到河是亚鲁王的河／亚鲁王的儿女遍布了亚鲁王的山／亚鲁王的儿女遍布了亚鲁王的河／亚鲁王说我儿我女／亚鲁王说我人我群／你们就此离去／保护好你的稻谷穗／收藏好你们的白银／好好保护着先祖的小米种／好好保护着先祖的红稗种／养儿养女要靠它。”④这是一种具有盟约性质的教化，为了维护丧葬仪式的庄严感、神秘感和神圣感，便产生了东郎不得在丧葬仪式之外的场合随意唱诵《亚鲁王》的禁忌。

如果是在非葬礼现场学习唱诵《亚鲁王》，那就只能在农历正月和七月这两个时段。但是，即使在农历正月和七月这两个时段，也不得在家中唱诵完整的《亚鲁王》，东郎们大多严格遵守这一禁忌。东郎杨光东说：“传教徒弟要在

① 唐娜：《谈〈亚鲁王〉演述人东郎的传承机制与生态》，《民间文化论坛》，2012年第4期，第48－56页。

② 梁勇：《麻山苗族史诗亚鲁王音乐文化阐释》，陕西师范大学硕士论文（2011）。

③ 唐娜：《谈〈亚鲁王〉演述人东郎的传承机制与生态》，《民间文化论坛》，2012年第4期，第48－56页。

④《中国民族》记者：《“亚鲁王”回归——苗族英雄史诗〈亚鲁王〉记略》，《中国民族》，2012年第4期，第32页。

每年的正月和七月两个时段进行，可以在家里传授，但有部分内容必须到寨外的野地去传授。因为曾经有师父在家里传授这部分内容，年老体弱的人听到唱诵后，受其内容的指引，就跟着回归先祖的家乡了（指离开人世）。之后师父不再在家传授这些内容，避免让年老体弱的人听到。”[①] 因此，如果平时学唱《亚鲁王》，那就必须到远离村寨的野外进行，并且只能以叙述的方式进行，要放弃曲调。“为了避免招来丧事，东郎们严格遵循这一禁忌，因为村寨内的所有唱诵形式，都是丧葬符号。”[②]

3. 性别禁忌

在苗族中，有许多妇女禁忌，如忌妇女请东郎“开路”，忌妇女做东郎等等。在麻山苗族的葬礼中，女人主要在葬礼中哭丧，不能唱诵《亚鲁王》。主持葬礼是男东郎的义务，女人即使会唱，会主持葬礼仪式，也没有人请她去主持葬礼。这是麻山苗族的禁忌。他们认为要是女人主持葬礼仪式，亡人的子孙就不会兴旺发达。因此，《亚鲁王》的传承有传男不传女的惯例，东郎的身份只能是男性。

女性为什么不能做东郎？其原因有二。第一，承担丧葬祭祀工作的东郎，肩负着护送麻山苗族祖灵返回东方老家的重任，其职责神圣，而在苗族社会中女性的地位相对低下，东郎之职位只能由男性来担当。忌女性做东郎是苗族进入父系氏族社会之后男尊女卑思想观念的历史遗留。第二，因为在苗族传统社会中男性才有传宗接代的义务，《亚鲁王》史诗是苗族人的根谱、族谱，里面记录的全是男性的名字而没有关于女性的记录，如果让女性来做东郎，她们在唱诵《亚鲁王》史诗时如果发现里面没有女性的名字，精神上会受到打击。

在麻山地区虽然没有女东郎，但是有少数聪慧的女子懂得并能够唱诵《亚鲁王》，杨二妹是笔者在麻山地区见过的唯一的一位唱诵《亚鲁王》史诗的女东郎。杨二妹出生在东郎世家，在她很小的时候她妈妈就去世了，由她父亲带着她。她的父亲杨老七是当地著名的大东郎，常年在外主持葬礼和祛病仪式，杨老七外出主持葬礼时总是带上小女杨二妹，唱诵《亚鲁王》时还把她背在身上。从3岁到6岁，杨二妹总是跟着父亲在葬礼上活动，耳濡目染，把《亚鲁王》的内容记得很熟了。杨二妹是个记忆超群的女子，小时候在山上看牛的时候，嘴里就自然而然地唱出史诗的内容。其父亲杨老七认为，女东郎虽然不能主持葬礼仪式，也不能在葬礼仪式上唱诵史诗，但在麻山地区，为病人举行祛病仪式却没有性别之分。举行祛病仪式还得会唱诵《亚鲁王》，女子能唱诵

① 中国民间文艺家协会主编：《亚鲁王》，北京：中华书局，2012年，第17页。

② 唐娜：《谈〈亚鲁王〉演述人东郎的传承机制与生态》，《民间文化论坛》，2012年第4期，第48－56页。

《亚鲁王》，这是举行祛病仪式的基础，“谁有《亚鲁王》基础，在祛病仪式方面，往往能成为大师，在民间往往最能解决病人的疾苦，她的父亲就要培养她成为祛病仪式的大师。”①

杨二妹不仅出生在一个东郎家庭，她嫁的也是一个东郎家庭。她的公爹是其父亲杨老七的徒弟，二者经常一起出入各种场合主持葬礼仪式。在方圆十里的东郎中，杨二妹是掌握《亚鲁王》内容最丰富的人，她的唱述语言非常精美。在麻山，女东郎虽不能在葬礼上唱诵《亚鲁王》，但可以传授《亚鲁王》。目前杨二妹教了两个徒弟，一是韦小权，一是韦小卫。

三、习艺过程

我国北方的史诗歌手盛传“神灵梦授”说。新疆柯尔克孜族将演唱长篇史诗《玛纳斯》的歌手叫作“玛纳斯奇”，玛纳斯奇认为自己的演唱是因为得到神的启迪，其演唱的内容是史诗英雄传授的，而歌手则是神的代言人。在藏族地区，史诗《格萨尔》的唱诵者被称为“仲肯”，关于“仲肯”之名的来源，据说最早的藏族歌手是一只继承格萨尔使命的青蛙，来到人间后变成以唱诵史诗为职业的歌手，后来的歌手都是受神灵启迪托梦而歌的诗人。藏语的“仲肯”，意为“托梦艺人”或“神授艺人”。在西方，早在公元前8世纪的盲诗人荷马就以神赋论的创始者而闻名于世，荷马的神赋论一方面涉及诗的灵感，另一方面强调史诗内容的神性来源。在《奥德赛》中，荷马多次称道诗人的神性，强调诗人与神祇在情感上的联系。他在《奥德赛》中吟诵道：“招请通神的歌手，德摩道科斯弹唱，神祇给他本领，别人不可比攀。用歌诵愉悦，每当心魂催使他引吭。”② 荷马称诗人为歌手、吟游诗人，诗人是神圣或通神的一族，具备常人难以企及的灵性。他们与王爷、祭司和卜师一样，不同于一般的平民百姓。但是，强调诗歌神授的荷马并未否定歌手自教自学的重要性，同样承认记忆之重要，因为记忆是缪斯的母亲。“天才的诗人往往需要付出，他们中的许多人要么变成瞎子然后才有诵诗的灵感，要么因为日后的某种过失，干脆同时失去视力和诗唱的本领。”③ 这一表述明确承认耳闻心记和反复操练对于掌握创编史诗技巧的重要性。

麻山地区的东郎，既不同于北方的史诗歌手，也不同于荷马时代的行吟诗人。在麻山地区3000多位东郎中，没有发现“神授”“梦授”之说的个案，他们都强调背诵、持之以恒的勤学苦练，勤学苦练是成为杰出东郎的必备条件。

---

① 曹维琼等：《亚鲁王书系·歌师秘档》，贵阳：贵州人民出版社，2012年，第155页。
② 荷马：《奥德赛》，王焕生译，北京：人民文学出版社，1988年，第43－45页。
③ 陈中梅：《荷马史诗研究》，北京：北京大学出版社，2008年，第18页。

杨正江在拜杨再华为师时，杨再华这样叮嘱他："学习唱诵是一件很下功夫的事，功夫是积累，从不会到学会，得花上几年到十几年的时间。其中，绝大部分的积累是来自葬礼上的观摩和聆听，有些细节在葬礼之外是学不到的。"[①]

在麻山地区的东郎当中，至今仍然保持着较为严格的拜师仪式。学艺之初，徒弟要先举行拜师仪式。师父将鸡切分为鸡头、鸡爪、鸡肝、鸡肠等几块，分别用叶子包好，让几个徒弟抓阄[②]，抓到鸡心的徒弟就证明他的记忆力好，会将师父所教的内容全部记在心里，师父就把他作为主要传授对象。抓住鸡肠子的徒弟，代表他的记性差，会边学边忘，缺乏记忆史诗的能力。因为鸡肠是上下相通的，东西从上面装进去，立即会从下面漏出来，师父就交给他一些辅助性的工作。拿到鸡头的徒弟则可能成为掌门传人。维柯曾经指出："人类在初期阶段，用心智去体验和记忆身边的事物，用记忆支持自己的想象。"[③] 可见，超常的记忆力是每一个杰出的东郎的特征，也是他们成为杰出的东郎的必备条件。

一代代东郎学习唱诵《亚鲁王》特别强调勤学苦练，强调成功的东郎必须具有超凡的记忆力。在笔者看来，这是因为《亚鲁王》史诗有着与其他史诗不一样的历史性。《亚鲁王》的主体部分，即"亚鲁祖源""亚鲁王的故事""谱系分支"依时间顺序，从远古的创世神话到亚鲁王的迁徙再到当下的麻山苗族人，历史脉络十分鲜明。三个部分的想象成分日益递减，而现实的成分渐趋鲜明，最后一部分为真实可考的家谱。史诗《亚鲁王》规模宏大，内容丰富，情节复杂，记载了几千名苗族古代人物、四百余个古苗语地名，二十余个古战场的壮烈场景，勾勒了这一苗族支系自古而今的迁徙路线和分布图。东郎要记住这么多彼此没有关联的内容，没有超凡的记忆力，不最大限度地发挥自身的主观能动性，是无法做到的。

由于《亚鲁王》史诗内容浩瀚繁杂，即便习艺者有着非凡的记忆力，也需要经历一个长期的习艺过程。对于《亚鲁王》内容的全面掌握，一般要经历三至五年的时间。根据笔者田野调查的资料，东郎的习艺过程大致可以分为三个阶段，即习听和消化吸收阶段、运用阶段、在葬礼上面对观众演唱阶段。

（一）习听和消化吸收阶段

习艺者通常有一个拜师学艺的过程，拜师学艺的仪式庄重、肃穆。每年的正月和七月，农事相对较少，是各种知识、技艺传承的主要时段。有兴趣的年轻人集中到一起，向本村本寨的老东郎拜师学习。东郎杨老七喜欢传授《亚鲁

① 中国民间文艺家协会主编：《亚鲁王》，北京：中华书局，2012 年，第 754 页。

② 这个可以算是一个占卜仪式，师傅根据徒弟所拿到的不同部位，对徒弟们的学习前景进行预测。

③ ［意］维柯：《新科学》，朱光潜译，北京：人民文学出版社，1997 年，第 428 页。

王》，正月和七月他家里总是门庭若市，来他家的大多是向他学习《亚鲁王》的。

拜师时，习艺者在晚饭后集中，各自备一碗黄豆、一只公鸡、一斤米酒、一碗米送给老东郎（师父）作为礼物，以示诚意。另外还要自备一刀纸钱、一把檀香。大家一同去师傅家里。拜师的地点一般在村口，以便更多的族人观摩。师父碰到来学习《亚鲁王》的后辈是很高兴的。

师父明白来意后，在堂屋里摆一张四方形的桌子，桌下放一火盆，用升斗盛着谷米放置桌面上，再在谷子里插上烧着的香，在火盆里焚烧纸钱。然后师傅提一只鸡，并用嘴咬鸡冠致其流血，把血点滴在桌边，拨几根羽绒毛粘在血上。然后叫习艺者杀鸡，打理好后，用布包把鸡的内脏包裹好，并放在锅里和鸡肉一起煮食。东郎杨通华一辈子默默无闻地耕耘着自己的田地，呵护着自己的家庭。40 岁之后才跟随家住打告的杨老贵学习唱诵《亚鲁王》，他带着黄豆和酒去拜杨老贵为师。经过三个正月的学习，第四年杨通华才出师。

由于《亚鲁王》史诗的内容可以分为相对独立的几个部分，如作为根谱的亚鲁祖源、亚鲁王的成长、亚鲁王征战、亚鲁的后代分支[①]、指路经部分、砍马经部分等，各东郎有各自擅长的部分，习艺者可根据东郎的长项去拜师学习，因此，拜多位师父为师，博采众长是很普遍的现象。特别是各家族迁徙落户的部分必须由本家族的东郎或者长辈来传授。如梁姓家族和杨姓家族的“开路”内容基本一样，但各姓的族谱不一样，大概有两个多小时的唱词不一样。

梁登贵 20 岁那年先去方竹坨拜堂叔梁老称为师学习唱诵《亚鲁王》，后来又拜本寨的堂伯梁老鹏继续学习。东郎黄光针先拜本寨的杨光富、杨光顺为师学习杨氏家族的《亚鲁王》，为了寻找黄家的根脉，他又回到原籍地罗甸县木引乡构皮寨去找自己的二叔黄老满为师，学习黄氏家族的《亚鲁王》，掌握了黄氏家族的迁徙史。东郎梁正才 13 岁就跟随二叔梁老林、三叔梁登贵、堂伯梁桥安等人学习唱诵《亚鲁王》。年近 70 的大东郎陈兴华是国家级非物质文化遗产传承人，对于《亚鲁王》史诗，他能连续唱诵 30 多个小时 10 多万句。陈兴华十五六岁开始学唱《亚鲁王》，20 岁独立主持仪式。他先后拜了三个东郎为师。先拜他的堂伯陈老幺为师，再拜母舅爷韦昌学为师，继而又拜伯岳父伍老桥为师。三个师父唱的主题虽然是一样的，但是在叙述每一件事情的时候都有不同的规律，使陈兴华增加了不同的知识。他综合三位名师唱诵的内容，形成了史诗的超长篇幅，并有丰富的细节。《亚鲁王》史诗的发现者杨正江本人也是个大东郎，他能够在葬礼上流利、完整、声情并茂地唱诵《亚鲁王》，在田

① 即各家族迁徙安家落户的过程。

野调查中，他主动要求唱诵《亚鲁王》38 次，杨正江学习唱诵《亚鲁王》，拜过的师父已达上百人，他对每位东郎唱诵的内容进行具体、细致的对比，反复推敲。大东郎黄老金一生听过 100 多个东郎的唱诵。

不同的师父有不同的教法。东郎杨老木传授《亚鲁王》时，对每一个细节都要详细讲解，让徒弟不断地重复一个章节，徒弟顺畅地背诵出来之后，才肯教下一段的内容。很多师父教徒弟先把《亚鲁王》的内容记下来，才带到葬礼上唱诵。岑万伦拜岑老二为师时，他先让岑万伦在葬礼上听东郎唱诵《亚鲁王》，至少要用一年的时间。“无论是哪里的东郎，别人唱的都要先认真地听，听熟悉后，就熟悉葬礼仪式，整个葬礼的流程如何主持，要做到胸有成竹。”[①] 另外，岑老二要岑万伦先学唱家族史，因为创世、征战、战败迁徙、智取荷布朵、再迁徙、分封王子的内容是公共部分，不容易丢掉，而家族史部分往往容易丢掉。要是哪个家族没有东郎，就意味着他的家族史会丢掉，所以，岑老二的徒弟学唱《亚鲁王》先从家族史开始，先学会家族史，再学别的内容。师父教杨老送的时候一般不在家里教，而是带到屋后的坡上教，因为师父家里的人不喜欢在家里唱《亚鲁王》，觉得这只能在办白喜事的时候才能唱，平常在家里唱会给家里带来不吉利的事情。

在麻山地区，正月是集中传习史诗的时段，气氛非常浓，在这浓郁的史诗传习氛围中，一些潜心观察和吸收口头艺术表演的儿童，凭借心灵的耳朵，聆听东郎们凭自己惊人的记忆即兴地演唱《亚鲁王》史诗的内容，慢慢地，在听歌中获得史诗的节奏感，以及传统的富于韵律的诗行。他们从童年时代起，就喜欢聆听《亚鲁王》史诗，到了一定阶段，对学唱史诗达到“迷狂”的程度。再加上头脑机灵，反应敏捷，经过一段时间耳濡目染的熏陶，很快表现出自己在语言艺术方面的杰出才华，脱颖而出。

东郎韦老五 11 岁时就辍学回家为生产队放牛，与他一同在山上放牛的还有 60 多岁的伯父韦老鹏。在山上放牛的时候，伯父韦老鹏就教他学习唱诵《亚鲁王》。只要他们去过的山头，那里就有他们唱诵《亚鲁王》的声音。在山上放牛的时候，韦老五就把《亚鲁王》记得烂熟于心了。13 岁时他就能头戴斗篷，肩扛大刀，在葬礼上唱诵《亚鲁王》，唱得流畅，观众连连叫好。东郎岑老虫从小就看到父亲岑老乔整天整夜地唱诵《亚鲁王》，从中受到了熏陶。岑老乔不管到哪里主持葬礼仪式，都会带上岑老虫。可以说，岑老虫的童年生活大部分是和父亲在葬礼上度过的。父亲去世之后，岑老虫到处拜师学艺，拜本村著名的东郎韦老鹏和歪寨村的岑老伦为师，并将他们所教的内容与父亲所教的内

① 曹维琼等：《亚鲁王书系·歌师秘档》，贵阳：贵州人民出版社，2012 年，第 83 页。

容结合起来，对比融会贯通。岑老虫没有仅仅局限于唱诵《亚鲁王》，还到处拜师学艺，学习民间传统的医技和苗药，以帮助贫穷的家乡人看病。自学成才的大东郎杨老天喜欢到葬礼上听东郎唱诵《亚鲁王》，每当东郎唱诵时，他就默坐一旁，眼察耳听，听三次后，他就能把《亚鲁王》的内容记下来。他很留意观察葬礼上运用的道具，什么时间用什么道具，他都了然于心。杨老天虽然没有拜师，有时候在山上一边砍柴，一边练习唱诵《亚鲁王》，他是一个自学成才的大东郎。杨光顺出生于一个世传东郎家庭，爷爷杨老金是个大东郎，外出主持《亚鲁王》的仪式时总是带着他，耳濡目染爷爷主持葬礼仪式、唱诵《亚鲁王》的过程，对《亚鲁王》产生了浓厚的兴趣，后来成为一个大东郎。

在习听和消化吸收阶段，习艺者之间相互交流切磋，是提高演唱技艺的重要途径。杨通华 40 岁之后才开始学唱《亚鲁王》，遇到知名的东郎，他要千方百计找机会去跟东郎进行交流，增加对《亚鲁王》的感知和认识。他先后去找过家住芭茅村的黄老妞和黄老华二人切磋交流，并且将他们精彩的内容叠合在自己已经掌握的内容中或者补充在已经遗失和漏掉的片段上，不断充实和丰富自己掌握的内容。岑万华不局限于师父所教的内容，他还花了近十年的时间，走遍麻山各地，了解其他东郎的技艺情况，在了解中学习，在学习中了解，每天都沉浸在对东郎技艺的探讨和学习中。

在第一阶段，习艺者通常要选择某一位东郎，听他唱诵史诗。东郎可能是他的父亲、大伯或叔叔，或邻近乡里有名的东郎。习艺者也听其他东郎的演唱，他们学的内容没有固定的样本。东郎演唱时，他端坐一旁，聆听东郎演唱，从中吸收传统的因素，其中主要是熟悉故事的情节、远古的习俗，揣摩史诗的主题、演唱的韵律节奏、反复出现的词语（即程式），为后来的演唱打基础。习艺者在开始学艺阶段中学来的节奏、旋律将会伴随他的一生。

（二）试唱阶段

史诗学习者在成为东郎的路上通常会遇到四个障碍，第一，内容是否全面掌握；第二，虽然已经记住，但是对唱诵的音调把握不了，上场时羞于开口；第三，有的人虽然记住史诗的内容，但还不熟悉葬礼的仪式程序；第四，一部分东郎，在唱诵过程中由于过于悲伤，泣不成声而无法主持仪式。因此，要成为东郎，到葬礼上观摩并试唱是必不可少的。大东郎陈兴华说："明白了诗句的意义以后，就要唱，假如你不通过唱，你唱的时间不长，你声音就不好，因为有轻有重，缓缓和和，不掌握这个规律的话，你就唱不到板，或者唱不下去。"①

① 东郎陈兴华访谈，2014 年 11 月 7 日。

学习口头诗歌语言，如同儿童学习母语一样，并非凭借基本的语法规则，而是运用口头的方法。葬礼，不仅是学习的场合，也是习艺者重要的操练机会。学习唱诵《亚鲁王》是用苗语唱的，没有文字可依，讲究的是用嘴巴讲、脑子记。有时候记几句话都要很长时间，要反反复复练习才能记住。一般而论，徒弟把《亚鲁王》的内容基本记住后，师父前去主持葬礼仪式时就会带上徒弟去试唱，让徒弟在师父的指导下，主持葬礼仪式。黄学忠基本记住《亚鲁王》的内容后，师父杨老利外出主持葬礼仪式时就叫黄学忠一起去。师父主持葬礼，唱诵开头的几段后，就让黄学忠上场试唱《亚鲁王》，要是有记不住的地方，师父就在旁边提醒黄学忠。每次试唱结束后，师父都要进行总结，提出不足的地方，并耐心教唱。反复试唱十几次之后，以前没有记住的内容，经试唱后就记住了，并唱得很流畅，师父很满意。陈志品 13 岁时跟随伯父学唱《亚鲁王》，陈志品伯父授徒的方法与其他师父不一样，他的徒弟只记住几个片断，就让他到葬礼上试唱。16 岁时陈志品就能独立主持葬礼、举行祛病仪式。岑小全拜过两位师父，一位是善于唱诵“马经”“牛经”“鸡经”的吴老科，另一位是唱诵《亚鲁王》比较全面的吴老伦。岑小全掌握《亚鲁王》的基本内容后，每有葬礼，两位师父就带岑小全到葬礼上去试唱。只要岑小全会唱的，两位师父就让岑小全在葬礼上唱。岑小全一面学习，一面唱诵，在他记住《亚鲁王》的全部内容后，才让他出师，独立主持葬礼仪式。

在众多习艺者当中，能在葬礼上面对亡灵和听众唱诵的人仅是一小部分，而在众多的史诗唱诵者中能够真正透彻、全面把握史诗的东郎也不多。例如，与陈兴华一起学唱《亚鲁王》史诗的人有七八个，但最后出师主持葬礼仪式的只有陈兴华一人。有些习艺者甚至比陈兴华还记得全面，但是他们却不能上场。大东郎陈兴华说：“把史诗的内容记住也只能占三分之二，还有三分之一，开头有个开场白，途中有个交代，最后有个结尾，这个是不能教的。这个全靠唱诵者根据环境、根据观众、根据时间地点进行发挥。另外，这个史诗内容太多，有个时间顺序呢，你不能唱完，一间隔他就唱不起了。”“你除了把全部内容了如指掌之外，你还要晓得哪句在前头，哪句在后头，可以错开来唱，假如你不了如指掌呢，变化的话你就唱不好了。”[①] 例如，梁通付虽然掌握了《亚鲁王》的内容，但由于他在葬礼场合唱诵时胆子非常小，不能单独主持过葬礼仪式，师父要先开个头，他才可以接着唱下来。因此，好多年他一直跟着师父，没有单独主持过葬礼仪式。杨有生拜杨老红为师三年之后，学到了东郎的全部技艺。师父杨老红将杨有生带到葬礼现场，指导杨有生唱诵《亚鲁王》。杨有生第一

① 东郎陈兴华访谈，2014 年 11 月 7 日。

次开口试唱时，心跳像打木鼓，声音低而颤抖，有的诗句唱得前后颠倒，师父很不满意，在一旁提醒，他反而不知道怎么唱下去了，唱诵很失败。但他平时唱得很流畅。杨老红看出来，杨有生胆子小，怯场，于是让杨有生停下来，师父扛着大刀上场。葬礼结束之后，师父杨老红向徒弟杨有生传授唱诵《亚鲁王》必需的心理素质，并带杨有生爬到山顶、旷野，让杨有生面对大山和旷野放开嗓门、大声唱诵《亚鲁王》。杨有生根据师父的训练方法面对大山和旷野唱了一次又一次。第二次在葬礼上试唱《亚鲁王》时，杨老红开个头，唱了半个小时之后，就让徒弟上场。杨有生想起师父的告诫："你面对的不是亡灵，而是一座大山"，放开嗓门唱诵，声音洪亮悠扬，吸引了在场的听众。

麻山苗族的葬礼，是习艺者试唱史诗的重要课堂。习艺者到麻山去观摩葬礼，观看葬礼习俗，了解史诗演述的语境，汲取养分，丰富自己的知识。尤其重要的是，在葬礼上得到师父的指点，将史诗的内容与具体的丧葬对象结合起来，而这一部分的仪式表述非常忌讳在丧葬之外的任何场合来练习，在这一阶段，师傅的指导很重要。例如，梁小宝拜师一年后，就记住了《亚鲁王》的大部分内容。师父杨老瓢外出主持葬礼仪式时就通知梁小宝参加，让梁小宝试唱。起初，梁小宝胆子小，试唱的声音比较小，经师父几次纠正后，梁小宝唱诵《亚鲁王》日渐入门，很多参加葬礼的观众都表示赞赏。梁小宝反复在葬礼上唱诵，边唱边学，唱得非常流利。正是在葬礼上的反复操练，东郎才能够熟练地掌握演唱技艺，使得演唱艺术日渐成熟，演唱内容更加丰富。可见，丧葬现场的试唱是史诗习艺过程中不可缺少的。

从习艺者开口演唱开始，进入第二个阶段，即试唱阶段，这是东郎表达思想的形成期。这一阶段是一个模仿的过程，其中包括学习传统的程式和主题，铜鼓、木鼓等乐器的演奏，根据唱诵语境、观众和具体的时间地点如何唱好开场白、途中的交代及尾声，这些要在长时间的演唱过程中积累经验。对于习艺者来说，尤为重要的是，如何使其思想与表达契合于这一固定的形式。

习艺者在学习史诗的过程中，要经历一个"内消化"与"外消化"的过程。所谓"内消化"即是将史诗融合到自己的生活体验中，同时又将自己的思想愿望融入史诗中去。所谓"外消化"就是将史诗内容与东郎的生活环境、时代氛围、风俗民情等自然与社会因素结合起来，从而使史诗内容在保持原母体的基础上具有时代价值和社会意义。在第二阶段，即试唱阶段，有的习艺者在开始时唱得很慢，诗行之间停顿很久，经过习唱之后，逐渐过渡到比较快速的、富有韵律的唱诵。一些习艺者在短暂的停顿中插入一些程式化用语，如"亚鲁王艰难迁徙，日夜奔赴。亚鲁王继续迁徙，绝不后退。"以便获得思考的时间，借此思考接着要唱述的内容。习艺者要成为一名东郎必须学会足够多的程式，习艺者对于程式有一个逐渐吸收和融会贯通的过程，他从别人（包括师父）那里听来程式，经过不断的试唱最终化为自己演唱的一部分，成为史诗不可缺少的成分。习艺者一定要有足够的程式来促进其唱诵，他就像牙牙学语的儿童一样，像任何一位不借助于语言的人一样。

第二阶段是一个不断学习、大量实践、模仿和融会贯通的过程。习艺者聆听东郎们的演唱，模仿东郎们唱诵史诗的技法，学习东郎们主持葬礼的仪式程序，然后"练练练"，一点一点地学习演唱。通过大量的、反复的实践性操练，所积累的内容越来越多，并对所掌握的内容能够以平和之心从容不迫地再现。这时他聆听过的东郎的演唱，为他提供了必要的传统材料，使他得以持续演唱下去。随着演唱次数的增加和演唱水平的提高，习艺者可以坦然地面对听众。在这个阶段，习艺者学会了扩充、修饰史诗的基本艺术。于是，习艺者就能出师并在丧礼上独立唱诵史诗《亚鲁王》了。

（三）在葬礼上面对观众演唱阶段

当习艺者置身听众面前演唱《亚鲁王》史诗时，习艺的第二阶段结束，进入第三阶段。这阶段是习艺者出师后独立主持葬礼，在葬礼上面对观众唱诵《亚鲁王》史诗，到这一阶段，习艺者就是一位名副其实的"东郎"了。这时他能在听众面前唱诵《亚鲁王》史诗，让自己满意也让听众满意。

按照麻山苗族的习俗，学会唱诵《亚鲁王》的东郎，学成"开路"之后，第一次给亡人"开路"一般要给女亡人开，并且这个女亡人必须儿女双全，家庭和睦美满。在这样的葬礼上唱诵，才有助于记忆力的提升。因此，很多东郎都遵循这一古老的习俗。

东郎在葬礼上面对观众演唱《亚鲁王》史诗，具有以下特点：

1. 佩戴道具是东郎的标志

东郎在葬礼上唱诵时，要身穿苗族传统服饰，头戴斗笠，肩扛马刀，头顶一小吊稻谷穗。关于这一点，在"史诗的仪式展演"一章已经有详细的探讨，在此不赘。

2. 群体协作的唱诵方式

东郎在丧葬仪式中唱诵《亚鲁王》史诗，是以群体协作的方式完成的。一场丧葬仪式，一般由5~8个"东郎"轮流演唱，通常要持续10~12个小时才能演唱完毕。为什么不由东郎单独唱诵完毕而要以群体协作的方式来完成呢?据东郎们说，因为《亚鲁王》史诗的内容浩瀚，对其演唱的时间太长，极耗体力和脑力，一个人完整地唱诵几乎是不可能做到的，只有通过众多东郎的合作才能唱诵完整。正如东郎黄老华说："这不是因为个人记忆的内容问题，而是在葬礼中唱诵《亚鲁王》，需要主持葬礼仪式的东郎在灵柩前站很长的时间。如果一点遗漏都没有的话，就要唱诵两天两夜，即使是铁人也是坚持不了的。”[①]

据东郎们说，东郎们群体协作的轮流演唱方式不但是对劳动强度的分担，而且也是对各自演唱内容的相互监督。因为《亚鲁王》的神圣性，麻山苗族笃信《亚鲁王》史诗是真实的历史，一旦东郎在演唱时出现重大错误，就有可能被当场“叫停”，并取消其演唱资格。这实质上是一种重要的传承机制，在现场的东郎们以相互监督、相互更正的方式，确保了史诗传承的完整性与准确性。另外，由于《亚鲁王》史诗分为相对独立的几个部分，在唱到亚鲁王的子孙后代迁徙到麻山地区定居、生产生活的历史时，不同家族的血缘谱系不一样，这就需要由熟悉本家族历史及开路仪式[②]的东郎来唱诵其口传的家谱。

3. 听众是史诗演唱的原动力

《亚鲁王》是为送灵而唱诵，也是为听众而唱诵，东郎唱诵的诗行对听众或许比亡灵更重要。以杨正江为代表的史诗搜集整理者发现：“葬礼现场唱诵的《亚鲁王》细节比室内录音丰富得多。”[③] 其原因何在？笔者认为，在葬礼上，因为听众之在场，东郎唱出了丰富而生动的细节，修饰的成分增加，从而使得史诗的长度得以扩充。正如洛德所说：“听众和社会环境曾经对前辈歌手产生过影响，这些因素也会对歌手的歌的长度产生影响。”[④]

对每一位东郎唱诵风格的形成，听众的影响不可低估。在葬礼现场，听众进进出出、来来去去，听众的可变性和不确定性是影响东郎唱诵的一个重要因素。听众的不确定性要求东郎全神贯注，以便使演唱能够持续下去。这也是考验东郎的应变能力的场域，要求演唱者的叙述能够抓住听众的注意力。东郎喜欢在听众人数多的场合演唱，听众越是专心致志地听，越能激起东郎的演唱激情。东郎和听众大都生活在共同的社会环境中，享有相同的自然、文化资源。听众积极参与到东郎的演唱当中来并从中获得巨大的快感和乐趣，他们对每一个运用恰当、表达准确的词汇，对每一个创编精巧的句子用热烈的掌声做出回应，表达对东郎艺术才能的赞赏，有时听众们还常常为优秀东郎的表演所吸引而陷入一种绝对静寂的氛围之中。东郎陈兴华说：“因为在表演的时候，你还要根据环境，根据听众，根据时间、地点有所变化，当然万变不离其宗。特别是观众，要看观众的表情，看观众有哪方面的人，然后去叙述。但是中心点是不变的。但至于说呢，要采取多种方法，这次说的和下次说的可能不一样，这个要根据环境、根据观众。你唱每一章节的时候，你看观众，你就可以做自我鉴

① 曹维琼等：《亚鲁王书系·歌师秘档》，贵阳：贵州人民出版社，2012 年，第 393 页。
② 各姓氏的开路仪式略有不同。
③ 中国民间文艺家协会主编：《亚鲁王》，北京：中华书局，2012 年，第 16 页。
④ ［美］洛德：《故事的歌手》，尹虎彬译，北京：中华书局，2004 年，第 32 页。

定，你就可以知道自己唱的到不到位，确实观众很重要。假如说你跑题了，观众是听得懂的。因为这个属于苗文，你一唱，大家全部都听得懂。”①

同时，史诗《亚鲁王》的认识价值、审美价值和娱乐价值，只有通过听众的接受才能发生效应。一个师父带好几个徒弟，虽然几个徒弟都能把内容背下来，但是听众的评价不一样，这就关乎唱诵技巧和临场发挥的问题了。大东郎陈兴华说：“如何交代，如何开头，如何结尾，这个时间的把握，内容是不能变，但是这个要灵活去把握。”② 把握得好，就能产生好的现场效果，就能打动听众。例如，杨光文虽然掌握了《亚鲁王》史诗的全部内容，但第一次唱诵时，心里还是有点害怕。当他开始唱第一句时，两腿发软，开不了口。由于在场的人多，当唱完第一段时，记忆的闸门终于打开了，诗行如潮水般地汹涌而出。他不仅唱得全面到位，而且唱得流畅。唱完《亚鲁王》的故事后，他体验到一种悲壮的美，观众泪流满面，他自己也流泪了。在送灵的唱诵中，似乎亡灵在领会英雄祖先的勇敢与智慧、拼搏与奋斗，遵照英雄先祖的精神，在先祖故地开辟新的征程。观众听到杨光文唱诵的《亚鲁王》，仿佛回到了祖先的东方故地，与先祖一起征战、迁徙，共同生活。看到观众听到自己唱诵《亚鲁王》而流泪的场景，杨光文也被自己的唱诵现场所感动。这时他才真正体验到《亚鲁王》是为送灵而唱诵，也是为观众而唱诵，才真正体验到自己作为一名东郎的角色，既肩负着为亡灵引路的重任，又承担以送灵唱诵的方式来教化族群成员、凝结族群认同的责任。因为麻山苗族一生要参加很多次为族人亡灵回归故里而举行的丧葬仪式。当东郎用古老的苗语唱诵史诗《亚鲁王》时，聆听者不仅仅是亡灵，还有参加葬礼的族人。族人通过参加葬礼的一系列仪式，聆听东郎穿越时空的唱诵，麻山苗族的生死观、宇宙观，苗族的神话故事，苗族对外在世界的独特认知，苗族的历史与文化，一次次在他们的脑海中留下刻骨铭心的印象。“这种反复的唱诵，唤起了族群对民族历史的集体记忆和对民族文化的集体想象，催生出民族共同的情感和价值取向，客观上营造了一个民族传统文化的传播场。”③

口头史诗《亚鲁王》的表演是一个多向度的信息传递过程，东郎和听众都是史诗传统的携带者、参与者，他们共享着大量的地方性知识，东郎的展演只有在东郎和听众相互交流和互动的背景下才能顺利进行。在这里，《亚鲁王》史诗的创编、接受、传播甚至变异都是在同一时间内完成的。

---

① 东郎陈兴华访谈，2014 年 11 月 7 日。

② 东郎陈兴华访谈，2014 年 11 月 7 日。

③ 曹维琼等：《亚鲁王书系 · 歌师秘档》，贵阳：贵州人民出版社，2012 年，第 4－5 页。

4.《亚鲁王》史诗是一个立体的展演过程

上面分析了口头史诗《亚鲁王》的展演是东郎、听众和史诗文本之间交流互动的过程，尤其重要的是，它是一个立体的展演过程。这一立体的展演过程表征在史诗《亚鲁王》是诗（故事）、乐（音乐）、舞（舞蹈）和东郎的四位一体。

（1）《亚鲁王》史诗是语言唱诵和动作表演的结合体

东郎是葬礼的主持人，整个葬礼自始至终都离不开东郎的身影。东郎们合作唱诵《亚鲁王》史诗的内容，起于亚鲁王的身世，转于亚鲁王率领苗族百姓征战迁徙的历程，止于丧家去世的老人这一代，最终唱诵去世老人的生平事迹。在丧葬仪式中，东郎唱诵的内容在不同的阶段、不同的环节是不同的。亡人刚过世，客人来吊唁时，东郎唱诵的内容一般是歌颂亡人一生中所做的好事，其中也涉及亲朋好友对亡人的缅怀。在开路仪式中主要唱诵亚鲁王的出生、成长以及征战和迁徙的历程，这是麻山葬礼最重要的一个环节，要求通宵达旦地唱，中间不能中断，如果中断，就会对东郎、亡人的家人的生产生活带来不利的影响。但唱诵不是机械的背诵，而是与音乐、动作表演相结合的。

东郎充满激情的独唱，如“天亮了亚鲁王去赶场/天黑了亚鲁王还在集市上/亚鲁王星夜兼程/亚鲁王退场回来。”[①] 听众为亚鲁王起早贪黑地赶集、做生意以养活族人的行动所感动。再如，当听到东郎唱诵“春天来到的时候/赛霸就开始忙碌碌地扩增兵马筹备草粮/还没有到该发动战争的冬天/赛霸扩增的兵马已经浩荡荡”时，听众莫不被赛霸为了手足相残而扩增兵马的行为感到咬牙切齿地痛恨。

为了叙事的方便，东郎还会辅以道白、引言的形式“表演”史诗。盐井大战，亚鲁王虽然大获全胜，但亚鲁王料到赛阳、赛霸不会善罢甘休，一定会卷土重来，再次抢夺生盐井。引言部分“别人说他人也在说/别人传他人也在传/灾难从这里发生/战争从这里爆发。”“灾难是七个务生意人引起/战争是七个上方来的务引起。”[②] 表明战争是由赛阳、赛霸挑起，亚鲁王为了避免兄弟相残和流血事件，拖儿带女，披星戴月渡江，迁徙他处。

为了向观众“表演”出人物心情，东郎还会附带表演一些演示动作：“七个务商人怒起来满脸通红，七个上方务急起来青筋暴涨。怒起来像那样［演示动作］，急起来如这般［演示动作］。怒起来像那样［演示动作］，急起来如这般［演示动作］。气得连连摇头［演示动作］，急得怒火冲天［演示动作］。”[③]

---

① 中国民间文艺家协会主编：《亚鲁王》，北京：中华书局，2012 年，第 103 页。
② 中国民间文艺家协会主编：《亚鲁王》，北京：中华书局，2012 年，第 139 页。
③ 中国民间文艺家协会主编：《亚鲁王》，北京：中华书局，2012 年，第 147 页。

观众目睹东郎的动作表情之后，自然而然会为亚鲁的生意之道所折服，七个务商人因为在生意竞争中失败而主动挑起战争，东郎富于激情的演示动作，油然唤起了观众的正义之心。

（2）《亚鲁王》史诗的唱诵具有鲜明的音乐性

《亚鲁王》史诗的唱诵具有鲜明的音乐性，其音乐性主要表现在吟唱调与哭唱调的相互配合。

第一，吟唱调。《亚鲁王》史诗的吟唱是以说唱结合的方式叙述故事，所谓“说唱结合”，即“说是具有一定音乐性的唱着说，唱是具有一定语言性并注重内容传达的说着唱。”[①] 东郎吟唱《亚鲁王》史诗用得最多的歌调类型是吟唱，在麻山葬礼的“开路”仪式中，一般由3～8名东郎合作吟唱，用吟唱的声音唱诵《亚鲁王》的内容。东郎的吟唱顺序一般是由长及幼，当较年长的东郎吟唱至精疲力竭时，再由另一位东郎接替吟唱。吟唱亚鲁王的音调类型并不复杂，“吟唱《亚鲁王》以二拍为主，史诗主体部分节奏相对固定，基本能做到一字一音，每一乐段由自由延长音开始，以节奏型音节为结束。”“且高低音之间没有明显的起伏变化，其旋律通常以一音为主，五度音与四度音上下跳跃交替，整个音调包括四度、五度及高八度三种高音。整体音乐风格悲壮凄凉，既配合丧葬活动的顺利进行又能从中体会出苗族英雄首领亚鲁王当年浴血奋战的壮烈与悲凉。东郎的吟唱速度平稳和缓，不疾不徐。”[②] 吟唱调具有鲜明的苗族音乐特色。

第二，哭唱调。就唱词的内容来看，哭唱调可以分为“离世调、开路调、寻祖调、发丧调和永别调。”[③] 在丧葬仪式活动中，《亚鲁王》史诗演唱的一般顺序是：入棺仪式→刀头猪→打粑粑→开路餐→开路→扫家。在入棺仪式、开路餐和寻亚鲁王路线等程序中鼓手要奏木鼓，另外，在入棺仪式中，唢呐队要吹唢呐。在刀头猪、开路餐、寻亚鲁王路线等程序中，东郎在唱诵《亚鲁王》的相关内容时，亡人之女儿或亡人之儿媳要在葬礼现场哭唱。在刀头猪哭唱的是“离世调”，在开路餐中哭唱的是“开路调”，在东郎唱诵“寻亚鲁王路线”时哭唱的是“寻祖调”，在东郎唱诵“寻亚鲁王路线”之后哭唱的是“发丧调”，发丧之后在室外三岔路口处哭唱的是“永别调”。

---

① 梁勇、吴正彪、陈开颖：《歌师与史诗——以史诗〈亚鲁王〉为个案》，《民族艺术研究》，2013年第6期，第56－63页。

② 梁勇、吴正彪、陈开颖：《歌师与史诗——以史诗〈亚鲁王〉为个案》，《民族艺术研究》，2013年第6期，第56－63页。

③ 梁勇、吴正彪、陈开颖：《歌师与史诗——以史诗〈亚鲁王〉为个案》，《民族艺术研究》，2013年第6期，第56－63页。

下面试举二例：

例一：《发丧调》："啊，×啊，我准备轻手把稻谷种子送给你，你到祖先（亚鲁王）那里后同自己的家族（已逝之人）一起种植吧。"[①] 这就是说，亲人离开人世之后，亡人之后代以哭唱的方式来表达哀思之情，同时希望亡灵带走其生前所有种植过的农作物种子，回到祖先故地继续从事农耕生产。

例二：《永别调》："啊，×啊，我现在准备给你修建食堂，回到祖先那里叫亚鲁王一起和你就餐。"[②] 这就是说，从此之后，亡人与其子孙后代将生死两隔，将永远与先祖亚鲁王生活在一起。无论在东方故地的生活是苦是甜，都要记得请先祖"亚鲁"，并与"亚鲁"一起就餐。

史诗《亚鲁王》唱腔古朴，音程独特。一般而言，哭唱调比唱诵调更具有音乐性。不同地域的东郎因为对于史诗内容各有偏重，吟唱的语言也不相同，因而不同地域的东郎在唱诵时呈现出不同的风格，如东郎韦国兴从宗地乡大地坝村蜂糖寨搬迁到猴场镇之后，在葬礼上韦国兴有机会接触到宗地乡与猴场镇的两个史诗版本。韦国兴认为猴场镇的版本比宗地乡的版本要通俗和直观，而宗地乡的版本保留了更多的古苗语。

(3)《亚鲁王》史诗的音乐特色尤其体现在器乐的使用上

东郎在唱诵《亚鲁王》史诗时一般只用铜鼓、木鼓、牛角等器乐伴随着人声进行唱诵。

第一，敲木鼓。麻山苗族的葬礼离不开木鼓，并且整个丧葬仪式过程都离不开木鼓。一般来说，木鼓摆放在堂屋的中央或灵柩旁。摆放的位置不同，其敲击的方法、鼓点的节奏和节拍也不尽相同。

木鼓的敲击有两种方法。其一，在开路仪式中，木鼓被置于灵柩旁，由东郎（单人，专司木鼓，不唱）左右手各执一鼓槌，敲击鼓面，用以唤醒亡灵听东郎唱诵《亚鲁王》史诗。东郎每唱完一个史诗段落，就要敲击木鼓，每段敲击大约两分钟，节奏具有速度与力度的变化，强弱对比明显，敲击木鼓的音色多变：敲击力度较弱时，音色逐渐低沉、浑厚；敲击力度渐强时，音色逐渐高亢、深远。其二，三人合奏。在葬礼中，从"入棺"仪式至"守灵"仪式，木鼓被置于堂屋的中央，由守灵者及前来吊唁的客人敲击。其击奏方法如下：三个人站立成一个三角形，将木鼓包围起来，右手持鼓槌，按照"同时敲击木鼓两下，与左侧人对击鼓槌两下，再与右侧人对击鼓槌两下"的顺序进行敲击。

---

① 梁勇、吴正彪、陈开颖：《歌师与史诗——以史诗〈亚鲁王〉为个案》，《民族艺术研究》，2013 年第 6 期，第 56－63 页。

② 梁勇、吴正彪、陈开颖：《歌师与史诗——以史诗〈亚鲁王〉为个案》，《民族艺术研究》，2013 年第 6 期，第 56－63 页。

这种敲击方式，使得节奏均匀而流畅，且无时间限制。当一组敲击结束时，另一组接着敲击，以保证唱诵活动的持续性。

第二，敲铜鼓。在麻山苗族的葬礼上，在吊丧、开路与砍马仪式的现场需击奏铜鼓。在吊丧仪式中，家人奏响铜鼓对前来吊唁的亲朋好友表示感谢，同时向亡人报告来者的姓名与住处。在开路仪式中，由一东郎专门击奏，敲击铜鼓时东郎不需要唱诵史诗的内容。敲击铜鼓与敲击木鼓处于同一时间段。相对木鼓而言，铜鼓的节奏平缓，没有太大的起伏，力度也没有明显的变化，节拍较为稳定。砍马仪式的现场要敲击铜鼓。为什么要敲铜鼓？敲铜鼓是为了唤醒鼓魂。麻山苗族认为，祖宗的灵魂在鼓里面，敲鼓就是敲醒祖宗的灵魂，唤醒祖宗回来过年过节。

第三，吹牛角。在麻山苗族的葬礼上，牛角作为乐器，其吹奏有两种情况。其一，在葬礼的迎客仪式上吹奏。当客人来到寨口，牛角手开始吹牛角，牛角吹响三遍后，就放土铁炮，炮声响过之后，鼓声又起，这是迎接前来吊丧的客人。鼓声一般在哭丧和唢呐声结束之后才终结。其次是在开路仪式上，通常伴随木鼓的鼓点而吹奏，当东郎唱诵《亚鲁王》史诗告一段落，另一东郎便举起牛角吹奏。吹奏前，东郎要先作深呼吸，用两手扶稳牛角，嘴唇紧闭，两面脸颊也绷紧，嘴唇留有一口风。吹奏时，牛角的吹孔与嘴唇口风紧密连接，吹气时发出“呜呜呜……呜呜呜”的音响，吹牛角持续时间与吹奏人的肺活量成正比。其音高的变化，一般经历“渐低—渐高—渐低”的过程，牛角的声音高亢悲壮，营造出雄壮、紧张、急促的葬礼氛围。在苗族，牛角不仅是乐器，还是神器。作为神器，在葬礼上，它通常与铜鼓悬挂于同一位置。东郎在唱诵《亚鲁王》史诗的过程中吹奏牛角，是麻山苗族图腾崇拜的体现。

在麻山苗族的丧葬仪式中，木鼓、铜鼓的敲击声以及牛角的吹奏声是葬礼现场的主要“器声”类型。它们不仅在特定的时间内演（吹）奏，并且其声音具有相对固定的音高、节奏、时值等形式特征。一般而论，史诗《亚鲁王》的唱诵约占 80% 的比例，木鼓和唢呐演奏约占 15%，其他声音形式约占 5%。这三种声音类型，与东郎吟唱史诗《亚鲁王》的吟唱声一样，具有神圣的特征。

(4)《亚鲁王》史诗的展演具有鲜明的舞蹈特征

众所周知，苗族是一个能歌善舞的民族，舞蹈形式多样，其中丧葬舞是苗族的重要舞蹈之一，流传范围极广，在贵州各地的苗族中都有流传。“笙鼓舞”是苗族丧葬仪式中的重要组成部分，是一种丧葬祭祀舞蹈。贵州各支系苗族的“笙鼓舞”存在三种形态，即一鼓一笙、一鼓二笙、一鼓四笙。因族群支系不同，其表演的重点也不同，有的以鼓为主，击鼓者为巫师，俗称掌坛师，注重巫师（东郎）的舞步与咏叹，如贵阳的苗族；有的以笙为主，注重芦笙舞步与芦笙舞在整个丧礼中的主体作用，如织金等地的苗族；有的笙鼓并重，如黔北（如遵义）等地的苗族。“笙鼓舞”主要在守灵、开路、发丧三个仪式活动中展演，这三个仪式活动又包括很多舞蹈套路，如织金木贺的笙鼓舞“哽郎略”中的套路有招魂、致哀、祭酒、指路①、交牲、祭饭、祭亲友饭食、祭祀牛胸、祭祀牛肝、放魂、讲姑妈话②、发丧、送丧等 13 种。

罗甸栗木夜乐舞也是一种重要的丧葬舞蹈。“夜乐舞”是苗语的意译，苗语称为“哦莫支呃”，主要流传于贵州罗甸栗木等地，这是苗族在过年或丧葬的夜晚跳的一种集体舞蹈。凡老人逝世，亲友闻讯前来丧家守灵，砍牛祭祖仪式过后，夜晚敲打铜鼓和打粑棒，甩着花帕或毛巾跳夜乐舞，陪丧家守灵，名曰“闹尸”。夜乐舞分为“击鼓”“舞帕”“夜乐”三段。第一段由铜鼓手擂响钹，作为“引子”，接着站在两个皮鼓旁的4 个皮鼓手，开始和着铜鼓的鼓点击鼓起舞，节奏由慢渐快，其动作有“牛擦背”“虫扭腰”“虎滚花”“鸡打架”等。第二段由 4 ~ 8 名男女宾客或全部女宾客进行表演，舞者双手持花帕或毛巾，分成两组相对由场地两边以“拐脚步”鱼贯而出，其动作有“甩手抬脚”“叉腰抬脚”“叉腰蹬脚”“叉腰拍手抬脚”“叉腰拐脚”“拂面甩巾”“弓步抖巾”等。第三段是集体群舞，节奏快捷，各种乐器齐鸣，其动作有“背滚花”“破四门”“跪步甩帕”等。夜乐舞由铜鼓手和皮鼓手同时击鼓进行表演，铜鼓手原地击打铜鼓，而四名皮鼓手绕着两面皮鼓击鼓舞蹈，在膝下、背后、头顶相互击打，充分展示出击鼓者的技巧。女青年手执花帕绕着伴舞。最后手持粑棒的男青年也加入舞蹈行列，舞者对道具的运用十分娴熟，棍法套路有双龙斗法、破四门等。以长棍舂地或自击互击为节律，彼此之间的相互配合给人留下深刻的印象。鼓声越敲越快，舞蹈越跳越欢，青年男女尽情享受着舞蹈带来的欢乐情绪。夜乐舞的舞蹈场面宏大，动作粗犷豪放，刚健有力，从其对乐器的使用、舞蹈节律及动作的造型来看，其“列阵”“进攻”“胜利”等写意性表达，是基于征战文化土壤的一种祭祀舞蹈，与史诗《亚鲁王》叙述的故事有着天然的同构和互动联系。夜乐舞是为祖先祭祀的一种舞蹈，为家族而舞。在苗族的丧葬仪式中，死者亲属中能歌善舞的人都要到丧场吊唁，按照辈分的高低轮流上场舞蹈，以舞祭祀悼念死者，外来人未受到邀请不得进入舞场跳舞，因而这种舞蹈只在家族内部传承，尤其是丧葬仪式上跳的夜乐舞更不允许外传。因此，现在只有罗甸栗木乡还能见到这种丧葬舞蹈了。在丧葬仪式中，族群中的芦笙手和鼓手都要聚集丧场，吹笙击鼓而舞，指引死者的灵魂返回东方老家，并缅怀亡者，寄托生者的哀思。

① 沿着祖先迁徙的路线返回东方老家。

② 诀别，若死者为男性则称“坐老”。

梭嘎长角苗将丧葬活动中砍牛祭奠亡人、送亡灵归天与祖先团聚的仪式称之为“打嘎”，丧葬仪式上跳的芦笙舞，又称打嘎舞，苗语称为“得格它”，这是一种集体舞蹈，“打嘎”舞是椎牛祭奠亡人过程中一段以舞蹈驱邪的仪式，在西部方言苗族多个支系中都有这个舞蹈。

打嘎舞一般在停放灵柩的“嘎房”四周进行，俗称“绕嘎”。跳打嘎舞时，孝子及前来吊唁的客人要在巫师的指导下，和着芦笙、唢呐的节奏，围绕放置棺材的嘎房慢步舞蹈，其目的（功能）是为亡人驱妖逐邪。在前面导引的芦笙舞者以腿部动作为主，腰部随提绕腿部而扭动，芦笙也随之左右摆动，舞蹈动作庄重、古朴、沉稳。根据苗族绕嘎的传统规矩，男性死者绕九九八十一圈，女性死者则绕七七四十九圈。

由此可见，《亚鲁王》史诗的展演形态是立体的、多样化的，并非由歌师一人完成的独角戏。史诗的展演有散韵相间的吟唱，乐器的配合，戏剧表演，群体舞蹈等表演样式，其立体的展演形态如表 2 – 1 所示。

表 2 – 1　《亚鲁王》史诗的立体展演形态

	内　容	角　色
诗（故事）	《开路经》《砍马经》或《砍牛经》	东郎
乐（音乐）	木鼓、皮鼓、铜鼓、芦笙、唢呐	东郎、鼓手、芦笙手、唢呐手
舞（舞蹈）	丧葬舞	东郎、全体吊唁人员（观众）

第三章 《亚鲁王》史诗的仪式叙事与精神治疗功能

文学的终极功能是什么？教科书上的回答是，文学具有认识、教育和审美作用，这是我们大家耳熟能详的。叶舒宪在其主编的《文学与治疗》（社会科学文献出版社，1999）中从人类生存的精神生态以及身心协调的治疗原理，强调文学的精神医疗功能。十年之后，他在《文学人类学教程》中又指出："当今的文艺理论虽然也纸上谈兵地大讲文学的认识作用、教育作用和审美作用，却恰恰忽略了文学最初的也是最重要的作用，包括治病和救灾在内的文化整合与治疗功能。"①

在贵州的麻山地区，歌师不但在苗族的丧葬仪式上唱诵《亚鲁王》史诗，而且在为失魂之类的病人进行祛病巫事活动时，也要唱诵《亚鲁王》史诗。显然歌师唱诵的《亚鲁王》史诗是文学想象与叙事治疗的统一体，在一代又一代的口头传承中发挥了文化整合与精神治疗功能。从文学人类学的视角对《亚鲁王》史诗及其仪式展演的治疗效力进行再发掘，一方面为我们审视苗族史诗《亚鲁王》的多元功能、多元价值提供了一扇特殊的视窗，另一方面亦为当代叙事治疗学的深化与拓展提供了鲜活的本土经验与地方性知识。

第一节 《亚鲁王》史诗治疗案例举隅

苗族巫文化是苗族历史上关于人与人、人与自然的世界观和方法论。在苗族的传统社会生活中，歌师与人们的生活须臾不可分离。人们生老病死离不开歌师，婚丧嫁娶离不开歌师，农事安排离不开歌师，祭天祭地祭山祭水祭祖更是离不开歌师。在苗族社会，歌师的影响无处不在，无时不有。如今虽然已经步入信息化时代，歌师在苗族生活中的重要性不如以前，但他们在苗族村寨中

① 叶舒宪：《文学人类学教程》，北京：中国社会科学出版社，2010年，第220页。

的重大活动中仍然扮演着重要的角色。苗族社会在消灾解难的巫事活动中，也要唱诵《亚鲁王》史诗，希望借助其神力为祈求者解除病苦。《亚鲁王》几乎适用于麻山苗族生活中的方方面面，与麻山苗族有着密不可分的联系。

一、田野案例

紫云德昭村歌师陈长林是笔者田野采访的对象。1967 年陈长林生育长子陈小合，儿子经常生病，偏僻山寨的医疗条件差，经常缺药。于是陈长林向草药师学习采草药给儿子治病。一年后，陈长林对于草药的类别和功能，基本上了如指掌。陈长林学会草药治病的消息传开后，周围的不少村民来找他采草药看病。在实践中他发现草药对于一些病症并不起作用，有些病用了草药却并不见效。后来，陈长林的次子陈小云生病了，他上山采药给孩子治病。三天过去，孩子的病情不见好转，他又改换其他的药，孩子的病还是依然如故，这让陈长林很焦急。一天，来他家借牛耕地的歌师廖长华说，你这孩子的病我拿个鸡蛋给他举行祛病仪式，唱诵《亚鲁王》史诗他就自然会好。有初中文化的陈长林在骨子里一直排斥祛病仪式，认为这是封建迷信，不可能治好孩子的病。但看到孩子病得严重，无奈之下，只得相信歌师廖长华。他看到廖长华把鸡蛋放在手心，对鸡蛋哈上三口气，唱诵一段《亚鲁王》史诗，放到水里，看鸡蛋的分布情形，由此找出孩子的病因。陈长林虽然嘴上感谢廖长华，但心里仍然忐忑不安。让陈长林想不到的是，第二天孩子的病情居然有所好转。陈长林继续采草药给孩子治疗，同时继续请廖长华用苗族传统的祛病仪式为孩子治病，几天后，孩子的病彻底好了。陈长林不得不相信民间传统的祛病仪式能让病人彻底康复，后来他还拜廖长华为师，学习唱诵《亚鲁王》和祛病仪式。陈长林出师后，村民们找他看病，他会根据病情运用不同的疗法。在他的从医生涯中，他常将草药和祛病仪式结合起来，大多都能治好。至今陈长林已经唱诵《亚鲁王》上百次，举行祛病仪式上千次。陈长林说：“至于举行祛病仪式，这是我之前不能接受的。我认为这是封建迷信、牛鬼蛇神。但我在使用草药治病时，我发现很多用吃药解决不了的问题，用民间传统医技举行祛病仪式，病人会康复起来。我认为，用药与用民间传统医技举行祛病仪式是并存的，后来我就学习歌师技艺了，在生活中运用仪式、唱诵《亚鲁王》史诗来给病人治病。”① 歌师陈长林从运用草药治病开始，在实践中走上歌师之路，唱诵《亚鲁王》史诗为病人治病。

东郎韦小桥不仅能独立主持丧葬仪式，唱诵《亚鲁王》，还能为病人举行

① 东郎陈长林访谈，2014 年 11 月 9 日。

祛病仪式。一个医生的父亲得了一场怪病，全身酸软，走路很困难，医院的检查结果正常，草药师把脉开药之后，病情也不见好转。病人找到东郎韦小桥，韦小桥让病人拿出一个土鸡蛋，用土鸡蛋从病人的头上滚到身上，再滚到脚下，滚了一圈，将鸡蛋敲到水里，查找病因，当晚给病人举行祛病仪式，三天后病人一天比一天有精神，一天比一天健康，半个月后病人走路不困难了，完全康复。还有一次，邻居的牛不吃草，开始他们用草药医牛，牛还是不吃草，邻居找到韦小桥，韦小桥就让邻居拔几根牛毛，又割了一把茅草，韦小桥对茅草哈气，嘴里念祛病词，手里抽出一根茅草，一面念一面将茅草顶部掐断，又对折过来，最后找到了病因，韦小桥就到邻居家举行祛病仪式，几天后牛吃草了。一次，寨上的一个孩子病了，说不出话，孩子的父母远在广东打工，爷爷奶奶在家看护孩子。两位老人赶到韦小桥家，恳求韦小桥无论怎么忙都要过去看看。韦小桥去到孩子家，让孩子的爷爷找来一个土鸡蛋，在孩子身上从头到脚滚了一圈，将鸡蛋敲破，放到水里，韦小桥看了鸡蛋分布的形状，找来三根芭茅草，点上香和纸钱，将三根芭茅草往孩子的身上使劲打，打了三下，孩子苏醒过来，恢复正常了。韦小桥唱诵《亚鲁王》百多场，为病人举行祛病仪式上千次。

东郎岑天伦还会掐茅草看病，看鸡蛋预测病情。有一次，寨上的梁小狗突然生病，吃也吃不进，拉也拉不出，里急内空，人脸焉黄，瘦不拉叽的。家人把他送到医院去输了好几天的液，也不见好转，又拉回家。梁小狗的妻子心急如焚，拿一个鸡蛋给岑天伦，让他帮忙测看一下是什么病。他对梁小狗的母亲说，让她准备好一个空壳鸡蛋和一小绺猪肉绑住病人；等到中午之后，岑天伦才去她家帮忙解绑。说来也怪，岑天伦刚刚前脚松绑出门，后院的病人就大喊自己要吃饭。

东郎岑老虫不仅能完整地唱诵《亚鲁王》的内容，而且将其中的相关内容运用到现实生活中，为当地百姓祛病驱魔，为百姓营造一个安宁的生活环境。东郎岑老虫主持葬礼唱诵《亚鲁王》百余场，他治过的病人，连他自己也记不清了。东郎岑万华认为，仅能唱诵《亚鲁王》，主持葬礼仪式，还不能算一个合格的东郎。在他看来，一个合格的东郎还要能为病人举行祛病仪式。岑万华主持葬礼唱诵《亚鲁王》600余场，为病人举行祛病仪式上万次。

会治病的东郎还有很多，如宗地乡大地坝村的杨光顺等，限于篇幅就不再一一列举了。

二、文本案例

黄老华是紫云县大营乡巴茅村巴茅寨人，已经70多岁，是方圆百里有名的大歌师，当地苗族黄姓家族中有名的祭祀师。杨春艳的《巴茅寨歌师黄老华口述史》记载，黄老华除了主持丧葬仪式开路砍马之外，他平时帮人家做的仪式还有接魂、送鬼、添粮、帮小孩做指路碑。

接魂，指的是看病人的魂落在哪里，在问鬼过程中确定下来，再唱诵相应的巫经请魂转来，唱诵巫经结束时，会见到一只牵丝的蜘蛛。

送鬼，苗族的送鬼仪式有一百多种鬼，人或牲畜不适的时候，就请歌师去看蛋或掐草。看蛋时要准备一个鸡蛋、一瓢水，先用木炭在鸡蛋上画符，放进瓢里的水中浸泡一下，口中唱诵经词，用一根筷子敲破鸡蛋的一端，将蛋黄蛋清倒进水中，会看到蛋上的一个小黑点，这即是人的魂，看蛋清在水中的形状并用筷子左右翻动蛋黄，如果起水泡就说明家中的不吉利是鬼引起的。心中念词问蛋清代表哪路鬼，确定鬼的种类之后，再用具体的牺牲来祭鬼，把它送出去。这样家中就平安无事了。所谓掐草即是用茅草来看病。挑一根茅草在病人的衣服上碰触一下，口中唱诵巫经，将一百多种鬼逐一问遍。问一种鬼，要掐三次茅草，才能确定是哪一种鬼。确定这种鬼是吃什么食物的，再用相应的牺牲去祭祀。所有的程序都履行完之后，还要看鸡卦，如果鸡卦不吉，还得重新掐草，重新送鬼。

添粮，哪家的人在阳界的岁数少了，就经常生病，这时就要请歌师去为之添粮。为之添粮的歌师至少要有三个不同的姓氏，歌师要带一升米去，意思是给主人添岁数。

帮小孩做指路碑：哪家的娃娃不太乖，主人家就要行好事，请歌师来做指路碑。指路碑一般位于岔路口，指明各条路的去向，有了指路碑，娃娃才好带，命才长。①

宗地乡戈邑村大歌师杨小红从26岁开始便在民间唱诵《亚鲁王》史诗和举行祛病仪式。曹维琼等人的《亚鲁王书系·歌师秘档》记载，学会歌师技能后，杨小红出现过异常情况。“28岁那年，杨小红突然两眼恍惚，看到一群人向自己招手，他就向那群人走去，当他走近那群人后，人群又走远，这样的情况反复出现。一次，寨子里的人乔迁，请他做厨师，他和寨子里的厨师杀羊子，恍惚间，又看到人群，那些人群向他指指点点，并靠近他，撕掉他的衣服裤子。之后，他就听那些人群的安排，每天在恍惚间度日，一下跑到房顶，一下到晾衣服的竹竿上睡觉，有时跑到高山，从悬崖峭壁上跳下来，有时在树梢间活动。他的这些举动，在常人看来，非常离谱，而他却安然无恙。他的所有举动，就是冥冥中的那些人群所为……一次放牛的老人跑到生产队来，告诉韦米妹（杨小红的妻子）说，他看到杨小红从几十米的峭壁上跳下去。他妻子想，这回杨

① 参见杨春艳《巴茅寨歌师黄老华口述史》//中国民间文艺家协会主编《〈亚鲁王〉文论集：口述史·田野报告·论文》，北京：中国文史出版社，2011年，第251－132页。

小红必死无疑，便请生产队里的人去找。当队里的人找到杨小红时，他在树下睡着了，身上一点伤也没有，去找他的人无一不感到奇怪。一年多了，杨小红仍然处在这样的状态，妻子在走投无路时，找到他的师父杨老米。师父听完他的情况，来到他的家，杀鸡按坛子，在木制的器具里盛一谷物，烧上香纸，杨小红的神智渐渐清晰，之后就得到一种传统的祛病技艺。"①

1997 年的夏天，当时还在读初二的杨正江因为迷恋文学创作，得了一场怪病。其行为动作异常，有时候大哭大笑，有时候爬悬崖山尖，有时候在平地上翻滚，弄得全家人担惊受怕，不得安宁。其怪异行为，按当地民间的说法，就是"疯子"。杨正江的父亲找过很多医生，也找过很多宝目，但都无法医治好杨正江的病，最后找到歌师杨小红，杨小红为他举行祛病仪式，唱诵《亚鲁王》史诗，杨正江的病得以康复。

杨小红在葬礼上唱诵《亚鲁王》史诗上百次，给病人举行祛病仪式上千次，其中治好精神病患者几十人。在举行祛病仪式过程中，他用鸡卦推测病情的结果，准确率非常高。一次，他帮寨上的老歌师梁老四的儿媳妇举行祛病仪式，吃饭期间，他看了鸡卦，对梁老四说，"从这鸡卦的情形看，这个月鼠场天马时，如果能过这个时辰，她就会好起来，过不了这个时辰，她恐怕好不了。"结果就在这个时候，梁老四的儿媳妇病故。另一次，寨上的韦小毛请他到家里为孩子举行祛病仪式，他看到鸡卦显示的形状，对韦小毛说，"半个月内，你将有伤害，要注意。"第六天韦小毛骑摩托车出了车祸。

在麻山，歌师的技艺靠事实说话，在技艺比拼中，无论是唱诵《亚鲁王》还是举行祛病仪式或用鸡卦推算某一事项的结果，都要靠事实说话。像其他有声望的歌师一样，杨小红靠民间的一个个例证建立起自己作为歌师的声望，并将名扬后世。

第二节 《亚鲁王》史诗治疗功能的文学人类学解读

生活在喀斯特山区的麻山苗族生病后，如果病情不重，一般情况下不会去医院治疗，大多是请附近有名的歌师到家里做祛病仪式，唱诵《亚鲁王》的相关片断，再找些民间的草药服用，几天后病就好了。采访东郎梁周明时，他说："唱诵《亚鲁王》，为病人举行祛病仪式是麻山苗族民间的需求。很多病情，到

① 曹维琼等：《亚鲁王书系·歌师秘档》，贵阳：贵州人民出版社，2012 年，第 273－274 页。

医院打针吃药，病情不好，但举行祛病仪式之后，病人的病却好起来了。”[①]

唱诵《亚鲁王》史诗为什么能够治病？笔者拟借鉴文学人类学理论，从文学的文化意义这一视角来阐释史诗叙事一向为学界所忽视的一面——治疗功能，并在文学人类学的跨学科视域中探讨史诗叙事对人类生命的治疗功能以及对社会群体的文化生态作用。

（一）“亚鲁原型”：一种民间信仰治疗

笔者田野采访歌师陈长林期间，恰好寨上的一个孩子生病了，说不出话来。这个孩子是留守儿童，父母在广东打工，由爷爷奶奶在家看护。两位老人赶到陈长林家，恳求陈长林无论怎么忙都要过去看看。陈长林立马赶去，举行祛病仪式。陈长林先摆设神案，并将各种道具放在上面。道具很简单，一个鸡蛋、三棵芭茅草、一碗水、一根鸡卦、一把香，一叠纸钱。神案制造了神圣的仪式空间。

接着陈长林点上香和纸钱，叩头三次之后，开始唱诵《亚鲁王》：

女祖宗们一次又一次造族人，
男祖宗们一次再一次造万物。
女祖宗造成最初的岁月，
男祖宗又造接下的日子。
造九次天，造九次人。
……
亚鲁一岁就和小娃娃玩，
亚鲁一岁就和小伙伴耍。
亚鲁三岁跟人家去读吥，
亚鲁三岁随别人去读书。
……
老师讲天下，
亚鲁知晓到天上。
老师讲到天上，
亚鲁知晓到天外祖奶奶的故乡。
老师讲今生，
亚鲁知前世。
老师讲到前世，
亚鲁王知晓后世。

① 梁周明访谈，2014 年 11 月 9 日。

陈长林接着咒祝祷告：

亚鲁亚鲁，
我的老祖宗，
保佑我儿孙。
如今小儿病，
后辈设酒肉，
请祖来受用。
祖来不白来，
祖来不空来。
……
赶走各路鬼，
小孩安无恙。[①]

陈长林一边念诵，一边晃动帽子，同时用木炭在鸡蛋上画符，在孩子身上从头到脚滚了一圈，将鸡蛋敲破，放到水里浸泡。他看了看鸡蛋分布的形状，将三根芭茅草往孩子的身上使劲抽打，打了三下，孩子苏醒过来，恢复正常了。显然，这用科学是无法解释的。

瑞士著名心理学家荣格在对众多原型如出生原型、死亡原型、再生原型、力量原型、英雄原型等分析的基础上提出了“集体无意识原型”的概念，认为集体无意识原型普遍存在于原始人的生活经验之中，保存在神话、史诗、传说和巫术之中。由于艺术是集体无意识的表现，是人类集体心灵深处的回声，是原始意象或原始幻觉的象征，因此，人们在欣赏艺术作品时就好像回到了某种原型的情境。“一旦原型的情境发生，我们会突然获得一种不同寻常的轻松感，仿佛被一种强大的力量运载或超度，在这一瞬间，我们不再是个人，而是整个族类、全人类的声音一齐在我们心中回响。”[②] 神话、史诗、传说和巫术因为完整地保存了人类童年时代集体无意识的梦幻，因而成为一切文学艺术的发生地，同时它还具有一种释放精神迷惘的形而上冲动和超越现实生存困境的穿透力，从而为现代人提供了灵魂休养生息的家园。

事实上，这种“集体无意识原型”是人类早期社会生活的遗迹，是不断重复的典型经验的积淀，它跨越了时空，对于所有民族、所有的人都是相通的。《亚鲁王》史诗世代传唱的主角亚鲁作为苗族的英雄和祖先，历来备受麻山苗

① 东郎陈长林访谈，2014 年 11 月 9 日。

② ［瑞士］荣格：《心理学与文学》//《荣格文集》，冯川等编译，北京：生活·读书·新知三联书店，1987 年，第 121 页。

族崇敬，这种根深蒂固的祖先崇拜观念，已经化为苗族的“集体无意识原型”。“对亚鲁的信仰是西部方言区苗族社会的精神支柱”①，不但在丧葬仪式中要唱诵《亚鲁王》，在苗族的“四月八节”“花山节”等节庆活动中，也要用歌舞的形式缅怀、追忆亚鲁王，而且在消灾解难的巫事活动中同样离不开唱诵《亚鲁王》。在苗族传统文化中，族群成员最想弄清楚的是他们从哪里来，他们的祖先是谁；最愿意听的故事是祖先的迁徙史、征战史和创业史；最不能忘记的英雄祖先是亚鲁王。“人类精神史的历程，便是要唤醒流淌在人类血液中的记忆而达到向完整的人的复归。”②

从现代心理学的角度看，唱诵史诗《亚鲁王》是作用于患病器官的一种心理学疗法。巫术是人类直接感受自然现象的启发而产生，人们试图以之抵御或掌控自然力，克服或避免凶兆，进而达到生产丰收，个人生活幸福吉祥的目的。列维－斯特劳斯认为，巫术情境是一种交感现象，公众对于对巫术效应的信仰包括三个方面：首先，巫师对自己法术效果的笃信。其次，病人或受害者对于巫师法力的笃信。再次，公众对巫师法力的相信。③ 苗族人认为，亚鲁王是他们世代崇拜的祖先，浓郁的祖先崇拜使人们对亚鲁王怀有一种敬畏的心理，唱诵《亚鲁王》史诗，歌颂亚鲁王的丰功伟绩，亚鲁王的灵魂就能保佑现实世界的人渡过危险，生活平安无恙。创作、演唱、传承这部史诗的东郎在苗族人的心目中有着神圣的地位，人们在相信史诗歌词具有神力的同时，也相信掌握了神圣史诗内容的东郎同样具有超自然的神力。在麻山苗族地区，《亚鲁王》史诗具有恢复精神平衡和生命的自我调节功能，从而拥有维护完整人性的作用。为了达到治疗疾病的目的，唱诵《亚鲁王》史诗时需要举行特殊的仪式与祖先和神灵沟通，可见，《亚鲁王》史诗的治疗功能观融汇了祖先和神灵的观念，是一种民间信仰治疗。

（二）仪式展演的精神治疗功能

从上面的论述我们不难发现，《亚鲁王》史诗的精神治疗功能离不开神圣的仪式空间和仪式展演。歌师陈长林在唱诵《亚鲁王》史诗之前，先要摆设神案，神案上要摆设放各种道具，在神圣的仪式空间中举行祛病仪式。事实上，每一位歌师展演时都是如此。宗地乡大地坝村蜂糖寨歌师韦国兴是一位典型的

① 余未人：《贵州大学学报》//《〈亚鲁王〉的民间信仰特色》，2014 年第 5 期，第 53－58 页。

② ［瑞士］荣格：《荣格文集》//《心理学与文学》，冯川等编译，北京：生活·读书·新知三联书店，1987 年版，第 176 页。

③ 参见［法］列维－斯特劳斯《结构人类学》，陆晓禾、黄锡光等译，北京：文化艺术出版社，1989 年，第 2 页。

《亚鲁王》传承人，他不仅会唱诵《亚鲁王》史诗，而且还是东偌和宝目，一年的大部分时间在外面帮人家做法事。“1981 年的七月半，那是他一生最难忘的日子。妻子的二嫂因为长期患病，那天病情突然加重，人已经奄奄一息，昏迷不醒，眼看就要不行了。救人的事十万火急，但做东偌的法事要在夜晚进行，救命要紧，只有立马举行祛病仪式，经过两个多小时的仪式，终于将病人从阎王手里给要了回来。后来家人告诉他，病人的魂魄早已不随身，是他用一只公鸡放在自己的头顶，然后用尖刀猛砍自己的胸脯，做了一个多小时的法事，其他的人被吓得满头大汗，病人不知不觉苏醒过来。事后多年，二嫂活得好好的，没有生过什么大病。”①

祛病仪式的治疗效果如何，下面试举几例。宗地乡歪寨村山脚寨韦老五 13 岁时就头戴斗篷，肩扛大刀，在葬礼上唱诵《亚鲁王》，韦老五从事歌师职业 40 多年，唱诵《亚鲁王》900 多场，为病人举行祛病仪式 3000 余次。紫云县宗地乡坝绒村马寨韦小桥唱诵《亚鲁王》百多场，为病人举行祛病仪式上千次。宗地乡湾塘村竹林寨韦幺记 12 岁就跟随父亲出入葬礼，熟悉葬礼仪式中的各种程序，又跟父亲学会了做祛病仪式的技艺，14 岁就开始在葬礼上唱诵《亚鲁王》，至今唱诵《亚鲁王》上千场，为病人举行祛病仪式上万次。宗地乡坝绒村摆通寨韦老王是当地上千名歌师中最有名的歌师之一，他 15 岁就跟随父亲学习《亚鲁王》并举行祛病仪式，20 岁出师，至今唱诵《亚鲁王》千余场，他为很多病人举行过祛病仪式，至于次数，他自己说：“我为病人举行祛病仪式，次数已记不清了，但大概有一万多次了。”“韦老王常常为病人举行祛病仪式，为病人举行祛病仪式后，有 80% 以上的病人，病情都会好。韦老王为病人举行祛病仪式，只举行一次，要是病人没有好转，韦老王就让病人到医院检查，在医院治疗。”②

在麻山苗族地区，歌师通过制造神圣的仪式空间，进入恍惚的迷狂状态，神魂附体地唱诵展演，咒祝祷告，在仪式展演过程中，歌师构建了一种符号情境，它对人的身心具有治疗功能。在这里，仪式不仅是一种特殊的诊疗手段，还是一种诊断的依据。

类似的仪式治疗活动不独存在于麻山苗族地区，在全世界的不同民族中大量存在。在我国的珞巴族，“那些使人生病的恶鬼均是巫师驱赶的对象，驱赶时先将它们的替身在病人身边转几下，再边念咒边把它们带到远方；博嘎尔部落的‘纽布’跳鬼治病时，披红毯，执大刀，在一晒箩中跳来跳去并念念有词；

① 曹维琼等：《亚鲁王书系·歌师秘档》，贵阳：贵州人民出版社，2012 年，第 55 页。

② 曹维琼等：《亚鲁王书系·歌师秘档》，贵阳：贵州人民出版社，2012 年，第 138 页。

有的把羊头扔进火里，取出后装进竹筒里，戴在病人头上病即治愈。”① 印第安巫医活动当今仍然盛行，“被视为巫医的印第安人，在这座教堂的圣彼得的圣像前摆着蜡烛，用火点燃后，在巫医患者夫妇的右侧用佐齐尔语高声诵读咒文。这种在天主教堂内举行的印第安巫术性治疗礼仪，给人类学者留下奇特的印象。”② 萨满不但是一种宗教，而且也是一种治疗方式，它包括一系列动作、技术以及与心理相吻合的仪式展演。

仪式展演的象征性对于任何疾病都是通用的，无论中西古今，莫不如此。人类对于疾病的治疗不仅仅是观念的认知，更重要的是表现在仪式的实践中。在远古时代，巫术仪式更是一种常见的治病手段，“夫初民之巫即医耳”。所谓“巫医”，即是说利用特殊的仪式和方术来治疗病症。苗族是一个喜爱歌舞的民族，苗谚说：“跳舞要跳芦笙舞，人越多来越欢乐，跳得黄灰起三丈，伤风咳嗽治得着”。何休注《公羊传》云：“巫者，事鬼神祷解以治病请福者也。”《解估》云：“巫者，事鬼神祷解，以治病请福者也。”《山海经·海内西经》云：“开明东有巫彭、巫抵、巫阳、巫凡、巫相，夹窫窳之尸，皆操不死之药以距之。”《中国古代巫术》一书将巫术分为两类，广义的巫术包括禁忌、厌胜、预兆与占卜、交感巫术，狭义的巫术仅包括交感巫术。此外，巫术还与放蛊有联系。钱锺书说：“盖医始出巫，巫本行医。”③ 这表明“巫”之治病早于医之治病，使人不死是巫觋的通天通神的本领，也是其职责使然。

英国人类学家爱德华·泰勒认为：“巫术是建立在联想之上而以人类的智慧为基础的一种能力，但是在相当大的程度上，同样也是以人类的愚钝为基础的一种能力。”④ 弗雷泽的巨著《金枝》对巫术、神话仪式等原始文化习俗以及相关的原始思维模式做了深入的研究，在比较研究世界各地古老习俗的基础上，依据泰勒的万物有灵论，提出了交感巫术原理，进一步把巫术的联想原则总结为以交感为基础的“相似律”和“接触律”。根据巫术的使用方法，可分为交感巫术（感应律）、模仿巫术（象征律）和反抗巫术（反抗律）。根据巫术所要达到的目的，可分为治病巫术、害人巫术（战争巫术）和恋爱巫术三种。维克多·特纳在《表演人类学》中指出，人类是一种表演动物，“他在表演中向自

① 于乃昌、夏敏：《初民的宗教与审美迷狂》，宁夏：青海人民出版社，1994 年，第 238－239 页。

② ［日］吉田祯吾：《宗教人类学》，王子今等译，陕西教育出版社，1991 年，第 65 页。

③ 钱锺书：《管锥篇》，北京：中华书局，1979 年，第 345 页。

④ ［英］爱德华·泰勒：《原始文化》，连树声译，桂林：广西师范大学出版社，2005 年，第 93 页。

己揭示自己"[①]。虽然马戏团的动物也是表演的动物，但是人的表演是自我表演，其表演之目的是反归自身。在维克多·特纳看来，仪式展演是社会过程的重要组成部分，其实质在于帮助个体和社会解决精神方面的危机。无论是萨满教巫师、巫医都要表演舞蹈，这不是要表演者体验这种魔力，而是让这些魔力对那些心怀敬意的观众产生效果。舞蹈可以把魔力投射给观众，以之净化观众的心灵，以达到治疗的效果，使病人恢复活力和生气。

（三）仪式语言的治疗功能

从祛病仪式的过程看，仪式治疗活动包括三个方面，即仪式空间、歌师和患者。歌师在进行舞蹈动作的同时，口诵《亚鲁王》史诗和咒语，《亚鲁王》史诗和相关的咒语在仪式性、法术性力量中彰显出神圣治疗的巨大潜力，沟通灵性的语词因此凸显语言的魔力。如果我们把注意力从仪式治疗活动转向《亚鲁王》史诗和咒语本身时，可以清楚地看到史诗话语和咒语的神奇疗效。

歌师唱诵的《亚鲁王》史诗包含了大量的亚鲁祖先故事。亚鲁王在娘胎里就具备了神性，具有神性的亚鲁王承担起开天辟地的伟业，他派儿媳嘎赛咏造了十二个太阳、十二个月亮，又派儿子卓玺彦去射掉多余的日月，只留下一个太阳和一个月亮。而在人世间的亚鲁王，只是一个一日三餐吃小米和红稗而艳羡糯米和大米的苗族首领。曾经屡战屡胜的亚鲁王得到龙心，部族的发展一路顺风。后来龙心被诱骗，亚鲁战败。在迁徙途中亚鲁发现盐井，经过反复试验，制盐成功。由于他经营盐业生意兴隆，被两位兄长发现之后，盐井被抢夺。亚鲁率领族群历经千辛万苦迁徙来到荷布朵的地盘，以打铁技艺赢得荷布朵的信任，智取荷布朵王国。之后亚鲁率领族群继续往南迁徙，迁徙来到麻山地区，在石山区生息繁衍。

毕生致力于口语传统研究的人类学家理查德·鲍曼指出，"'展演'实际上是一种语言运用的方式，一种言述的风格——'展演'其实是口语艺术领域中沟通表达的首要成分"[②]。理查德·鲍曼所谓"仪式展演"实际上是一种言语的交流与表述方式。作为一个历史悠久的古老民族，麻山苗族了解词语的神圣价值，深谙故事背后蕴含着巨大的精神力量，并在仪式展演中反复运用。杰出的语言天赋是一种神奇的事物，它能够导致或引发某种奇迹的发生，语言的魔力会施加到它所指涉的对象上，最终会导致意想不到的变化，因此，唱诵史诗《亚鲁王》可以为人治病、消灾解难，这是积淀了数千年的巫术文化在现实生

---

① Victor Tuner, The Anthropology of Performance, PAJ publications, Newyork, 1988, p. 81.

② Richard Bauman and Charles L. Briggs, "Poetics and Performance as Critical Perspectives on Language and Social Life." Annual Review of Anthropology, 1990, p. 11.

活中的反映。在麻山苗族地区，歌师为病人举行祛病仪式还得会唱诵《亚鲁王》，因为能唱诵《亚鲁王》，是举行祛病仪式的基础，“谁有《亚鲁王》基础，在祛病仪式方面，往往能成为大师，在民间往往最能解决病人的疾苦。”[①] 祛病仪式过程中史诗的节奏和叙述者的语调在神秘的巫术氛围中营造了一种精神性的治疗空间，患者听着祖先亚鲁的故事，懂得亚鲁故事中的象征符号，他们与歌师一样进入恍惚的迷醉状态，全神贯注于故事的语言中去，故事中的事件被看作他们生活的一部分，并从中回味他们生活的意义，在这种神秘的氛围中所讲述的亚鲁故事发挥了精神治疗功能。当然这种疗效不是所谓“头疼医头，脚疼医脚”式的治疗效果，而是对人的身心的整体治疗，是人的精神生态的协调发展，正如人类学家琼·哈利法克斯所指出的那样，“故事和神话是一种连接物，它们连接起了文化与自然、自我与他人、生者与死者，由此在他们的讲述之中将整个世界连为一体”[②]。爱尔兰学者理查德·卡尼认为，“讲故事对人来说就像是吃东西一样，是不可或缺的。因其如此，事实上，饮食可使我们维生，而故事可使我们不枉此生。众多的故事使我们具备了人的身份。”[③] 哲学家卡西尔指出：“没有什么东西能抗拒巫术的语词，诗语歌声能够推动月亮。”[④] 史诗的原生态形式在本土文化中与神灵信仰、仪式展演和音乐歌舞演唱密切联系在一起的，将故事唱诵、仪式展演、民俗信仰、图像和道具、神圣医疗文化功能融合为一个有机的整体。

第三节　文学人类学：《亚鲁王》史诗治疗功能再发掘

从唱诵《亚鲁王》史诗及其仪式展演的疗效可知，口头叙事具有巨大的精神感召能量和治疗效果。如今文学叙事能够拯救现代人身心的实用功能已经在世界很多地方被发现，例如，印度尼西亚的皮影戏、美洲土著人的“圣杯”等在对故事的反复讲述中实现治疗功能。从历史来看，巫仪的治疗与人类的历史一样长久，因为人类的生命是与疾病相伴而来的。世界上曾经发生过毁灭人类的山洪、地震、火山等自然灾难，疾病也曾经对人类社会形成灭顶之灾。薄伽

① 曹维琼等：《亚鲁王书系·歌师秘档》，贵阳：贵州人民出版社，2012 年，第 155 页。

② Joan Halifax. The Fruitful Darkness：Reconnecting with the Body of the Earth. San Francisco：Harper San Francisco，1993，p. 104.

③ ［爱尔兰］理查德·卡尼：《故事离真实有多远》，王广州译，桂林：广西师范大学出版社，2007 年，第 14 页。

④ ［德］恩斯特·卡西尔：《人论》，甘阳译，上海：上海译文出版社，1985 年，第 142 页。

丘在《十日谈》中[①]用席卷欧洲的“大瘟疫”作为全书的“楔子”，显然这是人类对疾病的强烈记忆。文艺治疗的古老功能，“被现代性的文学观与文学论遮蔽，已经被遗忘了一二百年。”[②] 在文学人类学视野下，形形色色的土著文化和部落社会的故事治疗为渴望治疗的当代人提供了理想的憧憬，同时也为文艺治疗提供再发现和重估的机会。

叶舒宪在《文学人类学教程》一书中以文化并置的方式，列举了8个来自不同时代和不同文化的民族志个案来阐释文学治疗的基本原理，还原文学的本来面目，它们分别是：印度《阿达婆吠陀》的治病咒诗，布农族的祷诗治疗仪式，《格萨尔》艺人的治疗，《玛纳斯》的萨满治疗，哈萨克祛病的阿尔包歌，殷商的文学治疗，蒙古萨满教的文化病毒因学，《阿鼓姐与藏传六字真言》等。[③] 从文学史来看，巫医不分及其文艺治疗的案例相当丰富，下面拟作一简明扼要的梳理。

在中国，屈原的诗歌被人类学家称为远古的“文学人类学”。华裔人类学家张光直认为，“东周（前450－200年）《楚辞》萨满诗歌及其对萨满和他们升降的描述，和其中对走失的灵魂的召唤。这一类的证据指向在重视天地贯通的中国古代的信仰与仪式体系的核心的中国古代的萨满教。”[④] 这就肯定了艺术本来就有的巫术功能以及它们与史前萨满教之间的历史联系。艾利亚德的专著《萨满教》（1951）将屈原的《楚辞》置于萨满教的想象致幻的宗教学背景中进行阐释。日本的藤野岩友从巫术的视角来探究《楚辞》，明确称之为“巫系文学”，他指出：“笔者向祭祀寻觅文学的起源。祭祀时，有以巫为中介的人对神和神对人之辞……《离骚》、《天问》、《九章》、《卜居》、《渔父》、《远游》等，可以说是由此起源的。”[⑤] “止怒莫若诗，去忧莫若乐”，“孔子在齐，闻习韶乐之盛美，故忘於肉味也。”这些诗句说明了音乐对个体的精神感召能量。《黄帝内经》里的“中医神话”以及我国古代的“养气”说，倡导“气”的调节和平衡，用“诗教”“文气”“艺境”等方式来陶冶性情，以达到治愈疾病、健全身心的目的。西汉时期枚乘的《七发》写吴客用七种虚拟情境，以“解惑”为治疗手段，治好了楚太子的病，其疗效为针灸药石所不及。西汉刘向在《说苑

① 叶舒宪：《文学人类学教程》，北京：中国社会科学出版社，2010年，第84页。

② 叶舒宪：《文学人类学教程》，北京：中国社会科学出版社，2010年，第84页。

③ 参见叶舒宪《文学人类学教程》，北京：中国社会科学出版社，2010年，第228－242页。

④ [美] 张光直：《连续与破裂：一个文明起源新说的草稿》//《中国青铜时代》二集，北京：生活·读书·新知三联书店，1990年，第138页。

⑤ [日] 藤野岩友：《巫系文学论》序言，韩基国译，重庆：重庆出版社，2005年，第4－5页。

辨物》中说："吾闻古之为医者，曰苗父。苗父之为医者，以管为席，以刍为狗，北面而祝，发十言耳，诸扶之而来者，举而来者，皆平复如故。"这反映了苗族先民用"神药两解"之法防治并治疗疾病的效果。

在西方，关于文艺治疗以及巫医不分的成功案例则不胜枚举。弗雷泽在《金枝》中列举了大量巫仪治病的例子，兹举二例。一是在刚果，"一个人的灵魂被认为会在他生病的时候离开躯体。这时人们就会找巫师来帮忙，使游离的灵魂回到躯体内。通常巫师会说灵魂躲在某棵树内，巫师带领村民们来到树前，由一位身体最好的人把那棵树劈开，随后树枝被大家抬回镇上的病人的房屋，和病人并排放在一起，然后随着巫师对树枝念咒语，灵魂就会回到躯体内。"① 在古印度，人们精心设计一个仪式来治疗黄疸病，"把病人身上的黄色转移到带黄色的动物或别的东西（如阳光）上，并把健康的红色从一个强壮的、生机勃勃的红色公牛传递给病人。与此同时，巫师大声吟唱：'让你痛苦的黄疸病到太阳那里去吧！我们用公牛的红色保护你，使你免于伤痛，使你从黄色之中解脱出来，使你长寿。母牛之神罗希尼的红色更加鲜红，在它的包裹下，你会感受到她的神体，她的神力会将你的黄疸病转给鹦鹉、画眉或黄色的鹡鸰！'"② 为了使这位肤色灰黄的病人拥有健康的红色皮肤，巫师在吟唱的同时，还要让病人喝下混有红色公牛毛的水：巫师先把水淋到红色公牛的脊背上，让病人吮吸，然后让病人坐在红色公牛皮上，并把一小块红色公牛皮绑在病人身上。

在阿拉伯，聪明的少女山鲁佐德日日夜夜给陷入精神失常而不能自拔的国王讲述故事，结果治愈了国王的精神分裂症，山鲁佐德用讲故事的方式给国王施行"谈话治疗"，使得无数的无辜者不再沦为杀人魔王的牺牲品。这就是《一千零一夜》的故事由来。

纳伐鹤人记载了不少有关草原狼的故事，他们将草原狼的故事用于治疗仪式。"在无序和混乱给人带来痛苦之时，这些故事是用于重新组织和整合事物的一种药物。"③

当今以"游戏治疗""戏剧治疗""故事治疗""音乐治疗""艺术治疗"冠名的治疗方式雨后春笋地涌现。从文学人类学的跨学科视野对这一现象背后的信仰和精神生态进行再发掘，我们不难发现，出自巫觋之口的神话、咒语和史诗虽然在形态上具有诗的特质，但其目的却不是为了审美，而是巫医治疗的伴生物。比如湘西巫觋的肚痛化水咒叙述说："东方一个海，海上九条牛。九牛

① ［英］弗雷泽：《金枝》，赵阳译，合肥：安徽人民出版社，2012年，第237页。
② ［英］弗雷泽：《金枝》，赵阳译，合肥：安徽人民出版社，2012年，第22页。
③ ［美］麦地娜·萨丽芭：《故事语言：一种神圣的治疗空间》，叶舒宪、黄悦译，《广西民族学院学报》（哲学社会科学版），2003年第5期，第27页。

十八变，五雷坐当头。左边化金刀，右边化金枪。龙来龙退爪，虎来虎退皮。青山百鸟退毛。头痛头要退，肚痛肚要退，脚痛脚要退，热处退凉，肿处退消，痛处退散。若还不退，奉请五百蛮雷来辟。”① 这一咒语虽然具有诗的特质，但显而易见的是，它是一首“治疗诗”。美罗伊·莫雷尔指出，“悲剧这种文学模式同精神病医师用于临床的治疗手段有相通之处”② 因此，只有回归到文学的治疗功能我们才能真正理解“文学即人学”的精神实质。值得指出的是，当今有关文艺治疗功能的研究处于方兴未艾的发展势头。后现代心理治疗学与文学叙事理论相结合，催生出“叙事治疗学（narrative psychotherapy）”③ 所谓叙事治疗学，即是指治疗师通过倾听患者的故事，运用谈话沟通的方法，使得患者郁闷于心的问题外显出来，引导他（她）重构积极的人生故事，从而唤起患者发生人格转变的内在精神力量。文学与叙事已经在世界很多地方发挥了救治现代人身心的实用功能。从歌师唱诵《亚鲁王》及其仪式展演的效力可知，口头叙事具有巨大的精神感召能量和认同作用。显而易见的是，《亚鲁王》史诗作为文学想象与叙事治疗的统一体为当代叙事治疗学的深化与拓展提供了鲜活的本土经验与地方性知识。

18 世纪启蒙运动之后，启蒙理性取代了神学，技术理性一尊独大所导致的祛魅，将一切前现代的治疗方式视为非理性、非科学的甚至是反科学的东西而予以排斥，同时现代性西医医疗制度的确立，也将一切本土的、民族的、民间的治疗体系祛了魅，使其丧失了同西医竞争、生存、成长的空间，从而面临被遗忘甚至于被灭绝的境地。在后现代语境中，被科学主义所排斥的文化概念如巫师、巫医、巫术、神话、咒语、咒术仪式等以及这类概念与各民族本土文学艺术、医学传统的原生联系问题，获得了再认识、再发现的机缘。乐黛云指出：“文学人类学的目标是通过文学与人类学的融通来达成文化的多元和生活的多样，从而解除人类精神和物质的痛苦。这种融通或结合对 21 世纪具有特别的意义。”④

---

① 苏晓星：《苗族文学史》，成都：四川民族出版社，2003 年，第 311 页。

② ［美］罗伊·莫雷尔：《悲剧愉悦与宣泄疗法》//叶舒宪《文学与治疗》，北京：社会科学文献出版社，1999 年，第 109 页。

③ 叶舒宪：《文学人类学教程》，北京：中国社会科学出版社，2010 年，第 82 页。

④ 乐黛云：《我们面对拓朴学的空间》，《淮阴师范学院学报》，1998 年第 2 期，第 41 页。

第四章　仪式与遗产——《亚鲁王》史诗的传承与保护

从文学人类学的视野来看，仪式是一种遗产。东郎在苗族丧葬仪式上唱诵的《亚鲁王》史诗甫一问世便荣登第三批国家级非物质文化遗产名录[①]（“民间文学”类）。非物质文化遗产又名“无形文化遗产”（intangible cultural heritage）或“无形文化财富”，简称为“非遗”。“非遗”的概念最早可以追溯到日本于1950年颁布的《文化财保护法》中所使用的“无形文化财”一词。“我国先后以‘人类口头和非物质文化遗产’、‘无形文化’、‘人类口传及无形遗产’、‘非物质文化遗产’等术语来指称非遗。”[②] 2003年联合国教科文组织通过的《保护非物质文化遗产公约》，最终定名为“非物质文化遗产”。2006年5月国务院公布“第一批国家级非物质文化遗产名录”，把非物质文化遗产具体分为10类，即“民间文学、民间音乐、民间舞蹈、传统戏剧、曲艺、杂技与竞技、民间美术、传统手工技艺、传统医药、民俗等”。“2011年我国颁布实施了《中华人民共和国非物质文化遗产法》，其中第二条规定：非物质文化遗产，是指各族人民世代相传并视为其文化遗产组成部分的各种传统文化表现形式，以及与传统文化表现形式相关的实物和场所。”[③] 这就从国家法律的层面明确了“非遗”的概念。之后，“非物质文化遗产”在我国获得正式地位。

“非遗”是人类通过口传心授而世代传承的文化遗产，被誉为一个民族的“DNA”。民间文学类“非遗”则是一类“传统的”“历史的”“濒危的”“亟待抢救”的文化遗产，是一个民族古老的生命记忆和活态的文化基因。“深入把握“非遗”的特征，有利于更好地保护和传承非遗。”[④]

---

① 《国务院关于公布第三批国家级非物质文化遗产名录的通知》（国发〔2011〕14号）。

② 姚磊：《非物质文化遗产研究述评》，《广西社会科学》，2013年第10期，第58页。

③ http：//www.gov.cn/flfg/2011－02/25/content_ 1857449.htm.

④ 姚磊：《非物质文化遗产研究述评》，《广西社会科学》，2013年第10期，第58页。

本章分为两节，第一节探讨《亚鲁王》史诗作为“非遗”的重要特征，第二节探讨《亚鲁王》史诗的传承与保护对策。

第一节　活态性和原生态：《亚鲁王》史诗作为“非遗”的重要特征

近三十年来，学界对“非遗”的概念及特征进行了深入的探讨。“非遗”保护的根本目的是实现文化的存续和传承，“非遗”的活态性、遗产性、非物质性（无形性）、濒危性几个方面已成为学界的共识，如袁年兴认为“非遗具有活态性、共享性、记忆性、传承性、生活性、独特性、流变性、本真性、地域性和民族性等特征”①。有的认为，“非遗”具有民俗学特征、群体性特征、生态型特征；有的认为，“非遗”还具有有接受性、目的性和非孤立性等特征；有的认为，“非遗”的特点主要是独特性、传承性、活态性、地域性、民族性、整体性、综合性等。

从《亚鲁王》史诗的仪式展演，我们不难发现，《亚鲁王》有着鲜明的活态性和原生态特征。下面仅就这两个方面进行探讨。

一、《亚鲁王》史诗的活态性

在麻山苗族地区的丧葬仪式中，不仅开路仪式要唱诵《亚鲁王》，“砍马（牛）”仪式要唱诵《亚鲁王》，甚至整个葬礼活动都是围绕《亚鲁王》而展开的。《亚鲁王》史诗以东郎的演唱为表演形式，以丧葬仪式为生存和传播载体。可见，《亚鲁王》史诗“活态”地存在于麻山地区丧葬仪式中。

苗族西部方言麻山次方言把“东郎”在丧葬仪式上演唱的《亚鲁王》称为“hmod reut luol”。苗语词“hmod”如果译为汉语，是“唱”的意思，“reut”译成汉语是“歌”的意思，“luol”译成汉语则是“老”或“远古”的意思，“hmod reut lul”一语的汉语意思就是“唱古歌”的意思。在苗族的文化思维和日常用语中，“reut”与音乐学领域的声乐的意思是一致的，其含义都是通过歌师的演唱来表情达意。“亚鲁王（hmod reut luol）”即“唱古歌”，其字面含义即表明了它的活态性。

一般认为，活态史诗具有口头传统、仪式语境等特点，下面拟从口头传统、史诗的展演语境和传承人之间的互动关系两个方面进行探讨。

---

① 袁年兴：《文化的人本寓意与非物质文化遗产的本真性》，《中国人民大学学报》，2011年第2期，第147－152页。

（一）《亚鲁王》史诗是口头传统的结晶

口头传统在展演中获得生命力，每一次新的展演的此时此刻都为传承构成一次机会。与《亚鲁王》史诗展演相关的传统因素不但包括史诗的叙事模式、基本情节、母题、人物的外貌和性格特征、战马的特性、武器装备的制造、大小事件的顺序、战斗的起因和结果、人物对话的心理活动等文本语言层面的程式化表达以及史诗句子的组合方式等，而且还包括歌师在史诗展演中所运用的韵律、音调、旋律，歌师在展演过程中配合唱词而呈现的身体动作、手势、表情、眼神等非语言符号。程式化、非语言因素是东郎在展演过程中呈示出来的转瞬即逝的行为特点，而这恰恰是最能体现《亚鲁王》史诗特点的、极为重要的、活态的传统基因。

活态史诗的特质可以概括为两个方面。其一，口耳相传。“与藏族史诗《格萨尔》、蒙古族史诗《江格尔》、汉族史诗《黑暗传》不一样的是，这些民族皆有民族文字，流传的史诗都有手抄本。由于苗族是一个没有文字的民族，对于一个只有语言而没有文字的民族来说，口头记忆自然成为他们重构自己悠久历史和寻求族群文化认同的重要依据。在历史上《亚鲁王》从未形成写定的书面文本，完全通过东郎口耳相传而世代相承。因而流传于麻山地区的《亚鲁王》既无文字，也无手抄本，完全靠歌师世代口耳相传，实实在在地以非物质状态一代一代传承下来。《亚鲁王》以口耳相传为主要传播方式，以仪式展演为主要生存形态，因而是一部活态史诗，一种活态的口头叙事文学，一种活态的传统文化。这部活态史诗至今仍在麻山苗族人的生活中发挥着不可或缺的作用。”①

其二，活态史诗是一种融混性的艺术。“在苗族丧葬仪式上由东郎唱诵的史诗《亚鲁王》与宗教祭祀、巫术、音乐、舞蹈等活动紧密结合在一起，集唱、诵、仪式表演于一体，体现了艺术起源的原生态特征。在史诗展演时，‘东郎’面对死者，要随身佩戴一系列的道具，如身穿苗族传统的长衫，头戴斗笠，头帕里装上稻谷，手提一只鸡，脚穿铁鞋（铧口），肩上扛着长剑等。此外，在展演过程中，还要配以木鼓、铜鼓、牛角等神器。从仪式展演的声音类型看，有‘器声’和人声。其中器声包括木鼓、铜鼓、牛角、鞭炮、鸣枪等声音类型，器声的演奏，其实质是族群图腾崇拜和祖先崇拜的外显。人声包括丧礼现场孝女（妇女）们的哭唱声和东郎唱诵史诗《亚鲁王》的吟唱声。东郎在唱诵的时候要根据丧葬仪式的语境氛围和观众的表情来展演，他们那庄重苍茫的曲

① 蔡熙：《〈亚鲁王〉：“英雄史诗”还是“活态史诗”》，《贵州文史丛刊》，2014 年第 4 期，第 104－108 页。

调，时而快捷、时而舒缓、时而长叹、时而手舞足蹈。史诗的表现形式灵活多变，根据史诗《亚鲁王》的内容，东郎唱诵的歌调可分为离世调、永别调、开路调、请祖调、砍马调、发丧调。"①

（二）史诗的展演语境和传承人之间的互动关系

活态史诗具备三个基本要素，即史诗传承人（歌师）、听众、演唱语境②。三者相辅相成，缺一不可。歌师与听众，是史诗传承的主体。歌手与听众的互动，是史诗传承的生命力之所在。在活态史诗的研究中，"语境"是一个很重要的概念。正如朝戈金所说："史诗所用语言是与日常生活所用语言有一定差异的'特殊化'了的语言，因而史诗演唱是有着在长期实践中发展起来的特定的'语域'的。所以，对一个特定文本的解读，也一定要回到它所赖以生存的那个语境中，才能获得清晰的图像。"③ 广义的语境包含宗教信仰、语言、社会状况、历史、地理、民族等诸多因素，狭义的"语境"指东郎在丧葬仪式中演唱《亚鲁王》史诗时，现场的可视空间范围所呈示的主要祭品、器物及在场人的反应。

1. 从史诗的展演语境看

上一章详细考察了史诗《亚鲁王》的种种展演仪式，不管哪种仪式都是在特定的时空场域中展演的，同时，在特定的时空场域中还必须有配合仪式展演的器物。特定的时空场域和器物构成了史诗展演的语境。

麻山地区苗族的丧葬仪式在"现世"的人们面前营构了一个虚拟的、神圣的空间，这个空间即为苗族先祖亚鲁王的生活时空。"在砍马场栽植了一棵杉树，杉树的上端挂上一束红稗，营造仪式的神圣空间。"④ 举行砍马仪式，要燃放鞭炮，敲打木鼓和铜鼓，在唱念《砍马经》和《指路经》时，东郎要头戴草编的"斗篷"，身着藏蓝色家织麻布长衫，肩扛砍刀，头顶一小吊稻谷穗，站立在棺材的小头处，面对神龛，犹如一位驰骋疆场的勇士。山里山外的亲友来为亡者送行，苗族称之为"做客"。在"做客仪式"中，亲属穿麻戴孝，孝子赤脚，并且腰间须系一根反搓的稻草绳。开路的场面尤其显得庄重肃穆，开路之前要敲打牛皮鼓，孝子孝孙要给亡人点香烧纸，给亡人叩头。所有这些都为在葬礼上唱诵《亚鲁王》史诗营造了庄重神圣的氛围。

---

① 蔡熙：《史诗的仪式发生学新探——以苗族活态史诗〈亚鲁王〉为例》，《湖南科技学院学报》，2014 年第 4 期，第 67 – 70 页。

② 史诗演唱的相关活动。

③ 朝戈金：《口头史诗诗学：冉皮勒〈江格尔〉的程式句法研究》，南宁：广西人民出版社，2000 年，第 89 页。

④ 蔡熙：《从活态史诗〈亚鲁王〉看苗族的生态思想》，《鄱阳湖学刊》，2014 年第 2 期，第 19 – 26 页。

葬礼现场的器物包括法器与器具。法器主要有木鼓和铜鼓，二者同时还是乐器。器具则包括弓箭、宝剑、陪葬旗、斗篷、草鞋、毛巾、锄头、大竹桌、钱袋、火镰草、打火石、小酒坛、麻线、五谷种、竹筒、簸箕、灵牌桌、饭箩、烟叶、黄豆和鱼等。仪式上的器物都有特殊的功能和象征意义。如置放在棺材上的草鞋，供亡人去阴间的路上穿。“竹筒里装的红稗种子、苞谷种子、蒜、黄豆种子等供亡人带到阴间去耕种，而箩筐里装的米饭和葫芦里所盛的水则是亡人在回归老家路上的食品。”① 东郎穿上铁鞋，寓意亡者在回到亚鲁王祖先的路途上将会充满艰辛和坎坷。盖在死者面部上的“太阳旗”是想象中的天外景致，苗族人称之为“族徽”。这些器物及其象征意义，根源于麻山苗族的宗教信仰，在他们看来，人的死亡并不是生命的终结，而只不过是返回到亚鲁王国，回归到祖奶奶、祖爷爷那里，因而死亡是一个新的开始，是生命在另一个世界的延续。

2. 从史诗的传承主体看

“活态史诗的传承，一要有记忆超凡、才艺出众的史诗展演者，二要有痴迷于史诗的听众，二者缺一不可。”②

麻山苗族丧葬仪式最重要的角色是史诗展演者。在苗族看来，史诗《亚鲁王》的展演者是沟通先祖亚鲁与苗族后代的使者。因此，史诗展演者被麻山苗族人尊称为“东郎”。在苗族看来，亚鲁王是他们的祖先，祖先征战与迁徙的历史和生活经历只有东郎才知晓，也只有东郎才能够用自己的唱诵让麻山苗族与另一个世界沟通，从而让亡者一站一站地抵达祖先的故地。东郎在麻山苗族的日常生活中有着非同寻常的神圣地位。因此，筹办丧葬仪式的主人对东郎必须尊敬而虔诚，往往牵马迎接并跪拜相请。学习唱诵《亚鲁王》必须行杀鸡拜师的礼节。

东郎是丧葬仪式中不可或缺的人物，葬礼的各个环节都要由东郎指挥。东郎不仅具有较强的记忆力，能够完整地唱诵史诗，而且还要具备协调沟通并分配任务的能力。“在丧葬仪式上，在已故祖先们的见证下，东郎向亡人与生者唱诵族群的历史、祖先的故事，东郎不仅主宰着亡人灵魂的去向，而且在一定程度上也影响着丧礼主人家的一些行为。”③ 由于史诗的内容浩瀚，唱诵时间需要持续十几个小时，因此，东郎在丧葬仪式中唱诵《亚鲁王》是以群体协作的方

① 蔡熙：《从活态史诗〈亚鲁王〉看苗族的生态思想》，《鄱阳湖学刊》，2014 年第 2 期，第 19 – 26 页。

② 蔡熙：《从活态史诗〈亚鲁王〉看苗族的生态思想》，《鄱阳湖学刊》，2014 年第 2 期，第 19 – 26 页。

③ 蔡熙：《从活态史诗〈亚鲁王〉看苗族的生态思想》，《鄱阳湖学刊》，2014 年第 2 期，第 19 – 26 页。

式完成的，一般由四至八位东郎轮流唱诵，他们是苗族史诗《亚鲁王》的直接传承者。麻山地区会唱《亚鲁王》的东郎大约有3000人，苗族的历史和文化就在这些东郎的口传心授中传承延续着，他们是至今仍然活在云贵高原上的“荷马”。

尤其值得指出的是，在麻山地区，东郎不仅是演诵史诗《亚鲁王》的民间口头艺人，同时还是对苗族文化无所不知、无所不晓的特殊群体。他们既是民间歌手、诗人、故事讲述家，也是民族文化的承载者和传播者。他们谙熟本民族的神话、历史、传说和歌谣，不但善于说古道今，能歌善舞，而且擅长苗医苗药等民间知识。千百年来东郎们用身心融入史诗的唱诵传统，坚守史诗的信仰，《亚鲁王》方能以鲜活的形态在麻山地区流传。因此，东郎同羌族的释比、彝族的毕摩、哈尼族的摩匹一样，是地方性知识的持有者和传播者，是麻山苗族文化的守望者。

史诗传承的主体也离不开听众。如果说东郎是唱诵的主体，那么听众则是接受的主体。没有听众，东郎的唱诵就没有对象。从某种意义上来说，听众是史诗活态传承的灵魂。“在丧葬仪式中，为死者守夜的家人和亲友自始至终都是每个程序的执行者，同时他们也在一旁听着东郎唱诵史诗《亚鲁王》，是史诗演唱的当然听众。”①

人类学家格尔兹说：“在仪式里面，世界是活生生的，同时世界又是想象的，然而它展演的却是同一个世界。”② 仪式作为“传统的储存器”和“原始文化的遗留物”“积淀了大量的原型元素和历代的文化要素，因而不仅具有贮存历史的功能，也具有社会记忆、历史记忆的功能。”③ 在丧葬仪式中，“东郎在已故祖先们的见证下，面对亡人与生者唱述族群的历史、祖先的故事。这种仪式成了人类社会实践的经历和经验的表述，它将从远古原始社会直到今天的传统价值、种种民俗与知识深深地印在族人们的心坎里，从而成为聚拢族人关系和凝结秩序与文明的精神力量。”④ 丧葬仪式因而成了人类社会实践的经历和经验的诗性表述，东郎与听众是史诗传承的主体，东郎与听众的互动，是史诗传承的生命力之所在。

上面我们从史诗的展演语境和传承人之间的互动关系，进一步证明了史诗

---

① 蔡熙：《从活态史诗〈亚鲁王〉看苗族的生态思想》，《鄱阳湖学刊》，2014年第2期，第19-26页。

② Geertz, C. *The Interpretation of Culture*, New York: Basic Books, 1973, p. 112.

③ 蔡熙：《〈亚鲁王〉：“英雄史诗”还是“活态史诗”》，《贵州文史丛刊》，2014年第4期，第104-108页。

④ 蔡熙：《从活态史诗〈亚鲁王〉看苗族的生态思想》，《鄱阳湖学刊》，2014年第2期，第19-26页。

《亚鲁王》“活态”性地存在于麻山地区的丧葬仪式中。史诗的展演语境和传承人之间的互动关系是活态史诗的具体表征。与我国北方的三大英雄史诗《格萨尔》《江格尔》《玛纳斯》不同的是，《亚鲁王》具有鲜明的活态性，是一部活在苗族丧葬仪式中的史诗，是活态史诗的范本。“《亚鲁王》以口耳相传为主要传播方式，以仪式展演为主要生存形态，以临场发挥作为主要创作特征。”① “从根本上说，传统的丧葬仪式才是史诗《亚鲁王》传承千年不衰的深厚社会基础，一旦离开仪式展演，《亚鲁王》就失去了存在的空间和土壤。”②

（四）“活态史诗”概念的价值与意义

在丧葬仪式上唱诵《亚鲁王》，除了产生口传史诗文本的唱词以外，仪式本身也是一种文本，其中所蕴含的相当多的内容是口传史诗文本所没有体现的。从上面的论述，我们可以这样界定活态史诗。所谓活态史诗，就是在仪式中发生，又在仪式中口耳相传的史诗，它涉及神话传说、器物工艺、行为实践、身体技术等诸多层面，特定的时空场域和器物是史诗展演的语境，仪式展演者和听众是史诗的传承主体，作为集体记忆的表达方式，它是传承历史文化、以诗性的方式表述民族性格和民族精神的介质。仪式用身体实践来表达对历史和文化的继承，从文学人类学的视域来看，苗族史诗《亚鲁王》是至今依然活在田野的活态史诗，一份弥足珍贵的活态存续的非物质文化遗产。“活态史诗”概念的引入对其研究具有不可低估的价值和意义。

1. 史诗的发生学唯有纳入“活形态”的视角才能得到充分的说明

“《亚鲁王》史诗的横空出世对史诗的概念、史诗的发生学都提出了挑战，这是目前史诗学界不能不回应的一个重大理论问题。”③

“史诗究竟起源于何时，引发它起源的直接诱因是什么？这就是史诗发生学。

谈到史诗的发生学问题，人们一般认为，人类的史诗是从原始氏族社会解体到奴隶社会初期产生的，它代表了那个时期的文学成就。苗族史诗《亚鲁王》直到21世纪的今天才被发现，至今还是活态的史诗，依然在民间流传。面对《亚鲁王》，认为人类的史诗产生于原始氏族社会末期到奴隶社会初期的史诗起源理论，显然不能自圆其说。《亚鲁王》主要流传于麻山地区的紫云县，

① 蔡熙：《〈亚鲁王〉：“英雄史诗”还是“活态史诗”》，《贵州文史丛刊》，2014年第4期，第104－108页。

② 蔡熙：《史诗的仪式发生学新探——以苗族活态史诗〈亚鲁王〉为例》，《湖南科技学院学报》，2014年第4期，第67－70页。

③ 蔡熙：《史诗的仪式发生学新探——以苗族活态史诗〈亚鲁王〉为例》，《湖南科技学院学报》，2014年第4期，第67－70页。

分散流传于邻近的罗甸县、望谟县、平塘县，另外在贵阳、花溪、龙里、息烽、平坝、黔西、大方、织金、威宁、镇宁、关岭等贵州西部苗族地区也有少量流传。麻山地区深处高耸入云的喀斯特大山之中，地理位置偏远荒僻，外人罕至，交流不便，信息闭塞，语言独特，生活状况十分原始，这为史诗《亚鲁王》的传承不衰提供了一道天然屏障。可见，只要存在特定的文化空间，活态的民间文化遗产就会代代相传。"①

2. 活态史诗概念的引入可以极大地拓展《亚鲁王》的研究视野和研究空间

"书面史诗的研究一般以史诗文本为依据并参考其他文献资料，研究相对来说比较单纯。以口耳相传为载体的活态史诗是一种口传文化系统的信息传播，仅仅依赖史诗文本是远远不够的。它要求我们必须将目光从史诗文本转向史诗田野，对其进行动态研究，始终坚持文学与人类学的互动。也就是说，要以田野调查为基础，以口头诗学理论、文学人类学理论、间性诗学理论为指导，通过走访一系列杰出的歌师，并作访谈录音记录，把握每一个歌师的成长经历、个人职业、习艺过程、性格特征、展演实践、当下的生活状态等；要深入考察歌师在表演过程中的眼神、表情、手势、嗓音变化、肢体语言、乐器技巧、音乐旋律等展演风格，对歌师划分类型，并进行比较研究，分类考察他们的文化传统、传承线路、史诗故事的变异和创新，揭开史诗传承人的本真性、地域文化的多样性；此外，史诗的接受者——听众研究，史诗的形成、发展、流传、变异与创新的研究也是必不可少的研究对象。"②

"长期以来，文学的史诗观在我国的学术界占据着支配地位，从而导致现代中国学术语境中史诗定位的偏狭化和虚幻化，无法延伸到文字记录以外的广阔领域。对现代中国几代学人习惯已久的文学本位史诗观进行批判性反思，重新构建一种贯通文、史、哲、宗教、道德、人类学的跨学科的活态史诗观念，对史诗进行多重维度的研究，对非物质文化遗产保护的自觉，深化对多民族文学互动关系的认识，启迪本土诗学理论的自觉等都有着功不可没的意义。"③

3. "活态史诗"为史诗的仪式起源问题提供了鲜活的案例

"对文艺发生学的研究由来已久。自古以来，关于文艺的起源问题众说纷纭，如'灵感说'，'模仿说'，'劳动说'，'巫术说'，'心灵表现说'等。文艺起源诸说虽然各有其道理，但在我国学界居于主导地位的是文艺起源于劳动

---

① 蔡熙：《史诗的仪式发生学新探——以苗族活态史诗〈亚鲁王〉为例》，《湖南科技学院学报》，2014 年第 4 期，第 67 - 70 页。

② 蔡熙：《史诗的仪式发生学新探——以苗族活态史诗〈亚鲁王〉为例》，《湖南科技学院学报》，2014 年第 4 期，第 67 - 70 页。

③ 蔡熙：《史诗的仪式发生学新探——以苗族活态史诗〈亚鲁王〉为例》，《湖南科技学院学报》，2014 年第 4 期，第 67 - 70 页。

的观点。”[1] 亚里士多德指出：“悲剧借以引起怜悯和恐惧来使这种情感得到陶冶。”[2] “虽然两千多年前亚里士多德从酒神狄奥尼索斯的祭祀仪式与悲剧的发生关系入手，提出了悲剧源于对酒神祭祀仪式的模仿的观点，成了仪式命题的学术原点。但我国大部分研究者只知其模仿说，却淡忘了其影响深远的仪式说”[3]。

王国维在《宋元戏曲考》中指出，中国戏剧来自宗教性的巫舞，“灵（巫）之为职，或偃蹇以象神，或婆娑以乐神，盖后世史诗之萌芽已有存焉者矣。”[4] 在西方，从亚里士多德的《诗学》到尼采的《悲剧的诞生》，都认为仪式是西方文艺的诞生地。亚里士多德认为，悲剧“是从酒神颂的临时口占中发展出来的。”[5] 在祭祀酒神的仪式上，由巫师戴着羊的面具，唱着狄俄尼索斯死亡的哀悼之歌。早期剑桥学派的简·赫丽生在《艺术与仪式》中直接引用了弗雷泽《金枝》一书的不少材料，提出艺术与仪式同源论。她认为，希腊文中的“戏剧（drama）”和仪式（dromenon）两个词的词根相似，因为在古代巫术仪式与戏剧演出是同时进行的。“仪式和艺术这两个如今分了道的产物本出一辙，去掉一个，另一个便无法了解。一开始，人们去教堂和上剧院是出于同一个动力。”[6] 她进一步指出，古代戏剧演出与巫术仪式都源于同一种人性冲动，即通过模仿行为来表达主体情感意愿的强烈要求。“艺术作为它动力和圭臬的……是同一种艺术与仪式同享的冲动，是想通过再现，通过创造或丰富所希望的实物或行为来说出、表现出强烈的内心情感或愿望，奥西里斯的艺术与仪式的共同来源是举世都有的、深切的愿望：但愿那看来是死的自然能复活起来。这个共同的感情上的因素使得艺术与仪式一开始就密切得无法区分。”[7] “弥尔顿的《失乐园》是一个哀悼的仪式。”[8] 歌德的《浮士德》完全是一个社会化“通过

---

① 蔡熙：《史诗的仪式发生学新探——以苗族活态史诗〈亚鲁王〉为例》，《湖南科技学院学报》，2014 年第 4 期，第 67 – 70 页。

② 亚里士多德：《诗学》，北京：人民文学出版社，1982 年，第 19 页。

③ 蔡熙：《史诗的仪式发生学新探——以苗族活态史诗〈亚鲁王〉为例》，《湖南科技学院学报》，2014 年第 4 期，第 67 – 70 页。

④ 王国维：《王国维论著三种》，北京：商务印书馆，2010 年，第 48 页。

⑤ 亚里士多德：《诗学》，北京：人民文学出版社，1982 年，第 14 页。

⑥ ［英］赫丽生：《艺术与仪式》//叶舒宪编选《神话原型批评》，西安：陕西师范大学出版社，第 68 页。

⑦ ［英］赫丽生：《艺术与仪式》//叶舒宪编选《神话原型批评》，西安：陕西师范大学出版社，第 79 页。

⑧ Wittrelch，J. A.，Jr. *Visionary Poetics*：*Milton' s Tradition and His Legacy*，San Marino，Calif：Huntington Library，1979，p. 98.

仪式"[①] 在艺术作品中的范例。"诗歌是一种复活和再生的仪式。"[②] 叶芝的戏剧作品"不是戏剧，而是一种丧失信念的仪式。"[③] 由此可见，最早的史诗是从仪式中孕育发展出来的，仪式中的程式化、表演化、性格化特征，孕育了未来文艺的胚芽。仪式陶冶了人类激越的情感体验，培养了人类幻想的形象性、艺术的想象力，激发人类用象征的、隐喻的形式来表现人类的情感、渴望和理想。当神话日渐式微，各种艺术就从仪式中脱胎出来而走向成熟。

但文艺起源的仪式说，在我国应者寥寥。主要原因在于，仪式往往与宗教巫术难分难舍地纠结在一起，长期以来，人们把仪式展演当作一种封建迷信。当历史的车轮辗转到21世纪，工业化、城市化已经高度发达的今天，《亚鲁王》作为苗族的"活态"文化大典，依然在麻山地区的民间传唱。史诗是最古老的文学样式，人类童年时期的文学。而最早的史诗形式是从仪式中孕育出来的。苗族活态史诗《亚鲁王》唱述了古代苗族亚鲁王国第17代国王兼军事首领亚鲁在频繁的部落征战和迁徙中创世、立国的坎坷发展历程。在贵州麻山地区苗族的丧葬仪式上展演的活态史诗《亚鲁王》在仪式中产生，又在仪式中口耳相传，这为我们探讨史诗的仪式起源问题提供了鲜活的当代案例。

4. "活态史诗"概念为推动多元共生的文学生态理想提供了新契机

一方面，西方在建构文学观念的时候，并没有考虑中国还有比它的历史更悠久、成果更卓著的文学，黑格尔在其著作《美学》中断言中国没有民族史诗，就是明显的例子。另一方面，以往的以汉语文学为中心的文学史，仅以汉族文学的观念、类型和标尺去衡量其他民族的文学，视汉语为国语，从而把中国整体的多民族文学缩减为单一的汉语文学，致使众多没有文献的文学被排挤在核心圈外，忽略了中国文学具有多民族、多区域、多形态的历史实际。

活态史诗《亚鲁王》的被"问世"，不但证明了史诗的多元起源，而且在倡导民族团结的背景下，在广阔的时空间中重绘中国文学地图，为推动多元共生的文学生态理想提供了新契机。从多民族文学史观的维度来看，中国文学的整体风貌应当是56个民族优秀文学的聚合体。多维度的中国文学地图，不仅要揭示文学之为文学的审美形态、生命特质和文化身份，还应该展示领土的完整性、民族的多样性，并认识到多民族多族群文学的互动关系，以互为主观的文化视野，平等地对待各民族的文学。

---

① Hartman, G. H. *The Fate of Reading and Other Essays*, University of Chicago Press, 1975, p. 110.

② Cope, J. I. The Theater and the Dream: From Metaphor to Form in Renaissance Drama, Johns Hopkins University Press, 1973, p. 174.

③ Gorsky, S, R. " A Rital Drama: Yeats' s Plays for dancers," see "Modern Drama", 1974, p. 176.

二、《亚鲁王》史诗的原生态特征

"根据文化现象的表现形态，可以将文化区分为原生态文化与次生态文化两大类。"[①] 所谓"次生态文化"指的是那些在传统的、原生态文化基础上创造出来的新兴文化。"原生态文化"一词之流行是近几年才开始的，对它的解释至今见仁见智。百度百科对"原生态"的定义是这样的："没有被特殊雕琢，存在于民间原始的、散发着乡土气息的表演形态，它借用了生态学科之'生态概念'。从'原生态'一词由发明到流行乃至成为大众想象的非物质文化的代名词，这一生产过程可以发现，原生态实际上是一个大众文化的符号，它是一种逐渐被人们遗忘或者抛弃的民俗文化。"[②] 徐杰舜认为，"原生态文化就是文化相对他者视角中的地方性知识。"[③] 朱炳祥认为，"原生态的创意有三个特征：(1) 空间上的异，以桂林壮族地区的真山真水作为表演舞台与表演背景，呈现的是'原风貌'式的异域风情；(2) 时间上的古，让本色的当地农民参加演出；(3) 方式上的'土'，采用当地少数民族地区土的艺术形式。"[④] 彭兆荣认为，与"原生态"相关的概念主要有"原始性""原本性""原生性""原思性""原型性""原真性""原住性""原创性"等特征。[⑤] 贵州本土学者罗义群认为，"原生态是族群在某一历史时期依据生境而构建的文化方式。"[⑥]

笔者认为，从"原生态文化"与"次生态文化"的关系来看，《亚鲁王》史诗属"原生态文化"，其原生态特质主要表征在以下几个方面：

（一）独一无二性

"独一无二性"强调的是内容的独特性。苗族史诗《亚鲁王》是东郎在丧葬仪式中面对亡灵唱诵的，并与丧葬仪式的步骤紧密结合，目的是要通过歌师的唱诵，让逝者沿着亚鲁王迁徙征战的旅途，返回祖灵亚鲁王的所在之地，是一部活在丧葬仪式中的活态史诗。作为活态史诗的《亚鲁王》是几千年孕育的

---

① 姜言文、滕晓慧：《论国有非物质文化遗产的法律保护》，《法学杂志》，2007 年，第 5 期，第 94 页。

② http://baike.baidu.com/link?url=l7bPL51_cUhF2ywlVyeU_qPjoXpuBrFJundP_zGp7DuDqfU5ES0Lw67J3wAaQZmn.

③ 徐杰舜：《原生态文化与人类学视野中的"原生态文化"》，《原生态民族文化研究丛刊》，2010 年第 3 期，第 21 页。

④ 朱炳祥：《何为原生态，为何原生态》，《原生态民族文化研究丛刊》，2010 年第 3 期，第 67 页。

⑤ 彭兆荣：《论"原生态"的原生形貌》，《贵州社会科学》，2010 年第 3 期，第 47 页。

⑥ 罗义群：《原生态是族群在某一历史时期依据生境而构建的文化方式》，《凯里学院学报》，2011 年第 1 期，第 70 页。

口头传统的结晶，但是东郎的每一次展演都是具体的送魂歌，这一送魂歌“是一部特定的口头诗歌被表演的那一特定时刻的行为。”[①] 首先，每一次展演都带有东郎的印记，每一次展演都是独一无二的。也就是说，东郎可能从别人那里学会了史诗的内容，学会了唱诵史诗的技巧，但这种表演中的史诗唱诵，不论质量好坏都是他本人所特有的。其次，史诗展演的内容具有独一无二性，如“亚鲁祖源”部分以“父子联名制”所呈现的宗族家谱，以天地万物、人类起源为叙述线索的众多神话，关于亚鲁王成长、创业、征战、迁徙的系列故事，关于亚鲁王的12个儿子迁徙进入麻山地区的创业、迁徙、落户的历程，葬礼中的砍马、砍牛、杀猪、杀鸡、开路等仪式的相应唱词，丧葬仪式的巫术性，以及对东方故地的神游、对东归旅程的回溯等无一不打上深深的苗族文化烙印，这是其他的民族没有而苗族所仅有的。

（二）原始性

“原始性”，强调时间维度的原初性。活态史诗是一种融混性的艺术。“在苗族丧葬仪式上由东郎唱诵的史诗《亚鲁王》与宗教祭祀、巫术、音乐、舞蹈等活动紧密结合在一起，集唱、诵、仪式表演于一体，体现了艺术起源的原生态特征。”[②] 关于唱诵的内容、巫术、音乐等方面，上文已经有详细的论述，下面仅以舞蹈为例加以说明。

主要流传于贵定新铺苗族支系聚居的撒谷寨等地的长衫龙芦笙舞，展演苗族祖先亚鲁王等先辈在战场上英勇作战、奋勇当先、夺关斩将，取得胜利的过程。“这个舞蹈可能是《亚鲁王》的《国殇》之舞。”[③] 长衫龙芦笙舞有双人舞、四人舞、十人舞、二十人舞等，重大节日有数十人、上百人甚至上千人参加。长衫龙芦笙舞以男子群舞为主，女子亦可伴舞，或者舞蹈接近高潮时，女子自动加入。男子舞者身穿青黑色或蓝色长衫，头插野鸡翎，口戴髯须，腰插数十匹锦鸡尾羽，手执披挂红色彩带的芦笙，边奏边舞，舞蹈的动作主要表现在腿脚和身段上。舞蹈动作具有大幅度、大力度的走、跳、跨、旋等特点，主要技法有龙斗角、龙吐水、龙出海、龙腾云、龙飞腾等，动作粗犷、奔放昂扬、干脆利落、充满阳刚之气。跳到高潮的时候，上百把芦笙同奏一曲，群山共鸣，极富艺术感染力。长衫龙芦笙舞动作原始古朴而粗犷，舞蹈的动作和表情展现出的力度、节奏和快慢，散发着一种原始的情韵。

苗疆地区葬礼上的歌舞让观众体验到远古蛮荒时期的生活现实，让人体验

① ［美］洛德：《故事的歌手》，尹虎彬译，北京：中华书局，2004年，第17页。

② 蔡熙：《史诗的仪式发生学新探——以苗族活态史诗〈亚鲁王〉为例》，《湖南科技学院学报》，2014年第4期，第67－70页。

③ 曹维琼等：《亚鲁王书系·歌师秘档》，贵阳：贵州人民出版社，2012年，第208页。

到一种原始、淳朴之美。它所运用的乐器，如木鼓、铜鼓、皮鼓等都是远古时期的遗留物，具有独特的文化内涵，是麻山地区远古时期文化的真实呈现。

（三）本真性

“本真性”，强调文化遗产的名副其实性即“真实性”，指的是《亚鲁王》史诗是麻山苗族葬礼上的一种客观、真实的存在，它不是虚拟的，也是不可复制的，更不是人工模拟的伪民俗。无论是主持葬礼的东郎还是参与葬礼的听众，无论是砍马（牛）仪式还是开路仪式，无论是葬礼现场的法器——木鼓、铜鼓和皮鼓，还是弓箭、宝剑、陪葬旗、斗篷、草鞋、毛巾、锄头、大竹桌、钱袋、火镰草、打火石、小酒坛、麻线、五谷种、竹筒、簸箕、灵牌桌、饭箩、烟叶、黄豆和鱼等器具，无论是“父子联名制”所呈现的宗族家谱，还是丧葬仪式上的歌舞等，都是真实地呈现的。如“东郎在开路时，手里提着一只鸡，边唱边把鸡前后移动，通过这样的方式将亡人的灵魂送到祖先的住地，并且唱诵了亚鲁王对待鸡的态度：起初亚鲁王迁徙时抛弃了保家鸡，后来这只鸡随着牛马留下的脚印找到了亚鲁王。这只鸡向亚鲁王讲述了它对苗族的好处，公鸡有公鸡的用途，母鸡有母鸡的用途。”① 这些仪式展演鲜明地表征了《亚鲁王》史诗的本真性。

（四）现时现地性

“现时现地性”这一概念由德国美学家本雅明提出。“在本雅明看来，艺术品的现时现地性，即它在问世地点的独一无二性构成了艺术品的历史，而原作的现时现地性构成其真实性。”② 本雅明因此将艺术品的现时现地性、独一无二性称作艺术作品的光韵。“光韵是对某个远方的独一无二的显现。”③ 简而言之，“现时现地性”指的是一种时空距离感，一种空间与时间交织的在场。也就是说，只有在特定的时空场域，《亚鲁王》史诗才是一种独一无二的存在，才具有“本真性”。《亚鲁王》史诗产生和传承的特定的时空场域就是麻山苗族的丧葬仪式。

《亚鲁王》史诗之所以能够以活态形式传承千年而不衰，是因为存在麻山苗族丧葬仪式这一特定的时空场域。换言之，如果离开了这一特定的时空场域，它的“本真性”“独一无二性”也就不复存在，其“光韵”就会消失。史诗的

---

① 蔡熙：《从活态史诗〈亚鲁王〉看苗族的生态思想》，《鄱阳湖学刊》，2014 年第 2 期，第 19－26 页。

② 蔡熙：《城市与光韵：本雅明的审美之维》，《理论与创作》，2011 年第 2 期，第 17 页。

③ ［德］瓦尔特·本雅明：《发达资本主义时代的抒情诗人》，王才勇译，南京：江苏人民出版社，2005 年。

搜集整理者发现："葬礼现场唱诵的《亚鲁王》细节比室内录音丰富得多。"① 离开了葬礼现场，有的东郎甚至唱不出来，这就充分说明了特定的时空场域对于《亚鲁王》史诗的重要性。

《亚鲁王》史诗传承千年不衰的时空场域有三个特点。首先，"麻山地区位于喀斯特大箐中，山地绵延，地理位置偏远荒僻，外人罕至，交流不便，信息闭塞，语言独特，生活状况十分原始。"② 清雍正"改土归流"前，麻山地区还属于"生界"。所谓"生界"指的是既不归周边地域内土司间接管理，而当时中央王朝又无力统治的边远山区。清王朝在改土归流过程中才开始在这片新开辟的土地上设置行政机构，对当地的苗族居民实施直接统治。因为与中原王朝交流较少，长时间的封闭，儒家思想在麻山地区影响不深，佛教和道教思想的传播也不甚广，受其他苗族支系的影响也不深，因此，在《亚鲁王》史诗中看不到孔孟儒学内"仁"而外"礼"的道德观，保持着原生态的质朴和自然。其次，苗族是一个没有文字的民族。对于一个无文字的民族而言，其民族的社会记忆一般是通过祭祀或者特定场合的演唱等叙述方式来传承自己民族历史和文化。再次，据田野调查的结果，在葬礼上唱诵《亚鲁王》史诗的东郎90%以上没有上过学，不识汉字。不仅如此，大部分东郎就连汉话也不会说，甚至还有大部分的东郎连汉话都听不懂。东郎不识汉字，不会说汉话，甚至听不懂汉话，这就决定了他们的唱诵不可能有依照的版本，完全凭借心记口诵，只能用苗语原生态地唱诵《亚鲁王》，原生态地传承本民族的历史和文化。

《亚鲁王》史诗的"原生态"，强调的是一种活态的、流动不居的特征，从中我们可以窥见人类文明演进的历史进程；"强调的是原汁原味、古色古香、独一无二，决定了它的不可复制、不可替代性。"③

第二节　《亚鲁王》史诗的传承与保护

"在城市化、现代化过程中，不少具有民族特色的非物质文化遗产正遭遇濒临失传的境地。"④ 与有形的物质文化遗产相比，非物质文化遗产最明显的区别在于，非物质文化遗产是活态的传统文化。"活态性"、遗产性、非物质性、濒危性是非物质文化遗产的重要特征。"无形的非物质文化遗产面临着更为严峻的

① 中国民间文艺家协会主编：《亚鲁王》，北京：中华书局，2012年，第16页。

② 蔡熙：《史诗的仪式发生学新探——以苗族活态史诗〈亚鲁王〉为例》，《湖南科技学院学报》，2014年第4期，第67－70页。

③ 乐黛云：《序"多彩贵州"的文化蕴含研究》//蔡熙：《多彩贵州的文化蕴含研究》，昆明：云南大学出版社，2014年，第1页。

④ 杜再江：《走贵州特色之路》，《贵州民族报》，2012年11月30日。

保护形势。如果说有形的物质文化遗产一旦遭到破坏还可以用机械复制的方式重构，那么无形的非物质文化遗产一旦失传，则永远与人类诀别了。”① 历史悠久的苗族活态史诗《亚鲁王》也差不多险遭厄运。《亚鲁王》以“非物质”的状态在苗族人的口耳相传中存续数千年，它没有歌师用文字固定下来的手抄本，是真正的活态史诗。目前已经出版的《亚鲁王》约26000行，仅为第一部，而亚鲁王的子辈、孙辈的征战史还需要下苦功夫搜集。目前，《亚鲁王》史诗的传承在生态环境、传承人等方面都面临着危机。

一、《亚鲁王》史诗的传承危机

（一）《亚鲁王》史诗传承的文化氛围正在加速散佚和消失

古老的活态史诗《亚鲁王》千年传承不衰得益于地理环境的封闭性，为史诗研究者在特定的生态语境中观察和研究这种具有活化石意义的活态史诗的产生以及发展规律提供了绝佳的契机。但是，随着城市化、现代化进程的加快，信息化的加速发展，偏远的麻山地区日渐与外界相通，活态史诗《亚鲁王》以及相关的习俗仪式赖以生存、传承的传统社会空间发生了巨大的变化，史诗传承的文化氛围正在加速散佚和消失。东郎陈兴华说：“2008年通电之后，每家都有电视，之前没有电视，坐在一起聊一聊，有些传统的东西还在。有电视之后，都去看电视，电视里怎么做，我就怎么做，看着外面的世界好，都跑了。”②

1. 仪式意义削弱

“在麻山苗族人看来，亚鲁王是他们世代崇拜的祖先。唱诵《亚鲁王》史诗不仅具有神圣的丧葬祭祀功能，而且也是人们消灾治病的重要手段，更是苗族同胞传递自强不息的民族精神、延续不朽民族记忆的活态载体。但是，随着封闭地理环境的打破以及他者文化的趁机而入，《亚鲁王》史诗的仪式意义日渐削弱。”③ 在丧葬活动中，唱诵《亚鲁王》的仪式程序被简化，开路仪式由几天缩减至一夜完成；史诗的现场演述内容被大幅度压缩，对于缩减的部分，东郎仅是点到为止，唱诵的内容因时间的压缩而变得粗糙、简略、缺少细节，有的甚至以音频视像代替歌师的唱诵；当下大多数苗族年轻人对唱诵《亚鲁王》史诗的仪式程序及其文化内涵缺乏理解，仅仅是奉长辈之命例行公事般地为仪式而仪式；部分东郎仅是出于尊重祖先的义务而唱诵，对《亚鲁王》史诗的文

① 杜再江：《走贵州特色之路》，《贵州民族报》，2012年11月30日。

② 杨兰：《苗族史诗亚鲁王英雄母题研究》，贵州民族大学硕士论文（2014）。

③ 万雷、王国兴：《亚鲁王传承生态保护略谈》，《安顺学院学报》，2013年第4期，第97页。

化内涵的熟知与体认也不断削弱，甚至有意识地对史诗的内容进行了大篇幅的剪裁。

2. 苗族的葬礼习俗日益受到汉文化的影响

当前，亚鲁王文化逐渐受到外来道教文化的冲击，由于请汉族的风水先生择定出殡时辰，受时间的限制，东郎唱诵《亚鲁王》史诗的时间被大幅度压缩，偏离了苗族历史上何时唱完《亚鲁王》史诗，何时出殡的传统习俗。“道场”取代了“砍马”仪式，主持葬礼的道士先生受到尊崇，歌师的社会地位下降。麻山苗族同胞的传统价值观念与文化意识形态发生深刻的变化。

3. 史诗传承日益小众

信息时代苗族年轻人对主流文化的模仿，导致对本民族文化认同的淡化，极少有年轻人愿意花时间去学习、研究民族史诗，史诗传承由村落开放式的传承，到师徒传承，再到父子传承，传承形式逐渐由自由自发的、广泛的传承，转变到严格的、自觉的、小众的传承。歌师韦老王说：“现在中青年都去打工，在家的就只有还在读书的孩子和老弱病残的老年人，老人农活又忙不过来，根本就没有人学唱《亚鲁王》，要是有一天，《亚鲁王》失传了，这是多么可惜的事。”① 很多麻山苗族青年对本民族的信仰文化比较漠视，在这种情况下，东郎出于史诗传承的危机感，只能诉诸自己的后代。陈兴华一心想把自己的《亚鲁王》传授给38岁的儿子陈仕光，在老人的熏陶之下，陈仕光已经学会上千句。

（二）东郎后继乏人

东郎岑万伦唱诵《亚鲁王》史诗上千场，培养的徒弟有岑小七、岑万华、岑小强、岑云宝、岑小红等六人。他认为：“能唱诵《亚鲁王》，没有什么可以骄傲的，唯一能骄傲的是，培养出自己的徒弟。”② 可见，《亚鲁王》史诗传承的核心问题是传承人问题。唱诵《亚鲁王》史诗就像接力棒一样，是一辈传一辈，一代传一代，需要有人来接班。但是，在现代化、城市化高速推进的今天，《亚鲁王》的传承却陷入后继乏人的尴尬境地。

在麻山地区田野作业时，《亚鲁王》史诗的发现者杨正江说，目前麻山次方言区有东郎3000多名，其中紫云自治县有东郎1778位。这些东郎在麻山地区的丧葬仪式中通过自己通宵达旦的唱诵将已逝苗族同胞的灵魂送回东方故地。笔者对包括杨正江在内的44名东郎进行抽样调查，详见表4-1。

---

① 曹维琼等：《亚鲁王书系·歌师秘档》，贵阳：贵州人民出版社，2012年，第138页。

② 曹维琼等：《亚鲁王书系·歌师秘档》，贵阳：贵州人民出版社，2012年，第87页。

表 4－1　紫云县歌师情况调查表

姓　名	性　别	民　族	出生年	文化程度	家庭住址	职　业
杨正江	男	苗族	1983 年	本科	紫云县城	东郎、史诗的搜集整理者
杨老送	男	苗族	1954 年	未上过学	宗地乡大地坝村白岩寨	东郎、粮农
杨光顺	男	苗族	1939 年	高小	宗地乡大地坝村摆弄关	东郎、粮农、草药师
黄光针	男	苗族	1959 年	初小	宗地乡大地坝村摆弄关	东郎、粮农
韦国兴	男	苗族	1962 年	初中	宗地乡大地坝村蜂糖寨	东郎、东偌、宝目、粮农
岑天伦	男	苗族	1966 年	初中	宗地乡大地坝村白岩寨	东郎、粮农、宝目、土医生
梁登贵	男	苗族	1939 年	初小	宗地乡大地坝村格帮寨	东郎、粮农、打工
杨昌荣	男	苗族	1968 年	初中	宗地乡大地坝村打拱寨	东郎、粮农
梁正才	男	苗族	1969 年	高小	宗地乡大地坝村格帮寨	东郎、粮农
岑万伦	男	苗族	1938 年	半文盲	宗地乡歪寨村绞帮寨	东郎、粮农
杨小云	男	苗族	1942 年	高小	宗地乡歪寨村杜排寨	东郎、粮农
岑万华	男	苗族	1945 年	未上过学	宗地乡歪寨村绞帮寨	东郎、粮农
岑老虫	男	苗族	1946 年	初小	宗地乡歪寨村山脚寨	东郎、粮农
韦老五	男	苗族	1957 年	半文盲	宗地乡歪寨村山脚寨	东郎、粮农

续 表

姓 名	性 别	民 族	出生年	文化程度	家庭住址	职 业
韦老六	男	苗族	1948 年	半文盲	宗地乡歪寨村歪寨	东郎、粮农
韦老天	男	苗族	1940 年	未上过学	紫云宗地乡歪寨村歪寨	东郎、粮农
韦小保	男	苗族	1967 年	小学	宗地乡歪寨村歪寨	东郎、粮农
韦小开	男	苗族	1968 年	小学	宗地乡歪寨村歪寨	东郎、粮农
韦老王	男	苗族	1937 年	未上过学	宗地乡坝绒村摆通寨	东郎、粮农
韦小云	男	苗族	1951 年	小学	宗地乡坝绒村打亚寨	东郎、粮农
韦小桥	男	苗族	1965	小学	紫云县宗地乡坝绒村马寨	东郎、粮农、泥水工
杨二妹	女	苗族	1979	未上过学	宗地乡坝绒村喜网寨	东郎、粮农
韦定强	男	苗族	1955 年	小学	宗地乡坝绒村米冲寨	东郎、粮农
杨老天	男	苗族	1929 年	未上过学	宗地乡湾塘村竹林寨	东郎、粮农
梁周明	男	苗族	1929 年	初小	宗地乡湾塘村白刀寨	东郎、粮农
韦幺记	男	苗族	1934 年	未上过学	宗地乡湾塘村竹林寨	东郎、粮农
杨宝安	男	苗族	1952 年	未上过学	宗地乡大地坝村马宗寨	东郎、粮农
岑万兴	男	苗族	1974 年	小一	大营乡巴茅村巴茅寨	东郎、粮农
韦正开	男	苗族	1938 年	未上过学	四大寨乡猛林村大寨组	东郎、粮农

续　表

姓　名	性　别	民　族	出生年	文化程度	家庭住址	职　业
梁老四	男	苗族	1936 年	未上过学	宗地乡戈岜村戈岜组	东郎、粮农
黄老华	男	苗族	1942 年	未上过学	大营乡巴茅村巴茅寨	东郎、粮农
梁大荣	男	苗族	1952 年	未上过学	宗地乡戈岜村格然组	东郎、粮农
杨光祥	男	苗族	1936 年	未上过学	宗地乡大地坝村打拱组	东郎、粮农
潘天明	男	苗族	1941 年	未上过学	四大寨乡苔凯村周家山组	东郎、粮农、木匠
黄老华	男	苗族	1942 年	未上过学	宗地乡大地坝村马松寨	东郎、粮农
杨再华	男	苗族	1940 年	未上过学	宗地乡牛角村开岩寨	东郎、粮农
陈小满	男	苗族	1956 年	初中	宗地乡德昭村上德昭寨	东郎、粮农
陈兴华	男	苗族	1945 年	小一	紫云县猴场镇打哈村打望组	东郎、粮食局干部
黄老金	男	苗族	1916 年	未上过学	水塘镇格凸村上格凸组	东郎、粮农
杨光东	男	苗族	1966 年	小学	宗地乡大地坝村摆弄关	东郎、粮农、泥水工
黄学忠	男	苗族	1940 年	高小	宗地乡打郎村打郎寨	东郎、粮农
梁小宝	男	苗族	1974 年	小学	宗地乡打郎村打郎寨	东郎、粮农
陈志品	男	苗族	1951 年	小学	四寨乡卡坪村卡坪寨	东郎、粮农

续　表

姓　名	性　别	民　族	出生年	文化程度	家庭住址	职　业
岑小全	男	苗族	1969 年	未上过学	四寨乡卡坪村牛月寨	东郎、粮农

从年龄结构看，40 岁以下年龄段的东郎仅有 2 人，占 4.5%；40～50 岁年龄段的东郎有 10 人，占 22.7%；51～60 岁年龄段的东郎有 5 人，占 11.3%；61～70 岁年龄段的东郎有 9 人，占 20.4%；71～80 岁年龄段的东郎有 14 人，占 31.8%；81～90 岁年龄段的东郎有 3 人，占 6.8%；90 岁以上的东郎有 1 人，占 2.2%。可见，东郎的年龄偏大，老龄化十分严重，绝大多数东郎已经年逾古稀，71～80 岁年龄段的东郎最多，达 14 人，占比最高，达 31.8%。30 岁以下的几乎没有，东郎陈兴华说："现在的传承不像以前是学徒找歌师教，而是歌师要找学徒学了。"① 东郎处于青黄不接的断层阶段。传承人的缺失在很大程度上影响了《亚鲁王》的有效传承和文化影响力。

从文化层次看，除了史诗的发现者杨正江上过本科之外，其余人的文化层次都很低，从未上过学的 18 人，占 40.9%；上过初中及以上的仅 4 人，占 9%。

从职业结构来看，麻山地区的东郎 100% 都是非职业的。他们平时种田种粮，或者外出打工，只有在遇到老人去世的情况下，他们才放下手中的活路，奔赴丧家主持葬礼，唱诵《亚鲁王》史诗。例如，紫云县水塘镇格凸村的东郎黄老金现年已经 95 岁，他是至今为止发现的年纪最大的歌师，也是麻山苗族地区目前能比较完整唱诵《亚鲁王》的歌师之一。他除了在本镇各村寨主持葬礼、演唱《亚鲁王》并为他人举行祛病仪式外，他的演唱范围遍及长顺县的交麻乡、代化乡等地。紫云县宗地乡大地坝村摆弄关组的东郎杨光东唱诵《亚鲁王》100 余次，除了在宗地乡唱诵《亚鲁王》之外，他还去过罗甸、长顺、望谟等县唱诵《亚鲁王》。但他们的职业大多是农民，除了丧葬活动被请去唱诵史诗《亚鲁王》之外，其余的时间是在家务农。

为了谋生，很多东郎除了种地之外还兼营其他手艺。唱诵《亚鲁王》一百多次的东郎杨光东一家以种地为主要收入来源，其妻子在家饲养猪、牛、马等牲畜，杨光东还做泥水工，到周边寨子帮人家盖房子。东郎韦小桥除了做歌师，为病人举行祛病仪式之外，也做泥水工。四大寨乡苕凯村周家山的东郎潘天明主持各种仪式达几百次之多，还是远近闻名的木匠。不少东郎甚至跨县跨省在

① 东郎陈兴华访谈，2014 年 11 月 7 日。

外打工。紫云县大营乡巴茅村巴茅寨的东郎黄老华，已经70多岁，是方圆百里有名的歌师、当地苗族黄姓家族中有名的祭祀师。黄老华自出师之后，主持丧葬仪式及演唱史诗《亚鲁王》不少于200余次，但他却有多地打工的经历。黄老华先去过望谟打工，帮当地农户砍甘蔗，这是季节性的打工。后来又去罗甸做活路，据他说，因为没有车，在回家的路上就用芭蕉叶铺在地上过夜。在广西打工时因为没有上过学而被人骗过，工钱被克扣。在广东打工是进菜场帮忙犁地。“虽然是在菜场种菜，却不能摘菜来吃，每天还是要到菜场去买。有时候我们半夜的时候也会偷偷摘点，要是被老板发现了，就会扣工资。”①

东郎去帮别人主持葬礼，唱诵《亚鲁王》，并非以之作为谋生的手段，大都不要钱，只是主人家给个礼信。如果主人家杀猪就送几斤猪肉，杀牛就送几斤牛肉，东郎不会自己提出，全凭主人家的意愿。对于较为贫寒的东家，被请去唱诵《亚鲁王》的东郎纯粹就是一次没有任何报酬的义务劳动。可见，东郎主持葬礼唱诵《亚鲁王》所获的报酬是非常少的，但东郎们从来不计较报酬的多少。这正如东郎黄老华所说：“做这门事②对自己的好处是修阴功，对别人来说是可以驱邪除病，虽没有报酬，但只要有人来请，都会放下手中的活路去帮人做事。”③“杨小云他们唱诵《亚鲁王》，帮忙主持葬礼都是不收钱的，走一趟下来主人家要是有良心的话，就会送一点肉和糯米饭带回来……这些只是个礼信而已，歌师从来不要求主人家给大家包多少。他们是去帮忙的。”④

东郎外出为亡灵开路、砍马，没有相应报酬，却经常要影响到自家的生产劳动，东郎韦国兴不仅会唱《亚鲁王》的唱词，而且还是东偌和宝目，因此，一年的大部分时间在外面帮人家做法事，在自家干农活的时间就很少。因此，在麻山百分之九十九的东郎家庭都很穷，吃得和住得都特别差，日子过得很糟糕。改革开放后，麻山地区受到打工潮的影响，大多数青年人选择外出打工，不再愿意成为东郎。不少东郎为了生计、为了养家糊口也加入了打工的行列，因此，部分甚至全部丧失了唱诵《亚鲁王》的时间和精力，《亚鲁王》史诗的传承堪忧。

二、《亚鲁王》史诗的传承措施

“保护文化遗产，守望精神家园”已成为全社会的共识。日本是世界上最

---

① 中国民间文艺家协会主编：《亚鲁王文论集》，北京：中国文史出版社，2011年，第245页。

② 指东郎职业。

③ 中国民间文艺家协会主编：《亚鲁王文论集》，北京：中国文史出版社，2011年，第254页。

④ 曹维琼等：《亚鲁王书系·歌师秘档》，贵阳：贵州人民出版社，2012年，第91页。

早提出保护“非遗”的国家。早在1950年日本政府就颁布了《文化财保护法》，对“非遗”进行保护。在韩国，“人类活的珍宝制度”活态地传承了非物质文化遗产，尤其值得指出的是，在韩国的“非遗”保护运动中，全民参与意识较高，同时把“非遗”保护和生产化、商品化联系在一起，为“非遗”的保护和发展注入了生机和活力。

文化遗产保护的途径、形式和方法多种多样，学界进行了充分的探讨。刘魁立认为，“非遗”保护应始终贯穿整体性原则，“李淑敏、李荣启提出原真性、可解读性、可持续性保护，贺学君提出了生命原则、创新原则、整体原则、人本原则和教育原则”①，苑利、顾军在《非物质文化遗产保护的十项基本原则》一文中提出了“非遗”保护的十项基本原则，即物化原则、以人为本原则、整体保护原则、活态保护原则、民间事民间办与多方参与原则、原真性保护原则、多样性保护原则、精品保护原则、濒危遗产优先保护原则、保护与利用并举原则等。另外还有制度保护、立法保护、数字化保护、生产性保护等。这些方法，虽然角度有所不同，但其着眼点都是将“非遗”当作有生命的活态存在，都认识到了“代代相传”“世代相承”是非物质文化遗产的本质属性。非物质文化遗产保护的根本目的在于存续“活态传承”。

（一）保护好《亚鲁王》史诗传承的“文化生境”

史诗演唱自古以来就是苗族人民最重要的民俗文化活动之一。《亚鲁王》史诗是活在苗族丧葬仪式中的活态史诗，是在歌师的演唱过中，在听众的积极参与合作的过程中创造出来的。文化的传承和发展离不开其赖以生存的生态环境，没有歌师在民众中的演唱活动，离开了史诗传统赖以生存的文化语境和土壤，史诗文本便了无生机。保护和传承好少数民族优秀的传统文化，要保证这些文化艺术具有良好的赖以生长发育的土壤和环境，即“文化生境”。活态的民族文化遗产要与特定的文化空间联系在一起才能存续。没有文化空间，民族文化就成了干尸标本。人与环境的关系是辩证统一的，环境影响人和文化，生活在环境中的人通过适应环境，创造文化。“要保护好民族文化这块土壤，必须让民众从民俗活动中感受到生活的愉悦、快乐和乡情亲情，让他们在世代相传的民俗文化活动中感受到独特的文化情致和魅力，体验到传统文化与他们的生活密不可分。”②

民族村寨是保存民族文化的有效载体。在民族村寨中既有物质文化，又有

---

① 余悦：《非物质文化遗产研究的十年回顾与理性思考》，《江西社会科学》，2010年第5期，第78页。

② 杨福泉：《少数民族文化保护与传承新论》，《云南省社会科学》，2007年第6期，第89页。

非物质文化。“就物质文化而言，其中包括民居建筑文化、民族纺织文化、民族服饰文化、民族饮食文化等；就非物质文化而言，其中包括民族民间文学（如口头神话、民间传说、民间故事、民间歌谣、史诗、长诗和谚语等）、民族音乐舞蹈、民间戏剧、民族传统手工艺、民族习俗等。”[①] 不少学者提出，非遗保护应从遗产本身的文化空间入手，保护的不仅仅是遗产本身，还应保护其生存与发展的文化空间，进行整体性保护，如设立生态文化圈、非遗生态场等。“从文化空间入手，对文化遗产进行就地保护有助于文化在其植根的土壤里生根、发芽、开花、结果。”[②]

封闭的自然环境、丧葬仪式的庄严神圣、悲怆雄浑的人文气息、族群历史的沧桑记忆等是《亚鲁王》在麻山地区存续千年的文化氛围。保护好《亚鲁王》传承的文化氛围，是《亚鲁王》史诗得以传承不衰的重要途径。在《亚鲁王》流布集中的乡镇设立《亚鲁王》文化生态保护区，建立传唱基地，尊重当地苗族群众在《亚鲁王》传承中的主体地位等，是维系《亚鲁王》文化氛围的重要举措。

（二）保护好史诗传承人

东郎作为史诗的展演者，被誉为“有着金子般的嘴”的人、“民族记忆的守护者”，他们用口耳相传的形式传承历史和文化，在史诗的传承中担当了最重要的角色。

《亚鲁王》是活在民间丧葬仪式上的活态史诗，丧葬文化说到底是一种信仰文化。活态史诗是一种珍贵的非物质文化遗产，是关乎人的情感、信仰和精神的民俗信仰。作为口头传统结晶的《亚鲁王》“是跟人结合在一起的，有人就有非遗，没有人就没有非遗。”[③] 对非遗的保存、传承离不开人。作为贯连古今的苗族传统文化的见证者，东郎是史诗《亚鲁王》的传承人，东郎群体是史诗《亚鲁王》传承的活态载体。保护好作为“活态载体”的东郎是《亚鲁王》史诗传承的关键之所在。

对麻山地区乃至全省的东郎开展全面普查工作，将对麻山地区的3000多名东郎进行保护和扶持，建立东郎个人档案，如姓名、职业、支系、学习《亚鲁王》的经历、家族与师传的谱系、出师年龄、文化程度、演唱经历等。个人档案越详细越好，还要注名采访的时间与地点，采访人与同行者的基本信息等。

① 蔡熙：《在文化旅游中保护贵州的古村落》，《2014年贵州社科学术年会学术专场研讨会暨“以区域特色文化推动地方经济发展”研讨会论文集》（内部刊物），第100－105页。

② 蔡熙：《在文化旅游中保护贵州的古村落》，《2014年贵州社科学术年会学术专场研讨会暨“以区域特色文化推动地方经济发展”研讨会论文集》（内部刊物），第100－105页。

③ 朝戈金：《非遗保护视野下的口头传统文化》，《人民政协报》，2014年7月14日。

值得注意的是，对所有东郎唱诵的《亚鲁王》史诗都要进行搜集整理。

保障东郎的生计方式。保障东郎在当地较为体面的生计方式，维护东郎的社会地位既是稳定现有的东郎不至于因外出打工谋生而放弃唱诵史诗，也是吸引苗族青年加入新一代东郎行列的利器。保障东郎的生计方式有利于培养、带动一批歌师队伍，从而更好地传承《亚鲁王》史诗。

培养新一代的东郎，让《亚鲁王》史诗作为民族民间文化进校园、进课堂。在相关村寨建立亚鲁王文化传习所，由知名东郎传授史诗，对爱好《亚鲁王》史诗的苗族中青年人进行培训，从而将《亚鲁王》传承下去。《亚鲁王》国家级传承人陈兴华在猴场镇打哈村成立了东郎传习所，自己担任东郎传授者传习者，吸引了更多的年轻人，在他的引导下，紫云自治县在麻山腹地的宗地乡、四大寨乡建立了 12 个《亚鲁王》传习所，效果很好。

建立苗语培训基地，夯实传播《亚鲁王》的基础。“语言是一个民族属性最直接的载体，随着语言的消失，这个民族的精神世界，它所掌握的特定的关于宇宙和自然的知识和技能比如医药学知识、矿物学知识、植物学知识等就会随之消失。”① 大东郎陈兴华说：“要想这个史诗不失传，一定要普及苗文，不普及苗文，这个一定会失传。”② 由于村里的年轻人纷纷外出打工，在当下年轻人当中已经不唱《亚鲁王》了，搬到县城后，他的孙女连苗语都不会说了。为此，孙女一放假，陈兴华就带孙女回到老家猴场，让她们学习苗语。

（三）推进《亚鲁王》史诗的数字化传承

《亚鲁王》史诗是麻山苗族民众世代传承的活态文化遗产，蕴藏着苗族人民的历史、文化、生活习俗的海量细节，是苗族人民的性格和精神的诗性表达，是具有膜拜价值的光韵。独一无二的“光韵”对象与使之神圣化的传统有不可分割的关系。抢救保护《亚鲁王》，其实就是保护苗族的历史和文化。亟待挖掘研究的中华民族的瑰宝《亚鲁王》的第一卷得以面世的过程，体现出口头史诗遗产的抢救保护在当下的紧迫性和艰巨性。为了更好地保存这份珍贵的文化遗产，深入山寨田间进行调查、搜集、记录、翻译、出版，把口传的史诗以文字的形式记录下来出版或存放在博物馆里，使其以“第二生命”在更广泛的人群中得以传播，为多种保护渠道提供了可能。

虽然对口传史诗的记录出版十分迫切，但是抢救性的记录绝非单纯的文本所能解决。一方面，将一部口传史诗过度文本化之后，其想象空间必然会大大缩小。另一方面，流传于民间的口传史诗在流传过程中仍在不断发生变异。因

① 朝戈金：《非遗保护视野下的口头传统文化》，《人民政协报》，2014 年 7 月 14 日。
② 东郎陈兴华访谈，2014 年 11 月 7 日。

此，对于口传史诗需要在口头与文本之间保持适度张力，为自由发挥留下空间。第三，用文本记录的史诗无法再现唱诵者的嗓音生理信息、呼吸节奏信息、心理信息等具有文化意义的信息。

大数据时代的到来为活态史诗《亚鲁王》的数字化传承提供了新的契机。大数据具有数据类型繁多、处理速度快、数据体量巨大、价值密度低等特征，“过去不可计量、难以存储、不易分析和不方便共享的很多东西被数据化，并被快速传输”，“大数据的价值更在于它为我们的生活创造了前所未有的可量化的维度。”① 可见，大数据正在改变人类记录语言和口传文化的内容和方式。

《亚鲁王》是苗族的活态文化大典，通过数字录像把歌师主持仪式的全程录下来，不仅可以全息地呈现歌师在表演过程中的眼神、表情、手势、嗓音变化、肢体语言、乐器技巧、音乐旋律等展演风格，而且还可以再现听众的表情和反应，丧葬场合的气氛。在当今云计算时代，数字化的文化形式不仅易于复制和传播，也方便外出打工的年轻人学习唱诵《亚鲁王》史诗。可见，数字化传承对于《亚鲁王》史诗的保护和传承具有重要的现实意义。

值得注意的是，推进活态史诗《亚鲁王》的数字化传承，不能不关注视觉背后的人的生存和发展状态。运用数字影像的方式，拍摄民间文化遗产，编纂和播映数字影像作品，“必须反对滥用数字影像权力，也反对通过摆拍、虚构或拼凑素材等方法，炮制符合自身需求的数字影像文本”②，必须坚持以对他者文化的尊重作为最基本的取舍标准。

---

① 姜义华：《大数据催生史学大变革》，《中国社会科学报》，2015 年 5 月 3 日。

② 余未人：《原音原画缘生贵州》，《贵州日报》，2014 年 10 月 17 日。

下篇　文学人类学视域的史诗文化阐释

20 世纪的文学人类学经历了从“人的科学”向“文化阐释”的嬗变。“人的科学”是早期文化人类学根据自然科学的原理而探寻普遍规律的学科范式。“文化阐释”即是对地方性知识进行内在意义的发现和编码规则的阐释。20 世纪中期格尔兹的“符号解释学”的出现，是科学主义向人文主义嬗变的标志。

格尔兹的符号人类学将文化视为象征系统，着重分析符号的象征意义。在他看来，文化是一个有序的符号体系，意义只能存在于符号中。象征符号是“概念的可感知的形式，是固化在可感觉的形式中的经验抽象，是思想、态度、判断、渴望或信仰的具体体现。”① 艺术因其具有较强的符号性而被格尔兹用来作为分析原始文化和当代文明的资料，作为比较分析西部非洲、新几内亚、意大利文艺复兴以及摩洛哥文化的媒介和其文化阐释的材料，从而超越了对艺术本身的研究。格尔兹之后，把人看成一种符号化、概念化、意义的动物的观点越来越流行，人们试图从经验中获得意义，并赋予其形式与秩序。格尔兹的阐释人类学以文学符号学为基点，把文化看作一种“意义之网”以及公共的、共享的象征与意义的集体文本，强调文化的语境和关联性，将人类学的研究重点从对行为和社会结构的探讨转移到象征符号、意义和思维的研究，把文化当作意义系统来阐释，更注重在比较和经验的层面上应用阐释学方法。格尔兹的符号人类学与阐释人类学可以命名为“符号阐释学”，一方面，他的阐释学脱胎于符号人类学；另一方面，他与符号人类学有着剪不断的联系，例如，他对巴厘斗鸡习俗的象征解读被誉为符号人类学研究的经典范例，同时，由于他对“深描”方法的娴熟运用又被誉为阐释人类学的经典范例。这样格尔兹的符号解释学拉近了人类学与文学的联系，可谓名副其实的文学人类学。

歌师用西部方言麻山次方言在丧葬仪式上唱诵的《亚鲁王》史诗被学界称为“苗族古代生活的百科全书”，蕴含着苗族先民特有的精神价值、思维方式及艺术想象力，蕴含着丰富的原始文化。下篇共四章，在田野作业的基础上，

---

① ［美］克利福德·格尔兹：《文化的解释》，韩莉译，南京：译林出版社，1999 年，第 112 页。

借鉴格尔兹的文学人类学理论——符号解释学，把苗族的丧葬仪式视作一个“文化文本”。在此，“文化文本”是一部用行动或者说用身体展演来描述和揭示的民族志，而不仅仅是书面文本。综合运用文本证据、田野资料、实物图像等多重证据，将三者视作一个文本的集合，对《亚鲁王》史诗的多元文化意义进行深度发掘。

第五章 《亚鲁王》史诗的文明探源

1871 年英国文化人类学家爱德华·泰勒的巨著《原始文化》出版，这一文化事件不仅是文化人类学这门学科诞生的起点，也是西方学界发现“原始”的标志性文化事件。20 世纪以来，西方的文学艺术领域出现一股回归原始的倾向，以再发现、再认识原始价值为主题的文学创作直接推动了现代主义文学运动的兴起，催生了跨文化的人类学想象。

文学人类学研究着重于考察“异文化”的特质。叶舒宪认为，“人类学想象就是以异文化的他者为对象的一种文学艺术认知模式，也可以视为人类学知识观在 20 世纪文学艺术领域的某种派生现象。”① 可见，人类学想象即是对异族、异文化的全面关注与重新认识。文学人类学关注的对象多为原始社会或无文字社会的活态文化现象。“原始与现代相联系、各民族文化相比较是文化人类学所追求的理论境界与思维方法。”② 文学人类学研究重点研究原始的、蛮荒的、野性的思维和现代文学的关联，这样它不但要研究书面文本，而且要研究从远古时代流传至今的活态的仪式展演，探讨仪式展演与文化之间的内在关联。文学人类学视域的活态史诗观念将研究视野从文学文本拓展到广阔的文化文本语境，要求研究者对其原始的文化密码进行破译和解码。

《亚鲁王》史诗用口头传承的方式体现着苗族的文化传统、生活经验和审美趣味，彰显着苗族精神文化的源头，其中关于宇宙起源、人类起源和文化起源的神话，对宇宙的由来、人类的起源和文化的产生做了独特的诠释。对《亚鲁王》史诗形成和发展过程中的文化根源进行深度挖掘和研究，是文学人类学的题中应有之义。

本章共分三节，第一节运用比较神话学的跨学科视野，结合田野调查的活态资料与考古新发现，对《亚鲁王》史诗的创世神话、人类起源神话、日月神话、龙心大战神话进行综合研究，从跨学科整合视野展开文明探源研究，将神话还原为文化编码的基因，从神话入手探寻人类思维和文化编码的真正源头。

---

① 叶舒宪：《文学人类学教程》，北京：中国社会科学出版社，2010 年，第 10 页。

② 方克强：《文学人类学与鲁迅研究》，《文艺理论研究》，2010 年第 6 期，第 41 页。

第二节探寻《亚鲁王》史诗的宇宙观，主要揭示《亚鲁王》史诗天圆地方的宇宙观、宇宙空间结构垂直三界、“阴阳相和”的宇宙观、十二生肖的时间观，揭示麻山苗族“不分种族、不分肤色、不分语言”的“天下大同”世界观和价值观。第三节对史诗蕴含的笙鼓文化和绿色的生态文化等原始文化进行人类学文学解读。

第一节 《亚鲁王》史诗的神话叙事

文学与人类学的重叠交叉之处首先表现在神话上。叶舒宪在《文学与人类学——知识全球化时代的文学研究》一书的第七章“神话学：文学与人类学的交叉点”中指出，“如果说文学与人类学在范围上有一定的重叠之处，那么这首先就是神话了。”“神话学可以看作是文学研究与人类学、民俗学研究的共同兴趣所在，因而也是我们梳理文学与人类学关系的有效切入点。”①

仪式和神话的关系是一而二、二而一的关系。一般认为，仪式是身体的展演，因而是实践的；而神话是对仪式的解释，因而是观念的。以弗雷泽为代表的神话—仪式学派从宗教仪式实践的角度来解释神话，认为神话是用语言的方式来叙述或说明仪式的内容，因此，先有仪式，后有神话。“神话是关于世界和人怎样产生并成为今天这个样子的神圣的叙述性解释。”② “神话具有一种阐述性功能，它解释一切起因不明的自然现象，或一切来源于业已遗忘的仪式的功用。”③ 在西方文学批评史上，神话原型批评的兴起源于对人类早期文化、原始思维以及人类共同心理结构的研究，主要受到以弗雷泽为代表的文化人类学、荣格的分析心理学以及弗莱的原型批评、卡西尔的符号哲学、列维－斯特劳斯的结构人类学的影响。加拿大学者诺思洛普·弗莱是神话原型批评的集大成者。弗莱认为，文学是“移位（变形）的神话”。文学并非作家个人的独创，它与神话密不可分，神话表达了原始人的欲望和幻想，换言之，神的为所欲为的超人性只是人类欲望的隐喻表达。随着科学的兴起，原始人的欲望和幻想受到压抑，神话趋向于消亡，但它移位（变形）为文学而继续存在，神相应地化身为文学中的各类人物。

神话批评指的是从仪式、神话、图腾崇拜等宗教现象入手解释文学现象，

---

① 叶舒宪：《文学与人类学——知识全球化时代的文学研究》，北京：社会科学文献出版社，2003 年，第 193 页。

② ［美］阿兰·邓蒂斯：《西方神话学文论选》（中译本），朝戈金等译，上海：上海文艺出版社，1994 年，第 34－35 页。

③ ［美］阿兰·邓蒂斯：《西方神话学文论选》（中译本），朝戈金等译，上海：上海文艺出版社，1994 年，第 206 页。

特别是文学之起源与流变的批评方法。中华人民共和国成立之前我国的文学人类学研究主要是在神话研究领域，希望从古人的精神遗存中来找到现代文明社会中存在的种种问题的钥匙。“神话”观念及研究方法极大地影响了传统的文史研究。王国维在《宋元戏曲史》中运用尼采的悲剧理论，将我国戏曲之起源归诸巫文化——巫觋祭祀。“歌舞之兴，其始于古之巫乎？巫之兴也，盖在上古之世。”① 鲁迅最早从文学史的角度对神话进行阐释，将神话视为中国文学史的肇端，其《中国小说史略》的第二篇《神话与传说》明确指出神话是小说的渊源。他在《中国小说的历史变迁》中又提出：“神话是文艺的萌芽”。自 20 世纪 20 年代鲁迅明确这一定位之后，神话作为文学源头的看法一直延续到今天。20 世纪 80 年代及其以后，中国文学人类学的复兴最初也是在神话—原型批评领域。神话—原型批评作为一种方法在百余年的中国文学人类学历史上是一脉相承的。叶舒宪提出重新阐释“神话中国”的呼吁。他指出：“神话作为初民智慧的表述，代表着文化的基因。后世出现的文、史、哲等学科划分都不足以涵盖整体性的神话。作为神圣叙事的神话与史前宗教信仰和仪式活动共生，是文史哲的共同源头。”②

神话既是一种叙事，也是一种思维。文学人类学通过原始神话与史前艺术品来透视原始先民们的心灵和情感世界，洞悉古人与今人相通的人性结构，彰显艺术与人类生命存在的必然联系。因此，神话与史前艺术便具有极高的文学人类学研究价值。

史诗是储存神话的武库和土壤，世界知名的史诗，如古希腊的荷马史诗，古代印度的史诗《摩诃婆罗多》《罗摩衍那》等保留了大量的古代神话。近年发现的以西部苗语方言流传于贵州麻山地区的活态史诗《亚鲁王》就蕴含了很多有关宇宙起源、人类起源和文化起源的神话，如造山造地神话、造人神话、造日造月神话、鸡鸣日出神话、射日射月神话、公雷涨洪水神话、造乐器造铜鼓神话、萤火虫带来火种神话、蝴蝶找来谷种神话、龙心大战神话等。

神话同信仰、仪式、谜语、咒语等紧密相关，开天辟地与人类起源是一切创世神话反复叙述的两大主题。本节从比较神话学的视角对《亚鲁王》史诗的创世神话、人类起源神话、日月神话、龙心大战神话重点进行探讨。

一、《亚鲁王》史诗的创世神话

“创世神话是肇端于人类社会早期的释源神话，即它是以解释天地万物起源

① 王国维：《王国维论著三种》，北京：商务印书馆，2010 年，第 47 页。

② 叶舒宪：《中国的神话历史：从“中国神话”到“神话中国”》，《百色学院学报》，2009 年第 1 期，第 87 页。

为主要内容的神话。荷兰莱顿大学教授米尼克·希珀在《创世和起源神话中的人类之始：比较研究一例》中，通过世界范围内神话的比较研究，归纳出神话学的三个基本命题：造神、造人、创造宇宙。以西部苗语方言流传于贵州麻山地区的苗族活态史诗《亚鲁王》蕴含了很多创世神话。"①

（一）创世神话与宇宙起源

创世神话是对宇宙的最早神话学解释，它是一个世界性的神话母题，在世界各地、各民族中都不同程度地存在着。

流传于贵州黔东南地区的《苗族古歌》对宇宙的起源做了精彩的描绘："我们看古时，哪个生最早，哪个算最老？……云雾生最早，云雾算最老。"②在《苗族古歌》中，云雾是形成天地万物的最初本源，也就是说，在天地万物形成之前，宇宙是一片云雾弥漫的混沌状态。由于云雾的运动变化才产生天地万物。有了天和地，才有扒山扒岭、钻山潜水的动物，进而才有修狃等巨兽，才有剖帕、火耐、俯方、姜央等开天辟地的巨人。可见苗族先民对宇宙的本源进行了不懈的探索，将天地起源归于云雾，认为是云雾化为世间万物，闪烁着朴素的唯物主义光辉。

苗族活态史诗《亚鲁王》以天地万物、人类社会的起源及其演进为叙述线索，活态传承了造天造地造人、造山造丘陵、赶山平地、造太阳月亮、造唢呐铜鼓、蝴蝶找来谷种、萤火虫带来火种等创世神话。创世之神火布当创造了宇宙，"火布当造出勒咚（宇宙）白茫茫，火布当造成天外空荡荡。火布当造星星，火布当造月亮。"③ 波彤造天，但他造的天是女人的天。博咚到天外的下方造地，他造的是男人的地。董冬穹造天造地，"董冬穹敲破天，董冬穹打碎地。董冬穹一天想三遍怎样造天地。"④ 天地造成之后，董冬穹还要造草木、生灵。

在《亚鲁王》中，创世是一个持续不断的过程。"董冬穹造的坡土不安稳，董冬穹造的山坡不牢靠。天德越不下雨，地德雪不长草。树木不发枝，竹子不长叶，树林不结果，竹子不拔节。"⑤ 于是董冬穹再造天地："董冬穹造成的上半空是公的，董冬穹做出的下半空是母的。天德越才下雨，地德雪才长草。树木才发枝，竹子才长叶，树林才结果，竹子才拔节。"⑥ "天德越不稳，董冬穹

① 蔡熙：《〈亚鲁王〉的创世神话比较研究初探》，《名作欣赏》，2014 年第 5 期，第 122－123 页。

② 潘定智、杨培德、张寒梅编：《苗族古歌》，贵阳：贵州人民出版社，1997 年，第 2－4页。

③ 中国民间文艺家协会主编：《亚鲁王》，北京：中华书局，2012 年，第 4 页。

④ 中国民间文艺家协会主编：《亚鲁王》，北京：中华书局，2012 年，第 7 页。

⑤ 中国民间文艺家协会主编：《亚鲁王》，北京：中华书局，2012 年，第 7－8 页。

⑥ 中国民间文艺家协会主编：《亚鲁王》，北京：中华书局，2012 年，第 8 页。

造星星祖先做天钉，天才安稳。地德雪不牢固，董冬穹造山陵祖先做地钉，地才牢固。”[①] 赛杜是山川土地的创世神。“赛杜急忙挥一拳头成一片平地，赛杜赶敲一锤子成一个山垭，赛杜接着打一巴掌成一匹山崖。赛杜撒着肥熟的黄土黑土，铺满大地越走越远。”[②] 卓喏是蓝天大地的创世神，“卓喏编织上空蓝天，卓喏织造下方大地。卓喏去到上空，卓喏来到上方。卓喏编织的天像个大簸箕，卓喏织造的天如同小簸箕。”[③] 另外，火布冷造牛、马、钱币、钍，火布碟造十二个太阳。可见，《亚鲁王》塑造了齐心协力创造宇宙万物的始祖神。

将《亚鲁王》与《苗族古歌》相比照，《苗族古歌》塑造了齐心协力创造宇宙万物的巨人群。天地未开辟前，“天和地相粘，地和天相连”。巨人剖帕用斧头把天地辟开。但“天地两分开，天地还不圆”，往吾用大锅把天地煮得“圆罗罗”。把公、样公、把婆、廖婆用巴掌把天拍大，把地捏宽，才有了如今模样的天地。但是“天还压着地，地还顶着天”。于是府方用力把天地撑开，万物才有了生存的环境。之后，巨人养优造山，耙公、秋婆、绍公、绍婆修整山河，整平土地，巨兽修狃造河，火耐敲石引火，最后姜央造出狗、鸡、牛等动物，并繁衍人类。苗族神话是苗族先民的原始思维及苗族社会发展的产物，也是苗族先民生活的折射。二者的相似之处表明生活在崇山峻岭之中的苗族先民依靠集体力量战胜险恶环境的历史现实。

在我国南方各少数民族的创世神话中有很多相似之处，有的甚至是同一母题神话的不同异文，如苗族的《苗族古歌》，纳西族的《东巴经》，彝族的《梅葛》《阿细的先基》《勒俄特依》，白族的《创世纪》，瑶族的《密洛陀》《盘古书》等，其主要内容都是讲述天地的开辟、人类的诞生、万物的起源。在汉族典籍中，为人们所熟知的创世神话是“盘古开天辟地”神话，不过它在古籍中出现的时间很晚，最早见于三国时期徐整的《三五历记》和《五运历年记》。此神话可分为三类，即天地分裂型、尸体化生型、自生型，如尸体化生型是这样表述的：“首生盘古，垂死化身。气成风云，声为雷霆，左眼为日，右眼为月，四肢五体为四极五岳，血液为江河，筋脉为地里，肌肤为田土，发髦为星辰，皮毛为草木，齿骨为金石，精髓为珠玉，汗流为雨泽，身之诸虫，因风所感，化为黎虻。”（《绎史》卷一引《五运历年记》）即是说，盘古死后的尸体化生了天地万物。基督教的经典《旧约·创世记》讲述了上帝创造宇宙万物的故事。宇宙的原始状态是一片黑暗的无形的水的深渊，上帝耶和华用六天时间从混沌中创造了光明和秩序，其先后顺序是：光→太空→大地从海洋中分离出

① 中国民间文艺家协会主编：《亚鲁王》，北京：中华书局，2012年，第8页。
② 中国民间文艺家协会主编：《亚鲁王》，北京：中华书局，2012年，第42页。
③ 中国民间文艺家协会主编：《亚鲁王》，北京：中华书局，2012年，第8页。

来，出现陆地→植被覆盖大地→天体：太阳、月亮和星星→鸟和鱼→动物（包括人）。在埃及的创世神话中，创世者是宇宙神拉，拉是天神之首，一种自我创造的存在，他创造了天和地，赋予万物以生命的风、火、众神、人、走兽、家畜、爬虫、空中的飞禽和海中的鱼。

（二）创世神话的共同特征

神话是原始文化的精神蓓蕾，创世神话是解释天地生成、人类及万物产生的神话。美国神话学家雷蒙德·范·奥弗在《太阳之歌——世界各地创世神话》（中国人民大学出版社，1989）汇编了北美洲、南美洲、北欧、美索不达米亚、希腊、埃及、印度和波斯、远东、大洋洲和南海岛民等世界各地的创世神话，并发现相距遥远的世界各地的神话之间存在着惊人的相似之处。比较世界各地的创世神话，不难发现它们之间有着明显的共同特征。

首先，世界始于混沌。世界各地的创世神话都认为宇宙是从混沌中诞生的。

天地开辟之前，宇宙是一片混沌，没有光明，没有方向，没有时间。在《亚鲁王》中，“勒咚（宇宙）白茫茫”“天外空荡荡”。在《苗族古歌》中云雾弥漫的混沌是形成天地万物的最初本源。在盘古开天辟地神话中，“天地混沌如鸡子”，在《旧约·创世记》中宇宙的原始状态是一片黑暗的无形的混沌。阿昌族神话《遮帕麻与遮米麻》和彝族创世史诗《阿细的先基》皆认为，远古之时只有一团混沌之气。远古先民对宇宙的本源进行了不懈的探索，将天地起源归于混沌，认为是混沌化为世间万物，闪烁着朴素的唯物主义观点。其次，创世神话认为宇宙和生命是一个“无始的神”开辟的。太古茫茫，天地混沌，出现了开天辟地的“无始的神”。在《亚鲁王》中有一系列的“无始的神”，其中包括火布当、波彤、博咚、董冬穹、赛杜、卓喏、火布冷、火布碟等，在《苗族古歌》中有创造宇宙万物的巨人群，如剖帕、往吾、把公、样公、把婆、廖婆、府方、养优、耙公、秋婆、绍公、绍婆、修狃、火耐、姜央等。在“盘古开天辟地”神话的“无始的神”是垂死化身的盘古，在《旧约·创世记》创造宇宙万物的是无形的上帝。人们对这样一个非生的、永恒存在的“无始的神”的起源很少质疑。再次，天地开辟一般有两个过程，一是把某种没有分的东西分裂为二，一是创造山谷河流和动植物。除了上面列举的神话之外，再如彝族创世史诗《阿细的先基》中说，天地未开辟之前，“云彩有两层，云彩有两张”，“轻云飞上去，就变成了天”，“重云落下来，就变成了地”。之所以如此，是因为只有在天地诞生之后，一切生物才有活动的空间与场所，也才可能为人类与一切动植物的诞生以及后世各种文化事象的产生准备条件。

（三）创世神话母题的生成原因

创世神话母题在各民族、各地域中的互见性，是有其深刻的原因的。其一，在远古社会人类需要支持生命的神话。远古人类对矛盾的自然现象，如生与死，四季的更替，睡眠时外观的死亡和清醒时特殊的自我意识等现象迷惑不解，于是他们试图用神话来解决这些玄奥的问题。神话“至少是一种生存手段，其意义在于它允许人在有语言和理性之前从心理上去适应一个异己的敌对的世界。”① 其二，很多民族经历过相似的历史发展阶段，在形态相近的社会形成相似的思想意识和心理结构，一种共同的内在的心理结构产生这些幻象，导致世界各地的早期创世神话具有一定的共同特征，形成相同的神话母题，同一母题的神话在不同的文化场域中反复出现。其三，民族的迁徙与分化、民族间的文化交往与融合是又一个重要原因。由于民族杂居相处而导致文化之间的互相影响，民族的迁徙引起各民族文化的交流。例如，苗族是一个以迁徙著称的民族，在迁徙过程中必然大量吸纳沿途各地、各民族的文化因子，从而带来文化的涵化和神话母题的传播。

二、《亚鲁王》史诗的人类起源神话

宇宙的起源问题与人的起源问题密不可分。自然界与人类始终是神话描写的主要对象，根据创世神话的结构类型和神话思维模式，创世神话一般分为两个大的类别，一是与宇宙创造有关的神话，一是人类创造神话。创世意味着秩序，与黑暗或虚无相对。创世和起源神话为这个地球上的第一个人的生活创造条件。在创世神话中，人是创造的顶峰。

“世界上每个民族都有关于人类起源的神话传说，试图以自己认为合理的方式回答和解释人类的由来。”② 早在春秋时期，屈原曾发人深省地提出：“女娲有体，孰制匠之?”（《天问》）屈原虽然没有提出人类起源的观点，但对神造人的观点大胆地提出了质疑。关于人类起源的看法，汉族神话主要有“化生说”“抟土造人说”。庄子在《至乐》中提出了“胎生说”，“青宁生程，程生马，马生人”。显然，这是人类起源观点的一大进步。《淮南子》的《精神篇》说：“有二神说生，经天营地……浊气为虫，精气为人。”在西方，古希腊阿克西曼德提出过“鱼变人”之说，古罗马卢克莱修有“土生说”“感生说”“水生人说”等。“1809 年法国生物学家马克在其《动物管理》一书中最先提出进化论思想。之后，英国杰出的生物学家达尔文创立了系统的进化论学说，才逐步揭

① ［美］雷蒙德·范·奥弗：《太阳之歌——世界各地创世神话》，毛天祜译，北京：中国人民大学出版社，1989 年，第 10 页。

② 罗义群：《人从树中来回到树中去——苗族生命哲学简论》，《黔东南民族师范高等专科学校学报》，2006 年第 5 期，第 43 页。

开人类起源的奥秘。"[①] 恩格斯在继承前人研究成果的基础上，提出了"劳动创造人类本身"的观点。

人从何处来？死后回到何处去？这是长期困扰哲学界的一个难题。居住在深山大箐的苗族对这个问题进行了回答。

对于人类和动物的起源问题，流传于黔东南的《苗族古歌》提出了"卵生说"，《苗族古歌》中的《十二个蛋》这样描述道："来看妹榜留，古时老妈妈，怀十二个蛋，生十二个宝。来唱十二蛋，来赞十二宝。白的什么蛋？黄的什么宝？白的雷公蛋，黄的姜央宝。花的什么蛋？长的什么宝？花的老虎蛋，长的水龙宝。黑的什么蛋？灰的什么宝？黑的水牛蛋，灰的大象宝。红的什么蛋？蓝的什么宝？红的蜈蚣蛋，蓝的老蛇宝。"[②] 这至少说明两个问题，第一，雷公、老虎、龙、牛、大象、蜈蚣、蛇以及苗族的始祖姜央等十二兄妹都是蛋孵出来的，这就是苗族的"卵生说"。第二，雷公、老虎、龙、牛、大象、蜈蚣、蛇以及苗族的始祖姜央源出于同一母体。无独有偶，纳西族宗教经典《多巴经》讲述的人类起源神话也是"卵生说"。"英格阿格"真神下出一个白蛋，白蛋孵白鸡，白鸡孵出九位神兄弟和七位神姊妹，九兄弟开天，七姊妹辟地。天地分开后，天气与地气交合生白露，白露生大海，大海生"恨古"，"恨古"传至几代后又生出五兄弟和六姊妹，其中最小的一个弟弟叫利恩，利恩即人的始祖。

进而言之，苗族的"卵生说"起源于"枫木说"。《苗族古歌》的《枫木歌》是这样叙述的："还有枫树干，还有枫树心，树干生妹榜，树心生妹留。这个妹榜留，古时老妈妈。"[③] 苗族的始祖母妹榜妹留，又叫"蝴蝶妈妈"，为枫木所生。妹榜妹留从"枫木"中诞生并长大之后，先后同"河水""太阳"游方[④]，最终怀十二个蛋，孵出姜央、雷公、老虎和水龙等十二个兄弟。可见，《苗族古歌》描述了一幅生命演进图："枫木·树心→妹榜妹留（蝴蝶妈妈）·吃鱼虾（水长）→与水泡配（宝蛋）·卵·用火→孵化·姜央（人）"[⑤]。这幅生命演进图清晰地表明，人不是上帝创造的，也不是神造的，而是从低级到高级逐步进化而来的，这就接近进化论的观点，显示出它的科学性、进步性。妹

---

① 李廷贵：《苗族哲学思想述略》，《贵州民族研究》，1987年第5期，第18页。

② 潘定智、杨培德、张寒梅编：《苗族古歌》，贵阳：贵州人民出版社，1997年，第94-95页。

③ 潘定智、杨培德、张寒梅编：《苗族古歌》，贵阳：贵州人民出版社，1997年，第88页。

④ 恋爱的意思。

⑤ 罗义群：《人从树中来回到树中去——苗族生命哲学简论》，《黔东南民族师范高等专科学校学报》，2006年第5期，第43页。

榜妹留创造人类的神话，在贵州苗族流行的各种创世史诗的异文[①]中多有叙述。

流传于黔东南的《苗族古歌》妹榜妹留创造人类的神话，属于女神造人神话。这类神话产生于母系氏族社会，是母系氏族社会女神崇拜的结晶。女神崇拜的起源与女性在母系氏族社会的支配地位有关，女子在母系氏族社会的崇高地位又与女子的生育能力有关。女子生人这一现象导致了女神创世神力崇拜的产生。显而易见的是，女神造人神话正是女神创世神力崇拜的反映，具有原生态创世神话的性质。关于女神造人神话不唯存在于黔东南的《苗族古歌》中，在汉文典籍和其他少数民族的神话中也不同程度地存在着。在汉文典籍中，记载了女娲用泥土造人的神话："俗说天地开辟，未有人民，女娲抟黄土作人，剧务，力不供，乃引絙于泥中，举以为人。"（《太平御览》卷78《风俗通》）《说文解字》对"娲"字的解释是这样的："娲，古之神圣女，化万物者也。"可见，女娲是为人敬仰的始祖女神。在我国的少数民族中也存在女神造人神话，如基诺族的神话"阿嫫腰白"说："洪荒之时，到处是大水，女始祖腰白（称阿嫫腰白）第一个来到世上。她用双手搓出一块块泥垢，然后用泥垢造成天地、日月、星辰、山川、河流、动物、植物和人。"[②] 所不同的是，基诺族的阿嫫腰白女神不仅造人，还创造天地万物。阿嫫腰白用泥土造人和万物的神话，既表现了早期人类对女性生殖力的崇拜，也反映了远古时期女神带领人们战胜自然的历史。不同地区各个民族女神造人神话的流传，说明人类在远古时期曾经有过极其相似的物质生产条件，经历了相近的历史发展阶段，也说明这类神话是对各民族在母系氏族社会时期社会生活的折光反映。

西部方言苗族用自己的丧葬文化对人类的起源问题做了回答。《亚鲁王》史诗中的"亚鲁祖源"篇记载说："在远古岁月，是远古时候。哈珈生哈泽，哈泽生哈翟。哈翟生迦畄，迦畄生了迦臧，迦臧生了弘翁，弘翁生翁碟，翁碟生火布冷。"[③] 从哈珈到火布冷这八代皆为女性，"火布冷统管达寞"，说明这一时期是女性处于支配和主宰地位的母系氏族社会时期。火布冷生下火布碟（男性）之后，"火布碟统领达寞"说明苗族社会开始进入男性为主导地位的父系氏族社会时期。再经过若干代，"觥斗曦统管达寞"的时候，"觥斗曦造了嘿[④]/觥斗曦造了人/觥斗曦在人头上造角，觥斗曦拿人脚板造趾。"[⑤] 觥斗曦的时代被称为"洼炳岁月"，所谓"洼炳岁月"，即是说造人不成功，"那年月是觥斗

① 如《苗族古歌》《苗族史诗》等。

② 向柏松：《中国原生态创世神话类型分析》，《文化遗产》，2013年第1期，第57页。

③ 中国民间文艺家协会主编：《亚鲁王》，北京：中华书局，2012年，第1页。

④ "嘿"是另一类型的人。据传其体型非常矮小，不会生育繁衍，但智慧超人、力量无边。

⑤ 中国民间文艺家协会主编：《亚鲁王》，北京：中华书局，2012年，第5页。

曦的涯炳岁月。那年月造不了嘿，那年代造不成人。”[①] “他们活着的不会死，他们死去的不再活。那个年代，人人的眼睛是竖立的，那些年月，人人直立着一双眼睛。”[②]

觥斗曦之后，他的儿子董冬穹接着造人、造嘿。但与觥斗曦不同的是，董冬穹造好了天地、山川、树木和草地之后，才开始造人。董冬穹用铁做骨头，用南瓜做肉，用地胶做油，在肩头造臂膀，在额头做眼睛。董冬穹造人虽然造成功了，“告别了觥斗曦人人眼睛直立的年代。”[③] 进入到了“横眼睛的岁月”，但董冬穹所造的人是奇人，这种奇人的特点是“脸蛋长得扁，眼睛不会眨，喊他不答应，睡下摇不醒，尸体不腐烂。董冬穹造人不兴旺，董冬穹造嘿不繁盛。”“董冬穹造成的人变成惑，董冬穹造出的嘿变为眉。”[④] 然而，董冬穹没有止于失败，而是再次造人。董冬穹总结失败的教训，在原来的基础上作了改进，用木做骨头，用泥巴捏成肉，在上身造臂膀，在额头做眼睛，但结果还是没有成功。不甘心失败的董冬穹到上方天外去请教造人的指导神耶偌和耶婉，耶偌和耶婉告诉董冬穹娶妻生子，才能人丁兴旺。为了造人成功，董冬穹在娶妻之前作了充分的准备工作。“董冬穹备下七十妮砂绕，董冬穹备下七十妮砂绒，董冬穹备下七十头白牛，董冬穹备下七十匹白马。”[⑤] 值得注意的是，这里的牛和马不宜简单理解为一般的家畜，而应当从神话学的意义上去理解。

董冬穹起初娶了博尼迦阿蒂翁琼，但博尼迦阿蒂翁琼不会生育，于是又娶了波尼珑哈啦丹，但波尼珑哈啦丹没有奶汁，不会生子。波尼珑哈啦丹按照指导神偌和婉的指点，种下构皮麻、构皮树之后，生下了七十个儿女。但好景不长，波尼珑哈啦丹生下的七十个儿女都没成活，这些没有成活的人都变成了生灵。不甘心失败的董冬穹再娶波尼拉娄瑟。之后波尼拉娄瑟生下诺育、卓喏、赛杜、乌利、耶炯、耶穹、丈瑟柔、赛扬、咤牧、鲁嘎等。然后，董冬穹把造人的重任又交给诺育、卓喏、赛杜、乌利、耶炯、耶穹、丈瑟柔、赛扬、咤牧、鲁嘎等女儿们。董冬穹说：“儿女们呀，你们分别去造万物。你们分别去造祖先……”[⑥]

从上面的梳理不难发现，在《亚鲁王》史诗中，从哈珈之后的第16代传人觥斗曦开始造人，但他造的人是稀奇古怪的奇人，“醒着的不会睡，睡着的不会醒”。觥斗曦的儿子董冬穹是麻山苗族创世神话的造物主，是开天辟地、创造人

① 中国民间文艺家协会主编：《亚鲁王》，北京：中华书局，2012年，第6页。
② 中国民间文艺家协会主编：《亚鲁王》，北京：中华书局，2012年，第6页。
③ 中国民间文艺家协会主编：《亚鲁王》，北京：中华书局，2012年，第7页。
④ 中国民间文艺家协会主编：《亚鲁王》，北京：中华书局，2012年，第9页。
⑤ 中国民间文艺家协会主编：《亚鲁王》，北京：中华书局，2012年，第36页。
⑥ 中国民间文艺家协会主编：《亚鲁王》，北京：中华书局，2012年，第14页。

类和万物的始祖，他不仅造人，而且造山造地。在经历多次造人的失败之后，最后在偌和婉的指导下造人才成功。董冬穹先造天地、日月、山川、草木，而后才造出人类，表征了人类的产生是一个从自然到人类的发展过程。苗族先祖董冬穹造天地万物造人，经历了“造人—失败—改进—造人—失败—改进—再造人”这样一个艰难曲折的过程。在经历了一次又一次的挫折和失败之后，造人才取得成功。董冬穹造人经历了“竖眼”的人、“不生不死”的人、“横眼”的人、“纸片一样”的人等诸多艰难而痛苦的失败过程。正如史诗所唱述的：“女祖宗一次又一次造族人，男祖宗一次又一次培育万物。”① 一方面，麻山苗族信仰他们的先祖是非常人可以比拟的。董冬穹虽然是麻山苗族的创世大神，但他仍有其自身的创造者，另一方面，董冬穹造人不是独自实现的，而是经历了若干后代的相继努力才得以实现。董冬穹的后代们在他创造的基础上创造万物，繁衍人类。神话世界是一个民族特殊的文化空间和思想空间，它凝聚着一个民族最古老的精神和心绪的记忆。神话反映了远古苗族人对自身起源问题的臆测。

三、日月神话

苗族活态史诗《亚鲁王》中的铸造日月神话、射日月神话以及鸡鸣日出神话构成了一个完备的日月神话体系，表征着远古苗族对自然的认识和理解，是其自然观念的幻想的折光反映，在我国的神话史上具有重要的地位。铸造日月神话反映了远古苗族百折不挠的艰苦创造，射日月神话表达了先民们在极低的生产力水平下，渴望征服自然，以求得适合人类生存和发展的自然环境的理想，鸡鸣日出神话表达的是一种泛博爱的伦理情怀和万物有灵的生命观。

（一）铸造日月神话

《周易》说：“日月丽乎天。”《文心雕龙》说：“日月叠璧，以垂丽天之象，山川焕绮，以辅理地之形。”日月作为天体高悬于蓝天，辉映大地，给生活在地球上的人们带来光明和温暖，影响四季气候、气温、节气的变化，与地球万千生物生存休戚相关。日月浩荡对于生产和生活都依赖于大自然的远古人类来说，显得尤其重要。日月的东升西落，阳光明媚而月色幽暗，无不引起原始人极大的关注和遐想。原始人类希冀日月造福于人类并由此积极地探索大自然的奥秘，便产生了日月神话。关于日月的由来，一般有以下几种说法。

第一，生育说。认为日月和人一样，也是父母所生养，这一说法出现在汉文典籍中。《山海经》载，太阳为羲和所生，月亮为嫦仪所生。《山海经·大荒

① 中国民间文艺家协会主编：《亚鲁王》，北京：中华书局，2012 年，第 40 页。

南经》云："东南海之外，甘水之南，有羲和之国，有女子名曰羲和，方浴日于甘渊。羲和者，帝后之妻，生十日。"《山海经·大荒西经》载："有女子方浴月，帝妻嫦仪，生月十有二。此始浴之。"第二，肢体化生说。三国时期吴国人徐整的《三五历记》载："首生盘古，垂死化身。……左眼为日，右眼为月。"三百年后，梁任的《述异记》云："昔盘古氏之死也，目为日月。"这在我国瑶族神话中记载得更为详细，盘古死后"左眼化作太阳日，右眼化成月太阴，岭上荒茅是头发，深潭鱼鳖是心肝，牙齿化成金银宝，红血化成江水津，身肉化成瓦共土，身骨化成大石身，手足化成山树木，手儿脚甲化星辰。"① 第三，铸造说。至今仍在苗族丧葬仪式上唱诵的《亚鲁王》详细唱述了苗族先民铸造日月的神话。在这里，日月的创造者是亚鲁王的儿媳嘎赛咏。由于亚鲁王的误射，射尽了太阳和月亮，导致亚鲁王的疆域出现三年黑夜，王后王妃不能开荒种地，鸡狗牛马不会啼叫。于是，亚鲁王派嘎赛咏铸造日月。亚鲁王派其儿媳造日月，但嘎赛咏不知道如何造，亚鲁王要嘎赛咏攀上十七丈高的马桑树，十七抱粗的杨柳树，爬到天上，去问住在天外的祖奶奶。祖奶奶告诉嘎赛咏回到旷野，在一座邑果的山坡造另一个耶偌，到一匹邑锦的坡上造另一个耶婉，然后耶偌和耶婉会告诉她如何造日月。嘎赛咏按照耶诺和耶婉教导的方法，用十二两金子，做十二只手镯，丢在十二个角落，就成十二个太阳。用十二两银子，做十二只手镯，抛到十二处荒野，就成十二个月亮。在铸造金太阳、银月亮这一点上，流传于西部苗语方言区的《亚鲁王》与流传于东部苗语方言区的《苗族古歌》有异曲同工之妙。《苗族古歌》叙说道："寒冬拉风箱，包公和送公冶炼，岳大娘剪去了日月的触角，朋庸把日月挑到天上，香翁和玉秀来洗日月……"②

将《亚鲁王》与《苗族古歌》的造日月神话进行比照，其异同是显而易见的。相对于"生育说"和"肢体化生说"而言，苗族的铸日造月神话表明，日月是劳动创造的产物，而不再是人体或某种生物的衍生物，这说明在生产力十分低下的原始社会，人们控制自然的能力虽然十分有限，但是在与自然界的较量中，随着人类认识客观世界的能力的提高，人类征服世界的信心与日俱增，备受折磨的原始人进行了艰苦的创造。因而，鲜明的创造色彩是二者的共同点。其不同之点表现在两个方面。首先，流传于西部苗语方言区的《亚鲁王》所唱述的天地开辟神话，无论是造山造地、造日造月，还是造人都经历了一个艰难曲折的过程，历经多次反复才得以成功，并且人类往往要为此付出惨痛的代价。

① 广西民间文学研究会编：《瑶族文学资料》第8集，油印本，第25页。

② 潘定智、杨培德、张寒梅编：《苗族古歌》，贵阳：贵州人民出版社，1997年，第15页。

"女祖宗们一次又一次造族人，男祖宗们一次再一次造万物。女祖宗造成最初的岁月，男祖宗又造接下的日子。造九次天，造九次人。"① 就铸造日月而言，从火布冷之子火布碟开始，到火布当、耶炯、耶穹、丈瑟柔直到嘎赛咏，经过了无数代人的努力，史诗的叙述风格显得十分沉重。黔东南的《苗族古歌》叙说宝公、雄公、且公和当公四位英雄用金柱银柱把天地撑稳，然后仿照水圈的模样从容自在地制造出了太阳和月亮，在古歌中人类始祖妹榜妹留（蝴蝶妈妈）和太阳一起"游方"（即谈情说爱），字里行间充溢着一种浪漫的情调。其次，在史诗《亚鲁王》中，无论是日月的创造者嘎赛咏，还是其上的指导神耶偌和耶婉都是女性，在这里，耶偌和耶婉都是至尊的神，她们的位置是别人（尤其是男人）所无法取代的，因为她们有着女性的本能——生育能力。所以《亚鲁王》的铸日月神话歌颂了女性英雄的艰苦创造，恩格斯曾经指出"原始的母权制氏族是一切文明的父权制氏族以前的一个阶段。"可见，《亚鲁王》反映的是母系氏族的社会结构特征，或者说具有很浓厚的母系氏族的遗迹。在《苗族古歌》中铸日造月的千秋伟业是以寒冬、包公、送公、岳大娘、朋庸、香翁和玉秀等为代表的男女老幼群策群力的结果，女性在其中虽然起了很大的作用，但只是起着协作配合的作用，也就是说，起主要作用的还是男性。铸日造月的过程反映了当时人类生产的集体性，在这里，群体的协作创造意识尤为突出，它反映的是母系氏族向父系氏族过渡时期的社会特征。

（二）射日月神话

相对于星星、风雨、雷电而言，日月和人类的关系更为密切，因此，远古人类崇拜太阳、赞美太阳，有的部落还将太阳奉为图腾，例如，古代秘鲁的印加人认为世间万物都源于太阳的恩赐，每当晨曦初露就要向太阳朝拜。山地贵州地势高峻，多云雾，阴天多，庄稼缺少日照就很难成熟，人们认为唯有太阳才能驱散多云的阴霾，保障农作物丰产丰收。日月是山地苗族密切关注的对象，他们希望了解它、认识它、掌握它，以利于人类的生存和发展。因此远古苗族亦像世界上其他民族一样，对于以日月为代表的自然力量顶礼膜拜。但是当久旱不雨的时候，面对酷日临照的原始人就对它进行强烈的谴责，以为是十二个太阳并出造成的，于是以弓箭为武器来射落对人类产生灾难的太阳。这是射日月神话产生的重要背景。

射日月神话在汉籍文献中有不少记载，但都比较简略。《淮南子·本经训》说："羿上射十日而下杀猰貐，断修蛇于洞庭，禽封稀于桑林。"《楚辞·天问》王逸注："羿仰射十日，中其九日，日中九鸟皆死，堕其羽翼。"除了汉籍文献

① 中国民间文艺家协会主编：《亚鲁王》，北京：中华书局，2012 年，第 45－46 页。

记载了后羿射日之外，“在中国，至少还有26个民族流传着射日神话故事。”[①] 如水族、瑶族、布朗族、阿昌族、赫哲族、珞巴族、哈尼族、布依族、傈僳族、怒族、侗族、黎族、蒙古族、高山族、羌族、独龙族、壮族、彝族、苗族、仡佬族、纳西族、拉祜族、土家族、土族、毛南族、满族等。此外，国外也发现有不少射日神话，如希腊神话中的赫拉克勒斯萌生过要射落太阳的念头，当他举箭瞄准时，太阳神阿波罗惊叹他的无畏精神，表示愿意帮助他，并将自己夜晚旅行用的一只金碗借给他。

射日神话在我国少数民族中普遍存在。壮族有《特康射太阳》《侯野射太阳》，蒙古族有《乌思射太阳》，哈尼族有《为什么鸡叫太阳就出来》，瑶族有《三女找太阳》，布朗族有《顾米亚》，高山族有《太阳和月亮的故事》等。射日神话在苗族地区流传很广，黔西北和滇东北地区有《杨亚射日月》《日女月郎》和《公鸡叫太阳》，黔东南地区有《铸日造月》和《公鸡请日月》，广西大苗山地区有《顶洛丁句》和《创世大神和神子神孙》等。苗族活态史诗《亚鲁王》对射日月神话有很详细的记载。苗族始祖嘎赛咏造成日月之后，十二个太阳同时出来，暴晒大地，人们戴着钢锅去种庄稼，庄稼颗粒无收，族人填不饱肚子。亚鲁王的女儿波德布在岜儿被晒死，波德月在岜果中暑。于是亚鲁王派卓玺彦去射日月。此时嘎赛咏刚怀上卓玺彦的骨肉，但他义无反顾地背起钢箭去射日月。卓玺彦爬上十七丈高的马桑树，到达天外，“挥一剑，射杀一个太阳叮当落地，射一箭，射下一个月亮叮咚坠落。”[②] 最后只剩下一个太阳和一个月亮。

射日月神话是创世神话向洪水神话的过渡，因地域和民族的不同，各地流传的异文存在着不同程度的差异：（1）日、月的数量不同。《杨亚射日月》中太阳和月亮的数目是八个，《铸日造月》《创天立地》中太阳和月亮的数目分别是十二个，《九十八个太阳和九十八个月亮》中太阳和月亮的数目各是九十八个，壮族朗正射落十一个太阳，哈尼族俄普浦罗射落八个太阳，布朗族顾米亚射落七个太阳。黔西神话中太阳和月亮的数目都是八个。滇东北神话中太阳和月亮的数目都是九个。桂北神话中有十二个太阳，后来一个太阳变成了月亮。在《亚鲁王》中射落了十一对日月。（2）射日神不同。《铸日造月》中的射日神是桑扎，《杨亚射日月》中的射日神是杨亚，《创天立地》中的射日神是苏果干，《顶洛丁句》中的射日神是汪通，《九十八个太阳和九十八个月亮》中的射日神是杨玉花，《亚鲁王》中的射日神是亚鲁王的儿子卓玺彦。（3）射日事迹

① 陈建宪：《神话解读——母题分析方法探索》，武汉：湖北教育出版社，1997年第166页。

② 中国民间文艺家协会主编：《亚鲁王》，北京：中华书局，2012年，第392页。

不同。卓玺彦射日月的英名传回家中，嘎赛咏用糯米舂粑粑、又做糯米饭交给儿子耶郎棱去大海岸边的马桑树下迎接英雄父亲的归来。卓玺彦出征射日月时，他的儿子耶郎棱尚在腹中没有出生。父子不相识，为争英名，卓玺彦误射自己的儿子耶郎棱，导致耶郎棱血洒大海边。事后卓玺彦来到大海边，将耶郎棱的尸体“砍成三百六十块肉，变成三百六十簇惑，成为三百六十簇眉。”① 《创世大神和神子神孙》说枉生披十二层青苔，糊一层厚泥巴，穿三尺厚的湿草鞋，头顶五块软糍粑，攀上高高的山顶，躲在一棵大榕树下，接连射落十个太阳，都没有死。枉生将它们发配到四面八方，剩下两个也伤了，其中一个后来化为月亮。黔西北和滇东北苗族地区流传的《杨亚射日月》说杨亚坚持不懈地追赶日月，一直追到天涯海角，然后连射七箭，将七对日月射落。

由于相同的社会经历和心理条件，世界各民族都创造了射日月神话。各民族的射日神话虽然情节各异，但基本内容都大同小异。第一，射日原因相同。远古时期，天上同时出现了多个太阳和月亮，炎热把土地烤焦，把禾苗晒枯萎了，甚至于铜铁沙石都晒熔化了，人们热得喘不过气来，挣扎在死亡线上，为民除害的英雄挺身而出，把多余的太阳和月亮射下来。在《亚鲁王》中，十二个太阳同时出来，“火辣的太阳让岩石消融，……旷野里人人撑开钢伞……地上不长草，天空不下雨，稻谷不成熟，棉花不打苞”②。纳西族民歌说：“天上有九个太阳，九个月亮，九个太阳，晒得人没处藏，九个月亮，冷得人似筛糠。”《淮南子·东经篇》曰：“焦禾稼、杀草木，而民无所食。”《楚辞·招魂》曰：“十日并出、流金铄石。”《新唐书·天文志》云：“贞观初，突厥有五日并照。”第二，射日神话的主人公多属男性英雄，射日的武器是弓箭。在《亚鲁王》中铸造日月的是女神嘎赛咏，射日月的是男性神卓玺彦。显而易见的是，从女性神到男性神，反映的是苗族从母系氏族向父系氏族过渡时期的社会特征。苗族社会进入新石器时代之后，由于男子在生产中的地位逐步提高，日益取代女性在生活中的支配地位。以母系为中心的族群社会逐渐解体，代之以男子为中心的家庭社会结构，继而分裂成为一夫一妻制的家庭社会结构。这样的社会环境导致以女性神为中心的神系统向亚女性神系统过渡，最后出现以男性神为中心的神系统。第三，射日神话的主题，无一不是表现人类抗御旱灾的强烈愿望，歌颂人定胜天的理想。第四，不管原先的日月是多少，最后剩下的都是一对日月。这一对日月吓得躲藏起来，最后与日月有血缘关系的动物（如鸡）把日月请出来。

原始先民既崇拜太阳又射落太阳的心理和行为态度，看起来是自相矛盾的，

① 中国民间文艺家协会主编：《亚鲁王》，北京：中华书局，2012 年，第 21 页。
② 中国民间文艺家协会主编：《亚鲁王》，北京：中华书局，2012 年，第 43 页。

但透过表象看本质，它反映了先民们在极低的生产力水平下，渴望征服自然，以求得适合人类生存和发展的自然环境。在各民族的日月神话中，十二个太阳、月亮同时出来照射大地，导致万物枯竭，人类无法生存，直到神话中的“神”出来射掉多余的太阳、月亮，世界才重新恢复生机，这说明原始先民已经了解天地的正常运行规律。

（三）鸡鸣日出神话

鸡鸣日出神话是一个具有世界性的神话母题。汉籍文献《玄中记》载：“东南有桃都山，上有大树，名曰桃都，枝相去三千里，上有天鸡，日初出，照此木，天鸡即鸣，天下鸡皆随之。”《神异经》载：“巨洋海中，升载海日。盖扶桑山上有玉鸡，玉鸡鸣则金鸡鸣，金鸡鸣则石鸡鸣，石鸡鸣则天下之鸡悉鸣，潮水应之矣。”在古人看来，日出因鸡鸣所致，鸡鸣日出与人们的生产生活息息相关。在我国少数民族的神话中，鸡的地位更高，传说更久远。值得注意的是，在我国少数民族（如布依族、苗族、仡佬族、哈尼族、布朗族、畲族）的日月神话中，大多存在射日之后公鸡把太阳请出来的情节。而在东部苗族方言区的鸡鸣日出神话是这样记载的：“很久以前，天上没有日月，天下一片漆黑。苗族的四位老人，造了十二对日月挂在天上，让他们轮流送热照光。可他们不听话，一出来便是一个接一个地一起出来，烧得天下草木焦枯，河水断流。四位老人于是又派一位神箭手射下十一对日月，但是，剩下的一对日月吓得躲了起来，不敢露面了，大地又是一片漆黑。四位老人于是又先后派蜜蜂、黄牛、狗去请日月出来，但都没有请到，最后让公鸡去，才好不容易把日月请了出来。”①

苗族史诗《亚鲁王》唱述的鸡鸣日出神话不是在射日之后，而是在铸造日月之后就发生了。苗族始祖嘎赛咏造成日月之后，不见日月照大地，于是亚鲁王派力气大的牛祖宗波耶乌去喊日月，亚鲁王用三桶小米、三桶谷糠、三斤生盐作为牛祖宗波耶乌喊日月的酬劳，力气大的牛祖宗波耶乌没有将日月喊出来，大地还是黑压压一片。接着亚鲁王又派身材弱小的鸡祖宗旺几吾去喊日月。“旺几吾跃到岩石上头，噗噗噗噗扇翅膀，咚咚咚咚摇羽尾。声音响亮喊太阳，声气清亮唤月亮。”② 十二个太阳果真在大清早出来了，十二个月亮在人们的梦中升起。

虽然很多民族都有鸡鸣日出神话，但是以鸡为图腾的苗族对鸡鸣日出神话叙说得最为详细、生动。对苗族，鸡的用处可谓大矣。大致说来，有三大用处。一是占卜。用鸡占卜之于苗族而言是一种古已有之的存在。苗族首领亚鲁王带

① 中国民间文艺研究会贵州分会、贵州省苗族民间文学讲习会：《民间文学资料》第51集，1982年，第78页。

② 中国民间文艺家协会主编：《亚鲁王》，北京：中华书局，2012年，第389页。

领族人迁徙到一系列地方，无论迁徙到哪里，亚鲁王都要“逮鸡来占卜地域”，“捉鸡为疆土命名”。鸡卦在苗族已经演绎成为一种民俗，如今占卜在苗族社会十分盛行，婚姻、生育、丧葬、祭祀、疾病、出行、战争、灾祸、贸易、风雨等都要占卜。二是作为祭祀的牺牲品。《亚鲁王》叙述的造铜鼓神话，咤牧造的铜鼓吹不叫，敲不响。雷神之女波尼冈囊的血使铜鼓响了，咤牧杀妻祭铜鼓，咤牧杀鸡为波尼冈囊的墓地祭扫。三是引路。苗族人相信，鸡能引导人的灵魂。人死之后，鸡能够带领死人的灵魂返回到东方故乡。在苗族葬礼上唱诵的《带路歌》说：“你在人间你是人，成人去了你是神。从前雄鸡拿报晓，今天雄鸡拿引路……雄鸡前头把路开，紧跟雄鸡走在后。紧跟雄鸡你莫怕，过了黄黄浑水河，找到你的老祖先。”① 以鸡引路的仪式来源于古老的鸡图腾观念，表明鸡是苗族的祖先或苗族祖先的化身。岑家梧说：“苗族因其先系以鸟为图腾，故有结发模仿鸟头之俗。”②

鸡鸣与日出之间有着怎样的必然联系，至今依然是一个待解之谜。世界上的动物成千上万，没有哪种动物像鸡那样对时间如此敏感，在天亮日出前会放声鸣叫。古人虽然意识到了鸡鸣与日出之间的联系，但是他们无法破解这一自然现象，便用神话来加以解释。从根本上来说，鸡鸣日出神话表达的是一种泛博爱的伦理情怀和万物有灵的生命观。

活态史诗《亚鲁王》叙述的铸造日月神话、射日月神话以及鸡鸣日出神话是一个自成体系的自然神话系统，蕴含着远古蛮荒时期的文化信息及其符号编码，可以说是苗族“原始的哲学、科学与历史的遗形。”③ 首先，《亚鲁王》叙述的日月神话凝结着苗族先民对自然宇宙的认识和思考，是对宇宙的最早神话学解释。他们认识到日月与人类生活有着密不可分的依存关系。“最初的岁月一过而去，接续的日子绵延下来。有了天，才有地。有了太阳，才有月亮。”④“有了太阳月亮才有白昼。”⑤ 对日月的崇拜表征了远古苗族对大自然的依赖，激起他们探索日月奥秘的勇气。因此，“日月神话是初期人类对天体的认识，也是以后天体科学的萌芽。”⑥ 其次，日月神话蕴含着一个由象征原型建构起来的民族精神模式，表征了先民们创造万物的理性进取精神。在史诗《亚鲁王》中，卓玺彦射日月的工具是人类自己发明和制造的钢箭。众所周知，人类使用的工具经历了石器时代、金石并用时代（始于炼铜术的出现）、金属器时代

① 龙梅：《黔东南苗族的鸟图腾》，《黔东南社会科学》，1998 年第 1 期，第 23 页。
② 岑家梧：《东夷南蛮的图腾习俗》，《现代史学》，第 3 卷第 1 期。
③ 茅盾：《神话研究》，天津：百花文艺出版社，1981 年，第 13 页。
④ 中国民间文艺家协会主编：《亚鲁王》，北京：中华书局，2012 年，第 45－46 页。
⑤ 中国民间文艺家协会主编：《亚鲁王》，北京：中华书局，2012 年，第 49 页。
⑥ 屈育德：《日月神话初探》，《民间文学论坛》，1986 年第 5 期，第 19 页。

（分为青铜时代和铁器时代），铁器时代约始于前1400年，弓箭的发明和铁器的使用是生产工具的极大进步，是人类长期生产经验和技巧积累的结果，它经历了一个漫长的发展过程。铁器的可塑性、延展性、耐用性是石器和陶器无法比拟的。发明弓箭之后，猎人不必冒着生命危险与野兽进行近距离搏斗，可以在较远或较为隐蔽的地方射击野兽。有了弓箭之后才有射日月神话。钢箭的使用，说明当时的冶炼技术已达到相当水平，同时也折射出了原始农业社会的情况。苗族是一个农耕民族，在科学技术落后的情况下，每当大旱来临，田土龟裂，庄稼被晒死，射日月神话反映了人类渴望战胜旱灾的愿望，表现了人类希冀驾驭和控制天体的呼声，因而是人类对自我价值的检视，也是人类对自我能力和信心的礼赞。再次，想象、幻想、不自觉的艺术加工是人类处于童年时期的思维特征。想象力对于神话的创造发挥了不可或缺的作用。想象能力是人们在长期的劳动实践过程中形成的，在一定的情感作用下，通过对原有的表象进行分解与综合，进而创造出新的心理表象。“亚鲁王向太阳升起的那边挥舞七百竿梭镖，亚鲁王朝太阳落坡的地方射出七十枝响箭。亚鲁王士兵向太阳升起的方向擂响七十阵铜鼓。哀鼓震天震地咚咚咚。从此亚鲁王疆域黑尽三年白天。”① 这种奇诡想象看起来荒诞无稽，但是古代人民却信以为真，互相传述。日月神话洋溢着奇妙的幻想。在日月神话中，人们幻想可以自造太阳，可以驾驭太阳，飞向月亮，人们还认为人类语言和歌舞可以抵达太阳，使它服务于人类。

四、“龙心”大战神话

苗族史诗《亚鲁王》叙述了“龙心”大战神话。因怪兽踩垮田埂、弄垮鱼池埂、毁坏庄稼，亚鲁王放箭射杀怪兽公龙得龙心。祖神耶婉和耶偌告诉亚鲁将龙心挂在宫梁上能保护部族平安。亚鲁回到皇宫之后，便把龙心挂在宫梁上。哥哥赛阳、赛霸知道此事之后，出于嫉妒，也出于贪婪，二人联合起来掠夺龙心。因龙心威力大，亚鲁王国有龙心的保护，赛阳、赛霸的阴谋未能得逞。狡猾的赛阳、赛霸并不善罢甘休，他们派诺赛钦和汉赛钦去亚鲁寨子，用绸缎和丝线骗亚鲁妻子做情人，引诱她们拿出龙心与自己的假龙心比照，在比照的过程中趁机抢夺亚鲁的真龙心。失去龙心护卫的亚鲁最终战败迁徙，失去家园国土。

在史诗中，“龙心”被赋予了能保护族人、昌盛王室的强大能力，被神化为能呼风唤雨、地动山摇、冰雪连绵的神物。“亚鲁是兄弟，亚鲁是幺弟，亚鲁怎么会得龙心？亚鲁为何会有兔心？亚鲁王得龙心脏就得了肥田七十广阔坝/亚

① 中国民间文艺家协会主编：《亚鲁王》，北京：中华书局，2012年，第378页。

鲁王得兔心脏就得了肥地七十大坡/亚鲁王得龙心脏就得了七十个城堡/亚鲁王得兔心脏就得了七十个城池。”① 可以说，得龙心则得城池、得天下。赛阳、赛霸蓄意要进攻亚鲁，抢夺龙心。在《亚鲁王》史诗中，亚鲁王国拥有龙心时，疆域安然无恙，史诗描述了龙心的巨大威力：“亚鲁王下城门匆匆地进宫/亚鲁王下城门忙忙地进室/亚鲁说/女儿们，我的龙心脏到哪里去了/亚鲁王说/女儿们，我的兔心脏到哪里去了/亚鲁王把龙心脏伸进水缸/刹时雷怒吼三声震地/瞬间刮下倾盆大雨/刮下碎石冰雹/龙卷风席卷碎草碎屑纷飞弥漫混浊空中三天整。”② “碎石冰凌直击赛阳、赛霸兵/碎石冰雹直砸赛阳、赛霸将/赛阳、赛霸进攻不了/赛阳、赛霸张不了弓/赛阳、赛霸放不了火烧/赛阳、赛霸放不了火燃/赛阳、赛霸收兵原路退回/赛阳、赛霸收将原路退走。”③ 亚鲁王国失去龙心时，疆域和族人因为失去龙心的保护，造成战争的失败。史诗描写了族人因为丢失龙心战败逃亡的事实：“亚鲁说了/女儿们，我的龙心脏到哪里去了/亚鲁王说了/女儿们，我的兔心脏到哪里去了/亚鲁王把龙心脏伸进水缸/没有听到刹时雷怒吼三声震地/没有看见瞬间刮下倾盆大雨。”④ 亚鲁王国丢失龙心，失去龙心的护卫之后，赛阳、赛霸的军队浩浩荡荡地向亚鲁王国奔涌而来，“攻到了亚鲁王城下/杀到了亚鲁王国。”⑤ 亚鲁王损兵折将，妻子波丽莎和波丽露也倒在血泊中，不得不率领族群成员迁徙异地他乡。

苗族先民为什么赋予龙的心脏具有保护族人不受侵犯的巨大威力？众所周知，麻山苗族信仰万物有灵。大脑和心脏对于人是十分重要的器官，但相对于大脑而言，心脏更为重要。如果大脑死亡但心脏还能继续运转，那么人仍然能维持生命的运行，只不过这时的人处于假死状态，即处于植物人状态。如果心脏死亡，那么人就会进入真正意义上的死亡状态。可见，心脏是人体结构中最重要的构件，心脏就是人的生命之所在。对于以龙为图腾的麻山苗族来说，认为龙也和人一样拥有心脏，龙的心脏是龙最为重要的构件，这从歌师的拜师仪式中可见一斑。“麻山苗族的歌师在习艺学唱《亚鲁王》之初，大多要举行拜师仪式。师父预先将鸡肝、鸡肠、鸡心等鸡的内脏做成几个小包，让徒弟们抓阄，抓到鸡心的往往被尊为大师兄。”⑥ 这说明在苗族人的生命意识中，心脏是人体中最为重要的器官。如果没有心脏，龙也会像人一样失去生命。

龙心争夺，即因龙心而引发的战争，说到底是土地资源和财产的争夺。到

---

① 中国民间文艺家协会主编：《亚鲁王》，北京：中华书局，2012 年，第 130 页。
② 中国民间文艺家协会主编：《亚鲁王》，北京：中华书局，2012 年，第 131 页。
③ 中国民间文艺家协会主编：《亚鲁王》，北京：中华书局，2012 年，第 132 页。
④ 中国民间文艺家协会主编：《亚鲁王》，北京：中华书局，2012 年，第 133 页。
⑤ 中国民间文艺家协会主编：《亚鲁王》，北京：中华书局，2012 年，第 134 页。
⑥ 杨兰：《苗族史诗亚鲁王英雄母题研究》，贵州民族大学硕士论文（2014）。

父系氏族社会末期，随着新的生产工具的发明，劳动工具的不断完善，生产力水平有了一定程度的提高，开始出现剩余产品。在剩余产品的再分配过程中，新兴的私有制观念与原来的公有制观念发生了冲突。龙心争夺的双方是在赛阳、赛霸与亚鲁兄弟之间展开的，它隐喻了兄弟民族之间为争夺生活空间和生活资源而发生的碰撞。中国“古代部落与部落之间的战争，主要是为了争夺最适宜生活繁衍的土地，没有正义与非正义之分。武力强者往往夺取弱者的土地，而驱使后者跑到较差的土地，或进入深山老林，这是世界上常有的事。在我国历史上最初部落战争的一幕，就是黄帝与炎帝之战争和炎黄与蚩尤之间，两场大战决定了谁是黄河流域的主人。”①

五、活态神话：《亚鲁王》神话最根本的特征

《亚鲁王》史诗储存了大量的原始神话，“这些原生态神话是苗族先民自然崇拜、图腾崇拜和祖先崇拜的反映，具有其自身的特点”②。首先，神秘性。原始先民在生产力水平极低的情况下，对世界万物了解不深，对宇宙奥秘深感莫测，面对千奇百怪的自然现象和宇宙万物，便产生一种恐惧感，同时，人们又对神秘莫测自然现象寄寓莫大的希望，幻想有一种超人的神奇力量带给人间以幸福，于是产生了自然崇拜、图腾崇拜和祖先崇拜。原始人这种充满神秘因素的原始思维和意识，是神话创作的思想基础。

其次，感官性（即具像思维）。“原始先民往往根据熟知的、感觉过的事物，即用头脑中固有的某些观察的感觉，或记忆保留的‘情势图景’，去理解和反映尚待认识的事物。”③ 这样，他们对世界万物的认识都具有形象、直观的特点。

最后也是最重要的是，活态性是《亚鲁王》神话最根本的特点。仪式和神话的关系就是一而二、二而一的关系。一般认为，仪式是身体的展演，因而是实践的；而神话是对仪式的解释，因而是观念的。神话与仪式是文学人类学研究的原初性知识资源，二者在缘生上相互作用、相互影响，因此，神话研究与仪式有着不解之缘，一般将二者当作一个相互交融的体系。在西方，泰勒将神话分为物态神话（material myth）和语态神话（verbal myth），认为物态神话是基本的、原始的，而语态神话是从属的，其实质是将仪式纳入神话的范畴来看

① 赵光贤：《古代汉苗二族关系史辨误》，《历史研究》，1989 年第 5 期，第 85 页。

② 蔡熙：《〈亚鲁王〉的创世神话比较研究初探》，《名作欣赏》，2014 年第 5 期，第 122－123 页。

③ 陈立浩：《从苗族创世古歌看神话思维的感官性》，《思想战线》，1988 年第 3 期，第 68 页。

待，是对物态神话的解释。史密斯认为，神话主要是对仪式的描述。博厄斯认为，神话与仪式是一种协约关系，“一个仪式就是一个神话的表演”①。“人类学分析表明，仪式本身是作为神话原始性刺激的产物。”② 马林诺夫斯基认为，神话是观念的，仪式是实践的。我国学者孟慧英认为，“依仪式而存在的神话是活态神话的典型表现。”③ 杨利慧认为，“仪式与神话之间往往存在着密切的联系——仪式需要神话的证明，神话也有赖仪式而得以传承、强化和神圣化。”④ 也有人类学家注意到了神话与仪式之间的不一致，如有的民族神话多而仪式少，有的民族仪式多而神话少。一般而言，神话被视为信仰的、理念的、理性的、理论的表现，而仪式则被视为具体的、感性的、实践的行为。

北美印第安人的口传神话源于仪式，其仪式主要有五种：（1）烟熏祭天地用的贡品。（2）洁身礼即洗一次沐浴。（3）斋戒和守夜礼仪。（4）召唤自然神的巫师仪式。（5）公共仪式，大多数是跳舞，包括祈祷，献祭，纪念祖先和死者。所有这些仪式中都有神灵。⑤ 王宪昭在《论中国少数民族神话母题的流传与演变》谈到了神话的五种传唱场合：（1）巫师或歌师在婚嫁礼仪中唱诵，如毛南族的《创世歌》。（2）巫师在丧葬礼仪中传唱，如西南少数民族的创世史诗，表达亡魂归祖的母题。（3）巫师在节日祭神时传唱，如瑶族的《密洛陀》。（4）巫师在民族祭神大典中传唱，如满族春秋家祭、野祭、星祭、火祭、海祭、雪祭等祭祀大典。（5）歌师艺人传唱娱人。⑥

东西方典籍记载的神话，如荷马史诗中的神话，印度的两大史诗《罗摩衍那》和《摩诃婆罗多》中的神话等，已经脱离了生活信仰的依存关系，无法再听到歌手们的现场传唱，更无法认识与它们同时代的社会组织、道德行为及社会风俗。并且以文字为载体流传至今的神话经过祭司与神学家之手，经过传抄、疏证，已经与原样的故事大不相同。因此，如果要了解原始生活的奥秘，必须依靠原始的活态神话。《亚鲁王》神话是歌师在丧葬仪式上唱诵的，与祭祀仪式密切相关，是活在丧葬仪式中的活态神话。神话是语言的象征体系，仪式则为物品与行动的象征体系，这也证实了神话与仪式的共生共存的关系。《亚鲁

① 彭兆荣：《人类学仪式的理论与实践》，北京：民族出版社，2007 年，第 6 页。

② Boas, F. General Anthropology, Boston, New York: D. C. Heath, 1938, p. 617.

③ 孟慧英：《活态神话——中国少数民族神话研究》，天津：南开大学出版社，1990 年，第 158 页。

④ 杨利慧：《仪式的合法性与神话的结构和重构》，《北京师范大学学报》（社会科学版），2009 年第 6 期，第 74 页。

⑤ 参见［美］雷蒙德·范·奥弗：《太阳之歌——世界各地创世神话》，毛天祜译，北京：中国人民大学出版社，1989 年，第 22 页。

⑥ 参见王宪昭：《论中国少数民族神话母题的流传与演变》，《理论学刊》，2007 年第 9 期，第 63 页。

王》神话作为一种动态的存在，主要是在民间的祭祀仪式中一代代活态传承，依靠口耳相传的方式传递社会记忆，加强族群认同。“以原始活态形式出现的神话……，是在远古时代发生的实事，从此便影响世界影响人类的命运。”从而“将传统溯源到荒古发源事件更高、更美、更超自然的实体而使它更有力量、更有价值，更有声望。”①

第二节 《亚鲁王》史诗的宇宙观

神话作为原始宗教、文学源头以及原始先民思维的表现形式，具有十分重要的哲理蕴涵和文化意蕴。“许多人试图通过神话来回答的较大问题是世界和人的起源，可见的天体运动，季节有规律的更迭，植物盛衰，天空落雨，雷鸣闪电的景象，日月食和地震，火的发展，实用技艺的发明，社会的出现，以及死亡的神秘。简而言之，神话的范围与自然本身一样宽阔，与人类的好奇心和无知一样广大。”② 换言之，神话虽然是幻想的产物，具有想象的性质，但其内容千真万确地涉及严肃的哲理问题，如宇宙的起源，人类的产生，万物之由来等。从哲学的角度对神话的蕴涵进行阐释，便产生了宇宙观。

何谓宇宙观？一般认为，“宇宙”这一概念的最先提出者是老聃。“天地四方曰宇，古往今来曰宙。”它要回答的是，我们头顶上的天是什么形状？我们脚下的大地是什么样子？时间的源头在哪里？天和地是如何形成的？“宇宙”这一概念是时空的结合体，它既包括时间，又包括空间。《庄子·天运》云：“天其运乎？地其处？日月其争于所乎？孰主张是？孰纲维是？孰居无事推而行是？……”③《管子·九守》和《鬼谷子·符言》云：“一曰天之，二曰地之，三曰人之，四方、上下、左右、前后，荧惑之处安在？”④ 屈原在《楚辞·天问》中发问：“遂古之初，谁传道之？上下未形，何由考之？冥昭瞢暗，谁能极之？冯翼惟像，何以识之？明明暗暗，惟时何为？阴阳三合，何本何化？圜则九重，孰营度之？惟兹何功，孰初作之？……”⑤ 屈原的系列追问超越了现实生存与具体现象的经验，直指那个需要依靠理智和玄思来揣度的宇宙。

---

① ［英］马林诺夫斯基：《巫术科学宗教与神话》，李安宅译，北京：中国民间文艺出版社，1986 年，第 127 页。

② ［美］阿兰·邓蒂斯：《西方神话学文论选》（中译本），上海：上海文艺出版社，1994 年，第 34－35 页。

③ 《庄子集释》卷五下，北京：中华书局，1978 年，第 493 页。

④ 《管子》卷十八，《二十二子》本，162 页；《鬼谷子新校》房立中校点，《鬼谷子全书》，北京：书目文献出版社，1993 年，第 56 页。

⑤ 《楚辞补注》卷三，北京：中华书局，1983 年，第 85 页。

苗族史诗《亚鲁王》对自然世界的认知和态度客观地反映了苗族先民的宇宙观，表征了《亚鲁王》史诗对宇宙之元的追寻，对世界万物的认知，对原初社会的理解，揭示了麻山苗族“天下大同”的世界观和价值观。宇宙起源神话具有较强的哲学倾向，通过探寻创世神话表层叙述所隐藏的神话流变脉络，可以看出其中蕴含的宇宙观，它是前现代社会世界观的基础。关于宇宙的起源以及人类的起源在创世神话和人类起源神话部分已经做了详细的探讨，在此不再重复。这一节仅对《亚鲁王》史诗的空间观、时间观、“阴阳相和”的宇宙观进行解读。

一、从《亚鲁王》看苗族的空间观

世界上的万事万物，哪一样也不能超越空间与时间的限制。在神话思想中，空间与时间被看作统治万物的巨大神秘力量，而不是被看作一种空洞的形式。它们不仅控制凡人的生活，而且控制着诸神的生活。根据进化论的观点，人是由植物到动物逐步演化而来的。人在许多方面都不如动物，一些动物一生下来就能四处奔跑，天生就有许多技能，儿童要在父母的怀里抱好几个月才能蹒跚学步，其知识和技能只有通过学习才能掌握。但是，动物没有关于空间的抽象观念，更没有关于空间关系的轮廓。人比动物的高明之处在于，人具有抽象的空间观念，这不仅为人类开辟了通向新的知识领域的道路，而且为人的文化生活开辟了全新的方向。

（一）天圆地方的“勒咚”

《亚鲁王》史诗营造了麻山苗族观察世界的多维角度和空间。“勒咚”，即“天外”，这是《亚鲁王》史诗的一个核心概念，也是麻山苗族的宇宙观。“勒咚”是什么形状?《亚鲁王》史诗唱述了苗族祖宗用竹篾来造天盖的神话：“卓喏编织上空蓝天，赛杜织造下方大地。卓喏去到上空，卓喏来到上方。卓喏编织的天像个大簸箕，卓喏织造的天如同小簸箕。”[①] 天盖的形状犹如一个簸箕。麻山苗族的“天盖”宇宙观，从其丧葬仪式还可以活态验证。参加葬礼的人要自己买米做米饭，或者自己带米饭去吃。因为“天由祖奶奶造/地是祖爷爷造。”在造天的时候，祖奶奶用竹篾做骨架，骨架支撑好之后，她就用自己的衣服盖上，这便成了“天盖”。这就是说，“人类走出这个天地之外，首先遇到的是一个形状像铜鼓一样的东西，它形同簸箕，罩着在我们的头顶，整个宇宙就是这个样子。人们从这边往上爬，爬到顶部，就到达了祖奶奶所在的位置。”[②]

① 中国民间文艺家协会主编：《亚鲁王》，北京：中华书局，2012 年，第 18 页。
② 杨兰：《苗族史诗亚鲁王英雄母题研究》，贵州民族大学硕士论文（2014）。

"勒咚"的世界是具体可感的。苗族的祖先受祖奶奶之命从"勒咚"而来，一代代顽强不屈地造人。"勒咚"可以说是亚鲁永生的世界。值得指出的是，"勒咚"与人世有着重大的差异，比如："觥斗曦约定九十岁人是青年/觥斗曦定下九百岁人为老年……薅刀会自己薅地/柴自己来到家/水各自淌进屋/菜自己会煮熟/饭各自会上气。"[①] 可见，"勒咚"的世界是麻山苗族的理想社会。

天如同簸箕一样笼罩着大地，这就是麻山苗族"天圆地方"的宇宙观。流传于黔东南的《苗族古歌》记载说，远古时候，天地分开之后，苗族人用篙枝撑天，用五倍子树支地，无法把天地支撑牢固。"大家用篙枝，再加五倍子树，也没把天地，撑得稳笃笃。"[②] 于是苗族先民们模仿高山的模样，用金银打造12根撑天柱，才把天地撑稳，大家才安心，过上幸福的生活。"天已撑稳了，地已支好了，爸爸走下山，犁田种稻麦，妈妈转回屋，重新架锅灶，后生吹芦笙，姑娘围着跳。"[③] 这显然是对"天圆地方"观念记忆的幻觉反映。流传于黔东南的《地始天初》撑天神话充满着上天入地的艺术想象力。该神话说，纳罗引勾开辟出天地后，仍雍古罗用十二根木柱撑天，天地不但不能分开，反而上下相连粘在一起，同时，由于虫蛇将木柱蛀断，天塌下后和地紧粘在一起。后来，仍雍古罗改用铁柱和石柱来撑天，可是又经受不住风雨的侵蚀。纳罗引勾问还有没有办法，仍雍古罗说只有到乌筛乌列（银河）去问务罗务素老婆婆。老婆婆听后，见纳罗引勾有八节脚，就说："你脚虫不蛀，你脚锈不蚀，你脚压不碎，你脚好当柱。"纳罗引勾于是取下自己的四节脚，立在四方把天撑稳。这个神话先否定了木柱、石柱和金属柱撑天的功能，认为只有用神人的脚撑天才能功德圆满。这一撑天神话在不自觉的艺术创造中强调了人的能动性，热情地讴歌了为开天辟地做出贡献的劳动者。

在战国时期，思想领域占绝对统治地位的宇宙观是"盖天说"，即认为天穹是圆的，像一个覆盖着的斗笠。《论语·为政》"北辰居其所而众星共之"，《尚书·尧典》云："玉衡"，《周髀算经》云："方属地，圆属天，天圆地方"[④]。"盖天说"即所谓的"天圆地方"的宇宙观念，是神话宇宙观的遗存，古籍中多有记载，如"天道圜，地道方。"[⑤]

这些对天地宇宙的看法是来自经验的、体验的、推衍的，甚至是玄想中的。

---

① 中国民间文艺家协会主编：《亚鲁王》，北京：中华书局，2012年，第16页。

② 潘定智、杨培德、张寒梅编：《苗族古歌》，贵阳：贵州人民出版社，1997年，第35页。

③ 潘定智、杨培德、张寒梅编：《苗族古歌》，贵阳：贵州人民出版社，1997年，第39-40页。

④ 《周髀算经》，江晓原等译注本，沈阳：辽宁教育出版社，1996年，第76页。

⑤ 见《吕氏春秋·圜道》。

原始先民根据太阳运行东升西落的方位观念，认为有限的大地在四个方向上均有尽头，由此把大地想象成四边形的实体。那么“天圆地方”的“勒咚”靠什么支撑呢？在苗族的神话观念中，悬在头上的蓝天是靠擎天大柱子的支撑才得以稳固的。这就形成了“擎天柱”之说。“勒咚（宇宙）无边，生存地哪个来守卫？天外茫茫，九棵中柱谁来护卫？瓤耶自己守卫天外的上方。”① “空旷的家园哪个去守卫？天外九棵中柱谁来护卫？梭耶守卫天外下方。”②

天柱或中柱支撑天空的说法在汉文典籍记载的神话中多有所见，如《楚辞·天问》云：“天极焉加？八柱何当？”王逸注：“言天有八山为柱”。东方朔的《神异经》言：“昆仑有铜柱焉，其高入天，所谓天柱也。”

在汉文典籍中，高山如昆仑山也用作天柱。

“昆仑山，天中柱也。”（《艺文类聚》卷七引《龙鱼河图》）

“昆仑山为地首，上为握契，满为四渎，横为地轴，上为天镇，立为八柱。”（《太平御览》卷三十八《河图括地志》）

这种神话的宇宙观不仅是民族性的，还是世界性的。在古希腊的荷马时代，地上最高的山峰被看作是支撑天空的柱子。直布罗陀海峡上的亚布拉和卡尔普两座山峰被称为是赫库勒斯的柱子，巨人阿特拉斯用双肩支撑着天空。

原始先民的天空观念还很简单，天地形成之后，先民们凭着自己的观察能力，举头望天，发现头顶的蓝天像一个大圆盖子扣在大地上。太阳运行是从东升起至头顶，然后从西沉至地下，第二天又从东方复升，这说明了天是圆的。在原始先民们看来，天空并不比山顶高。先民们想象到天空就是山顶，正如儿童们把山想象为支撑天空的柱子。

人的空间观念经历了从具象的空间观念到抽象的空间观念这样一个发展过程。具象的空间也叫行动的空间，抽象的空间也叫理论的空间。原始先民的空间观念是行动的空间，也即具象的空间。从具象的空间逐渐发展到理论的空间经历了一个漫长的发展历程。

（二）宇宙空间结构垂直三界

伴随着宇宙方位的确立，苗族先民对宇宙的空间结构有了更为深入的认识。与其他民族不同的是，麻山苗族的宇宙结构中没有水平三界，即不存在东西南北的方位。也即是说，麻山苗族的宇宙结构中只有上、中、下的说法。在《亚鲁王》史诗的创世纪部分，宇宙被分作天外、天和地三个部分，它们分别由始祖神逐次创造。始祖分配好天外的空间，再在其下创造天与地，然后在天地之

① 中国民间文艺家协会主编：《亚鲁王》，北京：中华书局，2012年，第4页。
② 中国民间文艺家协会主编：《亚鲁王》，北京：中华书局，2012年，第5页。

间创造万物，最终造人。天外、天与地三个层面的空间相互关联。这一认识在史诗文本中有明确的表述：“有了天才有了地，有了太阳，才有了月亮。有了种子，就有枝丫，有了女人，才有男人。有了天外，就有旷野，有了大地，才有人烟。有了太阳，就有白天，有了月亮，才有黑夜。有了种子，就有生灵，有了根脉，才有枝丫。有了上辈，就有儿女。”① 在麻山苗族的葬仪上，“熊伽”是必不可少的物件。“熊伽”的形式多种多样，它表征三个时空层面。举行砍马仪式时，歌师手持长矛站立在象征三个时空层面的“熊伽”旁唱诵《亚鲁王》史诗。第一个时空层面是天外，天外为祖奶奶所造，是祖奶奶的故乡，也是麻山苗族殁后灵魂的归依之所。第二个时空层面代表父系氏族取代母系氏族的时空层面，第三个时空层面代表着我们现在生活的时空层面。在麻山苗族看来，整个宇宙就像一棵树，这棵树穿越了上述三个时空层面。在苗族的葬礼上，要立一棵树，这棵树支撑并穿越三个时空层面，这棵树叫作“宇宙树”，也即“生命树”。因此，苗族社会很讲究树，儿孙后代的繁衍都要按树的枝叶来细分。值得指出的是，整个葬礼的“方向”问题。由于麻山苗族是以自己的处境来推及先祖的。因而，“天外与人间的一切，都是反向而行的。在葬礼上，亲友们给亡者送的草鞋，必须左右反穿。砍马前的转马，必须逆时针反转。马倒地后的方向，也要与主家房屋的方向相反。”② 与三个时空层面相对应，麻山苗族认为，人在世的时候必须有三个灵魂护身，人才能活着。一旦其中一个活灵魂离开人身，人就会病倒；三个灵魂离开人身，人就会死亡。

汉族神话中宇宙构造的垂直三界模式，指的是自上而下的神界（天上）、人界（地上）、鬼界（地下），以此确定神、人、鬼的空间分界。神界是永生的世界，神在天上俯视大地、逍遥地生活，自由往来于天地之间。人界的生命都要受到死亡法则的支配。地下鬼界是人类最恐惧的地方，是人类的地狱。显而易见的是，苗族宇宙空间结构的垂直三界与汉族神话中的神、人、鬼三界模式有着极大的不同，反映出不同民族的神话对宇宙空间结构不同的理解和想象。如，在葬礼上苗族对室内空间的布局与汉族显示出极大的不同。以祖先神位的布置为例，苗族一般安置在中柱之下，亡人尸停中柱边，表示通过这道“天梯”，能够与祖先灵魂相聚，从而把幸福带给儿孙后辈，而汉族一般安排在大堂正门所对的板壁中间。

二、“阴阳相和”的宇宙观

《亚鲁王》史诗表述了麻山苗族“阴阳相和”的宇宙观。在史诗的篇首

---

① 中国民间文艺家协会主编：《亚鲁王》，北京：中华书局，2012 年，第 45 页。
② 余未人：《〈亚鲁王〉的民间信仰特色》，《贵州大学学报》，2014 年第 5 期。

“亚鲁祖源”中歌师唱述道，祖先神火布冷要儿子火布碟去天外造十二个太阳，“火布碟说了我答应要去造十二个太阳/火布碟说了我要去讨老婆来我才去造/火布碟说了我要去讨女人来我才去造。”① 火布碟带着七十妮砂绕、砂绒，赶着七十头白牛和白马，娶了妻子博布涅颇之后，不但造成了十二个太阳，而且生下了儿子火布当。可见，远古时期创造万物的先祖们已经懂得“阴阳相和”的天道。相反，如果违背“阴阳和谐”的自然规律，那么天地及天地万物将无法统一于宇宙的秩序中。创世大神董冬穹在造天地的时候，“董冬穹来造上半空是女性/董冬穹来造下半空是男性/董冬穹造的丘陵不稳/董冬穹造的山坡不竖立/天德越不下雨/地德雪不长草/树不生枝/竹子不长叶/树不结果/竹子不开花。”② 董冬穹造的上半空是女性、下半空是男性的时候，为什么会出现丘陵不稳、山坡不竖立、天不下雨、地不长草、树不生枝不结果、竹子不长叶不开花的情况呢？这就牵涉到“阴阳相和”的宇宙观。因为上为母、下为公的空间观，把空间人性化，背弃了人类传统的男上女下的做爱受孕规则。因此，这个空间不能孕育万物。

“董冬穹再次来造天/董冬穹再次来造地/董冬穹来造上半空是男性/董冬穹来造下半空是女性/天德越才下雨/地德雪才长草/树才生枝/竹子才长叶/树才结果/竹子才开花。”③

董冬穹再造天地的时候，总结了失败的教训，顺应了阴阳和谐的天道，天才下雨，地才长草，树才生枝，竹子才长叶开花，树才结果。可见，创世大神创造宇宙，同样要受到宇宙“阴阳”秩序的制约，违背天道，就要遭到大自然的惩罚，这是不依人的意志为转移的客观规律。

从《亚鲁王》史诗先祖造人的过程，可以更充分地说明“阴阳相和”的宇宙观。乌利派波瑟娑、咪瑟娑造人，波瑟娑、咪瑟娑用大石块做骨，拿地胶做成肉。造出的人鼻子是横的，造出的人眼睛是竖的，倒在地面不会起，站起身就不会坐，种不成庄稼，繁育不了后代，结果变成十二簇惑，变为十二簇眉。乌利派波米霸、波米冬造人，波米霸在小腿怀孕，波米冬在脚丫怀胎。人人很细小，个个都矮小。种不了庄稼，繁育不了后代，结果变成十二簇惑，变为十二簇眉。乌利派波简磅、咪卜磅造人，“波简磅去和乌利睡，波简磅出怀了。咪卜磅来同乌利睡，咪卜磅孕上了。造出人鼻子是竖的，造成人眼睛是横的，种得好庄稼，繁育了后代。”④ 这就用铁的事实说明了阴阳相生的客观规律，这一

① 中国民间文艺家协会主编：《亚鲁王》，北京：中华书局，2012 年，第 2 页。
② 中国民间文艺家协会主编：《亚鲁王》，北京：中华书局，2012 年，第 7 – 8 页。
③ 中国民间文艺家协会主编：《亚鲁王》，北京：中华书局，2012 年，第 8 页。
④ 中国民间文艺家协会主编：《亚鲁王》，北京：中华书局，2012 年，第 42 页。

规律天然地存在于天地万物和人类共同的秩序之中，无法超越。

《亚鲁王》史诗中“阴阳相和”的宇宙观表征了麻山苗族朴拙的哲学和神学意识，体现着苗族先民对宇宙和人生的认识，以口耳相传的方式传承了一个万物相互关联的世界。“对于宇宙时空即天道的思索、体验与玄想最终在思想世界积淀了一个大体成型的观念性框架，即人类生活在一个由道、阴阳、四时、五行、八卦等整饬有序的概念构筑起来的，天地、社会、人类同源同构的宇宙之中，在这个宇宙中，一切都是相互关联的，一切都是流转不居的，整齐有序的运转是正常的，同类系联的感应是正常的，在这一秩序中体现的大道，是一切的最终依据，也是一切的价值来源。”①

三、从《亚鲁王》看苗族的时间观

（一）十二生肖的时间观

所谓天文，即是天象，即日月星辰在天幕上呈现出的有规律的运动现象。历法则是利用天象的变化规律来调配年月日时的一种计时规则。简而言之，历法是计量年月日时的方法。古埃及人、古希腊人、古罗马人、古巴比伦人、古玛雅人等都创制了不同性质的天文历法。早在七八千年以前，我国先民就懂得了“观象授时”。“观象授时”所观之象包括三个方面。一曰天象，即日月星辰（包括太阳、月亮、北斗、五星和二十八宿）的运行规律。二曰物象，即动植物顺应节气而发生变化的现象规律，以花鸟虫鱼兽等物候作为时宜的标志。三曰气象，即风雨雷电等气象变化所显示的规律。天干和地支之名以及记历方法均源于七千年以前的太皞伏羲“仰则观象于天，俯则观法于地”，是观象授时长期实践的产物。天干和地支计时法，是分别以十天干——甲乙丙丁戊己庚辛壬癸，或者十二地支——子丑寅卯辰巳午未申酉戌亥为计量单位，以十或十二为周期，进行轮回计时的方法。天干记日法则具体实施于6400年前的黄帝之孙颛顼和帝喾高辛时期的天文官“火正重黎”，吴回之子侄共工，他们所创制的“甲乙丙丁戊己庚辛壬癸”十日历，将一月分为上中下三旬，每旬十天，这种记月法一直沿袭到今天。我国的藏族、蒙古族、维吾尔族、傣族、彝族等少数民族也有自己的历法，并用民族文字传承下来。

麻山苗族对时间的认识主要体现在苗族的天文历法方面。不同的是，由于苗族没有自己的民族文字，苗族先民创制的天文历法以口传的方式代代相传。流传于川、滇、黔方言区的贵州威宁的苗族史诗《涿鹿之战》提到苗族英雄格蚩爷老的部落四处游历，观察天时，会种水稻，创制了自己的历法。世界上不

① 葛兆光：《中国思想史》，上海：复旦大学出版社，2013年，第154页。

同民族的年节习俗都与他们所采用的天文历法有关。文化人类学理论表明，年节习俗是在天文历法产生并使用之后才出现的。“元旦”节庆与公历历法相关，我国汉族的“春节”与夏历有关。明清时期我国各地的苗族普遍有过“苗年”的习俗，只是具体时间不大一致，可见，苗族是创制了“苗历”之后，才有过“苗年”的习俗。

苗族的历法独具特色，自成系统，并一直在苗族社会中使用。在《亚鲁王》史诗中，哈咖的第10代传人火布当创造了12个太阳和12个月亮，这12个太阳和12个月亮分别照着12个集市。“火布当统管仲寞，火布当统管达寞。火布当来造十二个集市，火布当在天外的中央建龙集市，火布当到12个集市中间造蛇集市，火布当在大路上的卜朵建马集市，火布当到鸿琼造羊集市，火布当在鸿莱建猴集市，火布当到斡列造鸡集市，火布当在榕瓢建狗集市，火布当到榕喀建猪集市，火布当在艾芭建鼠集市，火布当到天外的中央建牛集市，火布当在盎哝建虎集市，火布当到榕盎建兔集市，火布当扶12个太阳到12个集市转动。”①

这12个集市按照十二动物属相（龙、蛇、马、羊、猴、鸡、狗、猪、鼠、牛、虎、兔）的规律分布在宇宙中不同的地方，通过生生不息的轮回往复来体现时间无限绵延的观念。一方面，这类看似荒诞不经的造日月神话，其中12对日月的运行与十二个属相的对应的轮回时间观念，反映了麻山苗族先民对时间与空间关系的探索与独特认知，是人类由蒙昧到文明历程的活态反映。另一方面，它又蕴含着父系氏族社会产生后，麻山地区苗族各支系之间的简单原始性交易。苗族十二生肖的时间观一方面反映出远古苗族对时间历法与生产生活关系的关注，另一方面也是对人类活动规律的反映。

远古时期的苗族先民根据太阳的东升西落和四季循环来建立日的概念。苗族称年为“仰”，苗历的年是“回归年”，“一年12月，闰年13月”，年平均长度同阳历，即365.25天。苗族称月为“腊”，苗历月是朔望月，月有大小之分，大月30天，小月29天，并增设闰月的办法来调节月历与年历的关系。苗族称“日”为“奶”，每日和一定的属相相配合，把一日区分为不同的时辰。在苗历的十二时辰中，以鼠时为序首，十二生肖简称为鼠、牛、虎、兔、龙、蛇、马、羊、猴、鸡、狗、猪等。

关于苗族历法的起源，在民间流传着不少的古歌和神话传说。流传于黔东南的《苗族古歌》记载的历法以十二地支计时。“太阳造好了，月亮造好了，日月十二双，名字怎么叫？太阳造好了，月亮造好了，一个名字叫子，一个名

① 中国民间文艺家协会主编：《亚鲁王》，北京：中华书局，2012年，第3－4页。

字叫丑，一个名字叫寅，一个名字叫卯，一个名字叫辰，一个名字叫巳，一个名字叫午，一个名字叫未，一个名字叫申，一个名字叫酉，一个名字叫戌，一个名字叫亥。”①

苗族东部方言的《古老话》和《苗族史诗》把历法列为天地开辟的伟业之一。《古老话》描述说：“……盘古移土补地/南火炼石补天/日夜工作/热闹非凡/你来我往/大家帮忙/老鼠赶到叫子时/水牛赶到叫丑时/老虎赶到叫寅时/兔子赶到叫卯时/龙到叫辰时/蛇到叫巳时/马到叫午时/羊到叫未时/猴到叫申时/鸡到叫酉时/狗到叫戌时/猪到叫亥时/老猪赶到地补成/老猪赶到天补好。”②

“把十二生肖到来的时间/定为十二时辰/把十二时辰的时间/定做一个整天/天才生无极/无极生太极/太极将月亮变化成三十个模样/又叫太阳晚上歇息白天明/从此昼夜分开天地匀和/三十天称一月/三百六十天为一春……”③

那么，时辰是怎样定的呢？《苗族史诗》记载说：“老鼠先到，鼠到的时候就叫鼠时。水牛来到的时候，就叫牛时。……世上的十二个时辰，从盘古开天时定成。”④ 在这里，时辰的确定是一种自然现象，与人们的生活息息相关，具有浓郁的生活气息。

流传于威宁县的神话《测天量地歌》记载说：“连地勿在少/高度查地奥/计年分季配成双/一年分成两半年/算出三年闰一年/计月数日配成对/蛇月去了马月到/万物苏醒雀鸟欢/羊月去了猴月到/布谷鸟鸣叫春耕忙/扫尾雀飞遍人世间/轮到鸡月转狗月/万鸟趁春寻情侣/万雀孵蛋育儿孙/到了猪月转鼠月/百鸟不唱也不语/独自展翅离巢去/轮到牛月转虎月/霜降催促树叶黄/野外草木渐枯死/到了龙月和兔月/冰雪覆盖人世间。”⑤ 这不但计算出了年月日时，还定了农时，为苗族人们的生活和耕作提供了方便。

苗族制订的历法被称为“苗甲子”。流传于黔西北织金县的《算甲子和狗取粮食》说，往古之世，由于时序混乱，致使植物生长失常，危及人类生存，玉皇于是动了怜悯之心，降下十二生肖计时，从此甲子之事才明了于人心。

在苗族民间流传这样的传说：“老鼠先到，鼠到的时候就叫鼠时。水牛来到的时候，就叫牛时……世上的十二个时辰，从盘古开天时定成。”⑥ 在这里，时辰的确定以谁先到为准，与人们的生活息息相关，具有浓郁的生活气息。

---

① 潘定智、杨培德、张寒梅编：《苗族古歌》，贵阳：贵州人民出版社，1997 年，第 45 页。

② 苏晓星：《苗族文学史》，成都：四川民族出版社，2003 年，第 120 页。

③ 苏晓星：《苗族文学史》，成都：四川民族出版社，2003 年，第 120 页。

④ 苏晓星：《苗族文学史》，成都：四川民族出版社，2003 年，第 121 页。

⑤ 苏晓星：《苗族文学史》，成都：四川民族出版社，2003 年，第 121 页。

⑥ 苏晓星：《苗族文学史》，成都：四川民族出版社，2003 年，第 122 页。

在汉文典籍中也有不少关于“苗历”的记载，檀萃《说蛮》云：“花苗在新贵、广顺……不知正朔（夏历，朝廷颁布），以十二辰属为期……以季夏岁首。”郭子章《黔记·诸夷·苗族》说：“不知正朔……以鼠马记子午，言日亦如之，岁首以冬三月，各尚其一，曰开年。”

（二）十二生肖的时间观在生活中的运用

苗族对天干地支生肖的运用，除用于计时外，很早就广泛用于集市贸易中。苗族在一定范围内，按子、丑、寅、卯、辰、巳、午、未、申、酉、戌、亥十二地支顺序，划作十二个区域作为集市贸易场所，又按照对应的生肖属相，把这种区域集市贸易场所称作羊场、猴场、鸡场、狗场、猪场、鼠场、牛场、虎场、兔场等。按照地支纪日，依次循环旋转进行贸易。六天换一个集贸场所，72 天完成一次区域贸易轮回。这种交易方式，促进了区域范围内的商品交换，也有利于苗族生产生活的交流和信息的沟通，从而加强了区域内的经济文化交流。

尤其值得指出的是，十二生肖的时间观以及由十二生肖所衍生的十二兽历轮回的原始集市贯穿了整个《亚鲁王》史诗。在亚鲁王出世前，十二生肖的时间观及其原始集市制就已经客观地存在了。亚鲁王的先祖辈火布冷主宰天下的时候，“火布冷造牛，火布冷造马，火布冷造十二种钱币，火布冷造十二种钍。”① 这里的牛、马、钱币、钍是远古时代苗族人在市场上进行原始交换的商品等价物。史诗篇首“亚鲁祖源”唱道：“火布碟坐在勒咚的兔集市，火布碟坐在天外的牛集市。”② 亚鲁总共开辟了 12 个集市，并用十二生肖来命名。亚鲁率领族群迁徙一章，都是用十二生肖来统领的。每迁徙到一个地方，都是龙、蛇、马、羊、猴、鸡、狗、猪、鼠、牛、虎、兔等跟随而来。上述事实表明，苗族的历法和原始集市的历史相当久远。“早在苗族尚未进入贵州麻山地区之前，苗族的传统社会里就已经有集市贸易和商品意识的存在。麻山次方言区支系苗族的这种用十二生肖来命名的集市地名的文化模式，亦仅仅是在进入麻山地区之后对这种商品意识和文化建构的传承与延续。”③

从原始与现代的关系看，以十二生肖定集市，按地域轮换集贸场所的文化模式在当下的苗族地区仍然盛行，羊场、猴场、鸡场、狗场、猪场、鼠场、牛场、虎场、兔场等地名仍然沿用着。

---

① 中国民间文艺家协会主编：《亚鲁王》，北京：中华书局，2012 年，第 1 页。

② 中国民间文艺家协会主编：《亚鲁王》，北京：中华书局，2012 年，第 2 页。

③ 中国民间文艺家协会主编：《〈亚鲁王〉文论集》，北京：中国文史出版社，2011 年，第 8 页。

表 4-1　民国时期安顺县苗族居住区集市及场期调查表①

场　期	市　场
子（鼠）	旧州、吊屯场、幺铺
丑（牛）	县城牛场、羊武、林陇
寅（虎）	县城花街、二铺、羊虎场
卯（兔）	县城米街、大小鸡场、回龙新场
辰（龙）	马路场、蒙浪场、补堆场、狗场
巳（蛇）	旧州、吊屯场、幺铺
午（马）	县城马场、山京场
未（羊）	县城花街、羊武、林陇
申（猴）	羊虎场
酉（鸡）	县城米街、大小鸡场、回龙新场
戌（狗）	马路场、蒙浪场、补堆场、狗场
亥（猪）	山京场

苗族民间将集市交易称为“赶场”，历史上较为有名的集贸市场有安顺的牛马场、吊屯场、二铺场、旧州场、双堡场、鸡场、新场、幺铺场等。苗族人一般在集贸市场进行商品交易，用自家生产的畜禽、粮食等地方土特产品、手工艺品上市交易，换回自己生产生活所必需的食盐、布匹、衣物、炊具等生活必需品，或锄头、镰刀等农具。“苗族居住区内各场的赶场场期，按十二地支（十二生肖）排列，每个集市 13 天赶两次。苗族群众赶场，绝大部分是上场交换有无，未婚青年趁赶场之机谈情说爱，亦有部分小商小贩以赶场为职业，轮流各场‘赶转转场’，收购农特产品，销售洋货或手工品。”②

中华人民共和国成立后，苗族群众仍然按老习惯赶场。改革开放后，政府开放集贸市场，大力促进集贸市场的发展，改星期日统一赶场为星期一至星期日轮流赶各场，旧州、吊屯场等苗族聚居的集市，一个星期还要赶两场，而在苗族聚居的岩腊等地开辟了新的集市。随着交通条件的改善，赶场变得越来越便捷。

① 安顺西秀区苗学研究会：《安顺西秀区苗族志》，贵阳：贵州人民出版社，2012 年，第 224-225 页。

② 安顺西秀区苗学研究会：《安顺西秀区苗族志》，贵阳：贵州人民出版社，2012 年，第 224 页。

由于长期按地支（生肖）赶固定的场，因此苗族民间习惯于以集市代替地名，如把县城东门称牛场，县城西门称马场，二铺、双堡称“猫（虎）场”，旧州、吊屯场、幺铺称蛇场等。境内苗族亦有赶远场，从事长途贩运的习惯，赶的境外远场一般是普定、织金、白岩、补郎、平坝、贵阳、广顺、长寨、猫营、紫云、江龙、镇宁、黄果树、丁旗、郎岱等。民国时期，沿黔滇驿道居住的苗族人，常从贵阳贩运布匹或洋货到安顺出售，或从关岭断桥、郎岱毛口等地贩运早熟蔬菜、水果到安顺、贵阳等地出售。

第三节　《亚鲁王》史诗的原始文化阐释

文学人类学起源于对原始文化的研究。方克强在《文学人类学与鲁迅研究》一文中提出，文学人类学将对人类文化的考察推及原始，“文学人类学主张用原始与现代的二元概念来包容并代替传统与现代二元的社会学模式。”[①] 原始主义批评将目光投向人类遥远的过去和民族文化传统，以此恢复传统记忆、民族身份，蕴涵着深刻的伦理关怀，给予处于社会转型中的现代人以超越和逃避现实异化的乌托邦幻想，对现代文明的进行深度反思。可见，对《亚鲁王》史诗中的原始文化进行研究是文学人类学研究的题中应有之义。《亚鲁王》史诗包容了大量的原始文化，下面拟从文学人类学的视角对《亚鲁王》史诗包容的笙鼓文化和绿色的生态文化等原始文化进行解读。

一、笙鼓文化

自古以来，苗族人有着浓郁的祖先崇拜情结，老人去世要举办隆重的葬礼，对祖先的祭祀是苗族人生活中最重要的事件之一。贵州境内的苗族，支系众多，民风民俗各有特色，但在葬礼场合，芦笙与铜鼓、木鼓协同演奏的形式却是绝大多数支系的共同特点。黔中地区苗族的丧葬仪式、黔东南苗族的“鼓藏节”（祭祖仪式）、黔西北苗族的“解簸箕”等民俗活动，芦笙、铜鼓和木鼓都是不可或缺的，苗族人称之为“打鼓吹笙”。

何谓“打鼓吹笙”？民间传说是这样解释的：“木鼓是祖灵的栖身之所，芦笙是母亲的声音。”[②] “打鼓吹笙”是“芦笙诉苦情，木鼓作回答”，其意思是说，芦笙代表生者向祖先诉说族人的生活境况，希望过上美好生活的愿望，而木鼓之声则是祖灵在安抚族人。在丧葬仪式中，芦笙吹的是给亡灵指路的“经”，只有如此，亡灵才能顺利返回苗族的东方故土，才不至于迷失方向，沦

① 方克强：《文学人类学与鲁迅研究》，《文艺理论研究》，2010 年第 6 期，第 41 页。
② 杨方刚：《芦笙乐谭》，贵阳：贵州人民出版社，2010 年，第 24 页。

为游魂野鬼。可见，“打鼓吹笙”虽然有乐舞娱人的意义，但从根本上来说，是以乐舞的形式演绎自然崇拜、图腾崇拜以及灵魂不灭观念的一种独特的文化表达方式。

芦笙、铜鼓和木鼓既是乐器，又是神器。在苗族人的社会生活中，处处离不开舞蹈，祭祀祖先、节庆、恋爱求偶、婚姻嫁娶、送亲接友、聚会宴饮、丧葬礼仪等场合，都离不开舞蹈。德高望重的长者去世，苗族人更是要用舞蹈为之举丧送行。在葬礼上，苗族人要用芦笙舞、铜鼓舞和木鼓舞来祭祀祖先，更有为专门祭祀祖先而举行的“鼓藏节”，芦笙文化、铜鼓文化和木鼓文化的起源古老，历史悠久，这些原始文化至今仍然在苗族人的生活中发挥作用。

（一）木鼓文化

麻山苗族在葬礼上敲击的鼓有木鼓和铜鼓，最早敲击的是木鼓，后来用牛皮蒙木鼓，有的地方又称之为皮鼓。清末民初以来，铜鼓取代了易损的木鼓，把藏鼓于山洞改为藏鼓于鼓藏头家，现在一般是三种鼓通用。

木鼓，苗语称“牛”，是苗族的打击乐器。麻山地区使用木鼓的历史十分悠久，且至今仍沿袭着用木鼓奏乐的习惯。在麻山地区，几乎每一个苗族聚居的村寨都有一面木鼓，多用于丧礼场合。木鼓最初用枫木制作而成，因枫木坚硬，木纹曲扭，不易加工，后来才改作楠木。鼓框由整段原木掏空而成，呈圆筒状。鼓身长174厘米，内围直径21厘米，外围直径30厘米。内壁分别镶嵌三层薄竹片做共鸣音片，中空，双面蒙黑牛皮，边侧以竹钉钉牢。鼓槌粗短。木鼓是葬礼不可或缺的乐器，也是苗族祭祖的必备乐器。演奏时，以绳系钩，横悬于梁下，敲击者握住槌中部，用两头敲击。木鼓声音低沉响亮，富于节奏。据年长者说，木鼓的制作过程既复杂又神秘，共分三个阶段。“首先，选择一张质量上乘的牛皮晒干，以之用来制作鼓面。其次，寻找适合制作鼓身的木料，一般为一棵较大的枫树，选定枫树后，要杀鸡敬酒供奉才能将树砍倒。”① 约一年后，待牛皮和树木水分彻底蒸发后方可开始制作木鼓。再次，花费大约3天的时间掏空木头，用牛皮蒙上被掏空的鼓身，并用竹篾条箍紧，用竹钉加以固定。制作好的木鼓一般存放于鼓藏头家里，村寨如遇老人去世，其家属去鼓藏头家借鼓。

为什么选择枫木制作木鼓？苗族的丧礼仪式上为什么要敲击木鼓，为什么木鼓是不可缺少的神器？苗族人认为，人死以后，灵魂到了一个象征性的木鼓里面，只有这个蒙上了牛皮的木鼓才能将守护在家中的祖先灵魂唤醒，让它为亡灵引路。这个用枫树制作而成的木鼓是祖先的象征。在麻山苗族的丧礼仪式

① 梁勇：《麻山苗族史诗亚鲁王音乐文化阐释》，陕西师范大学硕士论文（2011）。

上，木鼓的演奏表征了苗族的传统信仰。丧礼活动中敲击木鼓，是麻山苗族以枫木为图腾的深层体现。在苗族社会，所有的神话传说，追根溯源都会归结到枫树。枫木是万物的始祖，《苗族古歌》的《枫木歌》说："还有枫树干，还有枫树心，树干生妹榜，树心生妹留。这个妹榜留，古时老妈妈。"[①] 妹榜妹留即蝴蝶妈妈是苗族的创世大神，苗族的始祖姜央为妹榜妹留所生，但这个创世大神却为枫树所生。"苗族在整个文明史的进程中都处于迁徙状态，从黄河中下游来到云贵高原，迁徙中的每一次择地定居都以枫树的成活与否而定，每到一处，先栽棵枫树，枫树活了，便定居下来，否则离去。在苗族人的潜意识中，枫树就是人，人即是枫树，这是苗族最初的图腾观念。"[②] 远古时代从枫林中走出来的人们被称为"九黎"，其酋长叫蚩尤。在涿鹿之战中，九黎战败，蚩尤被杀。于是枫树的神性闪烁在典籍里："黄帝杀蚩尤于黎山之丘，掷械于大荒之中，宋山之上，后化为枫木之林"（《云笈七签·轩辕本记》），"枫木，蚩尤所弃之桎梏。"（《山海经·大荒南经》）因此，"枫树是苗族最为古老的图腾，在苗族的中部、西部、东部方言中都有枫树"[③]，被称为"道米"或"道莽"，即"妈妈树"，苗族的文化深深地打下了枫树的烙印。"枫树部落联盟图腾后来发展出水牛图腾、野猪图腾、猴图腾、蛇图腾。"[④] 苗族先民以枫树为图腾留下不少历史遗迹，并且这些历史遗迹至今仍然在活态地发挥作用，如用枫树作房子中柱的习俗，象征祖先与家人同在，保佑后代平安幸福，再如以血缘为单位的祭祀仪式"祭鼓节"等。

"祭鼓节"是苗族以鼓社为单位的祭祀祖宗的大典。《苗族古歌》说："同支共鼓，分鼓分支"。"鼓藏节"在一些地方又被称为"吃牯脏""鼓社节""牛打场"等。节日的实质是聚集族众、砍杀牯牛、祭祀祖先、唱歌跳舞、认祖归宗的全体氏族成员参加的支系大活动。"鼓藏节"一般十三年过一次，也有七年或三年过一次的，这是苗族最隆重的祭祖活动。节日期间，各种祭祖仪式庄重肃穆，要举行斗牛、杀牛、音乐、歌舞等活动，时间长达几天几夜。仪式中规模最宏大、场面最为热闹的是全体族群成员围着铜鼓和木鼓吹芦笙舞蹈。这些祭祖舞蹈原始而古朴，动作完全承袭前辈的传统跳法，后来改造的动作严格禁止进入祭祖仪式之中。

---

① 潘定智、杨培德、张寒梅编：《苗族古歌》，贵阳：贵州人民出版社，1997 年，第 88 页。

② 蔡熙：《从活态史诗〈亚鲁王〉看苗族的生态思想》，《鄱阳湖学刊》，2014 年第 2 期，第 19－26 页。

③ 蔡熙：《从活态史诗〈亚鲁王〉看苗族的生态思想》，《鄱阳湖学刊》，2014 年第 2 期，第 19－26 页。

④ 吴晓东：《苗族图腾与神话》，北京：社会科学文献出版社，2001 年，第 56 页。

为什么要祭鼓？苗族人认为，人死以后，其灵魂虽然到了另外一个世界——一个象征性的木鼓里面，但他们的灵魂仍与在人世的子孙有关，他们与人间的人一样也进行生产和生活，因此，子孙后代有祭祖的义务，向自己的祖宗提供各种生活必需品。每个人都通过祖先的神灵同鼓社连接在一起，就是嫁出去的妇女也留着出身鼓社的神灵，受到出身鼓社的神灵的庇佑。祭鼓也就是祭祖宗，共同的木鼓，共同的祖先，加强了鼓社组织的凝聚力。

萌生于苗族古代社会的祭鼓节，包括“迎龙谢土、迎接子孙鼓、醒祖宗鼓、砍树制鼓、送祖母鼓”[①] 等仪式程序，后来逐渐形成专为“祭鼓节”活动而设计的舞蹈——木鼓舞。显然，木鼓舞发端于苗族的祭祀仪式，舞蹈过程中1至2个鼓手双手持鼓，众人闻鼓声起舞。男性随着鼓声跳跃起舞，舞蹈饱含热情，展示出神秘和力量。现在跳木鼓舞已脱离原来的祭祀仪式。

反排村的木鼓曲由《则辖楼》[②]、《略稿豆》[③]、《略则辖》[④]、《虾底福》[⑤]、《稿豆大》[⑥] 等5首曲子组成。[⑦] 反排木鼓舞共计有五个舞蹈套路，表达古老的苗族先民与祖先进行对话。（1）“略高斗”，意译为“啄木鸟舞”，其意为祖先模仿啄木鸟，创制了木鼓；（2）“扎夏舞”，意译为“五支祖宗”，追忆远古有五个兄弟，后来分鼓分支系各率一部；（3）“扎夏耨”，意译为“撵山打猎”，祖先迁徙到这里最初过的生活就是撵山打猎的艰苦生活；（4）“黎方舞”，意译为“相率同行”，迁徙途中，我们支系曾经与另一支系的同胞相率同行；（5）“高斗大”，意译为“再跳啄木鸟舞”，缅怀祖先的丰功伟绩，其意思是，对于祖先创造的木鼓舞，我们要世世代代地跳下去。反排木鼓舞荣列国家级非物质文化遗产名录。

跳木鼓舞是苗族“祭鼓节”主要的仪式程序之一。通过木鼓舞进行血缘认同，凝聚民族精神；通过木鼓舞表达历史事件，教育后代；通过木鼓舞，表达自然崇拜、图腾崇拜和祖先崇拜的虔诚。这是苗族人以舞敬神、以舞记事、以舞抒情的活态表达方式，原始舞蹈的本体性在这古老的木鼓仪式中得到了鲜活的呈现。

---

① 杨方刚：《苗族“祭鼓”与布依族“祈愿”中的音乐文化志述》，《贵州大学学报》（艺术版），2004 年第 4 期，第 48 页。

② 意为丰收了要祭祖。

③ 意为仿啄木鸟啄树虫的节奏编的鼓点。

④ 意为刀耕火种式的生产劳动。

⑤ 意为同心协力战胜困难。

⑥ 意为大又硬的青枫树，是我们祖先坚韧的意志。

⑦ 参见杨方刚《苗族“祭鼓”与布依族“祈愿”中的音乐文化志述》，《贵州大学学报》（艺术版），2004 年第 4 期，第 48 页。

（二）铜鼓文化

铜鼓是一种民族文物，我国西南少数民族制造和使用铜鼓的历史十分悠久。至今，铜鼓仍作为一种乐器，为我国西南地区的少数民族所使用。

关于铜鼓的起源，学界有多种说法。其中比较流行的说法有：（1）起源于烹饪器如铜釜，席克定认为，“铜鼓的前身，可能是作为炊具的铜釜。”[①] 人们在劳作之余，把生活用具当作乐器敲击取乐，这样就有了铜鼓。（2）模仿我国内地的皮鼓，铜鼓的形态是皮鼓和蚊架的结合。（3）起源于原始的木鼓。

“由于我国西南少数民族分化、融合、迁徙的情况十分复杂，再加上古代文献对早期铜鼓缺乏记载，以至铜鼓的族属问题至今尚无定论。”[②] 席克定在《试探中国南方铜鼓的族属》一文结合考古出土的实物和历史文献有关铜鼓的记载，探讨了不同类型铜鼓的族属。所谓铜鼓的族属，也就是创制铜鼓的民族。由于文献资料不足，还是存在不少的争议。“近年发现的活态史诗《亚鲁王》中的文化起源神话唱述了铜鼓的起源、击奏铜鼓的缘由，为学界探讨铜鼓的起源和族属问题提供了活态的证据，开辟了新的研究路径。”[③]

史诗的开端，在充满神话色彩的叙事中唱述了在造万物的时代，万物创造者神祖造天造地、造牛造马、造日造月、造唢呐造铜鼓的历程。

麻山苗族称铜鼓为“Znakrangt”，即是“龙鼓”的意思。铜鼓为什么又叫“龙鼓”呢？因为铜鼓为龙所造，在《亚鲁王》史诗中，制造铜鼓的咤牧是雷公雷神，后来与龙成了亲家，其女儿嫁给了龙的儿子。“咤牧和龙结为亲戚，咤牧与雷结成亲家，咤牧的儿子琅艾（男性人名，待考）娶了雷的女儿波妮冈嬢（女性人名，待考）做妻子。”[④] “咤牧总共造了 24 面铜鼓，分别放在 24 个山头，其中 12 面为灰鼓，12 面为黄鼓。”[⑤] 出人意料的是，咤牧所造的铜鼓怎么也敲不响。一天，咤牧外去赶集做生意，让妻子波妮冈嬢独自在家。咤牧外去赶集后，波妮冈嬢独自在家感到寂寞，便坐在庭院门口的铜鼓上做针线活。恰好这一天雷神的女儿来了月经，血红滴在铜鼓上。天黑时分，咤牧赶集回来，看到铜鼓上的血红，拿起铜鼓一敲就响了。“吒牧看见乐器沾上了血滴/吒牧看

① 参见席克定：《贵州民族考古论丛》，贵阳：贵州民族出版社，2009 年，第 117 页。
② 蔡熙：《〈亚鲁王〉的女性形象初探》，《湖南工业大学学报》，2014 年第 3 期，第 66－69 页。
③ 蔡熙：《〈亚鲁王〉的女性形象初探》，《湖南工业大学学报》，2014 年第 3 期，第 66－69 页。
④ 中国民间文艺家协会主编：《亚鲁王》，北京：中华书局，2012 年，第 45 页。
⑤ 蔡熙：《〈亚鲁王〉的女性形象初探》，《湖南工业大学学报》，2014 年第 3 期，第 66－69 页。

见铜鼓沾上了血红/吒牧的乐器能吹叫了/吒牧的铜鼓能敲响了。"[①] 向妻子询问缘由，妻子如实告诉丈夫。咤牧对妻子说，既然你的血能让我的铜鼓响，那么"我要杀你祭铜鼓"，用你的血来造很多很多铜鼓。"吒牧说/是你的血滴让我的乐器响了/是你的血红让我的铜鼓响了/我要杀你祭祀我的乐器/我要杀你祭祀我的铜鼓。"[②] 妻子波妮冈嬢同意了咤牧的要求，甘愿为铜鼓而牺牲。"波妮冈嬢说/是我的血滴让你的乐器响了/是我的血红让你的铜鼓响了/你就砍我去祭祀你的乐器吧/你就杀我去祭祀你的铜鼓吧。"[③] 之后，雷神怎么也找不到自己的女儿，经查明，是吒牧杀死自己的女儿来祭铜鼓，于是雷神发大洪水，洪水滔天三年，淹没了土丘和山坡。

铜鼓为铜质体鸣乐器，鼓身高 38cm，鼓面直径 51cm，包括面、身、胸、腰、足、耳六个部分。鼓身的上段为胸，中段为腰，下段为足，腰间有两对鼓耳。铜鼓通体布满各种花纹图案，鼓面有 6 晕，太阳纹 12 芒，各芒间还饰有不同纹路，鼓身附有同心圆纹，东郎杨光文说："苗族使用的铜鼓，上面镶着青蛙和燕子，那是我们苗族迁徙时，曾经让青蛙和燕子探寻天底下是否有苗族居住的大地。青蛙去了，但七天走不出马蹄印。燕子是最有功劳的，它飞到海边，探寻到了天底下辽阔的疆土，适合人类居住。这样我们就迁徙到疆土辽阔、美丽富饶的地方。铜鼓上面镶的燕子，大概是这样的由来吧。"[④] 铜鼓身上的花纹，留下了各种原始崇拜的印记。

麻山苗族除了在丧葬仪式中敲奏铜鼓之外，春节期间要将铜鼓悬挂在堂屋的中央，击奏铜鼓，以祭祀祖先。击奏时，将铜鼓悬挂于架子上，一般击鼓心光体，时而轮番敲击鼓边或鼓身。敲击的部位不同，音高音色不同。

据笔者调查所知，目前麻山苗族地区尚有较多年代久远的铜鼓存世，其中紫云自治县存世的铜鼓以四大寨乡和宗地乡为最多。从铜鼓的类型看，以麻江型铜鼓为主。"在麻山苗族地区，铜鼓有着多方面的社会功能。其一，用作乐器，在丧葬、祭祀、婚礼、喜庆节日等仪式中广泛使用，单独敲击，或用于舞蹈时的指挥。其二，作为'重器'，用以集众、战阵、陈列等，以表权威；用作贡赋，以示臣服；用作贮贝，以示财富；用作葬具，以佑灵魂；或在屋脊，杖头等处，用作装饰。"[⑤] 在《亚鲁王》中，每当战事发生，亚鲁王擂响铜鼓召集军队，"亚鲁王说，战事来了我擂铜鼓/战争来了我吹白牛角。""亚鲁王吹响

① 中国民间文艺家协会主编：《亚鲁王》，北京：中华书局，2012 年，第 46 页。
② 中国民间文艺家协会主编：《亚鲁王》，北京：中华书局，2012 年，第 47 页。
③ 中国民间文艺家协会主编：《亚鲁王》，北京：中华书局，2012 年，第 47 页。
④ 曹维琼等：《亚鲁王书系·歌师秘档》，贵阳：贵州人民出版社，2012 年，第 401 页。
⑤ 席克定：《贵州民族考古论丛》，贵阳：贵州民族出版社，2009 年，第 139 页。

牛角呜呜呜/亚鲁王擂起铜鼓咚咚咚。"[①] 可见，在亚鲁王时代，铜鼓是一种极其重要的"重器"。其三，作为神器而使用。作为神器的铜鼓具有通神招灵的功能，在丧葬仪式或逢年过节（如苗年）时敲击铜鼓的功能就是祭祀祖先和召唤亡灵。在丧葬仪式中敲击铜鼓，是铜鼓主要的社会功能之一。"[②]

将铜鼓奉为神器，最突出的表现是在使用铜鼓之前要毕恭毕敬地祭祀铜鼓，请求神灵允许他们使用铜鼓，并保佑其子孙后代吉祥安康。在苗族的丧葬仪式中，在开路仪式、遗体下葬等重要环节，歌师要杀鸡祭祀铜鼓，将鸡血滴在铜鼓上，并将鸡毛拔下，用鸡血粘于铜鼓四周，然后才开始敲击铜鼓。从《亚鲁王》史诗中我们不难发现，在丧葬仪式中，无论是敲击铜鼓还是祭祀铜鼓都是祖先崇拜的表现。"我死后，你儿子琅艾如是娶二房妻子/我走后，你儿子琅艾要是娶二房老婆/我请求他杀只公鸡给我做个情份/我只求他杀头肥猪给我一个名分/杀鸡来给我的坟头添土/杀猪来给我的墓地祭扫/他因此会得福/他因此会得贵。"[③] 显而易见的是，在《亚鲁王》史诗中，无论是制造铜鼓的咤牧还是为铜鼓而殉身的波妮冈孃都是苗族的祖先。"是哪个祖宗造乐器/是哪个祖宗造铜鼓。"[④] 对于祖宗波妮冈孃的遗言，后人是不能违抗的。对波妮冈孃的祭祀行为，后来成为苗族的传统习俗。这一传统习俗通过《亚鲁王》史诗口耳相传，一直延续至今。

"波尼冈囊心甘情愿地为铜鼓牺牲，以富贵其子孙后代。但是她所企望的要求很简单，只要后世为其坟头杀鸡祭祀添把土就行了。波尼冈囊可以说是名副其实的铜鼓文化的殉道者。在丧葬仪式中，敲击铜鼓是咤牧兑现妻子波尼冈囊的临终遗言，之后，苗族丧事，必敲铜鼓成了苗族遵循的传统习俗，并且一直延续至今。麻山苗族认为，人死之后就要回到祖奶奶那里与祖先团聚。丧葬仪式中敲铜鼓，以表示对死者的哀悼，让死者安然进入仙界，与祖先相聚。因此，铜鼓文化表征了苗族的祭祖信仰，其仪式行为的深层蕴含着苗族的祖先崇拜意识。"[⑤]

（三）芦笙文化

芦笙是什么，杨方刚在《芦笙乐谭》做了准确的概括："芦笙是一件平凡的乐器，芦笙是一件尊贵的神器，芦笙是一部乐化的史书，芦笙是言情志事的

---

① 曹维琼等：《亚鲁王书系·歌师秘档》，贵阳：贵州人民出版社，2012 年，第 84 页。

② 蔡熙：《〈亚鲁王〉的女性形象初探》，《湖南工业大学学报》，2014 年第 3 期，第 66－69 页。

③ 曹维琼等：《亚鲁王书系·歌师秘档》，贵阳：贵州人民出版社，2012 年，第 47 页。

④ 曹维琼等：《亚鲁王书系·歌师秘档》，贵阳：贵州人民出版社，2012 年，第 45 页。

⑤ 蔡熙：《〈亚鲁王〉的女性形象初探》，《湖南工业大学学报》，2014 年第 3 期，第 66－69 页。

载体，芦笙是一种独特的民族生活方式，芦笙是一个博大精深的文化符号。”[①] 芦笙虽然遍及贵州省9个州市中的广大苗、侗、水等民族地区，但以苗族的芦笙最盛，特色最为鲜明，文化最为丰厚。“苗族最有代表性的乐器是芦笙，最有代表性的舞蹈是芦笙舞，芦笙是苗族文化的象征。”[②] “在苗族人中，对于男性而言，芦笙是一个至关重要的族性标志，你的芦笙演奏如何，就在一定程度上决定了你在传统苗族文化共同体中的文化地位。”[③]

1. 芦笙是苗族的图腾乐器

“芦笙是母亲的化身，发出的是母亲的声音。”[④] 为什么把芦笙与母亲的形象联系在一起呢？其原因有二。其一，在远古母系氏族社会时期，母亲是族群的领袖，头人的统称，而芦笙是母系氏族的首领领导族群成员开展狩猎、作战、宗族祭祀等重大社会活动的权杖般的重要工具。这种代表群体意志、统一族群行动的器具日渐与母亲的形象融为一体，形成至高无上的权威性。其二，与苗族先祖创世神话的葫芦传说有关。在《亚鲁王》史诗中，因吒牧杀了公雷的女儿波妮冈孃来祭祀铜鼓，公雷一气之下，发了大洪水，淹没地球三年。在洪水滔天的洪荒年代，公雷的外甥女波妮虹翕[⑤]在公雷发大水时，让自己的两个外甥坐在葫芦里漂流，获得了再生。此后，葫芦便成为苗族的图腾物，因为葫芦是芦笙的重要构件，因此，芦笙作为图腾的变异物受到苗族人的崇敬，在苗族人的心目中具有崇高的地位。

2. 芦笙起源于祭祀祖先的仪式活动

祭祖又称祭鼓，在苗族的祭祖仪式中，芦笙既是神器，又是法器。祭鼓活动的启动仪式是敬请圣鼓，祭师要吟诵祭鼓词。丹寨县麻鸟村一带，鼓社节宗族祭祖时，要重新制作木鼓，从山上引鼓回家的路上，人们随着芦笙曲一路跳着舞回家。芦笙曲多种多样，如用芦笙奏请祖灵归位安息的《送鼓曲》，送亡灵回归东方故土的《引路曲》等，乐曲反复的次数随路程的长短而定。《引路曲》的内容是“请按来时路，回到东方去，那是我们民族的故土，是祖先居住的地方。”[⑥] 芦笙曲以芦笙为工具，让阴阳两界进行对话，如织金苗族的“祭母”，榕江苗族芒筒芦笙和紫云苗族芦笙祭祖，安顺苗族芦笙“颂母亲”等。

---

① 杨方刚：《芦笙乐谭·题记》，贵阳：贵州人民出版社，2010年，第2页。

② 潘正才：《论芦笙文化的地位与作用》，《黔西南民族师专学报》，2000年第2期，第39页。

③ 吴秋林：《黔东南苗族古代鬼文化生态》//《多彩贵州原生态文化国际论坛》(2014)，北京：社会科学文献出版社，2015年，第102－112页。

④ 杨方刚：《芦笙乐谭·题记》，贵阳：贵州人民出版社，2010年，第2页。

⑤ 苗语“box nis hongb wongh”的音译，女性人名。

⑥ 杨方刚：《芦笙乐谭》，贵阳：贵州人民出版社，2010年，第51页。

关于芦笙的起源在民间流传不少传说。黔东南的雷山县、榕江县和凯里市以及黔西北地区都有关于芦笙或芦笙由来的传说，内容不尽相同，且各具特色。流传于黔西北的《芦笙的来历》说，“凤凰齐鸣，天下兴旺，凤凰和鸣，天下太平”。可是，有一年，凤凰惊飞乱叫，天下大乱，苗王不知死于何方。人们为了怀念苗王，仿照凤凰模样造了芦笙，先用作祭祀乐器，后来逢年过节、红白喜事都少不了芦笙。另外，流传于黔西北的《芦笙和吊鼓的由来》说，一家有七姊妹，姐姐被接到皇宫后，六个妹妹每天每日都很思念她，皇帝于是送给她们每人一只箫，她们将箫和在一起吹后就变成了芦笙。后来姐姐死了，六个妹妹吹笙悼念，引来百样野物围听，因而不停地敲响吊鼓驱吓。芦笙可以随时吹，吊鼓只能在死人时打，因之才有“笑芦笙、哭吊鼓”的说法。这类传说表征了芦笙起源于祭祀祖先的仪式活动。“支撑芦笙演出的基本平台却是苗族人的鬼信仰文化。”①

从丧葬仪式的演奏看，“在所有的芦笙演奏中，丧祭芦笙的地位是至高无上的。”② 黔中地区麻山苗族的丧葬仪式、黔西北苗族地区的打嘎仪式、黔东南地区苗族的“吃鼓藏”等都离不开芦笙的演奏。

打嘎是盛行于黔西北苗族地区十分隆重的丧葬仪式。各地具体的丧葬活动方式虽然不尽相同，但都突出了芦笙独特的文化身份和神器功能。水城一带苗族的丧葬仪式在以下程序中都要演奏芦笙：

第一，请灵：芦笙手奏《开头曲》，平舞三圈，作揖三次，转头舞三圈，请祖灵上坐，请死者喝酒吃饭。芦笙词为“活着的泥土养，死了的泥土埋”。

第二，迎客：芦笙手奏《迎客调》，平跳到门前向来客舞三圈。

第三，上祭：芦笙手奏祭祀曲，平步转舞二圈，作揖二次，上祭酒三杯，芦笙词为“留儿遗女在门外，丢儿弃女在门边。”

第四，交牛：芦笙手奏《打牛曲》，舞一圈，向灵柩下跪作揖，准备杀牛，供祭亡灵。

第五，打老牛：一人奏芦笙，一人击鼓，二人双脚交替急速作圈舞，并相互追逐，模仿剧烈的打牛景况。

第六，送亡灵：芦笙手奏《送灵曲》，“送你去啊！回到你原来的地方。”③

在黔西县的苗族聚居区，其丧葬活动，当地人称“打冷嘎”。所谓“打冷

① 吴秋林：《黔东南苗族古代鬼文化生态》//《多彩贵州原生态文化国际论坛》(2014)，北京：社会科学文献出版社，2015年，第102－112页。

② 吴秋林：《黔东南苗族古代鬼文化生态》//《多彩贵州原生态文化国际论坛》(2014)，北京：社会科学文献出版社，2015年，第102－112页。

③ 参见杨方刚《芦笙乐谭》，贵阳：贵州人民出版社，2010年，第52页。

嘎"，指老人去世时，因家境贫寒无力及时操办丧事，待家里的经济条件好转之后再为老人补办丧事。这是一种被称为"接魂"的法事，又称"接魂芦笙"，芦笙手吹奏的芦笙是一种无声之曲。芦笙手面对亡灵的坟墓，虔诚地吹奏一种封闭音管，使其不能向外发出声音的"闭管芦笙"，替亡者的后代向亡灵无声地演奏着心曲，诉说当年没有财力及时地为老人操办丧事的缘由，祈求得到祖先的原谅，请老人来接受供奉。吹奏芦笙时，直到坟茔中一只被认为是亡灵化身的蜘蛛出现，吹奏才告结束。芦笙手将亡灵化身的蜘蛛纳入袖中带回家中，之后，还要把它带回墓地。

金沙、黔西一带苗族的丧葬仪式，在以下程序中要演奏芦笙：

第一，寿终、棺殓仪式。芦笙手奏《断魂曲》为亡者送终，再奏《穿衣曲》为之沐浴梳头穿寿衣，再将亡者送到堂屋停放。芦笙手奏《从床上到大厅曲》，入棺后，先后奏《入棺曲》和《送魂曲》。

第二，报丧、接鼓仪式。向亲友和寨人报丧后，到鼓藏头家里迎取木鼓，治丧活动开始。接鼓时吹奏芦笙曲——《接鼓曲》，背鼓行走时吹奏《绕转曲》，鼓到丧主家门口时吹奏《进门曲》，将木鼓悬挂于灵前时吹奏《吊鼓曲》。

第三，做嘎、赶嘎仪式。大祭仪式开始，前来赶祭者一路吹芦笙《行进曲》，到丧主家后吹笙击鼓致哀。晚上，开始坐堂笙鼓舞演奏活动，芦笙手奏《诉苦情》曲："在世时，你关心亲戚朋友，对人好得很；你去世了，大家十分想念你。"

第四，打牛、指路仪式。芦笙手反复奏《献牲曲》："最好的牛献给你了，你到阴间去种庄稼，以后你要拿千百条牛来还，保佑子孙发达。"杀牛时，芦笙手奏《抢牛命曲》，之后，芦笙手奏《指路曲》，为死者的灵魂指引一条与祖先相聚的道路。

第五，出殡送葬仪式。芦笙手奏《送葬曲》。

整个芦笙的吹奏过程，只能观其形，听众虽近在咫尺也不能闻其声。芦笙默默地诉说着一种不为生者所闻但却能通达另一个世界的话语。这反映了苗族人民一个古老的传统观念：死者听不懂人的语言，唯有用芦笙吹出来的话语才能听懂。

3. 芦笙舞蹈

把芦笙作为母亲化身的图腾观念，在各地的芦笙乐舞中得以折射，猴鼓芦笙舞是苗族先民对猴子感恩的表达，长衫舞芦笙，舞者模拟龙的形态跳舞，是对龙的图腾崇拜，而锦鸡舞是对鸟的图腾崇拜的反映。

岜沙芦笙舞，这是贵州从江岜沙苗族每逢苗年都要表演的祭祀舞蹈。其舞蹈唱词是："我们的舞步艰难退后走，我们的心意纷乱多悲凉。望着东方！望着东方退着走！我们的祖先就这样告别了东方故土，历尽艰险，辗转迁徙，走了一方又一方。十步九回头，难忘是故乡。祖先将这样的芦笙舞传授给我们，让退走的舞蹈充满惆怅。集聚在房前屋后，清点人数，检查行装。我们家族的叔伯弟兄可都到齐？我们族房的姊妹是否已全部到场？今天我们要整体亮相，可不能拉下氏族的任何一个弟兄姐妹。是砍竹建房？是找竹上山？你可要看清楚，这是我们的芦笙王，身长数丈，气势非凡。够长够靓。我们先预演一遍，鼓动情绪，动员士气。吹得那山谷回响，跳得物我两忘。”[①] 跳完祭祖芦笙舞之后，芦笙队的全体成员面向东方，倒退着隐入山林。

在苗族的丧葬仪式中，生者要对死者的一生进行总结回顾，并作最后的道德判断，处理人间的社会问题，通过这种活动创建一种道德共同体。在苗族人看来，如果是非正常死亡，则被认为是凶死或横死的，这类人没有资格与老祖先团聚，更不能得到族人的香火供奉。只有战死的英雄或德高望重、正常死亡的长者才能得到族人隆重的祭奠，用芦笙木鼓舞蹈的形式超度死者的亡灵从而返回祖先居住的东方故地，与老祖先共同享受后辈儿孙香火的恒久供奉。

锦鸡舞发源于丹寨县的排调镇，主要流传于苗族“嘎闹”支系中的麻鸟型短裙苗地区。锦鸡舞的名称来源于苗族的服饰，苗族的服饰、银饰、绣裙、花带以及造型打扮，都以美丽的锦鸡作为参照。高绾的发髻形如粽子，光滑圆润，高昂秀丽，上装保持着黑色的素净，裙长 10～22 厘米，前围短帕，绣有艳丽花色，后围素帕，压着十余条亮丽的宽花带，垂到脚后跟。头戴银发簪，发髻上插锦鸡飞舞造型的银饰、银梳和银雀花，犹如一只美丽的锦鸡，亮丽迷人。从整体上看，它的造型和色彩十分高古，既保持了殷商以前华贵的玄色，又有些许现代的亮丽因素，搭配得圆融高妙，给人以典雅古朴之感。锦鸡舞属芦笙舞，舞蹈与芦笙密不可分。芦笙伴奏乐器，又是且吹且舞的蹈具。锦鸡舞的功能虽有娱乐的一面，但更重要的是祭祖。在祭祖活动中，要制木鼓，把祖先的神灵请到鼓里，然后用芦笙及芦笙舞（锦鸡舞）唤醒它们，即“唤鼓”和“醒鼓”，之后的每一个祭祀环节都要吹奏芦笙，跳芦笙舞（锦鸡舞），直到把祖灵请到原地安息。锦鸡舞的芦笙曲多达一百首，都有芦笙词，共分为怀祖曲、离别曲、赞美曲、欢舞曲等。2006 年丹寨县苗族的锦鸡舞被列入我国第一批国家级非物质文化遗产代表作名录。

从艺术表现来看，芦笙舞的表演形式远远超过了舞蹈表演的框架，芦笙舞的表演凝聚着苗族的远古记忆、身份认同、价值取向和审美情感。芦笙舞不仅是一种艺术，更是苗族文化真实存在的表征。

① 曹维琼等：《亚鲁王书系·歌师秘档》，贵阳：贵州人民出版社，2012 年，第 218 页。

4. 芦笙文化的活态传承

由于苗族没有文字，自古以来，芦笙乐的传承靠的是一代代芦笙手的口耳相传，芦笙便成了传承苗族历史文化和民风民俗的重要载体，寄予着苗族人民的喜怒哀乐和对美好生活的无限向往。

在苗族的丧葬仪式中，在请灵仪式、迎客仪式、上祭仪式、打牛仪式、交牛仪式、送亡灵仪式等程序中都离不开芦笙。

在祭鼓节，芦笙以巫师身份恭请祖灵受祭，同时要驱赶恶鬼远离祭场，并代表族人向祖灵诉说苦情和愿望，乞佑赐福，祈求安康。对于尚未回到故土的亡灵，要演奏《指路曲》，指引其沿着民族迁徙的来路，回到列祖列宗得以安息的东方故土。

当下，芦笙的演奏由纯粹的祭祀场合延伸到跳花场、民间节庆等休闲娱乐场合，吹奏的芦笙曲数以千计，其主要功能是调剂和丰富人们的精神生活，民间称之为“养心”，这是苗族生活最富色彩的一个方面。以跳花场为例，跳花场是以青年男女社交相识、求偶示爱为主体内容的民俗活动，开场是一个祭天地神灵以求福祉的仪式：砍花树、送花树、栽花树和献酒祭花树。花树即是祖灵的象征，又是人们心中的美好祈愿。之后，跳花场进入“跳花”的主题，“花场舞曲”就是芦笙手率先围绕花树吹奏的乐曲，乐曲明快舒展，抒发了人们的欢乐情怀。

生活在贵州高原大山深处的短裙苗特别喜爱芦笙。村寨里只要隆隆的芦笙一响，节日的气氛就起来了。过大年、茅人节的联欢及各种庆典活动，主要就是跳芦笙舞。正如谚语所说：“芦笙响，脚板痒”“芦笙不响，五谷不长”。不仅跳芦笙的人跳得忘情，看的人也是如痴如醉。全身心沉浸在欢乐之中，忧愁和烦恼都抛之云外。短裙苗由此还形成了芦笙民俗。李姓家族吹着芦笙从加簸走访到空申，受到杨姓家族的热情款待，按照古规古礼，双方要约定时间“还芦笙”，这里有种种礼仪，如送礼、杀猪宰鸭等。①

对于苗族而言，芦笙是一种独特的文化表达方式。在盛行巫文化的上古时期，乐舞是祭祀天地神灵的仪式与手段，是一种可通达另一世界与神灵相沟通的声音与形体语言。芦笙是生发这种神秘之声的乐器，它既是巫师，又是法器，既可通鬼神，与神灵言说交流，又是现实生活中人们抒发心声的乐器。芦笙蕴藏着不尽的苗族神话传说、历史文化与宗教信仰。“这芦笙就是一种魅力无穷的神物，自古以来，苗家人把芦笙视为族群的灵魂，把它当作母亲的化身，当作图腾加以崇拜。”② 传说芦笙里有祖先的声音，芦笙里有祖先的气息。芦笙词的

---

① 李文明：《千年短裙》，北京：大众文艺出版社，2011 年，第 50 页。
② 李文明：《千年短裙》，北京：大众文艺出版社，2011 年，第 51 页。

内容包括历史传说、生产知识、爱情婚姻、社会公德、乡规民俗等，芦笙广泛应用于祭祀、娱乐、求偶、婚嫁、节庆等场合。“……苗族芦笙是一种集歌、乐、舞为一体的文化形态，芦笙词是一部口传心授的诗歌体百科全书。”[①] 苗族社会事事皆入笙，处处有笙乐的社会生活场景，使得芦笙具有重要的社会功能和文化意义。出于本民族无文字条件下传承民族文化、彰显民族意识、增强民族凝聚力的需要，苗族人赋予芦笙以广泛的文化功能，芦笙因而承担起以乐传文、以乐传史的历史重任，走上一条与单一乐器化不同的高度综合性的发展之路。

二、绿色的生态文化

仪式将自然与人文的多重因素囊括于其中，因此，它就具有明显的生态性质。彭兆荣指出：“仪式具有生态性平衡的功能。”[②] 这种“生态性平衡”既表现在人与自然生态的关系，也体现于人文生态，即人类社会中人与人、阶级与阶级、性别与性别之间的平衡。

在麻山苗族丧葬仪式上唱诵的活态史诗《亚鲁王》蕴含着丰富的生态伦理思想。麻山苗族认为人与自然的关系就是“子”与“母”的关系，对动植物的崇拜成了他们亘古不变的宗教信仰。在万物有灵信仰的基础之上形成的动植物崇拜和图腾崇拜形塑了亲近自然的生态文明观，表征了苗族敬畏、顺从自然，与自然融为一体、和谐共生的生态智慧。这种生态智慧在丧葬仪式中世代相传，化为族群成员出于信仰而约定俗成的一系列生态民俗和生态禁忌，从而创造了人与自然和谐相处的生境。《亚鲁王》蕴含的生态伦理思想，表征了远古山地苗族对人与自然、人与动物关系的朴素认识，可以说是一部活在苗族丧葬仪式中的“绿色史诗”。下面拟对《亚鲁王》史诗中绿色的生态文化进行探讨。

(一) 人乃自然之子：人与自然关系的独特认知

麻山苗族认为，亚鲁是他们的祖先，是亚鲁把苗族带到这个地方来定居的，亡人要走的路，就是沿着亚鲁迁徙的路线回到过去曾经生活过的东方老家。因此，老人去世后一定要请东郎为之开路，唱诵《开路经》，并砍马为亡灵送行，一步一步把老人的灵魂送回东方老家。《开路经》讲述宇宙和人类创世的由来：“有了天，才有地。有了太阳，才有月亮。有了种子，就有枝丫，有了女人，才有男人。有了天外，就有旷野，有了大地，才有人烟。有了太阳，就有白天，有了月亮，才有黑夜。有了种子，就有生灵，有了根脉，才有枝丫。”[③] 它生动

① 李文明：《千年短裙》，北京：大众文艺出版社，2011 年，第 51 页。
② 彭兆荣：《人类学仪式的理论与实践》，北京：民族出版社，2007 年，第 322 页。
③ 中国民间文艺家协会主编：《亚鲁王》，北京：中华书局，2012 年，第 45 - 46 页。

而形象地表达了麻山苗族对于人与自然关系的独特认知。在太初太古时代，包括天地、花鸟虫鱼及人类鬼神在内的万物尚未诞生，苗族的创世大神董冬穹经历多次反复，在深刻认识到树木的作用之后，最终才成功地创造出天地。董冬穹“造了哇哼哇哆（树木名）树木，遮挡太阳撑起土丘山陵，造了哇哼哇哆树木，蓄住雨水浇灌山陵土丘，造玛许玛项为土丘山陵拴衣带，造蕨草为土丘山陵搭头巾，用刺蓬为土丘山陵包头帕。董冬穹造的土坡才安稳。创造天地之后董冬穹的头等大事就是创造草木和生灵，董冬穹在大地造了一千种草木，董冬穹在地上造出一百样生灵。

有了草木、生灵，才有人类繁衍。董冬穹娶了波尼珑哈啦丹做妻子之后，波尼珑哈啦丹没有乳汁不会生子，偌和婉告诉她[①]“波尼珑哈啦丹哩波尼珑哈啦丹/你去宇空中央的牛集市栽棵大大的构皮树/你去下方浩瀚旷野中央的兔集市栽棵大大的构皮树/你割开构皮树取乳汁/你割开构皮树取奶水/你煮粽子喂孩子/你煮粽子喂儿女/波尼珑哈啦丹来栽了一棵很大的构皮树/栽在了宇空中央的牛集市/波尼珑哈啦丹来栽了一棵很大的构皮树/栽在了下方浩瀚旷野中央的兔集市/波尼珑哈啦丹这才来生了七十个女儿/波尼珑哈啦丹这才来生了七十个儿子/波尼珑哈啦丹割开构皮树取乳汁/波尼珑哈啦丹割开构皮树取奶水/波尼珑哈啦丹煮粽子去喂孩子/波尼珑哈啦丹煮粽子去喂儿女/波尼珑哈啦丹的七十个女儿死去了/波尼珑哈啦丹的七十个儿子死去了。”

这表明，远古时代的麻山苗族就认识到了植物是人类的生命之源，波尼珑哈啦丹种下构皮树之后才有奶水喂养娃儿。同时他们对植物的认识还处于较粗浅的层次，构皮树是一种纤维质的树木，其中所包含的营养物质不足以维持人的正常运行，最终导致婴儿死亡。

麻山苗族万物同根同源的生命观，从亚鲁王与荷布朵进行茅草祖奶奶比赛从而智取荷布朵的疆域可以得到很好的说明。

“荷布朵说/我俩来烧茅草祖奶奶/我俩来烧芭茅祖爷爷/谁烧完了茅草祖奶奶/这疆域是谁人的疆域/哪个烧尽芭茅祖爷爷/这王国是哪个的王国/亚鲁王说哥哥哩哥哥/是你的疆域你烧在前面/在你的王国你烧在前头/我烧在前面，别人会说是我抢你的疆域/我燃在前头，人家要说是我抢你的王国/荷布朵说/我烧早晨/你烧夜晚/深夜寂静/清晨天欲晓/荷布朵点燃七个山丘只烧去七把茅草/荷布朵燃烧七个山坡只烧了七个山凹/亚鲁王从下午烧到天黑/亚鲁王点燃七个山丘燃尽七座山/亚鲁王从下午烧到深夜/亚鲁王燃烧七个山坡燃尽七个山坡/亚鲁王说/哥哥哩哥哥/我烧完了茅草祖奶奶/我烧燃尽了芭茅祖爷爷/茅草祖奶奶是我

① 蔡熙：《从活态史诗〈亚鲁王〉看苗族的生态思想》，《鄱阳湖学刊》，2014 年第 2 期，第 19 – 26 页。

的茅草祖奶奶/芭茅祖爷爷是我的芭茅祖爷爷/亚鲁王说/哥哥哩哥哥/这个疆域是我的疆域这个王国是我的王国。”①

为什么亚鲁王点燃七个山丘燃尽七座山上的茅草，也就是说“烧完了茅草祖奶奶”，这片疆域就是亚鲁王的呢？在麻山苗族看来，“茅草”是亚鲁王先辈父王的化身，可以说是苗族先辈的祖先，人是由茅草进化而来的。因此，在麻山苗族中，茅草是通灵之物，也是具有神性的。在土地资源发生纠纷时，在祭山神仪式中具有神性的茅草常常是评判土地权属的一个重要参考物。亚鲁王与异族人荷布垛争夺土地资源时，双方通过在山上烧茅草的范围为依据来断定这片土地的权属，即是“茅草”神性的表现形式。这一“神判”方法至今还在苗族生活中发挥重要的作用，如放置在路边、水井边的芭茅草标就是显见的例子。

麻山苗族从对大自然的直观体悟中得出的关于人类起源的朴素认识，揭示了一个朴素的生态观念，即人类是大自然之子，是自然界长期演化的结果。这一认识与流传于黔东南的《苗族古歌》有异曲同工之妙。《苗族古歌》中唱道：枫树砍倒了，化作千万物，树根变泥鳅，树桩变铜鼓，树疙瘩变成猫头鹰，树叶变燕子，树梢变鹡宇，树心变成蝴蝶妈妈，蝴蝶妈妈生下十二个蛋，孵出了龙、虎、蛇等和人类的始祖姜央。② 这个神话故事表明枫树不是神造的，蝴蝶妈妈从枫树中出生，不仅有生命的蝴蝶能够游方谈恋爱，而且没有生命的水泡也参与了生命创造过程，因而无机物也被看成是有生命的存在形式。由此，创世万物的生命之源蝴蝶妈妈——妹榜妹留成了生命之母。在苗族神话中，“妹榜妹留”被视为人、兽和神的共同母亲。这就是天地万物起源同“枫木”的渊源关系。古代苗族万物同根同源、万物有灵的生命神话清晰地昭示了山地民族传统朴素的绿色生态思想。

既然人类是大自然之子，人类与自然万物就须臾不可分离，史诗《亚鲁王》讲述了苗族首领亚鲁王率领臣民收复疆土、征战和迁徙的历史。从史诗的文本内容看，亚鲁率领族群成员举家迁徙到了三十多个地方，每到一个地方，十二生肖的动物尾随而来，稻谷种、红稗种、麻种、棉花种、青枫树、豆冠树、五倍子树、春菜树、杉木树、枫木树等万物跟随而来。万物相随的观念表明人与动物、植物须臾不可分离的关系。

麻山苗族深居喀斯特大山深处，这里自然环境恶劣，山多土少，石多水少，他们用双手硬生生打造出层层坡土，在土薄水少的坡土上种植产量很低的苞谷，在石头缝隙中收获苞谷。生活在贫瘠深山的麻山苗族对动植物的重要性有着独

① 中国民间文艺家协会主编：《亚鲁王》，北京：中华书局，2012 年，第 243－244 页。
② 参见潘定智、杨培德、张寒梅编《苗族古歌》，贵阳：贵州人民出版社，1997 年，第 87 页。

特的体认，即便他们的集市也是以动物来命名，称之为龙集市、蛇集市、马集市、羊集市、猴集市、鸡集市、狗集市、猪集市、鼠集市、牛集市、虎集市、兔集市。

（二）动植物崇拜：麻山苗族永恒的宗教信仰

由于麻山苗族认为人与自然的关系就是子与母的关系，生活在贫瘠深山的苗族对动植物的崇拜也就成了他们亘古不变的宗教信仰。这种信仰已经深入麻山苗族日常生活的方方面面，成为一种集体意志支配下的无意识行为，一种民间的共同信仰，千百年来，在石山深处创造了人与自然和谐相处的生境，这在史诗《亚鲁王》中有着生动的反映。

1. 植物崇拜

在史诗《亚鲁王》中，各种植物都是人类的祖宗，史诗中的糯谷种子和红稗种子不仅是人类的祖宗，而且可以像人一样对话。蝴蝶祖宗找来糯谷种子和红稗种子，祖宗蝴蝶说："我要有点条件才去/我得讲好价钱才飞/糯谷祖宗答应蝴蝶祖宗/红稗祖宗应承蝴蝶祖先/糯谷祖宗说将来你就下崽在我的枝条上/红稗祖宗说将来你就下蛋在我的叶子上/蝴蝶女祖宗从龙洞里找回了成千的糯谷种子/蝴蝶男祖宗从深坑里找回了成百的红稗种子。"①

《亚鲁王》史诗中的天梯神话说，远古时候，射日神卓玺彦爬上 17 丈高的马桑树、17 丈高的杨柳树，用钢箭把多余的 11 个太阳射落，人们才得以安居乐业。马桑树不是高大的乔木，而只是簇生的灌木，却被苗族人想象为沟通天地的神树。苗族有崇柳的习俗，认为柳树可以通天，是通天之神树。苗族以马桑树和柳树作为天梯，因为它们都具有旺盛的生命力，能够滋润大地，哺育万物。故而，通天之树，亦称为生命之树，因它能够连接两个非现实的物理空间，并且这两个空间的沟通具有起死回生的神力。

苗族有生命树崇拜的习俗，不仅在神话中把树作为连接人神之间的"天梯"，而且这种生命树的崇拜观念在丧葬仪式中有着鲜明的体现。在苗族的葬礼中，大都要为亡人举行砍马仪式，在砍马场栽有一棵杉树，杉树的上端挂一束红稗，营造仪式的神圣空间。一切准备就绪之后，东郎开始唱诵《砍马经》："鲁来嫩草养，多王受优待，享福不知福。吃鲁命中树，啃鲁命中竹。""白天嫩草喂，夜晚精料养。多王受优待，享福不知福。又吃鲁命树，又啃鲁命竹。"②《砍马经》的主要内容是讲述杉树与亚鲁王的关系。这棵杉树是亚鲁王的生命树，这匹马亚多王是亚鲁王的战马，亚鲁王依凭这匹战马连打胜仗。亚

① 中国民间文艺家协会主编：《亚鲁王》，北京：中华书局，2012 年，第 51 页。

② 中国民间文艺家协会编：《〈亚鲁王〉文论集》，北京：中国文史出版社，2011 年，第 45－46 页。

鲁王精心饲养亚多王，但亚多王偷吃了生命树上的粮食种子，害得族人失去耕田的种子，亚鲁王含泪把战马砍死，以惩罚它所犯的过错。东郎在唱诵中，把树和马都一视同仁地看作有意识的平等的生命个体，这是万物有灵观念在苗族丧葬仪式上的体现。实际上，把树作为天梯是一种原始的树木崇拜，而人类对树木的崇拜是基于树木本身的生命机能。

2. 动物崇拜

在苗族史诗《亚鲁王》中，对每一种动物的称呼，都冠以祖宗二字。寻找火种的萤火虫祖宗、寻找糯谷种的蝴蝶祖宗、呼唤日月的鸡祖宗，还有探索王国疆域的蚯蚓祖宗、青蛙祖宗、猫头鹰祖宗、牛祖宗、老鹰祖宗等。第一章第一节唱诵道："是萤火虫祖宗去找来火种，萤火虫把火种带到沙石关。""女祖宗蝴蝶寻来糯谷种，男祖宗蝴蝶找来红稗种。"① 在远古苗族看来，在造天造地时代所有动物都与先祖亚鲁一样是他们的祖宗，这一称谓口耳相传，相沿成习。

在今天的麻山地区老鹰为什么成了享有特权的动物，史诗中说，亚鲁王派老鹰祖宗去察看疆域，由于老鹰祖宗长时间的飞行，掉尽了翅膀上的羽毛，再也没有力气飞回来，于是守候在江岸捡虫子，待到翅膀上的羽毛丰满才飞回亚鲁王宫。"我探望田野，你后代将吃上糯米/我察看河海，你子孙会吃到鱼虾。"老鹰祖宗察看疆域有功，于是向亚鲁王要些劳力费，亚鲁王说："到春天花开的季节，你可以任意捕小鸡。在秋天稻熟的季节，你能够随意吃大鸡。"② 因为亚鲁王恩准老鹰祖宗可以任意捕小鸡，至今在麻山苗族地区，如果老鹰在秋季捕捉小鸡为食，苗族人是从不诅咒的。但这一"特权"离开麻山，就不复存在。在麻山地区这些被尊称为祖宗的动物，享有"特权"，人们不能伤害他们，而是要尊崇自己的祖宗，这个习俗一直延续至今。

尤其值得注意的是，麻山苗族崇拜各种动物并以它们为祖宗，为什么在丧葬仪式上存在杀鸡开路、砍马（牛）仪式等血腥的场面？杀鸡开路、砍马（牛）仪式等场面看起来血腥，但是我们从东郎的唱诵以及史诗文本中可以发现，在杀牲之前，往往要叙述牺牲动物的起源和来历，如鸡的来历、马的来历等来"推卸杀牲的责任"，它们都与苗族的祖先亚鲁王达成了协议，这恰恰反映了苗族万物平等的生命观以及对动物的尊重和崇拜。

因为鸡通灵性，麻山苗族人认为，鸡能引导人的灵魂。人死之后，鸡能够带领死人的灵魂返回到东方故乡。在开路仪式中，东郎左手执剑，右手提着一只公鸡，边唱边把鸡前后移动，通过这样的方式将亡人的灵魂送到祖先的故地。开路结束前，东郎要杀鸡献牲，还要念鸡的"亘古"，与鸡对话，说明何以要

① 中国民间文艺家协会主编：《亚鲁王》，北京：中华书局，2012 年，第 35 页。
② 中国民间文艺家协会主编：《亚鲁王》，北京：中华书局，2012 年，第 287 页。

杀鸡的原因。因为太古之初，鸡的祖先与亚鲁王立下了心甘情愿赴死的约定。

远古的时候，祖先造天造地，造了一次又一次。祖先嬗珞嬗妃造了人，祖先恬布勒来造了牛和马，祖先布璐布丹造了鸡和鸟。一天，博莉董带一只鸡到了恬布勒的集市去卖，这天苗族的先祖亚鲁王恰好在集市上做大米生意，于是买下鸡祖宗旺儿晤，由于鸡祖宗旺儿晤走路慢，在带回家的过程中，鸡祖宗旺儿晤迷失了方向。后来，亚鲁王在巡视疆域的过程中，又遇到鸡祖宗旺儿晤，旺儿晤恳求亚鲁王带它回去，亚鲁王才把鸡祖宗旺儿晤带回到王国纳经。后来，亚鲁王迁徙到别的地方。亚鲁王与其部族离开的时候，猪马牛羊和鹅鸭的祖宗都跟着去了，因为鸡祖宗瞌睡多，亚鲁王走的时候，它还在睡梦中，当它醒来的时候，已经不见了亚鲁王。之后，鸡祖宗旺儿晤经历漫长的追寻才找到亚鲁王的踪迹。旺儿晤追寻到江边，由于它不会浮水，不能渡江过河，其他动物的祖宗，又不愿意帮它渡江。在反复乞求下，最后旱鸭祖宗带鸡祖宗旺儿晤渡了江，才跟随着大家到达亚鲁王定居的樟经城。亚鲁王看到鸡祖宗旺儿晤，非常生气，认为鸡祖宗旺儿晤是不吉利的动物，会惹祸，甚至会带来苦难。这时鸡祖宗旺儿晤再三央求亚鲁王说："大王哩大王/你虽然有十种宝物/但你没有我的这一宝/你急用的时候/就用我的蛋/你缓用的时候/就用我的崽/用我来占卜/用我来算卦。"[①] 亚鲁王才让鸡祖宗旺儿晤跟随他一道住在樟经城。到了樟经城之后，众多的鸡把亚鲁王的田园和里屋弄翻天，亚鲁王暴跳如雷，就抓起竹竿去赶，于是鸡们各奔东西、四分五裂，变成了野鸡、秧鸡、喜鹊、斑鸠、锦鸡等。还有一种鸡被称为"坝嗓幺儿"。"坝嗓幺儿"脚杆短翅膀嫩，走不得也飞不高，被亚鲁王抓住用绳子套在屋檐下。"坝嗓的幺儿"再次恳求说："大王哩大王/你留下我来占卜/你留下我来算卦/我的舌条/有十二十三道拐/我的腿骨/有十二十三个洞/你寻找亲戚要用我/你搬进新房也要我/你占卜算命用到我/你打卦行丧要用我/亚鲁王才拿来占卜村寨/亚鲁王才用来定夺疆域/亚鲁王的兄长亚鹊/在出征的战斗中牺牲/亚鲁王才用你祖宗来开了路/这是你祖宗坝嗓幺儿的承诺/这是你祖宗坝嗓幺儿的契约。"[②]

在《亚鲁王》史诗中，亚鲁王每迁徙到一个地方，都要"用鸡蛋卜算，拿鸡骨预测。看鸡蛋占卜疆界，观鸡骨预测领地。"[③] 唱念鸡的"亘古"，其意义有二：一是让被杀的鸡无怨无悔地去死，让鸡没有怨恨的对象，找不到报仇的对象，这就是"鸡经"得以产生的生命逻辑。我们只有了解苗族的这一生命哲学逻辑，才能明白东郎何以要唱诵亚鲁王与鸡的故事。二是让送给亡人的鸡心

---

① 曹维琼等：《亚鲁王书系·苗疆解码》，贵阳：贵州人民出版社，2012 年，第 324 页。

② 曹维琼等：《亚鲁王书系·苗疆解码》，贵阳：贵州人民出版社，2012 年，第 324 页。

③ 中国民间文艺家协会主编：《亚鲁王》，北京：中华书局，2012 年，第 414 页。

甘情愿为亡人服务。东郎在唱诵过程中明确地告诉鸡，太古之初，鸡的祖先与亚鲁王立下了心甘情愿赴死的约定，鸡必须履行诺言。歌师唱完最后一部分，把用来给亡人开路的鸡在地上摔死，然后用竹子纵穿鸡的身体，在抬亡人上山的时候，这只鸡要同亡人一起下葬。

因为亚鲁战败要迁徙到别的地方去，鸡、鸭、牛、马、猪等动物都要跟着亚鲁走，它们一个个保证自己以后能为亚鲁做什么事情。鸭子会浮水，鸭子对亚鲁说："以后走到哪里要过河，我愿意渡你家的娃娃过河，要是有一天你过世了，我答应渡你的魂过河回到祖宗的地方来，我答应了你，以后你要是拿我来用，我死了你也不会有罪。"① 牛的力气大，牛对亚鲁说："你不要杀我，我可以给你耕地，给你做活路来养你和你的家人。"②

在麻山苗族的葬礼上，砍马时东郎要念诵马的"亘古"即《砍马经》。远古时候，马的祖先亚多王随雨来到人间亚鲁寨，亚鲁对亚多王十分优待，用嫩草和马料喂养它，但亚多王却长在福中不知福，"偷吃了生命树上的粮食种子，破坏了亚鲁多年精心培育起来的物种。"③ "吃鲁命中树，啃鲁命中竹。"气得亚鲁要拔刀砍亚多王，亚多王央求说："马啊马……听我唱古理，听我唱古根。很早很早前，棉轰王不歹，造了百种邪造了亚多王……我的好主人，听我说分明，人老就上天，去会老祖先，上天那条路，有匹大岩山，岩上有石板，若是不骑我，难上岩石山，待人死了后，才来把我砍。死者骑我背，上那岩石山。妻死砍我妻，夫死砍我夫，子死砍我子，孙死砍我孙……亚鲁听了后，不砍你祖先，待人死了后，才砍送亡人，亡人骑马上，哒哒寻祖先。祖先开大门，把他迎进屋，今有某某人，天上寻祖先，今日把你砍，带他上天庭，你莫怨砍者，应恨你祖先，祖先亚多王，已经许了愿。"④

《砍马经》详细交待了砍马的根据。亚鲁王战败之后不得不长距离迁徙，所有的动物跟随而来。亚鲁王的马群一夜之间发现亚鲁王不见了。天亮之后这些马儿跟随亚鲁王的足迹来到江边，判定亚鲁王已经渡江到南方了，然后马群就跟着渡江，抵达南方。可是到南方之后，已是深夜时分，马饿了，就在城墙外吃竹笋，把栽种在城墙脚下的竹笋吃光了。第二天早上亚鲁王起来，发现竹

① 中国民间文艺家协会主编：《亚鲁王文论集》，北京：中国文史出版社，2011 年，第 185 页。

② 中国民间文艺家协会主编：《亚鲁王文论集》，北京：中国文史出版社，2011 年，第 185 页。

③ 蔡熙：《从活态史诗〈亚鲁王〉看苗族的生态思想》，《鄱阳湖学刊》，2014 年第 2 期，第 19 – 26 页。

④ 中国民间文艺家协会主编：《亚鲁王文论集》，北京：中国文史出版社，2011 年，第 167 页。

笋被吃之后，特别生气，准备拔剑要刺杀这匹马，马求饶说，我之前带着你的士兵征战，现在跟随你来，希望你继续用我来征战，当你的人死了之后要回家的话，我要托运他们的尸体回家，现在别杀我，等你死了之后再杀我，你的后代死了就杀我的后代。可见，苗族丧葬仪式上的砍马根源于马的祖先亚多王与亚鲁王之间的约定，歌师明确地告诉马：砍马并非歌师之意，而是马的祖先与亚鲁王立下了心甘情愿赴死的盟约，他们是按照这个法典来执行的。《砍马经》中的神话叙事“其功能之一在于为今天施行砍马杀戮行为的人解脱罪责，卸载心理负担，并为社会群体禳解灾害。”① 因为远古时代，马答应了亚鲁的要求，砍马是为了履行马的祖先亚多王与亚鲁王的承诺，因此，不但砍马无罪，而且马心甘情愿地赴死，带着亡人去追寻亚鲁的足迹，回到祖先的故地。

可见，在麻山地区的葬礼上，念唱《亚鲁王》史诗用到的鸡、马、牛等各种动物牺牲，它们承担着亡灵回归路上的“开路者、引路者及运输者等功能”②，念唱《鸡经》《马经》《牛经》，说明牺牲动物的来源以及它们的祖先与亚鲁王之间的约定和承诺，表明在苗族社会没有无缘无故的杀生，更没有为口腹之欲的屠戮，它们都是为祖先的过失偿命。在这貌似血腥的仪式背后，流淌的是一种万物平等的生命意识，这可以说是远古苗族人万物平等观念的历史遗迹。因为万物与生俱来都是平等的，因此地球上的每一种生命形态都有其存在的理由，各有其生存的空间。正是有了这种万物平等的生命意识，在亚鲁王频繁的迁徙中，各种动物植物如王妃子民一样忠心跟随。尤其重要的是，鸡、马、牛等各种牺牲动物的祖先与亚鲁王之间的约定和承诺表明了“原始契约”观念，这种与万物约定的契约观念，在中国的主流文化中是缺失的，因而是极其珍贵的。《亚鲁王》史诗中蕴含的极其珍贵的契约观念和平等意识，是其重要的价值之一。

（三）万物有灵与图腾崇拜：苗族生态伦理的思想基础

苗族史诗《亚鲁王》对于自然界以及人与自然之间关系的详细描写，对于人与动植物之关系的叙述，动植物是人类的祖宗的自然观，生动地镌刻了苗族先民与自然关系的集体记忆，彰显了大自然是人类生存的最终归宿地，人与万物相互依存的生态智慧。史诗中的动植物崇拜反映了苗族先民的万物有灵的观念和自然崇拜观念。

“万物有灵理论包含两个方面的含义，首先它是指世界万物都具有各自的灵魂。任何个体在自身死亡之后，都有一个灵魂继续存在。其次它是指在无数个

---

① 叶舒宪：《〈亚鲁王〉·砍马经与马祭仪式的比较神话学研究》，《民族艺术》，2013年第2期，第22－27页。

② 余未人：《〈亚鲁王〉的民间信仰特色》，《贵州大学学报》，2014年第5期。

个体的灵魂中，只有某些个体灵魂能够升格为神性系列的神灵。在活态史诗《亚鲁王》中‘万物有灵’的观念得到了淋漓尽致的呈现。”①

“亚鲁王派鸡祖宗旺几吾去喊日月时说，如果旺几吾将日月喊出来了，中意哪块地盘就可以得到哪块地盘，但旺几吾所需要的酬劳并不高”②，“你簸米我吃掉下的，你筛米我捡落地的。你拿三把小米碎粒给我吃，你用三把稻谷细粒让我捡。我定能将太阳喊出来，我一定把月亮唤出来。”③

更为神奇的是，蚯蚓祖宗、青蛙祖宗、牛祖宗、老鹰祖宗还能察看疆域。“乌利派老鹰祖宗察看疆域/乌利派老鹰祖先考察领地/老鹰祖宗很忧愁/老鹰祖宗说/你派遣我察看疆域种糯米养育后人/你派我考察领地吃鱼虾养育子孙/老鹰祖宗说/我还有些条件/我还要点酬劳。”④

这些动物像人一样能说话，有喜怒哀乐，像人一样具有思维能力。在《亚鲁王》史诗中，凡是日常生活中常见的自然物与自然现象都是有灵魂的存在，自然界的生命与人的生命是息息相通的。

在万物有灵观念的支配之下，麻山苗族认为万物都是有灵魂的存在，因而人与生灵、生灵与生灵可以相互转化。在史诗中，这种相互转化有几种情况。第一，造人不成功，转化为生灵。创世大神董冬穹开始造人时，没有成功，它们转化为生灵。“董冬穹造人不兴旺，董冬穹造嘿不繁盛。董冬穹造成的人变成惑，董冬穹造出的嘿变为眉。”⑤ 第二，尸体转化为生灵，“波尼珑哈啦丹的七十个女儿死去了/波尼珑哈啦丹的七十个儿子都没活/喇裴自那时变来/喇松自那时变来/喇葩变那时来/喇贝自那时变来/自那时开始，它们请求别人的丕/从那时开始，它们学做别人的呐/它们变成喇桑/它们变为喇扁。”⑥ 董冬穹的妻子波尼珑哈啦丹取构皮树的奶汁喂养孩子，由于营养不足，七十个儿女的尸体变成了生灵（喇裴、喇松、喇葩、喇贝、喇桑、喇扁）。造山川大地的赛杜断了小腿死亡之后，大地没法掩埋其尸体，他被削为肉片撒在山丘而变为生灵。“赛杜听后一步跨越七丘/赛杜听了一跨脚越七岭/赛杜伤了膝盖/赛杜断了小腿/受伤的赛杜痛死了/折断的赛杜离去了/旷野不能铺赛杜的尸体/大地没法掩埋赛杜的尸身/他被削为好多片肉撒在山丘/他被砍成许多断肢撒在山岭/他变成十二簇

① 王增永：《神话学概论》，北京：中国社会科学出版社，2007年，第88页。

② 蔡熙：《从活态史诗〈亚鲁王〉看苗族的生态思想》，《鄱阳湖学刊》，2014年第2期，第19－26页。

③ 蔡熙：《从活态史诗〈亚鲁王〉看苗族的生态思想》，《鄱阳湖学刊》，2014年第2期，第19－26页。

④ 中国民间文艺家协会主编：《亚鲁王》，北京：中华书局，2012年，第53页。

⑤ 中国民间文艺家协会主编：《亚鲁王》，北京：中华书局，2012年，第35－36页。

⑥ 中国民间文艺家协会主编：《亚鲁王》，北京：中华书局，2012年，第37－38页。

惑/他变成为十二簇眉。"[①] 赛扬误杀儿子朗冉朗耶之后，把自己的儿子朗冉朗耶埋在马桑树下，"朗冉朗耶变成十二簇惑/朗冉朗耶变成十二簇眉。"后来赛扬因痛苦而自杀身亡，赛扬也变成了十二簇惑、十二簇眉。第三，无生物转化为生灵。诺唷按照创世指导神偌和婉的指点，将煮好的猪肉和一箩白糯米饭挂在天外的中柱之上。由于没有男人来与她共享，经过七天太阳光的暴晒，诺唷煮好的猪肉和白糯米变成生灵。"诺唷的猪肉和白糯米饭/诺唷的牛肉和黑糯米饭/变成一堆虫子落到下方/惑卜赛是从那时变来/惑卜且是从那会变成/惑若桑就是那时变来，惑若毕就是那会变成/在十二个地方变成十二族惑/到十二个地域变成十二族眉。"[②]

在《亚鲁王》史诗中，世间万物充满灵性，彼此相生，互相转化，以物种互化的独特方式体现了万物是有灵魂、有生命、有情感的生命存在，自然万物都是生态系统不可或缺的组成部分，这就是麻山苗族万物有灵、万物相通的生态理念。

一个民族对某种动植物的称呼，能够看出一个民族与这种动植物的密切关系。麻山苗族源于万物有灵观念之上的动植物崇拜后来发展到图腾崇拜和祖宗崇拜阶段。图腾的含义指的是人们把某种动植物当作亲属。在弗雷泽看来，图腾制"是一种亲属关系，信仰存在于两种对象之间，一面是宗亲人群，一面是天然物或人造物，后者便是前者的图腾。"[③] 苗族历史上的图腾崇拜有枫木崇拜、蝴蝶崇拜、鸡崇拜、牛崇拜等。在苗族先民看来，马桑树、杨柳树、杉树、枫树等都属于神树。

杀鸡开路的仪式来源于古老的鸡图腾观念，表明鸡是苗族的祖先或苗族祖先的化身。因而在苗族社会中，鸡显得十分重要，很多场合都要用到鸡。亡者故去时，丧家要用鸡来祭奠亡人。东郎在唱诵《亚鲁王》史诗的某些段落时，将公鸡抱在怀里，唱完最后一部分，把用来给亡人开路的鸡在地上摔死，然后用竹子纵穿鸡的身体，在抬亡人上山的时候，这只鸡要同亡人一起下葬，修建房子、结婚、点碑等也要用到鸡。苗族还有一种习俗，妇女生孩子的当天，女婿要带一只鸡去女方娘家报喜，若生男孩带公鸡，并说"得海中龙子，云中夔子"；生女孩则带母鸡，并说"得山中锦鸡，塘中银鹅"。这是苗族人把鸡与人等同的习俗。

苗族的鸡崇拜后来发展出一种图腾舞蹈，所谓图腾舞蹈是指模仿图腾动物的舞蹈。在苗族地区广泛流行一个传说：古时候，有个苗族青年上山打猎，打

---

① 中国民间文艺家协会主编：《亚鲁王》，北京：中华书局，2012 年，第 42 页。

② 中国民间文艺家协会主编：《亚鲁王》，北京：中华书局，2012 年，第 40 页。

③ ［英］弗雷泽：《金枝》（全译本），徐育新、张泽石、汪培基译，北京：大众文艺出版社，1998 年，第 219 页。

回来一只非常美丽的锦鸡，他要妻子把头饰、衣服都模仿锦鸡的样子穿戴打扮，又和妻子一道跳起这种舞蹈，从此诞生了锦鸡舞。在贵州丹寨县的高坡苗族中，仍然可以发现锦鸡图腾舞的遗迹。在跳锦鸡舞时，头饰、衣服都要模仿锦鸡的穿戴，依照锦鸡的动作载歌载舞。

这些图腾崇拜融入苗民的日常生活，形成了古老的宗教仪式和宗教禁忌。它作为人类社会最早的社会规范之一，自产生之日起就与宗教、仪式须臾不可分离。弗洛伊德认为：禁忌的来源是因为附着在人或鬼身上的一种特殊的神奇力，它们能够利用无生命的物质作为媒介而加以传播。禁忌通过仪式这一方式，使制度具有神圣的权威感，由此在人们心里形成约束力和限制力，进而规范人们的行为。无论是植物图腾还是动物图腾，其目的是禁止伤害动植物，以保护生物种族，同时，在保护生物种族的过程中，企望它能够为人类的生存繁衍提供更多更好的生活资料。

（四）敬畏生命：人与自然和谐相处的生态伦理

麻山苗族认为，人乃自然之子，所有的动植物都是人类的祖宗，他们将天地自然等同于神，把大自然提升为神。马桑树、杨柳树、枫树、板栗树、青㭎树、杉树、松树、柏树、樟树等种种树木都具有神性，具有神性的树木因而成了苗寨的保寨树。对于保寨树是不能随便砍伐的，甚至折枝、剥皮、挖根都不允许，如果砍伐它们，就相当于杀戮自己的祖先，不但要受到众人的唾弃，而且还会受到树神的严厉惩罚，由此形成了古朴的护林、育林法规，违者须用 120 斤猪肉、120 斤米、120 斤酒、12000 个爆竹，举行祭祀以谢罪。规约制订出来之后，议榔头或鼓社头将村民们聚集起来，在古树前高声朗读全部条款，然后征求大家有无不同的意见或新的补充。如果没有，巫师就开始诅咒。巫师身披红袍，头戴冠冕，手提一只大公鸡，挥舞跳跃一番之后便开始诅咒，咒词是“此鸡此鸡！此鸡不是非凡鸡，王母娘娘送我的，别人拿去无用处，弟子拿来‘的得’的。谁违规犯约，有地无人耕，有路无人走，有灶不冒烟，出门踩蛇，回家见鬼，断子绝孙，永不翻浪……”然后大家喝鸡血盟誓，规约开始生效。

尤其重要的是，在神树崇拜的基础之上形成了种种保护生态的习俗。以前苗族先民盛行树葬习俗，即把先辈的遗体安放在古树上，期望已逝的先辈能够像古树一样亘古长青，庇佑其子孙后代。后来，由于受汉文化的影响，到清中叶以后，树葬习俗为土葬所代替。实行土葬之后的苗族也很特别，苗族老人死后的当天才砍树做棺木，葬后不垒坟，而是在祖先坟地周围栽种树木，这些树木日后成为坟山树林，具有神性的树林因而成为神林。族群成员对神林充满敬畏之心，自觉保护。另外，苗族有营造“儿女林”的习俗，即在婴儿出生的当年，父母为其栽上一二片杉树。待婴儿长大成人，杉树也长大成材，儿女的婚姻费用和建房费用也就有了。因为过去苗家儿女多在18岁结婚成家，故儿女林亦被称为十八年杉。

麻山苗族将所有的动植物都当作先祖亚鲁王一样的祖宗加以崇拜，由此出发，苗族们对各种动物都充满一种敬畏感和神秘感，人类与它们都是亲如兄弟的关系。史诗中出现的老鹰、青蛙、蜜蜂、黄牛等，苗族先民们都把它们看作是一个家庭里的不同成员，彼此和谐相处。

这种人与动物间兄弟般的亲情关系在苗族日常生活中也有体现，如苗族的吊脚楼一般分三层，底层主要用来饲养牲畜和堆放杂物，中间层为苗族同胞的生活起居室，第三层则为粮食储藏层，主要用来存放粮食。这种吊脚楼民居是人与动物和谐共处的典型场景。

苗族人对各种动物由崇拜而敬畏，认为凡动物都具有与生俱来的生命尊严，进而形成了善待一切动物的禁忌习俗，如苗族人忌打癞蛤蟆，禁止打蝴蝶，禁止射杀燕子，禁止食狗肉，忌深潭打鱼超过一定的数量。打猎之前要祭祀山神，祈求山神的庇佑，上山打猎，不能滥杀无度，对于进寨的野山羊，不能追杀。这些禁忌客观上起到了保护动物，维护生态平衡的作用。

麻山苗族在万物有灵信仰的基础之上形成了动植物崇拜和图腾崇拜并进一步演变成祖宗崇拜，从而形成了亲近自然的生态文明观，表征了苗族敬畏、顺从自然，与自然融为一体、和谐共存的生态智慧。卡西尔认为，“人在这个社会中并没有被赋予突出的地位。他是这个社会的一部分，但他在任何方面都不比任何其他成员更高。”① 1956年诺贝尔和平奖获得者阿尔贝特·史怀泽从神学和哲学前提出发提出了敬畏生命的伦理原则，人类要尽可能尊重和不伤害生命。“只有当人认为所有生命，包括人的生命和一切生物的生命都是神圣的时候，他才是伦理的。”② 最低级的生命形式与最高级的生命形式有着同样的尊严，人与动物，动物与植物处在同一层次。在这一点上，苗族的生态思想与当代西方的生态伦理是相通的。

居住在深山大箐的苗族被称为生态民族，其丰富的生态思想资源植根于苗族千百年积淀下来的丰厚的传统文化土壤。在麻山苗族丧葬仪式中与动植物崇拜有关的生态知识可以说是不胜枚举。东郎头戴草编的斗篷，身着藏蓝色家织麻布长衫，手中拿着占卜用的木卦，站立在棺材面前，面对神龛为亡人唱诵《开路经》和《砍马经》，召唤灵魂。东郎是丧葬仪式的主持人和唱诵者，他所

---

① ［德］恩斯特·卡西尔：《人论》，甘阳译，上海：上海译文出版社，1985年，第106页。

② ［法］阿尔贝特·史怀泽：《敬畏生命》，陈泽环译，上海：上海社会科学院出版社，1995年，第27页。

戴的斗篷是用草编的，身穿的藏蓝色长衫是自家用麻布织的，他手中占卜用的竹卦、木卦是阳世通往阴世的信号灯。木卦是用五倍子树接地部分的茎做成的，这种接地的五倍子树的茎能敏感地感应天地日月季节的变化，因而东郎认为它具有通天的生命神性。东郎唱诵《亚鲁王》史诗时，必须头顶一小吊稻谷穗，是因为麻山水土稀缺，稻谷穗来之不易，粮食珍贵，警示生者珍惜粮食。

麻山苗族在世时吃的是生态食品，用的是生态产品。他们传统上不炒菜，菜肴都是用水煮的。那么死后去到阴间又怎样呢？亡者接受亲友吊唁的停灵床是用枫木搭建的，砍马桩是用枫木制成的，用以包裹为亡灵送行的糯米饭的是特地编制的竹箩筐，并且竹箩筐上还覆盖着树叶。亲友带来的糯米饭和小鸡被放入亡灵的饭篓，供亡灵在路上使用。棺材上放置一双草鞋，供亡人去阴间的路上穿。亡灵回归祖先的生活方式，穿草鞋是一种十分重要的表现形式。另外三个竹筒分别装有蒜、红稗种子、苞谷种子、黄豆种子，给亡人带到阴间去耕种。一个装有米饭的箩筐和装满水的葫芦，这是亡人在回归老家路上的饮食。在开路仪式上，当东郎告知亡灵，面对亡灵唱道："我们要送您上回家的路了，现在你的内亲某某拿米来给您准备饭了，您要保佑他们……"为亡灵准备停当、供其在另一个世界享用的食品是糯米饭、稻谷谷穗、五谷粮种、食盐、米酒、水、谷种、烟叶、火石等。亡者胸前用以覆面的"陌就"，上面或剪成鸟模样的纸挂作为旗幡，或刺绣一组图案，类似于花鸟图形，苗族妇女称之为"太阳开花"，又被称为"族徽"，亡者必须胸佩族徽，才能为祖奶奶所接纳。从亡人被放人停灵床直到入棺，头上垫的一直是鸟枕，苗族的鸟崇拜反映了远古人类巢居森林的历史情境。丧葬祭牛的牛角要挂在房屋的中柱上，并且和中柱一起，共同成为祖先神灵的栖息之所，这显然是苗族牛图腾崇拜的遗迹。葬礼期间，人们只能食用米饭、豆类和鱼类，因为祖先历来是如此饮食的。直到葬礼结束，东郎进行解荤仪式之后，丧家才可结束素食。

在麻山苗族的葬礼，唱诵史诗《亚鲁王》绝不是个人行为或某个家族的行为，而是整个族群的一次大聚会。前去吊唁的死者亲属当天要将所在村寨的亲友一同带去吊唁，一支吊唁队伍少则二三十人，多的甚至达到上百人，丧葬仪式因而成了生态教育的大课堂。出席丧葬仪式的男女老幼不仅在耳濡目染中接受了祖辈传承下来的生态智慧，而且身体力行地食用生态食品和使用生态用品。伴随着《亚鲁王》的唱诵，麻山苗族形成了大家出于信仰而约定俗成的一系列生态民俗、生态禁忌，将浸染过尊重自然、敬畏生命、崇尚人与自然和谐相处的集体潜意识转化为无法用理性来解释的、先天性的生态精神。一代一代苗族人把这些生态精神奉为神旨并加以传承和维护。因此，《亚鲁王》从始至终流贯着一种绿色的思想，可以说是一部绿色的史诗。

第六章　《亚鲁王》史诗的迁徙叙事

从史诗的内容看，《亚鲁王》虽然将一个民族的创世史、征战史和迁徙史融合成一部复合型史诗，但史诗着力再现的是苗族的迁徙，可以说《亚鲁王》主要是一部苗族的迁徙史，这对于我们探究苗族迁徙的原因、迁徙路线和特点具有十分重要的史学价值。

本章共分为四节。

第一节概述苗族迁徙研究的基本情况，为探讨《亚鲁王》史诗的迁徙叙事提供一个可靠的起点。

第二节“《亚鲁王》史诗迁徙叙事的多维形态”运用文学人类学的多重证据法——文本证据、田野材料、实物和图像证据，从史诗古歌文本中的迁徙叙事、身体展演中的迁徙叙事、实物和图像中的迁徙叙事等三个方面对《亚鲁王》史诗的迁徙叙事进行探讨。《亚鲁王》史诗的迁徙叙事不仅仅存在于《亚鲁王》史诗文本中，而且也存在于苗族的其他表意文化形态中，如口头唱诵的史诗、古歌，服饰图像，身体展演的舞蹈等，它们共同组成一个多维的、立体的叙事体系。这种多维的、立体的叙事体系彼此关联、相互呼应、互融共生，将苗族的迁徙史、征战史展演在舞姿上，镌刻在服饰上，贯穿于仪式活动的唱诵中，使得族群记忆的印象加深，传承力度加大，传承时间持久，传承效果更好。同时，这种多维的、立体的叙事体系的互动、互疏、互证又为文学人类学的方法论建构提供了契机。

第三节“《亚鲁王》史诗迁徙叙事的风格与思维特质”，从仪式展演、文本叙事两个方面对《亚鲁王》史诗迁徙叙事的独特风格——沉郁悲壮做了深入的剖析，提出《亚鲁王》史诗用神话思维演绎了亚鲁王国神圣的迁徙历史，探讨了《亚鲁王》史诗迁徙叙事对研究苗族迁徙历史的独特价值。首先，迁徙叙事表现了苗族追求美好生活的道德信念。其次，《亚鲁王》史诗为探讨苗族迁徙的原因提供了新的视角和框架。再次，自唐宋以来，国家开始进入西南，原有的汉文历史典籍大多是从国家的视角叙述国家进入西南的历史过程，对苗族迁徙历史文献往往轻描淡写。新发现的《亚鲁王》史诗对苗族先祖迁徙的当时景观和族群状况的详细叙述，对这个支系苗族迁徙线路的详细唱述弥补了正史里关于苗族迁徙的空白。最后，苗族先民在迁徙过程中，虽然历经深重的苦难，但是砥砺了坚强的意志和不屈不挠的民族精神，传播了先进的文化，加强了民族融合。

第四节“迁徙中的文化传播——以集市为例”，苗族先民是居住于江淮平原的一个古老的氏族部落共同体，早在母系氏族社会时期就开始了以物易物的集市贸易交换。亚鲁王率领族人从富庶的鱼米之乡迁徙到辽阔平坦的疆土，最后迁到贫瘠陡峭的山地。亚鲁王率领族人迁徙的过程中，走到哪里就在哪里开拓集市，一路迁徙，一路传播商业理念。《亚鲁王》史诗对远古时期苗族商业集场制的贸易活动作了详细生动的叙述，十二生肖的原始集场制的交换形式纵贯整部史诗，体现出对集市贸易商品交换功能的高度重视。

第一节 苗族迁徙研究概观

一、苗族迁徙研究概览

学界认为，苗族自涿鹿之战失败后，开始历史性南迁。其迁徙路线是从东南到中原、从中原到中南、从中南到西南。明清时期开始从中国境内迁徙到东南亚。东南亚的苗族主要分布在越南、老挝、泰国以及缅甸，20 世纪末苗族又由东南亚迁徙到西方的美国、加拿大、澳大利亚和法国等地。之后，苗族由中国的一个民族变成了世界性的民族群体。关于苗族迁徙的研究成果颇多，这些成果对苗族迁徙的路线和原因进行了探讨，下面拟作简要的梳理。

石朝江的《世界苗族迁徙史》是一部研究苗族迁徙的专著，他认为，苗族历史上经历了五次大的迁徙波。苗族发祥于中国长江、淮河流域，曾北渡黄河挺进中原，一统九黎，与炎帝族交往，夺取炎地“九隅”，后来与东下的炎黄部落发生逐鹿中原的战争，九黎集团战败，蚩尤被杀，余部离开东部平原，向南迁徙，在“左洞庭、右彭蠡”一带发展壮大起来，建立“三苗国”，这是苗族先民的第一次大迁徙。后来尧、舜、禹不断征伐三苗，“窜三苗于三危”“放驩兜于崇山”，三苗集团被瓦解，余部被迫迁徙到鄱阳湖、洞庭湖以南的江西、湖南的崇山峻岭之中，被称为“南蛮”“荆蛮”或“荆楚”。这是苗族先民的第二次大迁徙。自商朝到春秋战国时期，苗族先民为了避免战争，向西迁入人烟稀少的武陵地区，秦灭楚国后，苗族先民大量向西南迁徙，他们大部分涉澧水、溯沅江，进入武陵的“五溪地区”，其中沿巫水南迁的苗族，有的到了广西的大苗山、三江等地。后来苗族被称为“武陵蛮”“五溪蛮”，这是苗族历史上的第三次大迁徙。秦汉至宋，封建王朝对“武陵蛮”“五溪蛮”采取大规模的军事行动，苗族再度向西迁徙，大部分进入贵州、四川、云南等地，这是苗族历史上的第四次大迁徙。元、明、清时期，由于战乱及天灾等原因，苗族继续从武陵、五溪地区迁入贵州、广西和四川，并由贵州、广西和川南进入云南，再由云南、广西迁入越南、老挝和泰国，这是苗族历史上的第五次大迁徙。①

伍新福在《中国苗族通史》中认为，“秦汉至南北朝时期苗族分布的地区很广……主要聚居区是在武陵五溪和相邻的现今鄂西、渝南、黔东北一带……由于封建王朝不断的军事镇压，苗族被迫从武陵五溪地区继续由东而西，由北而南流徙……从路线来看，一部分是从武陵山脉的北端向西，进入今贵州北部、中部、西北部和川南”“苗族迁徙到黔西北和滇东北的时间，大约为七八百年至一千多年前，即唐宋和北宋时代。”②

潘定智在《苗族文化生态研究》一文中认为，苗族历史上经历了六次大迁徙。第一次大迁徙发生于5000年前，蚩尤在涿鹿之战被黄帝打败，大部分苗族从黄河中下游迁入长江中下游，后发展为“三苗”部落。第二次大迁徙开始于4000多年前舜征“三苗”，“三苗”失败，往三个方向迁徙，一部分往西迁入武陵地区，一部分往南迁入江西湖南南部丘陵地区，另一部分迁徙到西北甘肃青海一带。第三次迁徙开始于春秋战国时期，一大支苗族从洞庭湖畔迁到贵州东南部。第四次大迁徙则发生在秦汉时期，东部苗族迁入武陵山区。第五次大迁徙是在唐宋时期，西部苗族迁徙进入贵州西北部、云南东北部等地。第六次大迁徙发生在明清时期，西部和中部的部分苗族迁徙到云南乃至东南亚一带。③

李平凡、颜勇主编的《贵州世居民族迁徙史》认为，蚩尤被杀之后，“九黎”余众纷纷渡过黄河，向南迁徙到江淮流域一带而为“三苗”，其中一支向西迁入“三危”（陇西一带），大部分向南退入长江中游，活动在洞庭湖与鄱阳湖之间，即所谓“左洞庭、右彭蠡”，在今湖南、湖北和江西一带。楚国称霸，“南并蛮越”，苗族向西迁移，渐渐汇聚于武陵山区，进入湘、鄂、川、黔边境。汉代时“武陵蛮”被击散，逐渐向沅江上游的“五溪”转移，与其他民族杂处，被称为“五溪蛮”。在军事进攻下，苗族继续向统治势力薄弱的贵州山区迁徙，过着“赶山吃饭”的生活。同时，西迁“三危”（陇西一带）的一支，由陇西南下，经川南抵达黔西北。④

关于苗族迁徙的原因，大多认为苗族在与汉族的战争中失败，一路被驱赶

---

① 参见石朝江《世界苗族迁徙史》，贵阳：贵州人民出版社，2006年，第1-38页。
② 伍新福：《中国苗族通史》，贵阳：贵州民族出版社，1999年，第90页。
③ 参见潘定智《苗族文化生态研究》，《贵州民族研究》，1994年第2期，第67页。
④ 李平凡、颜勇《贵州世居民族迁徙史》，贵阳：贵州人民出版社，2011年，第98页。

到西南山地，潘定智在《苗族文化生态研究》中认为，“苗族的全部历史，就是不断被压迫被驱赶，不断改变生态环境，不断适应新的环境的历史。”[①] 王慧琴认为，“长期以来因为落后的耕作技术造成苗族人民过着漂泊不定的生活而引起迁徙，这种经济方面的因素，是苗族迁徙的主要原因之一。”[②] 流传于黔东南地区苗族古歌中的《跋山涉水》记载说，由于人口增加导致粮食供应不足、生态压力过大而导致迁徙。从前五支奶和六支祖居住在东海之滨，由于人口繁衍过快，耕地种完，食粮不足，居住拥挤，生活用具和生产用具奇缺，苦不堪言：“我们五支奶，共用一口灶。早上做早饭，一个让一个，晚上做晚饭，一个等一个。先做早吃过，后做饿着等。”“我们六支公，火坑共一个，烤的身上暖，等的身上寒。我们五家嫂，共个舂米房，一个忙又忙，四个站一旁。我们六家姑，一对挑水桶，一个挑水吃，五个等水用。”[③] 祖先雄公才集众商议迁地方，寻找好生活。大家相携相扶，爬过一座山又过一座山，绕过一道弯又过一道弯，先后越过细石山、刀石冲、螺丝山、冰山头、风雪坳等难关。

二、口传经典中的迁徙叙事

苗族是一个不断迁徙的民族，苗族民间流传的古歌、史诗、传说等口头经典唱叙了苗族历史上的迁徙情况，除了《亚鲁王》史诗之外，较有影响的还有西部方言的《蚩尤的传说》《杨鲁话》《格洛格桑》等；中部方言的《跋山涉水》《兄弟迁移》；东部方言的《部族变迁》；黔西北威宁一带的迁徙组歌《战争迁徙篇》等。这些古歌的内容基本相同，只是人名和地名音译略有差异。

东部方言的《部族变迁》分为《迁徙》和《十二部落宗支》两部分，详细叙述了氏族和部落宗支的迁徙情况。中部方言的《跋山涉水》（又名《沿河西迁》）唱述黔东南苗族祖先原来居住在东方，由于人口繁衍生活困苦，才分支西迁寻找美好的生活。

以西部方言流传于贵州中部关岭、镇宁、安顺、紫云等县的《蚩尤神话》说，蚩尤和另外两位同胞到岜茫岜冒向老生翁拜师学艺，九年后，学得一百二十种礼规，掌握了一百二十种药，精通十二副神，成为能呼风唤雨、知天懂地、明阴晓阳的大神。他们学成回乡后，见寨中已空荡无人，好不容易才在牛皮鼓中找到三个姑娘，后来他们分别与这三个姑娘配对成亲，这才知道同胞们都被长耳妖婆捉去当“鸡鸭”吃了。他们杀死长耳妖婆，救回还未遇难的同胞。谁

① 潘定智：《苗族文化生态研究》，《贵州民族研究》，1994 年第 2 期，第 68 页。

② 王慧琴：《苗族迁徙原因新探》，《思想战线》，1993 年第 3 期，第 35 页。

③ 潘定智、杨培德、张寒梅编：《苗族古歌》，贵阳：贵州人民出版社，1997 年，第 134 页。

知妖婆原是黄龙公的妹妹，后来被赤龙公掳去为妻，二龙公于是合力进攻蚩尤。蚩尤不幸战败，全家遇难，劫后余生的苗民按老生翁的指点，放弃蚩尤坝，告别阿吾十八寨，历尽千辛万苦，经过长途跋涉，苗族才迁到鬼方的黑洋大箐（贵阳）定居。

《杨鲁的传说》遍及黔中和黔西北各地，叙述祖先亚鲁为保护苗族族群而与异族抗争，失败后率领子孙迁徙等事迹。杨鲁[①]原是“江西阿山寨”首领，后西迁黑羊大箐（格罗格桑、桑拓儿），仍做部落首领。在一次抵御外部落的入侵战斗中战败，杨鲁带领战败的部落人马再向西迁徙到“五勒蒙唉”，准备落脚定居。敌方的追兵赶来，杨鲁又率部北行，在老落坡下杀牛祭祖。振作士气后，越过老落坡继续寻找生存地点。最后来到一个叫“阿代”的地方，落脚定居。杨鲁在阿代带种植粮、麻，饲养牛羊，抵抗外族的入侵，发展形成苗族聚落。为增强苗民在新春的文娱生活，方便青年男女交往，杨鲁在阿达卜北部开辟了一个跳花场，每年正月初四到初六组织苗民跳花，后人称为“杨鲁跳花坡”，跳花活动沿袭上千年，至今长盛不衰。

流传于黔中贵阳一带的《格洛格桑》叙述格波禄老人（有央鲁、杨鲁或古博杨鲁、古博阳娄等译名）率领子孙长途跋涉迁徙到格洛格桑，在此开田拓土，垦殖繁衍，过上了幸福富足的生活。异族首领胡丈郎出于嫉妒，起兵前来争夺格洛格桑，被格波禄用猪龙心作法战败。胡丈郎贼心不死，乔装成小贩混入格洛格桑骗走猪龙心，格波禄于是战败中箭身亡，子孙们也退出了格洛格桑，迁徙至坡坝沟另建家园。后来祖德龙[②]又带领子孙们去攻打胡丈郎，决心要夺回格洛格桑，不幸中箭身亡。苗族被迫迁徙。传说格波禄和祖德龙战死的时间都是四月初八，至今农历四月初八一直成为贵阳一带苗族的节日。

流传于黔西北威宁一带的《格自爷老·爷觉比考》说，在远古时候一个饥荒的年岁，粮食颗粒无收，格自爷老、爷觉比考率领子孙逃荒到东方大江边，起初只能靠野果和野菜过活，定居后才种出了庄稼，谁知遭到沙召觉地望部族的抢劫，被迫辗转经列之洛、隔斗南－莫江平坝、加那、嘎当百－高山地，到摩得和摩力诺定居。《格炎爷老》说，格炎爷老是一位出名的将军和射手，他带领子孙在隔斗南一莫江十七里的老乌地方安居乐业，不幸遭到格炎望自老部族的侵扰，他虽然率部将敌人击退，但是当敌人再度聚众反扑时，他却壮烈牺牲了，子孙们只得经老力逃到力格涛和刀子角定居，繁衍出了现在的十二寨。

① 又名亚努、杨娄、杨六、蚩尤。

② 另外还有祖德勒、德龙路柔、苗底沟等译名，有资料说他是杨鲁的女婿。

第二节　《亚鲁王》史诗迁徙叙事的多维形态

《亚鲁王》史诗是歌师在苗族的丧葬仪式上面对亡灵演唱的，是唱给亡灵听的，因此有着鲜明的功能性，那就是要告诉亡灵：我们是谁、我们从哪里来、我们为什么来这里，但这还不是最终目的。唱诵《亚鲁王》史诗更重要的是要告诉亡灵：死后我们到哪里去、我们如何回到祖先故土，其终极目的是要给亡灵指引一条通往祖先故地的路。也就是说，告诉亡灵通往东方故里的具体路线和遇到障碍的处理办法，并对死者在阴间的生产和生活进行指导。正如东郎杨光文所说："按照古老的规矩唱诵《亚鲁王》，让亡灵理解苗族的历史，沿着迁徙来路，回到先祖故地，与先祖生产生活，建功立业。"[①] 可以说，《亚鲁王》史诗是苗族人死后魂归故里与祖先团聚的线路图，是苗族的族谱、根谱。"从史诗的内容看，《亚鲁王》虽然将一个民族的创世史、征战史和迁徙史融合成一部复合型史诗，但史诗着力再现的是苗族的迁徙，史诗总共两章21节，迁徙叙事占了6节；整部史诗共计10819行，迁徙叙事有2911行，占了将近三分之一的篇幅。因此，可以说《亚鲁王》主要是一部苗族的迁徙史，这对于我们探究苗族迁徙的原因、迁徙路线和特点具有十分重要的史学价值。"[②]

在历史上，苗族族群成员最想弄清楚的是他们的来源，最愿意听的故事是祖先的迁徙史、征战史和创业史。从文学人类学的角度来看，以西部苗语方言传承的《亚鲁王》史诗的迁徙叙事不是一种孤立的文化事象，而是一个"文化文本"，这些文化文本组成一个有待阐释的"意义之网"[③]。因此，《亚鲁王》史诗的迁徙叙事不仅仅存在于《亚鲁王》史诗文本中，而且也存在于苗族的其他表意文化形态中，如口头唱诵的史诗、古歌，服饰图像，身体展演的舞蹈等，它们共同组成一个多维的、立体的叙事体系。这种多维的、立体的叙事体系彼此关联、相互呼应、互融共生，将苗族的迁徙史、征战史展演在舞姿上，镌刻在服饰上，贯穿于仪式活动的唱诵中，使得族群记忆的印象加深，传承力度加大，传承时间持久，传承效果更好。同时，这种多维的、立体的叙事体系的互动、互疏、互证又为文学人类学的方法论建构提供了契机。下面拟从史诗、古歌文本中的迁徙叙事，身体展演中的迁徙叙事，实物和图像中的迁徙叙事三个

---

① 曹维琼等：《亚鲁王书系·歌师秘档》，贵阳：贵州人民出版社，2012年，第401页。

② 蔡熙：《〈亚鲁王〉："英雄史诗"还是"活态史诗"》，《贵州文史丛刊》，2014年第4期，第104－108页。

③ ［美］克利福德·格尔兹：《文化的解释》，韩莉译，南京：译林出版社，1999年，第5页。

方面对《亚鲁王》史诗的迁徙叙事进行探讨。

一、史诗、古歌文本中的迁徙叙事

在苗族的丧葬仪式上歌师不断唱诵《亚鲁王》史诗让世人铭记亚鲁王率领族群征战迁徙、开拓疆域的艰辛，表达对亚鲁王的思念和记忆。除了《亚鲁王》史诗之外，在其他的古歌中也大量存在苗族迁徙的内容。下面拟从苗族的祖居地、迁徙的路线和迁徙原因几个方面发掘史诗、古歌文本中的迁徙叙事。

（一）苗族的祖居地

要探讨苗族的迁徙史，首先要解决的是苗族的来源问题，即苗族的祖源故土在哪里。这是一个十分重要的学术问题，其中牵涉到大量的考古材料、古史材料以及神话传说。

首先，从学界的共识来看。宋文炳在其所著的《中国民族史》中说："苗夷民族的来源，虽难确定，然据古书记载，有史以来，其根据地在今之江汉流域。"[①] 林惠祥在其所著的《中国民族史》中说："中国之中部和南部，本为苗族所居。自汉族移入后，渐与苗族接触。"[②] 石朝江认为，"我国解放后新石器时代的考古发现，可以证明苗族祖先至少在 10000 年以前，即生活在中国扬子江（长江）、淮河流域的广阔地区了。"[③]"苗族这个人们的共同体，发祥于中国长江、淮河流域，曾北渡黄河挺进中原腹部，并形成名曰'九黎'的部落联盟。"[④] 民俗学家唐春芳认为，"根据苗族古歌传说，苗族先民从原始群、母权制社会、父系制社会，到以蚩尤为首的部落联盟，都居住在现今东起山东半岛、黄海之滨，南讫江苏、安徽北部，西及河南东、中部、北部和山西东南部，北达河北南部、东南部和山东西北部的广袤地区，都是苗族先民的原始居地。"[⑤] 可见，我国学术界已经达成共识："九黎"是苗族在黄河、长江流域建立最早的部落联盟集团。九黎、三苗、荆蛮、苗族一脉相承。

其次，从流传于民间的古歌、史诗和传说来看。《苗族神话史诗选·杨鲁史歌》记载说："杨鲁原籍在哪里？江边海边是他的故乡。"[⑥] 流传于黔东南的《苗族古歌》说："从前五支奶，居住在东方；从前六支姐，居住在东方；挨近海边边，天水紧相连，波浪滚滚翻，眼望不到边。东方虽然宽，好地耕种完，

① 宋文炳：《中国民族史》，北京：中华书局，1935 年，第 87 页。

② 林惠祥：《中国民族史》，上海：上海书店出版社，2012 年，第 123 页。

③ 石朝江：《世界苗族迁徙史》，贵阳：贵州人民出版社，2006 年，第 9 页。

④ 石朝江：《世界苗族迁徙史》，贵阳：贵州人民出版社，2006 年，第 1 页。

⑤ 唐春芳：《试论苗族的原始居地》，《苗侗文坛》，1993 年第 4 期，第 67 页。

⑥ 杨兴斋、杨华献搜集整理：《苗族神话史诗选》，贵阳：贵州民族出版社，2000 年，第 151 页。

剩些空地方，像个什么样?"[①] 坝苗中流传着黄水故事。据安顺西门外小营盘坝苗鬼师熊安德说："当初苗族在黄水那面住，敌人来打他们，他们想逃到这边来，就派两人去看黄水结冰没有。两人回来报告说，黄水没有结冰，于是首领把他们杀了。敌人来了，又叫两个人去看黄水结冰没有，他们去看黄水没有结冰，回来从实报告，于是又被杀了。敌人来得更近了，第三次又叫两个人去看黄水结冰没有，这两个人因见前两次去看黄水的人都被杀了，心中害怕，于是彼此商量，不管黄水结冰不结冰，回去报告说已经结冰了，以免遭杀。这两个人去看时黄水确未结冰，心中害怕，回来谎报说黄水结冰了。领袖听了便带着苗众向黄水中逃，但到达水边时，说也奇怪，水却真的结冰了。这样苗众才逃出来，但逃出来的，今天住在这里的是余生的人。"[②] 这就是说，今之坝苗为渡黄水的余生者。此外，黄水故事在大花苗、黑苗中亦广泛流传着。大花苗流传的黄水故事说，黄水的水面很宽，人不能渡，以水牛渡黄水河南下。

关于苗族的祖居地，在苗族古歌、传说、指路经中，有的称"直米隶"，有的称"直米力""尺木冷""博尤地"，特别是指路经中所指的山川、河流湖泊纵横交错，船舶如织，有稻田，棉花遍地，有丝绸桑蚕，还有金碧辉煌的城市，这些与汉文献记载中的地理环境是相吻合的。

《亚鲁王》史诗唱述说："亚鲁王造田种谷环绕疆域，亚鲁王圈池养鱼遍布田园。造田有吃糯米，圈池得吃鱼虾。亚鲁王开垦七十坝平展水田，亚鲁王耕种七十坡肥土肥地。七十个王后料理七十坝平展水田，七十个王妃打理七十坡肥土肥地。……亚鲁王说，女儿哩女儿，你们得带兵种好糯谷，你们要领将养好鱼虾。"[③] 从史诗的内容看，这一支系的苗族在迁徙前已经建立了国家，从事稻田耕作，以"糯谷"和"鱼虾"作为主要的生活食品。在苗族的丧葬仪式上所用的祭品是糯米粑、糯米饭和鱼虾。甚至东郎唱诵《亚鲁王》时头顶一小吊稻谷穗。东郎陈仁国说："苗族人的生命就像太阳那样，早上从太阳升起的地方升起来，晚上从太阳落下去的地方落下去。《亚鲁王》就是苗族人生命的媒介，在丧葬仪式上唱诵《亚鲁王》其实就是让亡灵懂得先祖各代的史事，才能回归先祖那里，先祖给洗掉之前的种种记忆，授予亡灵新的生命，重新降世到人间。这个生命就像早上升起的太阳，成为苗族人新的生命。唱述苗族史诗《亚鲁

① 潘定智、杨培德、张寒梅编：《苗族古歌》，贵阳：贵州人民出版社，1997 年，第 133 页。

② 杨万选、杨汉先、凌纯声：《贵州苗族考》，贵阳：贵州大学出版社，2009 年，第 158 页。

③ 中国民间文艺家协会主编：《亚鲁王》，北京：中华书局，2012 年，第 101 – 102 页。

王》，能使苗族人的生命永远延续。"①

流传于民间的古歌、史诗和传说都说明，苗族的东方故地在太阳升起的东方，那里有大江大河，广袤的平原连接着大海，他们的老家在东海之滨，他们的祖先是从东方迁徙来到麻山地区的。

再次，从苗族深层文化结构的"尚东情结"来看。苗族东方故地的历史内涵，主要是指包括驩兜、共工、祝融、蚩尤等所代表的部族鼎盛时期的生存空间。苗族对祖先故地的历史记忆，在苗族的东、西、中三大方言区尚未分开的时代就已经形成较为完整的框架。从史诗《亚鲁王》表述的内容来看，两三千年前，苗族的东方故地在太阳升起的地方，那里有奔腾不息的大江大河，广袤的平原连接着茫茫大海，后来由于在战争中失败而被迫西迁。在远古时代，是英勇智慧的部落首领亚鲁王率领苗族先民筚路蓝缕、披荆斩棘、跋山涉水，不断在险象环生的历史关头创造生命的奇迹，苗族最终在贵州高原上栖居。从此，东方成了苗族只能念在心中、唱在口头的故国，只能以魂归的方式返回家园。这与流传于黔东南巴拉河两岸的苗族丧葬歌《焚巾曲》可以互文印证，"妈妈去东方，沿着古老道，沿着迁徙路，赶路去东方。"② 黔东南苗族唱诵丧葬歌《焚巾曲》的目的，是护送死者的灵魂返回东方老家，其路线是祖先迁徙的道路。

在苗族所有关于东方故地的神游以及对东归旅程回溯的文化事项中，麻山苗族丧葬仪式上的展演最为详细、生动。在漫长的历史长河中，饱受战争和迁徙之苦的苗族人，千百年来依然持守着祖先们的精神家园和信仰，一代代苗族人穿过历史时空的隧道，悲壮地沿着一条凭借一代代人用心记忆着的路，返回故土，魂归东方。这种心绪不但表征在史诗《亚鲁王》和各种唱诵的文本中，而且体现在葬舞祭祀仪式的全过程。

（1）在麻山，老人去世停灵时，头一定要朝向太阳出来的方向——东方。这是苗族人对故国归属的刻骨铭心的记忆。但演绎东方记忆的仪式却是多样化的，有的将死者的头偏向太阳出来的方向；有的通过停棺的位置来表示，他们认为大门就是东方，因此，停棺时头朝向里面，脚朝外面，即达到面向东方的目的。

（2）在麻山苗族的丧葬仪式上，歌师所唱诵的巫经神词《马经》《牛经》《猪经》《鸡经》《指路经》等都涉及亚鲁王。其中《马经》《牛经》《猪经》

① 中国民间文艺家协会主编：《〈亚鲁王〉文论集》，北京：中国文史出版社，2014年，第213页。

② 潘定智、杨培德、张寒梅编：《苗族古歌》，贵阳：贵州人民出版社，1997年，第137页。

《鸡经》里面的故事，主要讲述这些动物的来源，它们与亚鲁王的关系，以及为什么要将它们作为葬礼或其他巫事活动的牺牲的原因，而这些作为牺牲的动物都来源于东方。

（3）在苗族开展的祭祀活动中，牛是最神圣的祭品。在“鼓藏节”中，寨子里的鼓藏头举行祭鼓仪式，人们要杀专门为“鼓藏节”喂养的牛来祭祀祖先，并将牛皮重新蒙在从山洞中取回来的木鼓上面，让祖先居住的木鼓更加舒适惬意，让氏族的木鼓声音更加嘹亮，并且祭祖的牛头要朝东方摆放。

（4）在苗族的葬礼上，每一个前来吊丧的亲戚和朋友，送给亡者的祭品都是糯米粑、豆腐、大米饭和鱼虾。葬礼结束之后要给亡者准备一些干粮，这是因为苗族世代口耳相传的祖先故地是以种植稻谷并食用糯米的东方平原。苗族人死后要去的不是天堂，而是要回东方老家。事实上，亡者人虽已死，但灵魂仍在，回去的并不是一个死亡的人，而是一个活着的人，只不过是以另外一种方式回家，因此，要携带行李和干粮，而干粮也就是亲友们所送的糯米粑、豆腐、大米饭和鱼虾。另外还要给亡者送上糯米、小米、红稗等植物的种子，因为他（她）回到东方老家以后还要耕种庄稼。送给亡者的祭品——糯米粑、豆腐、大米饭和鱼虾，一方面是告诉后人，他们的祖先故地在东方的大平原，另一方面是为了达到尊重祖先饮食习惯使其欢悦的目的。

（5）居住在贵阳市花溪高坡、黔南州龙里摆省乡、羊场镇和惠水县等地的红簪苗用洞葬的方式，表示终有一天回到东方故国的期待。红簪苗支系每年正月都要举行纪念英雄祖先亚鲁的大型“跳洞”活动，他们至今仍然较为完整地保存了亚鲁王以及开天辟地的史诗和古歌。

无论是东部方言苗族举行的招龙、祭祖等巫事活动，中部方言苗族举行的“鼓藏节”、祭社等祭祀活动，还是西部方言苗族举行的丧葬祭祀活动都突出表现了回归东方这一心绪。

总之，在麻山苗族葬礼上对东方故土记忆的种种仪式包含了十分古老的原始文化密码。是苗族首领亚鲁王的英勇和智慧才“激发苗族创造了记忆东方、想象东方、魂归东方、热爱东方的永久方式，这是贯穿于每一个苗族人的生命全过程的关于东方故国的渴望与敬仰，千百年一如既往，千百年始终不渝，苗族人都用生命的全部激情记忆历史的苦难、缅怀英雄的丰功、重述东方的美丽，自然就会形成众志成城、聚沙成塔、汇涓成水的基于英雄首领故事和回归东方情结的信仰逻辑、仪式法则和演绎程式，继而形成基于亚鲁王故事的古代礼法大典和当下依然具有完好如初的社会功能的苗族道德经。”①

① 曹维琼等：《亚鲁王书系·歌师秘档》，贵阳：贵州人民出版社，2012年，第311页。

考古材料、民间流行的史诗古歌以及苗族丧葬仪式上的“尚东情结”互为印证，太阳升起的东方即为苗族先民的东方老家，而这正是苗族迁徙的出发点。

（二）迁徙路线探赜

不同区域的苗族对于祖居地的记忆有差异，各支系的迁徙路线有所不同，所谓“苗家出名十二寨，各有各的迁徙歌”。

《迁徙歌》唱述古代苗族先民从黄河流域南迁到长江中下游地区，再辗转迁徙到安顺一带。“先民故土在哪里？黄水河下有祖坟。团结和气创祖业，从古到今有扬名。那年天边乌云起，保地保人打大战。七七四十九天整，天昏地暗云遮天。大小部落受火掠，苗家兄弟两边分。一是逗留两湖畔，二是赶往丰都城。封建帝王又驱赶，从此奔来阿代城。苗家衣裙有古记，三条白杠江河形。人生在世祭祖先，人老成神回故土。开路指过黄水河，亡灵送往丰都城。这里本是黑羊箐，开山辟草苗家人。仡佬开田苗开地，苗家就是地主人。明王得势来征南，吴王带兵征水西。三番五次遭蹂躏，被迫逃往他乡行。身强力壮奔‘小朝’[①]，体弱年迈隐山村，我是‘蒙正’从此起，我是‘蒙正’由此生。”[②]

在苗族丧葬仪式上唱诵的《开路词》指明了亡灵回归祖居地的路径。流传于威宁、赫章一带的苗族古歌《直米利地战火起》唱道：“沙蹈爵氏敖横想称霸，重派兵马绕道我外城来，来兵密密麻麻如蚂蚁。格蚩爷老、格娄爷老统一下战令……格蚩爷老连战九回胜九回，沙蹈爵氏敖打了九次打不赢……格蚩爷老、格娄爷老双双被擒走……沙蹈爵氏敖心黑心毒辣，把格蚩爷老、格娄爷老杀在石板上……还有嘎骚卯碧来率领，率领我们渡过那宽阔的浑水河，从此我们离开了直米利那好地方。”[③] 这里的“直米利”指的是北方大平原，而格蚩爷老、格娄爷老指的是当时苗族两位英勇善战的部落首领，格蚩爷老指的是苗族的蚩尤老祖公。“浑水河”在苗语中称为“涅杠”，指“黄河”，这一苗族古歌讲述蚩尤战败被杀之后，余众在另一首领的率领下，只得离开故土，渡过黄河，向南迁徙。

长顺县代化、敦操等地的苗族《迁徙史歌》讲述了这个支系苗族的迁徙路线：江西→湖南→广西→贵州的望谟、罗甸等地。据该次方言的梁姓苗族说，他们的家族迁到罗甸后，曾经在边阳、逢亭和摆落居住过。他们最早的祖先有12兄弟，后来分成6支：一支迁到代化、斗省等地，称为“黄牛梁”；一支迁

① 今滇东、滇南和东南亚诸国。

② 安顺西秀区苗学研究会：《安顺西秀区苗族志》，贵阳：贵州人民出版社，2012年，第315－316页。

③ 潘定智、杨培德、张寒梅编：《苗族古歌》，贵阳：贵州人民出版社，1997年，第289页。

到罗甸的董王、方窑、龙捞、尖坡等地，称为“鸡窝梁”；一支迁到敦操的岩脚、鸡窝等地，称为“金德梁”；一支迁到紫云的大寨、宗地和长顺县的敦操、打招一带，称为“木叶梁”；一支迁到惠水的董上、打引和长顺代化的芭洞、沙井、下坝、摆架等地，称为“茅草梁”。这些支系由于交通闭塞，相互之间交往极少，年深日久，形成了众多的土语。

《亚鲁王》史诗的主体内容是出丧前夕歌师为死者开路的唱述，向亡灵讲述有关苗族及家谱的重要信息。第一，“亚鲁祖源”，以创世神话为基本内容，以天地万物、人类社会、文化起源、演进发展为叙述线索，主要神话有造天造地，造人，造山造丘陵、赶山平地、造太阳月亮、造唢呐铜鼓、箭射日月、与雷公斗争、洪水滔天、两兄妹治人烟、蝴蝶找来谷种、萤火虫带来火、马桑树天梯等。第二，“亚鲁王的故事”重点讲述亚鲁王成长、创业、征战和迁徙的经历，塑造了一位勤劳智慧、能力超凡、关爱民生的苗族首领形象。第三，讲述亚鲁王的后裔按十二个分支迁徙进入麻山的历史及其后代创业、迁徙和定居的历程。亚鲁的十二个儿子进入贵州后，分成十二个不同姓氏的姻亲家族，“分别居住在苗语叫做‘娄壤’的‘坡瑟’（位于今六马地区）‘芎硖’‘峒涧’‘陇桫碚嵩’‘黑珈’‘绒莨’‘冗’‘纳津’‘涝旭’‘绒垒’‘亚岜’等地。这些不同的家族就是今天汉姓中正在使用的杨、梁、吴、陈、黄、金、得、王、谢、罗等宗亲关系的历史来源。”①

为了记忆该支系苗族的迁徙路线，以便亡魂能够顺利抵达“祖奶奶”居住的地方，在麻山苗族的丧葬仪式上唱诵的《亚鲁王》史诗以口述的方式叙述了这一支系的苗族首领亚鲁王带领族人迁徙到一系列地方，“其迁徙的路线大致如下：从纳经、贝京开始，经过岜炯阴、哈榕冉农、哈榕冉利、哈榕呐英、哈榕呐丽、哈榕呗珀、哈榕呗坝、哈榕丫语、哈榕牂沃、哈榕卜稻、哈榕梭洛、哈榕饶涛、哈榕饶诺、哈榕咋唷、哈榕咋噪、哈榕比卡、哈榕比力、哈榕玛嵩、哈榕玛森、哈榕甲炯、哈榕哈占、哈榕泽莱、哈榕泽邦、哈榕呛且、哈榕甬农、哈榕嘿旦、哈榕崩索让、哈榕岜索久、哈榕麻阳、哈榕哈嶂、哈榕呐岜，最后定都荷布朵，共34个地名。”② 迁徙路线的轨迹大致是从平坦的坝子进入贫瘠的山地。这些古苗语地名与亚鲁王最初的领地有关。由于历史久远，加上缺乏文字记载，这些地名所对应的准确位置，目前还不能考证查实，但它们是麻山

① 吴正彪：《麻山次方言区苗族民间口传文化背景及其社会历史发展概观》//中国民间文艺家协会主编《亚鲁王》文论集：口述史·田野报告·论文，北京：中国文史出版社，2011年，第9页。

② 蔡熙：《〈亚鲁王〉：“英雄史诗”还是“活态史诗”》，《贵州文史丛刊》，2014年第4期，第104－108页。

苗族先民为了后代能够回到东方故地而一一记录的，是后代寻找祖先故地的路线图。对在这些地方发生过的重大事件，史书上虽然缺乏完整的记载，但应该是真实发生的。《亚鲁王》史诗中的阿桑都、阿带、白棉等地名即与今天贵州的贵阳、安顺、遵义相对应。

苗族记忆中的阿桑都，即是今天的贵阳。流传于安顺一带的史诗《亚鲁王》的另一版本《杨鲁史话》唱述道："杨鲁原籍在哪里？江边海边是他的故乡。他来落脚在哪里？他来落脚革勒革桑。从前是黑羊大箐，后来是名城贵阳。"[①] 这说明亚鲁王及其后裔将都城迁徙到了人烟稀少的"革勒革桑"，并建立了古代的"革勒革桑城"。革勒革桑的另一苗语方言称为"桑都城"，而"桑都城"就是今天的贵阳城。其证据是，每年的四月初八，亚鲁子孙后代在贵阳城中的喷水池（嘉坝溪）过纪念苗族首领的"四月八"节。苗族人认为，"亚鲁的事业英雄的业绩，在苗家万代留芳，每年的四月初八，笙歌舞蹈在嘉坝溪"。[②]

据流传于织金、普定、安顺一带的《嘎董蒙丈》记载："亚鲁子孙开辟了黑羊大箐，强弓硬弩誓把虎狼排，山隔水远难婚配，笙歌舞蹈比蜡彩，穿绸披蓑齐号召，自由恋爱乐开怀，芦笙吹得山坡转，口弦悠悠动心怀。男情女愿成双对，不把一男一女甩，苗家婚嫁从此来。苗家世代永不改，酒歌丧歌述历史，亚鲁子孙久常在，创业守土无数代，谁知要略复仇无数次来。亚鲁子孙布满奶芭奶哪两岸，亚鲁岛巍巍耸立在安顺北门郊外。"[③]

《贵阳府志》卷38载："乖西长官司，唐时杨立信征黑羊箐授官。黑羊箐为今黑羊井（现今十字老百货公司北侧有地名黑羊巷），唐末宋初之时，罗宋二氏互争。宋氏呼矩州为黑羊箐也"。罗宋二氏所指，分别为罗施鬼国（即后来的"水西"）及先后建立蛮州和矩州之宋氏（后为水东）。唐宋之时，贵阳还是无人居住的密林大箐，自川南迁徙来的部分苗族进入其地，披荆斩棘，在此开发出新的家园，史称"格罗格桑"。

安顺西秀区的苗族在春秋战国时期已定居于夜郎古国，后来部分苗族在其首领杨鲁（亚鲁）的率领下，又迁徙到今西秀区境内定居。这部分迁徙入境的苗族先民，经过多年的辛勤劳作，建立了以苗民为主要居民的、聚族而居的城邑，史称'阿达卜'，苗民称'画眉城'，即今安顺城。从《亚鲁王》史诗的内容看，"亚鲁王夺得荷布朵疆域，亚鲁王占领荷布朵领地，亚鲁王在哈叠定都，

① 杨兴斋，杨华献：《苗族神话史诗选》，贵阳：贵州民族出版社，2000年，第151页。
② 杨兴斋，杨华献：《苗族神话史诗选》，贵阳：贵州民族出版社，2000年，第180页。
③ 曹维琼等：《亚鲁王书系·苗疆解码》，贵阳：贵州人民出版社，2012年，第34页。

亚鲁王到纳岜立国。”[1] 哈叠是亚鲁王最后的都城。地名“哈叠”的苗语记音为hat ndef，与安顺周围的苗族关于安顺城的苗语称谓“阿带”的读音大致是一致的。在安顺、毕节的苗族，尤其是“歪梳苗”的记忆中，亚鲁王在阿桑都（贵阳）战败后，撤退到安顺建立阿带城，这就是今天的安顺城。因为在阿带城不能重新创立昔日阿桑都那样的辉煌，于是，亚鲁王率领部族往普定方向迁徙，后来散居在深山密林中。这与史诗记载的情况基本一致。

苗族记忆中的白棉城，就是今天的遵义城。川南、黔北、黔西北一带的苗族群体记忆表明，这一带的杨姓苗族是亚鲁王（杨鲁）的直系后裔，他们曾经栖居在泸州、合江一带，称遵义城为“白棉”。“白棉”的意思是，棉人的坝子。棉人指的是自称为棉的瑶族，史书记载，唐乾符三年（876 年），川南苗族首领杨端率“七姓、八姓之众”，从泸州、合江进入白棉，诱降“棉人”酋长归附，此后杨端占领播州，成为领主。播州土司传至杨应龙，其麾下的数万苗军是其军中的主力。这说明，在元明时期，遵义是西部方言苗族和东部方言苗族汇集的一个重要地方，是亚鲁王故事传播到东部方言苗族区域的一个重要端口。

在紫云和望谟苗族中至今还流传着一首《祖源歌》，其内容如下：

冷水河，
我不忙，
走了芦山走雅羊，
芦山雅羊我不忙，
青岩又在面前行。
青岩我不腾，
木瓜又在面前行，
木瓜还在治木瓜。
麻响梳头走戴花，
戴花我不忙，
交麻场在面前行。
走到交麻口又渴，
要吃凉水川洞河。
川洞河，
川三湾，
滑马两步次竹官。

---

① 中国民间文艺家协会主编：《亚鲁王》，北京：中华书局，2012 年，第 254 页。

次竹官，打一望，
牛不吃草卷花塘。
卷花塘，
我不说，
到了金沟走拐罗。
走到拐罗我不忙，
磨子塘在前面行。[①]

《祖源歌》中的磨子塘芦山、雅羊在惠水境内，青岩在今花溪区，苗族在乾嘉起义失败后，从铜仁经贵阳郊区，再从惠水、长顺进入紫云、望谟等地。

苗族是一个不断迁徙的民族，苗族历史上的大迁徙，在苗族民间传唱的苗族古歌、史诗、传说都有形象的描述。《亚鲁王》这样叙述苗族迁徙的情景："亚鲁王继续往前去，亚鲁王继续往前走……亚鲁王带着族群来到哈榕玛森，这是一片狭窄的地域，这是贫瘠陡峭的山地。这里能躲避追杀，见不到战地烽火。这里水源稀缺，不产丰盛的粮草。这里抚育不了我儿女，这里不能养活我族人。"[②]

根据史诗《亚鲁王》以及其他迁徙史歌的叙述，苗族首领亚鲁王率领其部族从东方的广袤平原一路迁徙来到祖国大西南的麻山地区。三大方言的苗族中，尤以西部方言苗族的迁徙最为频繁，时间最久，散布面最广。在漫长的历史长河中，饱受战争和迁徙之苦的麻山苗族人，千百年来依然持守着祖先们的精神家园和信仰，一代代苗族人穿过历史时空的隧道，悲壮地沿着一条凭借一代代人用心记忆着的路，返回故土，魂归东方。

二、身体展演中的迁徙叙事

在麻山苗族的社会生活中，祭祀祖先、节庆活动、恋爱求偶、婚姻嫁娶、送亲接友、聚会宴饮、丧葬礼仪等场合，都离不开舞蹈。尤其是，德高望重的长者去世，苗族人更是要用舞蹈为之举丧送行。在舞蹈中，他们用独特的身体姿态重演过去的形象，并通过表演某些技艺动作来保存过去经历的事件。正如人类学家保罗·康纳顿所说的那样，"在习惯记忆里，过去似乎积淀在身体中。"[③] 西部方言苗族的大迁徙舞和小迁徙舞是没有文字的苗族用舞蹈叙述迁徙历史的最为传神的两种舞蹈。

① 李平凡、颜勇：《贵州世居民族迁徙史》，贵州人民出版社，2011 年，第 138－139 页。
② 中国民间文艺家协会主编：《亚鲁王》，北京：中华书局，2012 年，第 188 页。
③ ［美］保罗·康纳顿：《社会如何记忆》，纳日碧力戈译，上海：上海人民出版社，2000 年，第 90 页。

（一）大迁徙舞

至今仍然在赫章县的恒底、可乐一带大花苗支系中流传的大迁徙舞，有上千年的历史，苗语称为“够戛底戛且”，直译为“跳着舞踩开露水寻找居住的地方”。其特点是舞蹈、芦笙、歌唱①相结合，叙述苗族先民离开祖先居住地——江淮平原，历经千山万水跋涉来到贵州山区的艰苦卓绝的历程。手持火把的引路人在舞队前头领歌，领歌者唱道：“可惜直米力城呀，丘丘田，块块地，齐整整，亚鲁来嘱咐：世代子孙要居住无家中归苦……”② 迁徙歌讲述昔日家园的富庶，战争与迁徙的缘由，祖先的嘱咐等。其他的人扶老携幼，舞于其后，舞蹈场面辉煌壮观，舞步凝重，气氛惨烈。

大迁徙舞叙述的主要内容：在远古时代，苗族的祖先战败，带着部族迁徙，在漫长的迁徙征程中，跋山涉水，历经千难万险，最终战胜敌人。他们从遥远的故地“直米力”出发，开始南迁，渡过浑水河，跨过“杜那义慕”大江，到达黑羊大箐，建立阿桑都，最后在棱诺诺地的哪鲁、比讨坝子一带定居。后人为了纪念祖先的这段苦难迁徙史，将这段历史编写成歌舞在节庆的纪念场合表演，以表达追忆故土、缅怀祖先之情。

舞蹈的基本形式有两种。一种形式是大场面的旋转走圈，表达迁徙的内容。队伍的前头为吟唱苗族迁徙古歌的歌师，他带领大家绕舞场走圈。其身后是一群身强力壮的芦笙舞者用身体表演与其歌唱内容一致的舞蹈，接下来是整个氏族成员参加的大队伍，最后是妇女、老人和儿童。另一种形式是，全体原地站立围圈而舞，中间由芦笙舞者表演一折一折的舞蹈，表达定居后族人对迁徙生活的回忆。

大迁徙舞共分为三场。第一场为“鸡叫舞”，表现苗族先民在鸡叫黎明时分准备迁徙的过程，在鸡鸣声中，怀着沉痛的心情，缓缓地踏上漫漫的迁徙旅途。内容主要有几声鸡鸣，群体踮脚走、踢走、爬坡等动作，表达避免惊动敌方的深意。现流传于黔西北赫章县、威宁县苗族聚居区的芦笙曲《鸡叫调》《天亮调》《过江调》反映了苗族历史上的迁徙经历，其内容如下：“鸡叫了，快快起，准备登程；天亮了，要小心，急速前行。要过江了，请兄弟姐妹来商量，同心协力去渡江；照顾好老人，照顾好孩子，牵好牲口，带好食粮，祭奠死难同胞，奋力渡江!”③

第二场为行路难，表现苗族先民在迁徙途中对家园的留恋以及艰难前行的经历。主要动作有留恋、回望、强身、射弩、探河、站立、甩腿欢跳、向山神

① 唱诵《亚鲁王》史诗的有关内容。
② 杨永光、王世忠主编:《赫章苗族文集》，贵阳：贵州民族出版社，2009 年，第 7 页。
③ 杨芳刚:《芦笙乐谭》，贵阳：贵州人民出版社，2010 年，第 34 – 35 页。

河神敬酒、喝半行酒等，其中回头看、歇息两个动作表达对故土的留恋之情。苗族先民们捕鸟兽为食，挖野菜充饥，攀登悬崖峭壁，涉江渡河，行程十分艰险。

第三场为“天亮舞”，表现苗族先民排除千难万险，渡过浑水河，到达安身之地，欢庆胜利，吹芦笙踏歌起舞，表达了继续开疆拓土的坚定决心以及对美好未来的祈盼。舞蹈动作有十多种：①黄夭狸捅蜂窝，意为捕敌老窝。②瞎耗子通地路，意为迁徙途中钻入古老森林。③公鸡捉虱，意为战争过后短暂休整。④黄麂逛山，表达胜利之后的愉悦心情。⑤滚追，表现苗族打猎的场面。⑥森林探路，表现迁徙队伍穿越原始森林的场面。⑦游龙翻身，表现在战火中爬坡下坎前进后退迂回作战。⑧二牛防虎，意为同仇敌忾抗击敌人的袭击。⑨仰头望月与倒立青石，抬头看老人在明月下砍树，心中怀念失去的城池。⑩倒挂金钩，表现迁徙途中，攀登悬崖绝壁互相搀扶而上的情景。⑪仙女背水，表现苗族妇女背水的场景。⑫夜探悬崖，表现昼伏夜行，深夜还在悬崖绝壁间探路前进。⑬横渡险滩，表现苗族先民不怕困难，互敬互爱互助过黄河的情景。

苗族的大迁徙舞，是一种叙事舞蹈，其叙事功能主要表现在两个方面。其一，参与舞蹈的不同角色，代表着迁徙过程中的不同人物。队伍中第二个吹长芦笙者是迁徙队伍的总指挥，队伍过河前，先派两名勇士用羊角酒敬山神河神，以求平安渡河。从第三个直到倒数第二个都是队员，最后一个持弩者是护卫。第二，舞蹈的服饰、道具，皆具有强烈的叙事特征。大迁徙舞的舞蹈服饰蕴含丰富，尤其是男女披衫，又称“城墙服”，服饰花纹的含义寓指苗族的故土到处是绿水青山，城墙被“直米力平原”包围，广袤的平原上有一块块田土，田里种植有水稻，青蛙在水田中鸣叫。这是苗族祖先曾经生活过的地方。在苗族人眼中，故土是永远不能忘记的。大队伍跟随在大迁徙舞舞者的后面，他们不跳舞，却是舞蹈中不可缺少的组成部分。参与角色表演的是先头部队后面的迁徙队伍。他们中有行走、喝酒、敬烟、睡觉等生活行为，也属于舞蹈叙事的范畴，是舞蹈中的生活行为，与舞蹈共同叙事。迁徙舞用身体展演的方式叙述了《亚鲁王》史诗文本的内容。

尤其值得指出的是，大花苗支系的民间乐师还将迁徙的史实编成古歌与芦笙乐舞，把惨痛的战争失利、艰辛的迁徙流离、漫漫的跋涉旅途、悼念战死的英烈、祈盼自由幸福的遐想、祭祀天地神灵的祝愿有机地融合在乐舞的叙事之中，在祭祀祖先、跳花山等节日中表演，于是，迁徙舞成为大花苗支系祭祀祖先、教育族群成员、传播历史文化的重要载体。

（二）小迁徙舞

主要流传在贵州纳雍猪场的小花苗支系中的小迁徙舞，苗语称为“戛几多戛”，直译为“记住远古历史的舞步”，有上千年的历史。纳雍猪场的小花苗支系在每年的二月十五和五月端午节跳花，小迁徙舞是跳花时必不可少的一种迁徙舞。小迁徙舞源于祭祀和丧葬仪式，是对祖先迁徙历史的回忆。

小迁徙舞用三十几个舞段再现苗族先民的迁徙历史，这些舞段包括蜻蜓点水、骏马奔驰、鹞子翻身等动作叙述远古苗族先民拓荒狩猎、过着安定生活的状况。点将、练兵、骑马、刀丛滚身等动作描述两个部落之间的战争，苗族首领率军英勇抗击。独脚、拖腿、滚山珠等动作再现战争给平民百姓带来的灾难。跪步、悬羊击鼓、钻梯眼、倒爬树等动作叙述翻山越岭与敌人周旋、团结战斗的大智大勇。打场、犁田、扭秧、四面翻海等动作反映几经转战到南方定居，最后建立自己的家园。舞者用直观的身体语言表达对苗族先民迁徙的历史记忆。

“滚山珠”原名“地龙滚荆”，苗语为“子落夺”，其意思是，在遍地荆棘的迁徙之路上，亚鲁王命令苗族青年勇士开辟道路，青年勇士们模仿山猪滚草的动作，用自己的身体，滚平前进途中的荆棘以为后面的人开路，最终抵达黑羊大箐（今贵阳）定居。为了纪念这些开路的勇士们，后人模仿他们用身体滚平荆棘的动作，编成芦笙舞，取名“地龙滚荆”。滚山珠是小迁徙舞的重要组成部分，也是一种令人心旷神怡的芦笙舞。“滚山珠”具有高超的艺术技巧，表演难度大，它用身体叙事的方式表达苗族先民迁徙时所遭遇到的令人难以想象的艰难的历史记忆，舞蹈中一些高难度的动作，如悬羊击鼓、扣背倒立、蚯蚓滚沙等令人叹为观止。

倒立吹笙的舞蹈造型是小迁徙舞常见的动作，这一动作源于史诗《亚鲁王》中“悬羊击鼓”的典故。为了举族迁徙，“悬羊击鼓”以蒙蔽敌方的故事因为这个舞蹈造型而流传至今。“悬羊击鼓”展现的是亚鲁战败后甩开敌军的智慧。据传说，苗族某将领在战争中战死沙场，苗族请求停战以祭祀。大家暗中商议，战事于我不利，不如甩掉敌人，悄悄转移。大家统一意见后，正要出发之际，却为一事犯了难：击鼓者不能停止击鼓，如果没了鼓声，敌人就知道部队已经转移。谁愿意作这个牺牲呢？虽然大家都愿意为此献身，但慈爱的老祖母却不忍这样的牺牲，她想出一个好主意，把一只羊倒悬起来，挂在鼓边替代人的击打，只要鼓声不息，敌人就会被麻痹，亲人们就可以全部撤退，避免不必要的牺牲。儿孙们按照老祖母的意见悬羊击鼓，鼓声经久不息，敌人毫无察觉，整个族群实现了安全大转移。

迁徙舞步“错进董岛风五”，译为“倒立青石吹芦笙”，其意思是，历经多灾多难的岁月，战争迁徙磨难，踩着露水寻找生存的空间，以后的日子即使灾难再多，也得寻找一片立足之地。“倒立青石”，亘古万年，怀念古城池边的金银柱。

迁徙舞步“撒撒阿赞”译为“夜探悬崖”，其意思是，双方僵持对峙，部落酋长派人打听消息，以便了解地理环境，迁徙途中进入“黑羊大箐”时，时值深夜，迁徙的队伍攀悬崖峭壁，互相搀扶拉扯，如同倒挂的金钩一样险象环生。

迁徙舞步“起脸妥港”，译为“瞎耗子通地道”，意思是，大灾大难的日子似乌云密布，钻进古老的森林，崇山峻岭之中，犹如地底层一般不见天日，在紧要关头要坚定信念，寻找出路，学会生存，煎熬过后必定是晴朗的天空。

与大迁徙舞相比，小迁徙舞没有规模宏大的场面，只是以独舞、双人舞或者多人舞相结合的形式，以形象化的舞蹈动作展示苗族先民那场史无前例、艰苦卓绝的迁徙史，可以说小迁徙舞是不断地展示个体的“特写镜头”。这种特技表演要求表演者必须具有高超的艺术技巧来展示祖先们的英雄风貌，由此激发对英雄祖先的膜拜，透视出浓郁的英雄崇拜意蕴。

从文学人类学的视角来考察苗族的迁徙舞蹈，是一种将舞蹈艺术还原为地方性知识的特殊考察。文化人类学家格尔兹从田野经验出发提出的“地方性知识”，其目的是将社会事件视作一个“文化文本”（culture as text）并对其进行意义的阐释。印第安人“嗬、嗬、嗬”的有节奏的呼喊被认为是战争舞蹈的组成部分。事实上，苗族的迁徙舞蹈作为一个“文化文本”浓缩了深邃的文化意义。

舞蹈是生命的运动，也是身体叙事。对其表演者来说，它是一种动的感受，而对观众来说，它是一种可见的运动，是被当作生命运动来看待并为人所理解的。在现实生活中，舞蹈是表达各种愿望、意图、期待、要求和情感的身体符号。迁徙舞蹈是以最原始的符号——身体为基础的表演，舞蹈者在激情中将自己高超的技能如旋转、绕圈、跳跃等凝聚成身体造型，这种身体造型又把时间结构连成一体。一般认为，舞蹈是长于抒情而短于叙事的身体展演。但是苗族迁徙舞却恰恰相反。苗族叙事性的迁徙舞，从远古时代流淌至今，至今仍然活在苗族的生活中。舞蹈的动作与造型，用可见的身体动作、可闻的芦笙声音再现苗族迁徙的历史，这是苗族迁徙的经典故事，只不过这样的经典故事是用身体展演来表述的。

迁徙舞蹈是苗族独有的一种舞蹈，可以说是苗族的标识，其独特之处在于，这种以地方性、民间性、族群性身份出场的舞蹈，参与跳舞的是整个族群支系的全体成员，外人不得参加。迁徙舞叙述了苗族在迁徙中不怕艰险、英勇善战、渡过难关，终于找到安居之所并在这里重建家园的历程，可以说是苗族的舞蹈史诗。它是苗族以身体语言建构族群身份和文化认同的机制，其仪式功能远远大于它的娱乐功能，其中积淀和传承着苗族的宇宙意识、文化记忆、宗教情怀、审美趣味和生活技艺等。

迁徙舞与《亚鲁王》史诗有着很大程度的互析互渗互证。史诗《亚鲁王》文本的存在为我们理解苗族的迁徙舞提供了解读的依据，在历史上，苗族祖先在历次战争中如何为民族的生死存亡奋战，如何与敌人周旋，彰显祖先的丰功伟绩和英勇事迹；迁徙舞逼真地反映了迁徙队伍的人员组成、经历的具体事件以及当时人们的生存境遇，印证了《亚鲁王》史诗文本的真实性、历史性。

迁徙舞具有鲜明的叙史功能。“史诗歌，一字一道坎，一词一次艰辛，唱说漫漫长夜迁徙路；舞，一步一滴泪，记载着沧桑岁月迁徙史。”① 迁徙舞通过身体展演展示过去的事件让人们铭记过去，以全体族群成员共同参与的方式，年复一年地追忆祖先的历史，缅怀祖先的业绩，回忆祖先迁徙的路线，期盼死后灵魂得以回归故里。同时，苗族舞蹈周而复始的展演，深入每一个人的内心生活之中，形塑着他们的价值观念、思想意识和民族性格，具有巨大的精神感召力，即用苗族先民艰苦奋斗的精神，来激发苗民的战斗意志，捍卫民族生存；用生命的欢乐去化解死亡的阴影，用心性的豁达去超越历史的苦难，寻求一种精神境界的升华。

三、实物和图像中的迁徙叙事

在方法论层面，21 世纪初，文学人类学研究者在一重证据——传世文献、二重证据——地下出土的甲骨文和金文、三重证据——口传的与活态的民间文化材料的基础上，发展出第四重证据。叶舒宪指出，“第四重证据指考古实物和图像。用叙事学术语，可将第四重证据的功效概括为物的叙事及图像叙事。”② 所谓第四重证据，以解读“物的叙事”之潜在信息为特色，它吸取了人类学的“物质文化”概念，其关键词是物的叙事和图像叙事，物的叙事和图像叙事所带来的信息让我们得以了解到失落的文化真相，可以解释文献叙事之外的因果关系，将研究范围拓展到文字以外的新材料，进入“文化文本”之中。

研究苗族的迁徙，离不开苗族的历史文物，离不开物的叙事和图像叙事。在麻山苗族的葬礼上，棺材上放置一双草鞋，这是供亡灵回归祖先的路上穿的。三个竹筒里分别装有蒜种、红稗种子、苞谷种子、黄豆种子，这是给亡人带到阴间去耕种的。一个装有米饭的箩筐和装满水的葫芦，这是亡人在回归老家路上的饮食。在葬礼上使用的铜鼓，也是迁徙的物证。东郎杨光文说：“苗族使用的铜鼓，上面镶着青蛙和燕子，那是我们苗族迁徙时，曾经让青蛙和燕子探寻

① 杨永光、王世忠主编：《赫章苗族文集》，贵阳：贵州民族出版社，2009 年，第 97 页。

② 叶舒宪：《物的叙事：中华文明探源的四重证据法》，《兰州大学学报》（社会科学版），2010 年第 6 期。

天底下是否有苗族居住的大地。青蛙去了，但七天走不出马蹄印。燕子是最有功劳的，它飞到海边，探寻到了天底下辽阔的疆土，适合人类居住。这样我们就迁徙到疆土辽阔、美丽富饶的地方。铜鼓上面镶的燕子，大概是这样的由来吧。”①

凡麻山苗族人去世，都要给亡者脸上盖上四方形的绣片“陌就”。从绣片“陌就”的图案可以发现苗族人寄予其中的东方意绪，如变异了的太阳花，四周的环境是谷穗和蝴蝶，它们围绕太阳而生存。这说明苗族先民在迁徙过程中，为了把东方故国铭记在心，一些拥有刺绣和浇铸工艺的工艺师们把东方故国浓缩成“陌就”绣片、浇铸成太阳铜鼓，以及篾匠编织祭祀桌等物品，用不同形式的载体将它们记录下来，以此告诉后代并传承东方故国的真实模样。把绣片“陌就”送给亡人，一方面，说明在苗族人的心目中，东方故地的社会生活秩序井然有序；另一方面，在世的亲人必须给亡人开出身份证明，说明他或她的确属于本族的一员，他或她才具备在祖先故地登记入境的条件。因此，在麻山苗族的葬礼上，四方形的绣片“陌就”具有明显的身份认证气息，可以说是苗族的认祖符号。“陌就可理解为亚鲁王的族徽，或是族旗上的标志符号，只有拥有陌就的亡人灵魂，才能得到亚鲁王的承认，得到祖先们的接纳。”② 在麻山，衡量丧事是否体面的标准不是看场面的宏大，而是死者去世后收到的“陌就”的数量。老人去世时除了孝子孝女要送一张“陌就”之外，其他家族的兄弟姐妹也要根据自己的实力送一张“陌就”。赠送“陌就”是麻山葬礼中级别最高的陪葬品。

上述物品作为苗族迁徙的历史见证皆可以在《亚鲁王》史诗中找到根据。另外，苗族的服饰图案更是苗族迁徙的物证。下面拟从物的叙事和图像叙事的角度对服饰图案在苗族迁徙中的文化意义进行探讨。

苗族支系繁多，据考证，仅贵州境内就有一百多个支系。每个支系的服饰在种类、款式、色彩、纹饰等方面皆有独特的特色，并且纹饰上的突出部位大多有各种各样的神话传说以及有关祖先来历的详尽叙事。因此，苗族的服饰和纹饰用无声的语言向世人诉说自己的历史和文化。

杨昌国在其专著《苗族服饰》中指出，苗族服饰中的各种花纹承载着诸多的史迹，完全可以当作一部卷帙浩繁的史书来读。“作为一种艺术、文化现象，苗族服饰呈现出物质生活和精神生活交融的二重性特征……苗族特殊的生活使

① 曹维琼等：《亚鲁王书系·歌师秘档》，贵阳：贵州人民出版社，2012 年，第 401 页。
② 曹维琼等：《亚鲁王书系·苗疆解码》，贵阳：贵州人民出版社，2012 年，第 351 页。

得服饰艺术沉积了许多历史的、民族的、社会的、习俗的、宗教的内容。”① 事实上，苗族的服饰图像与苗族的战争、迁徙史有着千丝万缕的联系，其造型系列蕴含了苗族的族源、战争、迁徙、生息繁衍等方面的文化意义。他们笃信自己的祖先发祥之地在广袤的平原地区，古时因战争失利，被迫南迁，来到西南山区。为了怀念故乡和祖宗，为了让子孙后代铭记苗家祖籍，便在服装上绣织这样一些图像花纹。黔中镇宁县革利一带操川黔滇次方言不同支系的苗族分别把饰有“江河”图像的裙子称为“迁徙裙”“三条母江裙”“七条江裙”。

“迁徙裙”一般为老年妇女所穿，裙面有81道横线，分为九组，每组九条，当地民间流传的《蚩尤神话》记载说，远古时候，苗族祖先蚩尤居住在黄河岸边的“蚩尤坝”上，他生有九儿七女，他的九个儿子又分别生了九个儿子，组成81个兄弟氏族，曾经建立过九帅七十二将的军事管理制度，当地苗族自称是这81个兄弟中最后一个的后裔，经过长时间远距离的迁徙才来到这里定居，于是这支苗族妇女就在裙面上绣出81道横线，让后代铭记他们是九黎81个兄弟的后代。“三条母江裙”，即是说在裙面绣上三大条线，据当地苗族的《开路词》，其目的是为了纪念他们的祖先经过的黄河、长江和嘉陵江。“七条江裙”是为了纪念苗族迁徙过程中涉过的七条仅次于黄河、长江的河流。

黔东北松桃和湘西苗族的“骏马飞渡”“江河波涛”图像，黔西北威宁、赫章和滇东北彝良苗族的“天地”“山川”“田园”“江河”“城池”图像，川南苗族的“黄河”“长江”图像，贵阳市郊高坡苗族的“蚩尤印”图像等都是苗族传统历史文化在服饰中绽开的奇葩，这是苗族妇女盛装上各种图像的母本，即主体图像“母花”，含有“妈妈花”的意思，图像的构思、设计、造型叙述了苗族先民对战争、迁徙等历史文化的缅怀之情，凝聚着巨大的心理蕴含和强烈的民族情感。黔中关岭、安顺的苗族裙子将翻山过河的五大难关浑水河（黄河）、雾罩山、风雨关、清水河（长江）、毒虫冲等制作成大小不同的平行线，绣在长裙上，以铭记苗族历史上的迁徙。

再看“百褶裙”上的“江河”图像。威宁一带的苗族，其裙边均有约2厘米宽的蜡染几何纹，中间是大面积白地，蜡染内边加了0.5厘米宽的布条，红黑各半，白地有上下两组四环绳辫纹和四组红黑两种颜色的布条平行线段，第三组为两段，第二、四组为三段。每段长约18厘米，中间三段红黄相间，叠压平行的布条从上而下依次代表黄河（“上朗”）、平原（“布点”）、长江（“下朗”）。白地象征洁白的天空。一条“百褶裙”成了苗族故园的地理图案。苗族古歌唱道：“我们离开了浑水河（黄河），我们告别了家乡；天天在奔跑，日日

① 杨昌国：《符号与象征——中国少数民族服饰文化》，北京：北京出版社，2000年，第165页。

在游荡，哪里才能生存啊？哪里是落脚的地方？让我们摘下路边的野花，插在姑娘的头上；让我们割下树浆，染在阿嫂的衣上；让我们把涉过的江河，绣在阿妈的裙上。不要忘记这里有过我们的胎盘，时刻记住祖先用汗水浇过的地方”①。

苗族服饰既反映史诗，也表现神话传说，具有浓郁的神性意识，并且史诗和服饰互为印证。苗族古歌唱道：“远古的事现在还知道，知道格蚩尤老、格娄尤老来开山，开那石块来修建，建座大金城，外墙修成九道拐，城墙粉刷上青灰，城内铺垫着青石……平原金城金闪闪，耀眼夺目映青天……”赫章苗族川黔滇次方言的一件花衣，两块披肩组合在一起，古歌中的金城便赫然在目。宽广的护城河内是巍峨的城墙，城墙金碧辉煌、耀眼夺目，城墙内是两道宽广的壕沟，壕沟内是美丽的田园和交叉的街道，在此古歌和服饰互为印证，苗族先民曾经在平原上修建过城市。

苗族是一个长期在战争中生活、不断迁徙的民族。他们在战争中发明的盔甲、旗帜、兵器在苗族服饰中记载下来。苗族古歌唱道：“花衣上面织有蕨草花，以示用蕨草掩护作战。”苗族妇女的裙装以物态符号记载了古代苗族的祖居地，裙中那条绿色的宽道为“大河”，点缀于其间的图案为“鱼眼”“田螺”“梯田”。苗族古歌唱道：“姑娘、妇女常思念，思念一望无际的平原地，思念无边无际的稻谷田；姑娘、妇女来绘画，画出无边无际的稻谷田，画在姑娘、妇女的花裙上，画出块块大田在中间，青山绿水在裙边。”这说明苗族先民曾经生活在宽广的平原和江河纵横的“左洞庭、右彭蠡”一带，不然生活在山岭中的苗族何有如此生活素材？

苗族古歌唱道：“离开好家园，姑娘、妇女真可惜，可惜盛产稻谷的平原地，想念吃不完、用不尽的粳米糯米。姑娘、妇女有智慧，手巧心最灵，织件花衣作留念，花衣里面织花块，花块里面织花点，花衣上面织有蕨草花，以示用蕨草掩护作战。”“姑娘、妇女常思念，思念一望无际的平原地，思念无边无际的稻谷田；姑娘、妇女来绘画，画出无边无际的稻谷田，画在姑娘、妇女的花裙上，画出块块大田在中间，青山绿水在裙边。”“姑娘、妇女最留恋，留恋、直米力地古京城，绣块城衣作纪念，织根花带横穿作街道；青年妇女有智慧，系扎九根花带作九氏族，连缀九撮作九黎，象征九黎联合连京城。”② 苗族服饰记载了苗族先民起初过着安静的田园生活，后因残酷的战争而被迫迁徙的历史。再看苗族古歌对裙子的叙事，“我们姑娘聪明有智慧，我们织出漂亮的裙

① 杨永光、王世忠主编：《赫章苗族文集》，贵阳：贵州民族出版社，2009 年，第 133 页。

② 定智、杨培德、张寒梅编：《苗族古歌》，贵阳：贵州人民出版社，1997 年，第 29 –33 页。

子。像平坦的泽国水乡，像望不到边的田埂。道路宽敞四通八达，我们裙子上的条条花纹，就是我们原来的田园，那阡陌纵横的田地，那流水清清好插秧的地方”①。

舞蹈服饰上的花纹符号与舞蹈共同叙事。麻山苗族在跳大迁徙舞转圈时，飘起的“蝴蝶服”犹如彩蝶的翅膀在飞舞，展开的“草麦把裙”犹如孔雀开屏，“草麦把裙”的形状酷似捆扎着的“草麦把”，隐喻妇女们随身携带的粮食。赫章大花苗支系的迁徙舞蹈“够嘎底嘎且”与服装花纹突出地表现出这样的叙事习惯。大花苗的服饰又叫“城墙服”，苗语叫“劳绰”，即“城墙”的意思。服饰的后背心有一处精美的织绣花纹，其含义是“四周是山，中间为平原，群山耸立包围着平原，看上去好似一层层城墙保护着平原、丘田”。传说这块花纹是苗族祖先为了纪念失去的故土——“直米力平原”而绘制在衣服上的，其目的是为了让子孙后代牢记于心。在跳“够嘎底嘎且”舞蹈时，整个族群都要穿上这样的服饰，唱着迁徙的歌曲，吹着迁徙的芦笙曲，跳着迁徙的舞蹈……各种艺术形式相结合形成共同的叙事形态，其目的是为了纪念祖先，让后代牢记历史。

苗族服饰的图像繁富多变，并且具有多层次的结构，图案的题材十分广泛，历史传说、神话故事、图腾崇拜、自然界及日常生活中的各种食物等无一不是图像的重要内容。特别值得指出的是几何图案，如三角形、长方形、正方形、菱形、曲线、弧线、勾纹等。绣在服饰上的这些几何图形以及其他的江河纹、山纹、城垛纹、星辰纹、田园纹、街市纹、山川纹等，它们以隐喻的方式表述了苗族先民对迁徙的不同认识。“在湘西和川黔滇地区的苗族服饰中出现的江河、波涛、山川等，象征因苗族祖先因战败而被迫迁徙；而黔东地区的苗族服饰中此类纹样只是对自然的真实反映。又比如，绣在贵州省水城县南开苗族服饰上的三道线条，分别代表黄河、长江和平原，象征着苗族自北向南的迁徙路线。”②

苗族服饰的图像符号不仅仅是一种形式美，更是一种承载着诸多文化意义的符号。苗族服饰上绣出的“黄河”“长江”“城池”“苗王印”等图像，它们作为一种物态化的符号，栩栩如生地叙述了苗族饱经沧桑的战争史、迁徙史。在没有文字的苗族社会，服饰图像替代了文字的功用，发挥服饰图像传递文化信息的功能，使得没有本民族文字的苗族社会通过服饰图像传承了本民族的历史。因而可以说，苗族服饰是了解苗族历史的活化石。不仅如此，苗族服饰还

① 杨昌国：《符号与象征——中国少数民族服饰文化》，北京：北京出版社，2000 年，第 165 页。

② 杨永光、王世忠主编：《赫章苗族文集》，贵阳：贵州民族出版社，2009 年，第 133 页。

是亡灵返回东方故土的认祖符号。苗族老人死后，必须穿上饰有这类图像的寿服，“生前记家谱，死后得认祖”。苗族历来认为，死者只有穿上饰有这类图像的衣服，才能为祖先所认可，灵魂才能返回祖先居住的东方老家。可见，苗族服饰图像昭示了“我们是谁、我们从哪里来、我们为什么来这里、我们死后回到哪里”等方面的历史文化信息。苗族漂泊迁徙的历史，既丰富了史诗与各种神话传说的意蕴，同时也丰富了苗族服饰的文化意蕴。

总括而言，麻山苗族对本民族的迁徙历程运用了多维的叙事形式来记忆，苗族史诗、传说、迁徙古歌，苗族服饰图像，歌舞展演以及汉文献的历史记载表明，苗族先民自古生活在江淮流域，因为战争失败被迫由北而南、自东而西进行了长时期、远距离的迁徙，最后来到贵州的石山区。显而易见，要阐释清楚苗族历史上长时期、远距离的迁徙的历史文化价值，不能孤立地看待其中的某个事项，而必须把它们作为文化文本所构成的文化的集合来看待，必须全面深入地把握这些文本之间的联系。史诗、服饰、歌舞展演便是迁徙文化的文本集合。通过多维的迁徙叙事形式，让世人铭记亚鲁王开拓疆域的艰辛，表达对祖先亚鲁王的缅怀与追思，从而构建起族群认同的平台，将本民族的社会规范、道德规范、价值规范、伦理规范、文化传统鲜活地呈现出来，形成群体意识和归属意识的根基，实现族群的文化认同。同时，如果我们从多维的叙事形式去考察苗族的迁徙历程，也就不难发现迁徙叙事的活态性、原真性、本真性，也就是说，不仅口头唱述的史诗古歌，而且苗族的服饰图像和歌舞展演都无一不具有鲜明的活态性、原真性和本真性，苗族的文化传统和精神特质就是在这种鲜活的呈现过程中传承下来的。

第三节　《亚鲁王》史诗迁徙叙事的风格与思维特质

一、沉郁悲壮：《亚鲁王》史诗迁徙叙事的风格

在我国的西南地区流传着不少迁徙古歌，如彝族的《赊榷濮》，侗族的《祖公之歌》，拉祜族的《古根》，哈尼族的《哈尼阿培聪坡坡》等，但就迁徙时间之长、路线之远、范围之广，则莫过于苗族史诗《亚鲁王》。另外，将先祖们征战与迁徙的重大历史在“葬礼”的仪式场合展演，这也是世所罕见的，其悲壮程度可见一斑。因此，与其他的口传古歌、迁徙古歌相比，《亚鲁王》史诗的迁徙叙事格调显得特别沉郁悲壮。可以说，沉郁悲壮是《亚鲁王》史诗迁徙叙事的独特风格。

（一）仪式展演中的沉郁悲壮

在苗族人的观念中，他们的祖居地在太阳升起的东方，他们的老家在东海

之滨，那里有大江大河，广袤的平原连接着大海。他们的祖先亚鲁王率领其部族从东方的广袤平原一路迁徙来到祖国大西南的麻山地区。在麻山苗族看来，人的死亡并不是生命的终结，亡者没有抵达美丽的天堂，也没有结束在人间的悲欢离合，而是生命的回归，即回归到“祖奶奶的故地”——他们世代居住的东方老家。因此，凡是老人去世，都要请歌师为亡灵举行开路仪式和砍马仪式。

1. 亡灵回归：开路仪式的沉郁悲壮

在开路仪式上，一切准备停当之后，东郎们身着长袍，手持大刀，头戴斗笠，脚穿铁鞋，站立在棺材的小头处，面对神龛，轮流唱诵《亚鲁王》。东郎们的这副装扮是对先祖征战时所戴头盔、所佩的武器的模仿，他们犹如一位驰骋疆场的勇士，默默地站在灵前，将万物起源、亚鲁祖源、征战迁徙和落户麻山的历史告知亡者，然后引导亡灵背着沉重的行囊，身穿先辈的衣裳，带着糯米饭干粮，携带路途中生火用的火石火草，在儿女的一片哭泣声中，骑上战马，踏上漫长的回家之路，回归东方故土，回到先祖那里，与祖先团聚。

置身《亚鲁王》史诗的展演场域，歌师在低沉悲壮的唱述中完成了一次生命的洗礼和远古族群情感的沐浴，听众也同样受到了感染。例如，歌师杨光文虽然全部掌握了《亚鲁王》史诗的内容，但第一次唱诵时，他的心里还是有些害怕。当他开始唱第一句时，两腿发软，开不了口。由于围观的人多，当唱完第一句时，记忆的闸门终于打开了，诗行如潮水般地汹涌而出。他不但唱得全面到位，而且唱得流畅。唱完亚鲁王的故事后，他体验到一种悲壮的美，观众泪流满面，他自己也流泪了。在送灵的唱诵中，似乎亡灵在领会英雄祖先的勇敢与智慧、拼搏与奋斗，遵照英雄先祖的精神，在先祖故地开辟新的征程。观众听到杨光文唱诵的《亚鲁王》，仿佛回到了祖先的东方故地，与先祖一起征战、迁徙，共同生活。看到观众听到自己唱诵《亚鲁王》而流泪的场景，杨光文也被自己的唱诵现场所感动。

在丧葬仪式上歌师们为死者开路演述《亚鲁王》的最终目的是指引亡灵“回家”，引导亡灵回归到东方故土，这是整个丧葬仪式的核心所在。在漫长的历史长河中，饱受战争和迁徙之苦的麻山苗族人，千百年来坚守着祖先们的信仰和精神家园，悲壮地沿着一条凭借一代代人用心灵记忆着的道路，返回故土，魂归东方。因此，亡灵回归——回归东方故土是苗族丧葬仪式上的永恒主题，同时这一观念在苗族社会中是普遍存在的。流传于西部方言区的苗族史诗《亚鲁王》，流传于黔东南地区的丧葬古歌《焚巾曲》，或者流传于其他苗族地区的《指路歌》等，无一不是引导亡者的灵魂沿着祖先迁徙的路线回到东方故土。

然而，“回家”的路并不是一帆风顺的，而是充满坎坷、艰辛和曲折，例如，毕节地区的苗族举行开路仪式，指引亡灵返回祖先的住地时，要经过“雾罩浓浓的大青山、青虫山、毛虫山、冰山、雪山……要经过水塘、血塘和泥巴的沼泽地；有的还要经过沙漠地带。”[①] 在苗族的丧葬仪式上族群成员集体跳的大迁徙舞，主要舞蹈动作有“夜探悬崖”“二牛防虎”“倒挂金钩”等。“夜探悬崖”的动作造型逼真地再现迁徙队伍每天起早摸黑赶路，夜幕降临了还在悬崖峭壁的山上探路前行。“二牛防虎”是背对背的舞蹈。因为当时的迁徙队伍还带着牛羊猪狗等家畜，为了防止山中猛兽对家畜的侵袭，人们在牛羊猪狗等家畜的前后安排了强壮好斗的公牛，并在它们的犄角上绑上尖利的钢刀，以便对付山中的猛兽。“倒挂金钩”再现迁徙的队伍攀悬崖峭壁，互相搀扶拉扯，如同倒挂的金钩一样险象环生。与舞蹈的动作相伴的唱词是：“野地睡觉。天黑了，走累了，找个避风处，将就休息吧。地可作床，天可为被，把那荒山野地当成我们临时的家吧。爹妈儿女紧紧依偎，兄弟姐妹团团聚聚，氏族家庭的团结温暖我们的身体也温暖我们的心灵。让我们睡一个好觉。”[②] 苗族的大迁徙舞，用可见的身体动作、可闻的芦笙声音来缅怀祖先亚鲁王以及迁徙途中牺牲的将士，动作古朴，舞步沉稳凝重，芦笙曲调委婉而苍凉，气氛悲壮沉郁，令人潸然泪下。

2. 从亡灵回归到亡灵“回征”：砍马仪式的沉郁悲壮

如上所述，亡灵回归东方老家的路充满荆棘坎坷、艰辛曲折，前面不仅有雪山、草地，还有沼泽和湖泊。同时，由于亚鲁王的战败，前进的道路被敌族所占据，苗族人实现生命轮回遭遇了巨大的障碍。对于历尽沧桑的苗族来说，亡灵在回归的路上遭遇了惨烈的“回征”。于是，主动弃土避战的亚鲁王不得不在开辟新的疆域之后，派遣果锦陀、网锦皮、嘎锦州、嘎赛音等四个儿子回征故土，史诗唱道：“亚鲁王命哪个儿回征故土？亚鲁王令哪个儿回征故国？亚鲁王命果锦陀回征故土纳经，亚鲁王命果锦陀回征故国贝京……果锦陀领兵七万，果锦陀点将七千。七万士兵七万支火把，七千将领七千把亮槁。果锦陀回征去了故土纳经，果锦陀回征去了故国贝京。”[③] 这是亚鲁支系威武雄壮、气势磅礴的出征场面！但其结果是，四位王子的出征变得杳无音讯。史诗仅对果锦陀率领的一支出征部队有一点隐晦的交待：“果锦陀一支族人后来成了瑟人，果锦陀一些族人日后成为葱人。果锦陀生卜鲁，卜鲁生了卜勒。卜勒日后来成为卜赛人族群。他们迁徙到远山远水，不知他们活在哪一方。”[④] 而网锦皮、嘎锦州、嘎赛音三支出征部队却是音讯全无，既没有因战败而撤退回来的消息，也

① 李平凡、颜勇：《贵州世居民族迁徙史》，贵阳：贵州人民出版社，2011，第145页。
② 曹维琼等：《亚鲁王书系·苗疆解码》，贵阳：贵州人民出版社，2012年，第264页。
③ 中国民间文艺家协会主编：《亚鲁王》，北京：中华书局，2012年，第258－259页。
④ 中国民间文艺家协会主编：《亚鲁王》，北京：中华书局，2012年，第258－259页。

没有因胜利而迎接亚鲁还都。表面上轰轰烈烈的“回征”，实际上是亚鲁对族人亡灵回归做出的制度性安排——用征战完成生命轮回的最后一搏，用征战开启生命转世的关键之门。

关于四位王子的回征，歌师是这样唱述的：“亚鲁王领七十个王后/亚鲁王带七十个王妃/她们点燃小米（追悼亡灵，指引亡灵梦回故国）/带她们燃烧谷糠（追悼亡灵，指引亡灵梦回故国）/带她们点燃了七百面卜秋[①]/她们燃烧了七十双草鞋。亚鲁王朝太阳升起的那边挥舞七百杆梭镖，/亚鲁王朝太阳降落的地方射去七十支响箭。/亚鲁王兵士向太阳升起的方向擂七十阵铜鼓，/哀鼓震天震地咚咚咚/亚鲁王将领向太阳降落处吹响十三阵白牛角，/哀号撼天撼地呜呜呜。”[②]

亚鲁王虽然在新的疆域建都立国，但族人亡灵回归东方老家的路径被亚鲁故国的敌族给阻断了，为了实现亡灵回归的目标，就必须同阻断回归道路的敌族开战。于是，苗族丧葬文化中亡灵回归的永恒主题，到了亚鲁后代那里便成了亡灵回征。史诗中亚鲁王遣军回征的仪式，实际上是亚鲁子孙回征的总出发仪式。在这里，声势浩荡的出征仪式没有祭祀兵主战神，而是焚烧小米、谷糠、卜秋、草鞋。在仪式上，哀鼓震天震地，哀号撼天撼地。从形态上看，“卜秋”与今天麻山苗族覆盖在亡者面部的“陌就”如出一辙。由此不难断定“卜秋”即是“陌就”，所谓的出征仪式与丧葬仪式有着不可分割的联系。可见，麻山苗族的亡灵回归，实际上是逆着亚鲁王征战迁徙的路径，一路打回故国。对于这样一种灵魂的回征、生命的回征，《亚鲁王》史诗不仅早已做了明确的制度安排，而且已经勾勒出明晰的路线。在每一个曾经发生过战事的地方，都有另外一场战争等待着回征路上的亡灵：亡灵将要遭遇的每一场战争都需要借助亚鲁王的智慧，这就是麻山苗族葬礼上为什么一定要唱《亚鲁王》的原因之所在。

上述仪式在本质上不是什么出征仪式，而是一次亡灵回归的祭仪！麻山苗族丧葬仪式渗透着战争的氛围，这一出征叙事透露出了悲壮的气氛，悲壮的情怀！

麻山是一块嶙峋、贫瘠、历经沧桑的土地，麻山苗族不喜欢战争，也不喜欢血腥。但是砍马送灵仪式以演绎惨烈而悲壮的战争给人们带来强烈的视觉冲击力和情绪感染力，显得神秘而独特。麻山苗族认为，人之逝世，不是生命的终结，而是生命在新的天地中的延续。为亡人举行的仪式，如同将相出征或者巡视他所管辖的疆域之前的点将仪式。亡人必须接受封侯拜将的洗礼，亡者为

① 史诗文本中对卜秋的注释：“卜秋，苗语 nboh njux 的音译，一种旗帜名，旗面绣有太阳、鱼、鸟、蝴蝶、谷穗等图案，是一个民族的特殊标志，今人称其为族徽。”参见中国民间文艺家协会主编《亚鲁王》，北京：中华书局，2012 年，第 260 页。

② 中国民间文艺家协会主编：《亚鲁王》，北京：中华书局，2012 年，第 260 页。

将相，他将携带战马兵车、刀枪粮草、金鼓长号和无数的军队出征，因此，麻山苗族要为亡人及其所带领的军队准备粮草，要砍马为亡人作坐骑。这就是麻山苗族砍马送灵仪式独特的文化含义，即让马驮着亡灵回归东方故地，以纪念苗族先祖亚鲁王艰辛的征战和迁徙历程。

砍马前要立红旗，设供桌；负责执掌仪式的东郎头戴草编的“斗篷”（代替头盔），身着藏蓝色家织麻布长衫，肩扛砍刀，马背上要备齐马鞍、刀剑、弓箭、酒瓶、葫芦等出征的必备之物。亲戚朋友还要给亡灵捐赠征战所需的必备之物。因此，砍马仪式是对古代出征仪式的模拟。类似的模拟战争的情形还有：覆盖在亡者面部的“陌就”中所绣的类似太阳的图像既是亡灵认祖的身份证明，也是出征必备的战旗。砍马过程中用鞭炮吓战马，鞭炮只不过是鸣枪的替代形式，寓意让马适应战争环境。麻山苗族丧葬仪式明确了亡灵回归的终点，还要引领回归的路径。不但整个仪式唱诵的《亚鲁王》要对回归祖地的路径进行详细说明，而且很多细节也与指路有关。如砍马时要长时间不断地驱赶马绕着砍马柱转圈圈，其含义在于让马认清目的地的方向，以便驮着亡灵准确地到达目的地。砍马仪式让观众回溯神秘的苗族远古世界。麻山苗族要为亡人及其所带领的军队准备粮草，要砍马为亡人作坐骑。砍马场上，马倒地之后，孝家的儿郎们奔向砍马柱，立即将被砍的马的躯体方向调转过来，使马的头面向东方。苗族人以砍马仪式为载体牢记苗族先民在迁徙过程中经历的千辛万苦，让子孙后代永远不能忘记铭记在心灵深处的先祖遗愿——回归东方故土。

（二）文本叙事中的沉郁悲壮

《亚鲁王》史诗的迁徙叙事充溢着沉郁的气氛、悲壮的情怀，这种沉郁悲壮的气氛和情怀不仅表现在仪式展演中，也体现在史诗的文本中。

赛阳、赛霸派诺赛钦和汉赛钦抢夺亚鲁王的真龙心之后，亚鲁王疆域失去龙心的护卫，在赛阳、赛霸的猛烈进攻之下，亚鲁王战败，正如亚鲁王所说：“国土已经丢失，疆域如此破碎。”[①] 为了寻找“新领地种糯米”“建新寨子养鱼虾”[②]，在波丽莎和波丽露的掩护下，亚鲁王带领族群成员开始第一次大规模、长距离的迁徙。史诗叙述说：

> 亚鲁王携妻儿跨上马背，
> 亚鲁王穿着黑色的铁鞋。
> 亚鲁王族群的孩子啼哭声哩啰呢哩啰，
> 亚鲁王族群的婴儿啼哭声哩噜呢哩噜。

---

① 中国民间文艺家协会主编：《亚鲁王》，北京：中华书局，2012 年，第 158 页。

② 中国民间文艺家协会主编：《亚鲁王》，北京：中华书局，2012 年，第 127 页。

亚鲁王撕碎了家园带着干粮就上路，
亚鲁王撕碎了疆土带着糯米饭就上路。
亚鲁王带着撕碎了心的族群踏上了渺茫征程去前方路漫漫，
亚鲁王领着裂碎了肺的族群踏上了浩瀚征程去前方路长长。
亚鲁说了孩儿哩孩儿，
亚鲁说了娃儿哩娃儿。
别哭哩，七千务莱在后面来了，
乖乖哩，七千务吥在后面来了。
可怜我的孩儿，
可怜我的娃儿。
亚鲁说孩儿饿哭了，
亚鲁说娃儿哭奶了。
我们歇下煮早饭吃了再走，
我们歇下煮午饭吃了再走。
我们吃糯米粑粑再走，
我们吃糯米饭团再走。
亚鲁王带着族群迁徙到了新疆域。①

这一段叙述亚鲁支系迁徙的文字至少透露出以下信息：首先，亚鲁王的迁徙是以血缘家支为核心的集体大迁徙，是一个支系的举族行动。大人、小孩、老人齐上路，他们不仅要携带干粮和糯米饭，还要牵着牛马牲畜，携带麻种。亚鲁王带着妻儿老小和族人，在孩子们撕心裂肺的哭喊声中，日夜兼程地踏上悲壮的迁徙之路，为族群寻找新的生活之地。其悲壮程度气吞山河，足以惊天地、泣鬼神！这种集体大迁徙与流传于黔东南的《苗族古歌》可以互为印证。《苗族古歌》叙述说："后生挑担子，老人背包包，扶老又携幼，跋山涉水，迁徙来西方，寻找好生活。"② "壮年扶老人，大人拉小孩，一个牵一个，攀登细石山。"③

其次，逼真地呈现了苗族迁徙的次数之多，范围之广、迁徙之悲壮。有史可藉的苗族历史达五千余年，《战国策》记："昔者，三苗之居，在彭蠡之波，在洞庭之水。"相传苗族是蚩尤的后代，自涿鹿战败后，苗族先民先后经历了从北向南，从东向西的五次大迁徙。但是在《亚鲁王》史诗中，亚鲁王带领本族

① 中国民间文艺家协会主编：《亚鲁王》，北京：中华书局，2012 年，第 129 页。
② 潘定智、杨培德、张寒梅编：《苗族古歌》，贵州人民出版社，1997 年，第 138 页。
③ 潘定智、杨培德、张寒梅编：《苗族古歌》，贵州人民出版社，1997 年，第 139 页。

群成员迁徙到的地方多达三十余处，每到一个地方，上述程式化段落反复出现，将亚鲁王族群艰苦卓绝的迁徙历程和震撼寰宇的悲壮栩栩如生地呈现出来。第31次举族迁徙是这样叙述的：

亚鲁王携妻儿跨上马背，
亚鲁王穿着黑色的铁鞋。
亚鲁王砸碎家园带着干粮匆匆上路，
亚鲁王撕碎了疆土带着糯米饭急急赶路。
亚鲁王领族人走上千里征程，
亚鲁王带家族走过百里长路。
亚鲁王开辟疆域，
亚鲁王另立国都。
亚鲁王行在最前面，
亚鲁王走在最前头。
亚鲁王七十个王后带干粮跟随，
亚鲁王的七十个王妃做饷午随后。①

每到一个新的地方，亚鲁王都要用鸡占卜地名，总共迁徙到了31个地方，其中前30个地方，只是地名不同而已，其他的内容完全是一样的。这30个地名分别是哈榕冉农、哈榕冉利、哈榕呐英、哈榕呐丽、哈榕呗珀、哈榕呗坝、哈榕丫语、哈榕牂沃、哈榕卜稻、哈榕梭洛、哈榕饶涛、哈榕饶诺、哈榕咋唷、哈榕咋嗓、哈榕比卡、哈榕比力、哈榕玛嵩、哈榕玛森、哈榕甲炯、哈榕哈占、哈榕泽莱、哈榕泽邦、哈榕呛且、哈榕甬农、哈榕嘿旦、哈榕崩索让、哈榕邑索久、哈榕麻阳、哈榕哈嶂、哈榕呐邑。这样就将苗族迁徙的范围之广，历史之长如实地呈现出来了。

再次，亚鲁王率领族群在迁徙过程中，一路受到赛阳、赛霸的跟踪和攻击。“七千务莱在后面来了/乖乖哩，七千务吓在后面来了”，便是敌族紧追不舍的真实写照。血战哈榕泽莱、迫战哈榕泽邦是迁徙途中迎战的两个典型例子。《迁徙芦笙舞》中的一段芦笙词唱道：“看看天边血红的光芒，是嘎理嘎老身流血，瞧瞧秋天枫叶的火红，那是嘎理嘎老心流血。”② 可见战争之悲壮。在《亚鲁王》史诗中，迁徙叙事往往与战争纠缠在一起，在迁徙叙事中夹叙战争，渲染氛围。在迁徙过程中塑造亚鲁王的英雄祖先的悲壮形象。《亚鲁王》史诗叙述了西部苗族百折不挠的迁徙史。在历次征战中，虽然亚鲁王创造了许多神话般

① 中国民间文艺家协会主编：《亚鲁王》，北京：中华书局，2012年，第222页。
② 杨永光、王世忠主编：《赫章苗族文集》，贵阳：贵州民族出版社，2009年，第93页。

的胜利，但他没能摆脱先辈开创—战争—失败—迁徙的悲壮命运。在迁徙过程中，亚鲁王总是身先士卒，走在队伍的最前面，族人带着干粮跟随在后面，“亚鲁王行在最前面/亚鲁王走在最前头/亚鲁王七十个王后带着干粮跟随/亚鲁王七十个王妃煮饷午饭随后。”① 为了摆脱赛阳、赛霸的追赶，亚鲁王开动脑筋，运用了“悬羊击鼓”的计谋，使得整个族群实现安全大转移。总之，在远古时代，是英勇智慧的盖世英雄亚鲁王率领苗族先民筚路蓝缕、披荆斩棘、跋山涉水，不断在险象环生的历史关头创造生命的奇迹，苗族最终在贵州高原上栖居，由于高山峻岭的庇护，苗族在此顽强地生存繁衍至今。

不仅如此，荷布朵的迁徙同样悲壮。荷布朵在与亚鲁王争夺山林权属的比赛中失败了，比输的荷布朵不得不远走他乡，被迫迁徙的荷布朵与亚鲁王的迁徙同样悲壮。“荷布朵说/亚鲁哩亚鲁/我煮早饭拌蜂糖吃了再上路/我做早饭下蜂蜜吃了再迁徙/荷布朵吃过蜂糖上路了/荷布朵吃饱早饭撤走了/荷布朵吆牛群带儿女越过山谷/荷布朵赶马群领族群翻过了山巅/比输的荷布朵远走他方/惨败的荷布朵迁徙他乡/荷布朵比输迁徙到了刺旯/荷布朵惨败撤退去了扁巴。”②

迁徙叙事，演绎了苗族先民远离故土的悲欢离合。面临山破国亡，“亚鲁王远眺故国贝京/落下了亚鲁王凄凉的眼泪/落下了亚鲁王凄凉的泪水/败战败于波丽莎/败阵败于波丽露/丢下了故土和波丽莎/丢下了故国和波丽露。亚鲁王的兵阵亡过半/亚鲁王的将剩余不多。”③ 史诗中，亚鲁王带着远离故土的深情意绪和浓浓的乡情，历经战乱和坎坷的迁徙历程，带领族人最终越过平坦的坝子、捣毁家园、最终来到贫瘠的山地，在这里再造日月、勤劳耕耘，重建了一个宜居的家园。

二、迁徙叙事：神话思维创造的神圣历史

《亚鲁王》史诗的迁徙叙事，将恢宏磅礴的气势、沉郁悲怆的情感渗透于史诗的展演之中，激起了民族共同体对民族苦难历史的追忆，对祖先栖息地的缅怀，对英雄祖先的敬仰！这到底是一种怎样的思维创造，或者说《亚鲁王》史诗的迁徙叙事体现了怎样的思维特质？笔者认为，《亚鲁王》史诗用神话思维演绎了亚鲁王国神圣的迁徙历史。

人类学家马林诺夫斯基认为，“神话不只是叙述，也不是科学，也不是艺术或历史，也不是解说故事。它的特殊使命与传统的性质、文化的延续、老年与幼年的关系，人类对过去的态度等密切相关。神话的功能在于将传统溯源到荒

① 中国民间文艺家协会主编：《亚鲁王》，北京：中华书局，2012 年，第 222 页。
② 中国民间文艺家协会主编：《亚鲁王》，北京：中华书局，2012 年，第 252 页。
③ 中国民间文艺家协会主编：《亚鲁王》，北京：中华书局，2012 年，第 222 页。

古发源事件更高、更美、更超自然的实体而使它更有力量、更有价值，更有声望。”① 显而易见的是，这种叙事是完全不同于传统史学的一种另类的历史表述方式。《亚鲁王》史诗，无论是创世史诗中叙述的原始创世的远古图景，还是举族迁徙的坎坷历程，乃至于英雄祖先亚鲁开辟疆域的辉煌业绩，都是被苗族人作为一种“信史”来接受的，被苗族人称之为“根谱”，它是苗族的“神圣历史”，承载着苗族人的灵魂。这种神圣历史维系着民族历史记忆的延续，它是神话思维的结晶。

神话既是一种叙事，也是一种思维。神话思维不同于科学思维。众所周知，科学思维是一种理性的、逻辑的思维，而神话思维则是非理性的、前逻辑的、想象的，因而也是神秘的。一般认为，先有神话思维，然后才有抽象思维。维柯认为，“一切古代世俗历史都起源于神话故事。”②“神话故事在起源时都是些真实而严肃的叙述，因此神话故事的定义就是‘真实的叙述’。”③ 这就是说，一切民族的历史都是从神话故事开始的，这些神话故事在起源时是真实而严肃的但同时又具有诗的特性。因而，世界各国在童年时代所创造的诗性形象特别生动。同时，神话故事又是凭强烈的想象创造出来的，因而具有崇高的诗性。弗洛伊德认为，神话传说表现了人类童年时代的集体梦幻，“像神话那样的东西，很可能是所有民族寄托愿望幻想和人类年轻时代的长期梦想被歪曲之后所遗留的迹象。”④ 卡西尔提出人是符号的动物这一概念，“人不再生活在一个单纯的物理宇宙之中，而是生活在一个符号宇宙之中。语言、神话、艺术和宗教则是这个符号宇宙的各个部分，它们是组成符号之网的不同丝线，是人类经验的交织之网。人类在思想和经验之中取得的一切进步都使这个符号之网更为精巧和牢固。”⑤ 在卡西尔看来，任何自然现象或人类生活现象都可做出神话的解释，人类的一切精神文化现象都是符号活动的产物，我们必须从其内在的生命运动和多元性中去把握神话。神话思维作为一种符号形式，其实质是隐喻思维。神话、语言、艺术和宗教等是不同的符号形式。

从文学性的神话维度来看，史诗可以说是远古时代人的存在方式以及人与世界的互动关系的符号显示。亚鲁王及其子孙后代在漫长的迁徙过程中，用神话思维和符号化活动创造了一个适合于自己生命存在的符号世界。苗语是麻山

① ［英］马林诺夫斯基：《巫术科学宗教与神话》，李安宅译，北京：中国民间文艺出版社，1986年，第127页。

② ［意］维柯：《新科学》，朱光潜译，北京：人民文学出版社，1997年，第433页。

③ ［意］维柯：《新科学》，朱光潜译，北京：人民文学出版社，1997年，第425页。

④ ［奥］弗洛伊德：《创作家与白日梦》//伍蠡甫主编《西方现代文论选》，上海：上海译文出版社，1983年，第147－148页。

⑤ ［德］卡西尔：《人论》，甘阳译，上海：上海译文出版社，1985年，第33页。

苗族的声音符号，他们用苗语创造了自己的神话世界，这个神话世界便是“祖奶奶的住地”，他们世代向往的东方故土。史诗叙述亚鲁王国最初定都在一马平川的诃锦藏，王国的疆域在东方的广袤平原。从“亚鲁王亲征往太阳升起的地方”等诗句表明，亚鲁王国在征战中已经在东方的平原强大起来。后来由于在战争中失败，亚鲁王不得不率领族人越过一条条大江大河，不断迁徙定都，直到进入贫瘠的山区。史诗的迁徙叙事与汉文献记叙的苗族迁徙历史是吻合的。

在葬礼上，亡者头部要盖上一块麻山苗族特有的盖脸帕“陌就”，这是苗族回归东方故地的认祖符号。苗语“陌就”的汉语意思即是“凭证”，所谓凭证即符号。没有“陌就”，亡者便难于与祖先相认。之所以说“陌就”是苗族用生命创造的神话符号，其原因在于，“陌就”是一幅长方形的彩色的绣片图案，运用工艺美术平面造型纹样进行构图，图案的中心是象征生命的光芒万丈的太阳组合纹，一般来说，太阳发光发热是红色的，但“陌就”中的太阳组合纹却是绿色的，无疑这是四季常青的生命之象征。围绕太阳纹四周的是象征植物生命的嫩芽、稻种和稻秧组合纹。组合纹的左右用对称的蝶、鱼、鸟纹象征人类生命的繁衍，蝶与鸟则象征“有了女人，才有男人。”而鱼纹则象征人类的生命繁衍，如不计其数的小鱼。绣片上下两边的中间部分是稻种和稻秧纹，四周则是由稻秧纹和芒纹组合成变化多端的神人兽面饕餮纹，而饕餮纹是五千多年前苗族先民蚩尤的神徽符号。无疑“陌就”的主题是《亚鲁王》史诗的创生神话，亚鲁支系出于对生命的执着追求、对生命的厚爱、对生命形象的独特感受创造了视觉艺术符号“陌就”，这是亚鲁王国子民用苗语符号叙事创造的宇宙创生神话世界，是生命创造的神话符号。因为“陌就”是苗族的生命符号。一旦亚鲁后裔抵达生命的最后一站，在葬礼上就必须举行“陌就”盖脸仪式，因而，“陌就”也就成了亚鲁后裔认祖归宗的凭证符号，它象征亚鲁王国的子民凭着“陌就”这一亚鲁王国的生命符号就能得到亚鲁王的允诺，进入“祖奶奶的故地”，让生命获得永恒。

同样苗族服饰也是苗族人用生命创造的神话符号。苗族服饰是苗族记忆历史与文化的符号与载体，隐晦地表达了苗族人与自然的亲切关系以及对历史苦难的深刻体验。“苗族人民要在服饰上带走他们全部的故土意识，以服装来拥有他们丢失的山川田园，完成对祖先的追怀和对乡土的眷恋、呼唤新的生命力量。”① 苗族经历的坎坷曲折迁徙史和自然生境的巨大变迁，造就了苗族服饰丰富的文化内涵。

① 曹维琼等：《亚鲁王书系·苗疆解码》，贵阳：贵州人民出版社，2012年，第121页。

三、《亚鲁王》史诗迁徙叙事对研究苗族迁徙历史的价值

苗族是一个不断迁徙的民族，它在整个文明史的进程中都处于迁徙状态，被称为“东方的吉卜赛”，“永远追赶着太阳的民族”。在三大方言的苗族中，尤以西部方言苗族的迁徙最为频繁，时间最久，散布面最广。目前有关苗族历史的专著中虽然提到苗族是从北往南、从东往西迁徙，历经多次征战迁徙后来到贵州定居。但是苗族通史、迁徙史中关于苗族是如何从长江中下游、黄河下游迁徙到贵州，又是如何征战定居开发的，描述极为简略，对苗族的迁徙的原因、路线和征战的内容更是语焉不详。《亚鲁王》史诗的迁徙运用了多维的叙事形态，既有史诗古歌文本中的迁徙叙事，身体展演中的迁徙叙事，也有实物和图像中的迁徙叙事，这对于研究苗族的迁徙历史具有重要的学术价值。

首先，迁徙叙事表现了苗族追求美好生活的道德信念。“人类的迁徙，同人类的历史一样久远。”① 苗族还在东部的平原地区生活时，迁徙就开始了。“火布碟吃完了勒咚牛集市的大田坝，火布碟吃光了天外兔集市的好田坝。火布碟说，我决定迁都离去，我立马迁城离开。火布碟定都戈云。”② 火布碟是哈珈的第九代传人，那时的迁徙是为了寻找食物和种植粮食的田坝。亚鲁的父亲“翰玺鹜王迁徙到诃锦甾，翰玺鹜王在诃锦臧定居。”③

翰玺鹜王与博布能荡赛姑生下六个儿子，大王子赛鲁去远方开辟荒地和集市，“穿过大海去到大地背面，越过大洋进入远方天地。”④ 赛鲁统兵率将开辟荒地和集市，大海风高浪急，还有凶猛的怪兽顶船头，赛鲁的将士葬身大海，赛鲁伤心至极，泪流成河。不甘屈服的赛鲁第二次率领将士再次远征，他们穿上红色、紫色的衣裳，第二次穿过大地背面，奔向茫茫大海。凶猛的怪兽在大海翻腾，又拱起船头。这次赛鲁的将士射杀怪兽，并将怪兽拖进王宫，饱餐怪兽肉。赛鲁的儿子喇勇迁徙到冉培。“他们走出疆域，族人去到远方，族人越过边界。亚鲁寻遍大地没法找到他们，亚鲁思念族人再也无缘相见。”⑤ 二王子赛斐迁徙到冉培。“他们走出疆域，族人去到远方，族人越过边界。亚鲁寻遍大地没法找到他们，亚鲁思念族人再也无缘相见。”⑥ 三王子赛阳生下诺赛钦，诺赛钦生蒙霍，蒙霍生蒙寅，蒙霍生隆若，隆若生隆魅。他们迁徙到伊依，在槐叟定都。隆魅生当朵咯，当朵咯生当单，当单生阿，阿生阿务，阿务生布占岚娄，

① 石朝江：《中国苗学》，贵阳：贵州大学出版社，2009年，第26页。
② 中国民间文艺家协会主编：《亚鲁王》，北京：中华书局，2012年，第30－31页。
③ 中国民间文艺家协会主编：《亚鲁王》，北京：中华书局，2012年，第60页。
④ 中国民间文艺家协会主编：《亚鲁王》，北京：中华书局，2012年，第60－61页。
⑤ 中国民间文艺家协会主编：《亚鲁王》，北京：中华书局，2012年，第62－63页。
⑥ 中国民间文艺家协会主编：《亚鲁王》，北京：中华书局，2012年，第63页。

布占岚娄生布舟岚秀，布舟岚秀生赛喀，赛喀生伊唷，伊唷生赛莱，赛莱生耶喇，耶喇生岚霍，岚霍生布嘟克，布嘟克生布嘟棱，他们迁徙到勒饶，在力嘎定都。四王子赛霸生汉赛钦，汉赛钦生岱瑟娄，岱瑟娄生娄郎，娄郎生娄芭，娄芭生娄粜，娄粜生娄匝，娄匝生娄娃，娄娃生娄当，他们迁徙到琦诃，在培芦定都。五王子亚鹊四处寻找地方，开辟疆域。亚鹊生彤叭，彤叭生艾鹊，艾鹊生佐括盖，佐括盖生佐括蒙，他们迁徙到莱果，在宛穆定都。“水不够解渴，饭没法吃饱，他们要寻耕地让族人饱肚，他们得找森林让族人避寒。”① 他们迁徙到冉久，日后在贝可定都。六王子亚鲁的迁徙则更为频繁。在远古时代，人类的始祖靠采集野果和植物的根茎果腹，或靠狩猎充饥，他们居无定所，直到原始农业出现后，人们的住所才开始趋于稳定。

离乡背井的举族迁徙意味着漂泊异乡，民族共同体面临着无数的未知：密林、猛兽、疾病、战争等都有可能在途中相遇。在亚鲁时代的岜炯阴，森林茂密，动物出没。当亚鲁王支系迁徙到这里时，要派遣专门人员防松鼠、守鼯鼠等。史诗叙述道：“派哪个去小米地防松鼠？亚鲁王令赛亥（亚鲁王的王子）去小米地防松鼠/派谁到小米地守鼯鼠？亚鲁王令赛亥到小米地守鼯鼠/野猪已赶个大早/野猪吃饱刚离去/野熊又紧跟上前/野熊吃完才走开/松鼠翘起毛绒绒的大尾打饱嗝/鼯鼠拖着毛绒绒尾的打瞌睡/赛亥射七十箭/七十只松鼠落入七十丛刺蓬里。”② 尤其重要的是，背井离乡意味着重新建立基业，意味着秩序的再造。《亚鲁王》是一部复合型史诗，史诗共分两章，第一章“远古英雄争霸”共 17 节，叙述了始祖创世、亚鲁族谱和亚鲁事迹。史诗开篇是被苗族人视为“根谱”的创世叙事，叙述了天地开辟、日月形成、造人造物、洪水泛滥、族群起源等事件，它们共同形成一个完整创世纪序列。在第一章已经叙述了亚鲁始祖造日月造人类的创世过程，为什么在第二章叙述亚鲁重建王国的过程中，还要叙述亚鲁造日月射日月等创世纪的情节？这主要是因为，在苗族先民看来，他们的原始空间是多重的，每个空间的始祖都要进行“造日月、射日月”等“开天辟地”的工作，以重组世界秩序，重建自己生活空间的秩序。同理，每迁徙到一个新的地方，也都要重建自己生活空间的秩序。“亚鲁王开辟疆域，亚鲁王另立国都”便是生活空间秩序重建的最好注脚。

在迁徙路上，苗族先民展示了大无畏的英雄气概。他们走到哪里，便在哪里开垦建设，“先祖们骑马撵猪下山来，飘云飘雾进山去，大家朝五龙抢宝的地方上来，众人朝凤凰起舞的地方下山去。神仙赐来泉水潺潺，望不断的绿树荫翳。伸手可以摘月，张嘴可以咬星。韦姓祖先借来了阿力的神锹，借来了阿武

---

① 中国民间文艺家协会主编：《亚鲁王》，北京：中华书局，2012 年，第 64 – 65 页。
② 中国民间文艺家协会主编：《亚鲁王》，北京：中华书局，2012 年，第 131 页。

的神锄，借来了阿力的神钻，借来了阿力的神斧，才打岩叮叮当当，才钻石当当唧唧。一锹搬走一座石山，一锄挖通一条河滩，男女老少才相随来到，建起了拉来苗族幸福的家园。”① 在失败后的大迁徙途中，生产生活极度艰难，“先祖们像牛一样耕地，像马一样驮物，吃不饱，吃不饱……蕨草根充饥，野菜根果腹，吃不饱，吃不饱。”② 他们心怀理想，希望来日抵达一个条件好的地方，能过上幸福吉祥的生活。在迁徙过程中，苗族先民们直面人生的苦难，顽强地适应越来越恶劣的自然环境，培养出整个民族追求美好生活的坚强意志和吃苦耐劳的道德品质。

其次，《亚鲁王》史诗为探讨苗族迁徙的原因提供了新的视角和框架。

一般认为，苗族的迁徙是在战败的情况下才开始的，事实上并非完全如此。渡江之后，亚鲁王率领族群成员继续迁徙，越过平坦的坝子，到达一系列地方。这些地方大致可以分作几种情况：辽阔平坦的疆土，贫瘠陡峭的山地，风水吉祥、水草肥美的疆域，开阔的盆地，详见表 6 – 1。

表 6 – 1　亚鲁支系苗族的迁徙地点和原因

迁徙地点	迁徙原因
哈榕冉农、哈榕冉利、哈榕呐英、哈榕呐丽、哈榕呗珀、哈榕呗坝、哈榕丫语、哈榕牂沃、哈榕卜稻、哈榕梭洛、哈榕饶涛、哈榕饶诺、哈榕咋唷、哈榕咋嗓、哈榕比卡、哈榕比力	“这是一片宽广的领域/一片辽阔平坦的疆土/水源充足/粮草丰盛/可这里躲避不了追杀/没法摆脱硝烟战火/这里抚养不了我儿女/这里不能养活我族人。”
哈榕玛嵩、哈榕玛森、哈榕甲炯、哈榕哈占、哈榕泽莱、哈榕泽邦	“这是一片狭窄的地域，这是贫瘠陡峭的山地。这里能躲避追杀，见不到战地烽火。这里水源稀缺，不产丰盛的粮草。这里抚育不了我儿女，这里不能养活我族人。”
哈榕呛旦、哈榕甬农、哈榕嘿旦	“这是一片宽广的领域/一片辽阔平坦的疆土/水源充足/粮草丰盛/可这里躲避不了追杀/没法摆脱硝烟战火/这里抚养不了我儿女/这里不能养活我族人。”

① 吴正彪、吴正华：《黔南苗族》，北京：中国文化出版社，2009 年，第 205 页。
② 杨永光、王世忠主编：《赫章苗族文集》，贵阳：贵州民族出版社，2009 年，第 97 页。

续 表

迁徙地点	迁徙原因
哈榕崩索让、哈榕邑索久、哈榕麻阳	“这是一片狭窄的地域，这是贫瘠陡峭的山地。这里能躲避追杀，见不到战地烽火。这里水源稀缺，不产丰盛的粮草。这里抚育不了我儿女，这里不能养活我族人。”
哈榕哈嶂	迁徙到哈榕哈嶂之后，亚鲁王在此定都，在这里生活了一段时间之后，亚鲁王认为，哈榕哈嶂不是理想的生活之地，“亚鲁王说/孩子哩孩子/这里不是我们久留地/我们在这地方住不惯/滚烫的岩石吱吱作响/火势的大地火烧火燎/亚鲁王说/孩子哩孩子/地里的庄稼长不熟/坡上的小米不饱粒/我们要建自己的家园/我们得找平坝子耕田。”于是继续往前迁徙。
哈榕呐邑	迁徙到哈榕呐邑之后，亚鲁王在此定都。在这里也生活了一段时间，这片疆域风水吉祥，水草肥美，按道理来说，算得上是一个理想的生活之地了。但由于这里的青蛇吃掉了七十个小孩，于是整个族群继续浩浩荡荡地迁徙前行，去寻找新的疆域和领地。
荷布朵王国	最后来到荷布朵王国，“这是一片开阔的盆地/这是一处险要的山区/一条大河穿过盆地中央/大片田坝散在河的两岸/这里可逃避追杀，这里能躲避战争。水源多多/粮草丰盛/亚鲁王说这里能抚养我儿女/亚鲁王讲这儿能养活我族人。”于是亚鲁王智取荷布朵王国。比输的荷布朵不得不远走他乡。

从表 6－1 可知，亚鲁王迁徙的原因主要有两个方面：首先，回避战争。从《亚鲁王》史诗的文本看，在大获全胜的情况下，亚鲁王同样率领族群迁徙。盐井大战，以亚鲁王的胜利而告终。“亚鲁王说这是我的生盐井/亚鲁王讲这里为我的盐井/疆域是我的疆域/王国是我的王国/赛阳无话可说/赛霸无言答对/赛阳、赛霸吹牛角呜呜叫/亚鲁王擂起铜鼓隆隆响/赛阳、赛霸兵士箭落旷野/亚鲁王将领箭簇满天/刀光剑影，杀声一片/人吼马嘶，震撼大地/亚鲁王飞龙马腾空

阵阵长嘶/亚鲁王一箭射中赛阳肚脐/赛阳翻身落马/亚鲁王玉兔马狂奔飞过山坡/亚鲁王一箭射中赛霸的下体/赛霸翻身滚地，叫声凄惨/尸体遍布旷野/鲜血汩汩成河/赛阳收兵转回/赛霸点将退去/亚鲁王擂响收兵的铜鼓/亚鲁王吹响胜利的白牛角。”[①] 但是取得胜利的亚鲁王并没有在此驻扎，而是率领族群人员，带上七十挑麻种去寻找新的疆域，去开拓新的领地。亚鲁王迁徙不断的目的，是为了寻找理想的栖居地。亚鲁王理想的生活之地是既能躲避硝烟和战争，又有平坦的坝子耕田，在这里可以点燃炭炉炼铁炼钢，可以安顿族人。

其次，寻找理想的栖居地。迁徙到疆土平坦、水源充足、粮草丰茂的地方，但因为“这里躲避不了追杀，没法摆脱硝烟战火。这里抚育不了我儿女，这里不能养活我族人。”[②] 于是又举族迁徙。到了贫瘠陡峭的山地，虽然能躲避追杀，见不到战地烽火。但“这里水源稀缺，不产丰盛的粮草。这里抚育不了我儿女，这里不能养活我族人。”[③] 接下来又是举族大规模的迁徙，从而开创了苗族历史上一次又一次的迁徙波。亚鲁王理想的生活之地是既能躲避硝烟和战争，又有平坦的坝子耕田，在这里可以点燃炭炉炼铁炼钢，可以安顿族人。“我们要去到可以歇下炼铁的地方/我们要到能够安顿族人的去处。”[④] “我们要去可以点燃炭炉的地方/我们要到方便安顿族人的去处。”[⑤]

再次，自唐宋以来，国家开始进入西南，原有的汉文历史典籍大多是从国家的视角叙述国家进入西南的历史过程，对苗族迁徙历史文献往往轻描淡写、新发现的《亚鲁王》史诗对苗族先祖迁徙的当时景观和族群状况的详细描写，对这个支系苗族迁徙线路的详细唱述弥补了正史里关于苗族迁徙的空白。特别是，《亚鲁王》史诗以血缘家支为核心的族群大迁徙所反映的重大历史事件，以及作为少数民族族群如何应对生态环境和社会环境的巨大变迁的记载，为构建新的西南史和民族史提供了新的视角。这一口传家族迁徙史对于研究国家进入西南后的西南民族迁徙史和西南历史具有不可忽视的历史意义。苗族的宗教观在于死后的灵魂回归祖居地。《亚鲁王》史诗之重要，在于指明了灵魂回归东方故地的路径。苗族作为一个不断迁徙的民族，只有记住祖先迁徙的路径，才能顺利回到“祖奶奶”的住地。歌师对于迁徙路径的不断演唱，以仪式行为的方式记忆家支族人的迁徙历史，这是家支以集体记忆的形式保存的历史记忆，使得苗族人能够牢记家族的根基和祖先开拓的历史，从而有助于强化苗族的族

① 中国民间文艺家协会主编：《亚鲁王》，北京：中华书局，2012 年，第 151 页。
② 中国民间文艺家协会主编：《亚鲁王》，北京：中华书局，2012 年，第 164 页。
③ 中国民间文艺家协会主编：《亚鲁王》，北京：中华书局，2012 年，第 188 页。
④ 中国民间文艺家协会主编：《亚鲁王》，北京：中华书局，2012 年，第 223 页。
⑤ 中国民间文艺家协会主编：《亚鲁王》，北京：中华书局，2012 年，第 224 页。

群认同。

最后，苗族先民在迁徙过程中，虽然历经深重的苦难，但是砥砺了坚强的意志和不屈不挠的民族精神，传播了先进的文化，加强了民族融合。关于迁徙中的文化传播，将在下一节进行探讨。

第四节 迁徙中的文化传播——以集市为例

东郎在麻山苗族丧葬仪式上唱述的《亚鲁王》史诗，再现了麻山苗族的先辈在其首领亚鲁王的带领下，从祖居地出发，进入麻山地区的定居经历。苗族先民在迁徙过程中，亦征亦战，走到哪里，就把家园建到哪里，一方面加强了民族融合，密切了与当地居民的关系；另一方面，亚鲁王与其部族一路征战、一路开垦、一路播种，他们一路迁徙，也在沿途撒播文化的种子。例如，亚鲁王在迁徙过程中，走到哪里，就把铁匠铺建到哪里，从而传播了铸铁技艺。他们随身挑着麻种，也传播了种麻技艺。“亚鲁王向儿子冈塞谷说/亚鲁王对儿子欧德聂讲/我们要带七十挑麻种去找新的疆域/我们挑七十担构皮麻去开新领地。”① 流传于黔东南的《苗族古歌》叙述说，苗族先民在迁徙过程中随身携带纺车：“临到要走了，一个催一个，妈妈心里慌，忘记带纺车，年代久远了，变成纺织娘胎，月下喳喳叫，纺纱织布忙。”②

在我国提及经商和开拓市场的史诗十分罕见，但在《亚鲁王》史诗中，苗族以迁徙求生存，在迁徙中不断发展，有关亚鲁王开创商业集市的叙述却贯穿整部史诗。在《亚鲁王》史诗中，有关集市的叙述具有鲜明的特点，一是集市与十二生肖对应，一是集市的历史十分悠久，早在母系氏族时期苗族先民还生活在祖居地的江淮平原就开始集市贸易了。

我国的干支纪年法早在七千年以前的太皞伏羲时代就开始了。伏羲古称太皞，《易·系辞下》云：“古者庖牺（伏羲）氏之王天下也，仰则观象于天，俯则观法于地，旁观鸟兽之文与地之宜。近取诸身，远取诸物，于是始画八卦。”伏羲神农“仰则观象于天，俯则观法于地”，他们依据对天象、气象、物象的观测“立周天历度”，“正四时之制”，“正节气，审寒暑”，“分八节，以始农功”（《晋书·律历志》）而创立观象授时历，这不仅是我国历史上，而且也是世界历史上最早的天文历法。干支纪年历法始于何时？据《资治通鉴》“庖牺

① 中国民间文艺家协会主编：《亚鲁王》，北京：中华书局，2012 年，第 200 页。

② 潘定智、杨培德、张寒梅编：《苗族古歌》，贵阳：贵州人民出版社，1997 年，第 138 页。

氏没，女娲氏作，元年辛未”，“神农小纳奔水氏听 订，生临魁。帝临魁元年辛巳[①]”。这就是说，早在太皞伏羲时代，我国先民就已经使用天干纪年、十二地支纪月、十天干和甲子干支纪日、十二地支计时。所谓天干和地支计时法，是分别以十天干——甲乙丙丁戊己庚辛壬癸，或者十二地支——子丑寅卯辰巳午未申酉戌亥为计量单位，以十或十二为周期，进行轮回计时的方法。

苗族是祖源江南，历史悠久、文化底蕴深厚的族群，它与汉族有许多共用的文化符码，十二生肖就是明显的例子。天干地支生肖一般用于属相、计时、算卦或用做字序，用于集市贸易则可以说是苗族的创造。苗族在一定范围内，按子、丑、寅、卯、辰、巳、午、未、申、酉、戌、亥十二地支的顺序，划作十二个区域作为集市贸易场所，又按照对应的生肖属相，把这种区域集市贸易场所称作羊场、猴场、鸡场、狗场、猪场、鼠场、牛场、虎场、兔场等。按照地支纪日，依次循环旋转进行贸易。13 天换两个集贸场所，72 天完成一次区域贸易轮回。这种干支计时，按地域轮换集贸场所交易方式，有利于促进区域范围内的商品交换，也有利于苗族生产生活的交流和信息的沟通，从而加强了区域内经济文化的交流。

值得指出的是，按照地支纪日，依次循环旋转进行贸易集市的商品交换方式的历史十分悠久。在《亚鲁王》史诗中的第一章第一节《引子：亚鲁祖源》唱诵了亚鲁祖先的谱系，“在远古岁月，是远古时候。哈珈生哈泽，哈泽生哈翟。哈翟生迦畄，迦畄生了迦臧，迦臧生了弘翁，弘翁生了翁碟，翁碟生了火布冷。”[②] 哈珈、哈泽、哈翟、迦畄、迦臧、弘翁、翁碟、火布冷等这八代先王都是女性，说明当时还处于女系氏族社会时期。史诗叙述说：“火布冷统领仲寞[③]，火布冷统管达寞[④]，火布冷造牛、火布冷造马，火布冷造十二种钱币，火布冷造十二种钍[⑤]”[⑥]。这说明早在母系氏族时期的苗族先民就有了以物易物的交换媒介。史诗叙述“火布碟坐在勒咚的兔集市，火布碟住在天外的牛集市”[⑦] 火布碟是亚鲁的第九代先王，是男性，作为男性始祖的火布碟造了十二对日月，说明这时社会已经发展到父系氏族阶段。史诗详细叙述了亚鲁的第十代先王火布当（男性）创建十二生肖（龙、蛇、马、羊、猴、鸡、狗、猪、鼠、牛、虎、兔集市）一个轮回集市的过程，“火布当统管仲寞，火布当统管达寞。火

① 经考证为公元前 4960 年。
② 中国民间文艺家协会主编：《亚鲁王》，北京：中华书局，2012 年，第 30 页。
③ 指宇宙。
④ 指宇宙。
⑤ 是一种等价物。
⑥ 中国民间文艺家协会主编：《亚鲁王》，北京：中华书局，2012 年，第 30 页。
⑦ 中国民间文艺家协会主编：《亚鲁王》，北京：中华书局，2012 年，第 30 页。

布当来造十二个集市，火布当在天外的中央建龙集市，火布当到十二个集市中间造蛇集市，火布当在大路上的卜朵造建马集市，火布当到鸿琼造羊集市，火布当在鸿莱建猴集市，火布当到斡列造鸡集市，火布当在榕瓤建狗集市，火布当到榕喀建猪集市，火布当在艾芭建鼠集市，火布当到天外的中央建牛集市，火布当在盎哝建虎集市，火布当到榕盎建兔集市，火布当扶十二个太阳到十二个集市转动/火布当造出勒咚白茫茫/火布当造成天外空荡荡/火布当造星星/火布当造月亮。”① 太阳月亮为火布碟所创造，但是到了火布当那里，则有了进一步发展，“火布当扶十二个太阳到十二个集市转动”，火布当将先父所造的十二对日月分别照着十二个集市，这些集市按照十二生肖的规律分布在宇宙中不同的地方，这就明显反映出苗族先民对时间历法与生产生活关系的深刻认知。

从《亚鲁王》史诗的叙述中，我们不难发现，早在母系氏族时期苗族先民还生活在祖居地的江淮平原就开始集市贸易了。如果我们将《亚鲁王》的叙述与汉文典籍对照会有新的发现和启迪。如今史学界公认，东夷的部落酋长即为太皞，伏羲古称太皞，且信仰太阳神，以太阳为图腾。“夷人中最早的氏族部落是传说中的太皞……太皞同大昊、昊、天地，表示太阳经天而行的意思……夷人奉太皞为祖宗，自认为是太阳的子孙，或者是从太阳升起的地方产生出来的……东夷集团中的重要氏族尚有蚩尤氏、有虞氏、殷商氏等。蚩尤氏原生态图腾亦为日，他曾战胜华夏集团的炎帝族而袭号炎帝。”② 伏羲神农不仅发明了天文历法，而且教民制耒耜，作陶冶斤斧组鏞，主稼穑，种五谷、蔬菜，兴茶饮，植桑麻，织布帛，造舟楫，筑台榭，建明堂，作琴瑟，开商贸（“日中而市”）等，当然早在七千年以前的太皞伏羲时代，虽然有了商贸，即“日中而市”，但还没有发展到集市这一步。

集市的出现源于商部落的王亥。王亥之名与商朝的图腾崇拜有密切的关系，这在甲骨卜辞中有着确凿的记载。王亥的亥字从亥从鸟，在甲骨卜辞中，共有甲骨8片、卜辞10条。这一方面说明了早期商人以鸟为图腾的遗迹；另一方面也说明王亥在后代商人心目中达到了图腾的地位。关于商部落的起源，近代历史学家大多认为，商族的祖先为东夷人，少昊不是黄帝族，而是东夷集团的首领，少皞氏为东夷人的祖先。东夷集团是以鸟为图腾的氏族。《左传·十七年》载：“高祖少昊挚之立也，凤鸟适至，故纪于鸟，为鸟师而鸟名。”据考古材料发现，上古鸟纹，最早见于距今有7000年历史的河姆渡文化遗址。“大汶口文化是少昊文化”“少昊的英雄是蚩尤”，我国历史的最早一页是黄帝和炎帝的阪

① 中国民间文艺家协会主编：《亚鲁王》，北京：中华书局，2012年，第31－32页。

② 龚维英：《原始崇拜纲要——中华图腾文化与生殖文化》，北京：中国民间文艺出版社，1989年，第87页。

泉之战以及黄帝与蚩尤的涿鹿之战，由于炎帝与黄帝讲和了，蚩尤被杀，但在少昊民族中，蚩尤依然是英雄。以鸟为图腾的少皞氏之族，是由几个胞族组成的一个部落。其中属于第一个胞族的五个氏族，即以凤鸟、玄鸟、伯赵（劳）、青鸟、丹鸟等五鸟为图腾。

商部落的祖先契是高辛氏的后裔，相传简狄吞食玄鸟卵而生契，商部落以玄鸟（燕子）为图腾，《诗经·商颂·玄鸟》云："天命玄鸟，降而生商，宅殷土芒芒。"《史记·殷本纪》："殷契，母曰简狄，有娀氏之女，为帝喾次妃。三人行浴，见玄鸟堕其卵，简狄取吞之，因孕生契。"① 故而，商部落的始祖契又有"玄王"之称。商部落早期主要活动于东部孟诸泽畔的商丘附近。

商朝的始祖为契，契与阏伯同为高辛氏帝喾的儿子。契与大禹同时代，《史记·殷本纪》曰："契兴于唐、虞、大禹之际"，"契长而佐禹治水有功。帝舜乃命契曰：百姓不亲，五品不训，汝为司徒而敬敷五教，五教在宽"。封面商，赐子氏。"② 根据《史记·殷本纪》的记载，从契到商汤建立商朝，商部落共经历十四代，即契、昭明、相土、昌若、曹圉、冥、振（亥）、上甲微、报乙、报丙、报丁、主壬、主癸、天乙（成汤），其中最为重要的是契、王亥、上甲微、成汤四位。在商朝的发展过程中，契是商部落最早的首领，成汤是商王朝的创立者，而王亥、上甲微父子则是先商时期商部落强大过程中的关键人物。王国维在《殷卜辞中所见先公先王考》中指出，"卜辞作王亥，正与《山海经》同，又祭王亥，皆以亥曰，则亥乃其正宗，《世本》作核，《汉书古今人表》作垓，皆其通假字。《史记》作振，则因与核或垓二字形近而讹。"③ 王国维的考证比较研究确认王亥是重要的商先公之一。

王亥（公元前 1854 年—公元前 1803 年）是商契的第六世孙，冥的长子，商王朝开国帝王成汤的七世祖。据卜辞记载，王亥是祭祀之最隆重者，商朝人甚至用祭天的礼节来祭祀王亥。王亥为何受到后代如此隆重的祭祀？第一，《世本》云："相土作乘马"，"亥作服牛"。一方面，王亥饲养、放牧牲畜，使得祭祀有了丰盛的牺牲，虔诚的先人更能得到上天和祖先的保佑；另一方面，王亥改善人民的生活，推动了生产力的发展，产品有了剩余，商部落到王亥时迅速强大起来。第二，王亥将剩余产品与四周部落进行以物易物的商业贸易活动，成为中国历史上第一位以物易物、经商贸易的"商人"，后人尊之为"华商始祖"。《周书·酒诰》"肇牵车牛远服贾，用孝养厥父母。"这就是说，王亥之

① 司马迁：《史记》，北京：中华书局，1982 年，第 47 页。

② 司马迁：《史记》，北京：中华书局，1982 年，第 45 页。

③ 王国维：《殷卜辞中所见先公先王考》//《观堂集林》，北京：中华书局，1984 年，第 78 页。

后，人们遵照其传统开展商业贸易，并产生了专门从事长途贩运货物进行贸易的商贾。因为这些商贾人来自商部落，所以被称作“商人”，最早进行贸易的王亥，便被尊称为“商业”始祖。由于王亥在畜牧业和商业方面的开创性贡献，他在商朝人心目中的神威也就不难理解了。

《亚鲁王》对集市贸易的详细叙述，不但佐证了苗族先民的祖居地在江淮平原，而且佐证了苗族先民生活在江淮平原时就开始集市贸易，他们开展以物易物的集市贸易习俗也受到了“华商始祖”王亥的深刻影响。在《亚鲁王》中对集市贸易的叙述是一个贯穿始终的文化事项。

亚鲁的长兄赛鲁率领兵士到远方去开拓集市，“赛鲁去远方开垦荒地，赛鲁到远方开辟集市，穿过大海去到大地背面，越过大洋进入远方天地。赛鲁率领七千士兵，赛鲁统领七百将领。他们开垦荒地，他们开辟集市。”① 亚鲁是最小的王子，跟着母亲博布能荡赛姑，“他们在天清气朗的龙集市诃锦毋定都，王室建在一马平川的兔集市诃锦臧。”② 这说明自古以来，都城选址都要定于商贸繁华之地。集市之重要，在于它能够交换基本生活物资，满足人们的物质生活需求。亚鲁还在童年时期他的母亲就带领他开辟十二生肖的集市，史诗叙述说：

亚鲁母亲带亚鲁回宫，
亚鲁母亲领亚鲁转家。
龙轮回到龙，
亚鲁王的母亲带着亚鲁王去建造嵩当龙集市。
蛇轮回到蛇，
亚鲁王母亲带着亚鲁王去建造腻珰蛇集市。
马轮回到马，
亚鲁王的母亲带着亚鲁王去建造埠庆马集市。
羊轮回到羊，
亚鲁王的母亲带着亚鲁王去建造章哲羊集市。
猴轮回到猴，
亚鲁王的母亲带着亚鲁王去建造哈琼猴集市。
鸡轮回到了鸡，
亚鲁王的母亲带着亚鲁王去建造布鲁几鸡集市。
狗轮回到狗，
亚鲁王的母亲带着亚鲁王去建造果朔狗集市。

① 中国民间文艺家协会主编：《亚鲁王》，北京：中华书局，2012年，第60－61页。
② 中国民间文艺家协会主编：《亚鲁王》，北京：中华书局，2012年，第65页。

猪轮回到了猪，
亚鲁王的母亲带着亚鲁王去建造果侬猪集市。
鼠轮回到了鼠，
亚鲁王的母亲带着亚鲁王去建造憋哝鼠集市。
牛轮回到牛，
兔轮回到了兔。
亚鲁王的母亲带着亚鲁王去建造牛集市沙讼，
虎轮回到虎，
亚鲁王的母亲带着亚鲁王去建造鳖盎虎集市，
亚鲁王的母亲带着亚鲁王去建造兔集市丐若。[①]

亚鲁王从卢呙王国回到自己的疆域，途中打得一只大黄驹，亚鲁的母亲博布能荡赛姑不是把黄驹留下驯养，或者作为食品饱餐一顿，或者作为祭品，或者供亚鲁骑着玩，而是嘱咐亚鲁把它牵到集市上去销售。“明天清早，明早天亮，你带那头黄驹去赶场，你牵这头驹牛来赶集。亚鲁卖黄驹得到十二两钱，亚鲁卖驹牛得了十二两银。”[②] 这说明博布能荡赛姑的思维具有明显的商业意识。亚鲁把卖驹牛得来的钱，又买了一匹骏马骑回家去。“亚鲁遇见一匹骏马，一匹雄壮猛烈的骏马，飞跃起来头触天，腾跃落下尾曳地。亚鲁王说它是一匹王子马，亚鲁王讲这是一匹烈战马，我要买下来，我要骑回家。拿银做头盔，用金镶鞍辔。亚鲁为它戴上银头盔，亚鲁给它披上银铠甲。亚鲁为它套上金鞍辔。”[③] 亚鲁王打黄驹—卖黄驹—得银两—买骏马，这是一个完整的以物以物的商品交换过程，同时这一商品交换过程是在集市中发生的。史诗对这一完整贸易活动的生动叙述，表明亚鲁王的商业意识远胜于他的母亲，可以说是青出于蓝而胜于蓝。尤其难能可贵的是，亚鲁把王子马骑回家不为别的，而是去开辟十二生肖的集市。另外，《亚鲁王》史诗文本的132页和136页都有亚鲁开辟集市的生动叙述，限于篇幅，此不赘述。

《亚鲁王》史诗文本在142－147页，以两个生肖轮回，共227行的篇幅叙述了亚鲁与玛和务展开卖生盐的生意比赛，经此不妨详引于下：

龙轮回到龙，
玛搬运玛的生盐去集市，
务搬运务的盐巴到集市。

---

① 中国民间文艺家协会主编：《亚鲁王》，北京：中华书局，2012年，第71－72页。
② 中国民间文艺家协会主编：《亚鲁王》，北京：中华书局，2012年，第79页。
③ 中国民间文艺家协会主编：《亚鲁王》，北京：中华书局，2012年，第79页。

亚鲁王搬运生盐到集市，
亚鲁王运送盐巴到集市。
务在街上方卖盐巴，
亚鲁王在街下方卖盐巴，
务卖几斤，
亚鲁王卖出几十斤。
蛇轮回到蛇，
玛搬运玛的生盐去集市，
务搬运务的盐巴到集市。
亚鲁王搬运生盐到集市，
亚鲁王运送盐巴到集市。
务在街上方卖盐巴，
亚鲁王在街下方卖盐巴，
务卖几斤，
亚鲁王卖出几十斤。
马轮回到马，
玛搬运玛的生盐去集市，
务搬运务的盐巴到集市。
亚鲁王搬运生盐到集市，
亚鲁王运送盐巴到集市。
务在街上方卖盐巴，
亚鲁王在街下方卖盐巴，
务卖几斤，
亚鲁王卖出几十斤。
羊轮回到羊，
玛搬运玛的生盐去集市，
务搬运务的盐巴到集市。
亚鲁王搬运生盐到集市，
亚鲁王运送盐巴到集市。
务在街上方卖盐巴，
亚鲁王在街下方卖盐巴，
务卖几斤，
亚鲁王卖几十斤。
猴轮回到猴，

玛搬运玛的生盐去集市，
务搬运务的盐巴到集市。
亚鲁王搬运生盐到集市，
亚鲁王运送盐巴到集市。
务在街上方卖盐巴，
亚鲁王在街下方卖盐巴，
务卖几斤，
亚鲁王卖出几十斤。
鸡轮回到鸡，
玛搬运玛的生盐去集市，
务搬运务的盐巴到集市。
亚鲁王搬运生盐到集市，
亚鲁王运送盐巴到集市。
务在街上方卖盐巴，
亚鲁王在街下方卖盐巴，
务卖几斤，
亚鲁王卖出几十斤。
狗轮回到狗，
玛搬运玛的生盐去集市，
务搬运务的盐巴到集市。
亚鲁王搬运生盐到集市，
亚鲁王运送盐巴到集市。
务在街上方卖盐巴，
亚鲁王在街下方卖盐巴，
务卖几斤，
亚鲁王卖出几十斤。
猪轮回到猪，
玛搬运玛的生盐去集市，
务搬运务的盐巴到集市。
亚鲁王搬运生盐到集市，
亚鲁王运送盐巴到集市。
务在街上方卖盐巴，
亚鲁王在街下方卖盐巴，
务卖几斤，

亚鲁王卖出几十斤。
鼠轮回到鼠，
玛搬运玛的生盐去集市，
务搬运务的盐巴到集市。
亚鲁王搬运生盐到集市，
亚鲁王运送盐巴到集市。
务在街上方卖盐巴，
亚鲁王在街下方卖盐巴，
务卖几斤，
亚鲁王卖出几十斤。
牛轮回到牛，
玛搬运玛的生盐去集市，
务搬运务的盐巴到集市。
亚鲁王搬运生盐到集市，
亚鲁王运送盐巴到集市。
务在街上方卖盐巴，
亚鲁王在街下方卖盐巴，
务卖几斤，
亚鲁王卖出几十斤。
虎轮回到虎，
玛搬运玛的生盐去集市，
务搬运务的盐巴到集市。
亚鲁王搬运生盐到集市，
亚鲁王运送盐巴到集市。
务在街上方卖盐巴，
亚鲁王在街下方卖盐巴，
务卖几斤，
亚鲁王卖出几十斤。
兔轮回到兔，
玛搬运玛的生盐去集市，
务搬运务的盐巴到集市。
亚鲁王搬运生盐到集市，
亚鲁王运送盐巴到集市。
务在街上方卖盐巴，

亚鲁王在街下方卖盐巴，
务卖几斤，
亚鲁王卖出几十斤。
龙轮回到龙，
玛搬运玛的生盐去集市，
务搬运务的盐巴到集市。
亚鲁王搬运生盐到集市，
亚鲁王运送盐巴到集市。
务在街上方卖盐巴，
亚鲁王在街下方卖盐巴，
务卖几十斤，
亚鲁王卖出几百斤。
蛇轮回到蛇，
玛搬运玛的生盐去集市，
务搬运务的盐巴到集市。
亚鲁王搬运生盐到集市，
亚鲁王运送盐巴到集市。
务在街上方卖盐巴，
亚鲁王在街下方卖盐巴，
务卖几十斤，
亚鲁王卖出几百斤。
马轮回到马，
玛搬运玛的生盐去集市，
务搬运务的盐巴到集市。
亚鲁王搬运生盐到集市，
亚鲁王运送盐巴到集市。
务在街上方卖盐巴，
亚鲁王在街下方卖盐巴，
务卖几十斤，
亚鲁王卖出几百斤。
羊轮回到羊，
玛搬运玛的生盐去集市，
务搬运务的盐巴到集市。
亚鲁王搬运生盐到集市，

亚鲁王运送盐巴到集市。
务在街上方卖盐巴，
亚鲁王在街下方卖盐巴，
务卖几十斤，
亚鲁王卖出几百斤。
猴轮回到猴，
玛搬运玛的生盐去集市，
务搬运务的盐巴到集市。
亚鲁王搬运生盐到集市，
亚鲁王运送盐巴到集市。
务在街上方卖盐巴，
亚鲁王在街下方卖盐巴，
务卖几十斤，
亚鲁王卖出几百斤。
鸡轮回到鸡，
玛搬运玛的生盐去集市，
务搬运务的盐巴到集市。
亚鲁王搬运生盐到集市，
亚鲁王运送盐巴到集市。
务在街上方卖盐巴，
亚鲁王在街下方卖盐巴，
务卖几十斤，
亚鲁王卖出几百斤。
狗轮回到狗，
玛搬运玛的生盐去集市，
务搬运务的盐巴到集市。
亚鲁王搬运生盐到集市，
亚鲁王运送盐巴到集市。
务在街上方卖盐巴，
亚鲁王在街下方卖盐巴，
务卖几十斤，
亚鲁王卖出几百斤。
猪轮回到猪，
玛搬运玛的生盐去集市，

务搬运务的盐巴到集市。
亚鲁王搬运生盐到集市，
亚鲁王运送盐巴到集市。
务在街上方卖盐巴，
亚鲁王在街下方卖盐巴，
务卖几十斤，
亚鲁王卖出几百斤。
鼠轮回到鼠，
玛搬运玛的生盐去集市，
务搬运务的盐巴到集市。
亚鲁王搬运生盐到集市，
亚鲁王运送盐巴到集市。
务在街上方卖盐巴，
亚鲁王在街下方卖盐巴，
务卖几十斤，
亚鲁王卖出几百斤。
牛轮回到牛，
玛搬运玛的生盐去集市，
务搬运务的盐巴到集市。
亚鲁王搬运生盐到集市，
亚鲁王运送盐巴到集市。
务在街上方卖盐巴，
亚鲁王在街下方卖盐巴，
务卖几十斤，
亚鲁王卖出几百斤。
虎轮回到虎，
玛搬运玛的生盐去集市，
务搬运务的盐巴到集市。
亚鲁王搬运生盐到集市，
亚鲁王运送盐巴到集市。
务在街上方卖盐巴，
亚鲁王在街下方卖盐巴，
务卖几十斤，
亚鲁王卖出几百斤。

兔轮回到兔，
玛搬运玛的生盐去集市，
务搬运务的盐巴到集市。
亚鲁王搬运生盐到集市，
亚鲁王运送盐巴到集市。
务在街上方卖盐巴，
亚鲁王在街下方卖盐巴，
务卖几十斤，
亚鲁王卖出几百斤。

一个生肖周期十三天，
亚鲁王远运盐巴到塞京。
一个生肖周期十三日，
亚鲁王远运盐巴到塞疆。
一个生肖周期十三天，
亚鲁王将盐运送到龙场集市，
亚鲁王在柿子树阴下卖盐。
一个生肖周期十三日，
亚鲁王远运盐巴到马场集市。
亚鲁王卖生盐赚回银两，
亚鲁王卖盐巴赚到银钱。
七个务生意人怒起来满脸通红，
七个上方务急起来筋青脉胀。①

上述引文表明，在第一个轮回的比赛中，“务卖几斤，亚鲁王卖出几十斤。”在第二个轮回的比赛中，“务卖几十斤，亚鲁王卖出几百斤。”其结果是，从小训练有素的亚鲁王以十倍胜，玛和务遭到惨败。不仅如此，亚鲁王还做长途贩运，“一个生肖周期十三天，亚鲁王远运盐巴到塞京。一个生肖周期十三日，亚鲁王远运盐巴到塞疆。”② 眼见亚鲁王卖盐巴赚回很多银两，民殷国富，七个务生意人恼羞成怒，挑起了盐井大战。为了避免流血战争，亚鲁王放弃了盐井，率领整个族群长途迁徙到了贵州山区。亚鲁王卖生盐赚回大量银两，导致民殷国富，最后引发战争的悲剧命运，是不是华商始祖王亥“宾于有易”而

① 中国民间文艺家协会主编：《亚鲁王》，北京：中华书局，2012 年，第 142 – 147 页。
② 中国民间文艺家协会主编：《亚鲁王》，北京：中华书局，2012 年，第 147 页。

被杀的再版呢？

《竹书纪年》说："殷王子亥，宾于有易而淫焉。有易之君绵臣杀而放之。是故殷主甲微，假师于河伯以伐有易，灭之，遂杀其君绵臣也。"

《山海经·大荒东经》曰："有困民国，勾姓而食。有人曰王亥，两手操鸟，方食其头。王亥托于有易，河伯仆牛。有易杀王亥，取仆牛。"

《楚辞·天问》曰："该秉季德，厥父是臧。胡终弊于有扈，牧夫牛羊？干协时舞，何以怀之？平胁曼肤，何以肥之？有扈牧竖，云何而逢？击床先出，其命何从？恒秉季德，焉得夫仆牛？何往营班禄，不但还来？昏微遵迹，有狄不宁。何繁鸟萃棘，负子肆情？眩弟并淫，危害厥兄。何变化以作诈，后嗣而逢长？"

王亥"宾于有易"，以经商为手段，使国家富强，势力范围日益扩张，因此引发了冲突，有易之君绵臣以"莫须有"的罪名将王亥杀害致死。在我看来，亚鲁王卖生盐赚回大量银两，导致民殷国富，最后引发战争的悲剧命运，可以说就是华商始祖王亥"宾于有易"而被杀的再版！亚鲁王与王亥之商业贸易，从形式上看虽然不同，亚鲁王卖盐，王亥卖牛，但都是生活必需品。从本质上看，二者有着明显的相似之处。其一，二者都有长途贩运的经历，"亚鲁王远运盐巴到塞疆"，王亥亲自带领商队远去河北有易氏（今河北易县）进行交易。其二，他们的经商活动都使得物阜民丰、民殷国富。其三，他们的经商活动都与竞争对手发生了冲突。其四，二者的结果都是悲剧性的，王亥被杀，亚鲁王被迫迁徙。

"集市，是最能体现和接近苗族真实生活的地方。"①《亚鲁王》史诗对远古时期苗族商业集场制的贸易活动做了详细生动的叙述，体现出对集市贸易商品交换功能的高度重视，传播了商业理念。

苗族先民是居住于江淮平原的一个古老的氏族部落共同体，早在母系氏族社会时期就开始了以物易物的集市贸易交换。这与汉文献记载是吻合的。从汉文献记载的"玄鸟生商"的传说可以看出，契以前，商部族处于母系氏族社会。从契开始，商部族才进入以父子相承为世系的父系氏族社会。商契的第六世孙王亥开创了以物易物的长途商业贸易活动，这在《亚鲁王》史诗中留下了遗迹。根据史诗《亚鲁王》的叙述，苗族的祖居地在江淮平原一带，亚鲁王率领族人从富庶的鱼米之乡迁徙到辽阔平坦的疆土，最后迁到贫瘠陡峭的山地。亚鲁王率领族人迁徙的过程中，走到哪里就在哪里开拓集市。显然，贸易集市一方面为民众的生活必需品提供了交换的场域，另一方面也为亚鲁王筹备马匹

① 曹维琼等：《亚鲁王书系·苗疆解码》，贵阳：贵州人民出版社，2012年，第96页。

等军事物资，积蓄力量创建家园奠定了物质基础。

亚鲁王在迁徙过程中，安顿在哪里就在哪里建集市，传播了商业意识和经商理念。苗族是一个典型的农耕民族，经济发展比较滞后，大部分地区的商业交换活动也不十分发达。但在史诗《亚鲁王》中，由于十二生肖的原始集场制的交换形式纵贯整部史诗，因此所凸现出来的商业贸易却十分活跃。这种商业理念是十分难能可贵的。众所周知，传统的中国社会并不重视贸易，在“士农工商”的社会等级排序中，商人身居末位，几千年来崇尚的是以农耕为主、以自给自足的小农经济为主，对商业经济持排斥的态度。由于歌师在葬礼仪式上一代又一代地唱诵，《亚鲁王》史诗中吟唱的纵向历史一直延伸到当下，以十二生肖轮回赶场的方式在苗族地区至今依然延续着，羊场、猴场、鸡场、狗场、猪场、鼠场、牛场、虎场、兔场等地名仍然沿用着。由于苗族在历史上一直处于迁徙流动状态，且始终没有建立起自已独立的政权，在历史上也没有掌握话语权，史诗传承的商业理念也只是一种边缘话语，这种边缘话语在主流的、强势的儒家文化面前只是一种微弱的光芒！“可惜的是苗民处于劣势被边缘化后，失去原有文化资源逐步被‘蛮荒化’，而占据主流地位的封建传统文化，发展出以儒家为代表的安土重迁、排斥流动、保守固化的社会等级体制，满足于自给自足的小农经济，忽视交换，鄙视商业，可贵的‘契约’观念萌芽成为被主流文化遮蔽的早期智慧。”① 由于文学人类学是以发掘弱势的、边缘的文化为鹄的，因此，史诗《亚鲁王》对十二生肖集市贸易的叙述，为文学人类学的研究开辟了广阔的研究空间。

① 朱伟华：《苗族史诗〈亚鲁王〉叙事特征及文化内涵初探》，《贵州社会科学》，2014 年第 9 期。

第七章 《亚鲁王》史诗的诗性特质

从文类上来看，《亚鲁王》史诗属于诗的范畴，它以诗的形式表现了苗族的创世史、征战史、迁徙史，是诗化的苗族历史。因而，诗性是《亚鲁王》史诗的形式特征。因为《亚鲁王》史诗的内容对苗族族群而言是古老的、神圣的、崇高的，他们在丧葬仪式上将祖先的业绩一代代传承下来，唯有洋溢着情感的诗性才足以表述苗族历史波澜壮阔的坎坷历程。“诗化的历史”决定了《亚鲁王》史诗形式上的一些特点，如程式化、叙事结构、故事情节。

美是文学作品的永恒主题，文学是“有意味的形式”，文学人类学研究不能忽略文学的诗性特质。史诗的审美维度主要体现于程式化特征、文本的文字表述、比喻、象征手法、叙事结构、故事情节、人物塑造和题材的选择等方面。本章主要从史诗的形式特征和人物形象两个方面进行探讨。

第一节 《亚鲁王》史诗的形式特质

从形式上看，《亚鲁王》史诗有着鲜明的程式化特征，运用了线性的叙事结构、独特的表达方式。史诗《亚鲁王》的程式化特征包括语言程式和非语言程式，在线性的结构叙事中嵌入轮回的神话叙事，其独特的表述方式，如对数字“十二”的偏爱，亲和的对话，喜欢用日常生活中常见的动植物的名称作为表述手段。

一、程式化特征

史诗的展演离不开大量的程式化用语和重复性语句的帮助以及解释程式的技艺，离不开体现展演技巧的重复。洛德在《故事的歌手》中提出要在口头传统文学中探讨西方文学及其遗产的正统性和重要性。他认为，“口头史诗歌是包括以程式或程式化的表达手段来建构一行诗或半行诗，包括运用主题来建构一部史诗歌。”[①] 洛德对口头史诗的定义包括程式、程式化和主题三个方面，三者皆是口头史诗（活态史诗）的基本内容。对程式的定义，洛德沿用了其师帕里的观点，程式指的是“在相同的格律条件下为表达一种特定的基本观念而经常使用的一组词。”[②] 但是，洛德又做了进一步的发展，认为程式是“思想和吟诵的诗行相结合的产物。”[③] 纳吉认为，“程式是一种固定的片语，受制于口头诗歌的传统主题。程式之于形式就如同主题之于内容。”[④]

《亚鲁王》是活在苗族丧葬仪式中的活态史诗，内容浩瀚，据东郎黄老华说，“要唱完《亚鲁王》的全部内容，没有三天三夜是不行的。”[⑤] 东郎们大多不识字，有的连自己的名字也不会写，他们唱诵时没有可依照的文字本子，要唱完如此长篇的内容，如果没有掌握用程式的模式来建构诗行的方法，如果没有固定的程式用语，那是不堪设想的。

活态史诗《亚鲁王》的程式可从两个方面来看，即语言程式和非语言程式。

（一）语言程式

1. 程式化句子

《亚鲁王》史诗的唱词，“每两句组成一个语言单位，并且此二句词格完全相等，不押韵，但讲究形容词、动词和名词的对仗。”[⑥] 如“亚鲁王带七十个王后/亚鲁王领七十个王妃/到邑炯阴上方，刀耕火种撒小米/到邑炯阴下方，刀耕火种育小米/亚鲁王日日照料细粒小米/亚鲁王夜夜守护珍贵小米/小米发得棵棵整齐/小米结得粒粒饱满/七十个王后在邑炯阴上方砍柴/七十个王妃到邑炯阴下方挑水。”[⑦] 亚鲁的母亲怀上亚鲁时，史诗是这样表述的：“人家一片片梨果熟红了/肚中亚鲁和母亲眼馋红梨果/人家一树树李子熟成紫色了，肚里亚鲁与母亲嘴馋紫李子。”[⑧] 以两句作为一个语言单位并对仗的表述方式，显得十分工整，具有较强的艺术性。

① ［美］洛德：《故事的歌手》，尹虎彬译，北京：中华书局，2004 年，第 4 页。
② ［美］洛德：《故事的歌手》，尹虎彬译，北京：中华书局，2004 年，第 5 页。
③ ［美］洛德：《故事的歌手》，尹虎彬译，北京：中华书局，2004 年，第 5 页。
④ ［美］格雷戈里·纳吉：《荷马诸问题》，巴莫曲布嫫译，桂林：广西师范大学出版社，2008 年，第 24 页。
⑤ 黄老华访谈，2014 年 11 月 8 日。
⑥ 梁勇：《麻山苗族史诗亚鲁王音乐文化阐释》，陕西师范大学硕士论文（2011）。
⑦ 中国民间文艺家协会主编：《亚鲁王》，北京：中华书局，2012 年，第 131 页。
⑧ 中国民间文艺家协会主编：《亚鲁王》，北京：中华书局，2012 年，第 67 页。

2. 程式化段落

例 1：

亚鲁母亲带亚鲁回宫，
亚鲁母亲领亚鲁转家，
龙轮回到龙[①]，
亚鲁王的母亲带着亚鲁王去建造嵩当龙集市。
蛇轮回到蛇，
亚鲁王母亲带着亚鲁王去建造賦珰蛇集市。
马轮回到马，
亚鲁王的母亲带着亚鲁王去建造埠庆马集市。
羊轮回到羊，
亚鲁王的母亲带着亚鲁王去建造章哲羊集市。
猴轮回到猴，
亚鲁王的母亲带着亚鲁王去建造哈琼猴集市。
鸡轮回到了鸡，
亚鲁王的母亲带着亚鲁王去建造布鲁几鸡集市。
狗轮回到狗，
亚鲁王的母亲带着亚鲁王去建造果朔狗集市。
猪轮回到了猪，
亚鲁王的母亲带着亚鲁王去建造果侬猪集市。
鼠轮回到了鼠，
亚鲁王的母亲带着亚鲁王去建造憋哝鼠集市。
牛轮回到牛，
亚鲁王的母亲带着亚鲁王去建造沙讼牛集市。
虎轮回到虎，
亚鲁王的母亲带着亚鲁王去建造鳖盎虎集市。
兔轮回到了兔，
亚鲁王的母亲带着亚鲁王去建造丐若兔集市。[②]

亚鲁母亲带亚鲁去问耶偌和耶婉，耶偌和耶婉说亚鲁已经读完了所有的书本，知识已经到顶，到远方也无法寻求到高师，于是亚鲁母亲带亚鲁回到家里学习做生意，开辟集市。亚鲁开辟十二生肖一个轮回的集市，共 26 行。除在上

① 指十二生肖的一次轮回，相隔十一天赶一次龙场。
② 中国民间文艺家协会主编：《亚鲁王》，北京：中华书局，2012 年，第 71 – 72 页。

述场合出现之外，另外还出现四次。第二次在 79～80 页，亚鲁王被卢呙王捉住，在夯驽王的营救、保护下才得以返回王国。回到王国之后，亚鲁王亲自打弓弩、制梭镖，打得一头很大很大的黄驹，亚鲁王的母亲博布嫩荡赛姑要亚鲁第二天早晨牵着这头黄驹到集市上去卖，亚鲁王卖黄驹得十二两银子。卖了黄驹之后，亚鲁王相中了一匹英俊、威武的马，于是，亚鲁王用卖黄驹所得的钱将这匹征战的马骑回王城，开辟集市。第三次在 132 页，亚鲁射杀怪兽，发现盐井，开辟集市。第四次在 136 页，亚鲁射杀三脚怪兽，开辟集市。第五次在 142～147 页，亚鲁与玛和务展开卖生盐的生意比赛。

例 2：

亚鲁王携妻儿跨上马背
……
亚鲁王带着族群迁徙到了新疆域。
这是一片宽广的领域，
一片辽阔平坦的疆土。
水源丰富，
粮食丰盛。
可这里躲避不了追杀，
没法摆脱硝烟战火。
这里抚养不了我儿女，
这里不能养活我族人。
（亚鲁王）逮鸡来占卜地域，
（亚鲁王）捉鸡为疆土命名。
取名哈榕冉农。
羊天①，成群的羊过江而来，
大群羊逐浪跟随而到。
鸡天，成群的鸡过江而来，
大群鸡逐浪尾随而到。
狗天，成群的狗渡江而来，
大群狗浮水尾随而到。
牛天，成群的牛渡江而来，
大群牛浮水尾随而到。
马天，成群的马渡江而来，

① 这是古苗历法生肖排序，与前面的排序不同。在东郎陈兴华的唱诵中，都是这种排序。

大群马浮水尾随而到。
猴天，成群的猴渡江而来，
大群猴浮水尾随而到。
虎天，成群的虎渡江而来，
大群虎浮水尾随而到。
蛇天，成群的蛇渡江而来，
大群蛇浮水尾随而到。
龙天，成群的龙渡江而来，
大群龙浮水尾随而到。
兔天，成群的兔过江而来，
大群兔逐浪尾随而到。
鼠天，成群的鼠渡江而来，
大群鼠浮水尾随而到。
稻谷种跟随而来，
糯谷种尾随而到。
红稗种跟随而来，
红稗种尾随而到。
麻种跟随而来，
麻种尾随而到。
棉花种跟随而来，
棉花种尾随而到。
青枫树跟随而来，
青枫树尾随而到。
豆冠树跟随而来，
豆冠树尾随而到。
五倍子树跟随而来，
五倍子树尾随而到。
椿菜树跟随而来，
椿菜树尾随而到。
杉木树跟随而来，
杉木树尾随而到。
枫木树跟随而来，
枫木树尾随而到。
万物跟随来了，

万物尾随到了。
万物跟随亚鲁王日夜迁徙来到哈榕冉农。①

史诗唱述亚鲁率领族群成员举家迁徙时，用了31个段落反复唱述，每一个段落81行诗，这31个程式化段落总共是2430行。这31个段落除了迁徙到的地名不同，其他的内容几乎是一样的。尤其奇特的是，亚鲁王率领族人迁徙过程中，十二生肖的动物与椿菜树、杉树、枫树等各种植物都会跟随而来。显然，这种回环复沓的叙事方式与一般意义上的重复不可同日而语，它体现了口头叙事文学的典型特征，也是史诗作为口传叙事的特质之所在。这种回环复沓的口头叙事，对于歌师来说，相同情节与句式的多次反复唱诵，一方面，有助于强化口头史诗的韵律，缓解歌师的记忆负担以及因内容变化所带来的心理压力；另一方面，也有助于师徒之间的口头传承。对于听众来说，相同情节与句式的多次反复唱诵，营构了一种特定的葬礼氛围，对于听众理解史诗中的事件和人物起到一定的提示和铺垫作用。

例3：

亚鲁王带兵走上千里长路，
亚鲁王率将奔向百里征途。
战马嘶鸣，旷野回响，
士兵呼喊，天空回荡。
飞奔的士兵，直杀天边。
漫天的尘土，漂洒山河。
亚鲁王环征故土疆域贝京。②

亚鲁王收复疆域和故土，用程式化段落渲染战争的气氛，除了上述收复贝京的段落之外，收复坂京（第91页）、彤经（第93页）、衙经（第96页）、嶂经（第96页）也运用了程式化段落。这些程式化段落，除了地名之外，内容差不多是一样的。

例4：

不让战事发生可战事已经发生，
不让战争爆发而战争已经爆发。
初春的日子
赛阳招兵买马，筹备粮草。

① 中国民间文艺家协会主编：《亚鲁王》，北京：中华书局，2012年，第157－159页。
② 中国民间文艺家协会主编：《亚鲁王》，北京：中华书局，2012年，第87页。

冬天还没来到，
赛阳已经兵强马壮。
初春的日子，
赛霸招兵买马，筹备粮草。
冬天还没来到，
赛霸兵马杀气腾腾。
一天召集七百人，
一夜调集七十人。
一天召集七千人，
一夜调集七百人。
……
杀声震天撼动亚鲁王城，
马蹄嘚嘚逼近亚鲁王国。
亚鲁王从场坝回到宫，
亚鲁王由集市转回室。①

这一程式化段落共24行，出现过三次，第一次（110页），第二次（148～149页），第三次（152～153页），描述赛阳、赛霸招兵买马、扩军备战的好战精神，赛阳、赛霸的兵马杀气腾腾、兵临城下，亚鲁王还在做生意，反衬出亚鲁王不好战、被动迎战、爱好和平的思想。

《亚鲁王》史诗中的程式化句子和段落还有很多，限于篇幅，不再多举例。不难发现，《亚鲁王》史诗中程式化句子和段落运用的频率非常高，这种高度程式化的形式结构基本上组成了《亚鲁王》史诗的结构框架。从上述引文可见，这种程式化的句子和段落，导致唱诵内容的大篇幅重复，尤其是，对迁徙过程的重复多达30多次。不少人认为，现代诗人或作家在创作过程中尽最大可能地避免雷同，而口头史诗却反其道而行之，存在大量的雷同。因为口传史诗中的重复语句、重复段落较多，出现拖沓、不精练、不典雅等现象常常受到诟病。余未人认为，"如果从文人文学的审美标准出发，《亚鲁王》史诗的程式化风格是很难得到认可的。其实，复沓的唱诵正是口传英雄史诗程式化风格的体现，是口传英雄史诗最突出的表现特点。"②

《亚鲁王》史诗中的程式化重复恰恰是口头史诗特征的体现，这有其客观

① 中国民间文艺家协会主编：《亚鲁王》，北京：中华书局，2012年，第110页。

② 余未人：《尊重〈亚鲁王〉史诗的口头传统》//中国民间文艺家协会主编《亚鲁王》，北京：中华书局，2012年，第767页。

必然性。《亚鲁王》史诗是东郎在苗族的丧葬仪式上唱诵的，自始至终都离不开程式。首先，程式化的重复有利于减轻东郎记忆的负担。程式语为《亚鲁王》史诗的唱诵提供了现成的词句，将相同或相似的行段用于对形式上相似的情境（如迁徙、龙心神战、盐井大战等），东郎只需稍加改动，便能唱出持续不断的诗行，唱出他想表达的诗句来。有了这种程式化用语，唱完上一句，下一句在脑海中就有了眉目。唱诵上万行的史诗，这种程式化用语有助于减轻记忆的难度和诗人的负担。其次，在葬礼上唱诵的《亚鲁王》史诗是苗族的根谱、家谱，史诗的内容具有“指路经”的意义，要顺利地返回东方故地，必须记住来程的地名，对于迁徙地名的详细罗列，有利于亡灵顺利回归东方老家，同时这种高频率的重复方式极言迁徙之艰难。因此，麻山的苗族东郎在唱诵时强调与师傅所唱的内容丝毫不差，东郎杨保安说：“现在我们做的这些都是和以前一模一样，唱的都是老一辈教给我们后辈的那些东西。……每一个地方都有一个名字，就要给死人讲要走那条路才能回到祖宗以前生活的地方去。”① 再次，对听众而言，程式化的重复营造了一种特定的意象和氛围，有助于听众理解史诗中的事件和人物，情节和结构。

对于史诗唱诵者东郎来说，“程式是他在展演的快速创作压力下，快速构筑诗行、讲述故事内容而灵活调配的有效的操作工具和语言构件，而不是束缚他演唱的绊脚石。”② 经过一代代东郎反复锤炼的史诗传统，其程式是多层面的。“只有不仅运用程式，而且系统化地运用程式——从歌手学艺就开始学习程式，大量地储备程式，在演唱中随时调用程式，以程式的方法表演——才是口头史诗的特质。”③ 东郎演唱的经验越丰富，对程式的运用就越熟练。像黄老金、陈兴华这样出色的东郎不但对史诗人物的相貌、性格和生活情景十分熟悉，对史诗的框架结构了然于胸，而且脑子里装满了有关史诗内容的程式化用语，唯其如此，他们才能流畅而栩栩如生地唱诵和表达。

（二）非语言程式

东郎的口头唱诵具有多样性。每个东郎唱诵的不一样，一个东郎在不同时间、不同地点、不同场合唱诵的内容不一样，呈现出一位东郎一种唱法，一场葬礼一种唱法的多样形态。因为《亚鲁王》史诗的唱诵，是集唱、诵、动作、

① 中国民间文艺家协会主编：《亚鲁王文论集》，北京：中国文史出版社，2011 年，第 182 页。

② 阿地里·居玛吐尔地：《〈玛纳斯〉史诗的程式以及歌手对程式的运用》，《民族文学研究》，2006 年第 3 期，第 46 页。

③ 朝戈金：《口头史诗诗学：冉皮勒〈江格尔〉的程式句法研究》，南宁：广西人民出版社，2000 年，第 102 页。

表演、仪式于一体的，也就是说，《亚鲁王》史诗不仅仅是一种有声的语言唱诵，在展演过程中还有与程式相关联的手势、面部表情、声调、唱腔、节奏等非语言形式的程式化特征。所谓非语言程式，指的是唱诵史诗的东郎“从前辈那里继承来的，来自传统的、在展演时为配合故事情节的发展而运用的手势、面部表情、声调、唱腔、节奏等非语言符号。”① 关于《亚鲁王》史诗的非语言程式在史诗的仪式展演和史诗的活态性我们已经做了详细的探讨，下面仅举一例加以说明。

在描述史诗的主角亚鲁王发怒的时候，东郎唱道：“亚鲁王愤怒的时候满脸通红，亚鲁王激动的时候筋青脉胀。发怒起来像那样［演示动作］，激动起来像这样［演示动作］，愤怒起来如那般［演示动作］，冲动起来如这般［演示动作］。”②

这一非语言程式在史诗文本中共出现8次，第一次在104页，第二次在107页，第三次在125页，第四次在133页，第五次在134页，第六次在150页，第七次在151页，第八次在199页。文本中虽然只有寥寥几行程式化提示语，但在丧葬仪式的展演现场，却需要东郎有板有眼的情绪变化来演示。

史诗《亚鲁王》的程式化一方面呈现在它的文本中，另一方面还呈现在文本之外的展演语境中。需要说明的是，这里所说的文本是以书面文字记录的，它相对于处于特定语境中的动态展演中的文本。事实上，史诗《亚鲁王》真正的传统文本应当是展演语境中的文本，这一文本是在东郎与听众共同参与的互动语境中，在东郎的展演中生成的，换言之，这是一个活态文本。因为任何一个书面记录后的印刷文本都与史诗展演的语境相分离了，它舍弃了史诗展演过程中的手势、面部表情、声调、唱腔、节奏等非语言符号。语言程式和非语言程式二者都是东郎展演史诗不可或缺的内容。正是凭借它们，东郎们才能自由地展演，将古老传统艺术的魅力展示在观众面前。

二、线性的叙事结构

荷马史诗对事件的处理是高度艺术化的，主要表现为史诗在时间、地点与核心情节的布局上是高度集中的，具有“整一”性。《伊利亚特》讲述希腊联军跨海出征、掠夺特洛伊的10年战争。但是荷马讲述长达10年的战争，只是截取战争最后阶段的最后51天的战事作为典型进行高度浓缩的再现，而不是从头至尾，一路道来。《奥德赛》讲述奥德修斯在取得特洛伊战争的胜利之后返

① 阿地里·居玛吐尔地：《〈玛纳斯〉史诗的程式以及歌手对程式的运用》，《民族文学研究》，2006年第3期。

② 中国民间文艺家协会主编：《亚鲁王》，北京：中华书局，2012年，第104页。

乡的故事，其返乡历程长达10年之久，但史诗只截取最后41天作为典型来展开叙述。在聚焦式结构中，顺叙和插叙、补叙相结合，直接叙述与间接叙述相结合，人物被置于典型的环境中，置放在凸透镜下，不但有利于刻画人物的典型性格，而且打破了平铺直叙的单调，重点突出，省俭笔墨，既丰富了叙事技巧，又使得结构复杂多变，摇曳生姿。荷马“环绕着一个像我们所说的这样有整一性的行动构成他的《奥德修记》，他并且这样构成他的《伊利亚特》。”①这种聚焦式结构“把故事集中在一个人物，一个事件和某一段时间上，从而把众多的人物、纷繁的情节和丰富的生活画面浓缩成一个严谨的整体。”②

在结构上，《亚鲁王》有着与荷马史诗别样的特点。《亚鲁王》依照事件的原发时间的先后顺序进行叙述。从目前整理出版的史诗文本来看，第一章“远古英雄争霸”共分为17节。第1节“亚鲁祖源”，第2节“亚鲁族谱”，第3节“王子身世”，第4节“意外得宝”，第5节“龙心大战”，第6节“争夺龙心大战”，第7节“英雄儿女的不归路”，第8节“射杀怪兽，发现盐井”，第9节“争夺盐井大战”，第10节“血染大江”，第11节“日夜迁徙，越过平坦的坝子”，第12节“捣毁家园，走入贫瘠的山地”，第13节“血战哈榕泽莱”，第14节“亚鲁王追战哈榕泽邦”，第15节“千里大逃亡”，第16节“闯入凶险的高山峡谷中”，第17节“亚鲁王计谋多端，步步侵占荷布朵王国”等，依时间顺序娓娓道来，呈现东方活态史诗的线性结构范式。

以第1节“亚鲁祖源”为例，这一节是以父子联名式的家谱唱述人类起源、苗族先祖开天辟地的创世过程。父子联名式的叙述“耶冬生波妮夲/波妮夲生波妮娄/波妮娄生冉哈嗦/冉哈嗦生巴哈沙/巴哈沙生董哈荣/董哈荣生波娑/波娑生耶左/耶左生耶陔/耶陔生耶欣/耶欣生耶仲”就是以时间为顺序的家谱叙事。较之于其他史诗，《亚鲁王》具有更强的历史性，这种历史性表现在，第一，家谱叙事；第二，唱述了麻山苗族从东往西的迁徙原因及迁徙历程。就家谱叙事而言，苗族是一个特别重视家谱的民族，苗族人的父子联名谱系犹如一棵棵谱系树。要是没有家谱，东郎就有可能无法完整地复述出自己祖先世代传承下来的史诗传统。从东郎们倒背如流的家谱中，我们清晰地看到了一个富有文化传统的苗族家支及其发展史。线性结构的优点在于依照事件发生的先后顺序进行布局，脉络分明，能在较长的时间、较广的空间里展现人物性格的形成依据。相对荷马史诗而言，《亚鲁王》的家谱呈现了亚鲁王的真实血脉，具有明显的历史性和现实主义特质。

《亚鲁王》史诗叙事的基本内核是线性结构，它依照创世纪、亚鲁世系、

① 亚里士多德：《诗学》，罗念生译，北京：人民文学出版社，1982年，第19页。
② 郑克鲁：《外国文学史》（上），北京：高等教育出版社，2003年，第25页。

环征故土、得到龙心、失去宝物、得到盐井、失去盐井、被迫迁徙等事件发生先后的时间顺序来展开叙事，但在线性结构叙事的过程中，又嵌入轮回的神话叙事，让历史本身以不断重复的形式得以展开。

在史诗的第一章第一节“亚鲁祖源”中，第九代传人火布碟造十二个太阳，耶炯造十二个太阳，耶穹造十二个月亮，因为火辣的太阳让岩石消融，地上不长草，天空不下雨，稻谷不成熟，棉花不打苞。于是派赛扬去射太阳、月亮。赛扬出征去射太阳时，他的老婆刚怀上儿子朗冉朗耶。为了射太阳，赛扬离开刚刚怀孕的妻子。赛扬攀上马桑树射太阳。赛扬离妻别子，一别就是12年。朗冉朗耶带着糯米饭到河边的马桑树下去迎接父亲的归来。赛扬从马桑树下来，不认得在此等他的少年，少年也不认得从马桑树下来射日神，怒火中烧的赛扬射死了在马桑树下等待他归来的少年。当赛扬得知被射死的少年正是他自己的亲生儿子朗冉朗耶时，肝肠寸断。另外，“亚鲁祖源”还叙述了乌利、董冬穹派青蛙、猫头鹰、老鹰等动物祖宗去看疆域。

在史诗的第二章“重建王国大业”的第二节“造日月、射日月”中，亚鲁王派嘎赛咏造十二对日月，但是日月造成之后，十二个太阳同时出来，暴晒大地，亚鲁王派卓玺彦去射日月。此时嘎赛咏刚怀上卓玺彦的骨肉，但他却义无反顾地背起钢箭去射日月。卓玺彦出征射日月时，他的儿子耶郎棱尚在腹中没有出生。父子不相识，为争英名，卓玺彦误射自己的儿子耶郎棱，导致耶郎棱血洒大海边。事后卓玺彦来到大海边，将耶郎棱的尸体砍成三百六十块肉，变成三百六十簇惑，成为三百六十簇眉。在第三节“探索王国疆域”叙述了亚鲁王派蚯蚓、青蛙、牛、老鹰等动物祖宗探索疆域。由此可见，第一章第一节造日月、射日月、动物祖宗探索疆域与第二章的第二节和第三节的造日月、射日月、动物祖宗探索疆域的故事情节基本相近，只是换了人名而已。

这种轮回的神话叙事结构源于麻山苗族的生命观。在麻山苗族看来，生命是轮回的，人死不是生命的终结，也不是上天堂，而是回归东方老家。因为生命是轮回的，因而时间也是轮回的，十二生肖一个轮回的时间观就是这种生命观的演绎，集市贸易也是轮回的。作为对生命和生活叙写的史诗是轮回的，也就理所当然了。以引导逝者的亡灵返回祖灵所在之地为主要内容的《亚鲁王》史诗，轮回的神话叙事结构提升了史诗的神圣感和庄严感。

三、独特的表述方式

《亚鲁王》史诗来自民间，来自苗族人的生活，史诗中采用了多种独特的表述方式，如东郎在唱诵时对数字的表述大多离不开十二，即使是敌对的双方对话的语气也十分亲和，喜欢用日常生活中耳闻目睹的动植物的名称作为表达方式。

《亚鲁王》史诗对数字“十二”情有独钟。“火布冷造十二种钱币/火布冷造十二种钍”①、火布碟造十二个太阳、火布当造十二个集市、火布当扶动十二个太阳在十二个集市转动、十二簇惑、十二簇眉、耶炯造十二个太阳、十二个月亮、赛扬射太阳去了十二年、亚鲁王来排序十二组畜牲，“亚鲁王卖黄驹得十二两钱/亚鲁王卖驹牛得十二两银子”，嘎赛咏“用了十二两金子/打成十二个金手镯/丢在十二个角落/就成了十二个太阳/又拿十二两银子/打成十二个银镯/抛在十二处荒野/成了十二个月亮。”②

东郎在唱诵时对数字“十二”的特别偏爱，源于麻山苗族十二生肖③的时间观。麻山苗族的时间是十二生肖一个轮回的，太阳月亮是十二个，集市交易也是十二生肖一个轮回，亚鲁王的儿女也是十二个，“亚鲁王十二名王子统领十二个疆域/亚鲁王十二个儿子统管十二方领地/十二个疆域世代继承着亚鲁王的血脉/十二方领地永远承继亚鲁王的根脉/十二个疆域如茅草一样繁茂/十二个领地像棉花一样繁盛。”④“十二棵树共一个根桩/十二棵竹子共一个根蔸/十二只鸟从一个窝分飞。”⑤

流传于黔东南的《苗族古歌》中的《枫木歌》记载说，妹榜妹留长大之后和水泡沫谈情，谈了十二夜，结果生下十二蛋，孵出十二个古宝，即姜央、雷公、龙、虎、蛇、象、牛等十二个兄弟。可见，对数字“十二”的偏爱是西部方言苗族和东部方言苗族的共同特点。

亲和的对话也是《亚鲁王》史诗独特的表述方式之一。《亚鲁王》史诗有许多对话，这些对话让读者感到分外的亲和。

“亚鲁王问/女儿们，真像只黄驹吗/亚鲁王七十个王后一起说/亚鲁王七十个王妃一道讲/大王哩大王/真像只黄驹/亚鲁王又问/女儿们，真像只白面吗/亚鲁王七十个王后一起说/亚鲁王七十个王妃一道讲/大王哩大王/真像只白面。”⑥再如“亚鲁王告诉七十个王后/亚鲁王告知诉七十个王/女儿哩女儿/我要带兵去天空下开辟牛集市/我要率将到大陆上建马集市。”⑦亚鲁是一国之王，对妻子王后们总是以“女儿”相称，说话开头总是称“女儿哩女儿”，王后王妃们则总是称他为“大王哩大王”。从上述对话可以看出，亚鲁没有居高临下的姿态，说话的语气温和而谦恭。

---

① 中国民间文艺家协会主编：《亚鲁王》，北京：中华书局，2012年，第30页。
② 中国民间文艺家协会主编：《亚鲁王》，北京：中华书局，2012年，第263页。
③ 龙、蛇、马、羊、猴、鸡、狗、猪、鼠、牛、虎、兔。
④ 中国民间文艺家协会主编：《亚鲁王》，北京：中华书局，2012年，第290页。
⑤ 中国民间文艺家协会主编：《亚鲁王》，北京：中华书局，2012年，第59页。
⑥ 中国民间文艺家协会主编：《亚鲁王》，北京：中华书局，2012年，第104页。
⑦ 中国民间文艺家协会主编：《亚鲁王》，北京：中华书局，2012年，第135–136页。

亚鲁王对待动物的态度也如同对待同胞兄弟一样。“亚鲁王说/青蛙祖宗哩青蛙祖宗/你去探索疆域/你去察看领地/你看见我的田土大不大/你看到我的旷野宽不宽/我好分派族人去开荒/我要安顿人们来住家/青蛙祖宗说/亚鲁哩亚鲁/我不知道疆域有多大/我不知道领地有好宽。”① 亚鲁王派青蛙祖宗去探索疆域，不是命令式的，而是恳求式的，在说话之前，还要恭敬地呼之以“青蛙祖宗哩青蛙祖宗”，而动物祖宗们则总是称之为“亚鲁哩亚鲁”，亚鲁与各种动物的亲和关系可见一斑。

即使是敌对的双方，对话的语气也十分亲和。亚鲁王带着族群迁徙到了哈榕泽莱之后，由于这一带地方地势险要陡峭，有利于亚鲁王防守，赛阳、赛霸攻不下亚鲁王城，赛阳、赛霸说挑衅说：“我们来找你交战，我们要与你决你战！你躲不了我们的追杀，你逃不脱这场大战。”“亚鲁王说，赛阳哩赛阳，赛霸哩赛霸，我不愿同族人交战，我不想与兄长决战。亚鲁王说，赛阳哩赛阳，赛霸哩赛霸，你们攻不下我城池，你们砍不了我族人。孩儿的哭声哩啰呢哩啰，娃儿的哭喊哩噜呢哩噜。我要保卫我儿我女，我得守护我族人。”② 赛阳、赛霸进一步挑衅说：“亚鲁哩亚鲁，你不敢出来与我们交战，你不敢上前与我们决战/你不会得到生盐井/你也得不到盐井。”③

双方虽然剑拔弩张，对峙疆场，但仍然友好相称。亚鲁王称兄长为“赛阳哩赛阳”“赛霸哩赛霸”。从上述对话可以看出，同谁说话，开始都得称呼对方，且都是复称，说话的语气温和而谦恭，即使是敌对的双方，也保持这种语气，由此可见亚鲁王的人文性，麻山苗族是一个十分讲究礼仪的民族。

苗族人喜欢用自己日常生活中经常耳闻目睹的动植物的名称作为表达方式，如亚鲁王率领族群迁徙到不同的地方，十二生肖的动物跟随而来，稻谷种、红稗种、麻种、棉花种、青㭎树、豆冠树、五倍子树、春菜树、杉木树、枫木树等植物跟尾而来。关于这一点，将在“《亚鲁王》：活在苗族丧葬仪式上的山地史诗”中进行详细探讨。

---

① 中国民间文艺家协会主编：《亚鲁王》，北京：中华书局，2012 年，第 282 – 283 页。
② 中国民间文艺家协会主编：《亚鲁王》，北京：中华书局，2012 年，第 197 – 198 页。
③ 中国民间文艺家协会主编：《亚鲁王》，北京：中华书局，2012 年，第 198 页。

第二节 《亚鲁王》史诗的人物形象

一、亚鲁王的“文化超人”形象

（一）“文化超人”解诂

史诗中最古老的形象是文化超人。世界知名的史诗，如古希腊的荷马史诗，古代印度的史诗《摩诃婆罗多》《罗摩衍那》等无不以“文化超人”作为故事的主人公。在荷马史诗中，阿喀琉斯的英雄伦理德性、奥德赛的足智多谋已经成为经典的“文化超人”形象。“文化超人”形象在远古人类社会是一种世界性的文化现象，只是称谓与表达各有不同而已，与之紧密相关的术语大致有以下四种：

1. 诗性人物性格

18 世纪，意大利的人类学家维柯在其早期民族学与人类学的重要著作《新科学》中提出“诗性人物性格”，认为各原始民族习惯于用诗性人物性格来表达对本民族英雄人物的敬仰，例如，埃及人把人类生活所需的一切发明都归功于霍弥斯。霍弥斯是“一个诗性的人物性格，代表着埃及的原始人民，富于凡俗智慧。”[①] 维柯同时认为，荷马以无比卓越的才能创造了诗性人物性格，在希腊史诗《伊利亚特》中，希腊人把英雄所有的勇敢属性及这些属性所产生的情感和习俗，如暴躁、拘泥繁文缛节、固执己见不饶人、狂暴、凭武力夺取一切权力等特征都归之于阿喀琉斯一人身上；在史诗《奥德赛》中，希腊人把英雄所有的智慧属性及这些属性所产生的情感和习俗，如警惕性强，忍耐，好伪装，口是心非，诈骗，老是说漂亮话而又不采取行动，设置圈套让他人自投罗网、自欺欺人等秉性都归之于奥德修斯一人身上。

2. 文明使者

俄国的史诗研究专家梅列金斯基在《英雄史诗的起源》中探究了英雄史诗发生的本源，并提出“文明使者”这一范畴，认为阶级出现以前，在以天地产生、四季轮回、动植物和人类起源、粮食作物、火以及劳动工具的产生、社会法规以及诸多仪式的生成为描写对象的神话中，“文明使者”是当时世界秩序的创造者，人类的始祖或先师。在梅列金斯基那里，“文明使者”等同于“始祖”“造物主”。

---

① ［意］维柯：《新科学》，朱光潜译，北京：人民文学出版社，1997 年，第 53 页。

3. 文化英雄

苏联百科全书对文化英雄是这样定义的："文化英雄，神话人物。他为人类获得或首次制作种种文化器物（火、植物栽培、劳动工具），教人狩猎、手工和技艺，制定社会组织、婚丧典章、礼仪节令。由于原始意识中关于自然和文化这两个概念的含混不清（例如把摩擦生火与雷电、日光等自然现象混为一谈），因此文化英雄也参与创世：他填海造地，开辟宇宙，确立昼夜四季，掌管潮汐水旱，造最初的人类，并给以意识，施以教化等等。"① 我国的神话研究专家陈建宪在《神话解读——母题分析方法探索》中将文化英雄归纳为几种基本类型：①开辟英雄，为人类开辟基本的生存环境，如射落太阳的后羿；②盗火英雄，如燧人氏和普罗米修斯；③治水英雄，如鲧和大禹；④农业英雄，如神农、后稷；⑤战争英雄，如黄帝以及其他有所发明发现的文化英雄。

4. "文化超人"

谢选骏在《神话与民族精神》中提出了"文化超人"，"所谓文化超人，是指那些传说中的创造发明之父。他们或具神格或具人格，往往是天神之子，天赋超人的异能，但都对人类文化的发展贡献极大。"② 画八卦的庖牺氏，发明火的燧人氏，建筑居室的有巢氏，发明农业的神农氏，发明养蚕的嫘祖，创制牛车的五亥以及创造发明不可胜数的黄帝等都是文化超人形象。

综观以上四种称谓，诗性人物性格、文化使者、文化英雄、文化超人有着共同之处。

（1）它们都是按照当时某一民族的思维方式创造出来的，有着想象的共性，都具有鲜明的民族性。由于希腊文明是海洋文明，因此，希腊神话中的文化超人从赫拉克勒斯到阿基里斯都是征服型的，并且大多具有天神的身份，如雅典娜、阿波罗、赫尔墨斯、赫淮斯托斯等。美洲和非洲本地部落的文化超人往往有着动物的名字，且有着动物的外形，如北美印第安人中的文化超人主要是乌鸦、水貂、家兔、丛林狼、乌龟，而非洲的文化超人主要是羚羊、猴子、变色龙、蚂蚁、金龟子和山羊。在埃及，文化超人只有一个，即活着的法老。在汉文典籍中，由于创世与超人传说方面的遗存材料极少。并且，关于人类起源的记载出现甚晚，且极其零碎，缺乏故事性，汉族上古神话的主题主要集中于灾难与救世，因此，在汉文化中，文化超人多是"救灾超人"，女娲补天、后羿射日、大禹治水等无一不是"救灾超人"。

（2）它们都是人类的始祖即创世者，他们制造各种文化器物，制定社会组

① 马昌仪：《文化英雄论析——印第安神话中的兽人时代》，《民间文学论坛》，1987年第1期，第55页。

② 谢选骏：《神话与民族精神》，济南：山东文艺出版社，1986年，第68页。

织、礼仪节令和习俗等，如女娲是婚姻制度、笙簧的创造者；炎帝是农神，又是医药业的创始者；黄帝制炊具、炊灶、指南车等；火神赫淮斯托斯长于建筑、神殿、制作各类武器和金属用品，被视为一切工匠的始祖。

（3）在他们身上，寄托着人民的理想，因此，他们往往是一种象征性的存在，一种文化的价值承载者，成了民族认同的象征和标志。

笔者在此之所以使用文化超人而不用其他，是基于以下考虑：文化超人是一种半神半人形象，所谓半神半人指的是介于神与人之间的一种神话形象，也就是说，他们既有神性又有人性，因此他们具有多重身份。亚鲁王不仅有着非凡的诞生经历，在出生后又有特殊的生涯，而且箭射日月，开创了适于人类居住的生活环境，“文化超人”可以更全面地形容亚鲁王的形象特征。尤其需要指出的是，在很多情况下，人们把文化界的某些名人和有成就的人看成是“文化英雄”，或者把“文化英雄”等同于知识分子的代表，或者把“文化英雄”看作知识精英，如将梁启超、鲁迅、张爱玲等人视为“文化英雄”。这种意义上的“文化英雄”与半神半人的文化超人形象相去甚远，甚至会导致误解。

（二）亚鲁王的文化超人形象

近年发现的以西部苗语方言流传于贵州麻山地区的活态史诗《亚鲁王》按照苗族先民的审美理想塑造了杰出的氏族首领亚鲁王形象。亚鲁王的形象可以概括为四个方面：足智多谋、英勇善战、关爱民生、精通巫术等。亚鲁王形象集中表征了苗族人的智慧、创造发明、英勇正义、丰功伟绩等品德，归根到底，是一种“文化超人”形象。所谓“文化超人”就是把一个民族的智慧、创造发明、英勇正义、丰功伟绩等品性都集中到部落首领一人身上。

1. 智慧的亚鲁王

首先，亚鲁王智慧过人。亚鲁王是西部苗族的先祖，是这个苗族支系的第18代王，是一个具有神性的苗族首领，但史诗着力表现的是亚鲁王作为一个普通凡人的智慧。亚鲁是翰玺鹜王与博布能荡赛姑所生的第六个儿子，他的“聪明盖过疆域”“才智盖过王国。”[①] 亚鲁王的智慧可从三个方面来看。首先，亚鲁王从小聪颖过人。亚鲁一岁就与小伙伴玩，三岁就能读“坯”，与别人一道学习，由于他天资过人，能够闻一知十、触类旁通，所以又非他人可比。“别人一天认三个字，亚鲁一个时辰读三本书。先生讲天下，他知晓天上。先生讲天上，他知晓天外祖奶奶的故乡。先生讲今生，他就知前世。先生讲前世，他知晓后世。”[②] 亚鲁才读一年书，就知晓万物，洞悉一切世事。亚鲁还不到6岁，

① 中国民间文艺家协会主编：《亚鲁王》，北京：中华书局，2012年，第54页，第106－110页。

② 中国民间文艺家协会主编：《亚鲁王》，北京：中华书局，2012年，第65页。

就遍读天下书籍，学会了做生意，与母亲一道开辟龙、蛇、马、羊、猴、鸡、狗、猪、鼠、牛、虎、兔等十二生肖一个轮回的集贸市场。9岁的亚鲁学会了弓术和镖术，因射中一头雄狮而名震天下。亚鲁九岁开始领兵率将，策马挥戈，驰骋疆场。12岁接替母亲，继承王位，统领国家，带兵炼钢、打铁、铸剑、制弓、招兵买马、调兵遣将，收复故土。亚鲁是具有神性的人，也是极普通的凡人，他有着寻常百姓的喜怒哀乐和生活习性。

其次，亚鲁王精通巫术。众所周知，苗族的巫文化特别发达，如今在麻山苗族的生活中，各种祭鬼、驱邪、占卜仪式依然盛行，巫术仍然发挥着不可或缺的作用。原始宗教常与巫术联系在一起，原始人在崇拜超自然力的同时也希望能够按照自己的意愿来影响、控制自然界和其他人，于是，产生了巫术。诅咒、占卜、驱鬼和祭祀等是常见的巫术形式。在苗族，用鸡占卜是一种古已有之的存在。亚鲁母亲生下亚鲁两到三天，人们抓鸡为他取名，取名“亚鲁”。鸡卦在苗族已经演绎成为一种民俗，如今占卜在苗族社会十分盛行，婚姻、生育、丧葬、祭祀、疾病、出行、战争、灾祸、贸易、风雨等都要占卜。妇女生孩子去娘家报喜要用鸡，人死之后，开路要用鸡。苗族之所以用鸡引路，因为苗族人相信，鸡知道祖先所在的位置，它能引导人的灵魂，从而带领亡者的灵魂返回东方故土。

呱呱坠地就受到浓郁的苗族巫文化熏陶的亚鲁王，从小就以商人身份被派到其他部落去学习苗王所应当拥有的各种技艺和文化，后来成长为一个精通巫术的奇人，一个熟谙冶炼知识、农耕技艺和天文地理的智者。

用鸡占卜，这不是一种迷信，而是原始人智慧的表现。在古希腊，占卜一词源于divinari，意思是猜测或预言。主掌占卜预兆的神阿波罗被称为诸缪斯中的主神。荷马在《奥德赛》中对智慧的定义是“善与恶的知识”，即占卜。弗雷泽研究原始信仰和巫术活动的巨著《金枝》被公认为现代人类学的奠基之作，他称巫术为“准科学”。马林诺夫斯基认为“巫术近于科学。”① “巫术就是用来控制坏运与好运的。”② 它带有明显的目的性与实用性。亚鲁王带领的苗族支系，无论是征战还是迁徙，都存在难以预料的不确定因素，因此，要用占卜来预测和控制未来。例如，亚鲁王携家带眷继续迁徙到了哈榕呐邑并在此定都。多年之后，亚鲁王告诫公主和王子们：“如今你们必须要建功立业，你们已是成年的王室后代。我

① ［英］马林诺夫斯基：《巫术科学宗教与神话》，李安宅译，北京：中国民间文艺出版社，1986年，第4页。

② ［英］马林诺夫斯基：《巫术科学宗教与神话》，李安宅译，北京：中国民间文艺出版社，1986年，第14页。

们要建自己的家园，我们得找坝子耕田。”[①] 哈榕呐邑虽然风水吉祥，水草肥美，但是青蛇吞吃了他们的70个儿孙，于是只得继续迁徙。可见，占卜是原始先民的凡俗智慧，氏族社会时期的族长们大都是通晓占卜智慧的哲人，他们既是氏族首领，又是巫师。亚鲁王是苗族巫文化的集中代表。

再次，亚鲁王凭谋略开疆拓土。古人云：“聪明秀出，谓之英；胆力过人，谓之雄。”[②] 在希腊史诗《奥德赛》中，奥德赛智斗独眼巨人的情节为世人皆知。“亚鲁王的英勇善战不仅仅是匹夫之勇，而是具有深谋远虑的智慧，成了云贵高原上的智多星。”[③] 据歌师梁大荣说：“我还记得在学唱这段时，有一个故事，大概是这样的，亚鲁以前和荷布朵一起去读书，他认得的东西比荷布朵多。由于荷布朵家有钱有势，就占了大量的好地盘，属于亚鲁的土地不好，也种不出什么东西，亚鲁就开始与荷布朵争夺土地。亚鲁平时号召自己的族人要省吃俭用，荷布朵的盐场就没有了生意。他觉得理亏，来和亚鲁王评理，看是谁的错，两人就打赌约定一个日子来比高低，总共比了九次，荷布朵每次都输给了聪明的亚鲁，亚鲁为老百姓赢得了良田和盐场，老百姓很敬佩他。”[④]

亚鲁王迁徙到荷布朵王国，发现这里地势险要，水源充足，粮草丰盛，这是一块既能躲避战争又能养活族人的宜居之地，便在此定居下来。但荷布朵国王要求亚鲁王率领族人迁徙他乡。在氏族社会时期，各部落取得对山林、田埂、土地、鸟兽的占有权往往是一种自发行为。亚鲁王先与荷布朵结拜兄弟，并把铁匠铺建在这里，以精湛的铁艺赢得了荷布朵的信任。在利益争斗中，亚鲁王与荷布朵展开了对土地、山林、田埂、鸟兽等占有权的比赛，共进行九个轮回，每一次比赛，荷布朵都输在亚鲁王的手下。具体情况见表7－1。

表7－1 亚鲁王与荷布朵的竞争方式

竞争方式	亚鲁王	荷布朵	结 果
祭祀岚邑舵[⑤]	亚鲁王要儿子冈塞谷修筑石墙护卫、埋石为边界，用鸡、猪供奉	供奉的祭品如纸钱和香被亚鲁王的儿子冈塞谷扯掉	亚鲁王获胜

① 中国民间文艺家协会主编：《亚鲁王》，北京：中华书局，2012年，第311页。

② 李崇智：《人物志校笺》，成都：巴蜀书社，2001年，第145页。

③ 蔡熙：《从亚鲁王看苗族文化中的“文化超人”形象》，《中国文学研究》，2014年第3期，第106－110页。

④ 中国民间文艺家协会主编：《亚鲁王文论集》，北京：中国文史出版社，2011年，第267页。

⑤ “岚邑舵”是苗语“hlaenx blad ndob”的音译，指以某一领域里最高的山峰为供奉对象，其镇守着某一领域，是权力的象征。

续 表

竞争方式	亚鲁王	荷布朵	结　果
喊祖奶奶、祖爷爷	亚鲁王要妻子们晚上睡在荷布朵的祖坟边，叫喊时应声，“祖奶奶应声亚鲁王响荡了旷野”	祖奶奶、祖爷爷没有应声荷布朵	亚鲁王获胜
喊画眉鸟	画眉鸟应声亚鲁王响荡了旷野	画眉鸟没有应声荷布朵	亚鲁王获胜
烧茅草祖奶奶	亚鲁王下午烧，烧了七个山丘燃尽了七个山丘	荷布朵早晨烧，烧了七个山丘只燃了七把草	亚鲁王获胜
射白岩	亚鲁王削竹篾做箭头、打粑粑粘在箭头上，射了数箭尽插在白岩上	荷布朵打铁来做箭头，射了数箭掉尽了	亚鲁王获胜
喊暗河、山岩	亚鲁王要王妃波冬丹躲在暗河和岩洞里，“暗河洞应声亚鲁王响荡了旷野/岩洞应声亚鲁王响荡了山野。”	暗河洞没有应声荷布朵、岩洞没有应声荷布朵	亚鲁王获胜
捕山下的河虾、鱼	亚鲁王的鱼篓口朝上面河段，晚上又换过来，亚鲁王的鱼篓也捕满了鱼	荷布朵的鱼篓口朝下面河段，荷布朵的鱼篓捕满了鱼	亚鲁王获胜
砍山岩上的青㭎树	夜深寂静时分亚鲁王派遣欧德聂带兵去把树梢系在岩上方，青㭎树倒去了上方	青㭎树倒去了上方	亚鲁王获胜
喊龙祖宗	喊应了	喊不应	亚鲁王获胜

从表7-1可以看出，在九个轮回的比赛中，每一次比赛亚鲁王都是胜利者。亚鲁王的胜出，是由于他的点子多，他会想出一些狡猾的办法瞒过荷布朵，而荷布朵竟然蒙在鼓里。如，在祭祀岚邑舵时，亚鲁王要儿子冈塞谷扯掉荷布朵供奉的祭品如纸钱和香；喊祖时，亚鲁王要妻子们晚上睡在荷布朵的祖坟边，叫喊时她们的应声嘹亮。到山下捕河虾、河鱼时，亚鲁王将鱼篓口朝上面河段，晚上又换过来，从而瞒过荷布朵。

亚鲁王战败后迁徙来到黔中荷布朵的领地，亚鲁凭借自己的智慧与荷布朵进行比拼，赢得了荷布朵疆域，最终迫使荷布朵不得不迁徙到刺旯。这种智夺疆域的行为，避免了硝烟弥漫、血流成河的悲剧场面。亚鲁最终取得麻山苗族人的认可，被尊为苗族的英雄和先祖。

在迁徙过程中由于赛阳、赛霸的追赶，亚鲁王开动脑筋，显示了他的智谋："亚鲁王把小狗儿拴在楼梯下/亚鲁王捡破草鞋在火塘烧起/亚鲁王将老公羊拴在铜鼓边/狗叫声声不断/火塘炊烟袅袅/铜鼓隆隆轰响。"[①] 当赛阳、赛霸号令七千砍马腿的务逼近亚鲁王宫时，亚鲁部族在儿子冈塞谷的掩护下，早已迁徙他乡了。赛阳、赛霸杀到亚鲁王室边时，只听到汪汪的狗叫声。"狗在汪汪猛叫/火塘炊烟飘起/铜鼓隆隆轰响/城门没有兵/宫门没见将/狗叫不见王[②]/炊烟飘起无一人[③]/铜鼓隆隆不见兵。"[④] 赛阳气得拍胸，赛霸气得摇头，不得不叹服亚鲁的聪明和伶俐。关于"悬羊击鼓"这一典故在苗族古歌《格罗格桑》也有记载。一位名叫祖德龙（又名格波禄）的苗族老人，为了收复格罗格桑，保护苗家子孙后代，血染嘉坝西。为了摆脱胡丈郎的追击，苗族先民"把唢呐挂在悬崖上，把芦笙吊在松树尖，把马拴在磨房里，将羊捆在大鼓边。"[⑤] 胡丈郎带领人马追来时，搜了三天三夜，找遍旮旯角落，也找不到一个苗家人，"只听风吹唢呐哩啦叫，只听战马拉磨咕噜响，只听羊子踢腿咚咚把鼓响。"[⑥] 据考证，这位叫祖德龙的老人，就是亚鲁。如今，在贵阳市和黔西流传着一种弯管芦笙，民间对弯管芦笙的解释是，苗族先民在迁徙途中，用"悬羊击鼓"的计谋成功阻止了追敌，羊立了大功，把笙管弯成羊角状，是对羊的历史功绩的一种纪念，也是对祖先亚鲁智慧的颂扬。

---

① 中国民间文艺家协会主编：《亚鲁王》，北京：中华书局，2012年，第153页。

② "狗叫不见王"，在苗语中狗的叫声与"官"相对应。闻狗声即有官到，官才有资格养狗。

③ "人"是苗语"hmengh"的意译，也指汉语世界里的"苗"。

④ 中国民间文艺家协会主编：《亚鲁王》，北京：中华书局，2012年，第155页。

⑤ 杨正保、潘光华：《苗族起义史诗》，贵阳：贵州人民出版社，1987年，第22页。

⑥ 杨正保、潘光华：《苗族起义史诗》，贵阳：贵州人民出版社，1987年，第22页。

2. 神圣的亚鲁王

文化超人一般有着神奇的诞生经历，如耶稣生于处女，赫拉克勒斯生于神与人的交合，黄帝孕于闪电，大禹生于石纽等。藏族史诗《格萨尔》描写的文化超人格萨尔是从母亲的头部生出来的。在《亚鲁王》史诗中，亚鲁王在母腹里就具备了神性。亚鲁母亲怀上亚鲁后立刻倒地昏沉睡去，孕期为十二月加十二天，"亚鲁母亲怀上亚鲁十二月去十二天"[①] 亚鲁诞生时，出现种种异象，"亚鲁母亲临盆七个白天，亚鲁母亲叫唤七个黑夜。"[②] 亚鲁母亲"流淌三盆眼泪"，才生下小王子亚鲁。亚鲁呱呱落地时，就显示其与众不同，具有明显的神性。"亚鲁三声大叫哇哇出世，天空震荡，回响远方。亚鲁三声大喊呱呱落地，大地震动，山岭摇晃。如三声炸雷惊落地上，三阵狂风翻卷，飞沙走石，天昏地暗。黑天黑地，昏昏沉沉，风掀动屋顶，茅草漫天飞舞，卷起的烟灰飘飞旷野。房梁倾斜，房柱摇晃。山上的木叶卷上天空，旷野的草叶刮进山谷。狗守城门惶惶吼叫，牛马嘶鸣响遍山野。瓢泼大雨漫天泼泻，洪水滔滔四处横流。山山岭岭都知这是帝王降世，村村寨寨都传这是王子降生。"[③] 亚鲁的成长极为坎坷，绝非一帆风顺，在亚鲁诞生 37 天时，"亚鲁母亲背亚鲁走到三岔河/母子在三岔河遭受敌兵伏击/亚鲁母亲跳入三岔河/亚鲁母亲沉进了波涛/亚鲁的琅诃在三岔河熄灭了。"[④] 亚鲁的成长既充满坎坷，也极为奇特，亚鲁三岁能读书，六岁便会弓术和镖术，射杀雄狮。尤其奇特的是，亚鲁可以骑马飞奔到天外的祖奶奶[⑤]之地，引来万物相随。亚鲁王成年后射杀"公龙"而获得"龙心"宝物，为他保家卫国增添了神秘的力量。

亚鲁王的神圣在造日月、射日月神话中表现得更为鲜明。许多民族的史诗都有十二个太阳、月亮之说，麻山苗族把十二个太阳、月亮之说都赋予了亚鲁王。

原始先民既崇拜太阳又射落太阳的心理和行为态度，看起来是自相矛盾的，但透过表象看本质，它反映了先民们在极低的生产力水平下，渴望征服自然，以求得适合人类生存和发展的自然环境。以反映民族社会诞生之后、阶级出现之前这一历史阶段为主要内容的史诗，为大众谋福祉的"文化超人"的特定活动不仅仅是获取人类生存所必需的火、粮食作物、劳动工具，教会人们生产方法，它还包括人们生产生活所必需的太阳、月亮、星星、淡水等内容。"文化超

---

① 中国民间文艺家协会主编：《亚鲁王》，北京：中华书局，2012 年，第 60 页。
② 中国民间文艺家协会主编：《亚鲁王》，北京：中华书局，2012 年，第 60 页。
③ 中国民间文艺家协会主编：《亚鲁王》，北京：中华书局，2012 年，第 61 页。
④ 中国民间文艺家协会主编：《亚鲁王》，北京：中华书局，2012 年，第 69 页。
⑤ 指苗族的始祖哈珈。

人”，说到底是与大自然作斗争的英雄先民的化身。

3. 英勇善战的亚鲁王

亚鲁王是苗族活态史诗《亚鲁王》的主角，苗族人民世代崇仰的一位顶天立地的英雄，从少年时代起便挥戈策马，率领苗族与异族入侵者进行浴血搏斗，收复失地。从史诗文本来看，亚鲁王的英勇善战主要表征在与恶魔的斗争和几次大的征战。

（1）与恶魔的斗争

史诗中亚鲁与恶魔的斗争有三次。第一次，亚鲁习艺学成归来返回疆域的途中，迷路进入一片莽莽苍苍的森林。醒来时遇到一头凶猛的雄狮，经过激烈的搏斗，亚鲁射杀雄狮，在当地传为佳话。“山山岭岭的人都来看……各自都在说，这个王射倒一条老熊，这大王射中一头雄狮。”① 第二次，亚鲁建立王宫之后，一天外出赶场，在返回宫室的途中，发现王国的稻田干涸裂口，田坎和鱼池被踩垮，起初以为是王妃洗衣洗布造成的，得知真相之后，亚鲁精心埋伏在树丛中，待野兽出现时，将公龙射死，意外获得龙心。第三次，亚鲁与兄长赛阳、赛霸的战争失败后，带领族群成员来到岜炯阴安家定居。亚鲁带领七十个王后王妃撒种的小米被三爪野兽蹋坏，便在青枫树伏击三爪怪兽，并因此意外发现盐井。

（2）几次大的征战

亚鲁不到九岁开始拜师习武，精通十八般武艺，弓术、镖术无所不精，学成归来，在返回疆域的途中，迷路进入一片莽莽苍苍的森林。醒来时遇到一头凶猛的雄狮，经过激烈的搏斗，亚鲁射杀雄狮，在当地传为佳话。纳经王国的卢呙王听说这里出了一位大英雄，便下令捉拿亚鲁。“这个疆域的王带七百兵去捉拿亚鲁王/这个王国的国王带七十将去拦劫亚鲁王。”“这个疆域王的七百兵趁不防就地捉拿了亚鲁王/这个国王的七十将就地捉拿了两手空空的亚鲁王/七百兵关押亚鲁王在十七层围墙的牢房里/七十将关押亚鲁王在十七弯巷的牢房里。”② 在夯驽③的帮助下，亚鲁才得以逃跑。纳经王国的卢呙王率兵追击，“飞舞的箭镞如蜜蜂一样飞向旷野”“舞动的梭镖像蜂子一般四处乱飞”④，面对如雨的密箭，“亚鲁挥舞衣裳抵挡，飞箭向卢呙王的兵士射去。亚鲁挥舞衣衫阻隔，卢呙王将领的镖竿嘭嘭断落地上。”⑤ 由于亚鲁的英勇善战，迫使卢呙王收

① 中国民间文艺家协会主编：《亚鲁王》，北京：中华书局，2012 年，第 73 页。
② 中国民间文艺家协会主编：《亚鲁王》，北京：中华书局，2012 年，第 75 页。
③ 亚鲁父王翰玺鹜的老将。
④ 中国民间文艺家协会主编：《亚鲁王》，北京：中华书局，2012 年，第 75 页。
⑤ 中国民间文艺家协会主编：《亚鲁王》，北京：中华书局，2012 年，第 75 页。

兵撤将，一连收复疆域纳经、贝京、坂经、嶂经、彤经、衙经等地。

史诗重点描写了两次大的征战——龙心大战和盐井大战。赛阳、赛霸知道亚鲁得了龙心之后，二者联合起来，招兵买马，筹备粮草，率领大军向亚鲁王的领地进攻。这时候亚鲁王正在集市上做生意。亚鲁王擂响铜鼓，吹响白牛角。赛阳、赛霸的军队虽然攻势猛烈，但是龙心宝物护住了亚鲁王的领地。再看盐井大战，战争之初，由于亚鲁的英勇善战，亚鲁王大获全胜。“亚鲁王飞龙马腾空阵阵长嘶，亚鲁王一箭射中赛阳肚脐，赛阳翻身落马。亚鲁王玉兔狂奔飞过山坡，亚鲁王一箭射中赛霸下体，赛霸翻身滚地，叫声凄惨。尸体遍布旷野，鲜血汩汩成河。赛阳收兵转回，赛霸点将退去。亚鲁王擂起收兵的铜鼓，亚鲁王吹起胜利的白牛角。”① 在保家卫国的战斗中，亚鲁王将自己的命运和部落的命运紧密相连，不屈不挠，视死如归，战功显赫。

我国北方的三大英雄史诗主要强调英雄在氏族和部落战争中的英雄业绩，《亚鲁王》史诗与之不同。从史诗文本来看，亚鲁王虽然武功盖世，英勇善战，但他不是一个主战、好战的征战英雄，而是一个智慧勇敢、一心为族人着想的文化超人，彰显出他的人文性，这是南方山地史诗不同于北方英雄史诗的重要特征。

4. 关爱民生的亚鲁王

荷马史诗是英雄史诗的典范，刻画了感人至深的英雄形象，如阿喀琉斯、赫克托耳、奥德赛等，这些英雄具有荣誉至上的英雄本色，追求卓越，肯定自我和个性，是其英雄伦理精神的核心；活态史诗《亚鲁王》是集创世、迁徙、英雄业绩与宗族家谱为一体的复合型史诗，其中心人物亚鲁王虽然也英雄善战，但是其伦理精神的核心是家国意识至上，保护疆土和臣民，关爱民生。

作为苗族的氏族首领，亚鲁王过着日出而作、日入而息的生活。“天亮时分，亚鲁王出门赶场，夜色黑尽，亚鲁王还在集市。”② 由于麻山地区处于喀斯特石山中，地表径流极少，干旱缺水乃是家常便饭。亚鲁王赶完场坝之后又披星戴月赶回家察看稻田。“稻田正干裂成一道道口子，鱼池正在变为一团团污泥。”③ 由于干旱缺水，亚鲁王的王后王妃常常抬着麻布到田坎下江滩上去洗。一天，亚鲁王察看稻田和鱼池后对王后王妃们说：“你们洗麻特别要小心，你们洗布一定得当心，为哪样踩塌田坎？为什么踩垮鱼池？田坎塌了拿哪样抚育儿女？鱼池垮了用什么养活族人？”④ 苗族先民们来到山地贵州之后，处于山多土

① 中国民间文艺家协会主编：《亚鲁王》，北京：中华书局，2012 年，第 199 页。
② 中国民间文艺家协会主编：《亚鲁王》，北京：中华书局，2012 年，第 117 页。
③ 中国民间文艺家协会主编：《亚鲁王》，北京：中华书局，2012 年，第 118 页。
④ 中国民间文艺家协会主编：《亚鲁王》，北京：中华书局，2012 年，第 119 页。

少的自然生境，苗族总是不停地念“山字经”，在山上采集野菜、野果，在山中捕捉鸟雀野兽，在河里捕捞鱼虾，以天然洞穴作为栖居之所，用山上的石头制造工具。面对山多土少的自然生境，亚鲁王率领族人们开荒垦土种植庄稼，“亚鲁王造田种谷环绕疆域，亚鲁王圈池养鱼遍布田园。造田有吃糯米，圈池得吃鱼虾。亚鲁王开垦七十坝平展水田，亚鲁王耕种七十坡肥土肥地。七十个王后料理七十坝平展水田，七十个王妃打理七十坡肥土肥地。”[①] 不难看出，亚鲁王的一言一行都是为了保障族人们能够过上安稳富足的日子，保障民生是其作为氏族首领天经地义的职责。

发现盐井之后，为了熬制生盐，亚鲁王三年没有赶集市，而是一心一意造钢锅、铸铁锅、打柴刀、制斧头、箍水桶、削扁担，以作熬生盐之用。经过一次又一次试验之后，终于熬出生盐。苗族是一个不断迁徙的民族，在迁徙途中亚鲁王随身携带麻种，并且无论迁徙到哪里都要把铁匠铺建到哪里，开垦荒地种植构皮麻、垦田种谷、圈池养鱼。在山地条件下开展经济活动，逐渐发展起“男耕女织、自给自足”的山地经济。亚鲁王率领族人日夜迁徙的理想就是找到平坝子耕地，且每次迁徙都是携家带眷，肩挑麻种，无论迁徙到哪里都要开垦荒地种构皮麻。种种事迹表明，亚鲁王是苗族“日出而作，日入而息”的农业小家庭社会结构的奠基人，他身肩重任，不孚民望，表现出苗族文化心理结构的忧患意识和群体意识，在他身上弥漫着浓郁的血缘伦理精神。黑格尔指出：“史诗的内容是民族精神的全部世界观和客观实在的艺术表达”，是“民族精神标本的展览馆。”[②] 亚鲁王形象表征了苗族先民在艰难的生存环境中顽强拼搏、不屈不挠、吃苦耐劳、忍辱负重的亚鲁王精神。这种含辛茹苦、顽强拼搏、不屈不挠、忍辱负重的精神源自苦难的磨砺，一种在物质匮乏、处境艰难中所孕育人的精神追求。

（三）亚鲁王的“文化超人”形象与苗族文化的关系

史诗作为一种初始的、质朴的、贴近艺术源头的文化形态，其主人公往往以一种“文化超人”的形象呈现在读者面前。苗族活态史诗《亚鲁王》中的苗族首领亚鲁王集中了苗族人的智慧、勇敢，代表了苗族人吃苦耐劳、勤劳勇敢，以民生为重的美德。他既能在战场上纵横捭阖、出生入死，又聪明盖世，精通巫术和凡俗智慧，对于炼钢、打铁、铸剑、制弓等日常生活所需要的技艺无所不精。从上面的论述中不难发现，作为“文化超人”的亚鲁王是苗族文化价值体系的集中代表，是苗族文化得以延续和传播的主要价值载体。

---

① 中国民间文艺家协会主编：《亚鲁王》，北京：中华书局，2012 年，第 115 – 116 页。

② ［德］黑格尔：《美学》（第三卷 · 下册），朱光潜译，北京：商务印书馆，1981 年，第 115 页。

1. 亚鲁王是苗族的宗法血缘制首脑的代表

作为文化超人的亚鲁王是一心一意为氏族成员谋福祉的氏族首领。在《亚鲁王》史诗中，亚鲁作为发明弓箭、精于铁艺的氏族首领而为历代苗民所称道。史诗唱述说："亚鲁王铁艺高，亚鲁王铁技精。亚鲁王早上打出三把锤，亚鲁王一天做出三把锄，荷布朵铁艺泥沙般粗糙，荷布朵工具刺竹般毛糙，荷布朵一早上打不出一把锤，荷布朵一天也做不出一把锄。"[①] 史诗生动形象地描绘亚鲁王亲自制弓、铸剑、炼钢、打铁等文化行为，其中蕴含了一个由象征原型建构起来的民族精神模式，表征了苗族先民们创造万物的理性进取精神。

深受儒家文化影响的汉文化是一种伦理型文化，伦理说到底是一种血缘亲属关系。麻山苗族深居大山深处，一向被视为"生苗区"，儒家文化的影响鞭长莫及，作为这个苗族支系首领的亚鲁王，其所作所为时时处处彰显着极强的责任意识。那我们应该如何解释这一文化现象呢？

亚鲁王率领族人走到哪里就在哪里开垦，刀耕火种撒小米。"我只有修筑王城，我必须定国立都。要让王国儿女有菜吃，要使领地族人有饭吃。"[②] "亚鲁王到哪里都没有丢下铁匠手艺，亚鲁王去哪方就把铁匠铺建在哪方……荷布朵说，亚鲁把你的打铁工具留给我吧，亚鲁将你的打铁技术教会我吧。亚鲁王说，可我的铁具我要用，我要打铁抚养我儿女，我靠打铁养活我族人。"[③] 亚鲁王时时处处想着的不是自己，而是族人的冷暖和安危，俨然是整个部落的代表和化身。亚鲁王征战迁徙、建立宫室、环征土地、开辟集市、用智谋夺取土地，经过种种磨难去建设美好家园，不是为了谋求个人的利益，而是为了整个族群的利益，让族人过上安定的生活，为族人创造富足的生活条件。

氏族公社是以血缘纽带和血统世系相联系的社会组织形态，人们过着氏族集体的生活，阶级尚未分化出来，由于生产力水平极其低下，氏族成员在生存竞争中必须依靠群体的力量与外界进行抗争，才能获取最基本的生产和生活资料，在这种浑然一体的社会存在中，共同的社会经济利益和血缘关系把每个社会成员的命运与氏族紧密联系在一起，氏族成员都要自觉受到集体利益的束缚，无条件地服从氏族整体利益的诉求，导致个人意识没有立锥之地。

苗族社会很早就开始了"祭鼓社"的活动，而苗族鼓社是一个血缘伦理结合得十分紧密的集团，亲属称谓制度是鼓社组织最重要的支柱，13 年一次的鼓社节，首要的任务是祭鼓，因此，苗族的鼓社节又称为祭鼓节。由于苗族的经济社会长期发展缓慢，苗族的鼓社制直到中华人民共和国成立前夕依然完好无

---

① 中国民间文艺家协会主编：《亚鲁王》，北京：中华书局，2012 年，第 231 页。
② 中国民间文艺家协会主编：《亚鲁王》，北京：中华书局，2012 年，第 131 页。
③ 中国民间文艺家协会主编：《亚鲁王》，北京：中华书局，2012 年，第 231 页。

损地保存着。因为苗族社会对自然界的征服、劳动成果的积累、技术和社会的进步都是集体活动的结果，所以，部落的集体力量是亚鲁王作为文化超人理想化的基础，亚鲁王的形象因而是部落集体力量的化身，整个氏族从事创造性活动的表征。亚鲁王作为文化超人形象不仅是对部落劳动经验的总结，也是对创世以来史前神话时期的历史进行回顾。可见，把个人利益甚至个人的生命与群体利益融为一体，视群体利益至上，这是血缘和宗法制社会的共同特点，这就是亚鲁王具有极强的责任意识的原因所在。

2. 亚鲁信仰是苗族祖先崇拜的集中表征

信仰是一切文化构建的基础，无论是生命形态的、精神观念的，还是生之礼仪的、死亡祭祀和生命归宿等都受到基本信仰形式的影响，有什么样的信仰就有什么样的文化。信仰是文化的核心内容，也是文化中最难改变的因素。在社会组织化程度很高的社会，人们的信仰主要表现于宗教，而在自然性质很重的族群文化中，其信仰则主要表现在一系列的祭祀上。苗族的信仰是以祖先崇拜为基础的信仰，他们的信仰系统建立在对祖先的表述和认知的基础之上。祖先崇拜是在父系氏族社会的建立过程中由图腾崇拜演变而来的以祖先亡灵为崇拜对象的宗教形式。“父权制的确立使原始家庭制度趋于稳定，人们逐渐萌生其父系长辈的灵魂能够赐福儿孙后代、庇佑本族成员的观念，并对其进行祭拜，由此形成严格意义上的祖先崇拜。祖先崇拜的特点是将本氏族的祖先神化并对之祭拜，它具有本族认同性和异族排斥性，信仰其祖先神灵具有神奇超凡的神力，能庇佑后代族人并与之沟通互感。”① 如果说汉族社会的祖先崇拜意识比较明显的话，那么在历史上长期处于迁徙、分散状态的苗族社会的祖先崇拜则尤其突出。

苗族人普遍将“蚩尤”作为自己的祖先。传说“剖尤”是远古时代一位英勇善战的民族领袖。根据苗语的意思，“剖”是公公的意思，“尤”是名字，“剖尤”就是“尤公”的意思。但是麻山苗族认为，他们的老祖宗是“杨鲁(yanglu)”。“杨鲁”“牙鲁”与“亚鲁”其实是同一个人，“亚”“杨”“牙”都不是姓氏，而是祖先的意思。可以说，亚鲁是苗语语境中的人文始祖，蚩尤则是汉语语境中的人文始祖。据史诗的发现者杨正江说：“就算走遍所有的苗族地区，苗语里面是没有蚩尤这个词的。跟麻山苗族人说，‘蚩尤是你们的祖先’，他们不知道你说些什么；但如果对他们说‘亚鲁王是不是你们祖宗’，他们肯定会说是。”②

麻山苗族认为，亚鲁是他们的祖先，是亚鲁把苗族带到麻山这个地方来定

① 杨文胜：《太阳神崇拜的文化内涵》，《荆楚理工学院学报》，2009 年第 10 期。
② 杨正江访谈，2014 年 11 月 7 日。

居的，亡人要走的路，就是沿着亚鲁迁徙的路线回到过去曾经生活过的东方老家。砍马仪式和开路仪式是苗族丧葬文化中十分突出的文化样式，对祖先灵魂和先祖世界的崇拜向往，已成了麻山苗族社会的一种普遍现象。对先祖亚鲁王的信仰和神圣膜拜融入每个麻山苗族的血脉和骨髓之中，深入苗族日常生活的方方面面，成为苗族人生产、生活的护佑神，成了一种民间的共同信仰，并演绎成一系列纪念亚鲁王的民俗。

3. 苗族纪念亚鲁祖先的民俗活动

麻山苗族纪念亚鲁祖先的民俗活动多种多样，主要有服饰纪念、节庆纪念、舞蹈纪念以及其他民俗活动等。

（1）服饰纪念

服饰是一个民族记忆历史与文化的重要载体。西部方言苗族，尤其是歪梳苗支系、大花苗支系、小花苗支系、高裙苗支系、白苗支系、大印苗支系、红簪苗支系、大旗苗支系等至今仍然用服饰和头饰纪念亚鲁王。这些苗族可能是亚鲁王的嫡系后裔。歪梳苗支系主要栖居在贵州的织金、关岭、安顺、普安，云南文山等地。因这个支系的妇女在梳妆时，用头发、马尾、毛线挽发绳做右垂髻，右耳上方斜插月牙形的彩梳，形成不对称的发式，“歪梳苗”由此而得名。

史诗表明，亚鲁王在阿桑都战败之后，歪梳苗支系起初迁徙到阿带（今安顺）地区生活，之后又迁往普定，再迁徙到乌蒙山中。由于地域分布较广，歪梳苗不同支系的服饰款式、图案、颜色也各不相同，细分不少于十种。“歪梳苗支系的服饰，几乎无处不绣，长裙前后两幅，绣川字形图案，整体装束有战士着甲的视觉效果。其上衣后摆微微翘起，有象征翅膀的写意性表达。细部的图案，有城池、田园、山河等，显然有强烈的关于战争、故国和英雄纪念的含义。”①

小花苗支系服饰的特点是高冠、长裙，衣裙上的花纹图案带有明显纪念亚鲁王的印迹。小花苗支系的服饰以红色和黄色为主，以白色做衬底，服饰的图案主要以城池、河流、山脉、房屋为主，服饰上的黄色布条方框象征迁徙过的城池，装饰花纹有鱼花、火镰花等十余种，花纹的音、形、义齐全。

红簪苗支系居住在贵阳市花溪高坡、黔南州龙里摆省乡、羊场镇和惠水县等地，居住在高坡的红簪苗，又称“高坡苗”“背牌苗”。传说，亚鲁王迁徙到花溪燕楼一带，后来迁到惠水，然后红簪苗支系的一部分迁徙到今龙里县摆省、羊场一带地方。红簪苗支系的服饰，无论男装还是女装都有明显纪念亚鲁王的

① 曹维琼等：《亚鲁王书系·苗疆解码》，贵阳：贵州人民出版社，2012 年，第 158 页。

意义。男装为黄袍或蓝色长衫、高冠，系红绸于腰间；女装为绣衣、长裙、高冠，佩戴银项链，背饰为银币叠成的“方城图案”，腰束洁白布带，留有与裙后摆等长衫彩带于腰后；高冠之上，饰有五彩绸缎编成的花，整个装束显得富丽而华贵，俨然古代王庭女主人的装束。红簪苗有一个独特的习惯，那就是喜披背牌。据传说，苗族祖先在战乱中，男人们纷纷上战场，人马分散，在危急时刻，苗族首领为了保护自己的“四方印章”，同时也为了在战争结束之后以及战后迁徙过程中方便联络，便把“四方印章”刻印在妇女们的背上，要妇女们赶快离开战场，但妇女们始终不愿意离开，苗族首领不得不用无头箭射开恋恋不舍的男女，以悲壮的方式强行告别。此后，披戴印章图案的背牌成为高坡苗支系独特的装饰。后来，妇女们根据“四方印章”用各种蚕丝花线在黑布上刺绣图案，制作背牌，并在背牌上饰以五色彩珠、银泡花和 24 枚海巴。如今“射背牌”已经成为龙里、贵定一带苗族青年定情的传统风俗。相互钟情的男女，如果不用媒人提亲，就在“四月八”举行集体“射背牌”的活动，男方用弩箭射女方的背牌，如果射中，女方父母就要答应这门亲事，如果没有射中，就要等到来年再射，这叫作“定情射背牌”，这已经成为苗族婚俗的“五大怪”[①] 之一。

（2）节庆纪念

“四月八”节是苗族人纪念英雄祖先亚鲁王的节日，以节庆的方式演绎亚鲁王的历史功绩。“纪念苗族始祖杨鲁（亚鲁），一说是纪念杨鲁部落的部将、民族英雄祖狄龙。又称‘牛王节’，这天牛不耕地，主人要侍奉牛一天，挑水进圈给牛喝，上山割嫩草给牛吃。”[②] 以“四月八”节的来历讲述亚鲁王，几乎遍及东部和西部两个方言区的苗族，其地域大体包括贵阳市及周边的黔南、安顺、毕节、遵义部分县市，黔东北的松桃，湘西的花垣、凤凰、保靖等地，其中以贵阳地区苗族的“四月八”节历史最为悠久、影响最大且最具代表性。

东部方言苗族和西部方言苗族对于与亚鲁王有关的“四月八”，有着较为一致的文化表现。武陵山区的苗族讲述“四月八”节的来历，其故事的主角“亚努”往往连缀为“亚宜亚努”，传说他是今之湘黔交界地带的落潮井一带人氏。他战死后，他的妻子每年都在他战死的这一天，来到他的战死之地，用歌舞倾诉心中的怀念之情，引来无数姐妹伤怀，便与她一起来到这里，唱歌跳舞，缅怀英雄，于是，“四月八”就成了苗族人的节日。黔东北的松桃苗王城东十

① 苗族婚俗的“五大怪”即定情射背牌、提亲找花带、定亲杀鸡不是菜、送亲把刀带、聘礼把牛带。

② 安顺西秀区苗学研究会：《安顺西秀区苗族志》，贵阳：贵州人民出版社，2012 年，第 283 页。

余千米处，有一座神奇的山叫作“四月八”山。近处村寨的苗族人对这座山十分敬仰，并且每年“四月八”节前后的晚上，都会听到无数的人在这里吹笙欢歌。

“四月八”节这天，苗族人都要吃乌米饭，乌米饭是苗族极具特色的食品。所谓乌米饭就是采摘一些可以食用的植物叶子剁碎擂烂，熬煮汤汁，加上作料，浇在蒸熟的糯米饭上，搅拌均匀之后而形成的一种色、香、味俱佳的五彩米饭。

据苗族民间传说，做乌米饭是为了纪念亚鲁王。亚鲁王战败被俘时，苗家给他送去的白米饭，都被那些贪婪的狱卒吃了，亚鲁王根本就吃不到。于是苗家妇女就用生肌活血的药草汁浇在米饭上，米饭变成了乌黑的颜色，狱卒见后不敢吃，亚鲁王才得以吃到饭。如今，每到纪念亚鲁王的“四月八”节，贵阳附近方圆百里的苗族人，家家户户都要做乌米饭，青年男女要带乌米饭到贵阳的喷水池一带，默念送给亚鲁王，并与朋友分享。

（3）舞蹈纪念

“跳花节”的来源与苗族首领亚鲁王有关。根据《杨鲁的传说》，杨鲁[①]原是“江西阿山寨”的首领，后西迁徙到黑羊大箐（格罗格桑、桑拓儿），仍担任部落首领。在一次抵御外族部落的入侵战斗中战败，杨鲁带领战败的部落人马向西迁徙到“五勒蒙唉”，准备落脚定居。敌方的追兵赶来，杨鲁又率部继续迁徙，在老落坡杀牛祭祖，振作士气，越过老落坡继续寻找生存之地。最后来到一个叫“阿带”的地方，落脚定居。杨鲁在“阿带”一带种植粮、麻，饲养牛羊，抵抗外族的入侵，发展苗族聚落。为丰富苗民在新春的文娱生活，方便青年男女交往，杨鲁在阿达卜北部开辟了一个跳花场，每年正月初四到初六组织苗民跳花，后人称为“杨鲁跳花坡”。[②] 后代人明白亚鲁王举办跳花山活动的良苦用心之后，模仿他创制的仪式，继续举办跳花山节来纪念亚鲁王。跳花活动沿袭上千年，至今长盛不衰。随着岁月的流逝，跳花山的原本用意日渐淡化，逐渐演变为苗族青年男女择偶的一种集会形式。

“跳花”，又称跳花树、跳花山、跳场、跳厂、跳月、跳芦笙等，是苗族青年男女传统的社交活动。清代的《黔南识略》说：“花苗……孟春合男女于野，谓之跳月。择平壤为月场，植冬青树一束于地上，缀以野花名曰花树。男女皆艳服，吹笙踏歌跳舞，绕树三匝曰跳花。跳毕，女视所欢，或巾或带与之相易，谓之换带，然后通媒妁，议娉资，以妍媸为盈缩。”清道光《黔南丛书》说：“花苗……跳月，顶择平壤为月场，及期，男女皆更服饰装。男编竹为芦笙，吹

① 另外有亚努、杨娄、杨六等称呼。

② 安顺西秀区苗学研究会：《安顺西秀区苗族志》，贵阳：贵州人民出版社，2012年，第312页。

之而前，女振铃附之后以为节，并肩舞蹈，回翔婉转，终日不倦。”这就明确指出“跳花”是苗族青年男女通过跳芦笙舞的方式选择配偶的社交场合。

“跳花节”有固定的时间和地点。时间一般在每年的阴历正月二月三月间。跳花场有大场小场之分。跳三天的叫大场，跳一到两天的叫小场。根据传统习惯，跳花场的第一天是踩场，第二天是正场，第三天是扫场。

苗族人把对天的敬畏、与祖先的沟通、生命的繁衍，以及对美好生活的向往和祈望，都聚焦在这个跳“花树”的仪式之中。在这个狂热的仪式上，人们如痴如醉，手之舞之，足之蹈之，用身体语言叙述他们的生活激情。借助祖先与神灵的力量团结族群成员，从先辈的英雄创业史中汲取奋进的力量，这是生活在山地环境中的麻山苗族延续种族、延续文化的主要方式。

在安顺西秀区，有不少苗族跳花坡，如杨鲁跳花坡、野狗洞跳花坡、东门庄跳花坡、上寨跳花坡、娄家庄跳花坡、黄坡跳花坡、马鞍山跳花坡、莲花塘跳花坡、松林跳花坡、西地跳花坡、甘冲跳花坡、三股水跳花坡、小坪跳花坡、大井跳花坡、兰翠跳花坡、新场跳花坡、龙宫跳花坡等，这些跳花坡至今仍然正常开展活动。贵阳市花溪区的桐木岭、乌当区的洛湾、水城南开花场，在正月、二月间都要举行苗族跳场活动，以纪念他们的先祖亚鲁。

（4）其他民俗活动纪念

每年十一月二十二日麻山苗族都要为祖先亚鲁王举办祭祀大典，紫云、罗甸、长顺、望谟等地的苗族人陆陆续续自发前往吊丧。歌师们严格按照葬礼的程序，轮流唱诵史诗《亚鲁王》。关岭县境内的苗族村寨每年正月初三到初八都要举行隆重的“绕坡”，跳芦笙舞；宗地乡大地坝村蜂糖组葬礼上的猴鼓舞伴随着《亚鲁王》史诗的唱诵，成为葬礼不可或缺的一个程序。远离麻山的花溪、乌当、兴仁、关岭等地都遗存了有关亚鲁王的祭祀舞蹈和民间传说。

麻山苗族除了在葬礼上要唱诵《亚鲁王》之外，婚宴、祈子、杀牲、祭祖、禳灾仪式都离不开《亚鲁王》。《亚鲁王》已经成了麻山苗族人民的精神信仰，是当地文化体系的核心组成部分，它相当于一部法典，规范着苗族的生活生产和道德伦理。《亚鲁王》之于苗族犹如《伦语》之于汉族。正如史诗的发现者杨正江所说：“《亚鲁王》就像汉族的儒家思想一样对苗族人民的生产生活有着一定的规范作用。”①

正因为麻山苗族是一个具有强烈祖先崇拜的民族，亚鲁王是他们公认的始祖，因此，他们将苗族的智慧、创造发明、英勇正义、丰功伟绩等优秀品质都归于亚鲁王身上。

① 杨正江访谈，2014 年 11 月 7 日。

二、《亚鲁王》史诗中的女性形象

在西部苗族丧葬仪式上口头唱诵的活态史诗《亚鲁王》塑造了丰富饱满的女性形象，大致可以分为四类，即未卜先知的女神、能征善战的女英雄、女性神力形象和管家型的妇女群像等。每一类女性形象都有着古老的历史文化蕴涵。

（一）耶偌耶婉：创世的指导神和未卜先知的女神

史诗中的女性往往具有未卜先知的神力。在《江格尔》中，江格尔的妻子阿盖公主、毛贷赛汗的夫人阿拜格尔勒“能追述过去九十九年往事，能预卜未来九十九年凶吉”①。在《格萨尔》中，格萨尔的妻子珠牡在霍尔人进攻岭国之前，预感到霍尔人要攻打岭地，便立即召集岭国的勇士们商量对策，预先做好战斗的准备。在《玛纳斯》中，玛纳斯的妻子卡妮凯具有预言能力和使人死而复生的神力。《亚鲁王》史诗中同样有未卜先知的女神，这就是耶偌和耶婉。

在《亚鲁王》史诗中自始至终都有耶偌、耶婉的影子，其在史诗中的作用，可以从两个方面来看。

其一，耶偌、耶婉是造天造地造人的指导神。从史诗内容看，麻山苗族如果遇到不能解决的问题，都要去找“耶偌”和“耶婉”询问缘由及相应的解决办法，就是董冬穹这样的造世大神也不例外。起初董冬穹造的人是奇人，“董冬穹造成的人变成惑，董冬穹造出的嘿变为眉。董冬穹造不成嘿，董冬穹造不好人。”② 在这种情况下，董冬穹不得不去请教天外的“耶偌”和“耶婉”，“董冬穹到上方勒咚问耶偌，董冬穹到上方开外问耶婉。”耶偌和耶婉告诉董冬穹找情侣、娶妻子。“董冬穹哩董冬穹，你得寻找情侣，你去娶个妻子，你造的人才能兴旺，你造的嘿就能繁盛。”③ 可是董冬穹去娶了波尼珑哈啦丹做妻子之后，波尼珑哈啦丹没有乳汁，不会生育，波尼珑哈啦丹到上方的勒咚去问耶偌和耶婉，耶偌和耶婉告诉波尼珑哈啦丹：“你去天外中央的牛集市栽棵大大的构皮树，你去下方浩瀚旷野中央的兔集市栽棵大大的构皮树，你割开构皮树取乳汁，你割开构皮树取奶水，你煮粽子喂孩子/你煮粽子喂儿女。”④

不仅如此，董冬穹的后代诺育在造人的过程中同样得到了耶偌和耶婉的指导。由于董冬穹造人不成功，吩咐儿女们分开去造万物、生灵。董冬穹的女儿诺啨造人的时候，坐在天外的中央，遇不着男人，找不了丈夫，诺啨去问耶偌

---

① 郎樱：《史诗中的妇女形象及其文化内涵》，《民间文学论坛》，1995 年第 2 期，第 79 页。

② 中国民间文艺家协会主编：《亚鲁王》，北京：中华书局，2012 年，第 36 页。

③ 中国民间文艺家协会主编：《亚鲁王》，北京：中华书局，2012 年，第 36 页。

④ 中国民间文艺家协会主编：《亚鲁王》，北京：中华书局，2012 年，第 37 页。

和耶婉，耶偌和耶婉告诉诺唷，“诺唷哩诺唷/你坐的是下面/你遇不着男人/你坐的是下方/你娶不了丈夫/你爬去坐上面/你会遇着了男人/你爬去坐上方/你会娶得了丈夫/偌告诉了诺唷/婉告诉了诺唷/诺唷哩诺唷/你煮一碗猪肉和一箩糯米饭去上方/谁看中了你谁会来和你一起吃。”① 但是，耶偌、耶婉的指导并非总能成功，诺唷做好的猪肉和一箩糯米饭，没有男人来吃，变成了生灵。

在史诗的第二章，亚鲁王派遣嘎赛咏去造太阳和月亮，嘎赛咏不知道怎么造，于是去问天外的祖奶奶，祖奶奶告诉嘎赛咏，在一个名叫岜果的山坡造另一个耶偌，在一个名叫岜锦的山坡造另一个耶婉，造成了耶偌、耶婉之后，再去去问耶偌、耶婉，“耶偌会告诉你怎样造太阳，耶婉会告诉你怎样造月亮。”耶偌、耶婉告诉嘎赛咏：“你拿十二两金/打成十二个金手镯/丢在十二个角落/成了十二个太阳/你拿十二两银/打成十二个银手镯/丢在十二个荒野/成了十二个月亮。”② 嘎赛咏按照耶偌、耶婉的指点，造成了十二个太阳和十二个月亮。

在远古苗族人看来，耶偌、耶婉无所不通，无所不晓，造天造地造人只有在耶偌、耶婉的指导下才能取得成功，无所不晓的耶偌、耶婉实质上是远古时代苗族巫师具有沟通天地人神特殊功能的象征。

其二，在《亚鲁王》史诗中，耶偌、耶婉是能够预知未来的女神，这从龙心和盐井的发现可见一斑。亚鲁王发现龙心脏，将它带到王宫之后，光芒万丈的龙心令亚鲁王感到困惑不解，他担心这是一个“大惑”。如果是“大惑”的话，亚鲁王就会面临空荡荡的洗劫，于是亚鲁王匆匆地带着龙心脏到哈桑去问耶偌和耶婉。耶偌和耶婉的话通过祖神传给亚鲁，“亚鲁哩亚鲁/你第一个到这里来/你头一个来到这里/回去用红布包裹龙心挂上宫梁/它会保住你领域/它会繁盛你疆域/你儿孙后代拥有王室尊贵/你后代子孙保有传世王位/亚鲁哩亚鲁/你不能带着它做生意/你不能带着它赶集市/它会给你带来仇恨/它会给你引发战事。”③ 亚鲁王心悸地带着龙心回到王宫，用红布包裹着龙心挂在房梁上，“保住了亚鲁的领域整整三年”“繁盛了亚鲁的疆土”。亚鲁的兄长赛阳、赛霸得知亚鲁拥有龙心能保护疆域的消息之后，便来抢劫龙心，引发了龙心大战。从耶偌、耶婉对龙心的预言来看，其预言是灵验的。如今，在麻山地区，如果人们遭遇了不顺利的事情，就会做一场“通灵仪式”，即通过举行仪式向耶偌、耶婉询问事情发生的原因和相应的解决办法。

（二）能征善战的女英雄

在苗族的心目中，苗族史诗《亚鲁王》的同名主人公是一位顶天立地的英

---

① 中国民间文艺家协会主编：《亚鲁王》，北京：中华书局，2012 年，第 39 页。
② 中国民间文艺家协会主编：《亚鲁王》，北京：中华书局，2012 年，第 263 页。
③ 中国民间文艺家协会主编：《亚鲁王》，北京：中华书局，2012 年，第 108 页。

雄，然而，英雄的人性光彩倘若离开了与之唇齿相依的女性，也会变得黯淡无光。在《亚鲁王》史诗的人物体系中，妇女形象显得光彩夺目。其中不少女性不仅花容月貌，是家庭的贤内助，而且能征善战，一旦战事发生，在激烈的厮杀中她们也是临危不惧、英勇过人的女豪杰。其中能征善战的女英雄可分为两类，即初恋情人波尼桑，绝色佳人波丽莎和波丽露。

1. 初恋情人波尼桑

“亚鲁在夯驽家疗养期间，夯驽的女儿波尼桑给亚鲁端茶送饭，还陪亚鲁在村寨边玩耍游玩，夜晚两人手拉手共赏明月，在月荫下躲猫猫，波尼桑陪亚鲁打猎、射鸟、射箭、舞镖，亚鲁与美丽善良的姑娘波尼桑产生恋情。波尼桑是亚鲁的初恋情人，他们感情甚笃，亚鲁告别恋人，踏上征途的情形跃然纸上。”[①]“波尼桑送别亚鲁走了一弯又一弯，亚鲁告别波尼桑过了一坡又一坡。波尼桑送亚鲁到布杜，波尼桑站在土坡上看亚鲁渐渐远去，波尼桑呆立坡上望亚鲁天边消失。亚鲁王带兵攻击卢呙王城，久攻不下，波尼桑策马飞奔而来，援救亚鲁王。波尼桑协助鲁亚王用火攻卢呙王城，大获全胜，但波尼桑被卢呙王射中，倒在血泊中。亚鲁的初恋情人波尼桑被卢呙王的箭射中之后，亚鲁飞身下马，紧紧抱住波尼桑”[②]，波尼桑喃喃地说：“亚鲁哩亚鲁，天是亚鲁王的天，地是亚鲁王的地，天下是亚鲁王的疆域，地上是亚鲁王的王国。”[③]“然后波尼桑口中鲜血喷涌，告别人世。由于波尼桑的援助，亚鲁王在战争中取得了接二连三的胜利，收复了疆域纳经和贝京。

2. 绝色佳人波丽莎和波丽露

如果说初恋情人波尼桑是亚鲁在夯驽家疗养期间缔结的恋情，那么绝色佳人波丽莎和波丽露则是成年的亚鲁王在征战、迁徙过程中艳遇的恋情，史诗对波丽莎和波丽露的美貌以及亚鲁王心惊肉颤的复杂心情有着精彩的描述[④]：“两个清亮的倒影迷住亚鲁王双眼，两个美貌的女子勾住亚鲁王目光。光溜的身子如两条白生生的人鱼，黝黑的长发像两蓬水藻缓缓漂浮，隐隐的下体如剑鞘，凸凸的双乳水中晃，细细的腰肢水摆柳。亚鲁王心惊肉颤，血脉汹涌头发晕。瞬间下体筋青脉胀，身子滚烫火烧火燎。亚鲁王惊魂不定，亚鲁王按捺不住。身子颤抖，头发直立，恍惚看到自己的魂魄。”

---

① 蔡熙：《〈亚鲁王〉的女性形象初探》，《湖南工业大学学报》，2014 年第 3 期，第 66－69 页。

② 蔡熙：《〈亚鲁王〉的女性形象初探》，《湖南工业大学学报》，2014 年第 3 期，第 66－69 页。

③ 中国民间文艺家协会主编：《亚鲁王》，北京：中华书局，2012 年，第 86 页。

④ 蔡熙：《〈亚鲁王〉的女性形象初探》，《湖南工业大学学报》，2014 年第 3 期，第 66－69 页。

在龙心大战中，赛阳、赛霸没有得到龙心，于是他们施以美人计，派诺赛钦与波丽莎做情侣，派汉赛钦与波丽露做情人，用假龙心去引诱单纯酷爱刺绣的亚鲁小王妃波丽莎和波丽露，偷换真龙心。通过美人计抢走龙心的赛阳、赛霸发动疯狂进攻，率领七千砍马腿的务向亚鲁王领地开进，大兵压境，亚鲁王从集市回到王宫，调集七百名做生意的士兵，因为龙心被抢，亚鲁王失去庇护，亚鲁王的领地被七千砍马腿的务团团包围，士兵阵亡过半。

波丽莎和波丽露主动承担丢失龙心的罪责，率兵舍生阻挡赛阳、赛霸的疯狂进攻，史诗对此有着生动的描绘："波丽莎和波丽露招兵，波丽莎与波丽露来点将，率七百人守护城门，领七十人驻扎阵地。波丽莎舞动宝剑，波丽露挥起梭镖。从城墙上跳下，飞身跨越城门。杀向赛阳的兵，砍倒赛霸的将。波丽莎舞剑辟开血路，直杀诺赛钦。波丽露挥镖左刺右杀，掩护波丽莎。鲜血流成河，尸首堆如山。七千务莱包围波丽莎，七百务呸围住波丽露。波丽莎剑刃翻卷，精力耗尽，波丽露镖竿断裂，精气枯竭。波丽莎血洒大地，波丽露血流故土。波丽莎倒在鲜红血泊中，波丽露躺在族人白骨堆。"①

波丽莎和波丽露亲如姊妹，相互配合，协力作战，英勇无畏，她们的英勇拼杀，让亚鲁王的军队得到喘息的机会，亚鲁带领族群人员成功撤退。但因寡不敌众，波丽莎和波丽露战死在沙场上，成为巾帼英雄。

在史诗《亚鲁王》中，无论是初恋情人波尼桑，还是绝代佳人波丽莎和波丽露，她们有一个共同的特点，即都是甘愿自我牺牲的女英雄，她们不仅有着倾国倾城之美貌，而且是英勇善战的美女，是亚鲁的忠诚的助手和保护神，在亚鲁遭遇危难之际，她们突然现身，挺身而出，帮助亚鲁克敌制胜，最后她们都无一例外地血洒疆场。波尼桑、波丽莎和波丽露已成为苗族人民心目中的理想女性形象。

（三）霸德宙：女性神力形象的象征

亚鲁王迁徙到荷布朵王国之后，荷布朵要求亚鲁王迁徙到别的地方。亚鲁王先与荷布朵结拜兄弟，之后把铁匠铺建在荷布朵王国，亚鲁王通过与荷布朵年轻貌美的王妃霸德宙一道煮菜、做饭、挑菜、送饭、送菜的机会，感情步步加深，最终占有了荷布朵的王妃霸德宙。

史诗对于霸德宙旺盛的性欲做了直露、大胆的渲染，如：

亚鲁王伸手搂过霸德宙，
亚鲁王剥开她贴身衣裳。
霸德宙身子油光水滑，

① 中国民间文艺家协会主编：《亚鲁王》，北京：中华书局，2012年，第129页。

霸德宙双乳山峰挺立。
圈里的母猪拱猪圈，
发情的母猪刨食响，
亚鲁王抱着霸德宙，
像母猪刨食嘣嘣响①。

当亚鲁王与霸德宙交媾之后，霸德宙并没有对荷布朵王隐瞒真相，而是坦言相告。“大王哩大王，你是首领，顶天立地的男人，你是大王，身强体壮的汉子。你一千个白天不抱我，你一千个夜晚不摸我……你弟亚鲁是首领，顶天立地的男人，你弟亚鲁是大王，身体强壮的汉子。我真的怀上了。我已经有身孕。”②

这些表述生动地反映了苗族先民的原始民俗特点。亚鲁王率领苗族们在麻山地区山高土少的喀斯特环境中征战、迁徙，生活十分艰难，时刻面临死亡的威胁。因而，麻山苗族先民认为，具有生育能力的妇女是民族人丁兴旺、动植物繁殖的保证，人们把繁衍子孙、生育后代作为人生的头等大事，由男女交欢而生育后代，理所当然就是天经地义的事，由此产生了普遍崇拜生殖和繁育的社会意识，女神神话和女性神力崇拜应运而生。

原始先民最为关心的莫过于传种与营养。人们认为，传种与营养与宗教之间有不可分割的关系。性，常被看作宗教的主要根源。“在仪式上放任性，并不只是纵欲，乃是表现对于人与自然界的繁殖力量的虔敬态度；这种繁殖力量，是社会与文化的生存所系。”③ 苗族的葫芦生人神话也很好地说明了这一点。原始先民在长期的生活实践过程中观察到葫芦多籽，其形如同母腹，便认为多籽的葫芦具有旺盛的生命力，并且希望人类也像葫芦一样具有旺盛的生命力，于是对葫芦产生了崇拜之情。可以说，性欲旺盛的霸德宙是山地苗民生殖崇拜观念的生动写照，也是女性神力形象的表征。

（四）管家型妇女群像

亚鲁王有七十个王后王妃，亚鲁王领兵在外征战，收复领地，王后王妃们垦田种谷、圈池养鱼。“七十个王后料理七十坝平展水田，七十个王妃打理七十坡肥土肥地。”④ 麻山地区自然环境恶劣，经常干旱缺水，正如史诗文本所描述

① 指亚鲁和霸德宙做爱时的声响。

② 中国民间文艺家协会主编：《亚鲁王》，北京：中华书局，2012 年，第 236 页。

③ ［英］马林诺夫斯基：《巫术科学宗教与神话》，李安宅译，北京：中国民间文艺出版社，1986 年，第 24 页。

④ 中国民间文艺家协会主编：《亚鲁王》，北京：中华书局，2012 年，第 115 – 116 页。

那样："稻田正干裂成一道道口子，鱼池正在变为一团团污泥。"[①] 在干旱缺水的情况下，七十个王后王妃们往往头顶烈日，抬着麻布穿过崎岖的山间小道到田坎下江滩上去洗麻捶布。在高原山地环境中，她们深知土地之重要，鱼池之珍贵。有一次，王后王妃一起对亚鲁王说："大王哩大王，我们洗麻很小心，我们洗布会当心。……我们知道吃大米要种水田，我们知道吃鱼虾得有鱼池。兔的天我们去洗麻洗布。"[②]

深居山地的苗族，向来食盐匮乏，亚鲁王在经商归途中意外发现生盐井之后，为了熬生盐，亚鲁王自己造钢锅、铸铁锅、打柴刀、制斧头，但是妇女们也发挥了极大的作用，她们砍柴、挑水，干得汗流满面。"亚鲁王七十个王后挑回七十担水，亚鲁王七十个王妃砍来七十捆柴。"[③] "亚鲁王七十个王后又挑回七十担水，亚鲁王七十个王妃再砍来七十捆柴。一天烧出七锅生盐，熬一锅得七层盐巴。"[④] 由于王后王妃们的密切配合，经过一次又一次的试验之后，终于熬出生盐。

在人类历史的长河中，妇女曾在生产、生活诸方面起过主宰作用，管家型的妇女为族群的发展发挥了积极的作用。亚鲁王的父亲翰玺鸷王迁徙到诃锦甾，在诃锦臧定居之后，用七十妮砂绕、七十妮砂绒迎娶博布能荡赛姑，目的就是让她管宫管室，"迎博布能荡赛姑，她当上做菜的王后，娶博布能荡赛姑，她当了煮饭的王妃。"[⑤] 三年之后，她生下六个王子，即赛鲁、赛斐、赛阳、赛霸、亚鹊、亚鲁。这一习俗代代传承，相沿成习。

即便是铜鼓文化的殉道者波尼冈囊、能征善战的女英雄也具有管家型妇女的特点。波尼冈囊平时在家做针线活、管理家政。亚鲁王的初恋情人波尼桑告别人世之前对亚鲁说："亚鲁哩亚鲁，我就要归去祖奶奶那里，谁来为你做菜?"[⑥] "亚鲁哩亚鲁，我就会去祖爷爷那方，哪个为你煮饭?"[⑦] 这番表白可以说是管家型妇女的形象表述。亚鲁王在征战和迁徙过程中艳遇绝代佳人波丽莎和波丽露，二女亲如姊妹，波丽莎经商并为亚鲁王室掌管财物，波丽露料理日常事务并管理家政。总之，亚鲁王带领族群成员在征战迁徙过程中，管家型王后王妃虽然无名无姓，但她们默默无闻的操劳，为亚鲁王国的发展做出了不可估量的贡献。

---

① 中国民间文艺家协会主编：《亚鲁王》，北京：中华书局，2012 年，第 118 页。
② 中国民间文艺家协会主编：《亚鲁王》，北京：中华书局，2012 年，第 120 页。
③ 中国民间文艺家协会主编：《亚鲁王》，北京：中华书局，2012 年，第 179 页。
④ 中国民间文艺家协会主编：《亚鲁王》，北京：中华书局，2012 年，第 180 页。
⑤ 中国民间文艺家协会主编：《亚鲁王》，北京：中华书局，2012 年，第 49 页。
⑥ 中国民间文艺家协会主编：《亚鲁王》，北京：中华书局，2012 年，第 91 页。
⑦ 中国民间文艺家协会主编：《亚鲁王》，北京：中华书局，2012 年，第 92 页。

管家型妇女最主要的特征就是驯服。这种驯服是以男性为依赖的，爱他，侍奉他，要打要杀随便他，甚至连自己的生命权也掌握在男人手里。咤牧要杀妻子波尼冈囊祭祀铜鼓，妻子波尼冈囊只有乖乖地应允，她说："你要杀就杀，你要宰就宰。"[1] 史诗是苗族先民生活的折光反映，是苗族语言、先民的原始思维及苗族社会发展的产物。透过上述女性形象，可以清晰地见出史诗形成时代苗族女性的生存处境、在社会生活和家庭生活中所处的地位。

史诗虽然残留着许多女性崇拜的印迹，但显而易见的是，史诗形成于父系氏族社会阶段。苗族社会进入父系氏族社会之后，由于男子在生产中的地位逐步提高，日益取代女性在生活中的支配地位。因此，以祖母为中心的族群社会逐渐解体，代之以男子为中心的分裂型的家庭社会结构，继而分裂成为一夫多妻制的家庭社会结构。在这种家庭社会结构中，女性所承担的角色与男性相比，明显处于不平等的地位，在男性光环的笼罩下，女性的角色被遮蔽。她们在家庭中失语，处于从属和被支配的地位，没有能力也没有权利来实现自己的话语权，只不过是行动的执行者而无法成为决策者，因而往往是呼之即来，挥之即去，最终沦为边缘化的女人。被男人边缘化的女人，其结果只能成为男性的助手当管家婆和作为生育的工具，或者在关键时刻心甘情愿地为自己所爱的男人赴死。

---

① 陈兴贤：《紫云苗族布依族自治县民族古籍资料》，第58－63页（内部资料），2004年。

第八章 《亚鲁王》史诗与荷马史诗比较研究

本章从跨文化的视野将苗族史诗《亚鲁王》与欧洲的荷马史诗进行平行比较研究，主要从史诗类型、英雄形象、战争文化等方面展开。通过比较，超越民族文学的范畴，进而上升到文学人类学的层面。

第一节 《亚鲁王》史诗与荷马史诗比较研究

一、“英雄史诗”与“复合型史诗”

《亚鲁王》史诗的问世被称为“横空出世”。冯骥才把“亚鲁王”界定为苗族的“长篇英雄史诗”，余未人称它是用心灵记录、用口头传唱的“民族历史记忆经典作品。”① 杨培德主张将其归为“神圣历史”②。媒体称《亚鲁王》所传唱的是西部苗族人“创世与迁徙征战的历史”③。徐新建在《生死两界“送魂歌”——亚鲁王研究的几个问题》（《民族文学研究》2014 年第 1 期）从史诗的口头性出发，将《亚鲁王》史诗定性为“生死信仰送魂歌”，即是说为亡灵诵唱的送魂歌。朱伟华运用叙事学方法对《亚鲁王》文本进行分析，认为“《亚鲁王》是典型的东方史诗，结构上又兼具南、北史诗的特点。”④

2013 年在贵阳举行的《亚鲁王》研讨会上，就《亚鲁王》的性质，专家们众说纷纭。余未人认为《亚鲁王》是一部苗族英雄史诗，填补了西部方言区苗

---

① 高剑秋：《发现和出版〈亚鲁王〉：改写苗族没有长篇史诗的历史》，《中国民族报》，2012 年 2 月 24 日。

② http：//www. chinamzw. com/wlgz_ readnews. asp？ newsid = 2188.

③ 《中国民族》记者：《“亚鲁王”回归——苗族英雄史诗〈亚鲁王〉记略》，《中国民族》，2012 年第 4 期。

④ 朱伟华：《苗族史诗〈亚鲁王〉叙事特征及文化内涵初探》，《贵州社会科学》，2014 年第 9 期，第 55 – 61 页。

族迁徙、征战的口述历史的空白。胡晓东认为《亚鲁王》从内容上看虽然尚未完全发育成熟，但已经具备英雄史诗的特征。南鸥认为，从题材、结构、叙事的完整性以及故事的奇异四个层面上综合判断，《亚鲁王》符合一部英雄史诗所具备的要素。朱伟华把《亚鲁王》称之为“苗族的苦难史诗”而非“苗族的英雄史诗”。彭兆荣认为，“亚鲁”不仅是麻山苗族在史、诗、歌中对“英雄祖先”的记忆与经验，也是他们以质朴的“情”与“理”，编织而成的“家园感”。吴秋林认为，英雄史诗的发展形态都是要走向艺术和诗性，走向审美，而在《亚鲁王》史诗中更多的是文化人类学上的意义，而不是娱乐和审美的意义。钟敬文认为，《亚鲁王》把苗族的创始神话与英雄史诗做了奇妙的融合。①

以上看法各有其理，关键在于命名者各自不同的取舍标准。显然，在外界的种种命名中，影响最大的是“英雄史诗”，不但《亚鲁王》史诗的首部文字整理本是用“苗族英雄史诗”冠名的，而且这一说法得到国家级“非物质遗产名录”的认定和舆论的广泛传播。不仅包括《光明日报》《人民日报》《中国社会科学报》《中国民族报》等国内主流媒体，而且连篇累牍的学术论文都不约而同地冠之以英雄史诗之名。《亚鲁王》史诗甫一问世便引发了各级媒体的广泛关注，这充分说明了社会各界对非物质文化遗产的重视，是一件令人高兴的大好事。但在令人高兴之余，也潜伏着令人担心的忧思。

史诗是人类社会和精神文化发展史上的普遍现象。关于史诗的类型问题，西方的史诗种类比较单一，史诗一般是指以英雄人物为中心的英雄史诗。众所周知，在西方只有英雄史诗，荷马史诗是英雄史诗的典型形态。在我国，由于史诗研究起步晚，甚至于史诗（epic）这一概念也是舶来品，再加上缺乏多民族的文学观念，对于我国有无史诗进行了长时间的争论。事实上，我国不但有史诗，而且拥有多种类型的史诗，是史诗的富国。

就史诗的内容而言，我国的史诗类型多种多样，除了英雄史诗以外，还有神话史诗、创世史诗、民族迁徙史诗。流传于我国北方草原地区的三大史诗即藏族、蒙古族的《格萨尔》，蒙古族的《江格尔》和柯尔克孜族的《玛纳斯》，可以说是表现氏族、部落或民族形成过程中以征战为主要内容、以歌颂英雄业绩为题材的英雄史诗。在我国南方民间口耳相传的，除了英雄史诗之外，还有再现人类祖先创造世界、创造人类，反映远古社会的发展情况以及远古人类对宇宙世界、社会人生等重大问题的创世史诗、迁徙史诗、狩猎史诗等。马学良等编撰的《少数民族文学史》认为，我国西南各民族的史诗是一种“储存神话

① http：//www. cflac. org. cn/ys. /mjqy/mjqyzx/201312/t20131218_ 236192. html.

的复合型史诗”①，它不同于草原文化圈的史诗。

《亚鲁王》的独特魅力在于其民间形态，兼具创世史诗、英雄史诗和迁徙史诗的特点，比较典型地反映了南方史诗的特点。正如朝戈金所说：“基于《亚鲁王》的演述文本和相关调查报告，从口头文类进行界定，《亚鲁王》当属史诗。至于可否径直将其称作‘英雄史诗’，则需要深入研究。”② 因此，从学术学理角度对史诗《亚鲁王》的学术定位进行深入探讨，是十分必要的。

（一）“英雄史诗《亚鲁王》”：西方史诗话语的简单挪用

英雄史诗只不过是对西方史诗话语的简单移植，缺乏对中国史诗情况的深入了解。众所周知，史诗概念肇端于西方。史诗在希腊文里是 Epos，原意是“平话”或故事，后来引申为口头流传的叙事诗，或口头吟诵的史诗。英文中的 epic 来自希腊语的 epikos 和拉丁语的 epicus，从词源学来看，它与古希腊语的 epos 有着直接的渊源关系。在西方，史诗指的是描写英雄业绩的长篇叙事诗，这是因为西方的史诗观念是以荷马史诗为范例建构起来的。西方学界从柏拉图、亚里士多德、维柯、直到黑格尔等，二千余年来对荷马史诗的研究纵贯整个西方的学术批评史，荷马史诗因而成了西方叙事诗的典范，西方文学和文化的源头。

荷马史诗刻画了无数感人至深的个人英雄主义形象，如叱咤风云、英勇善战的阿喀琉斯，忠勇双全、重情重义的赫克托尔，智慧超群的奥德赛等。这些英雄多有神的血统，外形高大威武、勇猛善战。在特洛伊人的猛烈攻势下，帕特罗克洛斯勇敢出战，先后杀死了一系列特洛伊将领，如皮赖克墨斯、普罗诺奥斯、特斯托尔、埃里拉奥斯、埃律马斯、安福特罗斯、埃帕尔特斯等。帕特罗克洛斯虽然英勇，却又被比他更勇猛的特洛伊头号战将赫克托尔杀死，而赫克托尔又倒在阿喀琉斯的枪下。阿喀琉斯是荷马史诗中最勇猛、战绩最为辉煌的英雄，包括赫克托尔在内的众多的特洛伊将领纷纷倒在他的枪下，是他力挽狂澜，使希腊联军转败为胜。

荷马时代，是一个英雄时代，一个凭勇力竞争和拼搏的时代。由于荷马在史诗中再现了当时希腊各民族盛行的惨无人道的习俗，如阿喀琉斯拒绝埋葬在战场上被打死的敌人的尸首，而任其由狼狗吃掉，柏拉图由此在《理想国》中盛赞荷马天生具有崇高的玄奥智慧。亚里士多德的《诗学》是西方文学理论的开山之作，雄霸西方诗学界二千余年。在《诗学》中亚里士多德提出，只有荷马才会制造诗性的谎言，即“把谎话说得圆”，并劝告悲剧诗人选择兄弟之间

① 马学良、梁庭望、张公瑾：《中国少数民族文学史》（上册），北京：中央民族学院出版社，1992 年，第 128 页。

② 朝戈金：《媒体对〈亚鲁王〉报道不科学》，《中国社会科学报》，2012 年 3 月 23 日。

的斗争作题材。贺拉斯则称赞荷马笔下崇高的英雄人物性格没有人能模仿。维柯的《新科学》用较多的篇幅对荷马史诗进行了评论。维柯认为，“荷马在英雄史诗方面具有无比的才能。”“是一个高不可攀的英雄诗人，是一切崇高诗人中最崇高的一位。”① 在古希腊，只有英雄才能沐浴到荣誉的光辉，因此，在古希腊语里，英雄们就叫做光荣者。这种英雄的特征就是凭勇敢获得财富和荣誉。他将阿喀琉斯视为古希腊最大的英雄，代表了英雄所有的一切勇敢属性：暴躁、固执己见不饶人、凭武力夺取一切。

特别值得指出的是，19 世纪德国的大美学家黑格尔把荷马史诗作为史诗的范本，根据荷马史诗来总结史诗的基本特征和规律，对后世史诗理论的发展影响深远。首先，黑格尔将战争英雄观强调到极致。在他看来，战争主要表现的是英勇，因此，英勇是特别适宜于史诗的题材。“战争情况中的冲突提供最适宜的史诗情境，因为在战争中整个民族都被动员起来，在集体情况中经历着一种新鲜的激情和活力，因为这里的动因是全民族作为整体去保卫自己。这个原则适宜于大多数史诗。”② 在黑格尔看来，就算是讲述奥德修斯回家的故事——《奥德修纪》再现的也是一种战争。其次，宣扬欧洲的史诗、文学和文化优于一切的欧洲中心论。黑格尔将史诗的发展分为三个阶段：象征型的东方史诗，募仿型的希腊罗马古典史诗以及基督教各民族半史诗半传奇故事式的诗歌。他断言，东方的中国没有自己的民族史诗。③ 有史诗的印度又怎样呢？“印度史诗还不能彻底表现出神与人的真正理想的关系，因为它处在象征式的想象阶段，其中人这一方面尽管过着自由而美好的现实生活，却被挤到不重要的地位，人的个别行动时而表现为神的体现，时而表现为一种终归消逝的次要因素。”④ “只有希腊才有完备的或正式的史诗，它的实际作品也最符合艺术的要求。”⑤ “史诗和雕刻都在希腊原始时代达到过去没有人超过，将来也不会有人超过的完

① ［意］维柯：《新科学》，朱光潜译，北京：人民文学出版社，1997 年，第 421 页。

② ［德］黑格尔：《美学》（第三卷·下册），朱光潜译，北京：商务印书馆，1981 年，第 135 页。

③ “中国人却没有民族史诗，因为他们的观照方式基本上是散文性的，从有史以来最早的时期就已形成一种以散文形式安排的井井有条的历史实际情况，他们的宗教观点也不适宜于艺术表现，这对史诗的发展也是一个大障碍。但是作为这一缺陷的弥补，比较晚的一些小说和传奇故事却很丰富、很发达，生动鲜明地描绘出各种情境，充分展示出公众生活和私人生活，既丰富多彩而又委婉细腻，特别是在描写女子性格方面。这些本身完满自足的作品所表现的整个艺术使我们今天读起来仍不得不惊赞。”（［德］黑格尔：《美学》第三卷下册，朱光潜译，北京：商务印书馆，1997 年，第 170 页。）

④ ［德］黑格尔：《美学》（第三卷·下册），朱光潜译，北京：商务印书馆，1981 年，第 154 页。

⑤ ［德］黑格尔：《美学》（第三卷·下册），朱光潜译，北京：商务印书馆，1981 年，第 181 页。

美高度。这并不是偶然的。”[①]“希腊人和罗马人的诗艺才初次把我们带到真正史诗的艺术世界。”[②] 黑格尔称荷马史诗为史诗的顶峰，认为荷马史诗的“叙述语调始终是民族的，真实的，就连个别部分也熔铸得很完美，各自成为独立的整体。”[③] 从上面的引述可以看出，黑格尔的欧洲中心论是明目张胆的。再次，黑格尔心目中最大的英雄还是凭勇武掠夺一切的阿喀琉斯。“阿喀琉斯这位风华正茂的少年体现着全希腊民族的精神。……希腊人如果没有阿喀琉斯参战就不能战胜，他战胜了特洛伊的统帅赫克忒，也就战胜了特洛伊。至于俄底修斯，他一个人的还乡反映了希腊全军的还乡。”[④] 不难看出，黑格尔的史诗观存在诸多的理论陷阱、偏颇和矛盾。

黑格尔之后，欧洲的文论家坚持的是一以贯之的英雄史诗观，兹略举数端。法国的博杜安从心理分析理论出发，将史诗视为“英雄神话”的不同版本。俄国文论家日尔蒙斯基认为，史诗通过将英雄人物理想化的方式来表达人民对历史的追忆，他重点探讨了古代史诗中的英雄传奇经历，如英雄神奇的诞生、命名、驯服神马、英雄求亲等。俄国的民间文学理论家普诺普认为，史诗的基本特征不是其历史精神，而是它的英勇精神。英国的卡顿在《文学术语词典》给史诗的定义是：史诗指“在大范围内描述武士和英雄们的长篇叙事诗，是多方面加以表现的英雄故事，包括神话、传说、民间故事与历史。”[⑤]

从上面的梳理，我们可以发现，在西方学界，言史诗仅有英雄史诗，舍此别无其他。这种英雄史诗有两大要素，一是民族战争，一是英勇。诚如黑格尔所言，只有一个民族对另一个民族的战争才具有史诗性质。这种民族战争说到底是希腊人远征亚洲人的战争，是欧洲人对亚洲人的胜利。“过去民族的史诗都描绘西方对东方的胜利，也就是欧洲人的权衡力和受理性节制的个性对亚洲的组织简陋，联系松散，貌似统一而经常濒于瓦解的那种宗法社会的耀眼浮华的胜利。……如果人们想跳出这个框架，那就只有面向美洲。”[⑥] 所谓“英勇”，即是说史诗通过叙述传奇式的英雄故事塑造了嗜血的英雄形象。美女、黄金、

① ［德］黑格尔：《美学》（第三卷·下册），朱光潜译，北京：商务印书馆，1981 年，第 182 页。

② ［德］黑格尔：《美学》（第三卷·下册），朱光潜译，北京：商务印书馆，1981 年，第 187 页。

③ ［德］黑格尔：《美学》（第三卷·下册），朱光潜译，北京：商务印书馆，1981 年，第 187 页。

④ ［德］黑格尔：《美学》（第三卷·下册），朱光潜译，北京：商务印书馆，1981 年，第 148－149 页。

⑤ ［英］卡顿：《文学术语词典·史诗》，伦敦：伦敦出版社，1979 年，第 225 页。

⑥ ［德］黑格尔：《美学》（第三卷·下册），朱光潜译，北京：商务印书馆，1981 年，第 187 页。

三脚锅、矛以及战争装备，是战争的战利品，是价值的象征。在《伊利亚特》12卷中，萨尔泊冬对格劳科斯所说的一番话清晰地表达了英雄的内涵，在宴会席上他们坐在最上等的位置，被供奉以最上等的酒馔，他们拥有最上等的土地，这都是因为在最前线的战斗中表现出勇敢所致。在荷马的世界，重要的不是遵守游戏规则而是输赢和荣誉。别人对你的看法远比你对自己的看法重要，而名声和荣耀只有在战场上的厮杀与被杀中才能实现。荷马的英雄是那些甘愿、勇敢地面对死亡的人。

“西方在建构自己的文学观念的时候，并没有考虑中国还有文学，甚至比它的历史更长、更悠久，而且成果更独特更辉煌，我们用的是一种错位了的、从西方的经验中产生出来的文学观。”[①] 在史诗研究领域尤其如此。如上所述，西方的“英雄史诗”概念完全是以荷马史诗为基点建构起来的，他们在建构“英雄史诗”概念的时候竟然还不知道中国有史诗存在。我们的研究者言必称希腊，孜孜以西方的史诗观套用到中国的史诗，全然不顾中国疆域辽阔、文化生态多样的社会与文化背景，难免不出现盲人摸象的尴尬。

（二）“英雄史诗”这一标签不能囊括《亚鲁王》作为活态史诗的本质特征而只能是其中的一种视角和层面

《亚鲁王》是在送灵仪式上面对亡灵唱诵的，与仪式的展演紧密结合。从目前整理出版的史诗版本来看，《亚鲁王》史诗的内容既有亚鲁王的英雄事迹，也有送魂歌，还有创世纪、苗族的家谱和迁徙史，可以说是神话、仪式、史诗、历史与英雄业绩的综合体，兼具创世史诗、迁徙史诗、英雄史诗、历史家谱等多种类型，可以说是一部“复合型史诗”，《亚鲁王》的发现丰富了世界史诗宝库，为史诗的分类提供了当代的新案例。对于祖先创世、族群迁徙、亚鲁王的英雄事迹，上面已经做了比较详细的探讨，在此不赘。下面仅就亚鲁支系的历史家谱做一探讨。

众所周知，在历史上苗族姓氏是以父系为中心的血缘近亲集团的专称。苗族血脉延续的文化表征形式便是父子连名或母子连名。苗族人出生后，长辈给取一个名字，成年生子后即以长子（女）名加上父母名，得出父母亲本人的姓名。“苗名一般是父子连名，子名在前，父名在后。父女也连名，但母子、母女不能连名。”[②] “父子联名制”是苗族父系氏族社会中家族社会形态的一个非常突出的特征。黔东北、黔东南和黔中等地，父子连名沿用到现代。

特别值得指出的是，这种“父子联名制”至今仍然在麻山地区的丧葬仪式

① 杨义：《重绘中国文学地图与中国文学的民族学、地理学问题》，《文学评论》，2005年第3期，第88页。

② 苗族简史编写组：《苗族简史》，贵阳：贵州民族出版社，1985年，第324-325页。

上活态地传承着，下面略举数端加以说明。

在史诗的开头“引子：亚鲁祖源”，东郎是这样唱诵的：“在远古岁月，是远古时候。哈珈生哈泽，哈泽生哈翟，哈翟生迦坔，迦坔生弘翁，弘翁生翁碟，翁碟生火布冷。”① “哈珈→哈泽→哈翟→迦坔→迦臧→弘翁→翁碟→火布冷”这八代都是女性，这是母系氏族的历史遗迹。之后的各代是“火布碟→火布当→耶能→瓤耶→梭耶→波彤→博咚→斛光曦→董冬穹→乌利→耶冬→波妮夲→波妮娄→冉哈嗦→巴哈沙→董哈荣→波娑→耶左→耶陔→耶欣→耶仲→翰玺鹜”。从火布碟开始是男性，表明已经进入父系氏族社会。亚鲁是哈珈的第十八代传人，是翰玺鹜与博布能荡赛姑的儿子。亚鲁有六兄弟，即赛鲁、赛斐、赛阳、赛霸、亚鹊、亚鲁。赛鲁生下喇勇，赛斐生下喇羽；赛阳一族人丁繁茂：赛阳生诺赛钦，诺赛钦生蒙霍，蒙霍生蒙寅，蒙霍生隆若，隆若生隆鞑。隆鞑生当朵咯，当朵咯生当单，当单生了阿，阿生阿务，阿务生布占岚娄，布占岚娄生布舟岚秀，布舟岚秀生赛咯。赛咯生伊唷，伊唷生赛莱，赛莱生耶喇，耶喇生岚霍，岚霍生布嘟克，布嘟克生布嘟棱。赛霸族人枝繁叶茂：赛霸生汉赛钦，汉赛钦生岱瑟娄，岱瑟娄生娄郎，娄郎生娄芭，娄芭生娄奘，娄奘生娄匝，娄匝生娄娃，娄娃生娄当。亚鹊生彤叭，彤叭生艾鹊，艾鹊生佐括盖，佐括盖生佐括蒙。亚鲁王的儿子果锦陀生卜鲁、卜鲁生卜勒，卜勒后来成了卜赛人族群。父子联名制以口述史歌的方式贯穿于《亚鲁王》史诗中的每一个部分，把亚鲁的祖源、亚鲁的兄弟、亚鲁的后代谱系交代得清清楚楚，把它们连缀起来就是亚鲁支系的家族史。苗族的亲子连名制与苗族的宗教信仰、价值观念、家族结构、婚姻制度、语言法则、民族认同感等有着密切的关系，对于全面理解苗族的文化特征有着十分重要的意义。苗族的亲子连名有诸多功能，记史显然是其中一大功能之一。

《亚鲁王》史诗具有祖先创世、族群迁徙、英雄事迹、历史家谱等诸多内涵，将其命名为“英雄史诗”显然不能反映史诗的全貌，有以偏概全之嫌，有损于它的丰富性和完整性。

二、山地史诗与海洋城邦型史诗

“文明”作为一个或大或小的整体性概念，其文化面貌由具体的文化现象组成。海洋文明、草原文明、山地文明等，都是社会发展进程中的模式之一。如上所述，根据内容，史诗一般可以分为英雄史诗、创世史诗和迁徙史诗等，而根据史诗对文明的反映，又可以分为海洋城邦型史诗、草原史诗、山地史诗

① 中国民间文艺家协会主编：《亚鲁王》，北京：中华书局，2012年，第3页。

等类型。

从文明形态来看，以跨海远征作战、海上漂流冒险为主要内容的荷马史诗展示的是海洋文明的文化精神形态，属于海洋城邦类型的史诗。印度的史诗《罗摩衍那》和《摩诃婆罗多》是森林史诗。在我国，东起黑龙江、西至天山、南抵青藏高原的中国北方英雄史诗带分布着众多的英雄史诗。我国三大英雄史诗①均分布在北方英雄史诗带之内。这一带北方民族的祖先，长期以草原游牧为生，他们精于骑射，居无定所，逐水草而行。自古以来，为争夺草场与畜群，为争夺生活空间，各氏族、各部落之间的征战时有发生，这是草原史诗。在我国南方少数民族中，流传着一批融创世史诗、迁徙史诗和英雄史诗于一体的古老史诗。从史诗类型看，流传于我国南方麻山地区的《亚鲁王》史诗表征的是山地文明形态，反映了苗族先民在高原山区创世、征战、迁徙的生活历程，属于典型的山地史诗。

亚鲁王国的世代谱系、生产方式、生产工具、财产（财物）分配模式、打铁技艺、食盐制作技艺、以牛作为图腾崇拜对象的习俗，无不体现出山地文明的文明形态。

（一）嗜血掠夺战争与为生存而征战

《伊利亚特》用诗的语言讲述了发生在古希腊与小亚细亚的一次城邦战争，这场战争发生在公元前 13 世纪至公元前 12 世纪的迈锡尼王朝后期。在美神阿佛罗狄特的安排下，特洛伊王子帕里斯拐走了斯巴达王墨奈劳斯美丽绝伦的妻子海伦，于是，古希腊联军②跨海去攻打小亚细亚西北海岸的特洛伊城，引发了这场长达 10 年之久的城邦之战。其实迈锡尼的国王发动对特洛伊的战争，所谓的“美女”海伦，只是一个幌子。特洛伊人的文化比迈锡尼人的文化要发达一些，同时特洛伊控制着黑海与地中海的交通要道，商业繁荣，城邦富庶，为入侵者垂涎已久，古希腊联军跨海征战的主要目的是为了掠夺丰厚的战利品以及特洛伊的土地、人口和成群的牛羊。19 世纪，德国学者谢里曼在小亚细亚西北部的古城特洛伊（位于今天的土耳其希沙立克）的城墙下面，挖掘到了大量黄金制品，后来这个地方被称为特洛伊文化遗址。这就用铁的事实证明，古希腊联军跨海征战的目的，是为了抢劫东方的财富。在《奥德塞》中，奥德修斯说，早在阿开奥斯人进攻特洛伊之前，他曾经九次率领军队和船只侵袭外邦民族，掠得无数的战利品，因此，奥德修斯家迅速暴富。这说明濒临海洋的古希腊人通过海外贸易、战争或者殖民来达到享受的目的。“在荷马的史诗中，被俘

---

① 即蒙古族、藏族的《格萨（斯）尔》，蒙古族的《江格尔》，柯尔克孜族的《玛纳斯》。

② 迈锡尼人、阿尔戈斯人、阿开亚人和阿开奥斯人等。

虏的年轻妇女都成了胜利者的肉欲的牺牲品；军事首领们按照军阶的高低选择其中的最美丽者；大家也知道全部《伊利亚特》都是以阿基里斯和阿加门侬二人争夺一个女奴隶的纠纷为中心的。荷马的史诗每提到一个重要的英雄都要讲到同他共享帐篷和枕席的被俘的姑娘……"①

掠夺，在诗人荷马的骨子里是一种无可厚非的英雄行为。英雄们通过各种方式，攻陷城池、掠夺财富、抢劫女人，不仅不受道德谴责，反而得到诗人的赞扬。

早在公元前5世纪，荷马史诗就已经在希腊人的心目中确定了权威的地位。荷马史诗哺育了一代又一代希腊人的心灵和想象，因而也就哺育了古希腊人以赤裸裸的暴力掠夺为目的的嗜血好战的精神，并且这种精神代代相沿而不衰。柏拉图的《诡辩家》将海盗劫掠看成是一种狩猎。亚里士多德在《政治学》中指出，在英雄王国里，国王们在国内行使法律，在国外指挥战争，同时也是国教的首领。修昔底德有一句名言："游历家们无论在陆地或海上相遇，彼此都问对方是否是强盗。"普鲁塔克在其《特苏斯传》中说，英雄们被称为海盗是他们最为光荣的事情，这为他们的盾牌增加了光彩。而在野蛮时代，海盗也被视为是一种尊称。处于野蛮时代的日耳曼人认为劫掠不仅不是可耻的事，而且还把它列入训练英勇的锻炼之内，可以使那些未受到任何技艺教育的人有事可干。这种野蛮习俗维持了很长时间，有的地方现在还流行。梭伦制定的法律允许人们为进行海盗的劫掠而结成帮伙。英雄时代的各族人民对外方人不以宾礼相待，也就是说把外方人看成仇敌，甚至把外方人也看成强盗。希腊人称罗马民族为野蛮人。罗马人把外方人看成战争中的仇敌。"战争是从创建城市开始的，城市是凭武器才产生的。在诸城市互相战争之前，城市就以军事的方式进行统治，战争这个名字来自城市，希腊文的战争（polemos）来自希腊文的城市（polis）。在原始诸城市之间，不分青红皂白的劫掠被认为是合法的。"②

《亚鲁王》史诗与荷马史诗的根本不同之处在于，亚鲁是为生存而征战，而不是以掠夺为目的的跨海征战。在《亚鲁王》史诗中，唱述了几次大的征战，如与卢呙王的战役、龙心大战、争夺盐井大战、血染大江、侵占荷布朵的疆域等，都是为生存而征战。

从《亚鲁王》史诗的情节来看，在与恶魔的三次争斗中，亚鲁都不是主动出击的，属于被动的一方。第一次射杀雄狮是因为亚鲁困倦疲乏躺下休息时，雄狮向他袭来，"一头好大的野物/一头凶猛的雄狮/张开嘴如黢黑的岩洞/撑开

① 恩格斯：《家庭、私有制和国家的起源》，《马克思恩格斯选集》（第四卷），北京：人民出版社，1972年，第58页。

② ［意］维柯：《新科学》，朱光潜译，北京：人民文学出版社，1997年，第115页。

掌像一只大簸箕/雄狮晃动身子/身过处大树呼啦啦倒地。”① 当卢呙王借口童年亚鲁射死自己疆域的雄狮而企图加罪于他时，亚鲁心平气和地辩解“我不射死你的熊/你的熊会咬杀我/我不射死你的雄狮/你的雄狮会吃我。”② 不杀雄狮便有被雄狮吃掉的危险，亚鲁在不得已的情况下，才放箭将雄狮杀死。第二次是因为公龙踩垮了种植庄稼的田坎和鱼池，第三次则是臣民撒种的小米被三爪野兽糟蹋农作物遭受损害。

亚鲁王带兵收复疆域故土坂经时，盘踞坂经的谷吉王得知亚鲁王收复纳经和贝京的消息后，急令将领呙顾抵抗，同时命呙几去游说盘踞嶂经的伊莱王联合抵抗、围攻亚鲁王，“谷吉王领兵从太阳升起的方向前来抵挡/伊莱王率将由太阳落坡的地方奔来围攻。”“谷吉王和伊莱王联合围攻亚鲁王/谷吉王从正面攻打亚鲁王/伊莱王从后方围攻打亚鲁王/谷吉王从后方围堵亚鲁王/伊莱王由正面进攻亚鲁王。”③ 亚鲁王与谷吉王、伊莱王的联军进行了长时间的殊死搏斗，在最后的关键时刻，“亚鲁王说/谷吉哩谷吉/亚鲁王说/伊莱哩伊莱/你们的兵已经死尽/你们的将只剩几员/你们迁徙离去吧/你们快快上路吧/亚鲁王说/我亚鲁不杀你们/我亚鲁不砍你们。”④ 但不幸的是，亚鲁王转身去收兵的时候，谷吉王却张弓偷袭亚鲁，结果被亚鲁王的少将隆果一镖刺中而死亡；伊莱舞镖偷袭亚鲁，被亚鲁王的少将隆谷一箭射穿了伊莱胸膛翻身而死。最终，亚鲁王收复了疆域坂经和嶂经。

亚鲁杀死公龙获得宝物龙心之后，曾打算带领族群在此安居乐业建设家园。然而，同胞兄长赛阳、赛霸知道亚鲁得龙心后嫉妒眼红，便蓄意挑起战争想要夺取龙心。二者招兵买马，筹备粮草，率七千砍马腿的务，联合向亚鲁王的领地进攻，这时候亚鲁王还在集市上做生意，亚鲁王擂响铜鼓、吹响白牛角。赛阳、赛霸的军队从四面围攻亚鲁疆域。在大兵压境的情况下，亚鲁义正词严地驳斥兄长赛阳、赛霸的进攻：“你们是哥哥，我是弟弟。你们在自己疆域已建国立都，我在自己的山寨才建起王室。我不占你们水井，我不砍你们森林。今天你们为何领兵来攻我疆域?”⑤ 赛阳、赛霸强词夺理，强势得不容置辩地说：“你是弟弟，你凭什么占有宝物？你得到宝物，你才成为大王。你得到珍宝，你就成了霸王。我们是来要你的宝物，我们要共用你的珍宝。给不给我们都要拿，拿不拿我们都要用。”⑥ 赛阳、赛霸拔剑向亚鲁飞刺过来的时候，亚鲁王舞梭镖

① 中国民间文艺家协会主编：《亚鲁王》，北京：中华书局，2012 年，第 72 – 73 页。
② 中国民间文艺家协会主编：《亚鲁王》，北京：中华书局，2012 年，第 74 页。
③ 中国民间文艺家协会主编：《亚鲁王》，北京：中华书局，2012 年，第 91 – 92 页。
④ 中国民间文艺家协会主编：《亚鲁王》，北京：中华书局，2012 年，第 92 页。
⑤ 中国民间文艺家协会主编：《亚鲁王》，北京：中华书局，2012 年，第 133 页。
⑥ 中国民间文艺家协会主编：《亚鲁王》，北京：中华书局，2012 年，第 133 页。

抵挡，还义正词严地说：“我们要留下儿女吃糯米”，“我们要留得子孙吃鱼虾”①。龙心护住了亚鲁王的领地。但兄长赛阳、赛霸采取计谋骗取了龙心，导致亚鲁王的士兵阵亡过半，不得不败退到丘陵山地。

争夺盐井之战。亚鲁射杀三爪怪兽之后发现盐井，便开始制盐卖盐。七个务的商人与亚鲁王同在集市上卖生盐，开展做生意比赛：“玛搬运玛的米到集市卖/务搬运务的盐到集市卖/亚鲁王搬运亚鲁王的米到集市卖/亚鲁王搬运亚鲁王的盐到集市卖/务在街道上方卖/亚鲁王在街道下方卖/务卖几斤/亚鲁王卖几十斤。”② 比赛结果表明，亚鲁王善于做生意，是个精明的商人。“一个生肖周期十三天/亚鲁王远运到塞京去卖/一个生肖周期十三天/亚鲁王远运到塞疆去卖/一个生肖周期十三天/亚鲁王远运到龙场集市口/亚鲁王卖在柿子树阴下/一个生肖周期十三天/亚鲁王远运到流通干线的马场去卖/亚鲁王卖蒜运回了无数银两/亚鲁王卖盐运回了无数银钱。”③ 亚鲁王卖生盐赚了很多钱，让七个务的商人眼馋得嫉妒，向赛阳、赛霸报告，说亚鲁王有了生盐井，赛阳、赛霸于是挑起战争夺取盐井。

亚鲁王戎马一生，但从他转战沙场的履历中，却很难搜寻到主战、好战的因子。在整个《亚鲁王》史诗中，亚鲁在战争中都是处于被动的防御地位，亚鲁从不主动挑起战争。亚鲁的征战以族人的生存与利益为根本出发点，能不战则不战。《亚鲁王》作为一部反映山地原始农耕文明的活态史诗，不仅鲜见喋血场面，而且以不少篇幅叙述了亚鲁王回避战争、裁军、凭借胆识和谋略开疆拓土等酷爱和平的行为。例如，弘灵王归降到亚鲁王的麾下，亚鲁王收复彤经之后，亚鲁王召集将士们解甲归田，“你们回到家乡耕田地，你们转回故土种庄稼。你们要回去当家，你们要转去立业。你们回去养儿育女，你们转去兴旺族人。”④ 不仅如此，亚鲁王还亲自率领留下来的兵士们和 70 个王后王妃一道垦田种谷、圈池养鱼，在疆域内开场坝，建集市，做生意。即使主动占领荷布朵王国，也是依靠智慧，并不进行战争厮杀，不伤人性命。在氏族社会时期，各部落取得对山林、田埂、土地、鸟兽的占有权往往是一种自发行为。在利益争斗中，亚鲁王与荷布朵展开了对山林、田埂、土地、鸟兽等占有权的比赛，迫使荷布朵迁徙到刺昃，亚鲁王最终凭智慧夺取荷布朵王国。这种智夺疆域的行为，避免了硝烟弥漫、血流成河的悲剧场面。

上述事实表明，亚鲁王及其族群不希望战争，不仅从不主动挑起战争，甚

① 中国民间文艺家协会主编：《亚鲁王》，北京：中华书局，2012 年，第 134 页。
② 中国民间文艺家协会主编：《亚鲁王》，北京：中华书局，2012 年，第 144 页。
③ 中国民间文艺家协会主编：《亚鲁王》，北京：中华书局，2012 年，第 147 页。
④ 中国民间文艺家协会主编：《亚鲁王》，北京：中华书局，2012 年，第 116 页。

至还回避战争。亚鲁王只有在族群成员的财产和生命受到威胁的情况下才被迫迎战，这充分表征了《亚鲁王》史诗的人文性特质，表明了东方民族希望和平，追求和谐和社会安定的战争观。

（二）惨不忍睹的喋血渲染与温柔敦厚的战争风格

不同的战争目的呈现出迥异的战争风格。《亚鲁王》史诗反映的战争是为生存而征战，以争夺霸权和寻找理想的生存空间为宗旨，这种手足相残再现了东方的防御型战争文化，呈现出温柔敦厚的战争风格。荷马史诗描写古希腊人跨海远征的劫掠战争，以大规模杀伤对方来显示自己超人的武艺，塑造了西方的进攻型战争文化，呈现嗜血好战的战争风格。

《伊利亚特》描写的是特洛伊战争最后阶段的殊死战斗，气势磅礴地描绘了古战场杀声震天、刀光剑影、血雨腥风、伏尸百万的场面，如赫克托耳杀死帕特洛克罗斯，阿喀琉斯凌辱赫克托耳的尸体等场面惨不忍睹。荷马史诗的第20卷详细描述了阿喀琉斯对赫克托耳的追杀："赫克托耳一见他[①]，心中发颤，不敢再停留/他转身仓皇逃跑，把城门留在身后，佩留斯之子凭藉快腿迅速追赶/如同禽鸟中飞行最快的游隼在山间，敏捷地追逐一只惶惶怯逃的野鸽/野鸽不断飞躲，游隼不断尖叫着/紧紧追赶，一心想扑上把猎物逮住。阿喀琉斯当时也这样在后面紧追不舍，赫克托耳在前面沿特洛伊城墙急急逃奔/他们跑过丘冈和迎风摇曳的无花果树/一直顺着城墙下面的车道奔跑……他们从这里跑过，一个逃窜一个追/逃跑者固然英勇，追赶者比他更强/迈着敏捷的双脚，不是为争夺祭品或者牛革这些通常的竞赛奖赏/而是为了夺取驯马的赫克托耳的性命……"[②] 阿喀琉斯刺杀赫克托耳的场面惨绝人寰："神样的阿喀琉斯一枪戳中向他猛扑的赫克托耳的喉部，枪尖笔直穿过柔软的颈脖。"[③] 杀死赫克托耳之后，阿喀琉斯面对倒下的赫克托耳，竟然夸口说："赫克托耳，你杀死帕特罗克洛斯无忧无虑/见我长时间罢战无惊无恐心安然/愚蠢啊，那里还有一个比帕特罗克洛斯强很多的人在，我还留在空心船前/现在我杀了你，恶狗飞禽将把你践踏。"[④] 阿喀琉斯从尸体上拔出铜枪，再剥下赫克托耳身上的铠甲，还不解恨，还要千方百计凌辱赫克托耳的尸体。"他把赫克托耳的双脚，从脚踝到脚根的筋腱割开穿进皮带/把它们系上战车，让脑袋在后面拖地/他跳上战车，举着那幅辉煌的铠甲/扬鞭驱策那两匹战马如飞般捷驰/赫克托耳拖曳在后扬起一片尘烟/黑色的卷发飘散两边，俊美的脑袋/沾满厚厚的尘土，宙斯已把他交给/他的敌

① 指阿喀琉斯。
② 《荷马史诗》，罗念生、王焕生译，北京：人民文学出版社，1994年，第569－570页。
③ 《荷马史诗》，罗念生、王焕生译，北京：人民文学出版社，1994年，第580页。
④ 《荷马史诗》，罗念生、王焕生译，北京：人民文学出版社，1994年，第577页。

人，在他的祖国恣意凌辱他……赫克托耳的脑袋就这样在尘埃里翻滚。”[①] 在《奥德修斯》中，奥德修斯父子为达到复仇目的，杀死全部求婚者：砍去了牧羊奴墨兰透斯的鼻子和耳朵，割下他的生殖器，砍断他的手足等。这样的血腥场面，惨绝人寰。

不难看出，荷马史诗将血腥厮杀变成令人赏心悦目的欣赏对象，将尚武走向极端，变成了嗜血，弥漫着浓厚的血腥味，从而凸显古希腊人嗜血好战、唯力是勇的尚武嗜血精神。简而言之，荷马史诗将跨海征战、嗜血掠夺和异族入侵作了一种非理性的、毫无节制的、极端的审美观照。在《亚鲁王》史诗中，没有赤裸裸的厮杀、格斗、流血和死亡，也不直接描写战斗场面，更没有嗜血的场面描写，只有旌旗干戈、战马腾跃和凯旋欢庆气氛的渲染，例如：“亚鲁王和谷吉王大战三年白天，亚鲁王和伊莱王苦战三年黑夜。”[②] “战马嘶鸣，震荡天空，士兵欢呼，回响旷野。人喊马嘶，铺天盖地，尘烟滚滚，漫天翻卷。”[③]

亚鲁王率领族群在迁徙过程中，一路受到赛阳、赛霸的跟踪和攻击，一直追到哈榕泽邦。由于这一带地势险要陡峭，有利于亚鲁王防守，赛阳、赛霸连连失利，攻不下亚鲁王城。赛阳、赛霸挑衅说：“我们来找你交战，我们要与你决战！你躲不过我们的追杀，你逃不脱这场大战。”[④] “亚鲁王说，赛阳哩赛阳，赛霸哩赛霸，我不愿同族人交战，我不想与兄长决战。亚鲁王说，赛阳哩赛阳，赛霸哩赛霸，你们攻不下我城池，你们砍不了我族人。孩儿的哭声哩啰呢哩啰，娃儿的哭喊哩噜呢哩噜。我要保卫我儿我女，我得守护我族人。”[⑤] 赛阳、赛霸进一步挑衅说：“亚鲁哩亚鲁，你不敢出来与我们交战争，你不敢上前与我们决战/你不会得到生盐井/你也得不到盐井。”[⑥] “亚鲁王说，赛阳哩赛阳，赛霸哩赛霸，朝前走我还能种下七十担麻种供我吃穿/往前行我还有七十担构皮麻种度日无忧/孩儿的哭声哩啰呢哩啰，娃儿的哭喊哩噜呢哩噜/我拥有麻种就能种麻抚养我儿女/我保有构皮麻种足够养活我族人。”[⑦] 赛阳、赛霸说进一步挑衅说：“亚鲁哩亚鲁/我们来比箭术/我们来试弩艺/我们射中了，就杀你/你射中了/我们就退回。”亚鲁大大方方地应战，“赛阳哩赛阳/赛霸哩赛霸/要比箭术就比/要试弩艺就试。”[⑧] “亚鲁王说/你们坡上挂三枚铜钱/我这岭上挂三枚铜圆/我射

① 《荷马史诗》，罗念生、王焕生译，北京：人民文学出版社，1994 年，第 579 – 580 页。
② 中国民间文艺家协会主编：《亚鲁王》，北京：中华书局，2012 年，第 101 页。
③ 中国民间文艺家协会主编：《亚鲁王》，北京：中华书局，2012 年，第 137 页。
④ 中国民间文艺家协会主编：《亚鲁王》，北京：中华书局，2012 年，第 203 页。
⑤ 中国民间文艺家协会主编：《亚鲁王》，北京：中华书局，2012 年，第 203 页。
⑥ 中国民间文艺家协会主编：《亚鲁王》，北京：中华书局，2012 年，第 203 页。
⑦ 中国民间文艺家协会主编：《亚鲁王》，北京：中华书局，2012 年，第 204 页。
⑧ 中国民间文艺家协会主编：《亚鲁王》，北京：中华书局，2012 年，第 204 页。

中你们的铜钱眼，我就砍杀你们/你们射中我的铜圆眼，你们就杀了我/亚鲁王命儿子冈塞谷/到赛阳、赛霸的坡上挂三枚铜钱/亚鲁王的三个铜钱眼有手指大/父亲聪明儿子也机灵/父亲智慧儿子也机巧/冈塞谷拉弓搭箭，严密防守/赛阳、赛霸命诺赛钦和汉赛钦/到亚鲁坡上挂三枚铜圆/赛阳、赛霸的三只铜圆眼大如楼柱/亚鲁王拉弓搭箭连射/三箭穿入三个铜钱眼/亚鲁王说/我的三个铜钱眼像手指/你们三只铜圆眼如楼柱/你们射不中/我已射中了/我不杀你们。”① 虽然赛阳、赛霸与亚鲁王打赌比赛，赛阳、赛霸比输了，但亚鲁并不杀他们，不但不杀死对方，为了避免战争，还主动率领族群挑着七十担构皮麻去开辟新的领地。“亚鲁王向儿子冈塞谷说，亚鲁王对儿子欧德聂讲，儿哩儿，这领地正在引来追杀/这疆域战争已经爆发/这里没法抚育我儿女/这方里不能养我族人/我们要带七十挑麻种去找新的疆域/我们挑七十担构皮麻去开新领地。”②

《亚鲁王》史诗不像荷马史诗那样将血腥的战争场面写得赏心悦目，令人心驰神往，而只是集中渲染军威声势，极力回避惨不忍睹的血腥搏斗厮杀的场面，更没有对战场中血腥场面的精雕细刻，其对尚武好战的描写显得温和婉转，流露出一种节制有度、温柔敦厚的含蓄美。《亚鲁王》描写的几次大的战争，如盐井大战和龙心大战等，战争的双方是在赛阳、赛霸与亚鲁兄弟之争展开的，它隐喻了在氏族社会时期中华民族各兄弟民族之间为争夺生活空间和生活资源而发生的“交兵交和、交恶交欢、交手交心、交通交涉”③。这种交兵交和、交手交心之间的多民族碰撞，即使打断肋骨也连着筋，有着“本是同根生，相煎何太急”的悲壮，它表现为越碰撞，越你中有我、我中有你，互相之间越无法分开。正是这种悲欢离合的历史悲壮剧，最终才融合成一个血肉相连、有机共生的中华民族共同体。中国古代部落与部落之间的战争，主要是为了争夺最适宜生活繁衍的土地，没有正义与非正义之分。

（三）个人主义精神的弘扬与族群意识的彰显

荷马史诗讴歌嗜血的掠夺战争，诗人荷马在骨子里更是为掠夺财富和荣誉的英雄而歌唱。荷马时代，是一个战争时代，一个凭勇力竞争和拼搏的时代，也是一个英雄辈出的时代。英雄的光环在人们的头顶熠熠生辉，那是一个英雄崇拜的时代。荷马史诗是英雄史诗的典范，刻画了感人至深的英雄形象，这些英雄具有荣誉至上的英雄本色，追求卓越，肯定自我和个性，是其英雄伦理精神的核心。

① 中国民间文艺家协会主编：《亚鲁王》，北京：中华书局，2012 年，第 205 页。

② 中国民间文艺家协会主编：《亚鲁王》，北京：中华书局，2012 年，第 206 页。

③ 杨义：《重绘中国文学地图与中国文学的民族学、地理学问题》，《文学评论》，2005 年第 3 期，第 88 页。

在《伊利亚特》中，军事首长的任务主要是发动侵略战争、当海盗，以此获得奴隶和财富，并且劫夺财富是一件无上“光荣”的事情。荷马史诗中的英雄指的是军事斗争的英雄，他们以大规模杀伤对方来显示自己超人的武艺，把战争当成展现其英雄品格、实现人生价值的重要途径。荷马史诗中的英雄单纯是战斗英雄或战争英雄，将人物置于刀光剑影、血雨腥风的战争环境中，通过鏖战拼杀来突现人物的英雄性格，军事斗争是凸显英雄品格的焦点。

荷马史诗中的个人主义英雄形象有一个共同的特征，即把荣誉看得高于一切，以冒险为荣，以个人利益为上。“荣誉是军事英勇的最高尚的刺激。”① “各族人民都倾向于在战争中显出英勇，纵使他们在和平中就互相竞争去取得荣誉，有些人为着保持荣誉，也有些人为争取获得荣誉而立功。”② 在阿喀琉斯看来，个人荣誉和尊严远比自己的生命更宝贵。神谕说他有两种命运：“如果他呆在家中不参加战斗，则可颐养天年，多子多福；如果要上战场，虽可取得无上荣光，但注定英年早逝。”③ 阿喀琉斯毅然选择出征。在他看来，与其默默无闻而长寿，不如在光荣的冒险中获得巨大而短促的欢乐。阿喀琉斯下到阴间时，奥德修斯问他在地狱里是否感到满意，阿喀琉斯回答说：“他宁愿在人间当卑贱的奴隶”。荷马以阿喀琉斯这样一种英雄品质为榜样向希腊人歌颂，并给他一个固定的修饰词：“纯洁无瑕的”。当主将阿伽门农将他的女俘布里赛斯夺去，阿喀琉斯出于个人的私仇，认为天和人都虐待他了，呼吁天帝约夫恢复其荣誉，同时把他的将士和军舰从联军中撤退，让赫克托耳去屠杀希腊人，为报私仇而使全民族覆灭。赫克托耳屠杀希腊人，他还和好友帕特洛克罗斯（Patroclus）一起庆幸，并希望希腊人和特洛伊人一道同归于尽，只留下他和帕特洛克罗斯两人。当好友帕克洛特罗斯阵亡时，阿喀琉斯毅然走上战场，杀死特洛伊主将赫克托耳，并拖着其尸体绕城三圈。荷马的世界是一个强者的世界，强者的特征是凭勇敢获得财富和荣誉。在荷马的世界只有强者才有话语权。阿喀琉斯对赫克托耳说：“赫克托耳，最可恶的人，没有什么条约可言/有如狮子和人之间不可能有誓言/狼和绵羊永远不可能协和一致/他们始终与对方为恶互为仇敌/你我之间也这样不可能有什么友爱/有什么誓言，唯有其中一个倒下/用自己的血喂饱持盾的战士阿瑞斯。”④

荷马史诗中个人主义英雄形象的另一个特征是任性，为所欲为。荷马史诗中的英雄人物在痛苦的哀嚎中如果碰到愉快的消遣马上忘记一切烦恼，尽情地

① ［意］维柯：《新科学》，朱光潜译，北京：人民文学出版社，1997 年，第 117 页。
② ［意］维柯：《新科学》，朱光潜译，北京：人民文学出版社，1997 年，第 118 页。
③ 《荷马史诗》，罗念生、王焕生译，北京：人民文学出版社，1994 年，第 234 页。
④ 《荷马史诗》，罗念生、王焕生译，北京：人民文学出版社，1994 年，第 574 页。

欢闹起来，如奥德修斯在阿尔岂努斯的筵席上，马上忘记一切烦恼，尽情地欢闹起来。

一些角色本来心平气和，听到一句不合胃口的话，立即翻脸，勃然大怒，扬言要杀死对方，阿喀琉斯就是如此。普里阿摩斯老王在帐篷里招待他时，听到普里阿摩斯老王无意中说了一句不合他胃口的话，他立即勃然大怒，丝毫不顾这位老王是在交通神的保护下，深夜里只身穿过希腊军营去赎其儿子的尸首，丝毫没有对人类共同命运应有的同情与怜悯，咆哮如雷地大喊要砍掉普里阿摩斯老王的头。

荷马史诗中的英雄们也有一些令人讨厌的丑恶行为，阿伽门农是希腊联军的最高统帅，阿喀琉斯是古希腊最大的英雄，但阿喀琉斯和阿伽门农互相以狗相称。

阿喀琉斯作为英雄的本性是野蛮粗鲁、飘忽无常，无理固执、轻浮愚蠢，这种人“心智薄弱象儿童，想象强烈象妇女，热情奔放象狂暴的年轻人。”① 阿喀琉斯的任性显然根源于他的个人英雄主义。阿喀琉斯作为《伊利亚特》的主角，暴躁、拘泥繁文缛节、暴怒、固执己见不饶人、狂暴、凭武力夺取一切荣誉、努力和命运抗争等特征，表征了希腊民族英雄人物的勇敢属性及由这些属性所衍生的情感和习俗。这些精神特质，已融化到希腊人的血液中，成为具有范型意义的西方价值观，至今仍显示出难以泯灭的现代意义。

如果说荷马史诗中英雄的立足点是个人，那么《亚鲁王》史诗的立足点则是群体。《亚鲁王》的中心人物亚鲁王作为苗族的祖先虽然也英勇善战，但是亚鲁王是为整个族群的生存而征战，因此其伦理精神的核心是家国意识至上，保护疆土和臣民，关爱民生。作为祖先的亚鲁王完全没有荷马史诗中跨海远征的英雄荣誉至上、嗜血成性的本性，史诗多处叙述了亚鲁王回避战争、裁军、凭借胆识和谋略开疆拓土等酷爱和平的行动。例如，弘炅王归降到亚鲁王的麾下，亚鲁王收复彤经之后，亚鲁王召集将士们解甲归田，只留下七千兵，率领兵士们和 70 个王后王妃垦田种谷、圈池养鱼，在疆域内开场坝，建集市，做生意。再如，亚鲁王察看稻田和鱼池回来后对王妃说：“你们洗麻特别要小心，你们洗布一定得当心，为哪样踩塌田坎？为什么踩垮鱼池？田坎塌了拿哪样抚育儿女？鱼池垮了用什么养活族人？”② 可见，亚鲁王的一言一行都是为了保证人们的衣、食、住、行，为了族人们能够过上安稳富足的日子。

尤其值得指出的是，亚鲁王率领苗族的一个支系来到麻山地区定居之后，面临着比较恶劣的生存环境，史诗以不少篇幅讲述了亚鲁王为了保证族人们的

① ［意］维柯：《新科学》，朱光潜译，北京：人民文学出版社，1997 年，第 415 页。

② 中国民间文艺家协会主编：《亚鲁王》，北京：中华书局，2012 年，第 118－119 页。

衣、食、住、行，为了族人们过上安稳富足的日子，设身处地地关爱民生冷暖的事迹。如发现盐井之后，为了熬制生盐，王后王妃们砍柴、挑水，亚鲁王亲自造钢锅、铸铁锅、打柴刀、制斧头、箍水桶、削扁担，经过一次又一次试验之后，终于熬出生盐。亚鲁王领族人日夜迁徙的理想就是找到平坝子耕地，并且每次迁徙都是携家带眷，肩挑麻种，无论迁徙到哪里都要开垦荒地种构皮麻，走到哪里都要把铁匠铺建到哪里。种种事迹表明，亚鲁王伦理精神的核心是家国意识至上，保护疆土和臣民，关爱民生。

作为文化超人的亚鲁王有着极强的责任意识。深受儒家文化影响的汉文化是一种伦理型文化，伦理说到底是一种血缘亲属关系。麻山苗族深居大山深处，一向被视为“生苗区”，儒家文化的影响鞭长莫及，作为这个苗族支系首领的亚鲁王，其所作所为时时处处彰显着极强的责任意识，如何解释这一文化现象?

亚鲁王率领族人走到哪里就在哪里开垦，刀耕火种撒小米。“我只有修筑王城，我必须定国立都。要让王国儿女有菜吃，要使领地族人有饭吃。”[①] “亚鲁王到哪里都没有丢下铁匠手艺，亚鲁王去哪方就把铁匠铺建在哪方……荷布朵说，亚鲁把你的打铁工具留给我吧，亚鲁将你的打铁技术教会我吧。亚鲁王说，可我的铁具我要用，我要打铁抚养我儿女，我靠打铁养活我族人。”[②] 亚鲁王夺取荷布朵的疆域之后，在哈叠定都，在纳邑立国，在此安顿族人。“亚鲁王说/儿女们哩儿女们/到如今/兵士已开进疆域/将领进入了领地/儿女们迁徙到疆域/族群已安顿在领地/我驻守疆域带兵栽稻谷/我守护领地率将耕种小米/带儿女驻守疆域撒下麻种/领族人守卫领地种构皮麻/要让王国儿女有菜吃/要使领地族人吃饱肚。”[③] 亚鲁王时时处处想着的不是自己，而是族人的冷暖和安危，俨然是整个部落的代表和化身。

众所周知，氏族公社是以血缘纽带和血统世系相联系的社会组织形态，人们过着氏族集体的生活，阶级尚未分化出来，由于生产力水平极其低下，氏族成员在生存竞争中必须依靠群体的力量与外界进行抗争，才能获取最基本的生产和生活资料，在这种浑然一体的社会存在中，共同的社会经济利益和血缘关系把每个社会成员的命运与氏族紧密联系在一起，氏族成员都要自觉受到集体利益的束缚，无条件地服从氏族整体利益的诉求，导致个人意识没有立锥之地。苗族社会很早就开始了“祭鼓社”的活动，而苗族鼓社是一个血缘伦理结合得十分紧密的集团，亲属称谓制度是鼓社组织最重要的支柱，13 年一次的鼓社节，其首要的任务是祭鼓，因此，苗族的鼓社节又称为祭鼓节。由于苗族的经

① 中国民间文艺家协会主编:《亚鲁王》，北京：中华书局，2012 年，第 165 页。
② 中国民间文艺家协会主编:《亚鲁王》，北京：中华书局，2012 年，第 231 页。
③ 中国民间文艺家协会主编:《亚鲁王》，北京：中华书局，2012 年，第 258 页。

济社会长期发展缓慢，苗族的鼓社制直到中华人民共和国成立前夕依然完好无损地保存着。因为苗族社会对自然界的征服、劳动成果的积累、技术和社会的进步都是集体活动的结果，因而，部落的集体力量是亚鲁王作为“文化超人”理想化的基础，亚鲁王的形象是部落集体力量的化身，整个氏族从事创造性活动的表征。亚鲁王作为文化超人形象不仅是对部落劳动经验的总结，也是对创世以来史前神话时期的历史进行回顾。可见，把个人利益甚至个人的生命与群体利益融为一体，视群体利益至上，这是血缘和宗法制社会的共同特点。这就是亚鲁王具有极强的责任意识的原因所在。

（四）其他不同之处

《亚鲁王》史诗的独特魅力在于其民间形态。《亚鲁王》是歌师在苗族丧葬仪式中面对亡灵唱诵的活态史诗，几千年来一直在民间流传，反映的是苗族百姓的生活、情感和旨趣，具有民间史诗的性质；随着书写技术的诞生，到公元前六世纪，荷马史诗得以用文字记录下来。史诗在长期的形成过程中不断修改完善，后来的生活也不断添加进去。另外，由于演唱荷马史诗的行吟歌手经常出入于贵族的宫廷，为了迎合贵族的嗜好以得到更多的赏钱，他们在演唱时往往对史诗的内容进行大幅度的改编。因此，荷马史诗反映的是宫廷贵族的审美情趣。

用文字记录下来的荷马史诗只以手稿形态遗存，由于较早地用文字形式固定下来，已经得到了充分的研究，经历了一个经典化的过程，成为古希腊史诗的“圭臬”，现在已不在民众中口头演唱了。当历史的车轮辗转到21世纪，工业化、城市化已经高度发达的今天，《亚鲁王》作为苗族文化生活的“活态”文化大典，依然以口传心授的方式在麻山地区的民间传唱，可以通过田野作业直接观察。

活态的《亚鲁王》为世界史诗研究提供了鲜活的当代案例。

《亚鲁王》是流传在民间的活态史诗，具有朴素自然的拙朴风格。《伊利亚特》写跨海远征，《奥德赛》详细描述海上漂泊的遭遇及异国人的生活，具有很强的异域色彩；《亚鲁王》讲述苗族先民在中华大地上的征战和迁徙，本土的地方色彩极其浓郁。

三、异中之同：《亚鲁王》与荷马史诗共同的诗学规律

比较文学的根本目的是通过比较探讨中西文学共同的“诗心”和“文心”，进而揭示中西文学的共同规律。上述比较展示了《亚鲁王》与荷马史诗的诸多差异，但是透过外表看本质，跨学科的史诗含纳了多种文类要素，具有强烈的地域性和民族性，同时也具有人类的普适性，它们之间存在着一致的诗学规律。

史诗是民族精神的诗性表达，表现的是全民族的原始精神和朴素的意识，可以说是民族精神标本的展览馆。荷马史诗是希腊古代社会的百科全书，希腊民族的经典；《亚鲁王》是苗族的百科全书，是麻山苗族的口述经典，其地位之重要，犹如《论语》是汉族的典籍一样。史诗的主人公是民族的而不是个体的，其英雄事迹所展现的是民族自豪的意识，因此，史诗的主人公是民族精神的代表。

史诗作为长篇叙事诗，其主题和风格雄伟崇高。荷马史诗虽然经过荷马的巧制精编已成为文人史诗，成为古希腊史诗的“圭臬”，但其背后仍然是一个口传文化传统，《荷马史诗》是无文字时代的歌手们口头传唱的，盲人荷马只是其中的一个歌手，作为歌手的荷马不单单是一位文艺家，他是带着古老的没有文字社会悠远的历史记忆唱诵史诗的，史诗背后是深远的文化记忆。

尤其值得指出的是，《亚鲁王》史诗与荷马史诗都有比赛活动。在荷马史诗中，阿喀琉斯的好友帕特洛克罗斯被特洛伊人的首领赫克托耳杀死之后，希腊人伤心之至，男扯发、女抓脸，痛苦地哭泣。为追悼亡友，当帕特洛克罗斯的尸体被焚化后，阿喀琉斯举行了群众性的比赛活动，如战车比赛、摔跤比赛、射箭比赛、斗拳、赛跑以及刺条等项目。为了争夺奖品，矛盾冲突不断，比赛进行得十分紧张、激烈。这些活动后来成为奥林匹克的比赛项目。

在麻山苗族的丧葬仪式中，由于历时漫长，为消除疲劳，举行系列的愉人、愉神、愉魂等活动，守灵期间灵堂内常伴有吹唢呐、敲木鼓、猜谜语、玩牌等游戏活动。另外，在停丧期间要举行杂耍等娱乐项目，如耗子啃粑棒、彩虹吸水、顶杠、舂米、踩竹竿等，要跳木鼓舞、芦笙舞，要举行猜谜活动。猜迷活动衍生于亚鲁王与荷布朵为争夺山林土地权属的智力比赛，它通过有关人体全身器官和所有事物都可以作谜面的形式来讲述，猜谜人只要讲出谜底即可过关，如果猜不出，就要划出一块地界给亡人，这既是一种智力考验，也是对亚鲁王的卓越智慧的记忆。在麻山苗族葬礼上开展的各项活动，其目的是化悲痛为力量，纪念亚鲁王。

第二节 《亚鲁王》：活在苗族丧葬仪式上的山地史诗

欧洲的荷马史诗由于较早地用文字形式固定下来，已经得到了充分的研究，经历了一个经典化的过程，成为古希腊史诗的“圭臬”，成了希腊文学和文化的源头，而贵州麻山地区的苗族史诗《亚鲁王》却依然以活态的形式在西部苗族丧葬仪式上口头流传。两者同是源远流长的民族文化的起源，为什么会有如此不同的结局？从史诗类型看，以跨海征战、海上漂泊冒险作为叙事中心的荷马史诗呈现的是海洋文明的文化形态，是海洋城邦类型的史诗；流传在云贵高原麻山地区的苗族史诗《亚鲁王》属于山地史诗。对于海洋城邦型史诗，学界已经进行了深入的探讨，相对而言，学界对山地史诗的探讨还为之不多，下面拟对《亚鲁王》史诗的山地文化特质进行探讨。

麻山地区位于云贵高原向广西丘陵地带过渡的斜坡地带，系典型的喀斯特地貌，岩溶面积占71%，丘陵占20%左右。麻山虽分属三州六县，但这一带却是山水相连，生态环境大体相同，社会发展基本同步。望谟县的麻山、乐旺、桑郎三镇，境内岩溶面积占全县岩溶面积的70%以上，岩石裸露，岩山陡峻。在麻山镇，农户为了种田，每天必须走2~3小时的山路。麻山镇与紫云、罗甸等县的石山区连成一片，绵延100多千米，统称"大小麻山"或"百里麻山"，生活于其中的苗族在历史上就相当落后，并且受到各级土司、土府的盘剥。打引乡董上村的苗族人居住在高山之上，上山之路崎岖陡峻，怪石林立，行人必须用手攀附才能前进，否则随时有滚下山坡的危险。相传，这里的苗族从外地迁徙而来，来时背了几头小水牛和小黄牛来到山上，并将其养大，因为道路陡峭，此后再也没有牛上山到董上村，也没有一头牛下山。同时董上人只喂养母猪，出售小崽猪，除了自家杀过年猪自食之外，董上人从来没有卖过肥猪，因为道路崎岖无法将肥猪运下山来。"山连着山都是石头山，沟连着沟都是干河沟，土连着土都是坡坡土——这就是麻山。因为这里石山密密麻麻而得名。"①

《亚鲁王》的发现被称为"横空出世"，恰好说明了《亚鲁王》史诗的山地文化特征。如果这里是一望无际的平原，或者是商业贸易高度发达的沿海，这里早已是鳞次栉比的摩天大楼，令人震耳欲聋的流行音乐，在这样的人文环境中，《亚鲁王》史诗也就不可能活态传承了。

一、麻山苗族是典型的山地农耕民族

山地农耕，只有风调雨顺，生产才能有保障。如果没有天然雨水，生产就无保障。麻山地区地表径流极其匮乏，这从田的名称可以见出，如高坡田、望天田②、黄泥田、灰泥田（土质差的田）、砂土田（不贮水的田）、砖瓦土田（田底下的泥巴不杂砂石，宜用来烧制砖瓦）、碎石田（田泥杂有碎石，犁田易伤牛脚）、秧田（育秧苗的田）、水田、过水田、源头田（下游的田靠此田排水灌溉）、冷水田（只宜种植糯谷）、傍坡田、山谷田、阴山田（不向阳）、寨脚田、锈水田（田底下有矿物质，常冒出锈水）、旱田、荒田、烂泥田等。石山中的稻田保水保肥能力差，山地农耕的麻山苗族，自古就有龙神崇拜的传统。

① 贵州省民族研究所：《麻山调查专辑》（内部资料），1996年，第522页。
② 山坡上的田没有自然水源的浇灌，全靠上天下雨，这些田叫"望天田"。

亚鲁王意外发现龙心脏，将它带到王宫之后，“亮旺旺的像一把柴火”“耀闪闪的像一把草火”，起初感到困惑不解，害怕这是一个“大惑”。如果是“大惑”的话，亚鲁王就会面临空荡荡的洗劫，于是亚鲁王匆匆地带着龙心脏到哈桑去问耶偌和耶婉。耶偌和耶婉的话通过祖神传给亚鲁，“回去用红布包裹龙心挂上宫梁/它会保住你领域/它会繁盛你疆域/你儿孙后代拥有王室尊贵/你后代子孙保有传世王位。”① 在这里，亚鲁“用红布包裹龙心挂上宫梁”实际是一种仪式行为的象征性再现，是亚鲁举行仪式后从祖先神耶偌和耶婉那里得到的结果，是苗族人祭祀龙神的一种仪式行为。如今，麻山苗族人在遭遇困惑或苦难时，都要举行一种“通灵仪式”，即由苗族巫师举行仪式代主人家向祖先询问缘由。

“亚鲁王把龙心伸进水缸，炸雷三声，地动山摇，瞬间下起瓢泼大雨，立时刮下碎石冰雹。整整三天风卷碎草漫天飞扬。”② 龙心是掌管雨水的神，得龙心则得雨水，在历史上苗族是一个以种植水稻作为主要粮食作物的农耕民族，农耕生活的特点是“靠天吃饭”，雨丰则粮食足，无雨则颗粒无收。因此，苗族人希冀掌管雷雨的龙神能够按照人类的意愿来控制雨水的丰歉。这是处于农业文明时期的苗族先民对龙神崇拜的一种反映，是苗族农业生产生活的需要。对龙神的崇拜是山地农耕民族对雨水的渴求而产生的一种心理信仰。据历史记载，苗族先民曾在黄河一带进行过祭祀龙神的活动。苗族在迁到麻山地区定居之后依然沿袭着对龙神崇拜的习俗，在黔东南、黔东北以及黔西南至今仍然沿袭着祭祀龙神的仪式活动，如黔东南台江县一年一度的龙舟节，就是龙神崇拜在现实生活中的具体表征。

贵州麻山地区位于喀斯特地貌的腹心地带，土壤稀缺且十分贫瘠，素有“一碗泥巴一碗饭”之说。但迁徙来此的苗族却世代在这里生息繁衍，免耕农作的传统、远古的穴居习俗依然在此延续，而且留存下不少珍贵的崖棺葬遗址。

据历史文献记载，“其在金筑者，有克孟牯羊二种，择悬崖凿窍而居，不设茵第，构竹梯上下，高者百仞。耕不挽犁，以钱镈发土，耰而不耘。”③ 其中的“克孟牯羊”乃当时金筑司下属的基层建制名称，当时称为“克孟支”和“牯羊支”，“支”的建制规模大致相当于今天的乡。“克孟支”位于今紫云县板当、克卜、克混一带；“牯羊支”位于今长顺县中南部。“克孟”一词是该支系苗族的自称，“牯羊”是麻山苗族“山谷”一词的音译。“克孟牯羊”的苗语含义即为“深山中的苗族”。苗族迁徙到麻山之后，生活在山坡上的苗族，“吹燃一个

① 中国民间文艺家协会主编：《亚鲁王》，北京：中华书局，2012 年，第 108 页。
② 中国民间文艺家协会主编：《亚鲁王》，北京：中华书局，2012 年，第 113 页。
③ 田汝成：《炎徼纪闻》，丛书集成初编（卷四），上海：商务印书馆，1935 年，第 56 页。

火种，燃烧一片火焰，大火熄灭之后，满山播上种子，收下微薄的粮食。”这种耕作方式，叫刀耕火种。东汉人应劭在《风俗通》中这样描述：“烧草下水稻种，草与稻并生，各七八寸，因悉芟去，下水灌之，草死独稻长，所谓火耕水耨”。这种耕作方式在现在看来虽然粗放，但在2000年前，已经是非常高明的生产技能。“耕不挽犁，以钱镈发土”，说的是当时的麻山支系苗族尚未使用耕牛，使用一种类似于古代汉族使用的农具耕种土地，田汝成称之为“钱镈”，因为这种工具下部翻土的部分的形状类似于古代的钱币。“耰而不耘”的意思是，中耕时仅拔掉田间多余的杂草，进行间苗而不用锄头翻耕土地，这是当地麻山苗族特有的耕种方式——刀耕火种的耕作方式的生动写照。这种刀耕火种的耕作方式在今日的麻山苗族中仍然可以见到，当地苗族称之为“砍小米”，意思是砍掉地面的灌木丛，待其晒干后焚烧，等火熄灰冷后即撒小米种子播种。过去在刀耕火种地种的小米是当地苗族人的重要粮食来源，这一支系苗族的丧葬仪式至今仍沿袭用小米为亡灵送终的习俗。

除了田汝成的《炎徼纪闻》之外，还有不少关于苗族刀耕火种的耕作方式的文献记载，如明朝王士性的《广志笙》一书对黔中苗族的勉耕是这样记载的：“土无他民，止苗夷，然非一种，亦各异俗，曰东苗，曰西苗，曰紫姜苗，椎髻短衣，不冠不履，刀耕火种，樵猎为生”。《黔记》中江进之的“黔中杂诗”云：“耕山到处皆凭火，户无人不佩刀”，田雯的《黔书》云：“畏见长官，事有不平，但听乡老决之，急公服役，比于良民。”这是对“刀耕火种”耕作方式的高度概括。宋代陆游的《老学庵笔记》说，苗族“焚山而耕，所种粟豆而已”。可见，在边远高山地区聚族而居的苗族，直至明清时期还过着狩猎、开荒度日、刀耕火种的生活，国家政权的渗透力较弱，族中事务主要依靠寨老出面解决。即使在今天，刀耕火种的经济文化模式在许多边远地区并未销声匿迹。

据有关文献记载，历史上曾有不同支系的苗族如“狗耳龙家”“克孟牯羊”“炕骨苗”“砍马苗”等在麻山次方言区栖居和发展，留下了“以杵击臼和歌哭”、立鬼竿等仪式，“舁之幽岩”的葬式等。《亚鲁王》史诗中唱述的“亚雀”部落是与亚鲁部落同时并存的。“亚雀”部落是亚鲁王的五哥“亚雀”所统辖的一个部落。亚鲁王12岁继承王位，“亚雀”帮助亚鲁夺回被卢呙王夺去的疆域，便率领本部落迁徙到异地他乡，之后便了无踪影。清代爱必达所著的《黔南职略·卷三十一》《黔书》《黔书职方纪略》和民国《贵州通志》等都有对“亚雀苗”族名的记载。清代的《百苗图》留下了关于亚雀苗的人像和服饰，其文字解说是这样的：“鸦雀苗在贵阳府属。女子以白布镶其胸前、两袖及裙边。居山种杂粮食之。亲死，择山顶为吉壤。言语似雀声，故名亚雀苗。”① 刘锡诚认为，“亚雀苗”的故地，包括旧贵阳府属、川南的叙永和贵州的大方等地②。与“亚雀苗”同时存在的亚鲁部落则是“打铁苗”。一百多年前日本学者鸟居龙藏撰写的《苗族调查报告》中拍摄了“打铁苗”的人物照片。《亚鲁王》史诗对“打铁苗”有详细的唱述：“亚鲁王到哪里都没有丢下铁匠手艺/亚鲁王到哪里就把铁匠铺建在哪里/亚鲁王铁艺高/亚鲁王铁技精/亚鲁王早上打出三把锤/亚鲁王一天做出三把锄。”③ 亚鲁王拥有精湛的打铁手艺，走到哪里就把铁匠铺建在哪里，依靠打铁技艺来养活族群成员，在征战失败之后，亚鲁王来到荷布朵的王国靠打铁营生。

作为历史悠久的古老农耕民族，苗族早在远古时期就掌握了冶炼铜铁等金属的技术，并“以金作兵”而闻名。这在很多口传叙事中得到证明。《苗族古歌》中的《铸造日月》生动形象地展现出苗族先民在山地条件下冶炼金银铸造日月的情景：“什么当炉子？什么当风箱？什么当钉锤？什么当砧瞪？什么当木炭？什么当硼砂？什么当拉条？什么当手把？回头看古时，宝公和雄公，且公和当公，炼金又炼银，九岭当炉子，九冲当风箱，岩包当打锤，山头当砧瞪，石头当木炭，栀子当硼砂，山梁当拉条，山坳当手把。”④ 苗族的四位祖先宝公、雄公、且公和当公以“九岭当炉子”“九冲当风箱”“岩包当打锤”“山头当砧橙”铸造日月，生动地描绘出苗族先民在高山大岭冶铜炼铁的情景。

民间流传的《蚩尤神话》说：“有一天，蚩尤带着鸟益鸟果外出采药，走到‘阿子岛’脚下，发现一片亮晶晶的石头。他取来冶炼打成一把刀，刀的颜色和铜宝剑相似，从此发现了铜矿。鸟益鸟果报信说：‘蚩尤发现铜了。’蚩尤带领苗民上山挖铜矿，冶炼铸就生产工具和武器。苗民们用铜工具生产，用铜武器防卫敌人侵犯。”⑤《亚鲁王》史诗、《苗族古歌》、《蚩尤神话》等口述材料说明，早在远古时代苗族就掌握了金属开采、冶炼技艺，就已经使用铁器了。汉文典籍《尸子》云：“造冶者，蚩尤。”《太白阴经》说：“蚩尤以金为兵。”《管子》称：“蚩尤受金，而作五兵。”这说明口述材料与文献典籍中所记载的蚩尤发现金属矿后进行冶炼和打造金属武器及农具是相吻合的。

---

① 中国民族图书馆：《百苗图》（精粹百衲本），石家庄：河北教育出版社，2002 年，第 28 页。

② 刘锡诚：《〈亚鲁王〉——活在口头上的英雄史诗》，《民间文化论坛》，2012 年第 2 期，第 7 页。

③ 中国民间文艺家协会主编：《亚鲁王》，北京：中华书局，2012 年，第 231 页。

④ 潘定智、杨培德、张寒梅编：《苗族古歌》，贵阳：贵州人民出版社，1997 年，第 42－43 页。

⑤ 燕宝、张晓：《贵州神话传说》，贵阳：贵州人民出版社，1997 年，第 79－121 页。

炼金技术运用到生产和生活领域，就是加工制作各式各样的祭器、乐器、家具和农具。中华人民共和国成立后，大量苗族铁（铜）匠师傅活跃在城乡，从事冶炼工作。

他们锻铸、打造的农具主要有犁头、锄头、薅秧耙、镰刀、摘禾刀、柴刀、砍刀、斧、刨、凿、钎、锤钉耙等；祭器有香炉、铜鼓、磬、铃等；乐器有钹、镲、锣、唢呐、铜号等家具有菜刀、铁锅、铜盆、铜桶、鼎罐等。“打铁苗”反映了亚鲁苗族支系的生产方式和居住习俗，至今依然。

麻山苗族去世大多都要举行砍马（牛）仪式，汉文献中有不少关于黔中一带苗族牛祭的记载。南宋朱辅的《溪蛮丛笑》说，苗族“祭祀必先以生物呈献神，许则杀以血”。“死亡，群聚歌舞，联袂踏地为节，丧家椎牛”。明郭子章的《黔记》说，苗族“岁时召亲戚挝铜鼓斗牛于野，封其负者祭而食之，大脊若掌，以牛角授子孙日某祖某父食牛凡几。”因为牛是要砍给亡人带到阴间耕田耕地用的，所以，东郎在呈牛给祖先的时候，有“生呈”与“死呈”之别。“生呈”即牛未死之前要先送到祖先那里，这是让他使用的；“死呈”则是让他吃的，这从砍牛的细节可见一斑。拴在牛鼻子上的绳子要从空中架过来，一直架进家里面，直接连到棺材上，把绳子的一头拴在亡灵的手上，砍牛的场地离家里有多远，这根绳子就有多长。砍牛的场地上要把这些武器先在周围插起来，之前还要行礼，在砍牛之前要给牛唱一段与亚鲁王相关的史诗，大约要唱半个小时。紫云自治县宗地乡大地坝村白岩寨的东郎岑天伦说：“因为我们祖祖辈辈都是做活路①的，做活路必须要用牛来耕地，所以只要我们苗族有丧事活动，都要拿牛角来吹。意思是孝子送给亡人一头牛，让他回到祖先那里继续耕田种地，养活自己。”②

葬礼上吹牛角是麻山苗族图腾崇拜的表征。世界上不同民族对牛都怀有一种特殊的崇拜心理，但较之其他民族而言，苗族的牛崇拜心理尤其深入人心，因此，牛崇拜文化的氛围也就特别浓郁，每隔 13 年举行一次杀牛祭祀祖先的“祭鼓节”可以说是苗族牛崇拜文化的象征。苗族如此厚重的牛崇拜文化是山地农耕文明的文化表现形式。

苗族世代居住在崇山峻岭之中，是典型的山地农耕民族。作为山地农耕民族，苗族对土地有强烈的依赖，把土地和水源视为族群生存的根本之所在。土地是他们赖以生存的基础，也是他们感恩的对象。苗族人对土地庙持一种敬畏的心态。

在苗乡的村寨周围有很多土地庙，有的村寨简直遍地都是土地庙，土地庙是护卫和照管村寨的神殿。土地庙的含义有二，一是指物质形态上的土地庙建

---

① 指从事农业生产——笔者注。

② 岑天伦访谈，2014 年 11 月 8 日。

筑，一是指意识形态上的土地神。土地庙有多种形式，如当方土地、坳塘土地、青苗土地、衙前土地、街坊土地、天门土地、桥梁土地、梁山土地，另外还有河源土地、桃园土地、山神土地等。各土地神互不管辖，各司其职。其中当方土地，苗语叫 jud denb，每个村寨都有，其功能是保护每个村寨的平安。土地庙的旁边都有古树。人们为了祈福，或为了谢恩，或为了诅咒，要在土地庙前摆几个碗，烧一叠纸，点三炷香。在苗乡，水井是一个村寨赖以生存的基础，没有水井的地方就没有村寨。水井的位置多在村寨的旁边，四周为参天的古树所笼罩。由于没有人敢砍水井边的古树，甚至连枯枝枯叶也没人敢攀折，因此，苗区的水井，一年四季绿树如荫。苗寨的水井都是露天泉眼，清泉自然淌出。水井的管理主要靠制度和神灵的力量。制度的管理主要是通过村规民约来规定水源的使用原则和环保措施。神灵管理的范围包括水井的卫生、水井边的古树、饮水的礼仪等，管理方式主要是通过诅咒和故事传说来约束人们的行动。

麻山苗族将“赶集”称为“赶场”。“赶场”的形成缘于以物易物的生活需要，因长期在乡村流行而成为一种民俗。从《亚鲁王》史诗看，虽然这一支系的苗族在迁徙前，也就是说东部平原祖居地就按照子、丑、寅、卯、辰、巳、午、未、申、酉、戌、亥等十二地支顺序，划作十二个区域作为集市贸易场所，又按照对应的生肖属相，把这种区域集市贸易场所称作鼠场、牛场、虎场、兔场、龙场、蛇场、马场、羊场、猴场、鸡场、狗场、猪场等，依次循环轮流进行贸易。六天换一个集贸场所，七十二天完成一次区域贸易轮回。“亚鲁跟着母亲博布能荡赛姑，他们在天清气朗的龙集市诃锦甾定都，王室建在一马平川的兔集市诃锦臧。”[①] 亚鲁王定都后，也不断开拓“集市”，但是迁徙到麻山地区后，由于山地阻隔，集市发展缓慢，依然是十二生肖一个轮回的集市。如今，生活在崇山峻岭中的苗民，由于周边没有商业设施，“赶场”仍然是他们生产、生活不可或缺的重要内容。流传于黔中福泉县王卡乡的一首民歌：“鸡兔二场[②]/（集市）买花线/巴乡两街购蜡黄/想带项圈炉山学/想当银匠到从江/想吹芦笙高坡买/需购喇叭到乌当/想买大号筑城买/需购（画）眉笼到巴乡/想买钟磬到清城/需购锣鼓到昆场/金钟文磬应北岭/龙锣铜鼓响四方/九山九岭苗箫叫/八坡八岭唱歌郎……”[③]。这首民歌唱述了苗族聚居地集市上商品种类不齐全，要跑遍好几个地方，才能买齐所需要的东西。商品交换是社会分工的直接结果，山地环境的社会分工发展缓慢，导致商品交换的数量少、频次少。

在集市上，苗民不仅能购买到他们生产生活所必需的物品，而且赶场也是

---

① 中国民间文艺家协会主编：《亚鲁王》，北京：中华书局，2012 年，第 65 页。

② 根据十二生肖计日，逢鸡兔日赶场的集市称之为鸡场和兔场。

③ 杨昌文搜集：《贵州省民族志资料汇编》（内部资料）1987 年，第 5 页。

亲朋好友见面、聚会的场所。生活在石山区的苗民，由于山高路远，平时亲朋旧友难得见面，他们趁赶场的机会三三两两地聚在一起，聊聊天，打探四周发生的新鲜事，因此，赶场也是苗民们寻找新朋旧友、倾诉衷肠的社交场所。这种苗族乡土文化哺育下的自由市场虽然只是一种简单的交易模式，但它却散发出独特的魅力，具有独特的山地民族特色。

二、从生计方式看《亚鲁王》史诗的山地文化特征

"一方水土养一方人"说的就是人类的生态环境。山地生态环境直接影响和制约着人们的生产和生活，决定着人们的谋生方式，决定着人们的衣食住行样式，进而影响着人们的生活习俗。不同的生计方式孕育不同的文化类型，进而形成不同的文化传统，呈现迥异的文化风貌。

山是麻山苗族赖以生存的物质基础，也是其文化生境。山地民族的生存方式受着大山的制约，"靠山吃山"形象地诠释了山地与人们生计的关系，是对麻山苗族生计方式妥帖的形容。从古到今，生活在喀斯特狭地中的麻山苗族依赖巍峨的群山生息繁衍着。因此，山与麻山苗族有着殊为重要的生命联系。他们出行、劳作得翻山越岭，靠刀耕火种、采集和打猎获取食物，住"干栏"式房屋或石头屋或穴居，甚至死后也安葬在石棺中。

山里人的生计自然离不开山，自古以来，人们总是不停地念"山字经"，在山上求生存，在山上打主意。在远古时期，麻山苗族主要的生计方式是打猎、捕鱼，采集野果、植物的种子和根茎。

苗族种植水稻、小麦的时间非常早，且有着丰富的种稻经验。远古造人时代，就盛行吃糯米饭。"诺唷煮一碗猪肉和一箩白糯米饭，诺唷提着去到了宇空的中柱之上。"① 到了《亚鲁王》史诗出现的时代，水稻种植已经成为主要的食物来源，东郎这样唱诵道："亚鲁王造田种谷环绕疆域，亚鲁王圈池养鱼遍布田园。造田有吃糯米，圈池得吃鱼虾。亚鲁王开垦七十坝平展水田，亚鲁王耕种七十坡肥田肥地。"② 这与历史的记载是吻合的。《淮南子》说："神家播五谷，因苗以为教。"《论衡》中说："三苗之亡，五谷变种，鬼哭于效。"迁徙来到麻山地区的苗族，栖居在高山坡地，"在崇山峻岭中，开垦出层层梯地，扩大了耕地面积，增添了作物品种，并利用密林深箐的山地，发展狩猎经济，作为经济生活的重要补充。"③

---

① 中国民间文艺家协会主编：《亚鲁王》，北京：中华书局，2012 年，第 39 页。

② 中国民间文艺家协会主编：《亚鲁王》，北京：中华书局，2012 年，第 101 页。

③ 翁家烈：《论苗文化特征、成因及其作用》，《中国少数民族》，1991 年第 3 期，第 6 – 7 页。

麻山苗族的耕作方式以畲田直接播种为主，土地一般不用牛耕，只凭人力挖掘或者简单的点种，甚至直接撒播，正如《黔南竹枝词》所说："手把锄犁代犊耕，悬崖干初竹梯横。新坟夜扫家亲奠，肠断年年杜宇声。"勉耕有助于保持水土不流失。麻山苗族饲养的牲畜主要用于肉食和宗教祭祀，很少用作翻耕的畜力。

食物是原始初民与大自然之间的根本系结。人类因为需要食物，因为希求食物的丰富，所以才从事采集和打猎、捕鱼之类的经济活动，并使这类活动充满情感。因为麻山地区土地贫瘠，粮食来之不易，因此，这里的苗族人格外珍惜粮食。珍惜粮食的观念从小孩时候就得到灌输和训导，并渗透到每一个人的心中。如果一个小孩吃饭的时候，不小心把饭洒在地上，大人就会立即大声呵斥"雷公要劈浪费粮食的人"，然后孩子们诚心改错，不敢有不满情绪。在苗乡浪费粮食是可耻的，会引起人神的共怒，珍惜粮食则是一种传统的美德。

从民居建筑看，在重峦叠嶂、交通不便的山地繁衍生息的山地民族，其传统建筑受到山地地形的限制，他们的民居不可能像平原地区的建筑那样有着开阔的空间延伸，而只能朝纵向空间即垂直空间延伸，这造就了麻山地区随处可见的干栏式建筑和吊脚楼民居。麻山苗族"喜于深林僻野结屋以居"，干栏式建筑和吊脚楼通常依山就势，顺应自然，以吊层式、错落式、附岩式、架空式营造房屋，形成"借天不借地、天平地不平"的特色，呈现明显的山地特征。吊脚楼一般为三层，上层堆放杂物，中层为住房，下层为牲口圈。住宅附近建有圆锥形粮仓。

苗族历史上有穴居习俗，"择悬崖凿窍而居"[①] 是这一支系苗族长期沿袭的崖居习俗的反映。这一支系的苗族分布在喀斯特大箐之中，在悬崖绝壁间的石旮旯间择地而居，有的甚至在岩石下或岩洞中栖居。时至今日，在紫云县水塘镇格凸河畔的高山上仍有300多苗族人栖居在山洞中，甚至不愿意搬出来。

麻山苗族自给自足的自然经济，从传统服饰的制作可见一斑。服饰的材料是自己种植的，亚鲁王无论迁徙到哪里都离不开70担麻种，苗族的《种棉歌》说："良辰吉日/点种棉花/棉花姑娘/这里安家/告秋务当[②]/拓荒功大/东方黄道/助力一把/全都请来/领受鸡鸭/吃饱喝足/驱魔除魃/佑棉姑娘/免受糟蹋/快快成长/早早开花。"[③]《种棉歌》表述了种棉时祭供棉神的民俗。

苗族织布有着久远的历史，"董冬穹长得活泼可爱/灵活得像织布梭子里飞

① 田汝成：《炎徼纪闻》，丛书集成初编（卷四），上海：商务印书馆，1935年，第56页。

② 告秋务当，种植神，"告"和"务"分别是苗语公和婆之意，告秋务当即秋公与当婆。

③ 苏晓星：《苗族文学史》，成都：四川民族出版社，2003年，第232页。

转的线筒/机灵得如同来来回回的梭子。”[①] 织布机与梭子伴随着每个苗族娃娃的成长。《苗族古歌》中的《跋山涉水歌》讲述苗族的迁徙经历，即使迁徙他乡，也要随身携带纺车。“临到要走了，一个催一个，妈妈心里慌，忘记带纺车，年代久远了，变成纺织娘胎，月下喳喳叫，纺纱织布忙。”[②]

苗族的服饰均以自织麻布、棉布裁缝而成，形成了男耕女织、自给自足的家庭经济传统。《黔苗竹枝词》云：“织锦簇簇花有痕，织布缕缕家无裈。月中织布日中市，织锦不如织布温。”这是对苗族男耕女织生活的生动描绘。（乾隆）《贵州通志》记载：“谷蔺苗……工纺织，其布最精密，每遇场期出市，人争购之，有谷蔺布之名。”《峦峒竹枝词》说：“短短衣裙纺织精，房中机杼细经营。由来此布称难得，到处争传谷蔺名。”“谷蔺”的纺织声誉遍四方。

苗族妇女自纺、自织、自染、自绣的200多种服饰和银饰，犹如无字天书，形象地记录了苗族的生活史。如今，在麻山苗寨几乎每家的媳妇、大姑娘、老妈子都能轧花、纺纱、织布，家家户户都有轧花机和纺车。

轧花机形若一只高腰四脚的板凳，凳面上装着一个轧花的机头。机头的主要部件是上下两根平行紧挨的机杆。铁杆在上，粗如手指；木杆在下，稍粗。铁杆左端连接一个长约二尺、拳头大小，两端粗中间细的木槌，木槌与铁杆吻合处突出一榫作提挂脚踏板的绳索用；木杆右端有一个手摇木柄。操作时，右手摇动木杆摇柄，左手同时摇动机下踏板，通过绳索带动木槌转动从而牵动铁杆旋转。上下两轧杆通过相互转动形成轧口，只要将未脱籽的棉花往轧口喂进去，很快就会籽棉脱离。较硬的棉籽因进不了轧口而掉落在机头前端的凳面上，而柔软的棉花则通过轧口的咀嚼从机头背面的凳面上吐出来。

纺车，用七八片不等、二指宽细、一尺五长短的木片交错层叠在一起形成梅花状，再通过横轴与另一组连成对应的整体；两组木片间隔五寸许，两端用小绳索对应缠绕连接起来，形似一个镂空的鼓身。这鼓通过横轴半月在一个座子的两根站枋之间悬起来以便转动。轴的一端是向上转动的轴柄，座子底部向左侧平行伸出一枋长一尺五寸许，又置一小座，用来安装车针。纺纱时，右手摇动摇柄使鼓身转动，通过上面的绳索带动车针，左手将捻成的棉筒条儿往车针上一贴，纺车转得快，车针就旋转得越密。只见手腕忽高忽低，一拉一送，身子一仰一俯，棉筒儿便抽成线，缠到车针上，一会儿就纺成了一个大肚儿的纱绽子。

在婚丧场合，麻山苗族女性戴着绣有各色花的围腰，并佩戴银饰和钩形耳

---

① 中国民间文艺家协会主编：《亚鲁王》，北京：中华书局，2012年，第34页。

② 潘定智、杨培德、张寒梅编：《苗族古歌》，贵阳：贵州人民出版社，1997年，第138页。

环。生育子嗣后，妇女头饰有所改变，如中部土语区的苗族妇女胸前系有围腰，头戴青纱帕，手戴银质手镯；男性服饰有长衫和短对襟衣，长衫一般只在婚丧及较大祭典活动中才穿。

手工业也具有山地特点。《苗族古歌》的“运金运银”记载说：“金银坐的凳，岩石造成的。”[①] 这是对山地采矿、冶炼的反映。苗族的蜡染用山中所产的蓝靛为染料，用蜂蜡作防染剂。用蜡在布料上留下各种冰纹，纹路天成，别有神韵。贵州的山中盛产竹子，用竹子制成晒席、背篓、撮箕、提篮、竹椅、竹凳、烟杆、凉席等，民间乐器如芦笙、箫、笛等也是用竹子制成。贵州的民间工艺品向来为人们所称道，酿酒、蜡染、刺绣、纺织、漆器、银器、竹器等更是海内外皆知。这些民间工艺品大都是自然经济的产物，主要是满足人们的衣食住行之需，很少作为商品出售。其特点是以手工业与农业相结合的方式在一个家庭之内完成，按性别年龄自然分工，农忙种田，农闲做工，这是贵州自然经济最充分的表现形式。

三、从表达方式看《亚鲁王》史诗的山地文化特征

德国语言学家洪堡特认为，“语言仿佛是民族精神的外在表现；民族的语言即民族的精神，民族的精神即民族的语言。”[②] 这就是说，从一种语言可以透视出一个民族的文化特征、思维方式以及这个民族对社会和自然环境的认知方式，甚至可以透视出一个民族的精神。

栖居在大山深处的麻山苗族“开门见山”，山上树木葱茏，野兽成群，他们对动植物的生活习性非常了解，如动物与人有很多相近的地方，会动，能发声音，有情感，有身体与面孔。但动物较人也有占优势的地方，如鸟能飞，鱼能游，爬虫能脱皮，能变换生命，且能避居地内。同时，动物是人与自然界的中间环节，既在体力、机警方面优越于人，又是人类必不可少的食品。动物在原始初民的世界观里占据着独特的地位。因此，苗族人喜欢用自己日常生活中经常耳闻目睹的动植物、无生物及日常用品的名称作为表达方式，动物如猪、狗、鸡、鸭、鱼、虾、鸟、牛、马、羊、燕、虫、蝶、豹等，植物如树木、竹子、庄稼、野草等，生产生活用具如箕、斗笠、水罐、鼓、锅、锄等，天体如太阳、月亮、星星等。尤其值得注意的是，在这些表述中，动植物与人之间没有高低贵贱之别，把人比作某种动植物也没有贬义。

① 潘定智、杨培德、张寒梅编：《苗族古歌》，贵阳：贵州人民出版社，1997 年，第 14 页。

② ［德国］洪堡特：《论人类语言结构的差异及其对人类精神发展的影响》，姚小平译，北京：商务印书馆，1999 年，第 52 页。

陈正祥认为，“地名是文化遗产，有似化石，有文化层的指标作用。”① 在《亚鲁王》史诗中，多处提及由十二生肖建立起来的商贸集市，而用“马场”“龙场”“狗场”“羊场”“猴场”“牛场”“鸡场”等十二生肖来命名的苗语地名至今在麻山的苗族聚居区依然存在，仍然在人们的生活中发挥作用。“鸡场”在今罗甸县木引乡的洛村；“马场”在今罗甸县木引乡政府所在地；“鼠场”在今紫云县宗地乡鼠场村；“龙场”在今紫云县宗地乡政府所在地的集贸市场；“猫场”在今紫云县猴场镇的猫场村；“猴场”在今紫云县猴场镇政府驻地的集贸市场；“羊场”在今紫云县水塘镇的羊场集贸市场；“牛场”在今紫云县四大寨乡的牛场；“蛇场”在今紫云县宗地乡火石关村境内；“猪场”在今紫云县大营乡三合村的猪场；“狗场”在今紫云县大营乡的狗场集贸市场；“兔场”在今紫云县宗地乡红岩村境内，现在已经无人居住。

《亚鲁王》史诗中的地名“看牛坡”“牧马路”“牛耕地”“庄稼地”②，苗族古歌《格罗格桑》中的地名“坡坝沟”（今花溪高坡一带）、“鸡爬坎”（今贵阳市湘雅村铁路桥一带）、“马刨井”（在鸡爬坎的北面两里许）等都具有山地特色。

不少用动植物命名的山、岩、洞、山冲或峡谷、溪河等富于形象性，如凤凰山、蜈蚣坡、鸡公背、猪拱箐、雷公山；老鹰岩、吊丝岩、燕子岩、鹅翅膀、飞云岩；仙人洞、打鸡洞、犀牛洞、神仙麒麟洞；海马冲、豺狗湾、螺蛳湾、鲤鱼湾；猫跳河、大龙潭、珍珠泉、三潮水、马蹄井、黄鳝溪等。

深居山地的苗族人对山地的动植物十分谙熟，因此，苗语地名中常常有根据动物的种类对山地进行命名的情况。

第一，根据植物命名，如“青㭎树坡（Bil Yel）”因半山腰中多青㭎树而得名，“杉树岭（Vangx Jib）”相传在远古时期，这一带是成片的杉树林，一位打桶匠迁徙来此，发现这里林木茂盛，便定居下来，以打桶为生，因而得名。“青㭎岭（Vangx Gangb）”因多青㭎树得名，“松树岭（Vangx Gheid）”昔日为成片的松林而得名，“竹子冲（Diongl Diuk）”因盛产竹子而得名，“金竹坳（Diongl Diuk）”因山坳昔日多竹而得故名，“板栗山（Bok Ghod）”因山上多板栗树而得名，“大蒜坪（Zangx Ghax）”因适宜大蒜野葱的生长而得名。

第二，根据动物命名。苗族人根据动物的足迹、吼叫声来区分动物的类别，了解动物的生活习性，如“老虎坡（Bil Xed）”因昔日多虎而得名，“乌梢蛇岭

① 陈正祥：《中国地名的分类》，《地理研究》，1987 年第 6 期。

② “我们还没有走过看牛坡/我们还没能走出牧马路。”“我们还没有走过牛耕地/我们还没能过出庄稼地。”（中国民间文艺家协会主编：《亚鲁王》，北京：中华书局，2012 年，第 223 页。）

（Vangx Nangb Hxent）”因昔日多乌梢蛇而名，“野鸡坡（Bil Niongx）”因昔日森林茂密，多野鸡而得名，“熊坡（Bil Dlik）”因昔日熊多而得名，“虎岭（Vangx Xed）”因昔日多虎而得名，“老虎冲（Diongl Dlad Xed）”因昔日森林茂密，虎豹成群而得名，“野猪坳（Dlongs Ngax Dab）”因昔日多野猪而得名，“鸟坡（Bok Ne）”因昔日多鸟而名，“蜂糖坡（Bob Gangb Wab）”因蜜蜂常到岭下的岩洞内筑巢酿蜜而得名，“豺狼坡（Bob Xed Dlat）”因昔日多豺狼得名。

山地是麻山苗族的生态环境，也是他们的活动舞台。他们的生计方式、衣食住行、风俗习惯乃至观念意识，都离不开这种山地环境，这就构成了一种不同于别的区域文化的文化模式，打上山地文化的烙印。这一切在《亚鲁王》史诗中得到了生动的再现，因而可以说，《亚鲁王》是活在苗族丧葬仪式上的山地史诗。

结　语

一、研究结论

本书在田野调查的基础上，运用文学人类学的跨文化比较法和多重证据法——文字文本材料、田野作业的口传材料、实物和图像，在多维视野、多重价值、多元文化、多门学科、多种知识的基础上对新发现的《亚鲁王》史诗进行跨学科研究。主体内容分为上下两篇。上篇“文学人类学视域的史诗田野考察”运用文学人类学田野作业的方法考察《亚鲁王》史诗的仪式叙事、唱诵史诗的东郎、仪式的治疗功能、仪式与遗产——《亚鲁王》史诗的传承与保护。下篇“文学人类学视域的史诗文化阐释”把《亚鲁王》史诗作为一个“文化文本”对仪式展演呈现出来的文化意涵进行文学人类学解读，主要从《亚鲁王》史诗的神话叙事、迁徙叙事、诗性特质三个视角展开，最后从跨文化的视野将《亚鲁王》与欧洲的荷马史诗进行平行比较研究。上下两篇构成了一个逻辑严谨的理论体系。

本书在研究过程中，提出并论证了一系列原创性的理论观点，兹概括如下。

（1）第一次提出两个“范本”的概念，即《亚鲁王》是活态史诗的范本和文学人类学研究的范本。

文学人类学研究以无文字社会的口传叙事即活态文学作为研究对象，以文化相对主义的眼光尊重并宽容每一种文化中所特有的地方性知识，以文化人类学的视野致力于发掘被主流文化所遮蔽的无文字的、边缘族群的文学。《亚鲁王》史诗是麻山地区的歌师用西部方言麻山次方言在丧葬仪式上展演的，包容了大量的原始文化，将苗族的神话、历史、语言、宗教、哲学、习惯法、天文历法等全部囊括在内。《亚鲁王》史诗既是苗族的百科全书，也是苗族的活态文化大典，可以说是一部具有多元文化价值、多元文化视角、跨学科的史诗。苗族是一个没有文字的民族，在漫长的历史过程中，《亚鲁王》史诗起到了以诗表情、以诗记史、以诗育人的作用，但它作为边缘族群的史诗长期被忽略在田野。可见，《亚鲁王》史诗是具有独特价值的文学人类学范本。

在历史上《亚鲁王》从未形成写定的书面文本，完全通过东郎口耳相传而世代相承，以仪式展演为主要生存形态，至今仍然活在麻山苗族丧葬仪式中，依然在麻山苗族人的生活中发挥着不可或缺的作用，因而是一种活态的口头叙事文学，一种活态的传统文化。传统的丧葬仪式才是史诗《亚鲁王》传承千年不衰的深厚社会基础，一旦离开仪式展演，《亚鲁王》就失去了存在的空间和土壤，因而是活态史诗的范本。

（2）系统论证了展演史诗的东郎是苗族传统的携带者、传承者、亡灵的指路者、苗族巫文化的解码人。东郎既是巫师又是民间医生，他们不仅能用《亚鲁王》安抚亡灵，传承古史，还可以诵唱《亚鲁王》治病；吟诵史诗的东郎还是民间艺术家；东郎承担着文化启蒙者的重要角色，是族群成员的精神导师。

（3）第一次运用文学人类学的视野和方法对《亚鲁王》史诗及其仪式展演的治疗效力进行再发掘。歌师唱诵的《亚鲁王》史诗是文学想象与叙事治疗的统一体，在一代又一代的口头传承中发挥了文化整合与精神治疗功能。从唱诵《亚鲁王》及其仪式展演的效力可知，口头叙事具有巨大的精神感召能量和认同作用。《亚鲁王》史诗的仪式叙事与精神治疗功能，一方面为我们审视苗族史诗《亚鲁王》的多元功能、多元价值提供了一扇特殊的视窗，另一方面亦为当代叙事治疗学的深化与拓展提供了鲜活的本土经验与地方性知识。

（4）第一次运用比较神话学的跨学科视野，结合田野调查的活态资料与考古新发现，对《亚鲁王》史诗的创世神话、人类起源神话、日月神话等原始神话进行综合研究，从跨学科整合的视野展开文明探源研究，将神话还原为文化编码的基因，从神话入手探寻人类思维和文化编码的真正源头。

（5）提出并论证《亚鲁王》是一部活在苗族丧葬仪式中的“绿色史诗”。在麻山苗族丧葬仪式上唱诵的活态史诗《亚鲁王》蕴含着丰富的生态伦理思想。麻山苗族认为人与自然的关系就是“子”与“母”的关系，对动植物的崇拜成了他们亘古不变的宗教信仰。在万物有灵信仰的基础之上形成的动植物崇拜和图腾崇拜形塑了亲近自然的生态文明观，表征了苗族人敬畏、顺从自然，与自然融为一体、和谐共生的生态智慧。这种生态智慧在丧葬仪式中世代相传，化为族群成员出于信仰而约定俗成的一系列生态民俗和生态禁忌，从而创造了人与自然和谐相处的生境。《亚鲁王》史诗蕴含的生态伦理思想，表征了远古山地苗族对人与自然、人与动物关系的朴素认识。

（6）迁徙是《亚鲁王》史诗的主要内容，这是学界的共识。但本书第一次运用文学人类学的多重证据法——文本证据、田野材料、实物和图像证据，从史诗古歌文本中的迁徙叙事、身体展演中的迁徙叙事、实物和图像中的迁徙叙事等三个方面探讨《亚鲁王》史诗迁徙叙事的多维形态，第一次从仪式展演、文本叙事等方面对《亚鲁王》史诗沉郁悲壮的迁徙叙事风格进行了深入的剖析，提出《亚鲁王》史诗用神话思维演绎了亚鲁王国神圣的迁徙历史。

（7）第一次提出并论证“亚鲁王是文化超人形象”的概念。所谓“文化超人”就是把一个民族的智慧、创造发明、英勇正义、丰功伟绩等品性集中到部落首领一人身上。活态史诗《亚鲁王》按照苗族先民的审美理想塑造了杰出的氏族首领亚鲁王形象。亚鲁王的“文化超人”形象可以概括为四个方面：足智多谋、英勇善战、关爱民生、精通巫术等。亚鲁王形象集中表征了苗族人的智慧、创造发明、英勇正义、丰功伟绩等品德。

（8）“《亚鲁王》是复合型史诗”的概念虽然不是本书提出，但是，本书通过将《亚鲁王》与西方的荷马史诗进行深入比较，厘清了二者的区别，对“复合型史诗”的内涵进行了深入阐发，并在比较的基础上提出“《亚鲁王》是活在苗族丧葬仪式上的山地史诗”。世居崇山峻岭中的麻山苗族，生产和生活都要受到山地生态环境的制约，从衣食住行到生活习俗都打下了山地的烙印。亚鲁王国的生产方式、生产工具、打铁技艺、以牛作为图腾崇拜对象的习俗、十二生肖一个轮回的集市、“男耕女织、自给自足”的山地经济等无不体现出山地文明的文明形态。在苗族丧葬仪式上唱诵《亚鲁王》史诗既呈现麻山苗族对山地的独特认知，也展示了他们对山地经济的经营智慧，体现出与游牧文明和海洋等文明迥异的文明形态，是活在苗族丧葬仪式上的山地史诗。

二、文学人类学：构建跨学科的“亚鲁学”

下面拟就《亚鲁王》史诗研究的发展趋势谈一点自己的看法。

“新史诗的发现，于史诗研究的影响不言而喻，甚至可能会对传统史诗观念和史诗研究范式带来根本性的突破。”① 在苗族丧葬仪式上由东郎唱诵的《亚鲁王》史诗是从远古时代流淌到今天的活态史诗，蕴含着苗族先民特有的精神价值、思维方式及艺术想象力，蕴含着苗族的宇宙观、民族信仰、丰富的原始文化，“同时也栩栩如生地展示了现今贵州西部苗族的丧葬、婚恋和服饰诸方面的风俗文化”②，被学界称为“苗族古代生活的百科全书”。“苗族史诗《亚鲁王》的发现，为史诗发生学、史诗分类学的研究带来重大变革，为史诗研究开拓了新的视野和路径。”③ 对它的研究不仅要深化，进行“立体”、“多层次”的阐

① 蔡熙：《〈亚鲁王〉研究：构建跨学科的活态史诗观念》，《中国社会科学报》，2014年5月30日。

② 蔡熙：《〈亚鲁王〉的女性形象初探》，《湖南工业大学学报》，2014年第3期。

③ 蔡熙：《〈亚鲁王〉研究：构建跨学科的活态史诗观念》，《中国社会科学报》，2014年5月30日。

释和挖掘，而且要运用跨学科的视野在深掘《亚鲁王》史诗的丰富内涵及多元价值的基础上，构建跨学科、跨文化的“亚鲁学”。

一般认为，一门独立学科的诞生，具有四个基本要素，即该研究具有重大意义；研究对象具有丰厚的资料基础；独特的研究方法；产生一批具有较大影响的学术成果。

首先，研究对象的价值与意义自不待言。《亚鲁王》史诗是活态史诗、山地史诗的范本，是文学人类学研究的范本。“《亚鲁王》史诗是歌师在苗族的丧葬仪式上面对亡灵唱诵的，它与仪式步骤紧密结合且受仪式制约”①，其丧葬仪式程序主要包括停灵仪式、报丧仪式、迎客仪式、守灵仪式、做客仪式、请祖仪式、开路仪式、砍马（牛）仪式、出殡仪式、安葬仪式等。丧葬仪式是麻山苗族容纳族群认同的储存器，族群成员通过融入仪式来强化自己的族群身份与集体意识。从根本上说，传统的丧葬仪式才是《亚鲁王》史诗传承千年不衰的深厚社会基础，一旦离开仪式展演，《亚鲁王》史诗就失去了存续的空间和土壤。流传于麻山地区的《亚鲁王》史诗是口头传统的结晶，在历史上从未形成写定的书面文本，完全通过东郎的口耳相传而世代相承，实实在在地以“非物质”状态一代一代传承下来。《亚鲁王》史诗以仪式展演为主要生存形态，以口耳相传为主要传播方式，其展演活动是鲜活而富有生命力的。《亚鲁王》史诗的活态传承、口头叙事传统、史诗的神圣性与神秘性，为探索史诗的起源与发展规律、活态史诗的特点、活态史诗的传承提供了鲜活的当代案例，因而，《亚鲁王》是活态史诗的范本。世居崇山峻岭中的麻山苗族，生产和生活都要受到山地生态环境的制约，从衣食住行到生活习俗都打下了山地的烙印。亚鲁王国的世代谱系、十二生肖一个轮回的集市、生产方式、生产工具、打铁技艺、食盐制作技艺、以牛作为图腾崇拜的习俗、“男耕女织、自给自足”的山地经济等无不体现出山地文明的文明形态。《亚鲁王》史诗既呈现出麻山苗族对山地的独特认知，也展示了他们对山地经济的经营智慧，体现出与草原文明和海洋文明等迥异的文明形态，是南方山地史诗的范本。《亚鲁王》史诗包含了大量的原始文化，它将苗族的神话、历史、语言、宗教、哲学、习惯法、天文历法等全部囊括其中，既是苗族的百科全书，也是苗族的活态文化大典。可以说是一部具有多元文化价值、多元文化视角、跨学科的史诗。文化人类学起源于对原始文化的研究，文学人类学是以文化人类学的视野研究文学的学问，它致力于发掘被主流文化所遮蔽的无文字的、边缘族群的文学。苗族是一个没有文字的民族，在漫长的历史过程中，《亚鲁王》起到了以诗表情、以诗记史、以

① 蔡熙：《〈亚鲁王〉文化遗产价值纵横谈》，《贵州日报》，2013年11月22日。

诗育人的作用，但它作为边缘族群的史诗长期被忽略在田野，可见，《亚鲁王》是具有独特价值的文学人类学范本。

《亚鲁王》史诗的丰富价值构成了一个多维的、立体的价值体系，对其研究具有十分重要的理论意义和现实意义：①《亚鲁王》以口耳相传的方式传承了苗族的历史和文化，在潜移默化中熏陶了苗民的精神、情感和道德品质。深入挖掘被主流文化所遮蔽的苗族的历史和文化，并对其进行价值重估，让《亚鲁王》从封闭的麻山走向现代世界，有助于激发苗族人民的本土文化自觉和文化自信。②在倡导文化间性、杂语共生与文化多元的今天，对《亚鲁王》的研究不仅有助于我们深入理解苗族文学在中国文学格局中的地位和作用，而且为我们构建多民族的文学史观提供了重要的问题框架，进而推动多元共生的文学生态理想得以实现。③深入研究口传史诗《亚鲁王》，有助于强化大众对非物质文化遗产的自觉保护意识，对于传承濒临危机的活态文学，保存民族民间口头艺术的优秀基因，具有显见的现实意义。

其次，《亚鲁王》史诗的研究不仅具有重要的价值和意义，而且已经具备坚实的资料基础。自20世纪初期以来，与《亚鲁王》史诗相关的苗族叙事诗一直为学界所关注，大量的苗族古歌或史诗得到搜集、整理、翻译并刊布问世，《亚鲁王》史诗的异文和不同的版本也大量问世。《亚鲁王》史诗文本从2011年由中华书局公开出版之后，开始受到学界的关注，学者们开始对史诗文本和东郎们的演唱资料进行初步的研究，这部沉睡千年的活态史诗从贵州高原走向全国，甚至走向世界，“亚鲁学”开始兴起。曹维琼、麻勇斌、卢现艺主编的《史诗颂译》《歌师秘档》《苗疆解码》组成的“亚鲁王书系”2013年由贵州人民出版社出版之后，吴大华就提出“亚鲁学”这一概念，“亚鲁王对于贵州特色学科的学理孕育和成熟有着不可低估的作用。我隐约感觉到，有可能催生一门学科——‘亚鲁学’”[①]。

再次，《亚鲁王》史诗的研究具有独特的研究方法。由《史诗颂译》《歌师秘档》《苗疆解码》组成的“亚鲁王书系”以口传史诗学、视觉人类学、文化人类学、文化生态学、非物质文化遗产保护等诸多学科理念和方法为指导，将口头唱诵的史诗、节庆展演的史诗、服饰镌刻的史诗、舞蹈展演的史诗、丧礼葬俗展演的史诗、巫技巫艺展演的史诗融为一体，试图还原蕴含在《亚鲁王》史诗中的历史信息、伦理观念、审美情趣、传统知识、仪式禁忌等，对《亚鲁王》史诗作了一次跨学科、多视角、多层次的整理探究。这一独特的研究方法是切合研究对象的。

① 吴大华：《“亚鲁王”可能催生“亚鲁学”——一个启于〈亚鲁王书系〉的猜想》，《贵州日报》，2013年7月12日。

尽管如此，就研究现状而言，“亚鲁学”仍在形成之中，距离成为一门独立的学科，还有很长一段路要走。之所以说亚鲁学仍在形成过程中，主要是因为一门独立学科所必需的四个基本要素，它已具备其三，还欠其一。也就是说，它还欠缺一批具有重大影响力的研究成果。所谓“重大影响力的研究成果”，不仅指它对《亚鲁王》史诗研究的理论和方法具有前瞻性的指导意义，而且对其他学科亦具有一定的影响力和借鉴意义。这是“亚鲁学”成败的关键之所在。“敦煌学”的生成为“亚鲁学”提供了重要的参照和借鉴。敦煌卷子问世之后，一大批中外知名学者以其厚重的学术成果，不仅使敦煌研究成为一门学问，而且对于中国学术的近代转型起到了重要的推动作用。可见，敦煌研究之所以成为“敦煌学”，离不开一大批知名学者的努力，离不开大量优秀的研究成果。如果说“敦煌学”具有重要的文化“化石”意义，那么《亚鲁王》史诗则是山地史诗、活态史诗、文学人类学研究的“活化石”。树立全球视野，运用文学人类学的理念和方法，立足《亚鲁王》史诗的多元价值，深入开掘《亚鲁王》史诗“富矿”，构建跨学科、跨文化的“亚鲁学”。

文学人类学与史诗聚首是一个颇有价值的学术话题，二者的共通之处主要体现在两个方面。一是原始文化。以口耳相传为主要传播方式，以仪式展演为主要生存形态的活态史诗包蕴了丰富的原始文化。文学人类学是以文化人类学的视野研究文学的学问，以无文字的“原始文化”作为研究对象。文学人类学早期的“神话仪式学派”，强调神话、史诗与仪式之间的互动关系，把文学与神话、仪式置于人类发展的历史长河中去探寻其文化底蕴。20 世纪中期以来，人类学逐渐将目光转向不同文化的“地方性知识”和文化文本解读的符号分析范式。二是跨学科性。史诗文本涵盖了一个民族的语言、历史、文化、宗教、哲学、天文地理、民俗等诸多方面，是一个民族的百科全书。史诗的展演还涉及展演语境、听众的反应、歌师与听众之间的互动关系等。文学人类学是在人类学和文学的交叉点上发展起来的，是一门跨族群、跨时空、跨文化、跨学科的综合性学科，它将文、史、哲、政、经、法等诸多学科都整合在文化里面。“文学人类学不限于借用文学形式。它的精神在多学科合作和跨文化汇通。”①

世界上已知的史诗传统一般可以分为三种形态：口传的史诗、半口传的史诗（或半书面的史诗）和书面史诗（文人史诗）。即使已经文本化的书面史诗，如古希腊的荷马史诗、古代印度的史诗《摩诃婆罗多》《罗摩衍那》等，其背后也是一个历史久远的口头传统。从文学人类学的角度来看，以口耳相传为主要生存形态的史诗属于口传文化信息的传播，口头史诗是在展演过程中完成的，

---

① 庄孔韶：《不浪费的人类学：诗的参与和传达》，《淮阴师范学院学报》，1998 年第 2 期，第 45 页。

史诗的每一次展演都应是一个独特的文本。“一部口头史诗的文本指的就是一次表演文本，它具有不可重复性。同时每一个这样的文本无一不是传统的延续。每一个史诗歌手无一不是依赖传统创编自己的文本。一个源远流长、经历了若干代史诗艺人锤炼的口头表演艺术传统，不仅在一定程度上规范了史诗文本的内容和结构，使之趋于程式化，而且培养了艺人和听众，并将口头史诗文本的创作过程同它赖以生成和发展的语境维系在一起。”[①] 因为“没有演述，口头传统就不是口头的。没有演述，传统就不再是传统。没有演述，有关荷马的观念本身也就失去了它的完整性”[②]。因此，史诗是一种活态的仪式展演，一种生活方式，一种文化现象。通过展演，充分地呈现一个民族、一个社区的历史和文化，展示人的价值[③]。

苗族史诗《亚鲁王》属于口头传统的范畴，是活在具体展演情景中的丰富多彩的活生生的文学。如果说国学强调的是书写传统，那么文学人类学关注的则是“口头传统”与“活态文化”。

文学人类学对活态史诗的文化价值进行重新认识，以眼光向古、向下为其基本特色。所谓“向古”就是面向古代的原始文化，一直到文明起源之前的无文字的口传时代；所谓“向下”即是面向田野。人类学起源于对原始文化的研究，文学人类学重在研究文学的原始形态和发生机制，以实现文学本质的人类学还原。

文学人类学是一种在广阔的文化视野中对文学文本和文学现象的研究。活态史诗的创作与展演、活态史诗的文本记录与文学人类学的田野作业、史诗文本与文化语境的关联、活态史诗的价值判断、活态史诗与书面史诗的双向互动、口头传承、书写传统及数字化传播的意义等，都是活态史诗的研究范畴，对这些问题的研究是跨文化、跨学科的。文学人类学的跨学科性内蕴多元的视角，而多元视角是对同质化观念的拒斥，它要求批评者从不同的角度、不同的层面对史诗进行全方位的研究。

在苗族丧葬仪式上口头唱诵的活态史诗《亚鲁王》对苗族的族源来历、迁徙、征战、信仰、宗教、习俗等重大题材的翔实叙述，联系着两千多年前的久远历史与神秘文化，为苗族历史、苗汉关系史、古代长江稻作文明史、苗族与楚国的关系、苗俗与楚俗、古地名文化、古生物、语言学、古代法文化、古代

---

① ［美］格雷戈里·纳吉：《荷马诸问题》，巴莫曲布嫫译，桂林：广西师范大学出版社，2008 年，第 24 页。

② ［美］格雷戈里·纳吉：《荷马诸问题》，巴莫曲布嫫译，桂林：广西师范大学出版社，2008 年，第 36 页。

③ 在文学人类学视域中，人的价值包括人与自然的关系、人的本性、时间、人类的追求和目标、人与人的关系等。

宗教与文化等学科的研究，提供了大量的来自古代的新材料，具有无可争辩的民族史诗的地位与价值，是一部集苗族五千年历史文化于一体的苗族百科全书。这是文献资料和文物资料之外的活态资料库，为人文社会科学乃至某些自然科学的研究提供了重要的资料和佐证。《亚鲁王》史诗涵盖了苗族的历史、语言、宗教、哲学、民俗等诸多方面，其多学科的学术价值表明它是具有多元文化价值、多元文化视角、跨学科的史诗。这一特性决定了对《亚鲁王》的研究必然要在广阔的文化视野中展开，必然是跨学科的、多元视角的、对话的，必然要运用多视角的立体思维。当跨学科、跨文化的人类学际遇跨学科、跨文化的史诗《亚鲁王》，必将开辟一条独具特色的史诗研究路径。这就要跳出狭隘的地域限制，树立博大的世界目光，以一种博古通今、融汇中西的宏阔视野，把史诗涵盖的历史、语言、宗教、哲学、神话、民俗等多元文化价值看成一个彼此联系的有机整体，放置到世界文化的总体格局中去考察。对史诗传承的文化生态、史诗本体、史诗传承人，亚鲁文化的活态性、原真性、本真性，《亚鲁王》史诗的活态保护和数字化传承等进行全面深入地开掘，对山地史诗与海洋城邦型史诗进行跨文化比较等，真正跨越学科藩篱。同时，跨文化、跨学科的文学人类学作为一种对话性、整体性的文学观，促使文学批评走向文学发生的文化语境，回归完整的、原生态的文学场域，把文学批评的焦点回归到人类学的特质上，朝着符合人的本性和美的规律的方向发展。真正的文学能够表现、传达和“再造”人类及其心灵，因而它既是个人的又是人类的，既是民族的又是世界的。运用文学人类学的理论和方法将苗族史诗《亚鲁王》置于整个人类的文学系统中加以考察，其最终得出的结论不但具有个性，而且能彰显其共性；不但有民族性，而且还有普适的人类性，从而使得民族史诗在世界文学的大花园中绽放出夺目的光彩。

传统的史诗研究大多局限于历史文献和文字文本，以史诗的历史文化内容和共享族群等问题作为关注对象，而文本背后的广阔田野却被忽略了。文学人类学的理论和方法以及所奠定的活态史诗观念有助于我们进一步反思并妥当地处理好文本与田野之间的关系。文学人类学的理论和方法强调文献资料与田野调查相结合，将传统的“自上而下”的文本研究与目光“向古向下”的田野考察结合起来。《亚鲁王》在苗族丧葬仪式中面对亡灵唱诵以及没有手抄本等特点，决定了对它的研究必须从具体而微的田野作业开始，在田野作业中进行现场录音，在田野作业中深描史诗传承的自然生态环境、文化语境、史诗的仪式展演过程，“在田野作业中考察歌师在表演过程中的眼神、表情、手势、嗓音变化、肢体语言、乐器技巧、音乐旋律等展演风格，把握每一个史诗传承人的成长经历、个人职业、习艺过程、性格特征、展演实践以及当下的生活状态等，在田野作业中发现史诗的濒危现状，思考相应的保护对策，进而深入到史诗传统内部的运作机制中去阐释史诗的历史、民族和文化价值，同时在史诗的展演场域中研究史诗田野、史诗传承人、史诗传统法则、史诗展演的生命情态。”①

“长期以来，文学的史诗观在我国的学术界占据着支配地位，从而导致现代中国学术语境中史诗定位的褊狭化和虚幻化。对现代中国几代学人习惯已久的文学本位史诗观进行批判性反思，重新构建一种贯通文、史、哲、宗教、道德、人类学的跨学科、跨文化的活态史诗观念，对史诗进行多重维度的研究，对非物质文化遗产保护的自觉，深化对多民族文学互动关系的认识，启迪本土诗学理论的深化等都有着功不可没的意义。”②

① 蔡熙：《〈亚鲁王〉研究：构建跨学科的活态史诗观念》，《中国社会科学报》，2014年5月30日。

② 蔡熙：《史诗的仪式发生学新探——以苗族活态史诗〈亚鲁王〉为例》，《湖南科技学院学报》，2014年第4期。

参考文献

一、专　著

［1］中国民间文艺家协会：《亚鲁王》，北京：中华书局，2012 年。

［2］曹维琼等：《亚鲁王书系 · 史诗颂译》，贵阳：贵州人民出版社，2012 年。

［3］曹维琼等：《亚鲁王书系 · 苗疆解码》，贵阳：贵州人民出版社，2012 年。

［4］曹维琼等：《亚鲁王书系 · 歌师秘档》，贵阳：贵州人民出版社，2012 年。

［5］中国民间文艺家协会：《亚鲁王文论集》，北京：中国文史出版社，2011 年。

［6］潘定智、杨培德、张寒梅：《苗族古歌》，贵阳：贵州人民出版社，1997 年。

［7］中国民族图书馆：《百苗图》（精粹百衲本），石家庄：河北教育出版社，2002 年。

［8］叶舒宪：《文化与文本》，北京：中央编译出版社，1998 年。

［9］叶舒宪：《文学人类学教程》，北京：中国社会科学出版社，2010 年。

［10］黔南州文联、民间文艺家协会：《守望精神的家园》，北京：作家出版社，2006 年。

［11］杨万选、杨汉先、凌纯声：《贵州苗族考》，贵阳：贵州大学出版社，2009 年。

［12］王辅世：《苗语简志》，北京：民族出版社，1985 年。

［13］李云兵：《苗语方言划分遗留问题研究》，北京：中央民族大学出版社，2000 年。

［14］苏晓星：《苗族文学史》，成都：四川民族出版社，2003 年。

［15］岑家梧：《图腾艺术史》，上海：学林出版社，1986 年。

［16］（清）王先谦：《荀子集解》卷十三，“诸子集成”本，上海：上海书店，1986 年。

［17］纳雍县民族宗教事务局：《纳雍苗族丧祭词》，贵阳：贵州民族出版社，2003 年。

［18］安顺西秀区苗学研究会：《安顺西秀区苗族志》，贵阳：贵州人民出版社，2012 年。

［19］尹虎彬：《古代经典与口头传统》，北京：中国社会科学出版社，2002 年。

［20］吴泽霖、陈国钧等：《贵州苗夷社会研究》，北京：民族出版社，2004 年。

［21］陈中梅：《荷马史诗研究》，北京：北京大学出版社，2008 年。

［22］朝戈金：《口头史诗诗学：冉皮勒〈江格尔〉的程式句法研究》，南宁：广西人民出版社，2000 年。

［23］茅盾：《神话研究》，天津：百花文艺出版社，1981 年。

［24］石朝江：《中国苗学》，贵阳：贵州大学出版社，2009 年。

［25］彭兆荣：《人类学仪式的理论与实践》，北京：民族出版社，2007 年。

［26］孟慧英：《活态神话——中国少数民族神话研究》，天津：南开大学出版社，1990 年。

［27］《庄子集释》，北京：中华书局，1978 年。

［28］《管子》，《二十二子》本；《鬼谷子新校》房立中校点，《鬼谷子全书》，北京：书目文献出版社，1993 年。

［29］席克定：《贵州民族考古论丛》，贵阳：贵州民族出版社，2009 年。

［30］（宋）洪兴祖：《楚辞补注》卷三，北京：中华书局，1983 年。

［31］佚名：《周髀算经》，江晓原等译注本，沈阳：辽宁教育出版社，1996 年。

［32］葛兆光：《中国思想史》，上海：复旦大学出版社，2013 年。

［33］中国社会科学院语言研究所：《现代汉语词典》，北京：商务印书馆，2012 年。

［34］唐文元：《懂点夜郎》，贵阳：贵州人民出版社，2012 年。

［35］吴晓东：《苗族图腾与神话》，北京：社会科学文献出版社，2001 年。

［36］李文明：《千年短裙》，北京：大众文艺出版社，2011 年。

［37］王增永：《神话学概论》，北京：中国社会科学出版社，2007 年。

［38］索晓霞等：《多彩贵州原生态文化国际论坛》（2014），北京：社会科学文献出版社，2015 年。

［39］伍新福：《中国苗族通史》，贵阳：贵州民族出版社，1999 年。

［40］杨兴斋、杨华献：《苗族神话史诗选》，贵阳：贵州民族出版社，2000 年。

［41］黔南自治州地方志编辑委员会：《黔南州志》之《民族志》，贵阳：贵州民族出版社，1993 年。

［42］蔡熙：《多彩贵州的文化蕴含研究》，昆明：云南大学出版社，2014 年。

［43］谢选骏：《神话与民族精神》，济南：山东文艺出版社，1986 年。

［44］李崇智：《人物志校笺》，成都：巴蜀书社，2001 年。

［45］杨正保、潘光华：《苗族起义史诗》，贵阳：贵州人民出版社，1987 年。

［46］吴秋林：《居都》，贵阳：贵州人民出版社，1977 年。

［47］马学良、梁庭望、张公瑾：《中国少数民族文学史》（上册），北京：中央民族学院出版社，1992 年。

［48］苗族简史编写组：《苗族简史》，贵阳：贵州民族出版社，1985 年。

［49］田汝成：《炎徼纪闻》，丛书集成初编（卷四），上海：商务印书馆，1935 年。

［50］燕宝、张晓：《贵州神话传说》，贵阳：贵州人民出版社，1997 年。

［51］陈建宪：《神话解读——母题分析方法探索》，武汉：湖北教育出版社，1997 年。

［52］杨方刚：《芦笙乐谭》，贵阳：贵州人民出版社，2010 年。

［53］马克思、恩格斯：《马克思恩格斯全集》（中文 1 版第 10 卷），北京：人民出版社，1965 年。

［54］恩格斯：《家庭、私有制和国家的起源》，《马克思恩格斯选集》（第四卷），北京：人民出版社，1972 年。

［55］［古希腊］亚里士多德：《诗学》，罗念生译，北京：人民文学出版社，1982 年。

［56］［英］泰勒：《原始文化》（重译本），连树声译，桂林：广西师范大学出版社，2005 年。

［57］［美］格雷戈里·纳吉：《荷马诸问题》，巴莫曲布嫫译，桂林：广西师范大学出版社，2008 年。

［58］［德］格罗塞：《艺术的起源》，蔡慕辉译，北京：商务印书馆，1996 年。

［59］［美］约翰·迈尔斯·弗里：《口头诗学：帕里－洛德理论》，朝戈金

译，北京：社会科学文献出版社，2000 年。

［60］［英］马林诺夫斯基：《巫术科学宗教与神话》，李安宅译，北京：中国民间文艺出版社，1986 年。

［61］［英］马林诺夫斯基：《文化论》，费孝通译，北京：华夏出版社，2002 年。

［62］［美］洛德：《故事的歌手》，尹虎彬译，北京：中华书局，2004 年。

［63］［意］维柯：《新科学》，朱光潜译，北京：人民文学出版社，1997 年。

［64］［德］洪堡特：《论人类语言结构的差异及其对人类精神发展的影响》，姚小平译，北京：商务印书馆，1999 年。

［65］［法］列维－斯特劳斯：《结构人类学》，陆晓禾、黄锡光等译，北京：文化艺术出版社，1989 年。

［66］［德］瓦尔特・本雅明：《发达资本主义时代的抒情诗人》，王才勇译，南京：江苏人民出版社，2005 年。

［67］［美］雷蒙德・范・奥弗编：《太阳之歌——世界各地创世神话》，毛天祐译，北京：中国人民大学出版社，1989 年。

［68］［美］克鲁克洪：《文化与个人》，高佳等译，杭州：浙江人民出版社，1986 年。

［69］［英］迈克・克朗：《文化地理学》，南京：南京大学出版社，2003 年。

［70］［德］恩斯特・卡西尔：《人论》，甘阳译，上海：上海译文出版社，1985 年。

［71］［奥］弗洛伊德：《图腾与禁忌》，文良文化译，北京：中央编译出版社，2005 年。

［72］［法］阿尔贝特・史怀泽：《敬畏生命》，陈译环译，上海：上海社会科学院出版社，1995 年。

［73］［德］黑格尔：《美学》（第三卷・下册），朱光潜译，北京：商务印书馆，1981 年。

［74］［英］卡顿：《文学术语词典・史诗》，伦敦：伦敦出版社，1979 年。

［75］［加拿大］诺斯洛普・弗莱：《批评的剖析》，陈慧、袁宪军、吴伟仁译，天津：百花文艺出版社，1998 年。

［76］荷马：《荷马史诗》，罗念生、王焕生译，北京：人民文学出版社，1994 年。

［77］柏拉图：《斐多篇》//《柏拉图全集》（第 1 卷），王晓朝译，北京：

人民出版社，2002 年。

[78] [德] 叔本华：《爱与生的苦恼》，金铃译，北京：光明日报出版社，2006 年。

[79] [英] 弗雷泽：《金枝》（全译本），徐育新、张泽石、汪培基译，北京：大众文艺出版社，1998 年。

[80] 郑克鲁：《外国文学史》（上），北京：高等教育出版社，2003 年。

[81] 杨昌文：《贵州省民族志资料汇编》（内部资料），1987 年。

[82] 贵州省民族研究所：《麻山调查专辑》（内部资料），1996 年。

[83] 贵州省仁怀市民宗局苗学研究会：《风情习俗·祭祀辞》（内部资料），2002 年。

[84] 中国民间文艺研究会贵州分会、贵州省苗族民间文学讲习会：《民间文学资料》第 51 集，1982 年。

[85] 贵州省志民族志编委会：《民族志资料汇编——苗族》（第二集），1986 年铅印本。

[86] 陈兴贤：《紫云苗族布依族白治县民族古籍资料》（内部资料），2004 年。

[87] [美] 乔治·E. 马尔库斯、[美] 米开尔·M. J. 费彻尔：《作为文化批评的人类学：一个人文学科的实验时代》，王铭铭、蓝达居译，北京：生活·读书·新知三联书店，1998 年。

[88] 王国维：《王国维学术经典集》（下），南昌：江西人民出版社，1997 年。

[89] 王国维：《殷卜辞中所见先公先王考》//《观堂集林》，北京：中华书局，1984 年。

[90] 吴正彪、吴正华：《黔南苗族》，北京：中国文化出版社，2009 年。

[91] [瑞士]《荣格文集》，冯川等编译，北京：生活·读书·新知三联书店，1987 年。

[92] [美] 克利福德·格尔兹：《文化的解释》，韩莉译，南京：译林出版社，1999 年。

[93] 王国维：《王国维论著三种》，北京：商务印书馆，2010 年。

[94] 龚维英：《原始崇拜纲要——中华图腾文化与生殖文化》，北京：中国民间文艺出版社，1989 年。

[95] 彭兆荣：《文学与仪式：文学人类学的一个文化视野》，北京：北京大学出版社，2004 年。

[96] 杨向奎：《宗周社会与礼乐文明》（修订本），北京：人民出版社

1997 年。

［97］饶宗颐：《谈三重证据法》//《饶宗颐二十世纪学术文集》（卷一），台北：新文丰出版公司，2003 年。

［98］马昌仪：《中国神话学文论选粹》（上编），北京：中国广播电视出版社，1994 年。

［99］叶舒宪：《文学与人类学——知识全球化时代的文学研究》，北京：社会科学文献出版社，2003 年。

［100］［美］保罗·康纳顿：《社会如何记忆》，纳日碧力戈译，上海：上海人民出版社，2000 年。

［101］于乃昌、夏敏：《初民的宗教与审美迷狂》，西宁：青海人民出版社，1994 年。

［102］［日］吉田祯吾：《宗教人类学》，王子今等译，西安：陕西教育出版社，1991 年。

［103］钱锺书：《管锥篇》，北京：中华书局，1979 年。

［104］［英］爱德华·泰勒：《原始文化》，连树声译，桂林：广西师范大学出版社，2005 年。

［105］［爱尔兰］理查德·卡尼：《故事离真实有多远》，王广州译，桂林：广西师范大学出版社，2007 年。

［106］［美］张光直：《连续与破裂：一个文明起源新说的草稿》，载《中国青铜时代》二集，北京：生活·读书·新知三联书店，1990 年。

［107］［日］藤野岩友：《巫系文学论》，韩基国译，重庆：重庆出版社，2005 年。

［108］［英］弗雷泽：《金枝》，赵阳译，合肥：安徽人民出版社，2012 年。

［109］叶舒宪：《文学与治疗》，北京：社会科学文献出版社，1999 年。

［110］［美］阿兰·邓蒂斯：《西方神话学文论选》，朝戈金等译，上海：上海文艺出版社，1994 年。

［111］石朝江：《世界苗族迁徙史》，贵阳：贵州人民出版社，2006 年。

［112］司马迁：《史记》，北京：中华书局，1982 年。

［113］李平凡、颜勇：《贵州世居民族迁徙史》，贵阳：贵州人民出版社，2011 年。

［114］宋文炳：《中国民族史》，北京：中华书局，1935 年。

［115］林惠祥：《中国民族史》，上海：上海书店出版社，2012 年。

［116］［奥］弗洛伊德：《创作家与白日梦》//伍蠡甫主编《西方现代文论

选》，上海：上海译文出版社，1983 年。

[117] 杨永光、王世忠：《赫章苗族文集》，贵阳：贵州民族出版社，2009 年。

[118] 杨昌国：《符号与象征——中国少数民族服饰文化》，北京：北京出版社，2000 年。

二、期刊论文

[1] 彭兆荣：《边界不设防：人类学与文学研究》，《文艺研究》，1997 年第 1 期。

[2] 章立明：《中国文学人类学研究概述》，《民族文学研究》，2010 年 3 期。

[3] 周泓、黄剑波：《人类学视野下的文学人类学》，《广西民族学院学报》（哲学社会科学版），2003 年第 5 期。

[4] 乐黛云：《文化多元和人类话语寻求——兼论文学界人类学与中国文化破译》，《淮阴师专学报》，1999 年第 1 期。

[5] 乐黛云：《飞越时空，穿透人神——〈亚鲁王书系〉序》，《中国比较文学》，2013 年第 3 期。

[6] 叶舒宪：《文学人类学：探寻文化表述的多重视野》，《西南民族大学学报》，2011 年第 1 期。

[7] 黄莎莎：《从〈亚鲁王〉看如何繁荣少数民族文化》，《当代贵州》，2012 年第 3 期。

[8] 赵光贤：《古代汉苗二族关系史辨误》，《历史研究》，1989 年第 5 期。

[9] 陈立浩：《从苗族创世古歌看神话思维的感官性》，《思想战线》，1988 年第 3 期。

[10] 余未人：《〈亚鲁王〉的民间信仰特色》，《贵州大学学报》，2014 年第 5 期。

[11] 石宗仁：《略述〈中国苗族古歌〉的历史和文化》，《民族文学研究》，1996 年第 1 期。

[12] 刘锡诚：《〈亚鲁王〉：原始农耕文明时代的英雄史诗》，《西北民族研究》，2012 年第 3 期。

[13] 吴晓东：《亚鲁王名称与形成时间考》，《民间文化论坛》，2012 年第 4 期。

[14] 徐玉挺搜集整理，曾雪飞、马静、王君：《祭祀音乐中的权力文化与社会秩序——以麻山苗族地区丧葬仪式中〈亚鲁王〉演唱为例》，《贵州大学学

报》，2012 年第 4 期。

［15］杨嵩：《贵州“麻山苗”歌舞音乐研究》，《民族民间音乐研究》，2011 年第 3 期。

［16］葛兆光：《历史记忆、思想之源与重新诠释》，《中国哲学史》，2001 年第 1 期。

［17］麻勇斌：《亚鲁王唱颂仪式蕴含的苗族古代部族国家礼制信息解析》，《贵州社会科学》，2014 第 2 期。

［18］王明珂：《历史事实、历史记忆与历史心性》，《历史研究》，2001 年第 5 期。

［19］叶舒宪：《亚鲁王・砍马经与马祭仪式的比较神话学研究》，《民族艺术》，2013 年第 2 期。

［20］徐新建：《文学：世俗虚拟还是神圣启迪》，《文艺理论研究》，2011 年第 3 期。

［21］徐新建：《生死两界“送魂歌”——亚鲁王研究的几个问题》，《民族文学研究》，2014 年第 1 期。

［22］唐娜：《谈〈亚鲁王〉演述人东郎的传承机制与生态》，《民间文化论坛》，2012 年第 4 期。

［23］《中国民族》记者：《“亚鲁王”回归——苗族英雄史诗〈亚鲁王〉记略》，《中国民族》，2012 年第 4 期。

［24］杨正江、吴正彪：《苗族英雄史诗〈亚鲁王〉》（节选 1），《苗学研究》，2009 年第 2 期。

［25］梁勇、吴正彪、陈开颖：《歌师与史诗——以史诗〈亚鲁王〉为个案》，《民族艺术研究》，2013 年第 6 期。

［26］袁年兴：《文化的人本寓意与非物质文化遗产的本真性》，《中国人民大学学报》，2011 年第 2 期。

［27］石泰安：《藏族格萨尔王传与演唱艺人研究》，《民族文学译丛》（第 1 集），1983 年。

［28］徐杰舜：《原生态文化与人类学视野中的“原生态文化”》，《原生态民族文化研究丛刊》，2010 年第 3 期。

［29］朱炳祥：《何为原生态，为何原生态》，《原生态民族文化研究丛刊》，2010 年第 3 期。

［30］翁乃群：《被原生态文化的人类学思考》，《原生态民族文化研究丛刊》，2010 年第 3 期。

［31］彭兆荣：《论“原生态”的原生形貌》，《贵州社会科学》，2010 年第

3 期。

［32］罗义群：《原生态是族群在某一历史时期依据生境而构建的文化方式》，《凯里学院学报》，2011 年第 1 期。

［33］叶舒宪：《中华文明探源的比较神话学视角》，《江西社会科学》，2009 年第 6 期。

［34］向柏松：《中国原生态创世神话类型分析》，《文化遗产》，2013 年第 1 期。

［35］蔡熙：《〈亚鲁王〉的女性形象初探》，《湖南工业大学学报》，2014 年第 3 期。

［36］屈育德：《日月神话初探》，《民间文学论坛》，1986 年第 5 期。

［37］杨利慧：《仪式的合法性与神话的结构和重构》，《北京师范大学学报》（社会科学版），2009 年。

［38］蔡熙：《论贵州苗族诗意栖居的生态文化》，《鄱阳湖学刊》，2013 年第 5 期。

［39］潘定智：《苗族文化生态研究》，《贵州民族研究》，1994 年第 2 期。

［40］王慧琴：《苗族迁徙原因新探》，《思想战线》，1993 年第 3 期。

［41］马昌仪：《文化英雄论析——印第安神话中的兽人时代》，《民间文学论坛》，1987 年第 1 期。

［42］朱伟华：《苗族史诗〈亚鲁王〉叙事特征及文化内涵初探》，《贵州社会科学》，2014 年第 9 期。

［43］杨义：《重绘中国文学地图与中国文学的民族学、地理学问题》，《文学评论》，2005 年第 3 期。

［44］刘锡诚：《〈亚鲁王〉——活在口头上的英雄史诗》，《民间文化论坛》，2012 年第 2 期。

［45］翁家烈：《论苗文化特征、成因及其作用》，《中国少数民族》，1991 年第 3 期。

［46］岑家梧：《东夷南蛮的图腾习俗》，《现代史学》，第 3 卷第 1 期。

［47］杨方刚：《苗族“祭鼓”与布依族“祈愿”中的音乐文化志述》，《贵州大学学报》（艺术版），2004 年第 4 期。

［48］潘正才：《论芦笙文化的地位与作用》，《黔西南民族师专学报》，2000 年第 2 期。

［49］王宪昭：《论中国少数民族神话母题的流传与演变》，《理论学刊》，2007 年第 9 期。

［50］陈正祥：《中国地名的分类》，《地理研究》，1987 年第 6 期。

[51] 高森远、杨兰：《论〈亚鲁王〉射日射月母题——基于历史记忆的研究》，《贵州民族研究》，201 年第 8 期。

[52] 蔡熙：《城市与光韵：本雅明的审美之维》，《理论与创作》，2011 第 2 期。

[53] 程金城：《英雄史诗研究的理论突破和学术贡献——梅列金斯基〈英雄史诗的起源〉解读》，《贵州社会科学》，2008 年第 11 期。

[54] 郎樱：《史诗中的妇女形象及其文化内涵》，《民间文学论坛》，1995 年第 2 期。

[55] 包迪：《〈玛纳斯〉版本及研究概况》，《帕米尔》，2005 年第 2 期。

[56] 杨福泉：《少数民族文化保护与传承新论》，《云南省社会科学》，2007 年第 6 期。

[57] 杨文胜：《太阳神崇拜的文化内涵》，《荆楚理工学院学报》，2009 年第 10 期。

[58] 阿地里·居玛吐尔地：《〈玛纳斯〉史诗的程式以及歌手对程式的运用》，《民族文学研究》，2006 年第 3 期。

[59] 蔡熙：《在文化旅游中保护贵州的古村落》，《2014 年贵州社科学术年会学术专场研讨会暨“以区域特色文化推动地方经济发展”研讨会论文集》(内部资料)。

[60] 蔡熙：《从亚鲁王看苗族文化中的“文化超人”形象》，《中国文学研究》，2014 年第 3 期。

[61] 罗义群：《人从树中来回到树中去——苗族生命哲学简论》，《黔东南民族师范高等专科学校学报》，2006 年第 5 期。

[62] 广西民间文学研究会编：《瑶族文学资料》第 8 集（油印本）。

[63] [美] 瓦尔特·翁、张海洋：《基于口传的思维和表述特点》，《民族文学研究》，2000 年 S1 期。

[64] 方克强：《文学人类学与鲁迅研究》，《文艺理论研究》，2010 年第 6 期。

[65] 叶舒宪：《学科相撞：开拓新视野》，《淮阴师范学院学报》，1998 年第 2 期。

[66] 叶舒宪：《物的叙事：中华文明探源的四重证据法》，《兰州大学学报》(社会科学版)，2010 年第 6 期。

[67] 巴莫曲布嫫：《叙事语境与演述场域：以诺苏彝族的口头论辩和史诗传统为例》，《文学评论》，2004 年第 1 期。

[68] 王宪昭：《神话视域下的苗族史诗亚鲁王》，《贵州民族大学学报》，

2014 年第 2 期。

［69］廖明君、叶舒宪：《文学人类学：一门新兴交叉学科——叶舒宪教授访谈录》，《民族艺术》，2010 年第 4 期。

［70］刘锡诚：《中国民间文艺学史上的文学人类学派》，《湖北民族学院学报》（哲学社会科学版），2004 年第 4 期。

［71］方克强：《文学人类学批评的兴起及原则》，《当代文艺探索》，1987 年第 3 期。

［72］唐春芳：《试论苗族的原始居地》，《苗侗文坛》，1993 年第 4 期。

［73］［美］麦地娜・萨丽芭：《故事语言：一种神圣的治疗空间》，叶舒宪、黄悦译，《广西民族学院学报》（哲学社会科学版），2003 年第 5 期。

［74］叶舒宪：《文学与治疗——关于文学功能的人类学研究》，《中国比较文学》，1998 年第 2 期。

［75］武淑莲：《文学治疗作用的理论探讨》，《宁夏社会科学》，2007 年。

［76］李亦园：《文学人类学的形成》，《中外文化与文论》，1998 年第 5 辑。

［77］萧兵：《文学人类学：走向“人类”回归“文学”》，《文艺研究》，1997 年第 1 期。

［78］李亦园：《文学和人类学都因文学人类学而拓展》，《淮阴师范学院学报》1998 年第 2 期。

［79］李亦园：《民间文学的人类学研究》，《民族艺术》，1998 年第 3 期。

［80］潘定智：《苗族文化生态研究》，《贵州民族研究》，1994 年第 2 期。

三、硕士论文

［1］杨兰：《苗族史诗亚鲁王英雄母题研究》，贵州民族大学硕士论文（2014）。

［2］梁勇：《麻山苗族史诗亚鲁王音乐文化阐释》，陕西师范大学硕士论文（2011）。

四、报纸文章

［1］朝戈金：《媒体对〈亚鲁王〉报道不科学》，《中国社会科学报》，2012－03－23。

［2］朝戈金：《非遗保护视野下的口头传统文化》，《人民政协报》，2014－07－14。

［3］余未人：《21 世纪新发现的古老史诗〈亚鲁王〉》，《中国艺术报》，

2011－03－23。

［4］余未人：《原音原画缘生贵州》，《贵州日报》，2014－10－17。

［5］冯骥才：《发现〈亚鲁王〉》，《人民日报》，2012－03－2。

［6］姜义华：《大数据催生史学大变革》，《中国社会科学报》，2015－05－03。

［7］高剑秋：《发现和出版〈亚鲁王〉：改写苗族没有长篇史诗的历史》，《中国民族报》，2012－02－24。

［8］唐红丽：《探访贵州紫云现代“山顶洞人”》，《中国社会科学报》，2012－08－03。

［9］刘锡诚：《〈亚鲁王〉——活在口头的英雄史诗》，《中国文化报》，2012－03－05。

五、英语文献

［1］A. L. Kroeber，Anthropology. New York：Garcourt，Brace and Company，1923.

［2］A. Geertz，C. *The Interpretation of Culture*，New York：Basic Books，1973.

［3］Wittrelch，J. A.，Jr. *Visionary Poetics*：*Milton' s Tradition and His Legacy*，San Marino，Calif：Huntington Library，1979.

［4］Hartman，G. H. *The Fate of Reading and Other Essays*，University of Chicago Press，1975.

［5］Cope，J. I. The Theater and the Dream：From Metaphor to Form in Renaissance Drama，Johns Hopkins University Press，1973.

［6］A. Gorsky，S，R. " A Rital Drama：Yeats' s Plays for dancers，" see " Modern Drama"，1974.

［7］Boas，F. General Anthropology，Boston，New York：D. C. Heath，1938.

［8］Deleuze and Guattari. *Anti－Oedpius*. Minneapolis：University of Minnesota Press，1977.

［9］VictorTurner，*Dramas*，*Fields and Metaphors*，Cornell University Press，1974.

［10］Victor Tuner，The Anthropology of Performance，PAJ publications，Newyork，1988.

［11］Richard Bauman and Charles L. Briggs，"Poetics and Performance as Critical Perspectives on Language and Social Life." Annual Review of Anthropology，1990.

［12］Joan Halifax. *The Fruitful Darkness*：*Reconnecting with the Body of the Earth*. San Francisco：Harper San Francisco，1993.

六、网上文章

［1］《国务院关于公布第三批国家级非物质文化遗产名录的通知》，国发〔2011〕14 号。

［2］http：//www. gov. cn/flfg/2011 －02/25/content_ 1857449. htm

［3］http：//baike. baidu. com/link？ url = l7bPL51 _ cUhF2ywlVyeU_ qPjoX-puBrFJundP_ zGp7DuDqfU5ES0Lw67J3wAaQZmn.

［4］http：//www. chinamzw. com/wlgz_ readnews. asp？ newsid =2188.

［5］http：//www. cflac. org. cn/ys. /mjqy/mjqyzx/201312/t20131218_ 236192. html.

后　　记

我2012年博士毕业到贵州省社科院从事研究工作，无意之中发现了《亚鲁王》史诗文本，这是贵州省文化厅出版的内部资料，题目是《亚鲁王》。后来我了解到，2012年2月21日，中国民间文艺家协会和中国文学艺术基金会在北京人民大会堂联合举办了《亚鲁王》史诗发布会。这时候除了几篇有关《亚鲁王》的新闻报道之外，还没有什么研究成果。

我在硕士和博士阶段学的都是外国文学。在我的印象中，德国哲学家黑格尔说中国没有史诗。为此，中国不少学者从《诗经》或《左传》中找出一些例子进行反驳。之所以出现这种情况，是因为在我国占主流的汉字文学中，没有发现史诗，以至于博学的胡适也说中国没有史诗。后来在我国北方少数民族中发现了“三大史诗”，即藏族的《格萨尔》、蒙古族的《江格尔》和柯尔克孜族的《玛纳斯》，这三大史诗是表现氏族、部落或民族形成过程中以征战为主要内容、以歌颂英雄业绩为题材的英雄史诗。我看了苗族史诗《亚鲁王》文本之后，觉得它在内容上与西方的荷马史诗有着明显的不同，与我国北方的“三大史诗”也迥然有别。《亚鲁王》史诗是麻山地区的歌师在丧葬仪式上为亡灵唱诵的，唱诵的内容既有亚鲁王的英雄事迹，也有送魂歌，还有创世纪、苗族的家谱和迁徙史，是神话、仪式、史诗、历史与英雄业绩的综合体，兼具创世史诗、迁徙史诗、英雄史诗、历史家谱等多种类型，而当时媒体不问青红皂白地称之为“英雄史诗”，我觉得这是不加思索地移植了西方的“英雄史诗”概念，有必要对《亚鲁王》史诗进行深入研究，既要回答当前学界的困境，也为“非遗”的保护做出一点力所能及的贡献。

于是我利用自己所知不多的有关间性诗学理论、文学人类学理论等相关知识，结合《亚鲁王》史诗文本的内容，以“《亚鲁王》的文学人类学研究”为题写了一份四千字的申报书，申报国家社科基金项目。没有想到的是，2013年7月立项证书下来了，我申报的“《亚鲁王》的文学人类学研究”被正式批准为国家社科基金项目。

实事求是地说，承担这个课题对我来说是一个巨大的挑战。其一，我是汉族，对苗族文化几乎一无所知；我初来乍到贵州，而贵州是一个少数民族聚居区，对少数民族的风俗我也不是很熟悉。其二，文学人类学研究的基础是田野作业，而我在硕士和博士阶段做的是纯粹的理论研究。

为了获得实地体验和第一手资料，从2012年12月至2014年12月，我先后去了凤凰县山江苗族地区、文山壮族苗族自治州砚山县和贵州麻山地区进行实地田野作业。我将田野调查的重点放在贵州的麻山地区。由于麻山次方言土语众多，演唱的语言艰涩难懂，通往唱诵《亚鲁王》地区的交通十分困难，同时在葬礼上亲见《亚鲁王》的演唱实景更是难以遇到，因此，获取第一手资料相当艰难。笔者到麻山地方进行田野调查，先后五次，每次半个月，为期80天左右。由于笔者多次去该地区作田野调查，熟悉了当地群众和村干部，他们为我提供了不少信息。2014年10月22日紫云县宗地乡歪寨村绞帮寨91岁的罗英紫老人（女性）过世，村长打电话告知后，笔者立即赶到葬礼现场，体验、感受并采录到了完整的葬礼仪式，特别值得一提的是，让我目睹了一场震撼心灵的砍马仪式。另外，笔者通过问卷调查、追踪式访谈、深度访谈等方法，获得了大量的第一手资料。

需要说明的是，将近20万字的问卷调查、追踪式访谈、深度访谈没有附在书后，田野照片也只附了20幅。其原因有二，第一，里面相当多的材料已经在前面的分析中运用了，第二，确实是篇幅所限。

由于我国的文学人类学研究尚处于理论研究阶段，不论是中华人民共和国成立前还是中华人民共和国成立后，都是用文学人类学的理论对古代的经典进行现代阐释，至于运用文学人类学的理论与方法对新发现的史诗进行深入的研究，这还是第一次，没有现成的成果和经验可以借鉴。经过三年多的努力，虽然本课题顺利通过了鉴定，2017

年1月我就收到了结项证书，但是鉴定通过后，本人时不时对它进行修改完善，以至于到2018年底才正式出版。“文章千古字，得失尺寸心”，书中存在的问题一定还有不少，请各位方家批评指正。

这是我出版的与“贵州学”相关的第二本书。第一本是《“多彩贵州”的文化蕴含研究》，乐黛云先生亲自为拙著作序，称拙著为“地域文化研究的佳构”，序文后来发表在《中华读书报》（2014年09月03日）上。称之为“佳构”，本人自然不敢当，但是我一直把它看作老先生对我的勉励，把它当作我的学术目标，通过努力，逐步向它靠近。在贵州的五年是我的学术发展期，也是我的学术收获期。这种收获不仅仅是因为我写了两本关于“贵州学”的书，更为重要的是，我学会了用脚板做学问的方法。做学问不光是从书本到书本，从文本到文本，用脚板行走在多彩贵州的大地上，收集到的活态资料，比书本上的资料更为珍贵。尤其重要的是，用脚板做学问，让我认识到知识在田野、精英在民间的深刻道理。

蔡熙谨识

2018年10月